U0839521

金婚的纪念（2011）

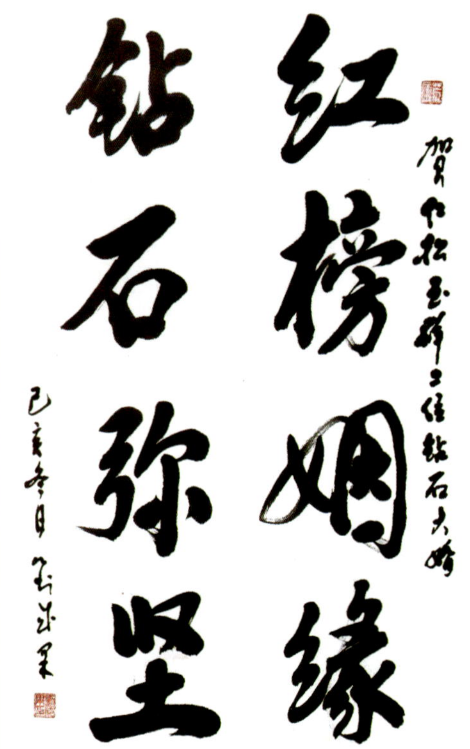

好友、原农业部老领导刘成果（80 岁）题赠“红榜姻缘，钻石弥坚”

好友、原黑龙江农垦总局老领导邓灿（82 岁）题赠“激情之爱，相伴永远”

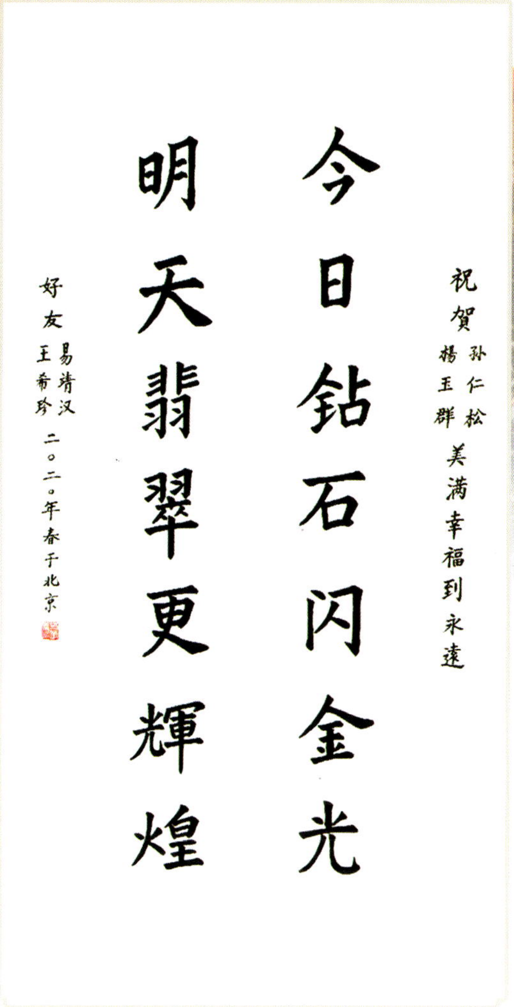

今日鉆石闪金光
明天翡翠更輝煌

祝贺孙仁松 楊玉群 美满幸福到永远

好友 易靖汉 王希珍 二〇二〇年春于北京

北大荒老战友、老同学易靖汉（85 岁）题赠“今日钻石闪金光，明天翡翠更辉煌”

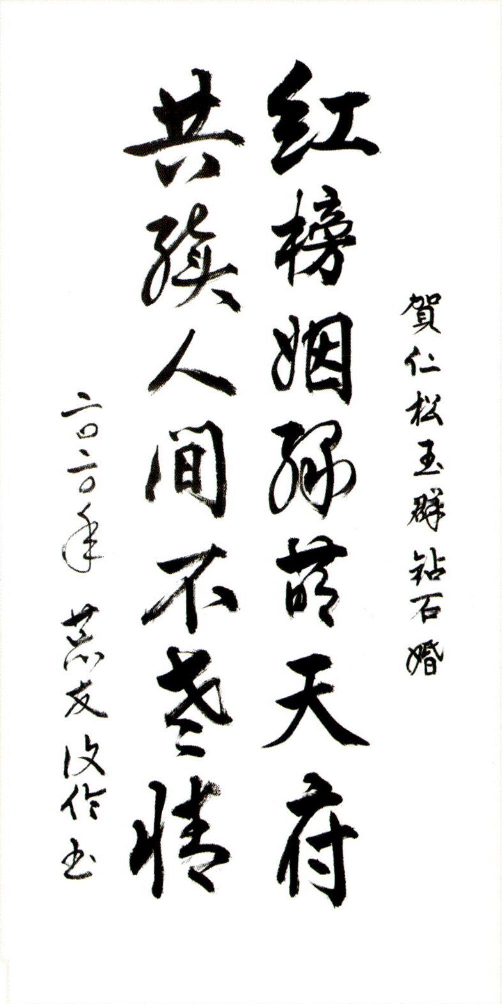

賀仁松玉群钻石婚

红榜姻缘萌天府
共续人间不老情

二〇二〇年 荒友 复伦作书

老荒友杨复伦（85 岁）题赠“红榜姻缘萌天府，共续人间不老情”

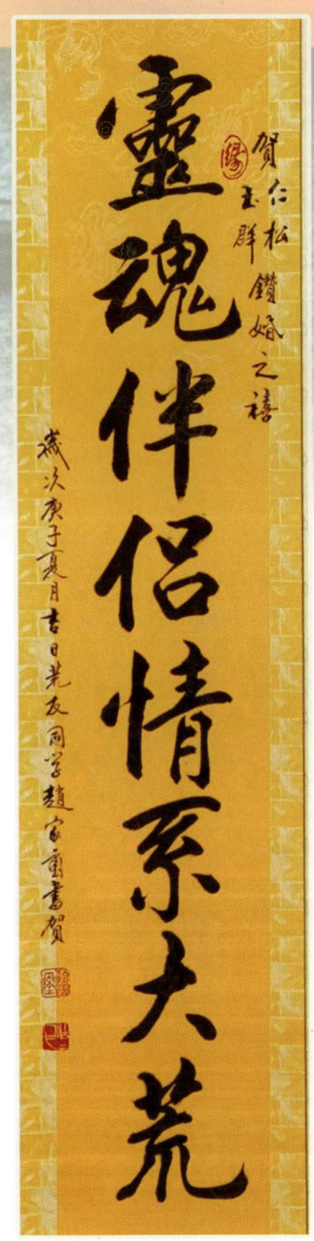

北大荒老战友、老同学赵家玺（83 岁）题赠“灵魂伴侣情系大荒”

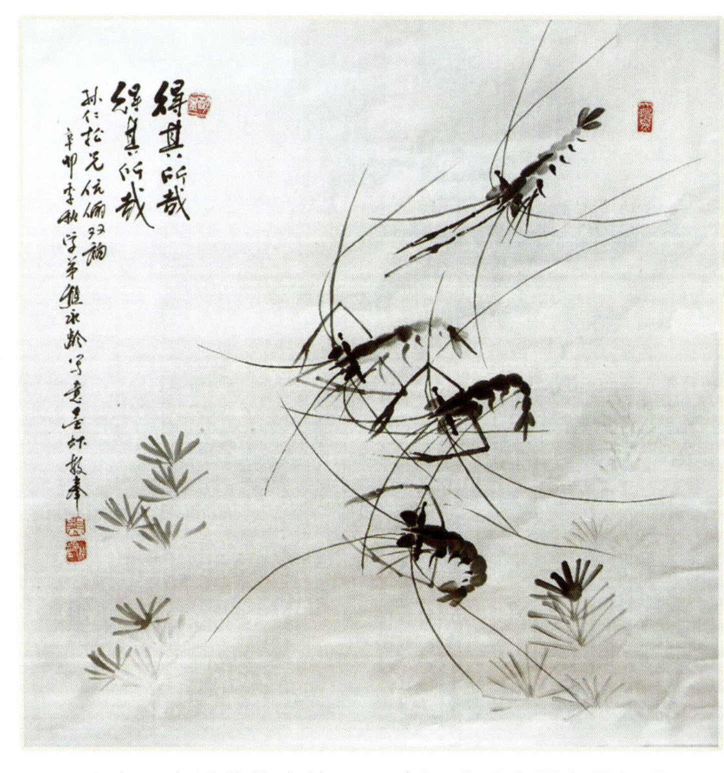

乡友、老同学熊有龄（82 岁）赠画“写意墨虾”

重庆大学好友江书元为作者特制福寿图之一

重庆大学好友江书元为作者特制福寿图之二

结婚照（1961）

红宝石婚纪念照（2001）

难忘佳木斯（1988）

烟台海滨（2006）

孙仁松 70 大寿（2006）

游八达岭长城（1992）

杨玉群在天安门表演腰鼓迎奥运（2008）

拥抱宝岛（2009）

北大荒水稻迎丰收（2010）

在山西王家大院（2007）

在海南文昌椰林休憩（2014）

登上黄山（2014）

鸟巢观赛（2008）

在建三江七星农场水稻观景台（2018）

在成都杜甫草堂（2008）

享受大自然（2016）

国庆 70 周年在天安门（2019）

回访北大荒 859 农场（2018）

“侯鸟”生活（2020）

访珍宝岛

猴年编猴

苦练“空中钓鱼”

在西安华清宫（2016）

陪护在三亚（2018）

在北京植物园（2005）

2015年春节于海南保亭

保亭南美山庄

“处女星”邮轮后甲板（2018）

葡萄熟了（2014）

红 榜 缘

孙仁松　杨玉群　编著

中国农业大学出版社
·北京·

图书在版编目（CIP）数据

红榜缘 / 孙仁松，杨玉群编著. —北京：中国农业大学出版社，2020.7
ISBN 978-7-5655-2398-4

Ⅰ.①红… Ⅱ.①孙…②杨… Ⅲ.①随笔—作品集—中国—当代
Ⅳ.①I267.1

中国版本图书馆 CIP 数据核字(2020)第 142390 号

书　名　红榜缘
作　者　孙仁松　杨玉群　编著

策划编辑　梁爱荣　　　　**责任编辑**　梁爱荣　刘彦龙
封面设计　郑　川　江书元
出版发行　中国农业大学出版社
社　　址　北京市海淀区圆明园西路 2 号　　　　**邮政编码**　100193
电　　话　发行部 010-62733489,1190　　　　读者服务部 010-62732336
　　　　　　编辑部 010-62732617,2618　　　　出　版　部 010-62733440
网　　址　http://www.caupress.cn　　　　**E-mail** cbsszs@cau.edu.cn
经　　销　新华书店
印　　刷　涿州市星河印刷有限公司
版　　次　2020 年 9 月第 1 版　　2020 年 9 月第 1 次印刷
规　　格　787×1092　　16 开本　　29.25 印张　　390 千字　　彩插 18
定　　价　99.00 元

图书如有质量问题本社发行部负责调换

自　序

我们这一对恩爱夫妻即将迎来结婚60年的重大节日。人们通常把夫妻两人结婚的第六十周年称为“钻石婚”，这是人生难得的最隆重的节日之一，因为钻石是自然界最坚硬、最珍贵的宝石，象征爱情的珍贵和历久弥坚。

60年的婚姻生活，对于有限的人生历程来说，似乎是一段很长的时间了。如果考虑到我们从最初相识、相爱，到走进婚姻殿堂，中间还有八九年光阴，加起来有近70年了。几十年来，我们先后离开“天府之国”的老家四川，后来又一起在北大荒亲密团结，砥砺奋进，60载相濡以沫，风雨同舟，实现了古人“死生契阔，与子成说；执子之手，与子偕老”（《诗经·邶风·击鼓》）的爱情最高境界。

我们共同经营了一桩美好的婚姻，享受了甜蜜的爱情，又共同培育了一双优秀儿女，他们都已成家立业，事业有成。第三代也已考入大学和留学读研，而且他们也都表现出色，正在健康成长之中。全家人和谐团结，20世纪八十至九十年代曾被评为北大荒垦区和黑龙江省“五好家庭”，到北京定居后又被评为海淀区“五好文明家庭”、北京市“文明示范家庭”“和谐家庭”等称号。而与“五好”“文明”“和谐”家庭紧密联系的是全体家庭成员热爱祖国、胸怀天下的家国情怀。

爱情和婚姻是人生永恒的主题，有讲不完的故事，唱不完的歌，更有争论不休的话题。我们的爱情婚姻相对来说是平凡的，既没有太多海誓山盟和花前月下的浪漫情节，也没有疾风迅雨式的大风大浪和跌宕起伏，有的只是平平常常细水长流的家庭生活，虽然偶尔会有小的矛盾和摩擦，但都属于微风细浪，不同意见的分歧而已，由于调控得当，并不影响爱情婚姻的航船扬帆远航，而且越是到了晚年，越是风平浪静，自我感觉良好，舒适度很高。

世界上有多种多样的爱情，而我们需要的是真正的爱情，即找到一位我真爱的人同时对方是真爱我的人，也就是双方都认为找对了自己的另一半。因为人的一生中最重要的不是名利和权位，不是富足的生活，而是得到真爱。有一个人爱上你的所有，包括你的苦难与辉煌，眼泪和微笑，也包括你的某些缺点，这就足够了。我们的爱情弥足珍贵，因为双方都属于初恋，而且我们一直认为自己找到了真爱，那是浸透到每一个细胞的刻骨铭心的爱！这是我们一生中最大的成功，也是最大的幸福。但是，爱情婚姻不可能孤立存在，它必然要对个人的事业、身体的健康、子女的培养教育以及社会人际关系产生影响。应该说，由于我们拥有美好的爱情和婚姻，思想意识高度一致，在我们夫妻的亲密合作、共同努力下，在完成事业赋予的任务、子女和后代的培养教育以及社会人际关系等方面也取得了一定的成功。

我们夫妻二人在经过较长时间的酝酿策划后，从2017年年初开始，决定把我们经营了60多年的一段甜蜜的爱情和美好的婚姻用文字和图片展现出来，同时适当收集部分亲朋好友的相关文稿，汇集成书。这是我们近年来几乎集中全力要实现的一个心愿。其主要用意：一是对我们几十年的爱情和婚姻生活进行回顾和总结，作为“钻石婚”的一份纪念；二是对我们的后代有一定的传承和教育意义，是留给他们的精神财富；三是向亲朋好友做一个汇报，提供一些参考，书的内容也有一定的社会意义；四是可作为有60多年党龄的两个普通共产党员献给党的100周年华诞的一份小礼物。

然而，要写书并且要能够正式出版，这对于已经跨入耄耋之年的我们却是一个很困难的任务。因为，随着年龄的增长，记忆力、视力、精力都大不如前，有时想起一句话，会忘记某个字或词该怎么写，甚至写出上句会忘了下句。即便如此，我们还是决定要千方百计克服困难，努力完成这个任务。好在有2010年出版的我们的回忆录《大荒缘》作基础，案头上常备一本商务印书馆出版的《四角号码新词典》

作工具，还有子女全家以及亲友们的大力支持，只要身体不出意外，相信一定能够完成这个任务。另外，孙仁松在65岁后学会了使用电脑进行文字和图片处理，可以在网上查阅资料，也为完成本书写作和编辑任务提供了保证。

本书分为爱情、亲情、友情、晚晴四个篇章。四篇的安排，是为了更全面、多角度反映我们几十年的爱情、婚姻、家庭和社会生活。其中爱情是全书的主旋律。在本书中，我们分别以第一人称回顾了自身的爱情经历和心路历程，只在必要时涉及一些理论探讨，旨在表达自己的观点。这样的方式既便于陈述，也更具真实感。由于爱情、婚姻、家庭是紧密联系在一起的，产生和发展于具体的时间与空间，并与具体的生活、工作环境相融合，所以我们只能通过具体的经历和事件，用我们习惯的方式来表述。其实，四篇的划分是相对的，而贯穿全书始终的是一个“爱”字，爱自己，爱老伴，爱父母亲人，爱家庭，爱朋友，爱事业，爱生活，爱党，爱国，爱社会，爱大自然，等等。因为有爱，我们的生活和工作永远有不竭的动力；因为有爱，我们的精神永远年轻，生活永远充实、愉快！

关于本书的结构和内容安排，我们考虑了很长的时间，可以说一直到成稿付梓都在变动之中。因为，全书四大块并非完全按照事先设计好的完整统一的提纲顺序写成，而是把过去和现在不同时间写成的诗稿、文稿以及友情约稿分别加入到各篇当中，并在文字上做了修饰处理。除了“爱情篇”的部分内容有一定的连续性外，其他各篇中的每一个标题下都是独立的文章，好处是方便读者选择有兴趣的部分来阅读。但是，这就难免带来两个问题：一是各篇文稿内容上可能会出现重复和交叉；二是某一篇文稿因其包含的内容带有综合性，既可以放在这里，也可以放在那里。在这种情况下，就只能按照作者的主观偏好来处理了，希望朋友们能够理解。

关于书名，几乎从决定出书开始就确定用《红榜缘》这个名字，因为1952年11月29日，在四川邛崃师范学校，那一张只有我们两人同时加入中国新民主主义青年团的红榜，便将孙仁松、杨玉群两个名字联系在一起了。虽然那时我们都还很年轻，还不具备谈情说爱的条件和可能，但有了那张红榜后，两人才得以真正地相识、相知，也才有了后来的恋爱、结婚。所以，那张红榜的发布是我们人生中一个值得纪念的重要节点。以此作书名，既真实反映了历史，也有我们在共产党的光辉照耀下奋发向上的意义。另外，本书与十年前出版的回忆录《大荒缘》都有一个“缘”字，反映了其内在的密不可分的联系。

总之，本书纯属个人的兴趣和感性之作，并没有高深的理论，多为我们亲历的过程，加上自己的一些感悟。其最大的亮点在于：一对耄耋夫妻使出洪荒之力试图用自己60多年的真实体验来诠释爱情、婚姻、家庭问题的真谛，对已经身临其境或希望步入其中的人们也许会有启迪或参考意义。除了爱情、婚姻这个主旋律外，至亲好友的文章对亲情、友情也做了很好的诠释。而包括健身、旅游、摄影、编织、写作、园艺、歌舞等实践活动在内的丰富多彩的晚年生活，既体现了爱情的深度和广度，也颇具时代特色，这应该是本书的又一亮点。

其实，婚姻是一所大学校，它可以教会我们怎样做人，怎样与爱人相处，如何培育后代，怎样经营好家庭，等等。只要你学习态度端正，学得认真，坚持不懈，一定会大有所获。我们都认为自己是这所学校的好学生，编写这本书，就权当是我们完成的一份作业吧！至于能否及格，就交给读者朋友们和后人去评论吧！

限于作者的认知能力和学识水平，书中的某些认识、某些观点难免有片面性，对某些历史事件的叙述或有不够准确之处，望读者见谅。

作　者

2020年7月于北京

目　录

第一篇　爱情篇

第二篇　亲情篇

第三篇　友情篇

第四篇　晚晴篇

第一篇

爱情篇

五十载风雨同舟，
半世纪考验真情。
虽然没有多少新潮和浪漫，
也没有花前月下的海誓山盟，
但是并不缺少——
对事业的执着、
对朋友的真诚、
对家庭的责任和
对爱人的忠诚。
尽管生活中会有风雨和冰霜，
前进路上也有坎坷和泥泞，
只要夫妻互敬互爱合力同心，
一切困难和障碍都会转化为幸福安宁。

——引自本书爱情诗选《金婚的感动》

爱的旅途与感悟

孙仁松

如果有人问我：你这一生最大的成功是什么？我会毫不犹豫地回答是爱情，是找到了真爱。虽然我的一生经历比较丰富：旧社会当过苦力，新中国成立后当过海军，做过农工，当过大学教师、报社记者编辑，还做过机关干部，等等，也取得了一些成就，但是都无法与爱情婚姻取得的成功相比。而且，如果没有得到真爱，其他方面的成就也会大打折扣。所以，我把爱情和婚姻的成功放在第一位。

我国研究爱情婚姻的某著名学者把爱情分为“好感”“喜欢”和“激情之爱”三个层次，又认为婚姻的最高境界是找到一位“灵魂伴侣”。如果对号入座，可以说我们就是一对拥有“激情之爱”的“灵魂伴侣”了。

人生就像是登上长途列车的漫漫旅途，我和她在途中的某一站点相遇，然后我们相爱，进而结合，相伴相依，度过了一段美好的时光。这是一次非常美妙和难得的爱情之旅。我想，写下旅途中发生的故事和感悟，记录下看到的美丽风景，留给亲朋好友和后人去品味和参考，也许会有一些意义吧！

一、家庭背景

我的老家在四川省邛崃县（现为邛崃市）平落镇。邛崃古称邛州，是一个有两千多年历史的古城，始建于公元前311年（秦惠文王更元十四年）的战国时期，是西汉才女卓文君的故乡。而平落镇是邛崃的第一大镇，自古便成为“茶马古道第一镇”“南方丝绸之路的第一驿站”。

1936年11月，我出生于平落古镇的一个普通农民家庭。祖父孙言钦，是清末的秀才（文生），曾任地方私塾教师。也许是家族传承和受我祖父的影响，我家祖辈盛行读书之风。记得年幼时家里的堂屋神龛正中供奉有“天地君亲师位”，还有一副对联，上联是“一等人忠臣孝子”，下联是“两件事读书耕田”。也许，这就是我家的祖训。

我的父母都是普通农民，父亲孙效权（1888—1958），字仲衡，粗通文墨，重诚信，为人厚道，但是身体较瘦弱；母亲张芝英（1895—1972），是一位十分勤劳善良不识字的农家妇女。新中国成立前，我家生活非常艰难，仅靠父母租种几亩薄地和做点小买卖以及出卖劳务为生。从我年幼记事时起，就看到父母为了一家人的生活，付出极大的艰辛。农忙时他们起早贪黑下田干活；农闲时，父亲在家门口摆小摊，卖一些杂粮，还自己加工辣椒面、手工卷烟等，且常常做到深夜。母亲则以她弱小的身躯，翻山越岭去 20 公里外的县城给镇上商家背运货物，挣一点工钱养家糊口。母亲虽然不识字，但她懂得学习文化知识的重要，所以千方百计支持四哥和我去读书。有几年她到河边开点小荒地，种些蔬菜，用卖菜的钱给我们交学费和书本费，让我们在家庭生活极其困难的情况下能够读几年书。当时我们兄弟俩也很努力，成绩都排在班上前一二名。可是 1947 年夏天，川西平原一场百年不遇的大洪灾过后，一家老小生疮患病，家里负债累累，生活陷入绝境，我和四哥仁福只差一年小学毕业便同时辍学了，那时我只有 11 岁。为了谋生，我随同母亲当过脚夫，自己一人逢赶集在乡镇街市卖过火柴，农忙时也帮助家里做些力所能及的农活。我在单独外出谋生时，曾经两次遭遇“棒客”（土匪），所幸逃脱而未有损失。

我家共有兄弟姐妹七人，上有四个兄长、两个姐姐，我最小。虽然我家在新中国成立前后一段时间生活很困难，为求生存兄弟姐妹各奔东西，相聚的时候非常少，包括春节也从来没有全家聚齐的时候，但是全家人总体上是和谐团结的，从未见过父母吵架，更没有发生过任何家庭暴力。父亲说话轻言细语，从不发脾气，母亲一般是听从父亲的意见，也从来不大声说话，每天只辛勤干活不知休息。

我十分感谢父母兄长为这个家庭所做的一切，他们为了这个家可

以说用尽了全身的力气和智慧，也吃尽了苦头。我在这样的家庭环境中长大，从父母亲人身上学到和继承了什么呢？第一，为了生存必须拼命学、拼命干，一切都要靠自己去努力、去争取，我从小就明白了世间没有免费的午餐，懒惰的人只能受穷，甚至饿死；第二，为人必须忠厚，要做好人，讲诚信，“人无信不立”；第三，凡事多思少说，或尽量不说，外在的表现就是“慢性子”；第四，不争强好胜，不与人争利、争理，有理也要让三分，生活上容易满足。

二、一张红榜两颗红心

1949 年 12 月解放军进入邛崃，经过与国民党军队激烈的战斗，我的家乡解放了，那年我 13 岁。从 1950 年年初开始，村上成立了农民协会，二哥孙仁荣去农会当了文书，而我则被选为村上儿童队的队长，带领队员站岗放哨，参加清匪反霸和土改运动。通过参加这些运动，自己也受到教育，结合自己和家庭在旧社会的遭遇和苦难，初步懂得了共产党领导的解放军带领民众打天下、翻身求解放的道理。

1951 年土地改革时我家被划为贫农成分，分得土地和房屋，生活略有改善。1951 年初，15 岁的我在辍学 3 年后继续在平落镇中心小学读五年级下学期，1951 年 7 月刚读完小学五年级和 1952 年 7 月小学毕业时，先后两次考上县城的初中，但是由于当时家庭生活仍然比较困难，没有条件供我去县城读书，我只能回家待业。可喜的是平落中心小学的老师知道我的情况后，推荐我上新成立的邛崃师范学校附设师资训练班学习。当时老师告诉我，在那里学习无须交学费，每月有 15 元助学金，学习一年毕业后将分配到乡村担任小学教师。我非常高兴地接受了老师的推荐，在家人的支持和帮助下，准备参加学习，这使我的命运发生了转折。在平落镇同时被推荐参加学习的有徐祥宽、陈兴高、周联必等，可惜他们后来都先后离世了。

1952 年 8 月的一天，四川省邛崃师范学校附设师资训练班开学了。这个师训班设在邛崃县城南街的一处旧庙宇内，而当时的师范学校本部则在邛崃县政府西侧，距师训班约1公里路程。

到这个师训班学习的共有男女学员100余人。他们中除少部分来自成都、大邑、崇庆、名山、蒲江、新津等市县外，大部分来自本县各乡镇和农村，且多是失学、失业青年。由于我刚刚经历过旧社会的苦难，感到这个学习机会来之不易，所以有一种发自内心的强烈的求知欲望和一种感恩思想，并充满了求上进、争上游的情感。当时我想，经过师训班学习，能够去农村当一名小学教师就很好了。

这个旧庙宇已经荒芜很久了，所以学员们进校后的第一件事，是自己整理环境、打扫卫生、安放桌椅等。大家干得热火朝天，我也积极参加了。这时，同学之间还不熟悉，但学员中有一个女孩引起了我的注意，她就是后来成为我的夫人的杨玉群。她当时穿了一件浅蓝色、肩上打了一大块补丁的衣服，齐耳短发，清秀美丽。脸上经常洋溢着灿烂的微笑，浑身散发出一种乐观向上落落大方的气质。更与众不同的是她干活不像个女生，肯出大力气，风风火火，并显示出很好的组织才能和愿为大家服务的精神，比一般男生更显得有朝气。时间不长她就成为学员中公认的优秀人物。这时，我对她只是充满敬佩和好感，而她从哪里来，家庭情况如何等都一概不知，只能远远地望上一眼。

师训班开学不久，在经过一次全面的文化考试后，学校将100多名学员分成甲、乙两个班。也许由于考试成绩较好，我被分在甲班，并担任学习委员，杨玉群与我同班并被选为班长。不久，我们师训班迁到离师范学校本部较近的一处小院中的二层小楼，我与杨玉群坐前后桌。我们在班务工作和学习上有了较多的接触，增加了相互的了解，我心里对她的好感也一天天增多。有时，她在学习上遇到难题，比如数学，她来问我，我也很愿意帮助她。但是，我深知千方百计搞好学习是自己的首要任务，而且我还很年轻，其他的事不可能想得更多。

自从进入师训班后，我便全身心投入紧张、愉快的学习生活。三个月后的一天，师范校本部团支部书记方学章找我谈话，启发我说青年人要在政治上争取进步，要跟共产党干革命，就应该争取加入新民

主主义青年团（后来改名为共产主义青年团）。还问我想不想参加，我回答“愿意参加”。他让我尽快写一份申请书，要把自己的家庭情况、本人历史以及入团的动机写清楚，写好后交给团支部。过了几天，支部大会讨论通过了我的申请。1952 年 11 月 29 日，师范学校团支部在师训班教室外墙上贴了一张用红纸写的公告，内容大意是：经师范学校团支部大会讨论通过，批准孙仁松、杨玉群两位同学为中国新民主主义青年团团员。

因为这是在师训班发展的第一批团员，所以一时间这件事在师训班引起轰动，我和杨玉群一下子成了师训班引人关注的人物，好像是全班最进步的学员了。由于我们二人加入青年团，很快在师训班形成了一种追求政治进步的氛围，许多同学写入团申请书，找我们谈话，要求介绍入团。那段时间，我和杨玉群除了学习外，主要忙于应付这方面的事。我们先后分别介绍了几位表现突出的同学（如乔光松、叶代均、陈兴高等）入团，成立了团小组，我被选为团小组长，团员人数很快增加，并经常组织一些学习和讨论活动。

应该承认，追求政治进步，跟着共产党建设新中国，一直是青年人中的思想主流，特别是新中国成立初期的那个年代，许多年轻人争取入团、入党的愿望非常迫切，这也成为他们学习、工作的巨大动力，我自己对此深有体会。但是，新中国成立后的很长一段时间，存在一种倾向，就是对家庭出身和社会关系看得过重，因此可能把一些非劳动人民家庭出身，但优秀而追求进步的年轻人拒之门外，例如我们师训班的同学胡德新就是一个突出的例子（见本书“友情篇”《红榜的力量》一文），这是需要认真反思的。

是那一张加入青年团的红榜，第一次把我和杨玉群的名字并列写在一起，实际上也是把两个年轻人的心连在了一起。加入青年团后，我和她接触多了，互相的了解增加了，感情上也更加靠近，她对我的吸引力与日俱增，我开始对她产生了一种无法清晰表述但又挥之不去的爱意。

为什么？因为我们都出身于农民家庭，旧社会受过苦，有很多共同的语言，对共产党、新社会充满热爱和激情，都有一颗愿意为新中国的建设事业贡献力量的红心；我们进师训班的原因相同，都是高小毕业因家庭困难上不起中学，才被推荐进入师训班学习的。除此以外，我对她勤劳朴素、热情好学和清秀美丽的形象气质非常欣赏。与她在一起，我就会感到心情特别愉悦，似有一种喷涌而出的激情在胸中燃烧，也许这就是爱情吧，这是我此前从未感受过的。不过，这仅仅是一种朦胧的爱，似乎可以用“暗恋”这个词来表述。因为当时我还是一个16岁的懵懂少年，从未经历过也不懂得爱情。而且我们都是班上的骨干，要考虑群众影响，我必须克制自己，只能把爱意深藏在心中，在行动和言语上都不能有任何表露。由于我当时比较理智，头脑也冷静，所以没有对学习产生任何影响。我不知道她当时对我有何看法，只觉得她在处事上更稳重，更严谨，也似乎愿意与我接近，我想至少是对我也怀有好感吧！

1953年5月中旬的一天晚上，我们突然接到老师的通知，要求师训班的全体男生第二天一早自带简单的行李，由老师带队集体步行去某个地方。那时候也没有告诉我们要去哪里，去多长时间，去做什么。我们一行有六七十名男生，在黄泽高老师的带领下，徒步走了大约30公里，才到达目的地——与邛崃县相邻的大邑县安仁镇。我们被安排住在原温江专区办的一个规模较大的师资训练班。

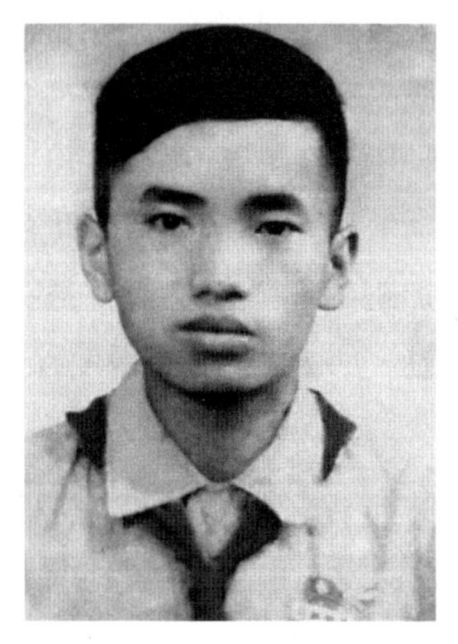
1953年参军后于温江

第二天，在有上千人参加的动员大会上，西藏军区后勤部周部长和海军招兵组的一位军官在会上讲话，我们才知道这是动员学员参加海军，而且这次只招男生。他们在讲话中说，中国有18 000多公里大陆海岸线、5 000多个沿海岛屿，为了保卫新中国的安

全，为了国家富强、人民幸福，毛主席指示我们要建立自己强大的海军，每一个爱国的有志青年，都应该义不容辞地响应国家的号召，报名参军，保卫祖国。那时，抗美援朝战争即将结束，我和许多年轻人一样，都为未能参加那场伟大的保卫和平的战争而感到遗憾，现在报效祖国的机会终于来了，好高兴啊！

动员报告一下子激起参会青年们的爱国热情，当主持人宣布开始报名时，我和许多男同学涌上主席台，当场报了名。后经过文化考试、体检和政审，我被批准参加中国人民解放军海军。那次与我同时被批准参军的共有35名同学（后来得知在四川和外省，还有一大批青年同时参加海军），其中邛崃师训班的有8名，他们是：孙仁松、陶本良、薛育云、刘文杰、徐祥宽、周启明、陈元亨、叶得根（现在已知8人中仅有包括本人在内的3人健在，4人已经离世，1人失去联系），其他27名是温江师训班的学员。

在隆重的欢送大会上，我代表参军的同学上台讲了话，表达了保卫祖国的决心。少先队员给我戴上了鲜红的红领巾。

参军后，部队没有让我们通知家人，也没有让我们先回家看看。我们35人立即组成一个小分队，从安仁镇参军的学员中指定一人担任旅途中的分队长，我被指定为副分队长，由海军招兵干部带队，先乘建成不久的成渝铁路火车到重庆，然后乘坐轮船沿长江而下（在湖北宜昌换乘较大的客船），直接到达南京海军预科学校三大队，驻地就在南京挹江门外的狮子山下。限于当时的通信条件，参军的事无法事先征求父母和家人的意见，只能先斩后奏了。但我知道，父母和家人一定会支持我参加海军的。因为在两年前，即1951年土地改革运动刚刚结束，我还是个不满15岁的少年时，听说解放军重庆步兵学校招收学员，我就曾去乡公所报名面试，但没有通过，一位解放军的负责同志对我说："小同志，你的年龄还小，身高也不够，这次不行，以后还有机会嘛！"

从那时起，"参加解放军，报效祖国"就是埋在我心底的理想和志愿，今天，这个理想终于实现了，那种兴奋、激动和幸福的心情难以用语言表达。唯一感到遗憾的是我与杨玉群没有来得及见个面、打一声招呼就突然离开了，使刚刚萌动的单向的爱戛然而止，但是我仍然希望而且坚信，将来一定还有机会见面并续写爱情诗篇的。

三、无悔的青春

从1953年6月至1958年3月，正值青春年华，我在中国人民解放军海军部队服务5年（先后任学员班长、水兵、文书、保密员等职务），那是对我的思想、意志、性格、身体的极好锻炼和考验，也积累了宝贵的知识，让我受益终生。这一段难忘的经历，是我一生的荣耀。

在五年军旅生涯中，我从一个水兵到副排级干部（1956年），随着身份地位的变化，思想也在变化。但是对我影响最大、使我感悟最深的还是大海。因为长时间的水兵生活，我对大海逐渐产生了一种深深的感情，同时也有很多感悟。参军以前，我还是一个刚刚离开农村的小青年，知识浅薄，眼光狭小，不知道天有多高，地有多大，海有多宽、多深……当了水兵，经过学习与思考，而且在海上生活一段时间之后，才体会和认识到大海的博大和壮丽，以及海洋对国家未来发展的重大意义。

1953年6月于南京

从一般意义上看，海洋是地球表面的主要组成部分，是物质的一种形式，是一种自然和生态现象。对国家来说，海洋是重要的资源和财富，也是权力的象征，没有海洋的国家算不上真正的大国，而我国是一个拥有300多万平方公里海域的国家，有无限的开发潜力，是国家未来发展的希望所在；对于个人而言，海洋可以是工作场所，为人们提供活动的空间，也可

以只是一种景观，供人们游览和观赏；但对我来说，海洋不仅是我为祖国效力的岗位，还是我学习的大课堂、大学校，我从这里学习到许多在别的地方学不到和感受不到的东西。

海很大很大，看不到边，走不到头，全球海洋总面积有3.6亿平方公里，约占地球表面积的71%。虽然个人在大海面前显得非常渺小和微不足道，但是依靠集体和国家的力量，却可以利用海洋，为国家服务，为人民谋福祉；海很深，深不可测，有着非常巨大的容量，可谓“海纳百川，有容乃大”，而我们的胸怀却很狭窄，常常为一些小事自寻烦恼，所以人们都应该向海洋学习。海很美，有风平浪静的美，也有波涛汹涌的美，在海洋深处，还有在陆地上看不到的千奇百怪的水下生物和美丽景观。当然海洋变化莫测，还有许多需要研究和探索的迷，有时还会给我们制造许多困难和意想不到的灾难……

在与大海为伴的生活中，我有一种发自内心的感受：我为我们的祖国有广袤的国土和辽阔的海疆而无比骄傲、自豪！我有幸成为一名新中国的水兵，生活在祖国的海疆，为祖国站岗放哨，真是莫大的荣耀！所以，当我身穿白色水兵服，在大街上行走时，常常情不自禁地昂首挺胸，全身透着一种精气神，一种骄傲，意在告诉人们：我是中华人民共和国的一名水兵！

但是，在面对当时新中国海军现状时，我也曾产生一种强烈的忧患和责任意识。当时，国家经济还很落后，海军的装备陈旧，没有大型现代化的舰艇，我们只能在近海巡逻和防卫，难以有效保护国家的海洋权益。有时看到美国的大型军舰在我国海域附近活动，耀武扬威，我们也只能避让；有时日本的机械化渔船进入我们的海域捕捞，我们一般采取驱赶的对策，难以有效防范。那时，多么希望我们的国家早日富强起来，海军也强大起来，让宝岛台湾尽早回到祖国的怀抱啊！

在海上生活时，最使我神往且百看不厌的是观看日出。每当出海执行任务，特别是在晴朗的夏天，凡有机会我总要在黎明时，在甲板上耐心地等待观看那极为壮观的一幕。当东方露出晨曦，呈现淡淡的鱼肚般的白色时，经验告诉我，那壮丽辉煌的海上日出“仪式”就要开始了。随着与海相连接的淡白色天空面积不断扩大，颜色慢慢地由白变红，而且把相邻的云彩也染上了红色。这时候，我心跳开始加速，几乎屏住呼吸，突然，那海天相接处出现一道亮光，刹那间金光四射，这亮光穿过晨雾，穿透云层，照亮了半个天空，照亮了海面。瞬间，那鲜红的太阳从海面上一点一点升了起来，在我看来，那红色是所有颜色中最美丽、最纯洁的，等到一个特大的太阳将要完全离开大海时，一个奇观出现了：在一瞬间即将离开海平面的太阳底部长出一个红色的底座，好像有一个托盘轻轻地把那鲜红的太阳托出海面，再看这时候的海面、天空，早已是一片橙红色，几乎分不清哪里是海，哪里是天了……

那就是我几乎天天看到的太阳吗？真不敢相信自己的眼睛。我深深感到了大自然的无比壮丽。在大自然面前，人是多么渺小和微不足道，我们只有十分珍惜自己宝贵的时间，尽量为社会的发展进步做一点什么，才不辜负大自然对人类的恩赐。

有一天，我忽发灵感，以“海上日出”为题，写下一首小诗，以抒发自己的情怀：

海上雾气浓，海里波涛滚，
晨风迎面吹，太阳红通通。

射出万支箭，穿透万朵云，
冲散层层雾，海天一片金。

烟囱冒黑烟，轮船汽笛鸣；
点点小渔帆，满蓬向前奔。

一声警报响，海上练兵忙，
军舰启航了，破浪向朝阳。

这首题为《海上日出》的小诗后来以笔名“白洙江”（家乡平落镇的那条河）在 1958 年第 7 期《诗刊》发表，并收入《战士诗歌 100 首》（中国青年出版社）和《红旗歌谣》（郭沫若、周扬主编，红旗出版社出版）两本书。这是我第一次在刊物上发表作品。在海军连云港巡防区司令部工作的那段时间，我曾经迷上诗歌，也写过很多，但发表的很少，因为再也没有遇到比对海上日出体悟更深的事情了。

60 多年后重读这首诗我又有新的感悟。虽然以现在的眼光看，这首诗显得平淡无奇，但是这首诗的创作和发表对我的人生仍然具有非常重要的意义：第一，这首诗是对我五年军旅生涯的概括。该诗并不单纯写“海上日出”这种自然现象，而是以此为背景描写新的一天开始时海面上的繁忙景象和军舰出海训练的情景。从某种意义上说，这首诗所描写的意境，实际上概括反映了我人生中一个重要的历史阶段——五年军旅生涯。虽然当时我只是一名普通的水兵，但对于我的整个人生来说，却像是迎着朝阳刚刚驶离港湾的航船，正在乘风破浪奔向远方。那时尚不知道航船将驶往何处，然而对未来却充满了信心和希望；第二，这首诗的核心意境是在表达我对祖国的一种深深的爱和忠于祖国的激情。诗言志，在《海上日出》这首短诗中，通过对自然景观和军民活动的描写，主要表达了对祖国、对人民的深深的爱。那东方冉冉升起的红日，实际上象征新生的共和国如旭日东升，正在走向繁荣富强。该诗创作于 1957 年夏，那时正值我国第一个五年计划即将结束，国家的各项建设进展顺利，人民生活显著改善，人们对于国家的未来充满了美好的憧憬。在这种大的社会背景下，我的心情也特别振奋，从而产生了通过诗歌表达对祖国的热爱这样一种冲动；第三，这首诗的创作和发表对我的人生产生了巨大的影响。《海上日出》是我的一篇习作，1958 年这首诗在《诗刊》发表时，我的人生历程已经进入到一个重要的新的阶段，我已经响应中央的号召，作为“十万复转官兵”的一员，奔赴北大荒了。从海军转业以后，我在北大荒农场当过农工，后来又考上王震将军亲手创建并兼任校长的北大荒的第一所大学——黑龙江八一农垦大学，毕业后留校当了大学教员，后又从事宣传、报纸和政策理论研究工作，退休后又受聘到原农业部机关工作了十年。半个多世纪以来不论生活条件怎样艰苦，工作、学习遇到多大的困难，都保持一种乐观的积极向上的心态，并把解放军的光荣传统与北大荒精神结合起来，迎着困难前进，在工作和学术研究上都取得了一定的成果。虽然这些都是后话了，但我可以毫不夸张地说，《海上日出》一诗中所体现的爱国、敬业精神是指导我一生的精神支柱，这种精神也传给了我的子女和后代，使他们健康成长。

回首往事，最令我这个老水兵高兴和感慨的是60多年来，特别是改革开放40年来，随着我们国家经济和社会建设的发展，综合国力的增强，我们的军队现代化建设有了巨大的发展和进步，特别是海军建设突飞猛进，正在从近海防卫型海军向远洋深蓝海军转变；现代化的各型舰艇包括航空母舰纷纷下水和列装，各种新型的现代武器装备层出不穷，太令我振奋了。2019年12月17日，当我听到媒体报道我国第一艘国产航母“山东号”建成正式交付海军，习近平主席亲自参加交接仪式时，立即写下一首诗，以表达兴奋的心情：

当年受命守海疆，
木艇旧炮窄板床；
浪尖涛谷练奇志，
唯盼台湾早解放。

如今海军力量强，
国产航母列新装；
试看天下谁敢侮？
砸碎岛链弃东洋。

总之，5 年军旅生涯，是我人生成长中的一个非常重要的阶段，对我世界观的形成，对待生活的态度以至恋爱、婚姻、家庭都产生重要而深刻的影响，也决定了我一生的幸福。因此，那是我绚丽的青春，也是无悔的青春！

四、心中只有她

1953 年我参加海军后，第一站是到南京海军预科学校接受训练，我被分配在三大队三中队，并被上级指定为学员班长。来到海校后，除了给父母写信报告情况外，还以参军的 8 位学员的名义给邛崃师范校的校长何砚耕以及师训班的同学写信报告情况，我自己则单独给杨玉群写了一封信，报告我当时参军的情况并希望知道她对我参军的态度，更希望能够与她保持联系，这里隐含的深意我想她会理解的。我们很快收到了何砚耕校长和师训班同学的回信，但是左盼右盼却没有杨玉群的回音，我无法解释，一度陷于郁闷之中。当时军训很紧张，我要带领和组织一个班的学员参加训练，管理日常的生活，没有时间想得更多，便中断了与师训班同学和杨玉群的联系。我毕竟是一个有志气的青年，不会为此而情绪低落，只能抛开杂念，振作精神，全身心投入到紧张的训练之中，努力实现从一个普通青年向一个现代军人的转变。当年的国庆节，我们在南京新街口荣幸地接受了时任华东军区司令员陈毅将军（元帅）的检阅。

多年后我与杨玉群结了婚，问她当时为什么不给我回信？她仔细回忆后肯定地说："你参军离开师范校后，我根本没有收到过你的来信啊！如果收到你的来信，我肯定会回信的。当时我也在想，你走后为什么不给我写信呢？我也有些不解和感到茫然，但是因为学习工作太忙，很快就把这件事淡忘了。"

她的回答让我想起也许与此相关的另一件事：我参军离开师范校后，在我亟待看到杨玉群的回信时，却意外地收到同班另一位女同学的来信，信中她对我参加海军表示热情地祝贺，同时字里行间也有某

种暗示，希望我与她保持联系，而且信中还附有一张2吋的半身黑白照片。那是一位与我同龄的性格外向、活泼，面貌清秀、学习努力的姑娘。当时我没有多想其中有何深意，但后来从给我邮寄照片这个细节意识到，这也许是在对我抛出一个具有试探意义的“绣球”呢，因为在师训班时我与她的座位离得很近，学习上也有过交流和接触，可能她对我怀有某种好感吧，但是我对她却没有任何感觉，加之军训太忙，所以没有回信。为此，我只能在心里说声“对不起!”而从人生历史的高度来看，我们虽曾相识，但却没有缘分。

经过南京海军预校和青岛海军基地轮训大队先后近6个月高强度的军事训练，1953年12月26日我被分配到中国人民解放军海军青岛基地所属连云港巡防区巡逻艇中队883艇当一名水兵，成为巡逻炮艇后甲板上主炮的一名副炮手，当时的炮长是河南人胡明功，还有一名炮手是湖南人罗忠荣，枪炮班长是山东人张起刚，艇长卢汉章。虽然当水兵非常辛苦，尤其在大风大浪中执行巡逻任务，晕船是一个非常严峻的考验，但是我还是咬紧牙关坚持下来，而且出色地完成了各项训练和执勤任务，受到上级的表彰奖励。在炮艇靠岸或艇员休息时，其他战友或上街游览购物，或打扑克娱乐，而我则躲在一边看书学习，除了自学语文、代数、几何等文化课外，革命前辈方志敏著的《可爱的中国》是我在部队认真读完的第一本书。从书中我了解到中国近代的苦难历史，受到了革命的爱国主义教育。由于我平时喜欢看书学习，在部队开展的政治教育中，我被指定为枪炮班的学习组长。1956年2月我被调到巡逻艇中队任文书，3月被调到巡防区司令部任保密员工作，从一名战士提升为准尉军官。由于我突出的工作表现，当年年末，受到巡防区司令部的通报嘉奖，而且被列为共产党员发展考察对象。

1957年春，在四川蒲江县当医生的大哥孙利人出于对我的关心，主动写信给我介绍对象，那是一位在大哥所在医院当护士的姑娘。显然经过大哥的介绍和做工作，她对我的情况有所了解，主动给我寄来一封信和一张2吋的半身黑白照片。从照片上看那是一位大眼睛，扎

两条大辫子的美丽姑娘。她在来信中介绍了自己和家庭的情况，含蓄地表示了对我的爱意。

收到那位护士姑娘的来信，好像平静的水面上抛下一块石头，在我的心中激起阵阵波澜，不禁想起了当年师范学校的同学杨玉群和那张公布我们加入青年团的红榜，以及在师训班那一段同窗共读生活中建立起来的友谊。虽然我和她相隔 4 年没有联系，而且我们之间从来没有过任何爱的表示，但是在我的心中，那曾经萌动的爱意并未泯灭，她仍然占据着我内心深处那个唯一的难以替代的位置。因此，我决心与杨玉群取得联系，看看与她有无发展成恋爱关系的可能。毕竟时间已经过去了 4 年，她现在何处，身体、学习、工作状况怎样，都是我迫切需要知道的。为稳妥起见，我采取分两步走的办法：第一步，先给原来师训班的男同学叶代均写信，以便了解当年师训班同学的现状。从他的回信中得知，已经有一批同学走上工作岗位，而包括叶代均、杨玉群在内的一批同学在 1956 年读完初级师范后，继续升入中师学习；第二步，我鼓起勇气冒昧提笔写信给杨玉群，寄上一张我穿海军军官服的照片。信中回顾了 5 年前我们在同一天加入青年团的往事和同窗友谊，介绍了自己参军后的情况，并大胆地表达我对她的思念和爱意，希望此情能够发展和深化。没有想到，时间不长，我便收到她的回信，而且附有一张一吋的黑白半身照片。信中说，我参军不久她就结束了师训班的学习，转入正规的初级师范，而且于 1955 年读初师时加入了中国共产党，1956 年升入三年制的中级师范。重要的是，从来信中我看到她没有忘记我们在师训班相处的那段同窗友情，隐隐透露出对我默默的思念，含蓄地接受了我对她的爱意。

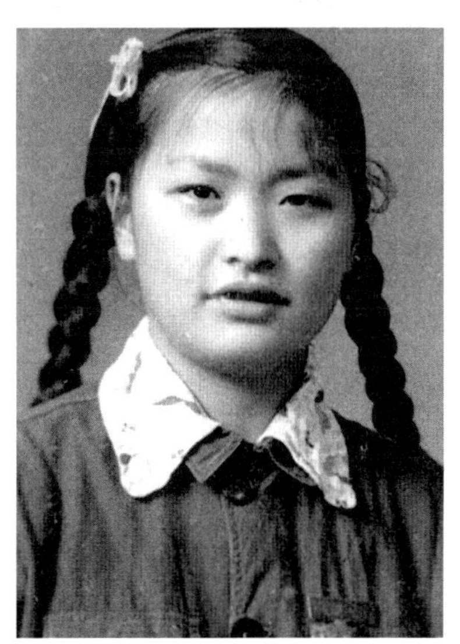

杨玉群（1957）

这一来一往的两封书信，居然在相距 2 000 公里、相隔 4 年后激出了爱情的火花，这真让我喜出望外啊！如果说 4 年多以前那张加入青年团的红榜是一个重要的起点，那只是为我们两人感情的发展创造了条件，而此时一来一往的两封书信，则使我们的感情发生了质的飞跃，一下子把两人的关系拉近了。我一面细读来信，一面反复端详那张照片：一双大大的含情脉脉的眼睛，清秀而美丽的脸庞，于平静中略带微笑，原先的短发变成两条大辫子分列肩后，一身朴素的衣服，我感觉她比 4 年前更成熟大方，也更漂亮了。

在收到玉群的回信后，我婉言谢绝了利人大哥和那位护士姑娘的好意，退回了她的来信和照片。大哥知道了我与玉群过去的关系与当下的情况后，也来信表示理解和支持。

时隔 4 年，终于联系上了我心爱的人，而且对方在感情方面也有了初步的表示，这是一个突破性进展。此时，除了兴奋、激动以外，我产生了要尽快见到她的想法。但是，当时我们相距 2 000 多公里，而且我有军务在身，只能按照程序一步一步来。我很快对自己的工作做了安排和准备，然后给领导写了一份请探亲假的报告。我已经参军 4 年了，第一次请假探望父母和亲人，理由很充分，很快就被领导批准了。当时领导安排我的前任、曾经担任保密员的王孔武同志暂时接替我的工作。

1957 年 7 月，我在参军 4 年后第一次请假探亲。当时我给自己规定的任务有两个：一是探望父母亲人，二是与我的心上人玉群见面并深入交流，进一步确定恋爱关系。但是，在乘坐火车探亲的途中，又发生一段小插曲。火车从部队驻地连云港出发，沿陇海铁路西行，车过徐州后，一个夜晚，火车忽然在一个小站停下不动了。列车广播通知，因为前方铁路被洪水冲断，目前正在抢修，要等待修复后才能继续前行。那个晚上我在火车的硬座车厢里焦急地等待，几乎一夜未合眼。到第二天天明后仍无消息，于是我和两个同车厢的军人商量后，一致决定不再等待，下车肩扛行李，步行越过事故点到前方下一个车

站，再乘车继续西行。这一段路走得很辛苦，正值炎热的夏季，扛着行李，路也不熟，满头大汗地经过 3 个多小时才登上另一列西行的火车。其间，我得知那两位同行的军人也是请假探亲的，我们都有共同的心愿，希望早一点回家。后来又经过几次转车，才到达成都，然后转乘公交车到邛崃。

这次探亲，我没有穿军服，也未带部队配置的手枪。因为时值盛夏，如果穿军服必须着装严整，到哪里都得一身汗，而且白色的海军军官服，容易弄脏，不方便清洗，只好一身便装，活动也方便，没有任何拘束。不带武器感觉更自由，更方便，也更安全。

我首先到达邛崃县城的师范学校，见到了我所熟悉的原来读师训班后转入中师学习的部分同学，也包括我日夜想念的玉群。但是，考虑到玉群还是学生干部，还不能公开我们的关系，当着其他同学的面，还要保密，所以没有单独与她约会和见面，只和包括玉群在内的几位熟悉要好的同学，一起到学校旁边的公园玩耍交谈，一起合影留念，他们中有杨玉群、叶代均、陈兴高、牟玉茹、梁玉珍、杨学烈、张彩芝、刘淑华、杨家云等。近日，在翻看过去的老照片时我发现，参加合影的 10 个人，除我和杨玉群、梁玉珍仍健在外，其余 7 位同学已永远地离开我们了，我只能对他们表示深深的怀念。

在我回到与邛崃县城相距 20 公里的平落镇老家探望父母后，又去距平落镇 30 公里外的蒲江县城探望我的长兄孙利人。需要说明的是，限于当时的交通条件，这种县乡之间的行动，只能也完全是用两条腿步行来完成的。一天上午，我正在蒲江县城内的大哥家休息，忽然，一身风尘仆仆的杨玉群出现在我的面前，让我十分惊喜。当我知道她是在师范学校放暑假回到羊安乡檀荫村老家后，从乡村小路分两段走两个半天共行走 60 多公里，专程到蒲江与我会面时，更是十分感动，因为这是我们两人第一次为爱情单独相会。那天下午，在蒲河岸边、县城小街和文化馆内留下了我们漫步谈心的足迹。按说，两个恋人相聚而且是分别 4 年后的相聚，热度应该很高。但是，我们当时都很冷静，所谈的无非是分别后各自的情况，只是比写信更直接更随意罢了。

当晚，我们一起在露天广场上看了新凤霞主演的电影《刘巧儿》。电影讲述的是解放区的农村女孩刘巧儿，冲破传统思想的束缚，大胆争取婚姻自由的故事。我们都看得很认真，感觉那似乎是专为我们安排的演出，是在为我们的爱情加油。事后，一直到今天，我对她那次从羊安檀荫村走乡村小路，在炎炎夏日翻山越岭步行去蒲江县城与我会面这件事，仍然印象深刻。我很佩服她的勇气，因为那次行动不仅要吃苦受累，付出很大的辛苦，也要冒很大的安全风险。

蒲江城会面大约一周以后，在我将要结束探亲假返回部队时，我走到邛崃县城，请川剧团的好友、演员张崇林帮我借了一辆自行车，按照事先的约定，骑车到 30 公里外的羊安乡檀荫村玉群家拜访，第一次见到了她的祖母、母亲和两个妹妹。午饭后我和玉群在她家后院的竹林下深入交谈。虽然是夏天，但是竹林下清风阵阵，鸟语花香，她缓慢而又温馨的话语给人以凉爽清幽的感觉。通过这两次难得的交流，加深了我们相互的了解和感情，按照现在的说法，相当于正式确定了恋爱关系。

我知道玉群是一位对自己要求很严、传统观念比较强的姑娘，为避免因行为不当引起她的反感，所以在两次会面中，我都注意控制自己的感情，用军人的纪律严格要求自己，在言语和行动上尊重对方，保持距离，只有平静的语言交流，连手都没有握一下。这在今天的年轻人看来，也许是不可理解的，然而，这就是当时的事实。

回到部队后一段时间，我的心情特别愉快，不时回想起我们两人单独会面的情景。每逢周末假日，我心爱的手风琴的悠扬旋律，常常在军营中回荡，其中就有那首俄罗斯民歌——《莫斯科郊外的晚上》。

此后，我们之间的书信往来有所增加。虽然，我在信中多次明确表达了对她的爱，但是她在回信中除了谈学习工作外，却从来不谈爱

情，有时对我仍然用“同志”相称，当然也没有拒绝我的意思。我理解她持这种态度的原因，因为她自己还是一名学生，而且又是干部，必须有所约束。我深知“欲速则不达”，告诫自己千万不能急躁，要慢慢来，相信随着时间的推移，感情成熟了，必然会结出甜蜜的果实。

五、爱情的力量

就在我感觉自己各方面都进展顺利，“形势一派大好”的时候，我的家庭却发生了变故：1958 年 1 月，我亲爱的父亲因病去世。因为半年前我刚刚回乡探亲，不可能再回家奔丧，只是寄些钱表示对亲人的安慰。丧父的悲痛还未平息，两个月后，我的人生历程又发生了一个重大的变化，也是一个特别重要的转折，我所在的海军连云港巡防区司令部领导通知我，组织决定要我从部队转业。当时有两个方向让我选择：一个是转业回原籍安排工作，另一个是去北大荒参加国营农场建设。这个变化来得很突然，是在我毫无思想准备的情况下发生的。在当时的情况下，没有时间也没有可能写信征求玉群和家人的意见，我只能根据自己的判断果断做出去北大荒的决定。因为我当时认为，去北大荒建设国营农场虽然可能很艰苦，但那是国家的一项重大决策，是建设社会主义现代化农业的大行动，是国家建设和发展的需要，意义深远，前途一定很光明。我也听说北大荒的条件很艰苦，但是由于我经历过旧社会食不果腹、衣不蔽体的生活，又有五年军旅生涯的锻炼，一切的艰难困苦对我来说都不在话下。我相信越是艰苦的地方越能锻炼人，我选择到北大荒去一定能够有所作为。同时，我也相信只要把情况给玉群讲清楚，她一定能够理解，也会支持我的。

其实，当时我对“北大荒”的概念是相当模糊的，只知道北大荒是中国最东北的黑龙江省的一片荒原，至于那片荒原的具体位置，有多大的面积，是什么情况都毫无所知，因为当时没有人做介绍，也没有可供查阅的文字资料。到北大荒后经过很长一段时间我才知道，北大荒是一个逐渐清晰逐渐扩大的概念，当时主要是指黑龙江、松花江、乌苏里江之间未开发的大荒原，或称“三江平原”，后来逐渐扩展为包括黑龙江省农垦系统所属5万多平方公里、130多个国有农场和其他企事业单位、160多万人口的广大区域。十万复转官兵开发北大荒的壮举，是党中央、国务院、中央军委的一项重大决策，其在建设现代化农业、国家粮食安全和巩固边防等方面的重大战略意义，今天已经充分显现出来。

部队决定让我转业，至到达北大荒，大约有一个月。告别战友，办理转业手续，从部队驻地连云港到青岛，再乘火车到北大荒，处于不断地变动之中，不但没有一个确定的收信地址，更不知道即将去的北大荒是什么样，所以没有立即写信告诉玉群。1958年3月下旬等我到了北大荒，落脚到密山农场（后改称857农场）四分场地名为“老牛圈”的第三生产队当一名农业工人后，才给玉群写了一封信，明确告诉她，我已经响应中央的号召，到北大荒参加国营农场建设了。在信中我大概描述了北大荒现代化、机械化农业的美好前景，而对我当时所处的艰苦环境，有意回避没有做过多的介绍。信发出之后，我迫切希望看到她的回信，想知道她对我选择去北大荒一事是什么态度。然而，左等右等，大约等了3个月，仍不见回音，我的心情一度很郁闷。

那段时间，我们100多名青岛海军的转业军人，还有10多名家属，在“老牛圈”生产队（当然，这里只是十万官兵开发北大荒的一个点，还有许多我当时不知道的点）住马架子，人拉犁，开荒种地，艰苦奋斗，干得热火朝天，我也全力投入其中。但是每天下班后，因为得不到恋人的信息，心中难免忐忑不安，难道她有什么变化吗？我在笔记本上写下题为《播种》的一首小诗，反映了当时的状态和心情：

马架子前留念（1958年5月）

皑皑白雪在悄悄地融化，
成群的大雁从南方归来，
袅袅炊烟从马架子顶上飘起，
阵阵欢笑打破了荒原的宁静。

是谁，把“铁牛”开进了荒原？
是谁，把黑土地搅得底朝天？
是我们，脱下军装的战士，
响应党的号召，屯垦戍边、“向地球开战”！

一袋袋麦粒和黄豆，伴随着希望播进黑土；
一阵阵歌声，激励着开发“北大荒”的转业军人。
秋天，当南去的大雁整装而去，
我们收获的不仅有粮食，还有爱情。

我在“老牛圈”生产队只待了近4个月，情况又有了新的变化。

7月中旬，我接到通知，农场领导决定调我到总场部工作。我立即打点行装，告别“老牛圈”生产队的战友，乘坐马车到场部报到。去了以后农场组织科科长告诉我，在正式安排我新的工作岗位前，要先完成一项上级布置的临时任务，用10天左右时间对全场数千名转业军人的预备役军官兵役登记，要求逐个分场、生产队登记造册，完成汇总后上报密山县（现为密山市）兵役局。在我集中精力紧锣密鼓刚刚完成了这项临时任务，而组织还没有给我安排新的正式岗位时，我得知新成立的黑龙江八一农垦大学（初建时名为“密山农业大学”）招生小组已经来到农场，负责招收大学的第一批学员。我认为这是一个难得的学习提高的好机会，于是鼓足勇气找到农场机关党委书记，试图说服领导让我参加考试。我说：“我现在还年轻（当时只有22岁，在转业军官中算是最年轻的了），如果这次考上八一农垦大学，我一定好好学习，毕业后再回农场工作；如果这次没有考上，坚决服从组织分配，叫我干什么都行。”领导见我态度诚恳，求学心切，就同意让我试试。没想到没有上过一天中学只读几个月师资训练班的我居然被录取，成为一名本科大学生。

黑龙江八一农垦大学是适应大规模开发建设北大荒的需要而创建的。抗日战争中曾带领八路军在南泥湾开荒、1956 年任农垦部部长的王震将军兼任第一任校长。当时的校址在密山县裴德镇，第一批 1 000 多名学员绝大部分是解放军复转官兵。当时的目标是为北大荒国有农场培养管理和技术人员。建校时实行半工半读，1959 年经国家高等教育部批准转为正规全日制高等学校，面向全国招收应届高中毕业生。这所大学现已整体搬迁到大庆市。

1958 年 8 月 5 日，我正式到大学报到后，便给玉群写信告诉她我考上大学的消息。这一次，她很快回了信，说她很高兴，表示坚决支持我的行动，鼓励我一定要抓住这难得的机会，刻苦学习，取得优秀成绩。于是，我们的恋爱信又继续穿梭往返起来。1959 年，玉群中师毕业，留校担任校团委书记兼政治课教员，而我则于同年 6 月 28 日因学习工作表现突出，加入中国共产党成为预备党员，不久又被牡丹江农垦局评为建设北大荒先进分子。

1960 年，我 24 岁，玉群 25 岁，按照传统我们都到了谈婚论嫁的年龄。当时，与我同班学习的转业军人中，有部分转业前已经结婚，也有几位是入学后利用寒假回家完婚的。其中，我的同班同学、四川老乡徐亚锋就是利用寒假回去结婚的，他的爱人是重庆某大学建筑专业的毕业生。可能是受到环境的影响，1960 年初，大学放寒假前，我在给玉群的信中正式提出结婚的要求，她很快回了信，给我的回答是“坚决不结婚”。这给我的热切希望泼了一瓢凉水，情感受到很大的挫折。当时，我确实很生气，也很苦恼。我的主要想法是：第一，我们已经相识 8 年，谈恋爱也有 3 年了，结婚的事应该由双方共同商量决定，是可以讨论的，而她的态度是不容讨论，这是我不能接受的；第

二，我想，如果你没有准备好，可以说现在还不行，以后再讨论，我是可以接受和等待的，怎能简单用“不结婚”一推了之？第三，“不结婚”前面，再加“坚决”二字，看来你是对我变心了，或者至少是打算长期拖下去了，这也太无情无义了吧！因此，我在气头上回了一封带着“火药味”的信，然后在一段时间，我有意不给她写信，不理她了。

当然那段时间我的学习、工作也很忙，想要冷处理一下，同时我知道她一定也很忙。这期间，正好我的大哥孙利人到邛崃县城开会，他并不知道我和玉群正在闹矛盾，他去找玉群，然后玉群就把我们正在闹矛盾的事给大哥说了。了解情况后，大哥在给我的来信中批评我说：“我看玉群是一位百里挑一的好姑娘，各方面都很优秀，非常难得，你们俩有事好好谈嘛，不应该与她闹矛盾……”接到大哥的信后，我反思再三，情绪也慢慢冷静下来，设身处地为她着想，她毕业工作时间不长，工作压力和家庭负担都很重，确实需要有一个调整和准备的时间，看来我是有些急躁了。于是，我接受了大哥的批评，主动给玉群写信，做了自我批评，我们又恢复了正常的通信联系。

当时的八一农垦大学（以下简称“八一农大”）属于初建，教师很少，迫切需要培养自己的教师队伍。继 1959 年选派一批同学到北京农业大学学习后，1960 年 8 月，大学党委又决定选拔一批优秀学员，报经国家教育部门批准，以“进修教师”身份分别送到国内重点大学进修学习，学成后回校任教。我有幸被选派到天津南开大学化学系有机教研室进修农药专业（与我同时选派到其他院校进修学习的仅农学系就有汤树德、袁立海、陈书略、白焕江等一批同学）。当时给我规定的任务是：用两年时间，完成农药专业的规定学习课程。这对我来说是非常严峻的挑战和考验，压力是非常大的。我了解到，南开大学是国内有名的一所文理科并重的大学，该校的化学系在全国也很有名，有一批从美国留学归国的著名教授任教，当时的校长杨石先，我的导师陈茹玉教授都是留美的著名有机农药专家。而农药专业是化学系有机教研室开设的一个新的处于国内前沿的专业，专业性、系统性都很强，本科生五年制毕业。当时，与我一起在陈茹玉教授指导下进修的还有东北农学院化学教师汪一桐先生等，而我，要在两年内完成大学5年的学习任务几乎是不可能的。入校报到后，我先找到有机教研室的党支部书记林少凡，如实汇报了我的情况，请他给予指导。他看我是个转业军人，又是共产党员，很理解我的困难，再三考虑后，为我量身定做了一套特殊的学习计划，即用一年时间学习普通基础课和专业基础课，包括普通化学、基础有机化学、分析化学、专业俄语等，再用一年时间完成专业课学习，包括合成化学、有机结构理论、有机农药合成以及大量的实验课等，并带我去见了我的导师陈茹玉教授，征得了她的同意，于是便按照计划进入正常学习状态。由于我来自北大荒的新建大学，又是一名转业军人和共产党员，受到有机教研室老师们和进修教师的尊重。非常幸运的是，当时与我一起在有机教研室进修学习的有一位山西大学化学系的教师、雇农出身的共产党员王丕耀，是他主动利用许多课余时间帮助我补习原来所缺的其他基础课。为了完成进修学习任务，我每天大约5点起床（比别人早约一小时），除了用30分钟锻炼身体和吃饭外，几乎把全部时间都用在学习上了，就连走路、在食堂排队买饭的时间都在背外语单词。也许是学习压力太大，精神太紧张，而营养又跟不上，不知不觉中，一种讨厌的皮肤病——神经性皮炎缠上了我。但是，我没有停下努力学习的脚步，坚持一边治疗，一边学习。经过一个学期的刻苦努力，基本步入了正常的学习轨道，跟上了计划的学习进度，为圆满完成进修学习任务奠定了基础。在这个过程中，玉群的支持和鼓励始终是我克服困难、完成任务的巨大动力，我的每一项进步和取得的成绩都有爱情的激励与促进作用。正如意大利文艺复兴运动的代表、著名作家兼诗人薄伽丘所言："真正的爱情能够鼓舞人，唤醒他内心沉睡着的力量和潜藏着的才能。"集中自己的全部力量和智慧，完成学习任务，这就是我当时的状态。

1962年8月，我以优秀成绩完成进修任务，回到黑龙江八一农垦

大学农学系，在植物保护教研室担任教师（助教）。开始一段时间，我与王丕耀保持着通讯联系，但是在“文化大革命”中联系中断了。多年后，我曾经委托八一农大到山西大学进修的同志，帮助我寻找在关键时刻给我巨大帮助的王丕耀，得知他在“文化大革命”后期因一次意外事故而去世，这令我非常痛惜。

六、步入婚姻殿堂

1961 年 2 月 16 日，我的人生历程进入了一个新阶段。这一天，我与杨玉群正式领到结婚证书，一个新的家庭从此诞生了。如果把贴出那张加入新民主主义青年团红榜的时间作为一个起点，到我们正式结婚刚好经历了 3 000 个日日夜夜。时间虽然长了一点，但是那不完全是主观因素造成的，而时间长的最大好处是爱情的基础扎实、牢固，不怕风吹浪打，也经得起艰难困苦的考验。

说起结婚这件事，中间还发生过一点曲折。玉群当时已经是师范学校的政治课教师，受到组织的信任和重视，是学校重点培养的对象，因此她在政治上比较敏感，在个人的婚恋问题上非常谨慎。早在我们正式结婚前几个月，她就通过组织以师范学校的名义，给当时我进修学习的南开大学党组织写了一封调查信，意图了解核实我的政治情况。这在当时的环境下是很正常的举动，是可以理解的。但是，这封信不知为何迟迟没有回复。所以，当 1961 年 2 月中旬我利用寒假满心欢喜地回到邛崃，先到一家旅馆住下，然后到师范学校与玉群见面，提出完婚时，她完全没有思想准备，没有立即表示同意，虽然态度上比较和缓，但是也没有说明原因，而是含糊地推脱。我当时心里很

结婚合照（1961 年 2 月）

不高兴，也不理解，但是表面上却装出一副无所谓的样子，说："那好吧，你再想一想，我明天就回老家看望老人去！"

几天后，我在平落镇老家突然接到邮局派人送来的通知，让我到邮局去接听长途电话（当时，从县城到平落镇虽然只有20公里，但仍属于长途电话，由人工通知到邮局去接听）。玉群在电话中告诉我，她同意让我回县城马上与她结婚。我当然很高兴，因为这是我们所期盼的结果啊！

但是，发生这个反复的原因，我一直搞不清楚，后来经我反复询问，她才告诉我说："当时不同意结婚是因为没有收到南开大学党组织的回复，心里对你的政治情况不完全托底，后经朋友劝说，校领导支持，才同意结婚的。"后来，我回忆起结完婚回到南开大学约一个月后，有一天党支部委员来向我了解情况，说是有一封邛崃师范学校了解情况的外调信，我才知道有这么回事。

我们结婚时，限于当时的条件，两人都没有制新服装，我穿的是转业时发的海军藏蓝色干部服，外加海军呢军大衣，玉群穿的是一件普通中式上衣。另外，我从天津给她买了一件粉色针织线衣，买了几斤糖块招待客人。玉群有原先买的新床单，朋友帮她做的一床新棉被，此外再没有其他的物资准备，可以说简陋至极。现在想起来，真是对不起她，亏待了她。如今，经济条件好了，有机会陪她到商场或网上购买衣服，我都尽量满足她的需要，而我自己则尽量少买或不买，也算是对以前亏欠的一种补偿吧！

我们结婚是在中国历史上一个极特殊的年代，即所谓"三年困难时期"。全中国的老百姓，包括国家领导人和作为国家粮食基地的北大荒农场的职工，都处于缺衣少食、忍饥挨饿的状态之中。我选择在这个时候结婚，一是由于我们恋爱已经很长时间，双方在感情上已经成熟，该是收获爱情的时候了；二是我们已是二十五六岁的成年人了，各自都已经走上事业发展的道路，基本具备了建立小家庭的条件；三是我当时在南开大学进修，只能利用放寒假时完婚。我们结婚时，玉

群与她的母亲住在师范学校。当时，正值放寒假，学生们都回家了，只有部分老师留校。我们先是在师范学校开了一张介绍信，然后一起去邛崃城关镇办理了结婚登记手续，领了结婚证书。那天上午，由师范学校的领导主持，在学校礼堂举行了在当时来说是相当隆重的婚礼。参加婚礼的除了双方的亲友、学校的领导、老师和部分同学外，还有县里教育部门、团委的干部。

古人云："婚姻者，祸福之机。"（《三国志·魏书》）又云："婚姻，祸福之阶也。"（《国语·周语中》）。大概是说进入婚姻殿堂的人既可能从此走向幸福的生活道路，也可能是致祸的开端，这说明任何婚姻都是存在风险的。客观地说，当时我对于婚姻的认识还是相当肤浅和模糊不清的。婚后会发生什么，将来如何处理两地分居问题，会遇到什么困难，怎么处理好夫妻和家庭种种关系，等等，也没有认真思考。心理上抱着走一步看一步的态度。今天，经过半个多世纪的学习和修炼，我终于有所领悟，在我将要迎来"钻石婚"这一人生大典的时候，我深为自己当初的选择庆幸。

七、考验忠诚

我和玉群从 1961 年 2 月结婚到 1965 年 9 月调到一起，中间经过四年半的两地分居生活。这是一段比较漫长而又难熬的岁月，它的主题或者核心是"牵挂"，同时也考验着我们对爱情婚姻的忠诚。

对玉群牵挂的原因有二：一是对玉群工作状况的担心，她当时的工作非常繁忙，我很担心她累坏了身体；二是对玉群家庭生活的担心，当时玉群的工资很低，除了赡养母亲外，还要负担小妹妹在县城读初中的费用，生活的压力是很重的，我也有孝敬老人的义务，虽然偶尔帮助玉群，也只是杯水车薪；三是对她所处环境和安全的担心。其实，这种牵挂是双向的，我相信她对我也同样如此。

排解牵挂的主要办法除了互相通信和两年一次探亲外，就是把全部精力集中于学习和工作上。当时除了学习和工作以外，几乎没有时间想别的事。1962 年我从天津南开大学结束进修回校后，就留在农学系植保教研室任助教。当时的教学任务是协助和配合邓德霭老师，担任“农业昆虫学”课的实验课指导教师，其中包括农药方面的内容。这门课我在农管系任植保课辅导员时虽然学习过，但是深度不够。因此，我便利用任实验课指导教师的机会，拼命学习，补上自己知识的短板。同时，利用大量的课余时间，绘制实验课需要的挂图，采集制作昆虫生活史标本，以满足教学的需要，包括 1963 年回乡探亲时，也利用有限的时间到野外采集标本。由于我的专注和投入，经过一段时间的努力，我所负责管理的植保实验室面貌大为改观，实验课的教学质量得以提高，受到学生们的肯定。1988 年，我回八一农大参加 30 年校庆，在参观植保实验室时发现，当年我绘制的一些挂图和制作的标本，仍然在继续使用，而且保护得很好。

在八一农大植保实验室（1964）

有人说，婚姻是爱情的坟墓，其意是说人们一旦结了婚，爱情就会终结，这一观点为那些朝秦暮楚、见异思迁，不能将爱情进行到底的人制造了借口。我不认可这个观点。根据我几十年的观察体会，结了婚，确实有可能因为如下原因使婚前轰轰烈烈的爱情逐渐淡化和终结：一是发现爱人的不可接受的重要缺点；二是产生所谓“审美疲劳”，认为爱人不是那么美丽了，甚至厌烦了；三是见异思迁有第三者插足；四是爱人婚前隐瞒了重大事项，如有婚史或其他大事等等。但是，我认为只要双方没有刻意隐瞒重大事项，即使发现新的缺点甚至犯了错误，仍然可以经过双方的努力调整，而将爱情坚持下去，并逐

步深化。因此我坚信，一桩良好的健康的婚姻，不是爱情的坟墓，而是爱情的保护伞，在合法婚姻的保护下，经过夫妻双方的共同努力，可以使爱情保持稳定，并逐步深化、发展，不会因为家务琐事或有了后代而淡化。

不过，在我们结婚后两地分居期间，确实发生过一起类似“第三者”事件，那是对我的一次重要考验。大约是1964年夏天，因工作需要我从黑龙江八一农大农学系植保教研室教师岗位，调到大学政治部宣传科工作，一个星期天的傍晚，我一人专心致志在办公室看书，忽然一位年轻女士敲门后进入办公室，说有事想和我单独谈谈。我知道她是一位已婚的人，性格文静，面貌清秀，平时我们也有工作上的接触，就与她一起走到室外果园边上。她温情默默地对我说，她非常喜欢我，如果一天见不到我，就会寝食不安等等，我听到这里，立即阻止她再说下去，我对她说：“×××同志，我们都是有家的人，又是共产党员，要尊重自己，千万不能做伤害家人、违反党纪的事啊!”第二天，我把这事向党委机关的一位老共产党员、我尊敬的老大姐做了汇报。我当时的想法是，可能这位女士的家庭感情出了问题，希望老大姐帮助她渡过家庭的感情危机。后来，我也把此事告诉了我的爱人。可是，事后我有些后悔和不安起来，因为我无意间泄露了一位女士感情上的隐私，似有不妥。好在前几年我偶然得知她和她的家庭都很好，见到她全家幸福的合照便释然了。这虽然是我在感情方面遇到的一件小事，但是如果意志不坚定，就很难保证思想、行动不出轨。

当年，我在八一农大农学系任教时，系主任是武恕诚，党总支书记是新中国成立前的老干部秦万里，我和系领导以及教师们的关系处得很好。那时我还不到30岁，除了担任植保实验课教学外，还兼任农学系党总支委员和教师团支部书记，算是风华正茂、年轻有为，按照时下的说法走的是一条“又红又专”的道路。当时在我的周围确实有很多优秀的年轻女教师和女大学生，但是我努力做到洁身自好，保持心灵的平静和行为的端正，把全部精力都放在工作和学习上，坚守对爱人的忠诚，这是我一生都引以为傲的。这也是我和玉群的爱情婚姻坚实牢固的重要原因。

我一直认为，婚姻是个人的终身大事，同时又是一种法律行为，在国家为你颁发结婚证书以后，你就享有了与爱人合法生活的权利，但与此同时你必须遵守《婚姻法》的规定，承担起对社会、对爱人以及未来后代的责任。那种只享受权利、不愿意付出、任性而为、不承担责任的行为是不可取的，甚至是违法的，其后果必然导致爱情的淡化和终结，同时也是对爱人的伤害和对家庭的破坏。

八、团聚在北大荒

夫妻一起享受正常的家庭生活，这是大多数人的期望。幸运的是，我们结婚后的大部分时间是在一起生活的。我和玉群 1961 年 2 月结婚，经过 4 年半的两地分居生活，终于在 1965 年秋团聚了。

但是，团聚也不是一件容易的事，是我们夫妻双方共同努力的结果。当时，玉群在四川省邛崃师范学校任教，是领导重点培养的骨干。八一农大组织部门向她所在学校发出商调函后，对方领导一再挽留，并许诺可把我调回老家工作。但是，经过玉群的一再坚持和争取，领导终于让步，同意玉群调到黑龙江工作，并且说，如果玉群去那里后，感到不适应，想调回来，他们还欢迎。

玉群调到北大荒后，被组织安排在我任教的黑龙江八一农大的职工子弟学校工作。我结束了单身汉的孤独日子，开始过上了正常的家庭生活，当然也产生了一系列新的问题。开始时没有房子住，子弟学校的老师们临时将一间办公室收拾出一个小隔间，暂时居住。入冬时，分了一间宿舍，算是安了个家。

我们的新家是在一栋平房内，是由原来的女生宿舍改造的。房子中部向南开一道门，房子中间是一条东西大走廊，中间有一个自来水龙头，总共住了 29 户教职工，每间房子的使用面积都只有约 13 平方米。虽然条件十分简陋，但是毕竟有了个“窝”，而且当时八一农大的

教职工全部是住这样的房子，校级干部住的也只是多了一间而已，大家并没有太高的要求。而且，当时并没有感觉房间太小，因为所有教职工都没有什么家具。唯一感到有差距的是房间的朝向，南面的房间有一个向南的窗户，北面的房间有一个向北的窗户，夏天不会有太大的感觉，到了冬天南北温差可达 10℃左右。我正好分在北面，如何度过寒冬是对我们的严峻考验，尤其对玉群更是如此，因为她刚到北大荒不久就怀孕了。为了解决过冬问题，先要买煤（每个小家庭一年大约 2 吨），冬天每天必须烧炕取暖（附带烧水做饭），还要把窗户用纸条糊严实，几乎密不透风。但是，太密闭了也会出问题，因为烧煤取暖，会产生一氧化碳。有一次我在单位值班，玉群自己一人在家就差点发生煤气（一氧化碳）中毒，幸亏发现及时而未造成严重后果。虽然逃过了生命危险，但是玉群还是因气候寒冷落下了慢性气管炎的疾患。

生儿育女，这是爱情婚姻的重要内容。在实现家庭团聚后，1966 年至 1970 年，我们的一双儿女先后出生。这既给我们的家庭增加了欢乐气氛和对未来的希望，又平添许多经济上和精力上的负担。但是我们都千方百计克服困难，供儿女从小学、中学到大学或研究生完成学业。他们走上工作岗位后，又分别在职读完硕士或博士，顺利拿到学位证书。

一个男人有家以后，现实会改变他的生活，也会改变他的性格。就拿做家务来说，我就发生了脱胎换骨的改变。原来我一个人生活时，一直在单位食堂吃饭，除了有时洗衣服外，也没有什么家务事要做。一旦有了家，特别是有了孩子后，要做的家务事就特别多，但是因为长期养成的习惯，我不会做，眼里也没有活。玉群是个非常勤快也非常能干的女人，我看她上班忙工作，下班忙孩子和家务，每天都马不停蹄得不到休息，实在是不忍心。这促使我转变思想，下班后或是节假日，也主动学着干，打扫卫生、洗衣、做饭等等。在这过程中也逐渐提高自己的厨艺，慢慢地“煎炒烹炸”，以及包子、饺子、饼子、面条等等，都做得像模像样，得到家人的认可了。一般家里的小修理活，如缝纫机的调试维修、处理电灯接线等我也学会干了。在佳木斯工作时，我还曾经用业余时间，学习自己做木工打家具，虽然做成了几件，但是手艺不精，也太耗时间，后来就不再做了。我主动干些家务事，就可以减轻她的负担，达到一种良性的平衡。有人说，好女人是一所学校。如果你身边有个好女人，那是一个男人的福气，确实应该珍惜。只要学习态度端正，你一定会进步和提高的。

此后的40多年，我们的生活条件发生了很大的变化。除了1979年至1982年的大约3年时间我一人调回八一农大工作，夫妻分居两地外（这期间玉群一人承受着工作任务和照管孩子双重压力，十分辛苦），基本上都生活在一起没有再分开，享受着平静的、正常而有秩序的家庭生活。

1965年，我们夫妻在北大荒团聚，是一个新的起点，也为一个家庭的成长和发展，创造了条件。更重要的是使我们夫妻有了一个共同的事业，这就是北大荒的开发建设。特别是在黑龙江生产建设兵团和改制后的农垦总局机关工作，处于统管全局的地位。由于有了共同的事业，就有了更多的共同语言，更利于夫妻间的交流。北大荒的开发建设，是20世纪50年代党中央、国务院、中央军委的重大决策，是涉及国家未来发展和国计民生的重大项目，使我们有可能站在更高的角度，用开阔的视野，把自己的命运与国家的前途联系起来，不管形势如何变化，都有前进的巨大动力。同时，我们的儿女生长在黑土地，又受军垦大环境的影响、熏陶，对他们的健康成长也注入更多的正能量。这些，都对我们爱情、婚姻、家庭的稳定和发展，产生积极的作用。

九、难忘佳木斯

在我们长达60年的婚姻生活中，有23年是在佳木斯度过的，而且，更重要的是我们工作生涯的最后一段时光是在佳木斯度过并完满

落幕的。按照佛教的用语，叫作“修成正果”。因为，在佳木斯度过的这一段时间，是我们两人在事业上为国家做出更多贡献并取得丰硕成果的时期，同时也是我们的爱情婚姻家庭生活看似平凡其实是扎实耕耘并深化发展、取得成果的重要时期。所以，必须把这一段经历单独回顾一下。

1965 年秋我们夫妻在北大荒团聚后，虽然解除了夫妻两地分居的苦恼，但是又存在两方面的问题：一个是物质生活条件艰苦，加上两个孩子相继出生，生活工作都比较紧张，尤其是玉群负担很重；第二个是从 1966 年开始的“文革”，大学里出现“斗、批、改”，夺权，武斗，闹翻了天，秩序混乱，人心惶惶。在这特殊的环境条件下，很难叫人安下心来学习工作，也难免会影响到家庭生活。但是，有一点我至今仍感欣慰，那就是在“文革”的大风大浪中，我们夫妻二人都没有迷失方向，没有跟着造反派瞎起哄，搞打倒一切的事情，没有偏离老实做人和实事求是的本性，继续扎扎实实做好自己应该做的工作，更没有辜负共产党员的光荣称号。

1968 年 6 月 18 日，为适应当时战备环境的需要，经毛主席批示，组建了中国人民解放军沈阳军区黑龙江生产建设兵团，原来的北大荒农垦系统各级机关、企事业单位，包括八一农大都纳入兵团的管理体制范围，兵团总部先设在哈尔滨后迁至佳木斯市。1971 年春节过后，黑龙江生产建设兵团派出以兵团副政委李子文、政治部副主任孙平为首的一个庞大的工作组，将八一农垦大学撤销（两年后经国务院批准恢复），原来几个主要的系分别整体转移下放到兵团所属的三师（农机系）、四师（农学系）、五师（牧医系），实际上为两年后复校提供了条件。我当时被调到位于佳木斯市的兵团总部工作，任兵团战士报社编辑兼记者。次年玉群也调到兵团子弟校任教。

佳木斯市是黑龙江省的第四大城市，位于黑龙江省东北部，著名的松花江从城中流过。其风景秀丽，社会安定，市场比较繁荣。虽然，我们搬到佳木斯时，“文革”还没有结束，全国很多地方仍处于混乱之中，但是，因为黑龙江农垦实行兵团半军事化体制，由沈阳军区直接管理，有3 000余名现役军人任各级党政主要领导，由此很快结束了原来的派别纷争，转入正常的生产和工作秩序。虽然佳木斯市风光秀丽，社会秩序良好，近处有西林公园，还有松花江滨河公园，适于休憩观光，但是在20多年中，我们却很少去游逛观光，所以对佳木斯市除了我们所居住的农垦大院和办公楼周围外，并没有留下太多的具体印象。

1988年在佳木斯

调入佳木斯时我35岁，玉群36岁，正是年富力强可以全心全意投入事业的时候。回顾在佳木斯度过的那一段难忘的时光，我们夫妻二人亲密合作，顶住工作和生活两个方面的压力，共同应对抚育儿女和身体疾患的挑战，取得较为丰硕的成果。因为我们都是共产党员，必须把工作放在第一位，恪尽职守，尽职负责，这是我们永远遵循的基本原则。在那段时间，玉群先是在有1 000多名师生的兵团子弟学校任副校长，负责行政和后勤保障等管理工作。后来又调到改制后的农垦总局机关（前身是兵团总部机关），负责“文革”后工会的重建工作，然后又担任有3 000多名会员的黑龙江省农垦总局机关工会主席。无论是任子弟学校的副校长，还是任机关工会主席，她都满腔热情、全力以赴地工作，就像一部机器不停地运转，而且充分发挥她高度的组织指挥协调的才能，保持高效率工作。特别是在她任机关工会主席的十余年，在只有她一名专职工会干部的情况下，要负责几千会员的生活福利、职工文化教育、业余文体活动、民主管理、计划生育等多项工作，每一项都涉及职工切身利益，而且机关干部多，文化层次高，开展工作的难度很大。但是，她依靠领导和发动群众，以坚忍的意志，克服重重困难，把工作做得风生水起，有声有色。她多次获得优秀共

产党员、先进工作者，黑龙江省的三八红旗手、优秀工会干部等多项荣誉，受到黑龙江省政府机关工委的表彰奖励，先后被评为高级教师、高级政工师职称。玉群在佳木斯工作直至退休的20年，是她一生中工作的黄金时段，付出很多，收获也多。有一位总局领导事后曾经感慨地说："杨玉群一个人所做的工作，换成其他三至五人也不一定能做得她那样好。"

在那段时间，我的工作虽然也很辛苦，也有成就，但与玉群相比要逊色得多。可以说，在黑龙江农垦总局机关，提起玉群，从领导到普通工人，没有不认识她的，而且大家都说她是个好人，都想为她的工作助一把力，分一点忧。而对于我，则许多人不认识。因为前一段，我在报社做编辑工作，每天埋头于文字和稿件，再就是下基层采访，很少有与机关内群众接触的机会。后来，兵团体制撤销改为农垦总局后，我被调到总局政策研究室（体改办）工作，也基本如此。如果说到工作的成就，唯一值得我骄傲和欣慰的是担任政策研究室、体改办主任时，负责指导和组织协调北大荒垦区的经济体制改革工作。特别是农业经营体制改革，要把原来计划经济体制下实行的国有国营、企业吃国家的大锅饭、职工吃企业的大锅饭而导致"一死二穷"的旧农场经营体制，改革成为具有生机活力的、以家庭农场为基础、大农场套小农场、统分结合的双层经营体制。改革阻力很大，难度也非常大，需要从理论上提高干部职工的认识，从政策措施、方法步骤上做出具体的安排，改革中出现问题要帮助协调解决。在此期间，在总局党委的领导下，我积极组织协调各方力量，团结带领本部门和下属单位的同志们，克服困难，冲破阻力，不断推进工作，经过近十年的努力，几经反复，不断修正完善，这项改革终于取得巨大的成功，为北大荒垦区后来的发展，奠定了坚实的体制基础。与此同时，我在深入调研中，撰写了几十篇论文在全国和省级刊物发表，并被评为高级农业经济师。

我们在佳木斯工作生活的20多年，除了全身心投入工作，并取得

一家四口在佳木斯

一定成绩外，另一项成绩就是培育儿女，使他们得到健康成长，全面发展。他们先后考入大学，为后来的发展打下了良好基础。1972 年，我们的家从密山县裴德农村的八一农大搬至佳木斯时，儿子 6 岁，女儿两岁半。当时我们夫妻二人的工资相加是 120 元，完全靠吃供应粮生活，要应对生活、儿女上学读书和其他开支，经济上压力不小。虽然如此，我们生活上勤俭节约，精打细算，首先保证孩子生活、学习的需要，为孩子们创造良好的学习环境和温馨的家庭氛围。同时，注重培养孩子养成自主学习的习惯，提高他们独立思考和应对困难的能力。儿子在读初中时，成为北大荒垦区名列前 100 名的优秀学生，1984 年以优异成绩考入北京农业大学。1988 年女儿又以高分考入天津纺织工学院。

在佳木斯居住期间，长期超负荷工作与沉重的生活压力，对玉群的身体造成了很大的影响。刚到北大荒时，在八一农大因为冬天气候严寒，得了气管炎。到佳木斯后逐渐加重并发展成为慢阻肺。为了减轻她的负担，除了出差外，我每天按时下班为全家做好饭，等她下班回家一起用餐。有一段时间，为了帮助她恢复健康，我连续 40 多天为她煎熬中药。1987 年春节前，为了取卷柜顶上的慰问品，她从办公室折叠椅摔到水泥地上，右脚腓骨骨折。到佳木斯医院就诊时，我把她从一楼背到三楼去进行检查（当时我已经五十多岁）。幸运的是，经过两三个月的治疗休养，伤处基本痊愈，并经有关组织鉴定为“工伤”，至今有几十年了，还时有发作。

1984 年以后，儿子和女儿先后考上大学离开父母独立生活，平时不再需要操心他们的学习和生活琐事了，感觉时间上宽松了许多，精

神上长期紧绷着的那根弦也慢慢松弛下来。所以，那几年我们夫妻才可能在业余时间参加一些有益的活动。当时，玉群经常组织职工开展业余文体活动，她自己也有选择地参加，如智能气功等，至少对调整身体机能和放松一直紧张的精神有益。另外，我们夫妻二人还经常一起去参加机关内部的交谊舞会，舒缓美妙的音乐伴奏有益于夫妻的默契和思想交流，其中慢三、慢四、北京平四都是我们喜欢的节奏，偶尔也跳跳“华尔兹”（快三），在快速旋转的舞步中，身心得到愉悦。一段时间玉群的大腿骨疼痛，通过跳“华尔兹”居然得到缓解，后来慢慢地腿也不疼了，我估计其中也有精神上的作用。

我们在佳木斯工作和生活的20多年中，随着国家经济和农垦事业的发展，个人的生活条件也有很大的改善，尤其是居住条件明显改善，先后搬家4次，其中有3次是搬进新建的房子。最后一次是1989年，总局在机关后院建了一栋“处长楼”，我们有幸入住，除了居住条件得到改善外，从住处到办公室上班，走路只需3分钟，确实比过去方便多了。

在佳木斯工作生活的那段时间，我们夫妻二人既要争取出色完成担负的工作任务，又要培育儿女，使他们德智体全面发展，考上大学，这确实是非常严峻的挑战和考验。之所以最后能够实现，除了不怕苦和累，充分发挥各自的主观能动性之外，最主要的一条就是夫妻的团结和默契，不仅在生活上互相配合，互相关心，互相帮助，工作上也互相支持鼓励，真正做到“心往一处想，劲往一处使”。同时，我们用自己的实际行动，言传身教，影响儿女，各自都发挥自己最大的潜力。在全家人的共同努力下，取得了最好的结果，先后获得垦区和黑龙江省“五好家庭”的殊荣。机关一位老同志感慨地说：“你们一家人，既相互配合，又各自努力，真是谁也不耽误谁，难能可贵啊！”

十、定居京城享晚年

20世纪50年代到90年代，我们生活工作在北大荒，那里是我们的第二故乡。但是，我们永远不会想到，我们的晚年生活要在首都北京度过，这也许是命运的安排吧！

我们能够到北京定居，是缘于1993年11月召开的中国共产党十四届中央委员会第三次全体会议，会议通过的《中共中央关于建立社会主义市场经济体制若干问题的决定》中，提出“要进一步转换国有企业经营机制，建立适应市场经济要求，产权清晰、权责明确、政企分开、管理科学的现代企业制度。”为贯彻此决定精神，农业部*（现农业农村部）决定在全国农垦系统开展一项名为“三百工程”的改革试点工作，即选择100个国有农场进行现代企业制度试点，建立100个种子基地，组建100个企业集团。于是，农业部农垦司与黑龙江农垦总局商定，借调我到北京帮助开展此项工作，担任现代企业制度改革试点办公室副主任。1994年8月30日我们从佳木斯乘火车到达北京南站，儿女们到车站迎接，从此开始了我们晚年的幸福生活。虽然我在原农业部农垦局工作了10年，但属于发挥“余热”性质，所以这一段时间也应该算是晚年生活的一部分。

到北京以后首先遇到的一个重要问题就是房子，也就是要有个安身的地方。而解决这个问题虽然经历一些周折，但在各方领导同志的关心支持下总体还算顺利。

到北京后最初我们被安排住在位于北京市东直门内东羊管胡同黑龙江农垦总局项目办在北京设的一个临时联络处，这一安排是经过请示农垦总局的分管领导和项目办主任张祥元同意的。那是一个很小的平房小院，那里有几间面积仅有8平方米，仅可以放两张单人床的小屋，我们就临时住在北面的一间小屋。解决了临时的住处，我于1994年9月1日就到原农业部农垦局上班了。但是，时间一长问题就来了，主要是这里的条件很差，生活很不方便，不仅住处狭窄，不能做饭，上厕所要到胡同里的公厕，有时还得排队。更重要的是这里没有取暖

* 2018年3月13日，十三届全国人大一次会议审议国务院机构改革方案，组建农业农村部，不再保留农业部。

设备，无法在这里过冬。我决心尽快离开这里。于是在朋友的帮助下，我们在朝阳区八里庄8号楼租下一个有厨房、卫生间的一居室小房子，1995年元旦前搬了进去，算是暂时解决了住处和过冬问题。当时的房租是月租金400元，后来增至500元。女儿小红大学刚毕业，在月工资仅有千余元的情况下，主动为我们交了房租，体现了女儿的一片孝心。

我到农业部工作后，虽然说是借调，是临时工，但我发挥自己工作严谨认真的优势，连续为农业部起草和修订了几个重要文件，也帮助处理了一些其他工作，领导们比较满意。后来在黑龙江农垦总局领导同志的关心和农业部农垦局领导的协调帮助下，解决了在北京的住房问题。1996年6月，我们入住位于朝阳区左家庄的一处55平方米的房子，与此同时将我们在佳木斯分得的公有住房一次性交公。这样，我们在北京才有了自己的立足之处。1998年8月，也就是我们到北京4年以后，正式将户口从佳木斯迁到北京，成为首都北京的居民。同年，经请示黑龙江农垦总局领导批准，由农垦总局组织部、财务处联合发文，确定了我和老伴在北京的异地安置身份。而我在农业部农垦局工作到2004年末才告结束，长达10年之久。

2004年8月，在孙女茜茜7岁的时候，经家庭内部商量后决定，我们搬到海淀区中国农业大学西校区，住进农大家属区儿子和儿媳原来在大学分配的一套三居室房子，另外我们把原来左家庄的房子卖给单位内部老职工，帮助儿子在农大附近一小区买一套商品房。这是一个一举三得的措施：一是与儿子一家的距离近了，便于互相照顾，特别是方便我们对孙女生活学习上的照顾；二是农大家属区的居住条件和环境比较好，有利于我们安居养老；三是儿子一家也可以借此改善居住条件。与此同时，经我们劝说，女儿和女婿一家，在我们搬到农大家属区后，也从原来所住顺义的一个小区搬到农大附近的一个小区，与我家约公交车一站地距离。这样，我们全家实现了在北京的大团聚。当时，外孙子鉴已经两岁，也方便我们对外孙的照顾。更重要的是，我们老人临时有个病什么的，孩子们也方便照顾我们了，这才是最大的好处。

我和老伴杨玉群在北大荒工作几十年，退休后能够定居北京，这是我们原来没有想到也不敢想的，也是我们生命历程的一个重大转变。当然，定居北京后我们作为北大荒人的身份没有改变，改变的只是居住地而已。但是，这一改变对我们的晚年生活产生了重大影响。第一条，也是最重要的一条，就是实现了与儿女们的永久性团聚。过去儿女们只能在春节假期回佳木斯探亲时全家团聚一下，时间很短暂而且要忍受买票难、旅途辛苦等困扰。过去与儿女们交流困难，只能靠写信或打长途电话，有困难也无法帮助，现在这些问题都不存在了。第二条，定居在北京就有机会参加一些在黑龙江无法参加的重要的活动，如重大节日的文化活动、2008 年的奥运会等，也有机会参观游览一些名胜古迹，开阔了眼界。第三条，认识结交了许多新朋友。特别是搬到农大西校区居住后，与一些离退休老教授、老干部成为邻居，成为可以交心、互相关心和帮助的好朋友，如住在同一个小院“紫苑”的金敬恩、马世昌、施森宝、张文绪、毛炎麟、郭玉璞、朱家园、郑湘如、李庆基等教授，以及孟繁杰、徐玉华、张咏娥老师等。

另外，虽然我们不是农大的职工，但是有些重要活动，如旅游、参观等，我们也会被邀请参加。例如，北京昌平区每年要举办农业嘉年华，总会接到农大老同志邀我们参加的电话。农大老干部处组织离退休干部旅游时，也欢迎我们参加。这使我们很快融入农大的环境。我们的组织关系转到农大社区后，各种活动参加得更多了，与周围的关系更密切了。这其中除了我们的人缘好以外，儿子在这里十几年学习工作留下的好口碑、好印象是一个重要的原因。

十一、服务第三代

到北京定居以后，孙女、外孙先后出生（孙女出生于 1997 年 7 月，

外孙出生于2002年6月），我们把配合和帮助儿女照管培育第三代作为自己的重要任务。20多年过去了，今天，看到我们的第三代正在健康成长，虽然付出许多辛苦，但我们内心充满成就感、自豪感。

目前在社会上，主要是在老年人中，对于要不要帮助儿女照管孩子是有争议的。一部分老人认为，把儿女培养成人就算尽到责任了，再为第三代服务，没有必要，负担也过重，不如把晚年时间用于休闲、养生或旅游更好。这个想法有一定道理，不能一概否定，特别是那些身体状况不佳的老人，本身还需要年轻人的照顾，不应该再要求他们承担照管第三代的任务；还有儿女本身完全有能力照管的，老人也可以不管。但是，我和老伴都认为，在我们身体和其他条件许可的情况下，有一定的承受能力，儿女们又都忙于事业，照顾孩子确实有困难，是可以在力所能及的范围内给予帮助的，但绝不是一切由老人都包办起来，注意一定要力所能及，不包办。我们适当地帮助儿女照管第三代，既减轻了儿女的负担，又可以从中得到精神上的满足，这也是一种“老有所为”的体现吧！

谈到帮助照管第三代，在长达10余年的为第三代服务中，老伴杨玉群的付出最多，也最辛苦。特别是我们到北京后，我在农业部服务十年，开始一段时间主要是她为我服务，每天早晚为我做好两顿饭，还有洗衣、收拾卫生等家务劳动。1997年有了孙女茜茜以后，她就把很大的精力放在帮助照顾第三代上。2002年有了外孙子鉴后，又增加了任务。在两个孩子上小学以前，主要是生活上的照顾，以及经常带孩子到各处玩耍等。老伴是学教育的，当了10多年老师，所以在带孩子玩的过程中，注意结合游玩项目，开发孩子的智力，例如带他们游北京天安门和一些大的公园，玩各种有益身心的游艺，参观展览，教他们练空竹、放风筝等。后来，孩子先后上幼儿园、小学、中学，我们又承担起接送孩子和给他们做一顿晚餐的任务。

在我们为第三代服务中，因为孩子都是独生子女，我们有一种强烈的责任感，就是在安全上绝不允许出问题，一定要保证孩子们的安全，然后才是教育和生活保障的问题。安全上主要是两方面：一是带孩子出门的交通和人身安全，需要处处小心，这方面总体情况很好，但也出过一点事故。2010 年 6 月，上小学二年级的外孙谢子鉴，放学后自己在小区院内骑儿童自行车，不小心摔倒致手臂骨折。我发现后，立即打车带他到附近的 309 医院儿科，经医生夹板固定处置，两月后逐渐恢复。这虽然是由于孩子不慎造成的，但是大人也要从中总结经验。二是食品安全。孩子在中小学阶段，几乎每天要到我家吃晚饭，做作业。如何保证他们的饮食既卫生又营养，我们从原料采购、加工等方面处处精心，从书本和电视上学习以提高厨艺，做到了让孩子吃好吃饱，营养又健康。孩子们对我们做的饭都表示满意，我还被授予“二级厨师”职称。

在培育第三代方面，我们前后用了十几年，占了晚年生活的大部分时光，付出了许多辛苦。但是，回过头来看，这种付出是值得的。这一方面极大地减轻了儿女们的负担，使他们把更多的精力集中用在学习和事业上，为他们在事业上的成功加油助力；另一方面也有利于晚辈的健康成长。在这期间，我们看到儿子在职攻读了博士学位，事业发展比较顺利；儿媳攻读了硕士、博士学位，被评为教授，担任大学博导、副院长；女儿和女婿在事业上也取得较好发展。孙女和外孙都成为品学兼优、德智体美全面发展的好学生。孙女茜茜 2019 年在清华美院以优异成绩毕业后，又考取英国伦敦大学金匠学院艺术设计硕士研究生；外孙谢子鉴 2020 年被美国罗格斯大学录取。

当然，客观地说，我们在为儿女们服务、照顾第三代中付出辛苦的同时，也得到儿女们的照顾和帮助，享受到家庭和谐带来的温暖，特别是当我们生病需要住院和照顾时，儿女们总是第一时间出现在我们面前，跑前跑后处处安排照顾得很周到，使我们的身体很快得到康复。而且，更重要的是，当我们看到儿女和孙辈们在学习和事业上不断取得新成绩，得到新发展，我们会由衷地感到高兴，比吃多少补药都管用，自己付出一些辛苦也就无所谓了。

十二、金婚的感动

结婚，是人生的一件大事，各个民族、各个国家都很重视。对于结婚纪念日，一般都会采取不同的方式来纪念。各个国家对不同结婚纪念日的叫法有的相同，也有的不同。一般逢 5、逢 10 等大的结婚纪念日叫法大致相同，如结婚 5 年纪念日，中国、美国、法国、英国、俄罗斯、日本等都称为木婚；结婚 10 年上述国家都称为锡婚，15 年都称为水晶婚，20 年都称为陶瓷婚，25 年都称为银婚，50 年都称为金婚，等等。而其他年份叫法各异。我们中国人对于结婚纪念日是否重视和纪念，主要是看经济和生活条件。据我所知，过去一般老百姓是很少把结婚纪念日当一回事的，只是到了改革开放后，人们的生活得到改善，同时也受外来习俗的影响，才开始重视起来。

我们过去从来没有搞过结婚纪念活动，因为忙于事业，脑子里没有这个概念，也没有条件。1986 年 2 月，我们结婚 25 周年即“银婚”时，我亲手做了几个菜，请一位好友到家，算是庆祝一次自己的“银婚”。到了 2001 年 2 月，我们结婚 40 周年的时候，当时我们住在北京市朝阳区左家庄小区，为了纪念我们的“红宝石婚”，我们特意去王府井附近一家照相馆照了一张婚纱照。由照相馆工作人员给玉群化了装，戴上头饰、项链，穿上照相馆提供的婚纱，我也穿上自己的藏蓝色西服，扎上领带，就这样我们这一对老夫妻破天荒照了婚纱照。大概花费 1 000 多人民币，事后由儿子赞助，得到一本影集，外加一幅水晶板大婚纱照，挂在我们的卧室内。那次没有专门搞什么纪念活动，也没有告诉孩子们，悄悄地就算纪念一次“红宝石婚”了。

孙仁松杨玉群金婚纪念照

2010年，在我们将要迎来结婚50周年之前，我们已经搬到中国农大西校区居住。各方面的条件已得到改善，我们认为这是人生的一个大节日，结婚50年，夫妻仍能够健康地生活在一起，很不容易了，感到应该好好地纪念一下。所以，这次提前开始准备，在儿女们和朋友的支持和参与下，先后办了四件事。

（1）出版回忆录《大荒缘》。这本书由我们夫妻合著，2010年8月由中国农业大学出版社正式出版。这部前后历经近10年写成的书的出版，是我们夫妻二人的婚姻家庭、历史、工作、生活和爱情的回顾与小结，之所以定名《大荒缘》，是因为书中很大一部分内容写的是与北大荒开发建设和改革开放有关的我们在北大荒的奋斗史，所以我们安排到哈尔滨去首发。8月中旬，我们在女儿育红和外孙子鉴的陪同下，从北京乘飞机到黑龙江省农垦总局机关所在地哈尔滨市，受到农垦总局机关政策法规局局长张元福等同志的热情接待，并安排入住北大荒国际饭店。第二天下午，农垦总局政策法规局专门为我们在国际饭店二楼多功能厅举办"《大荒缘》首发座谈会"。这次座谈会办得很隆重，看来事先经过认真而且精心的策划和准备，这是我们没有想到的。据说，在黑龙江农垦总局机关先后有多位同志包括总局领导出书都没有出现这样的场面。

会场上方由电子屏幕打出"《大荒缘》首发座谈会"的会标。会场座椅成长方形一圈排列。会议主办方为黑龙江省农垦总局政策法规局，并由政策法规局局长张元福主持，总局党委委员、常务副局长邹积慧首先讲话，他在讲话中对作者和《大荒缘》一书给予高度评价，对这次座谈会的举办给予全力支持；我在会上介绍了《大荒缘》一书的写作经过和主题思想后，北大荒著名作家郑加真、黑龙江省记者协会主席贾宏图、原黑龙江日报社社长李惠东、著名版画家郝伯义等同志在会上发言，他们积极评价了《大荒缘》一书的艺术和史料价值，对我们夫妇在北大荒几十年的工作给予高度肯定。座谈会进行中，北大荒博物馆馆长赵国春代表博物馆向我们颁发了《大荒缘》一书的收藏证

书。总局机关各部门负责人和机关老同志以及直属单位老同志 40 余人参加了会议。

次日，《北大荒日报》在一版发了消息，北大荒电视台对我们进行采访，并做了专题报道。除了将书签送与会同志和机关老同志外，我们还把 500 多本书送给北大荒各管理局、农场和基层单位，很好地实现了我们原来的心愿。在此，我们要感谢邹积慧、张元福同志和机关有关部门和参会同志对我们的支持和关爱。

在哈尔滨举行首发式后，我和老伴又专程去佳木斯市和东部部分农场，向住在那里的垦区离退休老同志送书，总局驻佳木斯办事处领导也专门召开座谈会，对《大荒缘》一书的出版发行给予大力支持和肯定。

（2）拍摄金婚纪念照。2011 年 1 月下旬的一天，在好友孙锡庚同志的夫人孟玲玲的陪同下，我们乘车到位于王府井的中国照相馆，拍摄金婚纪念照。这套由专业人员拍摄的纪念照拍得很精致、漂亮，是孙孟二位送给我们金婚的礼物，值得永久保存。还记得，50 年前，我

孙仁松杨玉群金婚庆典纪念（2011 年 2 月于北京）

们在老家邛崃县城结婚的时候，曾照了一张2吋的合照，我把底片拿到这家著名的照相馆放大洗印，还上了色。可是，由于时间太久，这张老照片有些残破了，前些年我在老年大学学习图像处理技术后，经过扫描存了电子版，又用计算机PS技术加工换了背景，放大成为一张新的结婚照，挂在书房墙上。

（3）举行金婚庆典活动。2011年2月4日，兔年大年初六，我们在北京一家餐厅举行了一次小型的、热烈的金婚庆典活动。这次活动我们特邀好友孙锡庚主持，参加活动的除我们夫妻和儿子、儿媳、孙女、女儿、女婿、外孙外，还邀请武廷树、杨桂珍和崔玉川、常淑文两对老亲家参加，邀请的嘉宾主要是几位农业部和黑龙江农垦的老领导、老同志，他们是：农业部原常务副部长刘成果、王淑芝夫妇，农业部农垦局原局长魏克佳、马桂珍夫妇，黑龙江农垦总局原局长刘文举、刘佩芳夫妇，黑龙江农垦农业技术学院党委书记陈平、韩世英夫妇，黑龙江农垦驻京联络处主任刘洪夫妇，以及孙锡庚夫人孟玲玲、北京电视台记者孙熠、好友孙伯涛等。

我的老领导刘成果代表来宾致贺词，他在致辞中满怀深情地说："今天有幸参加仁松、玉群二位的金婚庆典，既高兴又羡慕。我与他们二位原来都在北大荒农垦工作，认识20多年了，接触很多，印象很深。今天，我对他们二位的评价就是两个字——成功。说成功主要体现在爱情婚姻很成功，他们1952年相识在邛崃师范学校，1957年开始恋爱，1961年结婚，经过几年两地分居，后来杨玉群才调到北大荒，直至退休。可以说他们二位把自己的青春年华都献给了北大荒的事业。二位不但婚姻和谐美满，而且儿女优秀，事业有成，还很孝顺。当然，也包括儿媳妇和女婿。他们这个家庭还是'五好'和文明家庭，在黑龙江和北京都受到奖励。在此，我对他们以及全家表示衷心的祝贺！"

其他来宾在席间也对我们的金婚表示了真诚的祝贺！

在庆典会上，我们二人朗诵了自己创作的一首诗，题目是《金婚的感动》。

(4) 编辑光盘《金婚之路》。为了留下珍贵的历史资料，我们决定自己制作一套光盘，把我们金婚的数据资料记录下来。我专门向好友孙伯涛学习“会声会影”软件的操作使用方法。然后，把收集的数据资料编辑成上下两集的一套光盘，题目是《金婚之路》，刻录100套，分送给亲朋好友。其中，上集为“历程篇”，主要通过图片、视频、文字记述我们怎样从相识、相知，到恋爱结婚，以及结婚后养育儿女和在北大荒奋斗直至晚年生活的历程；下集“庆典篇”全部以视频记录在北京举行的金婚庆典活动的经过。

2007年，一部长达50集的电视连续剧《金婚》在电视上热播，引起我们的关注。该剧主要描写一个工厂技术员佟志和小学教师文丽两人的爱情和婚姻历程，故事跌宕起伏，精彩纷呈，演员演技也好，后来曾获得多个奖项。与该剧的故事情节相比，我们的婚姻历程似乎平淡多了，既没有那么多矛盾冲突和起伏跌宕，更没有大打出手和闹离婚，所以好像没有新意，也上不了电视，但是我们的自我感觉良好，也更喜欢自己这样平平静静、波澜不惊的婚姻生活。

十三、我为老伴着新装

学会电脑不断提高操作能力，是我退休生活中的一项重要的内容，也是一项大的收获。大约2001年我65岁在农业部工作时开始学习电脑，当时主要是用电脑写文件，后来回家后主要进行写作，不但写作出版了自己的回忆录，而且写了很多论文、散文、通讯、诗歌等作品在网络和报刊发表。如果没有电脑的帮助，根本不可能完成这些工作。因为，从60多岁开始，我的手的功能开始出现问题，发生轻微的颤抖，拿不稳笔，也无法顺利书写文字。幸亏有电脑帮忙，我可以用敲键盘的方法写字，这要比用笔写字顺畅得多，也舒服多了。在学用电脑中还有一项大的收获，就是学会用电脑软件处理图片，把我的操作水平提到一个新高度，其中有一项技能，即用电脑给我亲爱的老伴穿上漂亮的新装，把她变成年轻美丽的古装仕女。

PS 技术制作的婚纱照

那是 2006 年在我 70 岁时，我参加了中国农大老年大学电脑高级班学习，施森宝教授教我们学习一种图像处理软件 Photoshop（简称 PS）的使用方法。我非常认真地参加学习，基本掌握了图像的调整、修图、抠图等方法。这对于爱好摄影的我，是一个很大的帮助，因为在数码技术已经很普及的今天，如果不会使用图像处理软件，对拍到的图像进行后期处理，那就像只会生吃蔬菜而不会烹调技艺一样感到淡而无味。为了巩固学到的知识，达到熟练掌握技能的目的，施老师给学员布置了一些作业，其中就要求学员用自己的老照片制作成婚纱照，并且要拿到课堂上去展示和交流。

这是一项很有趣的作业，因为我们结婚的那个年代，正处在国家经济和社会生活很困难的时期，两人结婚时到照相馆简单合个影就不错了，哪里谈得到婚纱照！当时连做梦都想不到啊！再说，婚纱照需要有漂亮的衣服，而我们那时穿的衣服都很陈旧，根本没有什么像样的衣服。现在生活条件好了，许多老人到照相馆补拍婚纱照，我们也去补拍了一次。但是拍出的仍然是老人照，无法表现年轻时的风采。现在好了，我可以用电脑技术把老照片进行技术处理，换上好看的衣服，做成漂亮的婚纱照，至少可以达到一种精神上的满足。我按照老师教给的方法，找出仅有的几张有色老照片，经过扫描仪扫描，转换为电子版，然后用 PS 软件进行修饰，制作图片“选区”，再与从网上下载好的图像模板进行合成，每一步都必须按照程序操作，最后形成作品。我制作的几张婚纱照作品拿到课堂展示后，得到老师和其他学友的肯定。

从制作婚纱照中学会了 PS 技术后，我产生了要为老伴单独制作古装艺术照的想法。老伴从小生活在农村，从事多种农业劳动，直到成年、结婚生子，没有穿过像样的衣服，也很少照相，我便从她八十年代的老照片中，找到几张彩照，经过扫描、修饰、嫁接等技术手段处理，制作成多种服饰、光彩照人的古装仕女照，还原了老伴年轻时的靓丽形象。这样的古装仕女图片先后制作了 100 多张，我将其中一部分比较满意的，制作成电子相册，命名为《杨玉群古装艺术照》，作为送给老伴 75 岁生日的礼物，她看后问道："我有那么漂亮吗?"从她笑容满面的问话中，我看出她是满意的。

PS 制作杨玉群艺术照

我在制作的过程中，除了学到了计算机技术外，主要是体现和融入一种对老伴的爱，一种全身心的刻骨铭心的爱。因为我经常想起她当学生时，身穿打补丁衣服的样子，所以，我的制作同时也是对老伴的一种心灵上的补偿，主要是补偿她年轻时没有条件穿漂亮衣服，更没有条件留下美丽的影像资料的遗憾。

虽然我的技术水准不高，制作还不够精良，但我一个古稀老人能做成这样的作品，已经很满意了。我用自己的作品，向人们展示我老伴年轻时的风采神韵，这是一种爱的宣示，也算是一种美的创作吧!

十四、夫妻结伴游世界

在我们的晚年生活中，一项重要的活动就是夫妻结伴旅游。20 多年来，我们通过参加协会组织、自助游、报团游等多种方式，到国内外多地旅游，很有收获。国外主要去了新加坡、马来西亚、泰国、日本等地，国内有香港、澳门、台湾以及上海、山东、山西、江苏、浙江、安徽、湖南、贵州、陕西、广东、海南、新疆、四川、黑龙江等地。多数情况是我们夫妻二人结伴旅游，也有时是我与亲家武廷树和农大摄影协会朋友等结伴旅游。在此期间，我们曾经多次返乡探亲和回访北大荒，其中也包括一些旅游参观活动。旅游，开阔了眼界，陶冶了情操。更重要的是，通过旅游活动，在欣赏国内外风光的同时，夫妻二人有了更多的时间进行交流，一起享受不受干扰的二人世界，进一步加深了夫妻间的感情。

2009 年 3 月 26 日，我和玉群参加中国青年旅行社组团赴宝岛台湾 8 日环岛旅游。同行的有好友孙锡庚、马世昌夫妇等。我们先后游览了台北故宫、士林官邸、101 大楼、阿里山、日月潭、高雄、垦丁（鹅銮鼻）、太鲁阁大峡谷、野柳风景区等处，收获良多。

2009 年在台湾日月潭

印象最深的是 2014 年 6 月，我们的好友李福成、马淑琴夫妇，邀请我们夫妻二人去安徽黄山、九华山旅游。在他们二位和当地朋友及导游的精心照顾下，我们以近八十高龄登上了久负盛名的黄山和九华山，饱览了以“奇、绝、险”闻名的黄山风光，以及其他文化古迹。

我们有两次夫妻结伴出国旅游的经历，第一次是 2003 年 3 月的新马泰加国内香港、澳门旅游（文见“晚晴篇”），第二次是 2018 年 10 月 13 至 18 日一起乘坐“处女星”号豪华邮轮赴日本福冈、长崎旅游，留下了一生中最美好的记忆。下面是这次乘坐豪华游轮出国旅游的经历，因为此次旅游时我们都八十多岁了，所以值得仔细回味，而且因为是最近发生的事件，所以有可能进行比较细致的描述。

2018 年 10 月 13 日中午我们乘坐大巴车从北京到达天津邮轮母港海关。经过较长时间的等待，办理完托运行李、领取房卡、验证通关等手续，下午 3 点多钟终于从 7 层甲板登上了邮轮。我们拿到的房卡号是 09196，那是位于九层船尾的一个带阳台的双人包间。乘电梯上到九层后，走过长长的走廊到达接近船尾的 09196 号，看到所托运的行李已经摆放到位。打开房门放眼一看，房间虽然不大，大约有十几平方米，但是设施齐全，干净整齐，一张拼接的双人床，一张小双人沙发，一个玻璃台面的小茶几，一个小书桌，卫生间分为梳洗、淋浴、坐便三个单元，有衣柜和存放杂物的抽屉，还有电视机、电话、吹风机、电水壶、冰箱、保险箱等设备，大约一米宽的阳台上有躺椅两个，方便在阳台观景。我们对船上房间的条件还是很满意的。

"处女星"号邮轮大约晚上 7 点从天津启航，经过 30 多个小时的航程，于 15 日早 8 点多抵达日本福冈港。日本的福冈县位于日本九州岛北部，三面临海，交通发达。因靠近朝鲜半岛和亚洲大陆而被称为"亚洲的大门"，同时也是连接九州岛与本州岛的交通要冲，是九州岛上最大的县和政治经济文化的中心。邮船在抵达福冈港口前，我们听到船上广播，一名老年游客突发疾病，已被送到岸上救治，但不会影响预定的行程。从这件事情我深深感到，像我等高龄老人出外旅游，是有一定风险的，必须做好充分的思想和其他方面的准备，防备突发事故。

我们从福冈港上岸，经过海关办理通关手续后，乘坐地接社的大巴车旅游观光。地接社派来的女导游姓李，30 多岁，是中国沈阳人。她的普通话很标准，人也显得热情健谈。在福冈我们参观的唯一景点是一个很小的公园——大濠公园。据导游介绍，大濠公园仿杭州西湖而建，总面积约 4.1 平方公里。它是日本仅有的几个水上公园之一，拥有一个周长约 2 公里的池塘，园内又以一座桥连接 4 个绿意盎然的小岛屿。池畔种满迎风摇曳的垂柳、花容秀丽的杜鹃，为整个公园增添不少美丽的气息。公园中有宽阔的湖泊、大片的绿地和小桥流水，可垂钓及泛舟，也是观赏野鸟的最佳地点，是个优美的都会休闲处。但是，导游给我们活动的时间只有约30分钟。我们进园后，顺着一条不太平坦的路步行几分钟，来到湖边一座塑像旁边观赏景致，摄影留念，总的感觉风景并没有导游介绍的那般好，其景观远不及处于北京市中心地带而且不用购票的紫竹院公园。在福冈岸上的行程除了大濠公园外，就是去一处餐厅用午餐。我们两人一人吃了一碗牛肉盖饭加一碗汤，共消费2 000日元，合人民币120元，算是一次最低消费了。我们去的那个餐厅很大，有多个不同品种可供选择，门口还有小超市，很干净，用餐秩序也很好。午餐后还有两个多小时，安排去了两个免税商店，人们自由地选购商品。商店里有不少讲中文的店员，服务态度很好，没有发生任何强制购物现象。因为在福冈入关人多排队耽误了许多时间，导致行程时间太紧张，只能走马观花匆忙赶路了，这就是跟团旅游的最大弊端。

邮船又经过一夜的航行，16日晨7时许，抵达九州岛的另一个港口城市——长崎。因为前一天在福冈已经办理过通关手续，所以这次上岸比较顺利。这次地接的导游换了一位董姓30多岁男子，是我国东北丹东市人，交谈中知道他曾经在国内当过口腔科医生。

在长崎和平公园

长崎隶属日本长崎县，在九州岛西岸，为长崎县首府。我们到长崎市参观的一个有深刻纪念意义的景点是“和平公园”。这个公园是为纪念在第二次世界大战中因遭受美国原子弹轰炸而死难的民众，于1955年建成的。1945年8月9日上午11时02分，继袭击广岛之后，美军对日本实施第二次原子弹袭击，造成长崎市23万人口中的10万余

人当日伤亡和失踪，城市 60%的建筑物被毁。广岛和长崎因原子弹轰炸造成的伤害遗留至今，幸存者饱受癌症、白血病和皮肤灼伤等辐射后遗症的折磨，死亡人数已增加至 14 万。这是一次历史的浩劫。和平公园里最具象征意义的是一尊“和平祈祷像”，那是一尊铜雕像，高 9.7 米，重 30 吨。雕像双目微合，象征着祈念和平；右手上举，食指朝天，象征着原子弹从此往下投掷；左手平伸，手掌朝下，象征祝愿天下安泰、世界和谐；右腿作盘腿打禅状。铜像前有一长方形大理石台座，刻有部分原子弹受难者的姓名。它向访客表达了煦煦爱意及佛的慈悲，也表达对残酷战争的控诉，祈愿世界和平。

离和平公园约 500 米的山坡下，在原子弹落下的中心地，建有一座黑色大理石的三角形纪念碑。碑的附近有当年被炸塌的天主教堂的残墙断柱。斜对着纪念碑，竖立着“祈祷和平之子、原子弹受害者慰灵碑”。这是一尊身着和服的日本少女像，胸前双手托着一只鸽子，双眼凝视远方，像是在悼念死者，祈求和平永留人间。我们和众多游人一起，参观摄影留念，心生无限感慨。既痛恨日本军国主义的战争恶行，又无限同情普通民众遭遇的灾难。可惜至今，日本政府当局，并没有汲取历史的教训，没有向受害国忏悔发动战争给数千万无辜民众带来灾难的罪行。参观完和平公园，我深感和平的珍贵，但是和平不会从天而降，只有国家强大了，和平才会得到保障。

6 天旅游中，只有两天登岸游览，大部分时间还是在船上度过的。由于这艘邮轮设备和设施比较完备，服务也比较好，游客可以自由地参加各项活动。为了让游客了解船上活动的内容和安排，船上有一张 8 开四版双面印刷名为《丽星导航》的小报，每天早晨或头一天晚上送到每一个房间。例如，10 月 17 日的《丽星导航》登载的内容有：早中晚的娱乐活动，现场乐队表演，美食，重要事项提醒等，每一项活动都有时间地点标注。其中，仅娱乐活动就有几十项（包括免费和适当收费项目），比如：魔术杂耍课程，王西安太极禅院海上太极养生课程，“处女星”号厨师的水果厨艺展示，茶艺展示，午间舞蹈课程，手工制作课，艺术展销，唐卡及中国传统文化交流体验课，中国象棋挑战赛，乐器演奏，电影，国标舞表演，杂技表演，等等。我们于17日晚到星座剧院看了一场把舞蹈杂技融为一体并有故事情节的演出，大多为外籍专业演员，内容精彩，水平很高，是一次艺术的享受。

十五、我们的八十寿诞

2015年，我们夫妻二人迎来一个人生的重大节点——八十寿诞（我79周岁，老伴80周岁）。人的寿命是有限的，但是，人的寿限是随着社会的发展而变化的。古人云“人生七十古来稀”。清朝时人均寿命33岁，民国时期只不过35岁，而目前我国的人均寿命已达76岁。我们夫妻能够牵手跨越80岁的门槛，可算是高寿了。更令人高兴的是，我们夫妻两人不仅健康地活过80岁，而且恩爱如初，儿女和后代事业有成，孝顺有加，这就更不容易，值得庆贺。

中国自古以来就有为老人祝寿的习俗。2015年10月，我们全家在北京欢聚一堂，儿孙们为我们举办家庭寿宴，同时邀请太原和北京的两对亲家参加。席间，我朗诵了自己创作的两首诗。

一首题为《同庆》：

有幸同乡且同窗，
共苦同甘战大荒；
夫妻同庆八十寿，
争九奔百享安康。

另一首题为《幸福》：

一生辛劳事业成，
晚年康健重养生；
更喜儿孙多孝顺，
国泰家和万事兴。

除此以外，在我们迎来八十寿诞时，还得到几件令人惊喜的“贺礼”。

第一件“贺礼”是孙女茜茜送的。这是一件特殊的十分宝贵的贺礼：这年7月，孙女以高分考入清华美院信息设计专业。这是她十多年来刻苦努力的结果，实现了我们全家对她的期望，也使我们的八十大寿过得更风光，更有意义。为此，2015年7月10日我们给她写了一篇《爷爷奶奶的希望》，其中提出八点“希望”，作为给她18岁生日的祝福。全文如下。

> 茜茜，你经过十多年的刻苦努力，以高分考入清华美院，你是我们全家的骄傲，我们衷心表示祝贺！你就要上大学了，相信你会在新的环境中发挥优势，继续奋进。爷爷、奶奶以自己80年的人生经验向你提出几点希望：①热爱祖国，关心国家大事。遇事要冷静思考，明辨是非；②要树立远大理想，确定不同时期的目标，并持之以恒为之奋斗；③勤奋学习，全面发展，争取更优异成绩；④坚持锻炼身体，保证充足的睡眠，保持良好的身体和精神状态；⑤积极参加社会工作，提高工作和处事能力；⑥保持低调，友善待人；⑦慎重交友。处男朋友要坚持高标准慢节奏，并及时与父母交流；⑧任何时候都要记住，社会很复杂，要时刻注意保护自己，确保人身安全。以上几点，虽然有些你已经做得很好，但还要再努力，争取做得更好。

4年过去了，茜茜已经以优异成绩从清华美院毕业，顺利考入英国伦敦大学金匠学院，进入攻读硕士研究生的重要阶段，我们对她提出的八点希望她都完全做到了，而且许多方面做得更好，完全超出了我们的期望。

第二件“贺礼”非常难得，也使我们全家都十分感动。2015年5

月的一天，农业部原常务副部长刘成果亲自在北大荒的朋友李伟滨的农庄为我们祝寿，他还分别请两位画家、书法家专门作贺寿图一幅、“寿”字一帧。刘成果是我在北大荒和农业部工作时的老领导，德高望重，一直受到我们的尊重。老领导亲自为我们祝寿，实在使我们感动，也给我们带来惊喜。那天参加祝寿的除刘成果和夫人王淑芝外，还有农业部门建清、画家晁锡弟夫妇、李伟滨一家和我们的儿女们。

第三件礼物是重庆大学退休教授江书元老师用电脑制作的“福”“寿”图。江老师是我们在海南保亭幸福时光小区的“候鸟”邻居、我们的好朋友。他制作的福寿图是两幅具有独特创意的精美的艺术作品。在贺“寿”图中，他用青松、仙鹤、巨石、瀑布，组成画面背景，中间一个巨大的“寿”字，乃选用名人书法，更巧妙的是他将我们夫妻二人的侧面头像剪影嵌入“寿”字头部，形成极为鲜明的主题，画面一侧用草书将我们的《同庆》诗一首加载其中。另一幅图是把一个巨大的“福”字嵌入大红灯笼，以中国结挂于腊梅枝头，在福字中央印入我们的全家合照，寓意全家有福。以腊梅为背景的图上有一对鸳鸯，图下部为北京颐和园福香阁，远景为万里长城，图的一侧是我们八十大寿的另一诗作《幸福》。两幅作品，寓意深刻，画面精美，经江老师反复修改完成后，带回重庆印制装裱好再寄至北京，现在仍挂在北京家中客厅内，成为永久的纪念（原图见彩插）。

十六、一枚“北大荒功勋奖章”

在几十年的工作历程中，我受到过许多奖励，其中分量最重的是一枚“北大荒功勋奖章”。虽然，那是给我个人的一个奖励（玉群在北大荒工作的年限不够而未能获得），但我认为那是我们夫妻两人共同的荣誉，如“十五的月亮”有我一半也有她一半。因为如果没有同我的爱人一起在北大荒艰苦奋斗，砥砺奋进，就不会有这份极为珍贵的荣誉。

1997 年 8 月 30 日，农业部和黑龙江省委省政府在哈尔滨隆重举行

北大荒开发建设50周年纪念大会，会上由黑龙江省农垦总局向为北大荒开发建设做出突出贡献并在垦区工作30年以上的老农垦每人颁发一枚“北大荒功勋奖章”，我很荣幸成为其中的一员。

在那次会上，专程从北京赴会的国务委员陈俊生发表重要讲话，他说：“我代表国务院，向为国家做出重大贡献的黑龙江垦区160万人民表示热烈的祝贺和亲切的慰问！向在垦区开发建设中做出突出贡献的离退休老同志表示崇高的敬意！”他接着说：“开发建设北大荒，是党中央、国务院、中央军委的一项重要战略决策，是我国社会主义建设的一项宏伟事业，是在中国共产党领导下的人民群众建设边疆、保卫边疆的伟大创举。”他最后说：“对黑龙江开发建设的光荣历史，取得的辉煌业绩，对北大荒人艰苦奋斗、无私奉献的精神，以及对国家做出的重大贡献，党和国家绝不会忘记！全国人民绝不会忘记！历史也不会忘记！”

手捧着这枚沉甸甸、金灿灿的“北大荒功勋奖章”，仔细回味国务院领导的讲话，我的心情久久不能平静，常常激动得夜不能寐。20多年来，我一直用一个红色小盒子小心翼翼地把这枚奖章珍藏在家中一角，更把她珍藏在心里。因为这枚奖章确实来之不易，她是我参加开发建设北大荒艰苦奋斗36年的见证；也是对我坚持为北大荒开发建设贡献自己一切力量的最高奖赏；更是对我这个老共产党员是否做到了“不忘初心”的最好评定。看见她，一幕幕往事就会像放电影一样呈现在我的眼前。

我不会忘记，1958年3月19日，作为一名22岁的准尉军官，我和解放军青岛海军的千余名战友，响应党中央的号召，加入十万复转官兵开发建设北大荒的行列，坐上绿皮火车经四天四夜长途旅行开赴北大荒的情景。当时，从全国各地有数万名海陆空转业官兵陆续开赴黑龙江边境小站密山，再从这里分赴荒原的深处，去新建不久的农场进行农垦开发工作。但是由于转业军人去得太多，密山县城到处挤满了穿军装的转业军人，吃住交通都发生很大的困难。我们乘坐的火车于23日下午到达后，当晚被安排在一所中学，在一间间搬空的教室，水泥地上铺上炕席，这就是临时住处。当时担任国家农垦部部长的王震将军亲赴密山，向转业官兵做动员讲话，号召大家徒步行军，赶到各个农场的指定地点。

我永远不会忘记，我和100多名海军战友分配到兴凯湖北原密山农场（现八五七农场）四分场一个地名叫“老牛圈”的荒草甸子，我们的任务是要在那里新建第三生产队。我们砍树条，割小叶樟草，在雪地上搭起马架，大家睡地铺（铺下面有草，而草下面是冻土残雪），喝雪水，用人力拉犁，背大豆种子，开荒种地，历尽艰辛……

我没有忘记，1958年秋，王震将军为了给北大荒培养建设人才，在荒原上创办起第一所大学（后正式定名为“黑龙江八一农垦大学”），将军亲自兼任校长。我有幸成为这所大学的第一批学员。当时只有几栋旧平房和简单的设备，我们实行半工半读，一面修水库，开荒种地，劳动建校，一面结合实践学习科学文化知识。我在入学第二年在全校学员中第一批加入中国共产党，并被评为“建设北大荒先进分子”。大学毕业后留校任教，担负起培养年轻学子的任务。

我更不会忘记，1965年我爱人杨玉群从四川调到北大荒，开始过小家庭的生活。我们住在一间13平方米的小北屋，室内只有一铺火炕、一个地炉子，冒着可能发生煤气中毒的危险，在冬季严寒达零下30多度、生活物资缺乏的困难条件下，不但出色地完成工作任务，而且养育了一双优秀儿女，最后把他们送进大学，培养成才……

我始终不会忘记，作为一名共产党员，必须时刻牢记使命，在各项工作中打头阵、当先锋。所以，我在北大荒的几十年，无论是当农工、当教师、做报纸编辑，还是当机关干部，都坚持刻苦学习科学文

化知识，不断提高自己的科学文化水平和工作能力，先后被评为农艺师、高级农业经济师、高级政工师职称；八十年代担任农垦总局政研、体改部门的主任，在组织推动北大荒经济体制改革，特别是兴办家庭农场、建立统分结合的双层经营体制方面，做出了积极贡献。退休后，又被借调到农业部农垦局帮助工作10年，继续为农垦事业服务。2004年后我已经不上班了，但还是继续参加有关课题的研究，并坚持在小区做一些服务和宣传工作，2017年6月我81岁时，被街道党委评为“优秀共产党员”。

虽然我和老伴退休后定居北京，但是我们作为北大荒人的身份没有变，仍然时刻关心北大荒的建设和发展变化。从近几年的多次回访中我们亲眼看到，北大荒已经发生了翻天覆地的变化，那里已经成为我国现代化农业的示范区，成为每年可以为国家提供400多亿斤优质商品粮（足够全国人一个月的口粮）的“中华大粮仓”。这些辉煌成果，是以复转军人为中坚力量的，包括大批知识分子、地方干部、下乡知青、支边青年和家属以及他们的后代的三代北大荒人，在共产党的领导下，不忘初心、前赴后继、艰苦奋斗、甚至流血牺牲取得的。

2018年9月25日，习近平总书记在视察北大荒七星农场时，满怀深情地说：“北大荒建设到这一步不容易……共和国把这里作为战略基地、把农业作为战略产业发展起来。半个多世纪过去了，发生了沧桑巨变，北大荒机械化、信息化、智能化发展很了不起，令人感慨。北大荒为中国人真正解决温饱问题发挥了大作用”“中国人的饭碗任何时候都要端在自己手上”“衷心希望国有农场的现代化农业搞得更好、改革搞得更好，也衷心希望农场的干部职工们生活得更好。”当我从媒体看到习总书记视察北大荒的消息时，心情无比激动，发自内心感谢总书记对北大荒的关心和高度评价，我和玉群能够成为北大荒这个英雄集体中的成员，感到非常荣幸和骄傲，我们把自己的青春年华贡献给了开发建设北大荒的伟大事业，无怨无悔。

十七、夫妻相处之道

许多朋友问我，你们夫妻俩和谐相处 60 年，恩爱如初，幸福美满，是怎么做到的？有什么经验？

其实，我认为每一对爱情长久的幸福夫妻，都有自己不同的作为和经验，当然也有一些是共同的东西。我们的爱情和婚姻取得成功，不是单一的因素，有自身的条件和外部环境的因素，但主要是我们共同努力、长期培育的结果。首先，我们具备幸福婚姻的三个要素，这是专家总结出来的，我认为非常重要。一是夫妻双方都有独立的事业，从事不同的工作；二是夫妻都有独立的经济来源，不存在谁养活谁的问题；三是夫妻在家庭中的人格、地位完全平等，也不存在谁服从谁的问题。这是婚姻成功的重要基础。此外，我们都出生于贫苦农民家庭（我家是贫农，她家是下中农），从小在老家参加生产劳动，都经历过旧社会的艰难生活。新中国成立前都因为家庭生活困难而辍学，新中国成立后又由于相同的原因上了师范学校师资训练班，而且在同一天加入青年团，所以对共产党和新社会有很深的感情，有感恩思想；我们都积极争取进步，五十年代先后加入中国共产党，有共同的语言，思想上政治上完全一致；加上长达八九年的时间，从相识、相知到相爱，为后来的婚姻家庭的发展奠定了基础，这是我们的爱情婚姻成功的重要原因。

有人说，夫妻能够走到一起是前世修来的，所谓“十年修得同船渡，百年修得共枕眠”，我虽不甚赞同此说，但却相信有“缘分”在其中起作用，“缘”是机遇，正好两人在那个特殊年代的特殊地点相遇了，这就是机遇。如果我们两人中，有一人不进师训班学习，或者虽然进师训班但是没有分到一个班，互相不认识，不了解，没有感觉，那就只能擦肩而过。“分”是什么？是各自的内在条件和努力，也许还有遗传基因在起作用。当时以及后来我们的周围都有很多优秀的男女青年，是可供选择的对象，但恰恰是我们两人同时选择了对方，而不是别人，这就是缘分。

婚姻的幸福美满，只有外部条件还不行，还需要自身的努力和长期的修炼。根据自己几十年在婚姻这所学校里的学习体会，我认为以下 9 条是夫妻相处中的基本原则，也是我们共同总结的经验，也许有一定的普遍性和参考意义。这就是理解、尊重、欣赏、信任、包容、沟通、奉献、感恩、自省。

（1）理解　夫妻相处一定要相互理解，不但对对方一时一事要理解，而且对于你爱人的整个成长经历、思想、性格、生活习惯等也要理解。而所谓理解，必须在全面了解情况的基础上，进一步深化达到理性的认识，这当然是一个比较长期的过程。我和我的爱人，虽然从认识到正式结婚经历八九年漫长的历程，但是由于受当时客观条件的限制，结婚前的了解相对来说还是表面的、肤浅的。可以说结婚以后的 60 年，是对爱人深入了解的过程，认识的过程，同时也是学习的过程、全面理解的过程。因为对她的优秀品质或生活习惯等，都需要有一个认识和理解的过程，不是短时间可以完成的。当你对她的全部历史和思想状态真正理解的时候，对于发生在她身上的事儿也容易理解了。这样的话，许多矛盾就可以迎刃而解了。可惜的是，我的悟性不够，有些事情理解慢些，花费的时间长一些。只有你真正理解了对方，从思想深处认识了对方，才会有真正的爱，爱情才会持久。当然，理解不等于赞同，对方的某些意见、有些事包括生活习惯你可以不赞同，但是要在理解的基础上加以尊重，如此就不会产生矛盾和对立了。

（2）尊重　夫妻相互尊重很重要。前提是必须从内心深处把对方置于与自己完全平等的地位。我一直不认为自己有男尊女卑的思想，但是由于受封建传统观念意识的影响，可能有时会自觉不自觉地表现出不尊重对方的情况。所以，作为一个男人，要时刻注意防止和克服“大男子主义”。在家庭生活中所谓尊重，主要体现在遇事多与对方商量，不能把自己的意见强加于对方；要多倾听爱人的意见，设身处地为对方着想，有时候她的意见并不符合我的想法，又无关大局，心想就按照她的意见办吧，只要她高兴就行；有时候双方的意见不一致，一时难以统一，那就先放一放，不必急于统一。要尊重对方的生活习惯，习惯都是长期形成的，只要对家庭无害，不必过多计较，如果是不良生活习惯，则要耐心地帮助和疏导，直至对方改正。

（3）欣赏　夫妻间要互相欣赏，即多看对方的长处和优点，其实也可以换一个说法，欣赏就是爱。那么，我欣赏她什么？大概说来有六个方面：一是我欣赏她美丽端庄的形象和高雅大度的气质，即使人老了，但形象气质不会改变，因为它是一种深深镌刻在灵魂中的外在表现；二是我欣赏她善良仁厚的品格，这是浸透到骨子里的一种品质，在为人处世日常生活中处处都能体现出来，她可以把普通群众当作好朋友，真心相待；她对人热情几乎有求必应，对工作永远充满火一般的热情；三是我欣赏她非常能吃苦，因为她出身农民，少年时就干过很多苦活累活，为完成工作任务可以不吃饭不喝水，达到废寝忘食的程度，这种品质很令我佩服。能吃苦就意味着适应环境、克服困难的能力强，在遇到困难时，不会手足无措，总会有办法去应对；四是我欣赏她非常能干，她会干许多家务活，也很会做群众工作，无论在什么单位，都是先进工作者和积极分子；五是我欣赏她坚韧的性格处事果断的风格，但也不乏温柔贤惠、体贴照顾的一面；六是我欣赏她爱学习肯钻研、永不停息的精神，等等。总之，她几乎集巴蜀女子具有的坚毅、果敢、勤劳、豁达、贤惠、睿智、善良等优点于一身，是女人中的强者，我心中最爱的人。这种欣赏是占据主导地位的，任何时候都不会改变。

（4）信任　夫妻之间要有相互理解基础上的高度信任，这是夫妻相处中不可或缺的重要原则。但是，信任必须是双向的，你在要求对方信任你之前，首先要完善自己，提高素养，使自己成为值得信任的人。可以说，在几十年婚姻生活中，我们夫妻相互建立起了高度的信任，例如，绝对相信对方在政治上不会犯大错，任何时候都会遵纪守法，爱党、爱国；相信对方的个人品德，不会出格、出轨，不会做对

不起自己的事；相信对方不会乱花钱，夫妻的工资都用在了家庭的合理开支上；相信对方所做的一切都是出于善意；等等。夫妻有了高度的信任，才会有真正的配合默契，才能避免许多猜疑、误会，减少许多不必要的矛盾和争吵。

（5）包容　学会包容是夫妻相处中十分重要的经验和原则。这包含三个层面：一是包容对方的缺点。俗话说“金无足赤，人无完人”，任何人都不可能没有缺点。而在我的心目中，对方的缺点与优点相比是微不足道的，甚至是可以忽略不计的，只能采取包容的态度。二是对方真的做错了事，如不小心打坏了东西，或者说错了话，都不要责备而是要宽慰对方。你可以善意提醒，以后加以注意就可以了，千万不可幸灾乐祸，揪住不放。三是如果双方对某件事意见不一致，这种情况是经常发生的，而且处理不好是最容易发生矛盾、引起争吵的。我一般采取善意地、心平气和地沟通的办法，千万不能固执己见，激化矛盾。要知道“家不是讲理的地方，而是讲情的地方”。当遇到两人对事物有不同意见时，尽量不争论，等双方情绪冷静下来时，再平心静气地交流，效果就好多了。其实两人对某件事一时意见不一致，有可能双方都没有错，只是看问题的角度不同而已，一般情况下按照她说的办就是了。

（6）沟通　所谓沟通就是平等地、心平气和地交换意见。在夫妻共同生活中，经常及时地沟通思想、交流意见是非常重要的。有不同意见或矛盾时要沟通，没有矛盾时也要沟通，养成经常沟通的习惯，使之成为夫妻生活的重要组成部分。有沟通，就能够消除矛盾和误解，增加彼此的共识，就有了生活前进的方向。其实，夫妻间的许多矛盾，包括争吵都是由于没有及时沟通造成的。最好是每天有沟通，哪怕在一起吃饭时简单地交谈几句也好。有时候，往往强调自己忙，没有时间沟通，这是不对的。因为，夫妻如果长时间不交流不沟通，就容易产生误解和隔阂，甚至影响夫妻间的感情，这是必须引起注意的。

（7）奉献　德国人本主义哲学家弗洛姆说：“爱的本质是给予而非

获取。”奉献是一种精神，是一种爱，我们要在把自己的才智和力量奉献给国家、奉献给党的同时，对爱人和家庭也要讲奉献。其实奉献就是无私的付出，奉献是不求回报的，真正的爱情与自私自利和极端个人主义格格不入。因为我们都很珍惜这一份来之不易的爱情和婚姻，为了把这个家经营好，舍得为爱人为家庭付出自己的努力，不怕辛苦不怕困难，而且这种付出是长期的，心甘情愿的，是几十年如一日的。在这方面，我爱人的表现尤为突出。她从天府之国的四川调到北大荒后，一方面出色地完成组织分配的工作任务，另一方面在天寒地冻的北大荒怀孕生下一双儿女，在物资匮乏的情况下，勤俭持家，为孩子们缝补衣服，做鞋子，种菜做饭，把家管理得井井有条，先后把两个孩子送上大学。退休到北京定居后，她又为帮助哺育孙女和外孙两个第三代而忙碌，付出了极大的辛苦，使两个孙辈健康成长。而我在这过程中，也积极配合爱人管教孩子，做一些力所能及的家务。我们在做这一切的时候确实是不求回报的，但是最后却换来很好的回报，那就是家庭的和谐，爱情的深化发展，儿孙们的健康成长和对老人的感恩、孝顺，最后是全家的健康幸福。

（8）感恩　懂得感恩，这是中国人的传统美德之一。这里为什么要强调夫妻之间要讲感恩呢？古人云：“一日夫妻百日恩，百日夫妻似海深。”所谓“恩爱夫妻”，先有恩后有爱，夫妻恩爱才能天长地久。从我认识她的那一天起，我就知道她是一位优秀的姑娘，那么她与我结为夫妻，就是准备把自己的一生都托付给我，所以“一日夫妻”其实不是一日，也不是百日，而是准备一起过一辈子。对于愿意把自己的一生托付给我的一位优秀的女人，我难道不应该感恩吗？应该永远感恩才是啊！我们结婚几十年，她为我做的太多太多。这里只举一件事：我们刚结婚时，正是国家经济极度困难的所谓“三年困难时期”，人们普遍存在营养不良现象。为了给我补充营养，她竟然背着我花20元托人买一只母鸡给我吃。那笔钱相当于她当时半个多月的工资呢。这件事让我记了一辈子，永远不会忘的。对爱人常存感恩之心，还有什么矛盾不能化解呢？

(9) 自省　夫妻是一种最重要、最亲密的人际关系，如何处理夫妻关系是一门大学问。我清醒地知道，自己并非完美之人，身上也会有很多缺点毛病，例如过去干家务活不够主动，许多家务不会干，教育孩子缺少章法，说话声调偏高，卫生标准较低，等等。我告诉自己，为了爱必须注意克服自己的缺点毛病，要不断完善自身，使自己成为一个更好的人，这样就会减少许多矛盾，夫妻关系就会越来越好。伴侣之间互相照顾，乐于沟通，为了对方愿意改变自己，我们最后才会走向爱的彼岸。夫妻相处还需要换位思考。我爱人从“天府之国”的四川，不远万里到北大荒与我团聚，克服了许多困难，吃了许多苦，对家庭和儿女付出太多太多，我太幸福太荣幸了。我有这个幸福的家，她的贡献最大。我有一万条理由与爱人好好相处，没有一条理由把关系搞坏。特别是人到老年，最需要老伴陪在身边，要特别注意珍惜才是。由于她一生操劳过度，身体透支得厉害，人到晚年许多疾病开始找上门了。所以多年前，我就把陪伴好老伴作为自己晚年的一项最重要的任务，要求自己一定做到：她走到哪里一定陪伴、照顾到哪里，因为我们已经不是一般的伴侣，而是一对“灵魂伴侣”和不可分离的“生命共同体”了。

十八、爱的感悟

人们都希望得到美好的爱情和婚姻，但是如何才能得到，答案千差万别。我以为重要的是要善于学习，认真思考，更要有实际行动，真心为爱奉献。法国著名诗人彭沙尔说：“爱别人，也被别人爱，这就是一切，这就是宇宙的法则。为了爱，我们才存在。有爱慰藉的人，无惧于任何事物，任何人。”多年前，我读过一位美国作家约翰．格雷所著的《男人来自火星，女人来自金星》一书，作者在书中归纳出男人和女人在认知上的巨大差异：男人习惯“聚焦式”看待世事，女人则是“发散式”看待周围的一切。这一认知特点导致了男人和女人在思维方式、做事方法、交流形式上的截然不同。读后，我从中得到启发，并试图按照作者的建议改变自己的思维方式，更多地包容、理解、关心和体贴爱人，及时主动进行思想沟通，多一些换位思考。例如，主动地为爱人做一些小事，如帮助她穿衣，梳头发，剪指甲，磨脚垫，有时夜里起来打蚊子，腿抽筋时帮她按摩，出门走路、上下车主动拉手搀扶，等等，慢慢地我们的感情越来越深，关系更加亲密和谐。我深深体会到，男女之间的差异是客观存在的，必须客观面对，随时给予对方充分的理解和足够的包容，对她的不足之处不求全责备。心态转变了，夫妻间的气氛就会大不相同，因为我在改变自己的同时，注意到爱人也在用自己的方式不断传递来爱的信息，感受到随时随地都被浓浓的爱所包围和滋润着，生活中充满爱的阳光，幸福指数就达到较高水平。

虽然数十载雨雪冰霜，把我们从风华正茂的小青年，打磨成了满头飞雪、满脸沟壑的耄耋老人，但是，我们的精神仍然年轻，思维清晰、活力还在，不但日常生活能够自理，而且还能够照常烹饪、阅读、写作、网购、健身、交友，高兴时还一道去旅游，那是因为爱的激情还在燃烧，继续慰藉着我们的心灵，从而焕发出“第二生命”的熠熠光辉。

得到了幸福的爱情婚姻，要使之持久，需要夫妻双方共同珍惜，精心培育，细心呵护，还要不断地创新，不要满足于日常的柴米油盐酱醋茶，要寻觅爱情的新的闪光点，并将其扩大和外化。创新不仅要用手，更要用心，哪怕是一声问候，一次牵手，一个拥抱，或送给爱人一件礼物，也要不拘一格和充满激情地用真心去做，而且最好再加些浪漫元素。没有创新，爱情最终将归于平淡，最后消失于无形。

我从自己 60 年的婚姻生活中体会到，通过夫妻双方的共同努力，达到夫妻关系的和谐美满，至少会有四个方面的作用：一是有利于夫妻的健康长寿。因为夫妻关系和谐，会使双方都经常处于一种精神愉悦的良好状态，任何时候心中都充满正能量，有利于提高机体的免疫力，自然会远离疾病，即使有了病也容易康复；二是有利于事业成功。因

为夫妻关系好，就会产生前进的巨大动力，在事业上会互相支持，互相鼓励，有困难会一起克服，有成果一起分享，当然就容易取得成功；三是有利于后代的培养教育。在关系和谐父母的言传身教和潜移默化的影响下，儿女们也会奋发进取，积极向上，他们的婚姻家庭也会和谐幸福，第三代也会健康成长；四是有利于建立和发展良好的社会和人际关系。由于我们坚持“严于律己、以善待人”的原则，几十年走过来，在与我们共事或认识的同志中，找到很多可以交心的好朋友，我们关心或帮助了别人，也得到朋友们的真诚关心和帮助。

俗话说“好人有好报”“好人一生平安”。我的体会是：自己首先要做一个好人，然后找一个好人组成家庭，再然后夫妻都一心做好事，做实事，做对国家和群众有利的事，而且永远只做好事不做坏事，如果有了缺点错误及时改正，长此以往就会累积起一身满满的正能量，也会被周围的正能量所包围，最后必然有好的回报。这就是人生的辩证法，也是我所信奉的最重要的人生哲学。而为了学会和用好这一条人生哲学，我几乎用了一生的时间去实践和体悟。时间虽然很长，但我认为这是值得的。因为，我收获了真挚的爱情，收获了个人和全家的幸福，这是花多少钱也换不来的。

我知道，总有一天，我们都会驾鹤西去，永远离开这个繁华的世界。我只希望，晚辈们能够从我们的爱情婚姻故事中受到一些启发，得到一些灵感，从而让爱情之树开出美丽的花，结出丰硕的果，把自己的爱情婚姻故事演绎得更生动，更精彩！

人生有爱

杨玉群

早年在邛崃师范学校读书时，我就知道2 000多年前的西汉时发生在邛崃的一个流传千古的爱情故事——卓文君和司马相如的故事。司马迁在《史记》中对此有详细记述，故事的精髓就是冲破封建家庭的禁锢，争取男女爱情和婚姻的自由和幸福。后来，邛崃城内还专门建有文君公园，园内有一口“文君井”，以纪念才女卓文君和司马相如不朽的爱情。有一部峨眉电影制片厂摄制的电影《卓文君和司马相如》，讲的也是他们的故事。

也许是受卓文君和司马相如爱情故事的启示，同时也从新中国成立初《婚姻法》的宣传和学习中受到感悟，在我的潜意识中，很早就树立起一个信念或梦想：一定要自己决定自己的婚姻大事，慎重选择对象，争取找到一位能够与我同甘共苦、白头偕老的如意郎君。非常幸运的是，经过自己的努力和朋友们的帮助，我的梦想实现了。我与孙仁松先生以一张加入青年团的红榜为起点，从相识到相知、相爱，又从相爱到结为伉俪；我们相伴相依，互敬互爱，走过了60年的漫漫旅程，虽然历经风雨和艰辛，但却享受了爱情的甜蜜，建立和培育了一个和谐、美满、幸福的家庭。

谈起爱情和婚姻，有时会想到我的同乡、那个历史上有名的卓文君。当然我与她所处的时代不同、家庭条件不同，基本没有可比性，但是仅从爱情和婚姻的角度看，我感到自己比卓文君更幸运，也更幸福，因为卓文君的第一段婚姻曾遭遇不幸，早早地死了丈夫；第二段婚姻也多有不顺，先是私奔，后是夫妻长期分离，感情上男方还出现反复。而我有幸生活在一个伟大的时代，国家颁布的《婚姻法》保证了男女婚姻自主，可以名正言顺自己决定自己的终身大事；我们的爱

情婚姻进程总体顺利，而且我们参加的北大荒开发建设和国家社会主义建设，不但充分实现了自己的人生价值，而且为我们不断改善和提高的物质生活提供了保证，无须像卓文君那样，要靠父亲给予财产再后来要依靠丈夫才能过上像样的生活。

2010 年在我们“金婚”之前，曾经出版了回忆录《大荒缘》，那本书以回忆家庭与个人经历为主；在个人经历方面又以学习、工作经历为主，其中对爱情婚姻虽有涉及，但不占主要篇幅。这次出版《红榜缘》一书，要把重点放在个人的爱情、婚姻、家庭方面，这是为了与“钻石婚”这一主题相契合，是对我们 60 多年恋爱婚姻家庭发展变化的总结，同时也是这方面成果的展示。当然，书的内容也会涉及自己的学习工作经历和日常生活，因为这些难以与爱情婚姻完全分开，只是不占主要篇幅而已。

我是一个在爱情婚姻观念上偏于传统也比较保守的女人。应该说，经过新中国成立特别是改革开放后的学习和实践，接受了许多新事物、新思想，自己的思想观念发生了很大的变化，重要的是培养和提高了独立生活和辨别是非的能力。虽然与年轻人相比可能仍显得保守，但也并非顽固不化、一无是处，因此，下面所写也许有一定的参考价值。

一、基本理念

谈爱情婚姻家庭问题，离不开基本的观点、理念，因为我们的每一个行动，都是在一定的思想意识指导下进行的。下面是我对爱情、婚姻、家庭问题的一些基本理念。这些理念是在长期生活实践和学习中逐渐形成的。

♦ 追求美好的爱情婚姻，是每一个心智健全、身体符合规定的公民的权利，也是人们的普遍愿望，当然，抱有“独身”理念者除外。但是，受多种主客观因素的影响和限制，并非人人都能得到满意的爱情和婚姻，实现“白头偕老”的目标。也就是说，人们的目标和实际往往是有距离的，我们需要的是通过自己的努力，尽量缩短这个距离，争取尽可能完美的结果。

♦ 婚姻有质量高低之分。一桩婚姻的好坏，不仅影响当事人双方的感情、事业和健康，也会影响个人的寿命，同时上对老人、下对子女都会发生正面或负面的影响。而且，低质量的婚姻还会引发社会问题，造成社会的不稳定。因此，通过夫妻的共同努力，提高婚姻的质量，保持婚姻的稳定，不仅关乎夫妻本身的幸福，而且有利于后代的成长，也有利于社会的安定。

♦ 一个和谐美满的家庭，需要处理好几对关系，即夫妻之间的关系，夫妻与父母长辈的关系，夫妻与儿女晚辈的关系以及夫妻与亲友之间的关系，等等。其中，夫妻关系处于核心的地位，是家庭中最重要的起决定作用的人际关系。夫妻关系处理好了，其他的关系就比较容易解决。

♦ 在夫妻关系中，男女双方都处于平等的地位，这是《婚姻法》所规定的。男女双方都要保证这一平等权利的实现，任何一方都不能企图控制或用强力改变另一方，只能用交流沟通的办法，影响对方或改变自己。还要放弃一切以自我为中心的思想习惯，经过努力就可以把夫妻关系调整至最佳状态。

♦ 要承认男人和女人的差别。这种差别有天生的，也有后天形成的，包括生理结构、性格脾气、思维方式、生活习惯等。有差别就会有矛盾，夫妻间的矛盾是客观存在的，不可避免的，关键是如何正确处理好这种矛盾。处理得好，夫妻可以优势互补，共同进步；反之就可能影响双方的感情，最后甚至感情破裂闹到分离的地步。

♦ 幸福婚姻是一颗枝叶繁茂的大树，不仅需要有良好的土壤，而且需要细心地培育，还要有一个过程。这就需要双方共同努力，谁如果想要不付出辛苦和努力，就摘取到幸福婚姻的果实，那只能是“竹篮子打水一场空”。

♦ 什么是家？家是夫妻共同营造的一个温馨的窝。这个家能为你避风挡雨，为你治病疗伤，又是你的温馨的港湾，能够为家人提供安全

的保障，更是夫妻白头偕老的漫漫旅程。家，也是一份责任，包括在一方有困难时负有帮助照顾的责任，对子女培养教育的责任，对老人赡养照顾的责任，也包括对社会的责任。这个责任的核心是要使家成为社会的一个健康的细胞。但是归根到底要对自己负责任，因为一切的后果，都要由自己承担。

♦ 受几千年封建传统的影响，女人在社会上和家庭中的地位处于相对弱势的一方。要彻底改变这种现象，除了靠社会力量外，要靠女人自己的努力，因此女人必须自尊、自爱、自信、自立、自强，要尽量保持自己的相对独立性，除了特殊情况外，尽可能在经济上不依赖对方。我主张男女在正式结合之前，应对双方的经济情况做出评估，在家庭经济开支上事先定好规则，共同遵守约定，以避免不必要的矛盾。

♦ 作为女人，我坚持在男女关系上的严谨和严肃态度，坚持自己的底线，防止和杜绝社会上不良思想行为的侵蚀，挺直腰杆做一个光明正大的好女人。我主张男女结婚前要互相充分了解，要有一定的感情基础，要确信对方具有良好的品德，才能步入“婚姻殿堂”。我不认可“闪婚”，急于求成往往难以保证婚姻的质量，甚至铸成大错。我反对第三者插足和任何在性关系上的轻率行为，因为那样受害最深的往往是女人。如果有下一代，他们也必然是受害者。

♦ 每一对夫妻、每一个家庭都有自己不同的特殊情况，因此在如何改善和提高爱情、婚姻、家庭质量的问题上，很难有统一的标准和方式方法，根本没有普遍适用的万用灵药，必须在符合《婚姻法》的前提下，根据自己的情况去探索适合自己的方式方法，总结自己的经验，而这种探索也许会伴随一生。

二、农家女儿

1935 年，我出生在四川省邛崃县羊安乡（镇）檀荫村一个普通农民家庭。

羊安，是川西平原邛崃县（现为邛崃市）所辖的一个中等乡镇，地处邛崃与成都之间的交通要道，西距邛崃县城约30公里，东距新津约15公里，到省会成都也只有约50公里，交通很方便。檀荫村（又名檀木扁）是羊安乡所属一个不足百户人家的美丽富庶的小村庄，离羊安乡约2公里，在村庄周围全部为农田，有都江堰支渠通过此地。檀荫村的居民基本上都属于杨氏家族。当然，这里有富户，也有穷人。祖宗们注重绿化环境，改善交通，使檀荫村成为一个美丽的村庄。因为当年村子里栽了很多珍贵的檀树，逐渐长得繁茂，故得名檀木扁。

我的老家就在檀荫村杨家祠堂西面，与祠堂近在咫尺，是一处有木板外墙的4间瓦房。房屋前后各有一大笼竹子，几十棵果树，结果后一部分留自己食用，一部分拿到羊场去卖。房子前面还有一个50多平方米的小场院。房子南、北各有几分菜地，菜地周围种有几十棵柏树。根据我小时候的印象，我家在檀荫村里面按经济状况属于中等偏下人家，按照土改核实的材料（邛崃县档案馆存档）新中国成立初我家有耕地10亩8分9厘，划定为下中农成分。应该说，我家是川西农村一户最普通也算是比较典型的农民户，是自给自足的自耕农。

可以说，我们家在新中国成立前能够维持下来，应该归功于我的祖母（我们称为奶奶）。祖母姓袁，我不知道她叫什么名字，过去习惯叫杨袁氏，20多岁就守寡，是她含辛茹苦几十年，把我父亲养大，并娶妻成家，生下我们三姐妹。我很小就知道，祖母是全家的主心骨，家里的一切大小事都是祖母说了算。因为父母没有为杨家生下男孩，常遭祖母的打骂，而他们都不敢反抗，只能忍气吞声，默默地干活。祖母年轻时，除了操持家务外，还在本村富人家帮工。因为她很能干、泼辣，村里人不敢欺负她。关于我的祖父，我只听祖母说过，是在早年四川闹“同志会”时，在羊安街上被杀害的。这个“同志会”是1911年6月至9月，四川人民为保卫国家修（铁）路主权的反清爱国群众运动，遭到清朝政府的残酷镇压，成为孙中山领导的辛亥革命的导火索。

新中国成立前，我家虽然有房有地有牛，但是缺乏青壮男劳动力，实际上靠祖母带领母亲和全家辛勤劳作与耕耘，勉强可以温饱。在农

业生产上，除了全家人起早贪黑辛勤劳作外，农忙时如插秧、收获等还需要雇佣帮工。一般情况下，全家人精打细算，勉强可以够一年的生活。但是，那时苛捐杂税重，如遇灾年，大约一个月的口粮只能靠借贷来解决，甚至要去挖“观音土”吃。

生活在一个普通农民家庭，从小接触的就是与种地有关的农副业和家务劳动。我家三姐妹我为老大，父亲新中国成立前常年在成都学徒和打工（1949 年回到家时，已经年老体弱，身染疾患），祖母年纪又大了，家里务农和一切杂务理所当然落在母亲和我的身上。我八九岁就成为母亲干活的帮手，十多岁就成为家里的主要劳动力，劳动成为我童年生活的主要内容。10 岁以前，我曾经到村上的小学读了 3 年书，10 岁以后，因家里缺劳力我就完全回家务农了。1949 年，我年满 14 岁，已经锻炼成为我家的一个主要劳动力，这时父亲从成都回家务农，我才有机会继续读完小学。我的童年除了上几年小学之外，很大一部分时间是在为生计奔波，主要是常年参加各种农副业和家务劳动，包括种植水稻、蚕豆、油菜、小麦、芋头、蔬菜，以及养猪、养鸡、养蚕、纺线、织布、做布鞋、编织草鞋等，另外还学会了腌制咸菜、生豆芽、做豆豉、做四川腐乳、用土法孵小鸡，等等。长时间的农副业劳动，不仅让我学会了一些农业知识，锻炼了筋骨，强壮了身体，更重要的是磨炼了自己坚韧不拔的意志和吃苦耐劳的性格，这些在我后来的工作和在北大荒生活中都发挥了很大的作用，与成功地经营一个好的婚姻家庭也有不可分割的联系。

1952 年初，我从羊安镇高小毕业，参加了邛崃县升中学的考试。过了十来天，父亲步行往返 60 公里进县城看小升初录取情况，回到家后他对我说：“女儿呀，你考邛崃县女子中学榜上有名。”这时，我的心情很激动，差一点要跳起来。“但是”，他接着说，“我算了一下，如果供你上了中学，我们全家人可能就没有饭吃了，你看怎么办?”显然，父亲在说这话时，是经过调查和深思熟虑的，他完全了解女儿的心思，但又不得不把这个严肃的问题摆在我的面前。我高兴的心情一下子凉了下来，但我很冷静而且也完全明白父亲的意思，坚定地对父亲说“我不去县城上学了！”一辈子当一个普通农民，我虽然非常不情愿，但在当时却是唯一的也是无奈的选择。

三、改变命运

原以为我会和我的祖辈一样，将在农村当一辈子普通农民，是命中注定的了。但是，后来进入四川省邛崃师范学校连续 7 年的学习生活，改变了我的命运。有人说，是知识改变命运，但是我要说，改变命运的除了知识外，还有世界观，还有工作与处事能力的培养等，而最重要的是通过学习，全面改变自己，提高自己的综合素质，才会带来命运的彻底改变。

1952 年，我只有 17 岁，还是一个有梦想的年龄，也是逐渐走向成熟的年龄。那时候，新中国刚刚成立，新事物天天在发生。从广播中，从各种渠道传播的信息中，知道了许多新鲜事，让我感受到新中国的诞生带来的巨大变化，激起了我的热情，我希望也能有机会参加到新中国的建设事业中。虽然，年初我接受了命运的安排，放弃了进城读中学的机会，回家当了农民，但是继续读书仍然是我的梦想。即使需要我当一辈子农民，也要先提高自己的科学文化水平，因为我知道没有科学文化就会像我的父辈那样，不会有大的出息。

8 月间，田里的水稻刚刚收获，我还沉浸在丰收的喜悦中。这一天，我正在场院翻晒稻谷，羊安中心校的李强阶老师捎信给我，说校长要我去中心校一趟。我放下手里的活，赶忙跑到学校去见校长。校长笑眯眯地告诉我：“我们知道你考上了中学，但是家里没有钱供你读书。现在，温江专区在邛崃师范校开办师资训练班，完全公费，毕业后当小学教师，我们推荐你去参加学习，希望你不辜负学校老师的期望，将来当一名优秀的人民教师。”听到这个消息和校长语重心长的嘱咐，我庆幸自己继续读书的梦想又能实现了。再三感谢校长后，赶快跑回家把这个好消息告诉父母，父母和家人知道后也都为我高兴。几

天后，我带着简单的行李到县城师范校师训班报到。从此我的人生发生了重大转折。

四川省邛崃师范学校，是一所民国初期建立的师资和教学条件较好的中等师范学校，据说这样的师范学校当时全省只有4所。这里有一支综合素质比较高的教师队伍，办学目的是培养小学和初中教师。我进校时，校长是新中国成立前的老干部、原来任邛崃县第七区区长的何砚耕，后来先后又有老干部夏文田、陈泽生、李晋铭任校长。

从1952年至1959年，在长达7年的时间里，我在这个学校读书。其中第一年上“师资训练班”，其后分别读三年初师、三年中师，然后又毕业留校担任专职团委书记兼政治课教师，至1965年调到北大荒与爱人团聚。前后13年在一个学校学习工作，这在我的一生中是一段非常重要的经历，不仅确立了人生的目标，学到了文化和社会知识，而且全面锻炼了我的工作和处事能力，为后来在北大荒从事教育和工会工作打下了重要的基础，也为得到幸福的婚姻家庭创造了条件。

7年中，我比较系统地学习了语文、数学、物理、化学、政治、教育学、心理学、生物、音乐、体育、美术等课程，参加了教学实习，考试成绩优良，并多次获得学校的奖励，被选为县城关镇人民代表。但是，7年的学习生活，对我来说又是相当紧张的，学得很艰苦，主要原因有几个：一是我的文化基础比较差，在家时我只用5年时间分两段（中间相隔约四年）完成了小学6年的学业，但大部分时间是在从事农业生产劳动，读书的时间很少；二是我在师范学校学习期间，由于同学、老师和学校领导的信任，一直担任繁重的社会工作，如班长、学生会文体部长、学生会主席、团委副书记、民兵营长，以及学校和县的篮球代表队主力队员等，这些工作必然要占用大量的时间。在这种情况下，我只能把学习这根弦绷得紧紧的，时刻记住自己是一个共产党员，决不能给共产党丢脸。我把别人休息和玩的时间都用在学习上了，上课前尽量挤出时间搞好预习，上课时聚精会神地听讲，努力提高学习效果。遇到学习上的难点，就一点一点地抠，一点一点地背，

并虚心向老师、同学请教，当然也一直得到老师和同学的真诚帮助。例如，班主任邓琦，团委书记辜永清，杨洪明、李凤慧老师，数学老师廖应恺、王兆君，语文老师康禹昌、黄泽高、徐述光，物理老师苏步高，化学老师李惠珍，生物老师黄泽高，教育学和心理学老师刘明康、刘秉权，体育老师詹蓬莱，美术老师汪特翁等，我从内心里感谢他们。7 年的学习生活又是非常愉快的，这是因为我深知学习机会来之不易，所以有非常强烈的求知欲望，加上 50 年代国家欣欣向荣的大环境和我所在学校良好的领导作风，和谐的师生关系和同学关系等，那时，风华正茂的我似乎浑身有使不完的力气，总是以愉快的心态、高昂而饱满的热情，投入到学习和工作之中，而且得到学校老师和同学的普遍认可。毕业前夕和留校工作的 6 年，又经历“大跃进”、三年困难时期等考验，政治上更趋成熟，工作能力也有很大的提高。

我要特别感谢我的两位入党介绍人，一位是时任邛崃师范学校校长、党支部书记的老干部何砚耕，另一位是时任邛崃女中校长的梁万里（女），是他们帮助我提高认识，在 1955 年读初师三年级时，介绍我加入了党组织，成为一名共产党员。当时邛崃县的几所中学只有一个党支部，在师范学校发展的学生党员中，第一个是周玉珍，第二个就是我。在两位前辈的帮助下我初步懂得了中国共产党的宗旨和目标，并决心为之奋斗终身。他们对工作对同志的满腔热情，以及与人

领导和青年团干部合影

前右 1 为杨玉群（1963）

交往的工作方法等对我也有很大的影响。

可以说，我在邛崃师范学校当学生的 7 年，不仅为毕业留校工作和后来去北大荒的工作打下很好的基础，也为我在恋爱、婚姻、家庭取得成功创造了很好的条件。我经常用“如鱼得水”这个成语来概括和形容我在邛崃师范学习 7 年的总体感受。这里的“鱼”就是我本人，当时刚刚解放，一个多年在农村从事繁重的农业劳动、渴望学习文化知识的女孩，进入师范学校这一个优良的大“水”池中，那里有高水平且非常敬业的领导、教师队伍，还有一群主要来自农村的天真、朴素、友善而又积极向上的同学。就是在这个难得的好环境中，我的主观能动性得以充分发挥，在学习工作上取得优秀成绩，也得到全面的锻炼和大家的认可。

半个多世纪过去了，虽然当年的师范学校已经不复存在，许多领导、老师还有同学都逝去了，但我还是非常怀念那一段难忘的时光，也怀念当时学校的领导、老师和同学们。所以，至今我与当年的一些老师、同学还有学生保持联系，我每次回川探亲都会与同学和学生相聚。

四、寻觅真爱

1952 年我进入邛崃师范学校学习时，已经是一个 17 岁的女孩，我从自己的切身经验中感到，这样的学习机会来之不易，必须非常珍惜，所以我把全部精力都放在学习和工作上了，不可能也不会考虑爱情方面的事情。但是，随着年龄的增长，情况发生了变化。是在同学中有一些追求者，他们多次给我写信或口头表达爱意，但都被我善意地拒绝了。其中有一位同班同学对我追得很紧，给我写了十几封求爱信，都被我坚决退回了。二是有些亲戚朋友主动上门为我介绍对象，有县级机关干部、现役军官等，有的还找到学校来游说，也被我婉言谢绝了。其实，我不会也不可能永远拒绝爱情，只是时机未到。我在冷静地观察、思考和等待，渴望得到一份永远属于自己的真挚的爱情。“愿得一心人，白首不相离”（汉·乐府古词《白头吟》）就是我当时的梦想。

孙仁松（1956）

直到1957年3月的一天，收到一封从江苏省连云港海军部队寄来的信和一张穿军官服装的半身照片，我心中那颗爱情的种子才开始萌发，来信者就是当年师训班的同学、后来的丈夫孙仁松。他与我同时进入师训班学习，被分配在同一个班。他是班里的学习委员，我是班长，而且在同一天通过一张红榜宣布我们两人同时加入青年团，是当时师训班最早入团的两个人。半年多时间的同窗共读，互相有所了解，他对我学习上有帮助，特别是入团后我们经常在一起商量工作和组织活动，我对他怀有一种不同于一般同学的好感。虽然这种好感还未发展到"爱情"的高度，但已经为爱情准备了良好的土壤。

1953年5月中旬孙仁松志愿参加中国人民解放军海军后，我们之间便没有了任何联系。时间过去了4年，那封信又把过去的那一段同学友情激活了。他在信中大胆地向我表示了深情的爱，我也不再矜持，立即回信含蓄地接受了他的表示。于是，我们之间利用每次一角六分邮票的"航空信"，谈起了"通信"恋爱。其实，当时在信上不是谈爱情，而是互相沟通信息，互相鼓励，也排解思念，随着时间的推移，感情也在逐步加深。

1957年夏天，在师范学校即将放暑假时，孙仁松参军后第一次请假回乡探亲。我们利用这次短暂的探亲，共见了3次面，但是单独的见面谈心只有两次。

孙仁松的老家在邛崃县所属的平落镇，他要回老家，县城是必经之地。第一次见面，就是他探亲经过邛崃县城，到邛崃师范学校，回

访母校，看望老师和老同学。当时，我还是一名学生，又是学生会干部，我们的恋爱还处于保密状态，所以没有单独见面。但是，参加海军又分别4年的老同学回校探访，大面子上也要热情接待，于是我约叶代均、陈兴高、李方元等几位老同学在学生食堂请孙仁松吃了一顿普通的午餐，在用餐时我有意看了他一眼，发现他在当兵4年后，已经完全没有了学生样，长成了一个英俊帅气的小伙子了。当时，他没有穿军装，但是全身却透出一种军人特有的英气，谈话中充满自信，心里陡然增加了几分爱意。餐后我们几个同学又陪孙仁松一起到邻近的公园游玩和交谈，最后又集体合影。这次我们两人虽然没有单独谈话，但是我从他的谈话中得知他的探亲行程和安排，我心中暗暗记下，为后面两次单独见面做了准备。

过了几天，我从师范学校放暑假回到邛崃县羊安乡檀荫村老家后，按照事先了解的孙仁松到蒲江县城探望他大哥孙利人的时间，准备亲自赴蒲江与孙仁松单独见面。为什么要去蒲江而不是去他的老家平落镇？因为我知道平落镇有几位在师范学校读书的同学，怕引起议论带来不必要的影响。要知道，当时的交通和通信条件都非常落后，羊安乡到蒲江县城相距有五六十公里，走公路要绕很远，只能靠两条腿步行，走弯弯曲曲的乡间小路和山路，走一天是到不了的，而且我从来没有走过这条路，路上会遇到什么困难和风险，心中完全没有底。明知这次行动会有很大的困难，但是，考虑到涉及我个人的终身大事，为了寻觅真爱，决心克服困难付诸行动。听小妹妹玉娴说我家有一户姓周的亲戚住在邛崃与蒲江交界的一个乡村，她曾经去过，两家也时有来往，可以作为中间站，先到他家小住，然后第二天赶到蒲江县。就这样，我带上十六岁的小妹与我做伴，经过大半天的步行，到亲戚家住了一宿，第二天留下小妹，赶早出门，我手拿一根竹竿 ，顶着烈日，翻山越岭继续前进。路两侧是过腰高的小灌木，几里路也几乎见不到行人，有时突然从树林里跑出一只野兔也会把我吓得心惊肉跳。我不顾路途曲折，天热流汗，用竹竿开路，步行30多公里终于到达目的地蒲江县城，找到位于东街小胡同里的孙利人家，与我想念的他会了面。那天下午，是我们分别4年后的一次深入交谈，交流了彼此分别后的情况和思念，蒲河岸边、文化馆内留下了我们缓慢前行的脚印，也在脑海中留下了不灭的印记。在我第二天离开蒲江返回羊安时，孙仁松把我送出几里远。在最后分别前，我们在一处树荫下休息片刻，他忽然问我将来我们要几个孩子？我没有作答，而是反问他："你说呢？"他回答说："三到四个吧！"我心里突然一震，心想："孩子太多恐怕负担不起啊！"

第二次交谈是在孙仁松将要返回部队离开邛崃的前一天，他从县城骑自行车到羊安乡我的家探访。我事先知道他要来访，告诉了我的祖母、母亲和妹妹，说我有同学要来看望，要招待吃饭，她们也没有多问，意识中似乎知道是重要的客人。于是，我让小妹出门往羊安方向去迎接他。午餐后，在我家后院的竹林下，我和仁松分别坐在相距半米的两张竹椅上，在凉爽的微风下，喝着茶水，谈了大约两三个小时。三次见面、两次深谈，进一步确定了我们的爱情关系，内心感觉我似乎找到了自己终身的归宿。通过仁松这次回乡探亲和交流，我对他的家庭和个人情况，以及在部队的工作表现有了较深入的了解，对他的人品和作风也更放心了。

现在回想起几十年前初恋时的经历，有一件事至今令我感动，那就是祖母、母亲两位老人家对我的高度理解和支持。无论是我离开家去蒲江会见我的恋人，还是仁松到檀荫村我的老家探访，以及后来我与仁松的交往，全家人都在默默地配合和支持我，帮助我。她们对于我的爱情和婚姻从来没有干涉或为难，没有提出索要彩礼和其他的要求，这对于两位老人来说，是难能可贵的，也体现了她们对我的高度信任，我内心只有默默地感谢。

1958年3月，孙仁松作为十万复转官兵的一员，从海军转业到北大荒，参加由王震将军亲自指挥的那场开发亘古荒原的艰苦卓绝的战斗。这是他一生中一次重大的决定命运的转折。但是，他在从部队转

业到落脚农场生产队辗转南北的一个多月中，却没有给我写一封信。直至 1958 年 4 月，他已经到北大荒的密山农场四分场三队，当了一名农业工人，在那里住马架子，开荒种地，才给我写了一封信，告诉我有关的情况。这使我感到十分突然，而且陷入了犹豫和不安。那时全国刚刚经过 1957 年的反右派政治运动，军队也不例外。1958 年 3 月我从《人民日报》的报道中得知，解放军原总政治部文化部部长陈沂将军也被划为右派，还听说他也被下放北大荒劳动改造了。因此十分担心仁松在部队是不是犯了政治错误才得以下放北大荒劳动改造？这样的事在当时那个“以阶级斗争为纲”和“突出政治”的年代，不是没有可能的。另外，北大荒到底是个啥样子，将来如果要去能不能适应，心里完全没有底。那时全国的“大跃进”运动已经开始，提出“超英赶美”的奋斗目标，师范学校的学生也开始卷入运动，后来又和社会上一样用土高炉“大炼钢铁”。我是学生党员，又是干部，只能把个人的事情放一放，全身心投入学习工作，也就顾不上给仁松写信，这难免给他带来困扰。直到 8 月中旬，我收到仁松的来信，说他已经考上由王震将军创办的北大荒新建的农业大学，开始了大学生的生活。这才解除了我对他是否犯了政治错误的担心，于是，我们的空中通信又继续进行。

1960 年初，仁松在来信中向我提出要利用放寒假回乡结婚的要求，考虑到我当时刚刚毕业工作不久，工作和经济压力都很大，思想上也没有准备好，所以不容商量坚决拒绝了。也许我当时写信的用词生硬一点，从而引起仁松的不满，但那确实反映出我的真实状态。由于意见不一致，我又忙于学习工作，我们之间的通信中断了一段时间。当年 9 月，仁松来信说，他被大学选派赴南开大学化学系进修，我觉得这是他学习提高的好机会，于是写信给予鼓励。其后不久，我通过组织向南开大学发出一封外调信，想进一步了解他的政治情况和现实表现。以现在的观点看，这似乎完全没有必要，但因为我们两人长期分处两地相距遥远，只能用书信交流，了解的情况很有限，作为一个年轻的共产党员，尤其在处理个人终身大事上，我必须十分谨慎，很希望我们两人的关系从政治上得到组织的认可，以避免将来可能发生的错误和不可预测的后果。

1961 年 2 月，学校正在放寒假，仁松利用假期回邛崃探亲，这也是他时隔三年半后的又一次探亲。那时，我的母亲已经从乡下搬进城里，与我同住师范学校。仁松在县城的旅馆临时住下。与我见面后他又正式提出要求与我结婚，又被我婉言拒绝了。这次为什么又要拒绝？主要是因为那封组织发往南开大学的外调信没有得到回复，说白了我对他的政治情况和表现还不是百分之百的放心，另外，我感觉自己还没有做好结婚的准备，想把这件大事往后拖一拖。

被我拒绝后，他没有生气，但是第二天就回平落镇老家探望父母去了。他走后我陷入深深的沉思，反复考虑：我们的恋爱已经进行了 4 年，加上从 1952 年两人同时加入青年团，相识，相知，相爱加起来 8 年多了，该了解的情况都了解了。他出生贫农家庭，当海军 5 年，转业到北大荒后 1959 年在八一农大入党，现在南开大学进修学习，无论从哪方面说，都是一个政治上可靠而又积极上进有所作为的青年。我们感情上也算是成熟了，而且我当时 26 岁，仁松 25 岁，都已经大大超过法定的结婚年龄，他要求与我结婚也合情合理啊！再说，如果这次不结婚，又要推到何时？如果再发生什么变故怎么办？这次他不远千里从天津赶回来想与我结婚，事先已向周围的同志们打了招呼，收到同志们送的纪念品，这样让他欢喜而来，失望而归，我能够心安吗？我还要等什么呢？不行！不能再等了。

想到这里，我立即找到师范学校的校长、党支部书记李晋铭，汇报了我们的情况，征求他的意见。这位新中国成立前参加革命的老领导听了我的汇报，只问了我一句话：“你们是自由恋爱的吗？”我说：“当然是的。”他说：“那就赶快结婚吧！”然后他分析道：“你的对象出身贫农，是转业军人、共产党员，又是被北大荒第一所大学派到天津南开大学进修的。如果政治上有问题，如果不优秀，大学的领导能派他去进修深造、培养未来的大学教师吗？赶快办吧！我来给你安排。”

听了老领导的一席话，我一身轻松，满心欢喜地立即到邮局去给

结婚后与母亲和亲人合影（1961）

仁松打电话，告诉他我同意马上结婚。仁松来到县城后，我们带着师范学校开的介绍信，到城关镇办理了结婚证书。那天上午，在师范学校小礼堂举行了有近百人参加的隆重的婚礼。这次婚礼是由师范校校长、党支部书记李晋铭亲自指挥，支部委员会组织筹办的。证婚人是校长李晋铭，具体操办的有李俊湘、汤素华、徐光祖等老师。参加婚礼的有师范校留校的全体老师、部分留校的学生，还邀请了县团委书记、县教育局领导参加。仁松的四哥孙仁福、我的堂兄杨期明也赶来参加。婚礼进行得很热闹、很文明、也很顺利，除领导和来宾致辞祝贺外，我简单介绍了我和仁松认识和恋爱的经过。在大家的要求下仁松清唱了一段京剧，会场响起一阵热烈的掌声，把婚礼推向高潮。

历经 3 000 天收获到美好的爱情，正式步入了婚姻殿堂。我真的非常感谢邛崃师范学校，感谢当年的领导和老师们对我们的支持和帮助。因为我们的爱情从这里起步，也在这里收获。尽管道路比较漫长而且中间有一些风波和曲折，但都不影响爱情发展的方向，只能给我们后来的婚姻生活增添色彩，也丰富了我们晚年回忆的内容。

五、我为什么选择他？

我是一个平凡的女人，从小受到父辈比较传统的教育。我的教育和家庭背景决定了我在婚恋问题和家庭问题上都属于比较正统的观念，即严谨、慎重、不急、不躁，甚至也可以说非常挑剔。我认为择偶成婚、组建家庭是人生的一件大事，不仅关系个人、全家和后代子孙的幸福，而且事关社会的和谐稳定，千万马虎不得。不记得是哪位哲人说的，要成就一桩好的婚姻有两个要件：一是要选择一个好人，二是自己要做个好人。这真是千百年来无数人的经验总结。尤其对我们女人来说，选择一个“好人”，嫁个“好人”，太重要了。选对了，幸福一辈子；选错了，就可能痛苦一辈子。当然，按照现在的观点，结婚了，两人感情不和搞不到一起，离婚就是了。但是，离婚对女人的伤害最大，如果有了孩子，对孩子的伤害也很大，有些父母离异的孩子成年后不能融入社会甚至走上犯罪的道路，往往都与父母的婚姻和家庭状况有关。所以，我认为还是应该争取一次成功为好。

在婚恋问题上我就是严格按照“好人”的标准来选择的。我的标准主要是五条：一是政治上要积极上进，绝对可靠。因为我是一名共产党员，也希望对方是共产党员，才会有更多的共同语言；二是身体要健康，包括思想健康；三是人品要好，包括品德与品相，道德上要优秀，长相要对得起观众；四是要有一定的文化科学知识和独立工作和生活能力；五是双方都必须是真爱。这五条缺一不可，而且要经过较长时间的观察、了解和考察，不能只凭嘴上说得好听。当初，我在邛崃师范学校读书时，已经是个20多岁的大姑娘了，同学追求我，县里的干部托人来找我，我都一概拒之门外，无动于衷，原因是我把学习、工作放在了第一位，怕影响学习工作，再者也怕因无法深入了解对方而铸成大错。后来，我与仁松恋爱、结婚，就是按照这个标准来要求的。他出生贫农家庭，我们在师训班就是同学，又是同一天加入青年团，算是有一定的了解。后来，他参加海军4年后，才正式向我

求爱，我没有拒绝，而是在长达三四年的通信和利用他探亲时深入交谈中全面深入了解对方，直至结婚前，我还通过组织写信给他的单位了解情况，做法虽然传统一点，但也说明我对婚姻问题的严肃认真态度。

我在与仁松相识、恋爱和结婚后的共同生活中，感觉他是个思想、品德、能力都属上乘的优秀的男人，对工作充满激情，质朴厚道，值得信任；他对我的爱是出自真心的，没有任何虚假成分，而我对丈夫的爱也完全出自真心。我感觉他最大的特点也是最大的优点是有强烈的求知欲望、锲而不舍的学习钻研精神和很强的学习能力，没有读过一天中学居然考上了大学，考上大学后又以优异成绩毕业留校当了大学老师，这一点我是非常佩服的。他不是学经济的，但是后来在黑龙江农垦总局政研体改部门担任领导，负责协调和指导全垦区经济体制改革工作，为北大荒建立和完善新的农业经营体制做出积极贡献，也为后来的发展打下了体制基础；不但起草了许多政策性文件，还写了几十篇论文在报刊发表，先后被评为农艺师、高级政工师、高级农业经济师。在北大荒工作退休后又被农业部农垦局聘请去工作十年；如今八十多岁了每天还在学习、上网和写作。这方面对儿女和孙辈们是有正面影响的。儿子在中国农业大学硕士毕业后，又在职读完博士，现在是国家公务员；女儿硕士毕业，是一家企业的董事长；孙女清华毕业后又出国攻读硕士，她在读小学和初中时，就有三篇作文专门写爷爷七十多岁还在学计算机、搞摄影和图片制作，字里行间充满了羡慕和赞叹。

人的一生就是一个不断进行选择的过程，其实最重要的选择只有不多的几次，选好对象就是其中最关键的一次。很庆幸，我选择了一个好丈夫，这是我一生最大的成功，也是我本人和全家幸福的根本原因。

六、从“天府之国”到北大荒

我和仁松 1961 年初结婚后，一直处于两地分居状态。1962 年 8

月，他结束了在南开大学化学系的进修学习，回到黑龙江八一农垦大学农学系任教，夫妻二人一个在东北边陲的密山县，一个在“天府之国”的四川省邛崃县，相隔近万里，他只能利用学校假期回乡探亲，夫妻相聚的时间非常短暂。1963 年 7 月，他回家探亲时恰逢中原地区闹洪灾，京广铁路干线北京至郑州段被洪水冲断，迫使他在天津停留了 7 天，最后只得在北京乘飞机到郑州，再继续乘火车回川。他回川后除了到老家探望亲人外，夫妻相聚的时间还不到 10 天。从这次探亲的经历中，我们都深深感到，尽快通过组织调动工作，实现夫妻的团聚，是一个迫切需要解决的问题。

但是，在如何实现夫妻团聚的问题上，在开始一段时间我是有些犹豫不定的。我经过在师范学校 7 年的学习和毕业后几年的工作，可以说在全校上下和文教系统都有很高的知名度，多次赢得学校和县文教口的奖励。我还从学校领导的口中得知，如果我不离开邛崃，可能被提拔到县上工作，未来的前途是光明的。我自己也在想，如果调离工作，过去所做的努力也许就白费了，正在攻读的大学本科函授学习也要被迫中断。而且到北大荒能不能适应新的环境，未来的工作是否顺利还是未知数，特别是一位曾到过北大荒的老同学出于对我的关心，特意跑到师范学校告诉我：“你千万不要到北大荒去！那里很穷，也很苦，冬天冻得出不了门，春天化冻后到处是水，连针头线脑都买不来！”是啊，四川的生活条件是要比北大荒优越得多。想到这些，我真的不愿意离开家乡。但是，我从爱人的来信中得知，他已是黑龙江八一农垦大学的教学工作骨干，单位曾专门送他到南开大学进修培养，不会放人，而他对北大荒的开发建设和八一农大的工作也倾注了深厚的感情，不愿意离开。

有分歧就需要交流和沟通，在频繁的书信交流中我们逐渐统一了看法。我后来从多方面的信息和报道中了解到北大荒开发事业对国家农业现代化、解决国人的粮食问题和巩固边防的重要意义，那里的生活条件虽然艰苦，但那是暂时的，也是完全可以克服的。我相信自己

有克服困难的能力，也相信将来北大荒一定会建设得很美。另外，我的母亲已于1963年初离世，我的小妹已经结婚成家，后又调到成都国营工厂上班，我单身一人在四川已经没有任何牵挂了，所以心中暗下决心，一定要奔赴北大荒与丈夫实现团聚，共同为边疆建设贡献力量。

于是，1965年夏，在黑龙江八一农垦大学人事部门向邛崃师范校发出商调函后，我便向组织提出调动工作的报告，并婉言谢绝了领导的一再挽留，最后终于得到批准。当时校长李晋铭对我说："我们本来不同意你调走，但考虑到你年纪不小了，又没有孩子，长期分居两地也不是办法。你到北大荒以后，如果不习惯，随时回来我们都欢迎你！"听了他的一番话我很感动，也深深地感谢这位通情达理善解人意的老领导。

1965年8月的一天，我依依不舍地告别了学习、工作了13年的邛崃师范学校，告别了曾经辛勤培养教育我的老师和学校领导以及与我朝夕相处的学生们，告别了我的亲人和朋友们，只身一人从成都登上北去的列车。一个从未出过远门、第一次乘坐火车的女人，要奔赴4 000公里外的北大荒，其间会遇到什么困难和障碍自己确实心里没有底，难免忐忑。但是，去北大荒与丈夫一起开辟新的生活，我的心中又充满对未来的希望。火车到达北京时，我利用中转的机会，豪情满怀地特意去参观了天安门、故宫博物院和军事博物馆，给丈夫买了一双牛皮鞋，又继续上路。我无心观看沿途的风景，经过四五天的颠簸到达地处北大荒腹地密山县的黑龙江八一农垦大学，从此结束了夫妻长期两地分居的日子，开始进入我人生历程的一个新的阶段。然而，生活的道路并不平坦，接踵而来的困难，让我经受了一次又一次严峻的考验。

我到学校报到后，大学人事部门给我分配的工作是担任大学子弟学校的教务主任。他们做这样的安排我想有两点理由：一是我学的是师范专业，毕业后也从事中学教育工作；二是工作的需要。子弟校是大学的一个附属单位，主要为解决职工子女上学的需要而设，后来发展成有数十名教师，从小学、初中到高中全面发展的学校。初去时我是子弟校的唯一的中共党员，教学工作由刘闺达校长负责，我管政治和行政，并担任一部分教学工作。适应工作，对于有多年师范学校教学工作经验的我来说，不存在什么困难，难的还是对北大荒生活的不适应。

（1）饮食不习惯是我遇到的第一个问题　到八一农大后的一段较长的时间里，我们基本上是从职工食堂排队买饭回家吃，也就是说食堂有什么吃什么，或能买到什么吃什么。由于当时物质条件的限制，我们的饮食是比较单一的，主食是馒头、大馇子（用玉米加工成大颗粒煮的饭）、小米，很少吃大米饭（开始时供应标准是每人每月 6 斤大米，后来减为 1 斤）；而副食更单调，尤其是冬天，基本上以大白菜、土豆、萝卜、豆腐当家，很少能吃上肉、蛋等荤菜。其中，吃大馇子还能勉强接受，而吃常含有沙粒的小米，尤其不习惯。第二年夏天，我开始在房后种些菜，什么茄子、黄瓜、辣椒等，有条件自己安排饮食，情况稍有改善。

（2）居住条件差带来的困难也很大　我到北大荒不久（大概有两个多月），入冬前学校给我们分了一处房子，算是有了一个居住的地方（此前我们临时住在子弟学校的一间办公室）。这是由原来一栋平房改装的。房子的中间是一条东西走向的大走廊，走廊的南北两侧分隔成一户一间的小房子，宿舍的大门开在南侧的中间，整栋宿舍共安排了 29 家住户。我家的房子就在进门左侧北面第一家。这间房子的使用面积共有 13 平方米，进门约 1 米的地方有一个小隔断，实际上是一堵火墙，墙体南侧中间有一个小炉灶与火墙相通。火墙以北是一铺火炕，约占去房间的 2/3，房间内除了火炕以外，地面只是一个小通道，连一张桌子都放不下。主要问题有三个：一是睡火炕不习惯，冬天不烧火炕不行，烧火炕又热得没法睡觉；二是按照当地的习惯，冬天为保持室内温度必须用纸条溜窗户缝，使室内空气不能流通，特别是烧煤炉子，无法呼吸到新鲜空气，感到特别难受；三是室内没有上下水道，

要到走廊的水管处接自来水，倒脏水要去室外，上厕所也要去室外的公共厕所，生活上非常不便，夏天还好，到了冬天更让人难以忍受。

（3）北大荒冬天的严寒更令人受不了　我到北大荒后，最大的困难还是冬天的严寒气候令我难以忍受，经常零下20℃到零下30℃，出门时要全副“武装”，棉袄（有时在棉袄外还需要套棉大衣）、棉帽子、围巾、手套、乌拉鞋等，一样都不能少，真烦死人了。即使出门穿戴整齐，那种冷也令人受不了。冬天出门时冷空气直往嘴里灌，一直冷到心里，让人喘不过气来，特别是刮“大烟儿炮”，大风将地上的积雪刮起来满天飞舞，脸上像被刀子刮一样难受，这真是对人的承受能力的一大考验。下班后回到家要用煤炉子烧炕和火墙取暖，但是我不习惯睡火炕，便买一些包装木板铺在炕上才勉强能够承受。最冷时室温太低，为了保持室内温度，只好用一床棉被挡住窗户，这样一来室温可以了，却挡住了光线，大白天也要开灯，空气也很差。

这困难，那困难，其实我所遇到的困难，与当年复转官兵开发北大荒的艰苦和困难相比，真是“小巫见大巫”了，因为我毕竟是在北大荒的高等学府，其物质生活条件比一般农场要好得多，尤其是比建场和建校初期条件要好得多。另外，我毕竟在四川农村生活劳动多年，有困难，吃点苦，还是能够逐渐克服和适应的，我的适应能力与许多人相比并不差甚至还要强一些。现在回过头去看，世界上任何一项伟大的事业，在它的初期都会有困难，都不会一帆风顺。困难是对人的意志的考验，经过百折不挠的努力，战胜了困难，才更彰显事业的不平凡，对于参与其中的个人来说，也更值得回忆。近几年，我们多次回访北大荒，看到这里已经发生了翻天覆地的变化，建设成为国家现代化的农业基地，中国的美丽大粮仓，职工生活条件也彻底改观，普遍住上了宽敞漂亮的楼房或别墅，我更加深信这一点。

七、幸福妈妈

其实，我在到北大荒初期遇到的许多困难和不便，不完全是由外部条件造成的，还与我先后怀孕生下两个孩子进入“母亲”的角色有关。

我于1965年8月到北大荒，1966年6月和1970年3月先后生了两个孩子。儿女双全，这对于一个女人来说，那种幸福的感觉是男人难以体会的。尤其是今天，看到儿女们长大成才、成家立业，都有了第三代，而且对老人都很孝顺，尤其感到无比的幸福。但是，这幸福也来之不易，它让我付出相当大的艰辛，尤其老大，从怀孕到生产以至哺育的过程，让我备受折磨。怀老大时是我到北大荒后过的第一个冬天，胎儿在母体中慢慢长大，需要充足的营养，而那时我们在职工食堂打饭吃，饭菜单调又不适口，很难保证营养需要。怀孕3个月以后，我的饥饿感越来越严重，总想吃些新鲜蔬菜和其他东西，但却不能满足，那时农大商店又买不到。有一次，好不容易我看到一个农民用独轮车推蔬菜到宿舍卖，我看到有绿色的蔬菜好高兴，赶快买了些下班回家煮了吃，结果还挨了爱人的批评，说我“晚上不看书，还在家煮菜吃!”我听了也只好一笑了之。不久，我的身体慢慢发生了一个变化：直不起腰。如果直起腰走路，肚子疼；弯着腰走路，肚子不疼腰又很疼。这个情况越来越严重，而这时正赶上爱人去哈尔滨出差一个月，据说是办什么全省高等教育成果展览。这可急坏了子弟校的刘闺达校长，她派一位老师陪我去附近的裴德医院妇科进行检查，医生诊断的结论是怀孕期间营养缺乏，赶快多吃些鸡蛋、水果、蔬菜，并开了些钙片，让我补钙。爱人单位的胡家声同志知道后也来看我，他表示每周从裴德镇买一筐鸡蛋送来。这样，营养很快得到改善，过了十来天，腰就能直起来了；半个月后，可以用脸盆端水了，也可以劈柴生火烧炉子了。即使我怀孕后，行动很不方便，但我仍然坚持上班工作。一次学校安排我讲公开课，我不能直腰，下班后便躺在炕上备课，最后我讲的课得到大家的一致好评。

那年的冬天也真是怪，初冬时节，突然下了一场少有的“冰雨”，大雨下到地面立即结冰，树上也包上厚厚的一层冰，形成“冰抱树”的奇异景观，而且这冰在地面很多天化不了，人们出门走路就走在冰

面上，即使很小心也难免摔倒。我第一次遇到这种情况，出门上下班只能非常小心地走路，就怕摔倒，因为我肚子里正怀着孩子呢，心里想大人摔几下不要紧，万一摔坏了肚子里的宝贝可不得了。你越怕越有事，还真被摔了几次，我担心肚子里的孩子有事，赶紧到医院检查，医生说“一切正常!”还给我打了一针保胎激素“黄体酮”我才放心了。后来一想，当时我穿衣服很厚，棉袄外面又套了件棉大衣（这件棉大衣是在四川特意做好带到北大荒的），再加上我身材不高，重心比较低，因此跤摔得不重，是“软着陆”。虽然如此，当时那紧张的心情，至今仍然印象深刻。

有一天晚上，爱人在机关值班，只我一人在家。睡到半夜我突然醒来，发现室内的气味不对，头脑有些迷迷糊糊，我警醒地感到这可能是煤气中毒了，一种强烈的求生欲望支撑着我，挣扎着从炕上爬起来，想把通走廊的门打开，但是当拉开室内小门时煤气味更重了，因为小门外烧炕的炉子正在返烟，我便赶快关上小门，拿出剪刀划开溜窗户的纸，让新鲜空气慢慢进入室内，才避免了一场灾难。但是，那次事故又让我心中结下一个疙瘩：会不会影响孩子的正常生长发育?

1966 年 6 月中旬，我的预产期已到，身子越来越沉，于是请假在家休息几天。6 月下旬的一天下午，肚子开始有些感觉，我让爱人陪我走约 2 里路去附近的裴德医院，办了入院手续，爱人就回校忙“革命”去了。第二天凌晨在医务人员的帮助下，孩子终于降生。护士将孩子抱走后，我赶快问为我接生的妇产科主任郭蕴德医生：“孩子怎么样?”郭主任高兴地对我说：“很好，是个男孩，7 斤半。这是我们科 20 多天来接生的第一个男孩子。祝贺祝贺!”我赶快又问：“鼻子眼睛都全吧?”郭医生说：“什么零件都不缺，孩子长得很漂亮!”接着，郭主任又叫护士将孩子抱到我面前。我仔细端详漂亮帅气正在酣睡的孩子，多少天来心中的那个“疙瘩”终于解开，心里乐开了花，一切的辛苦、磨难、怨气等都烟消云散，而被一种 31 岁才当上母亲的无比的幸福感所取代。

我生的第二个孩子是个女孩，从怀孕到生产也经历了严峻的考验。

1969年3月在中苏边境的乌苏里江上发生了震惊中外的珍宝岛自卫反击战。那是由苏联军队挑起的一次有预谋的战事，我方给予了有力回击并取得胜利。这个世界有名的珍宝岛就位于虎林县（现为虎林市）境内，在乌苏里江主航道中方一侧，距离我当时工作的八一农大仅有一百多公里。当时，根据毛主席“备战、备荒、为人民”的指示，全国都加强了战备工作，边境地区的形势就更紧张了。单位召开了战备动员会，农大专门派人进山搞战备基地，把重要的文件档案都转移过去了。上级要求大家都要做好打仗的准备，我和爱人也在房后挖了一个约两米深的防空掩体，以备急需。不巧的是这年夏天我怀上了女儿。有些和我一样怀孕的女职工，怕一旦打起仗来会影响集体行动，纷纷去医院做了“人流”。有朋友问我“去不去做?”我坚决回答“不去!”又问“打起仗来怎么办?”我回答说：如果打仗我就回四川老家生去。当时主要考虑自己的年龄大了（34岁），怀上孩子不容易，做掉太可惜，以后再想要孩子就更不容易了。话虽然那么说了，但是内心里还是有些紧张和不安，我想回四川的行程有几千公里，担心一旦打起仗来，如果火车不通来不及撤走怎么办？发生意外事故怎么处理？所幸，后来中苏边境形势逐渐缓和，没有发生新的战事，紧张的心情才慢慢归于平静，十分幸运的是我的宝贝女儿终于保住了。

1970年3月，大学里的“文化大革命”进入平稳阶段。丈夫在机关工作，他汲取前面生第一个孩子的教训，专门请假照顾我生产和产后生活。临产前，考虑到当时的实际情况，我们决定请大学卫生所的医生徐丽华到家里来接生，很顺利地生下一个宝贝女儿。从此，除了正常上班工作外，我几乎把全部精力都用在哺育和培养儿女上，承担起一个家庭主妇的责任，也享受着做母亲的幸福。

如今，女儿已经50岁，外孙也考上了大学，她有一个幸福温馨的小家。然而“珍宝岛”三个字一直留在我的心中挥之不去。前几年，我和老伴回访北大荒时，在友人李阳的陪同下专门去游了珍宝岛。看到那里的秀丽风光和一派和平景象，历史留下的那个心结才算释怀了。

八、婚姻家庭与柴米油盐

在我们那个年代，男女结婚组建家庭后，特别是有了第二代以后，日常生活中的柴米油盐问题、穿衣吃饭问题等，是必须认真面对的，有时候生活中的各种具体问题几乎就是婚姻和家庭生活的全部。因为当时物资短缺，许多生活必需品都得凭票供应，大如粮食、食油、肉、蛋、棉布、燃煤，小如引火的木柴、火柴、肥皂，甚至发馒头的碱面等。有时手里有票，但是商店缺货也没有办法，你每天都要为一些生活小事操心费力。记得有一年在佳木斯，大年三十，我们忙完了工作，夫妻二人一起上街想买点过年的食品和生活用品，但是走完几条大街的商店，只看到空空的货架子，没买到需要的东西，最后只买了一块菜墩回了家。好在此前我们已经给孩子买了 200 个小鞭炮、几斤猪肉，加上菜窖里储存的冬菜，总算是把年过了。

孩子慢慢长大，为满足营养供给，在佳木斯时有一段时间我们在室内养了几只鸡，好让孩子们有蛋吃。但是，养鸡也要付出辛苦付出代价。夏天还好办，可以放到室外去自由取食；冬天就特别麻烦。每天要自己加工饲料，剁鸡菜。一般在储藏冬菜时，留一部分质量较差的大白菜在室外冷冻起来，每天取一些剁碎，拌上玉米面或其他精料，给鸡喂食。

因为时间太久，许多事情早已淡忘了。但是，我家现在还保存着几样老物件，可以从一个侧面说明那个年代的生活状况。

第一件是一口楠木箱子。

此箱表面为绛紫色，箱板厚度约 1.4 厘米，板面平滑，未涂漆的箱板内侧呈现的木质为灰褐色，质地较坚硬而木纹细腻，板面平整久不开裂，有淡淡的清香，能防腐防蛀，是存放衣物的好物件。

说起这口楠木箱子的来历，它的历史至少有一百多年了。那是我奶奶（杨袁氏）年轻时的一件嫁妆，时间可追溯到清朝末年。我没有见过我的爷爷，听奶奶说爷爷 30 多岁时，因参加四川“同志会”保路

运动被清军枪杀在羊安镇街头。奶奶一人带着这口箱子，抚养我的父亲至成家立业，直到她去世前，那箱子一直是家里存放相对贵重衣物的家具，是我家最珍贵的传家宝。

我的父亲杨映堂1952年早丧，奶奶1958年去世后，那箱子由我的母亲乔秀英继续使用，1959年母亲从羊安乡檀荫村搬到邛崃师范学校与我同住，箱子也带到县城，由母亲和我共同使用。1963年我母亲去世后，1965年我从四川调到黑龙江密山八一农大工作与爱人团聚，1972年我随爱人工作调动到佳木斯，1994年我和爱人退休后定居北京，楠木箱子都跟随我们辗转南北，行程万里，同时也历尽沧桑。

过去，我们的居住空间狭小，物资匮乏，家里几乎除简单的桌椅外，没有其他的家具，楠木箱子就是最重要而且实用的家具。但是由于长期的使用与多次搬家，那箱子渐渐破损，箱子两端的榫卯结构损坏，箱盖也破了，几乎无法正常使用，但是我们仍然不舍得丢弃。20世纪80年代初，我们的生活和居住条件都有所改善，专门请木工制作了大衣柜、写字台、沙发椅等木质家具，衣物等有了存放的地方。为了使那口楠木箱子继续发挥效用，1983年，我爱人找来工具，对箱子进行了一番改造，把旧箱板拆开，锯掉两头破损的部分，重做榫卯结构、组装刷漆，改造后的箱子尺寸和容量稍小但是外观整旧如新，可以继续发挥其优秀的储藏衣物功能。如今，我们的生活条件比之六七十年代，虽然有了翻天覆地的变化，但我们仍然当宝贝一样保留着，是我家存放贵重物品的一个宝箱。

第二件是一个泡菜坛子。

那是1972年夏天，我在地处黑龙江密山的八一农垦大学工作时，带着6岁的儿子和两岁的女儿，第一次回老家四川探亲。最后一站是去蒲江县城探望我爱人的大哥——一位当地有名的老中医，离开时他送给我一个土陶烧制已经使用多年的泡菜坛子，里面装满腌制好的豆腐乳。为了把这坛宝贵的豆腐乳带到密山的家，我历尽艰辛。从蒲江县城到密山要先坐汽车，再坐火车，中间要换乘几次，行程4 000多公

里，旅途四五天，每次换乘，我都是背上背一个孩子（女儿）、一手拿行李包，另一只手拎着约有10斤重的小竹筐装的泡菜坛子，让6岁的儿子拉着我衣襟跟在后面走。虽然这一路很辛苦，但是当我把那坛家乡豆腐乳带到密山的家，仔细品尝那浓香可口的家乡味道时，一切辛苦都觉得值了。更让我高兴的是，我爱人也非常喜欢那家乡腐乳的味道。这种味道，是别的由厂家用工业方法加工的腐乳，包括王致和的名牌腐乳无法比的。

于是，从那以后至今40多年，每年我都会用那个家乡带来的泡菜坛子，用我在老家时就学会的做豆腐乳的传统工艺，为家人做一坛家乡味道的豆腐乳。做豆腐乳的原料除了豆腐是从超市采购外，其他原材料，如发酵的干蚕豆瓣、花椒、辣椒等都是托老家四川的亲人专门从市场挑选正宗货品邮寄来的。我把自己制作加工的腐乳送给一些好朋友品尝，他们对这味道也赞不绝口。所以每次搬家，我都小心翼翼将泡菜坛子打好包，生怕不小心摔坏了。所幸，几十年过去，从南到北又从北到南，搬家很多次，至今完好无损。这也算是一个奇迹吧！

虽然是一个极其普通的泡菜坛子，也许放在垃圾堆里都没人要的，但它跟随我几十年，为我和家人提供难得的家乡美味，所以我觉得很宝贵，必须继续留住它，发挥它的特殊作用。

第三件是一台老式缝纫机。大约是1974年，当时我在佳木斯兵团子弟校工作，我爱人在兵团机关工作。我们是双职工的四口之家，夫妻二人月工资相加大约120元，两个孩子一个上小学，一个上幼儿园，精打细算勉强可以维持一家人的基本生活。

我至今仍在使用的老缝纫机（2018）

家里没有什么像样的家具和值钱的东西，一台上海产的“美多”牌电子管收音机就算是贵重物品了。

也许是单位领导的照顾，我们得到一张购买缝纫机的票。要知道当时许多生活消费品都是需要凭票购买的，至于像自行车、缝纫机这类高档消费品，不但要凭票，而且票很少，是很不容易得到的。我们幸运得到一张缝纫机票，自然是求之不得，尽管经济不宽裕也得咬牙买下。于是，我和爱人凑够 140 元钱，像办一件了不起的大事似的，借了一辆自行车把一台上海飞人牌缝纫机搬回了家。

在购买缝纫机以前，家里大人孩子缝缝补补的活，都是我下班后挤时间用手工完成的。其实这些需要缝补的活还真不少，因为那时发的布票少，工资也低，一般穿衣服都是实行“新三年，旧三年，缝缝补补又三年”的，我爱人在机关上班也经常穿打补丁的衣服。我家大人孩子脚上穿的鞋，也是我用旧布先打浆拼贴成“布壳子”，晾干后再用细麻线纳鞋底，用新布做成鞋面，最后上底成鞋。这些都要占用我很多时间，一般每天夜晚 12 点以前睡觉的时间很少。有了缝纫机以后，干缝纫活的效率大大提高，使我有更多的精力和时间去完成担任的工作任务。

除了缝补衣物以外，我家的缝纫机还有一个重要功能，即把机头放下，盖好面板就变成为一个小书桌，虽然桌面小一点，但是在上面看书学习、写作业还是可以的。我家的两个孩子就是从这缝纫机小书桌上用功学习，后来上大学又读完硕士、博士学位，走上工作岗位的。

使用缝纫机时间长了，也会出一些小故障，幸好我爱人在部队当兵时搞过枪炮等机械工作，他为了帮助我解决问题，居然通过看说明书，学会了缝纫机的保养和排除一般故障。40 多年了，从佳木斯到北京，我们多次搬家，但缝纫机保护得很好，至今还能正常运转。只是它缝补衣服的任务早已完成了，偶尔还用它扎个鞋垫、缝个布袋什么的。

几十年过去了，我对于“家”这个字有自己的体会。什么是“家”？古人所发明的“家”字，其含义是在房子下面，养了一头猪

（豕），因为有猪就有肉吃，所以一个完整的家，离不开具体的日常生活。实际上，家是夫妻共同经营的，编织着梦想和经历着苦辣酸甜的窝。家是一副重担，也是一份责任；家是夫妻真诚相待能够白头偕老的漫漫旅程，在这旅程中既可欣赏到沿途的美好风光，也须臾离不开柴米油盐酱醋茶。而所谓爱情，就融化且渗透在那些极为平凡、细小的日常生活琐事之中，甚至成为生活中最重要的组成部分。

家庭和事业，好像一副重担的两端，作为一个爱家的女人，我必须兼顾两头，搞好平衡，既要把家庭的事经营好，又不能影响到工作，这很不容易，是需要智慧并付出极大努力的。回顾以往，我感到欣慰的是，我总算实现了“家庭、事业两不误”的目标。

九、点点滴滴都是爱

长期的夫妻相处中，所谓爱情一般并不是挂在口头上，更多的主要表现在日常生活中，甚至是一些生活细节中。我的丈夫是一个性格偏于内向的人，平时在家里说话不多，几乎达到“惜话如金”的程度。他对我的爱主要表现在行动上，点点滴滴，让我十分感动。

也许我在农村老家时，由于长时间打赤脚干农活，后来在师范学校读书又经常赤脚打篮球，落下了脚底长脚垫的老毛病。一直到现在，隔一段时间脚垫就加厚，走路时脚板疼得很难受。他专门买来修脚工具（从手动到电动先后有好几套了），经常为我修脚垫，剪趾甲，几十年坚持不断，使我能够轻松地行走和参加体育锻炼活动。后来，看他戴着老花镜，一点一点耐心细致认真给我修脚的样子，我真的有点于心不忍，但是更多的是享受丈夫对我的爱。即使现在经济条件好了，完全可以找专业的修脚师傅解决，但是，还是觉得丈夫做得最好，所以尽管我家附近就有很好的修脚店，而我却没有去过一次。到了晚年，我喜欢穿鲜艳漂亮的衣服，他每次陪我上街选购，都尽量满足我的要求，只要我喜欢，他就去帮我交款，但是却很少为自己选购衣服。因为孩子们会经常给他多余或淘汰的衣服，他说这些穿一辈子都够了，不用再买了。如今，我们都已进入耄耋之年，上街逛商店也少了，老伴就经常在家里打开电脑上“淘宝网”或“京东网”给我选购衣服。当我坐在老伴身边，与老伴一起翻看网上的衣服图样和文字说明，他会问我：“这一件行吗?”我说：“不好看!”他就会再找一件让我选，直到找到我认为满意的时，他就在网上办理“下单”“结算”“付款”等事宜，一番熟练的操作后，就只等快递小哥送货上门了。

近些年，我的视力听力都有衰退，行动也变缓慢了，有时穿衣服扣错扣子等。每次出门前，他会帮我扣好衣服扣，看看是否穿戴整齐；上街过马路，或上坡下坎，或上下车，他总是拉着我的手或主动搀扶，怕我摔倒。睡觉时，经常半夜起来给我盖被子，有时又帮我抓蚊子。人老了不知道什么原因，晚上时常发生腿抽筋，每到这时老伴就起来给我按摩，直至缓解为止。有时，睡到半夜，咳嗽了想喝一口水，只要我吭一声，老伴就会立即起来给我倒水喝。这些点点滴滴看起来都是微不足道的小事，但是最最难得的是几十年坚持不懈，任劳任怨。如今八十多岁了，仍然如此，怎能不让我感动呢?

当然，我心里明白，我不能心安理得地坐享丈夫给我的爱，我也必须努力做些事，有所作为，减轻丈夫的负担，让他得到应有的休息和享受。因为，我从小在老家参加各种农业生产劳动，懂得只有辛勤地付出才会有收获的道理，对待爱情也是一样。很多时候，我生活和工作中遇到困难，我都是尽量自己想办法克服，事后也不告诉他，以免分散他的精力，影响他的工作；到北京后他在农业部上班时，我总是细心地安排好伙食，让他每天下班后能喝上一杯解暑的啤酒，吃上可口的饭菜。在家务事上，包括做饭、洗衣、打扫卫生等，只要有时间，只要还有把力气，我都尽量去做，少让丈夫操心。他睡觉有时打呼噜，会影响我睡眠，后来他主动采取一些措施，情况有所改善。有时为了不影响他休息，我会自己忍着，不去惊动他，或者干脆早起干点家务活，让他多休息一会儿……

在几十年的家庭生活中，有一件事是我坚持始终的，这就是全家

大小的清洁卫生，其中我特别注重搞好饮食卫生，把好生活细节中的每一道关口，这当然要付出极大的努力和辛苦。例如，两个孩子年幼时，每天从幼儿园回到家，我干完其他家务后，总要把孩子当天穿的衣服、手巾、玩具等洗净晾干待用。饮食方面，在食材选择、加工、餐具等环节都特别注意，把好病从口入关，同时还注意主副食的合理搭配和营养均衡。不仅如此，我还经常提醒老伴和孩子讲究卫生等事项，养成进门洗手、及时洗头洗澡更换内衣等良好的生活习惯。所幸，经过我和全家人的努力和坚持，全家人没有患过传染性疾病，儿子在八一农大上幼儿园时，他所在的班的孩子只有他一人没有罹患肝炎，这难道不是最大的爱吗？

十、共同的责任

回顾这几十年，我和爱人结婚成家有了孩子后，在努力完成本职工作任务的同时，也把教育、培养子女作为一项重要的责任担负起来，尽量创造条件努力使他们全面发展、健康成长。今天，我可以欣慰地说，这方面的任务也较好地完成了。现在，我们的儿子、女儿都已经长大成人，成家立业，而且都有了自己的孩子，当上了爸爸、妈妈，在事业上也取得了显著成绩，第三代也在健康成长。

下面仅从培育子女的实践中谈一些粗浅体会。

♦ 要为社会培养有用的合格人才。儿女是夫妻爱情的结晶，是父母生命的延续，同时又是属于社会的，因为他们长大了要走上社会，成为社会的一员，去扮演这样那样的角色。儿女与父母有血缘、亲情关系，这是人世间一种最亲密的关系，但是儿女绝不是父母的私有财产，父母对未成年的儿女有抚养、教育的义务，当他们成年后就是具有民事行为能力、享有合法权益的公民了。当然，当父母年老时儿女又有赡养父母的义务。因此，我们认为，教育子女并把他们培养成为德智体美全面发展的人，成为对社会有用的合格人才，不仅仅是出于爱和亲情，而是一种不可推卸的社会责任，也是一个公民应该对社会的贡献。

明确了这一点，我们时时刻刻都在想：做好本职工作固然重要，但孩子的培养教育更不能马虎，一定要培育出高质量的产品，绝不能把不合格的产品交给社会。

◆消除“文革”流毒，重视文化课学习。我们的两个孩子都出生于社会思想比较混乱的“文革”时期，当时社会上一度流行“读书无用论”的思潮，把考试“交白卷”的张铁生称为“英雄”，把给报纸写信告老师状的小学生黄帅树为“反潮流”的典型等。作为一个教育工作者和母亲，深感责任重大，我认为必须坚持正确的方向，引导和帮助孩子们清除错误思潮的影响，把文化教育放在重要位置，让他们下功夫学好文化课。我一直要求孩子上课前要进行预习，在课堂上必须认真听课争取学懂，回到家再复习巩固，完成好老师布置的作业。爱人每次出差一般都不给孩子买玩具和食物，总是把有限的钱给孩子买有用的书看。两个孩子也很争气，从小就喜欢看书学习。有一次，我出差路过北京，听说有一批新书上市，我专门跑到王府井新华书店，几次排队买了几十本文艺和其他参考书带回佳木斯，虽然挤占了当月的生活费也付出了辛苦，但当我看到孩子们如饥似渴地抢着看书的情景，我的心里乐开了花。为了让孩子安下心来学习，我们在家时说话轻声细语、开关门轻手轻脚。20 世纪 80 年代初，许多人家买了电视机，我们坚持没有买，目的是让孩子有更多的时间学习。直到 1985 年我们才买第一台电视机（当时儿子已经上大学，女儿上高中），但是规定只能在周末和假日看，大人平时除了看新闻外，其他娱乐性节目都不看。在学校老师和家长的引导和帮助下，两个孩子的学习成绩稳步提高，最后都以较高分数考上大学。

◆引导孩子树立正确的是非观念，提高文明素养。孩子从小天真无邪，像一棵刚栽下的小树苗，要使他们健康成长，家庭教育是非常重要的环节，其中从小帮助孩子们树立正确的是非观念是一个重要问题。除了让孩子在学校接受正规的系统教育外，作为家长，我们还通过点点滴滴的灌输，帮助孩子树立正确的是非观念，如树立爱家、爱国、

爱社会主义的思想，学好本事长大了要报效国家；爱学习，养成独立思考、钻研学问的良好习惯；热爱劳动，勤俭节约，不耍滑，不偷懒；对人要诚实、守信，注意团结、帮助别人；长大了要做一个对社会有益的堂堂正正的中国人；举止要文明，不打人、骂人，不说脏话等。在平时的生活中，注意对孩子的一言一行进行指导，告诉他们什么是对的，什么是错的，有一点进步就进行表扬、鼓励，发现问题及时纠正。两个孩子从上幼儿园到小学、中学，受家庭、学校和当时军垦和建设兵团大环境的影响和熏陶，接受的都是正面的教育，在基本的思想行为方面，打下了扎实的基础。

♦ 培养多方面的兴趣爱好，鼓励孩子全面发展。读书学习是孩子成长的重要方面，但也不是唯一方面。在强调孩子放学回家要完成作业，要看书学习的同时，也要给孩子玩的时间，培养他们多方面的兴趣爱好，鼓励孩子全面发展。比如，冬天孩子喜欢去学校冰场滑冰，就让他们放学后到溜冰场玩一个小时，到点了自己再回家学习。孩子玩得高兴，身体和精神得到放松，学习效率也很快提高了。我们还让孩子利用课余时间参加京剧、体操、武术、文艺演出队等活动，得到多方面的锻炼和收获。儿子从小喜欢表演和说唱，参加了学校的文艺宣传队，他上台说相声、演双簧、朗诵、报幕，都很投入，而且像模像样，受到老师的肯定，对提高孩子的阅读与表达能力也很有帮助。1974 年兵团召开团代会，子弟校组织学生到大会开幕时献礼演出，儿子与另一女生朗诵的献词，他们的精彩表演，受到与会者最热烈的欢迎，给大会添了彩。

♦ 注意培养提高孩子的独立生活、学习能力。考虑到孩子将来要步入社会，去面对各种复杂环境的考验，所以我们坚持一个原则，就是对孩子的学习、生活上的事，只能引导、示范和适当帮助，绝不包办代替。教会孩子怎样完成学习任务，怎样做饭和其他家务，学会打理自己的生活事务，怎样与人交往，在遇到困难时怎么办等，这对孩子将来长大后进入社会大有好处。女儿读小学时，有一天放学回家对我说："妈妈，老师要求我们写一篇中国女排的作文，我不会写，怎么办？"我对她说："这好办啊，你打开收音机，找到女排在日本比赛的直播节目，听两遍，然后多想一想，就会写了。"女儿照我教的办法，果然写出一篇满意的作文，受到老师的表扬。此后，女儿在写作上逐渐有了长进。我在黑龙江农垦总局机关搞工会工作时，还经常让上小学的女儿在农垦大院家属区送通知，给为职工补课的老师送劳务报酬等，让她多接触社会，锻炼了孩子的独立生活和处世能力。

有一年秋天，爱人出差在外，我带领职工到郊区拉冬储大白菜，晚上九点多才回到家。回家前我心急如焚，担心大人不在家两个孩子不知道会乱成啥样，可回到家一看，家里静悄悄的，小女儿还在灯下写作业，儿子一人在厨房坐在小板凳上，左手拿着书在看，右手在摇风轮，锅里冒着热气。我问儿子："你在做什么？"儿子平静地回答说："妈妈不在家，我给妹妹做饭吃。"看到这情景，我的眼泪"唰"一下子流了下来，既高兴又难过，高兴的是儿子长大了，会做事了；难过的是妈妈没有尽到责任，没有照顾好孩子！

♦ 身教重于言教。在儿女成长的过程中，正规的学校教育（包括幼儿园）对孩子的成长发挥着很重要的作用，但家庭也是孩子的学校，而父母是孩子的第一任老师。学校的老师会经常更换，父母是要陪伴孩子直至他们长大成人的，因此从某种意义来说，父母是孩子最重要的老师。我们还认为，帮助孩子学习对孩子进行经常的正面教育是必要的，但如何以大人的行动影响孩子更加重要，即"身教重于言教"。我们俩都出身于农民家庭，在旧社会吃了不少苦，是共产党把我们从旧社会解放出来，获得了重新学习的机会，过上了幸福的生活，所以我们对共产党、对新社会有一种发自内心的感情，也有一种很强的感恩思想。正是在这种主流思想的支配下，逐渐形成了我们为人处事的原则、方式，我们很自觉地按照共产党的教育规范指导自己的一言一行，并做到言行一致。特别是我和爱人孜孜不倦的学习和强烈的求知精神，对工作认真负责、一丝不苟，生活上艰苦奋斗和以诚待人的作

风，等等，都对孩子产生潜移默化的影响和教育作用。另外，70 年代我爱人在兵团和农垦报社工作，那里有一群非常勤奋有为的下乡知青，如后来成为作家、新闻和政界精英的贾宏图、杨楠、曹焕荣、吕永岩、张持坚、吕书奎、陶杰等，我们有意让孩子与他们接触和交往，从而受到相当正面的积极的影响。

◆ 夫妻要步调一致。夫妻在孩子的教育上要步调一致，这是我们始终坚持的一个原则，特别是在孩子处于年幼时期更要这样。在对孩子的教育问题上，我们夫妻之间经常进行交流，尽可能做到观点、意见统一，步调一致。因为孩子在年幼时期，面对学习、生活和周围的事物，要寻找答案，要做出反应，也很可能做错事。作为孩子的父母，在对孩子进行指导、教育时，应该口径基本一致，从而使孩子有所遵循，绝不能对同一个问题父母给孩子两种相反的答案。即使夫妻之间有时会对问题产生不同的意见，要尽量先沟通统一认识，一时统一不了也不要在孩子面前表现出来，更不能当孩子的面争吵。如果出现这种情况，不仅会使孩子无所适从，不知道听谁的对，时间长了还会使孩子对父母产生不信任感，以后再正确的教育也难以产生好的效果了。

◆ 努力营造和谐的家庭气氛。亲热、和谐的家庭气氛对形成孩子健康向上的心理素质至关重要。我们的两个孩子从出生到离开家上大学的时期，我国实行计划经济体制，物资匮乏，生活比较艰苦。我们一方面注意省吃俭用，尽量为孩子的学习、生活创造良好的条件，保证他们的基本需要。更重要的是由于我们夫妻二人思想一致、感情深厚，凡事以理服人，在小家庭里形成了温馨、和谐的气氛，为培养孩子健康的心理素质和积极向上的品格创造了好的环境。他们在成长的过程中处处感受到父母的关爱，家庭的温暖，同时也感受到父母为了使他们健康成长付出的艰辛。也许是受家庭环境的影响，两个孩子很小就懂得团结和礼让，特别是老大，处处关心和爱护妹妹，在学习上帮助她，直到上了大学还经常写信告诉妹妹如何注意改进学习方法，达到事半功倍。而女儿也很关心哥哥，80 年代初老大读高中后，为了报考大学需要补充营养，但是限于当时的物质和经济条件，我们只能每天给老大带午饭时多给他带一个鸡蛋，而女儿吃不上却也毫无怨言，因为她理解当时哥哥的需要和家庭的状况。要知道，孩子在成长期，家庭的气氛如何，对孩子的心理影响很大，特别是他们在学校经过一天紧张的学习，回到家首先看到的是大人的笑脸、亲切的关怀和可口的饭菜，就会产生积极向上的动力和活力。

十一、陪伴是爱

夫妻相爱，最宝贵的是什么？是陪伴，是相濡以沫，陪伴一生。当孩子离开家上学去了，需要有爱人陪伴；平时工作和生活中遇到困难或挫折，也需要爱人陪伴和安抚；如果身体有了疾患更需要爱人的陪伴和照顾；特别是人到老年，最需要老伴随时陪伴左右，这是任何人包括最有孝心的儿女都难以代替的。陪伴就是爱，是一种无声的默默的爱；陪伴是良药，可以治愈心灵和身体的创伤；陪伴是精神的需要，因为我和多数人一样，尤其是退休以后实在难以忍受孤独的煎熬。有爱人陪伴的日子，总是温馨和美好的。

在过去几十年生活中，特别是每当我的身体发生疾患时，总是有我的爱人陪伴身边，给我温暖，给我安慰，也给我巨大的帮助，使我一次又一次从困境中解脱。

1989 年初夏，我们在黑龙江省农垦总局机关工作时，机关统一安排我们一批处级干部去黑龙江农垦总局所属太湖疗养院疗养一个月。疗养结束后，汽车把我们拉到上海北站附近一家旅馆住下，准备第二天再集体乘坐火车回佳木斯。这天晚上大约 9 点钟，我突然肚子疼，而且很严重。怎么办？在这人生地不熟的地方，遇到这种事真叫人心急火燎。幸好，与我们同行的机关干部高永胜，与我们是邻居，他的爱人王建华又是与我同一个部门的同事，老伴就找他帮助一起打车送我去医院。上车后司机听我说是肚子疼，判断可能与心脏有关，就建议我们去上海华山医院，我们接受司机的建议赶到医院后，立即挂急

诊（这时由我老伴陪伴，让高永胜回去了）。经过B超检查，医生确诊是患了胆囊炎，急性发作，一般情况应该住院治疗。但是，当时医院的病床很紧张，一时难以安排床位，只能一面打针一面等待。可是医院的病人很多，就是打针也没有一个适当的位置，只能在过道里半躺半坐，强忍病痛坚持治疗。这是我第一次体会生病的痛苦和看病的不易。幸亏当时黑龙江垦区在上海有个办事处，他们知道后，立即派副主任蒋文来到医院看我们，考虑可能要住院还带了银行支票。医生给我打针输液一天后，疼痛有所缓解，考虑住院暂时没有指望，我们决定马上回哈尔滨住院，蒋文来帮我们订了机票，回到办事处招待所住了一晚，第二天蒋主任亲自开车送我们到机场，同时他已经联系好哈尔滨农垦办事处的接机和住院事宜。这样，我们坐飞机到哈尔滨后，有哈办接待处刘洪到机场接站，直接送到位于王岗的农垦总医院。确诊为泥沙型的胆结石，经过一个星期的治疗，顺利出院。这次前后十余天完全由爱人陪同和照顾，跑前跑后确实很辛苦，我也被他的耐心和体贴入微的照顾所感动。当时两个孩子都在上大学，我生病住院的事没有告诉他们，怕影响他们的学习。事后知道，他们有半个多月没有收到父母的信，确实心里着急。

定居北京以后，随着年龄的增大，去医院看病的次数明显增加。如果不是看急病，一般在去医院前必须做好充分的准备：一是选好医院和科室、专家，一般要先上网查询，尽量根据病情选择合适的医院，以及科室专家，目标明确才能少走弯路；二是要争取在网上挂好预约号，有时预约不成只好去医院争取加号。有时看病的医院离家较近，为了减轻我排队挂号的负担，他常常起大早坐公交或骑自行车去挂号，然后再打电话联系我去就诊；三是如果是不熟悉的医院，要查好交通路线，还要注意天气预报，是否需带雨具等；四是准备好银行卡、医疗卡、身份证等必要的证件和少量现金；五是如果去较远的医院要先联系预约车辆。这些准备工作做好了，就可以提高效率，减少麻烦。此外，还要对自己的病情准备清晰的描述，以便向医生介绍，等等。

以上这些，通常都是老伴事先帮助我准备好，这样就保证了就医的顺利，减少了许多不必要的麻烦。然后，老伴会全程陪同，包括在医院挂号、陪医、检查、交款、拿药等，都是他一人在忙碌。虽然现在孩子们自己都有小汽车，但是我们宁可自己坐公交地铁或打出租，也不要他们接送。只要我们自己能够做，就尽量不麻烦孩子们。

在北京 309 医院（2014）

经常上医院看病，时间长了，也增加了许多知识，特别是对医生的医德医风有了一些了解和切身感受。总体来看，我们所接触过的医生医术是比较高的，服务态度是好的。例如东直门中医院推拿科主任刘长信，医术高，服务态度也好，老伴陪我去看了 10 次，治好了腿关节痛病，而且基本稳定没有复发；西苑中医院呼吸科主任苗青，服务态度和医术都很好，治好了我多年的慢性气管炎和哮喘，有时挂不上号可随时找他加号；院长唐旭东给我治好了比较顽固的肠胃病；301 医院中医主任王发渭，看病认真细致，态度很好，对多种疾病的治疗效果也很好；海淀医院院长张福春看病耐心细致，对我的心血管病的治疗和调理也有很好的效果；还有北医三院心内科专家毛节明，医术、对病人态度都很好，不仅看病，而且对病人的生活提出建议；309 医院骨科中心主任王亮治好了老伴的腰痛病；海淀医院口腔科王瑞永主任以高超医术和优质服务为我们治牙镶牙，解除了我们的病痛；2017 年，我在北医三院眼科成功做了双眼白内障手术，效果很好，眼科专家齐

虹教授高明的医术和耐心的服务让我很感动，还有海淀医院老年内科吴昱主任、保健科赵子英主任、裴颖护士长等，都为我们提供了很好的服务和照顾，我对他们永远心存感激。但是，也曾经遇到过服务态度差让人很生气的，这种情况虽属于极少数，但也是一种客观存在，这方面的例子就不多说了。

通过多年来老伴陪我看病也有了一些感悟：第一，在就医看病过程中，夫妻之间有更多的时间进行思想交流，可以进一步加深夫妻感情；第二，可以互相了解身体情况，便于平时在生活上更好地相互照顾；第三，人到老年，身体有病是正常的，陪医是夫妻间必尽的一项义务，凡身体允许就应该坚持下去。当然，夫妻间的陪伴是双向的，即相伴相依。当爱人有困难时，我一定也会毫不犹豫地付出一切。

十二、浪漫情怀

在夫妻相处中，有时是需要一点浪漫的。就拿过生日这件事来说，我们结婚快 60 年了，退休以前，由于都忙于工作和其他事务，常常忘记自己的生日，更没有过生日的习惯。至于送生日礼物这样浪漫的事，更没有想过。但是我们退休定居北京以后，儿女们会主动在家里或在外面餐厅给我们过生日，定做生日蛋糕，有时老伴还给我送生日礼物。我记忆比较深也颇具浪漫情怀的是老伴送我的三件生日礼物。

第一件礼物是一首歌。1999 年 5 月，我 64 岁生日那天，下午 5 点 30 分，一边准备做晚饭，一边习惯地打开收音机，和往常一样收听 828 台的《京城人家》节目，忽然听到播音员宋爽熟悉的声音，他说：“听众朋友，今天的点歌时间，我们将播送一位老年朋友孙仁松为他的老伴杨玉群 64 岁生日点播的一首歌——《好人一生平安》”。接着，宋爽用他带有磁性的声音，播出了老伴给广播电台的点歌信，他在信中谈到以《好人一生平安》这首歌作为生日礼物的缘由，介绍了我的工作经历和取得的主要成绩，夸我“是一个大好人”，“不愧为好党员，好妻子，好母亲，好婆婆，好邻居”等等。他为我的生日点歌的事，我事先毫不知情，听到宋爽播出题目后，我在惊喜、激动的同时，赶快把这段节目录入磁带，后来还经常放给家人和朋友听，至今一直小心地珍藏着。因为这是我们结婚近 40 年来，老伴第一次送给我生日礼物，这礼物是如此厚重又充满深爱，而且通过电波把这种爱传播到了广阔的空间。

第二件礼物是一首诗。2005 年 5 月，在我 70 岁生日那天，孩子们在北京一家餐厅为我举行生日寿宴。在那次寿宴上，老伴在全家人面前满怀深情地朗诵了送给我的一首诗。这是一首藏头诗，诗的题目叫《贺杨玉群七十寿辰》，由每句的第一个字相连而成：

贺语缤纷歌满堂，
杨花柳絮随风扬；
玉液千杯人不醉，
群聚全家喜洋洋。
七嘴八舌夸你好，
十分勤劳品格高；
寿比南山不老松，
辰光共度乐陶陶。

我知道老伴有时会写诗，但是用充满爱的诗歌作为送给我的生日礼物，这还是第一次。因为他是个比较内向的人，用诗歌表达对我的爱很不平常，所以让我惊喜，也让我感动。我会把这首诗永远珍藏于心。

最浪漫而且最让我感动的是第三件礼物。那是 2009 年 5 月我 74 岁生日时，老伴送给我一个具有独特创意并充满诗情画意的电子相册，题目是《杨玉群古装艺术照》。这个电子相册是老伴在老年大学学习计算机图片处理技术后，花费很长时间和精力，主要以 20 世纪 80 年代“傻瓜”

相机抓拍我的一张彩照为样本，再用PS软件专门为我制作的几十张古装艺术照。看着那一张张年轻漂亮充满韵味的古装照，我惊喜，我怀疑，那是我吗？我有那么漂亮吗？但是，看那张脸，那眼神，确实是我呀！我十分佩服老伴的才华，60多岁才接触计算机，现在居然可以像魔术师一样，用计算机PS技术把一个70多岁满脸皱纹的老太太，变成年轻漂亮的古装仕女。这个生日礼物，太有意思了，太浪漫了，它以丰富多彩而又生动的画面，弥补了年轻时受条件限制没有留下满意图像的缺憾，同时也满足了一个女人永远不服老而又爱美的心。

用电脑PS技术制作的
杨玉群艺术照

老伴送我的生日礼物，虽然没有花一分钱，但对于我来说却非常珍贵，是花多少钱都买不来的。因为这些礼物都是我们深厚爱情的见证，相濡以沫，相爱一生，还有比这更浪漫的吗？如今我80多岁了，将在《好人一生平安》的歌声中，续写幸福美好的爱情诗篇。

2018年，我用上面的故事，以《老伴送我的生日礼物》为题，写了一篇文章，配上插图，发表在北京的一家刊物《家庭（长寿版）》第8期上。在文章后面，编者有一段结语是这样说的："最浪漫的事是将爱情外化，它以两个人的爱情为开端，又将这种爱细心修饰，加以丰富，将其超越两个人的范围，使其成为具有普遍价值的爱。所以，我们可以说，最美好的爱情，不只关乎两个人的事情，也不只是两个人做到了'少年夫妻老来伴'，而是在岁月将你我的青丝换白发的流动中，我们各自的心也能随之蜕变得更为宽容和博爱：爱自己、爱老伴、爱孩子、爱每个人……还要爱生活。"

杂志编者的这段话是对我们爱情的最高评价，也是对我们的一种激励。

十三、婆媳相处

在家庭内部诸多关系中，处理好婆媳关系是保证全家和谐幸福的重要因素。古人云："室无空虚，则妇姑勃磎。"（《庄子·外物》）大意是说一个男人娶了妻室以后，婆（姑）媳（妇）之间的矛盾和争吵（勃磎）就是难免的了。可见，从古到今，婆媳关系是影响家庭和谐的一个难点，如果处理不好，就会影响家庭的和谐幸福，很多不幸或悲剧也由此产生。

我们可以把婆媳关系看作一对矛盾，在这对矛盾中婆媳双方在地位上是不对称的。一般来说，婆婆处于主导地位具有区位优势，媳妇处于相对弱势地位。因此，要处理好婆媳关系，婆媳双方都应做出努力，其中婆婆这一方更加重要。但是，也不能一概而论。例如我和仁松结婚后，我在县城的师范学校工作，而我的婆婆是位 60 多岁的农村劳动妇女，又没有文化。我们虽然没有在一起生活，然而在 1965 年秋，我离开四川前一个月，除了收拾行装、交代工作、告别亲友以外，我还是把我的婆婆从平落镇乡下接到城里，让老人家住一段时间，陪她到街上和公园走走，到照相馆合影，代表远在北大荒的爱人孝敬老人，也算尽一次儿媳妇孝敬老人的义务。因为我知道，这位老人与我的生母一样，经历过无数的苦难与艰辛，从来没有得到过生活上真正的享受。遗憾的是，这次短暂的相聚竟是与这位慈祥而善良的婆母的永别。

"多年的媳妇熬成婆"，儿子结婚后我在家庭中的位置发生了变化，就有意识地特别注意处理好婆媳关系问题。我相信只要用真心，婆媳关系是不难处理的。20 多年过去了，回过头来看，我家的婆媳关系是和谐的，我和儿媳之间从未发生矛盾、争吵和不愉快。这是多方面的原因共同作用的结果。

婆媳之间

作为婆婆，我主要注意做好三点：一是对儿媳妇多理解一点。她是个知识分子，业务上很努力，也很有成就。大学毕业工作后，又在职读完硕士、博士，评为大学教授，担任博导、学院副院长，同时还要管孩子、管家、照顾丈夫的生活，已经很优秀、很不容易了；二是对儿媳多宽容一点。只要她对儿子好，对老人尊重孝敬，把小家庭经营好，和和气气过日子，我就高兴了。即使有某些缺点和不足，我也应该谅解和包容，从不计较那些生活小事，也从来不干预他们小家庭的事务。三是对儿媳妇的困难尽力多帮助一点。我经常告诫自己："儿媳进了门，就是家里人。要像对待自己女儿一样对待她。"我把关心爱护儿媳看作自己应该做的事情，比如多年前，儿媳妇患了急性肝炎在家养病，我亲自上门在精神上安慰，生活上精心护理，做可口饭菜，使儿媳很快恢复了健康。儿媳怀孕后，需要经常去医院检查，为了减轻儿媳的负担，我多次起大早坐一个多小时公交车到医院排队挂号。儿媳生孩子、坐月子时，我又跑前跑后，精心护理和照顾。俗话说，人心都是肉长的。我对待儿媳的实际行动，使婆媳之间感情上越来越近了。

其实，儿媳妇人很聪明，也在努力把婆媳关系做好。她经常主动关心我们老人，给我们送吃送穿，出差时总不忘给我们带点小礼物。有一年夏天，儿媳专门到商场花了近千元买了一件高档衣服作为送给我的生日礼物；2008 年北京奥运前，她还主动为我们购买新的空调、高清电视、饮水机等，改善了我们的生活条件；她还给我送金项链做"金婚"的礼物。前几年，我们老两口去海南当"候鸟"，在那里买了一套57平方米的房子，儿媳与儿子商量，主动拿出10万元，为我们添置家具电器。有一次，儿媳和孙女陪我们老两口去看演出，结束出门时，她怕我摔倒，告诉茜茜来搀扶我。他们的行动感动了我们，我从心里感到很温暖，逢人就夸儿媳妇真好。

儿子的作用也很重要。我们的儿子是一位有良好的修养、性格谦和、善解人意的孝子，他善于在老人与媳妇之间做疏解和沟通工作，传达双方的善意，消除不必要的误解，这对于密切婆媳关系起到很好的作用。

我们的亲家——儿媳的父母是一对通情达理的老知识分子，从儿子儿媳结婚后就告诫女儿，要维护好小家庭的和谐、团结，支持丈夫的工作，尊重和孝敬公婆。她妈妈还特别告诫女儿，要严格要求自己，低调做人。这些正能量的工作，为后来我们发展建立良好的婆媳和家庭关系起了很好的作用。

谈到婆媳关系，我还要说明一个观点，即老人居住地的选择问题。人们常说距离产生美，由于两代人的生活习惯、思想观念不同，生活在一起容易产生隔阂和矛盾，所以我主张在有条件的情况下，老人尽量不要与儿女住在一起，但又不要距离太远，这样既可以减少和避免婆媳之间产生矛盾，必要时又能得到子女们的照顾。这一点很重要，我们一直就是这样做的。

凡事宜举一反三，由此及彼。我从处理婆媳关系的经验中，得到感悟，想到自己的女儿也是别人家的儿媳妇，就主动启发和支持女儿要主动关心公婆的生活，照顾好公婆和丈夫的需要，处理好家庭内外各方面的关系。在我的帮助和支持下，女儿做得很好，她在工作生活压力很大的情况下，相夫教子，孝敬公婆，处理好各方面的关系，全家和谐美满，受到丈夫和公婆的称赞，称她是一个好妻子、好儿媳妇，也是一个好妈妈。

婆媳关系融洽了，对促进家庭的和谐、稳定都大有好处，也有利于对孙辈的培养教育。我们人老了，还图什么呢，只要一家人和和美

美，平平安安，比什么都强啊！

十四、差异与互补

根据我多年的观察和体会，任何一对夫妻，总是存在这样那样的差异，如智商、情商、性格、文化程度、知识结构、生活习惯、处事能力、身体状况、观察和认识事物的方式方法等。有些差异是先天遗传因素造成的，有些则是后天的家庭、受教育程度、环境以及自身的行为习惯等因素形成的。这些差异的存在，不可能不对夫妻关系产生影响。当然，由这种差异带来的影响，可以是负面的，也可以是正面的，关键在于如何认识和处理这种差异。处理得不好，差异就会转化为矛盾，而矛盾发展下去，可能影响夫妻的感情或导致夫妻的分离和其他不可预测的后果；如果处理得好，夫妻的差异可以转化为一种“互补”关系，即“1 + 1 大于 2”，成为一种经常发挥作用的正能量。这方面可是大有学问呢！

我和仁松结婚快 60 年了，仔细想来我们之间的差异可不算小。说起来，大概有这几个方面：一是性格的差异，我因为从小在农村参加各种农副业和家务劳动，同时也受我祖母的影响，性格豪爽泼辣，办事干脆利落，风风火火，特点是“快”“急”“爽”！而我的丈夫在性格上与我相反，其特点是“慢”“稳”“智”；二是文化和知识结构的差异。我虽然读了几年师范，但基础不够扎实，结构较为单一；而他的阅历比我丰富，工农兵学商都干过，由于学习刻苦知识比较全面，功力比我深厚；三是工作与生活能力的差异。我比较善

2011 年 2 月于北京

于组织开展群众性工作，生活能力也比较强，而他则善于进行理论研究与文字方面的工作，生活能力方面也不错，但是各有所长；四是观察与认识事物的差异。我的认知与思维方式偏于感性，善用形象思维，比较容易让人理解和接受，而他则比较理性，善用逻辑思维，能够深入分析和认清事物的本质，但是不容易被人理解和接受；五是处理问题的方式方法的差异。我处理问题喜欢“快刀斩乱麻”，比较果断而有效率；而他则有些慢节奏，比较稳健而有章法；六是在对外交往方面的差异。我的外交能力较强，对人真诚，热心助人，广交朋友；而他则很少主动交友，对人态度平淡、严肃，常让人感到较难接近；等等。

面对这些客观存在的差异，结婚后，主要是结束两地分居后确实有一段时间感到不适应，进而产生种种矛盾、分歧甚至争吵。但是，时间长了，经过一段相互了解与适应的“磨合期”，我们都慢慢找到了正确的应对方法，即通过夫妻的共同努力，把差异转化为一种“互补”和合作的关系，“求大同存小异”，使夫妻成为和谐相处、同甘共苦的“命运共同体”，甚至是“生命共同体”，达到谁也离不开谁的程度。主要的体会是：

♦ 从思想和理论的高度认识夫妻差异的客观性。我认为夫妻间的差异不应影响夫妻在家庭中的平等地位。因为夫妻间的差异是客观存在的，没有绝对的好坏与高低之分。千万不可认为自己的一切都是对的，对方是错的。必须尊重对方，永远不要企图用强力改变或改造对方，放弃在家庭中必须一切由自己说了算的思想。有了这个思想，才会有“平等”和“互补”的基础。我还认识到，男女结合成为夫妻，就像登上一条小船的运动员，他们每人手里各拿一支划船的桨，只有两人同时用力向一个方向使劲划去，才能快速前进，迅速接近目标；如果两人划桨时步调不一致，则小船无法直线前进，甚至会原地打转，永远不可能到达目标。因此，为了把爱情、婚姻、家庭经营好，“合作”与“互补”是夫妻永远要遵循的指导思想和原则。

♦ 在家庭中形成有利于双方最大限度地发挥自身优势的氛围，支持

和鼓励对方多做贡献。比如在做家务方面，他爱动脑筋，以前像修缝纫机、电器的维护、家具的修理这类事务，都由他处理。他善于烹调，包包子、饺子、做面食，这些事就多让他做，同时也减轻了我的家务负担。而我则发挥自己会干很多家务活，而且吃苦耐劳的优势，多干些洗洗刷刷等适合女人干的活，努力多做贡献。退休后我参加健身活动，喜欢练空竹并热衷于组织老年朋友活动，而老伴喜欢摄影、计算机图片制作，我就经常请他帮忙拍摄和制作节目，而他也乐于帮助，有求必应，同时也很好地发挥了他的优势。

◆ 主动做好对方不会或不善于做的事。我知道一个女人要尽量多管好家庭内务，因此过去大量的缝缝补补等家务劳动、教育孩子、对外联系交往方面的事务我都主动承担，以便为丈夫省出更多的时间，去阅读文件资料和研究学问，完成他的工作任务。我是一个闲不住的人，几十年来，为了我们这个家，我永远有使不完的劲，可以说除了上班工作和必需的休息外，我几乎把全部时间都用在了做家务、管孩子和为第三代的服务上面了，当然我做这一切都是心甘情愿的。虽然我现在八十多岁了，精力和体力都大不如前，但是只要还有一把力气，就会不停地做下去，至少要争取日常生活事务，如做饭、卫生等自己解决，尽量不给别人添麻烦。

◆ 争取经常合作完成工作和家庭的大事。其实很多事情靠一个人的力量是很难完成的，小到做一餐饭、搞一次大扫除，大到培养儿女和为第三代服务，很多时候都是我们夫妻合力完成的，在合作的过程中又加深了夫妻的感情。在 20 世纪七八十年代，培育儿女争取把他（她）们送上大学，是当时除了本职工作以外家庭中最重要的事，我们夫妻经常沟通，亲密合作，统一认识和行动，收到很好的效果。多年前，为了纪念我们的“金婚”，给后人留下精神遗产，我们夫妻合作写作，出版了 30 多万字的回忆录《大荒缘》。在这过程中，我负责提供自己的有关文稿素材，大量的文稿和图片的撰写、修改和编辑处理都是他在计算机上完成的，这是我们最成功的一次合作。这本《红榜缘》是又一次成功的合作，从三年前开始策划，定期商量，有分有合，较好地实现了目标。合作需要“互补”，有互补才会合作愉快，这种互补型的合作还将继续下去，直至生命的终点。

♦ 夫妻合作、互补的本质是心灵的契合。在长期的共同生活中，夫妻不仅是爱人，也应该成为最好的朋友，随着感情的不断深化，就会发展到完美的合作与互补，成为谁也离不开谁的“灵魂伴侣”。把两个人的力量、优点集合在一起，就会形成一股合力，去实现自己的目标，完成各种困难的任务。有困难一起面对，困难就会减少一半；有成果时一起分享，成果就会扩大一倍甚至更多。常言说得好：“家和万事兴”“夫妻一条心，黄土变成金”，大概就是这个道理吧！

十五、夫妻吵架的艺术

由两个毫无血缘关系的男女个体结为夫妻，他（她）们之间的差异是客观存在的，有差异就会产生矛盾和碰撞，因为夫妻朝夕相处，没有矛盾，没有碰撞倒是奇怪的。我赞成一种说法：夫妻好比两条腿，要站稳，要走路，谁也离不开谁。如果有夫妻说结婚数十年无矛盾无分歧，可以断言，他们至少有一个人对家庭毫不负责，对对方毫不关心。因为婚姻是舒服着的烦恼。相爱一辈子，争吵一辈子，忍让一辈子，这就是夫妻。我还体会，既然结婚成为夫妻，你就必须放弃一切以自我为中心的思想观点，把对方看作自己的另一半，相伴相依，不离不弃。如此这般经过长期的修炼，才有可能达到婚姻的最高境界。虽然说夫妻吵架不可避免，但是我认为夫妻吵架还是有讲究的，是需要讲点艺术的。

♦ 夫妻吵架的两面性。其实，夫妻吵架有双重作用，即积极作用和消极作用。你可以把夫妻吵架看作是一种沟通思想观点的方式，这是它积极的方面。在夫妻吵架的过程中，如果你是一个聪明人，就可以

从对方吵架时的言语中发现，对方跟你吵架的目的是为你好，从对方批评和反对什么中看到自己的不足或缺点，如果你主动改正了，这个矛盾就解决了。通过这样的吵架，就会改善夫妻的关系，而不是相反。夫妻吵架的另一面就是消极作用了。如果不加以控制，吵架的频率过高，动不动为一点生活小事就吵架，让吵架成为夫妻生活的常态，就只能越吵越僵，不但会伤害夫妻的感情，严重的会闹离婚，甚至出人命。我们结婚后第一次吵架，是我生完第一个孩子，当时在北大荒的八一农大，“文化大革命”初期，丈夫整天忙于工作，几乎很少回家。产后6天他借了平板车把我从医院接回家后，又去忙工作了。我发现火炕是凉的，暖瓶里没有开水，需要我从室外去取水，孩子的尿布自己洗，也吃不到有营养的饭菜。我向丈夫大发一顿脾气，骂了一些难听的话。他当时却没有跟我吵，我估计是听懂我吵架的原因了。4年后，我生第二个孩子，那时他在革委会办公室，工作也同样很忙，但是却专门请假回家照顾我，给我烧水做饭，照顾得很周到。我想，那第一次吵架发挥积极作用了。如果你能够在夫妻吵架中，有效地控制好自己的不良情绪，尽量减少或避免消极作用，发挥积极作用，那就是你的高明艺术了。

◆ 夫妻吵架不可争输赢。如果有时夫妻一方认为必须吵架的话，你把自己的火发出来，发泄完了就行了。不必非争出个我是你非你输我赢才作罢。因为“家是讲情的地方，不是讲理的地方”。有时候，站在不同的角度，你会发现双方都有道理，很难说谁是谁非。如果一定要争出是非，就可能没完没了，争吵不休，最后会闹到分离的地步。大约十几年前，有一次我们准备从哈尔滨市乘火车返回北京，那次带的行李比较多，老伴没跟我商量就给女儿打电话，让她去接站。我知道后对他大发雷霆，但是他没有跟我吵，躲开了。我吵的原因是，考虑女儿怀孕，怕女儿身体受影响。而他是因为行李多，怕我吃不消，累坏了身体。站在不同的角度看都有道理，你说谁是谁非呢？值得去争吗？

♦ 夫妻吵架有红线。既然夫妻难免吵架，吵架控制不好有负面结果，而且可能很严重。那么，有没有办法加以控制，尽量不让它产生大的负面影响呢？有啊。这就是每一对夫妻，都应该事先为自己规定好吵架的红线，双方都不可逾越。简单说来有“四不”：一是不算老账。夫妻吵架最忌讳算老账，如果一吵架就把过去的陈年旧账翻出来，那必然无休无止，吵个不休。应该是就事论事，不扩大范围，让事情简单化，而不是复杂化；二是不打不骂，不摔东西。打骂是不文明甚至是违法行为，任何时候都不应该发生，何况夫妻！特别是家暴行为最不应该发生。我的丈夫是个有修养的正人君子，我们结婚几十年来，即便有时与我发生争吵，但却从未说过骂人的粗话，更没有对我动过一个手指头，也没有摔过一件东西；三是不轻言离婚。如果一吵架就说离婚，有时候在气头上，互不相让，就会导致不可挽回的后果；四是不在子女面前争吵。这是考虑夫妻吵架可能对子女的教育带来负面影响，这种影响可能是长期的，有时是很严重的。如果“四不”都做到了，夫妻间偶尔发生的吵架，就处于可控状态，就不会对夫妻感情带来太大的影响，也不会有破裂的危机。

♦ 及时沟通才是正道。为了尽量避免夫妻吵架的发生，降低吵架的频率，最重要的是要经常地、及时地进行思想沟通。最好能够每天抽一点时间，互相把自己的意见、想法说出来，尽量取得共识。有时暂时不一致也不要紧，慢慢地交流，也可以先放一放，把矛盾控制住不让它爆炸。如果大家都忙，没有专门时间，也可以利用吃饭时和睡前做简单交流。只要养成及时和经常交流的习惯，夫妻间的矛盾就不会越积越多，就会处于良好的可控的状态。有时候一方在气头上，发火了，要学会暂时回避和冷处理，可以先不理他或躲开，等对方火气平息了，再去解释和沟通，效果会更好。

几十年来，我们很少吵架。因为对大多数问题的思想观点比较一致，没有不可克服的大矛盾。偶尔的吵架都是小问题，吵完后互相忍

让包容，适当沟通交流，很快就风平浪静了。当然，我老伴的脾气修养比较好，基本不会主动跟我吵，所以能够长期和平共处，相安无事。谁是谁非、谁输谁赢的问题不存在了，其结果只能是“双赢”。在这种“双赢”的局面中，夫妻间的感情才会越来越深，越来越浓。

十六、爱的奉献

什么是爱？古人云，“君子之爱人也以德”（《礼记·檀弓上》）；“爱施者，仁之端也”（《说苑·说丛》）；“君子自爱，仁之至也”（《法言》）。我的理解是：爱是一种信念，是一种高尚的道德和情感，是在符合德行的条件下对他人给予帮助；是一种真心的付出和无私的不求回报的奉献。

新中国成立后，我从家庭、社会、学校受到了教育，也得到了爱，从许多老革命、老领导身上看到“奉献”的精神，特别是受到“艰苦奋斗、勇于开拓、顾全大局、无私奉献”的北大荒精神的熏陶，决心向革命前辈学习，努力把爱奉献给社会，奉献给亲人和我周围的人们，争取做得好一点，再好一点。这是在党的培养教育下扎根于灵魂深处的感恩报恩思想的朴素表现，也是美好爱情的外化和扩展。

几十年来，一直到今天，我一直努力在做，不管是分内还是分外的工作和其他事务，我都竭尽全力去做。总想以我的一片真心和实际行动，去帮助周围的同事、朋友和其他人，向社会奉献爱心。争取多做一点好事、对集体有益的事，我觉得这是一个共产党员应该做的。

在四川省邛崃师范学校工作时，正逢国家“三年困难时期”，粮食和副食品供应严重不足，师生普遍营养不良。我利用自己曾经当过农民有实践经验的优势，带领学生勤工俭学，开荒种地、养猪养鸡养鸭，改善了师生的营养状况……

在佳木斯兵团子弟校工作时，我分管学校行政与后勤，尽力帮助教职工解决生活、工作上的困难，帮他们落户口、争取安排住房、改善副食品供应，甚至夫妻不和也耐心帮助调解……

在黑龙江农垦总局任机关工会主席时，为解决职工没有学历无法转干的问题，我创办职工学校，并担任校长，办起7个初高中文化和外语补习班，使400多人顺利转干，不少同志后来成为机关和直属企事业单位的领导骨干……

为了活跃职工的业余生活，我发动和依靠群众，组织起篮球、排球、乒乓球、围棋、象棋、交谊舞、集邮、气功、养花等十几个群众性组织，让他们民主选出负责人，制订章程和活动计划，坚持开展业余文体活动，从工会角度给以指导和经费支持，使机关职工的业余生活生动活泼，丰富多彩……

我还通过机关福利委员会，千方百计为职工谋福利，例如子女就业、定期组织干部职工疗养、退休职工的福利、慰问生病住院职工等；

有些大龄青年处对象有困难，我主动当起“红娘”，帮助他们找到理想的“另一半”，建立起幸福美满的家庭……

退休后，我在北京组织退休职工习练腰鼓，成为拥有近百人腰鼓队的队长，多次参赛获奖，并带队参加北京2008年奥运天安门广场的表演，向世界展示中国老年人的风采；

70岁以后，我改练抖空竹获得高级教练证书，先后在北京和海南组织中老年人习练空竹，传承中国传统文化，帮助他们丰富晚年生活，提高生活质量，获得健康，等等。

可以毫不夸张地说，几十年来，不管在哪里工作，我都以共产党员的高标准要求自己，坚定奉行“党的利益高于一切”的信念，满腔热情地为群众工作，有一分热发一分光，奉献自己的爱心，向周围传播正能量。

2015年，在我80岁生日的时候，我的一位朋友，也是我当年的同事和领导李国金同志（原黑龙江生产建设兵团子弟学校校长）满怀热情地给我写了一封信，他在信中写道：

“咱们是从20世纪70年代初就开始在一个学校工作，后来虽有变动，但还在一个单位一个楼里工作。我这个人有些愚钝，对您的总是

积极、热情、主动地工作，我几乎用了近半个世纪的时间，渐渐地有所感悟。直到现在，我才明明确确认识到您是一团火。是一团善良之火、是一团智慧之火、是一团积极燃烧着的勤奋之火、是一团拼搏向上之火。您在火就在，单位与同事们都享受着您的光和热。”

“我在您生日之前这些天，总是在细细地回忆过去，反反复复玩味品评。虽然我们都是普通人，但是由于您总是积极、热情、主动地帮助这个那个同志解决困难。这种既有质上又有量上的不相同，实际上就成了平凡中的不平凡了。特别是您的总是‘积极’‘热情’‘主动’来做，就在平凡中产生出伟大。想到这些，我内心忽然对您生出强烈的敬佩和尊重。我郑重地决定，从今以后再也不称您杨主席、杨校长，更不会叫您杨玉群，而是敬称您为杨大姐。这是为了表达对您的人品、胸怀、行为的敬重。还有表达我对普通人尽力多给这个美好的社会增光加热、总是关爱的敬重和更加盼望其发扬光大。”

“现在我就把‘杨大姐’这个称呼，当成我最心爱的礼物献给您的八十寿诞的贺礼，恭敬地献给杨大姐！”

读了此信，我深为感动。这位当年的老领导，对我所做的点点滴滴，给予很高的评价和最高的褒奖，深感受之有愧。其实，我做的许多事，也不是我一人完成的，其中有领导的支持，也有同志们的共同努力，比如给职工补习文化，当时子弟校免费提供 6 个教室，许多兼职教师不计报酬热情地工作等。另外，我帮助了别人，也得到大家的关心和热情的帮助，有时一些普通群众的一句话一个行动会使我感动很久。而且，我从帮助别人中也得到很多快乐。特别是想到千千万万为新中国的成立和保卫建设国家而牺牲的烈士们，我所做的一切真是微不足道了。

多年前，著名歌唱家韦唯在春晚唱了一首《爱的奉献》，其中有两句歌词唱道：“如果人人都献出一点爱，世界将变成美好的人间。”

我就是那千千万万努力为社会奉献爱心的实践者之一，我相信通过大家的共同努力，我们的国家、我们的社会一定会更加美好！中华民族的伟大复兴一定能实现！

十七、爱的归宿

我经常听到一个人们争论不休的问题：什么是幸福的婚姻？见仁见智，很难有统一的答案。积数十年的经验，我的体会是：

幸福婚姻，好比夫妻两人共同栽下的一棵树，必须两个人一起精心培育，坚持浇水、施肥、除草、避害，不管遇到什么风险，什么困难，两个人一起克服，一起迎接挑战。如此，历经岁月洗礼，战胜风雨冰霜，最后必定成长为根深、枝繁、叶茂的大树，开出美丽的花，结出丰硕的果。但是这个培育的过程是相当艰苦和漫长的，会遇到很多困难，很多矛盾，关键要看夫妻两人有没有决心，齐心协力去战胜困难，化解矛盾。可以说，你对爱情和婚姻有多大的投入，就会有多大的收获，这和农民种庄稼需要不断地投入付出辛苦才会得到好的收获是一个道理。那种怕辛苦不愿意付出，只想坐享其成的想法，是不可能得到幸福的。

人们都在追求甜蜜的爱情，其实爱情是两颗心的交融、两个情的互补、两个爱的沟通。爱情是在寻找一个心灵的归宿，是找到那个能够伴随一生、根深蒂固的爱。

从自己几十年的爱情和婚姻生活经历中，我深深体会到，作为女人的最大幸福就是找到一个可靠的、真正爱我的优秀男人，这样的婚姻值得我用一生去维护和珍惜，因为那是我最安全也是最甜蜜的“避风港”，是心灵的永恒的驿站。每当我为事业奋斗、操劳而疲惫不堪时，当我工作上遇到困难而一筹莫展时，当我为

八十大寿纪念（2015 年自拍）

家事和儿孙操劳感到负担沉重时，我的心灵都可以从这个甜蜜的温馨的港湾中得到抚慰，从而振作精神去迎接新的任务。

我非常幸运地告诉朋友们：我已经实现了一个女人的梦想，找到了爱的归宿，与我的爱人一起培育成功那颗枝繁叶茂、果实累累的大树，享受着甜蜜爱情和婚姻带来的幸福。

我要真诚地感谢我的丈夫孙仁松先生，是他主动与我牵手，相伴相依，相濡以沫，不离不弃，一起走过漫长的60年，迈进“钻石婚”的大门，实现了人生的美好愿景。

要感谢新社会和共产党，把我们从旧社会的苦难中解放出来，赋予我们新的生命。60多年前的那一张加入青年团的红榜，就是共产党为我们打开的一扇门，树立的一个灯塔，引领我们走上革命和事业的道路，实现了人生的社会价值。还要感谢亲朋好友，长期以来对我们的关心和帮助，使我们能够走在一条虽有曲折但仍属健康、平坦的大路上。

虽然，我们没有多少物质财富，也没有名车豪宅，但是我们却拥有永不枯竭而又刻骨铭心的爱，拥有无法用金钱估价的精神财富，拥有一个温馨、和谐、幸福的家，所以我们是世界上最富有也是最幸福的人。

爱情诗选

金婚的感动*

孙仁松、杨玉群

春回大地百花艳，
兔跃青山万物生。
五十年前，
在卓文君和司马相如的故乡，
我们领到了鲜红的结婚证，
组成了一个小小的家庭。
今天，亲朋好友欢聚一堂，
为我们的“金婚”祝福，
我们深深地感动、也非常激动。
请允许我们由衷地说一声：
谢谢，谢谢，谢谢！

首先要感谢新社会，
感谢共产党，
我们有今天的幸福生活，
要归功于党的领导和改革开放。
感谢各位来宾，
你们是我们的领导和好友，
过去对我们的关心、支持和
帮助，
我们将永远铭记在心。
感谢各位亲家，
你们养育了优秀的儿女，
与我们结为秦晋之好，
这是我们最大的荣幸。
也要感谢晚辈们的一片孝心，
你们在成长路上的每一点进步，
在事业发展中的业绩和成功，
都是我们健康长寿的精神支撑。

五十载风雨同舟，
半世纪考验真情。
虽然没有多少新潮和浪漫，
也没有花前月下的海誓山盟，
但是并不缺少——
对事业的执着、
对朋友的真诚、
对家庭的责任和
对爱人的忠诚。
尽管生活中会有风雨和冰霜，
前进路上也有坎坷和泥泞，
只要夫妻互敬互爱合力同心，
一切困难和障碍都会转化为幸
　　福安宁。

---

* 《金婚的感动》是2011年2月6日举行的孙仁松、杨玉群金婚庆典时，夫妻二人朗诵的一个节目。

五十载不离不弃，
半世纪相伴相依。
爱情在平淡与艰辛中培育深化，
爱情在共同的事业中历久弥新。
北大荒的开发事业给我们增添
　　无穷的动力，
黑土地丰富了我们平凡的人生。
不追求高档豪华的物质享受，
也不要花言巧语和空洞的保证。
面对复杂社会多种多样的诱惑，
我们只选择安然和淡定。
如果说，人生是一次驾驶风帆
　　的远航，
那么，幸福婚姻就是航船上的
　　指南针。
不管前方会有多少惊涛骇浪，
都会始终把定方向破浪前进。

生活中难免会有摩擦和碰撞，
重要的是要善于处理好可能产
　　生的矛盾。
我们的经验是要懂得理解和
　　宽容，
建立和谐家庭珍惜夫妻间的
　　感情。
要多看对方的优点和长处，
共同承担家务和培育子女的
　　责任。
不仅对爱人、亲友和同事，
以及一切曾经关心和帮助过自
　　己的人，
还有为我们提供保障的国家
　　社会，
永远怀着一颗真诚的感恩之心！
让我们记住这个美好的日子吧，
把深深的感动融入我们纯洁的
　　心灵！
我们要沿着“金婚”的道路继
　　续走下去，
向“翡翠”“钻石”和更高的目
　　标前进！

爱情的旋律

孙仁松

我们的爱情，
是一首抒情的歌，
它来自广袤的田野，
来自山村外的树林；
任布谷鸟叫湖畔蛙鸣，
听泉水潺潺竹林风声，
汇集成美妙的旋律，
永远抚慰着两颗沉醉的心。

我们的爱情，
是一张白纸，
任我们用心灵的工笔
无比自由潇洒地描绘；
把平凡生活变成美的元素，

把具体行动变成爱的音符，
编织成深情的旋律，
把美丽的画卷留给子孙。

我们的爱情，
是一坛陈年美酒，
它是用两颗纯洁的心酿造，
又在岁月沧桑中永久贮存；
每一滴都散发出浓浓的醇香，
每一滴都清纯无比鲜亮诱人，
滴滴美酒汇聚成真爱的旋律，
把幸福的旋律输送给每一位家人。

我们的爱情，
是一本厚重的大书，
它由平凡的岁月缓慢积淀，
它是数十年光阴镌刻而成；
每一页都散发出淡淡的书香，
每一页都浓缩着爱的结晶，
纯洁爱情是全书的主旋律，
永远滋润着我们幸福美好的人生。

（2017 年 8 月于北京）

牵　手

孙仁松

我牵着你的手，
如烟往事涌心头；
两情相悦六十载，
一生幸福乐悠悠。

我牵着你的手，
奔赴大荒同奋斗；
顶风冒雪战严寒，
艰难困苦不低头。

我牵着你的手，
生儿育女共喜忧；
含辛茹苦盼长大
培育后代成新秀。

我牵着你的手，
晚年世界去旅游；
国家富强换新貌，
丰衣足食不发愁。

我牵着你的手，
耄耋之年继续走；
遭遇困难不停步，
目标定在 90 后。

（2017 年 3 月 15 日于保亭）

陪医记

孙仁松

耄耋老翁体尚健，常陪老伴上医院；
一般小病小区治，知名专家看疑难。
先在网上把号挂，再查地址定路线；
有时凌晨去排号，为给老伴省时间。
出门牵手缓慢行，通过马路看两边；
上下公交紧搀扶，防止摔跤致伤残。
医生问诊一旁听，帮助老伴把话传；
陈述病情求准确，语言精练抓重点。
不明情况要多问，医生指示记心间；
需要检查陪左右，CT 核磁查心电。
对待医护要尊重，态度和蔼话语谦；
病情确诊很重要，开好处方再交款。
出门现金要少带，如今刷卡很方便；
抓紧排队去拿药，核对无误省麻烦。
西药注意按时服，把握剂量是关键；
中医看病讲调理，望闻问切更全面。
慢性疾病须慢治，心急反会把病添；
熬制中药有讲究，掌握火候慢慢煎。
提醒老伴按时服，不冷不热端上案；
如若病情较严重，沉着冷静忙打点。
急病先呼120，通知儿女放后边；
随时备好银行卡，事先存好备用钱。
如若住院需陪护，我是当然好人选；
虽然年龄比较大，夫妻照顾更方便。
输液时要勤观察，速度不快也不慢；
有事及时叫护士，体温血压观察全。
水果饭菜讲营养，贴身衣裤勤洗换；
生活细节想周到，不让老伴心里烦。
心情愉快精神好，恢复健康有何难？
夫妻恩爱互帮助，幸福安康享永年。

最美的皱纹

——写给亲爱的老伴杨玉群并纪念我们相爱60周年

孙仁松

原谅我的粗心，
不知从何时开始，
在您光滑红润的脸上出现了皱纹。
但是我清楚地知道，
60岁时您脸上的皱纹已悄悄爬上了额头，
70岁皱纹已经深入脸颊且有加深和发展的趋势，
80岁额头和脸上的皱纹几乎连成了一片……
许多人尤其是女人，
讨厌皱纹甚至恐惧皱纹必欲除之而后快，
但是，我对出现在您脸上的皱纹，
有着不同的解读甚至相反的观点。
在我看来，您那脸上的皱纹，

是一本图文并茂、内容极为丰富
而又深刻的大书，
那里深深镌刻着你对事业的执着
和对党的忠诚。
您 1955 年读师范时就已成为一名
优秀的学生党员，
从那时开始，您就是一位对教育
事业拼命付出的人，
60 年代因为我，您不远万里离开
天府之国，
远赴黑龙江参加伟大的北大荒开
发事业，
在北大荒的教育和工会岗位上全
身心投入，
克服千难万苦创造出辉煌的业绩：
优秀共产党员、省三八红旗手、
省优秀工会干部，
全省授予的《五好家庭》以及高
级教师、高级政工师等。
退休后您来到北京仍然干劲不减，
在小区群众工作上真心付出又取
得骄人业绩。
直到今天，您已 82 岁高龄，
仍以空竹教练的身份组织辅导群
众习练，
甚至亲自登台演出热情不减。
您每天坚持看书学习、写作不断，
接受新事物、新思想永不停转。
那脸上的皱纹中还记录着您对家
庭的大爱，
为抚育一双儿女您历经千辛万苦，
把他们培养成为博士、硕士，
如今在首都政府机关和企业肩负
重担。
退休后到北京，您又为照顾和培
育第三代不遗余力，
把孙女送进国家名牌大学，外孙
进入初三。
当然在这大爱中我是最大的受
益者，
我们相亲相爱、共同生活已走过
56 年。
我无比欣赏并爱着您那脸上的
皱纹，
因为我是他们成长的亲历者、见
证者。
那是世界上长在女人脸上的最美
的皱纹呀，
我要陪伴她度过人生最后的美好
而又快乐的每一天。

（2017 年 7 月于北京）

陪　伴

孙仁松

我曾经对您做出郑重承诺，
我要永远陪伴在您的身边。
这份承诺是发自内心的誓言，
这是60年爱情发展的必然。
陪伴是我晚年给自己规定的中心任务，
哪怕使尽洪荒之力也要承担。
陪伴是出于真爱，
没有时间和地域限制覆盖每一天。
在您日常生活中我会陪伴，
永远不会使您感到孤单。
我要自愿当好您的服务员，
家务事我要全力承担。
我每天会在厨房烧火做饭，
把热饭热菜端到您的面前。
出门时有我在您身边陪伴，
您会感到自己非常安全。
晚上睡眠我会在身边陪伴，
您身体不适我会及时发现。
您生病住院我一定在身边陪伴，
为您端屎倒尿我绝不厌烦。
陪伴是真心付出永远不求回报，
因为我也随时在接受您的陪伴。
假如有一天我先您而去，
我会在“天堂”耐心地等待，
会合后继续我的陪伴直至永远。

（2017年3月12日于保亭）

“钻石婚”有感

孙仁松

有幸相聚庆“钻”婚，
相伴相依大荒行；
为建“粮仓”挥雨汗，
共尝甘苦事业成。
茹苦含辛养儿女，
严持家教育新人；
针缝衣履重勤俭，
和谐家庭事事兴。
欣喜儿孙多才俊，
报效家国献忠诚。
退而不休挥余热，
晚年团聚在京城；
学习新知勤动脑，
与时俱进步不停。
坚持锻炼保康健，
少让儿女费精神；
幸福生活不忘党，
争当百岁老寿星。

（2020年6月于北京）

七十岁生日有感

杨玉群

1

往事如烟七十秋，
辛苦劳累欲何求？
历经风雨志犹在，
千难万险不低头。

2

不远万里奔大荒，
伴随夫婿战边疆；
携手并肩创伟业，
硕果累累情更长。

3

儿女成才工作忙，
事业有成挑大梁；
两个膝前小“宝贝”，
聪明健康快成长。

4

晚年生活喜事多，
团聚京城乐呵呵；
更喜儿孙多孝顺，
合家同唱幸福歌。

（2005 年 5 月于北京）

永远的爱
——写在我和丈夫八十寿诞时

杨玉群

难忘六十四年前那一张小小的
　　红榜，
宣布我们两人同时加入青年团，
那是一张充满生机和喜气的红
　　榜啊，
把两个年轻人的命运紧紧相连。
然而相爱的旅程缓慢而又遥远，
从相识、相知到相爱整整九年。
一九六一年我们终于走进了婚姻
　　殿堂，
共同挑起经营小家庭的重担。
为了事业我们只能暂时分居
　　两地，
相隔数千里的两地生活持续了
　　五年。
感谢八一农大的热情关心和
　　帮助，
告别天府之国我只身奔赴密山。
初到北大荒我经受了严峻的
　　考验：
第一冬就遭遇难以忍受的冰雨
　　严寒，
“烟儿炮”刮来犹如刀子割脸，

地上路滑一不小心就摔个脸
　　朝天。
还必须面对物资匮乏的清苦
　　生活，
每月细粮只有一斤大米八斤
　　白面。
物资缺乏我可以坦然面对，
一间十三平米的小屋就是新的
　　家园。
为避寒只能用棉被把窗户堵上，
取暖烧煤曾遭遇煤气中毒的
　　危险。
我咬紧牙关坚持把困难踩在
　　脚下，
面对新任务我坚定信心勇敢
　　向前。
工作上我起早贪黑全身心投入，
生活中我坚持勤俭持家毫无
　　怨言；
思想上我坚持北大荒事业不
　　动摇，
夫妻间相亲相爱取长补短。
对儿女言传身教细心照料，
对同志我热情帮助不厌其烦。
爱心与真诚换来无数点赞，
北大荒有我做出的一份贡献。
岁月匆匆让我感叹人生苦短，
二十六年前我退出工作岗位进入
　　晚年。
到北京我又开始了角色的转换，
与老伴共同谱写培育第三代的光
　　荣诗篇。
孩子出生前就陪同做好孕妇
　　体检，
准备婴儿用品也要帮助把关。
临产前我怀着一颗欢迎贵客的心
　　来到医院，
亲眼见证一个宝贵的生命来到
　　人间。
出生后我紧跟护士到婴儿室
　　查看，
把刚出世的孩子紧紧抱在胸前。
孩子出生后帮助照料耐心细致，
饮食起居处处都要考虑周全。
孩子有病我急得睡不安心吃不
　　下饭，
寻医问药我奔走在北京街市的
　　“桑拿”天。
为了对孩子启蒙开智让他们多见
　　世面，
我带他们几乎玩遍了北京的
　　公园。
孩子上学我们不辞辛苦帮助
　　接送，
背书包手牵手为的是保证安全。
细筹划巧安排为孩子准备晚饭，
有营养要可口让孩子们吃得
　　喜欢。
孩子们有志气德智体美全面
　　发展，

上清华升高中努力向高处登攀。
你们的成长进步是对我们的最好
　　回报，
即使吃苦受累我们也情愿心甘。
讲孝道是中华民族的传统美德，
你的孝心和关怀照顾我们都记在
　　心间。
亲切叫一声爸妈爷奶也是表现，
打个电话发个微信会让我们高兴
　　半天。
你们在学业事业上的成功让我们
　　欣喜，
病床前的一声问候也让人心安。
人虽老心不老我们仍坚持锻炼，
重学习广交友我们四处游玩。
爱生活重养生争取保持身体
　　康健，
更高兴为儿孙们减轻负担。
儿女们事业上都有发展，
小家庭有情调各自喜欢。
看如今大家庭和谐美满，
一家人团结好努力向前。
转眼间我们已经迈进耄耋门槛，
无忧无虑欢欢喜喜过好每一天。
儿孙们贺我们八十寿诞，
感情浓意义深爱在永远！爱在
　　永远！

（2016 年 10 月于北京）

第二篇

亲情篇

亲情，一般是指亲属之间的感情，是婚姻家庭关系中不可或缺的部分。一桩幸福美好的婚姻，必然会发展与衍生出和谐美好的亲情关系。根据中华民族的文化传统，我们认为亲情关系的“情”是由“孝”衍生而来。孔子创立“仁学”，孝是仁的核心。孔子认为，孝顺父母，友爱兄弟，是仁德之本。“君子务本，本立而道生。”然而，亲情关系又是一个复杂的系统，涉及纵向与横向方方面面的关系，其中纵向关系是主干和根，横向关系是枝和叶，只有根深干壮才能枝繁叶茂。所以做人不能忘了祖宗，就是要永远牢记自己的“根”和“本”。

当然，任何亲情关系都必然是双向的。良好的亲情关系，需要各方共同维护，还要保持经常联系和相互关切，不一定要有物质的交换；有时只要一声问候，打个电话或发个微信，就会使人感觉亲情的温暖。如果，总不联系不来往，即使是近亲，感情也会淡化。过分的自私和利益算计，不顾及对方的感受，必然会损害亲情关系。但是，讲亲情关系，必须以维护国家民族的根本利益和遵纪守法为前提，否则有可能走偏方向，产生不良后果。

由于历史和社会的原因，在我们孙家和杨家的亲属系列和亲情关系中，资料记载难免有缺失之处，甚至连家谱等基本资料都没有保存下来，我们只能在现有条件下，将撰写和收集到的有关文稿资料，汇集于下，以供参考。

孙氏家族史概览

孙仁松

姓氏是一种文化，它关系我们的历史与血脉。通过姓氏和家族发展脉络的追溯，我们可以知道自己生命的由来，还能知道自己的肉体、心灵、心理之血脉传承，而不至于太局限于自己的短暂人生。故而“寻根问祖”不在祈福于祖先，而在明白我们自身。我们与祖先血脉相连，祖先曾经的苦难与辉煌，一定会通过这血脉，流传到我们的现在。因此，我认为了解自己家族的发展历史，从中汲取经验教训和前进的力量，是十分必要的。下面仅根据能够收集到的资料，对孙氏家族的发展历史做一个大概的描述，以为族人和家人提供参考。

孙姓起源

“孙”原指人与人之间的一种血缘关系，即子之子。我国古代第一部词典《尔雅》说：“凡子之子为孙，孙之子为曾孙，曾孙之子为玄孙，玄孙之子为来孙，来孙之子为弟孙，弟孙之子为仍孙，仍孙之子为云孙。”将“孙”字作为姓氏，当初也是为了纪念这种关系，以示不忘根本之意。

孙姓是一个历史悠久的大姓。据考证，最早的一支起源于先秦时期的姬姓卫国，这是孙姓来源的最主要一支，这一支孙姓是周文王第八子卫康叔的后人，传到武仲时就以其祖父名字“惠孙”中的孙字为姓氏。

孙姓的第二支来源于先秦时期的芈姓楚国王室后代，春秋时期楚国名相孙叔敖就是这支孙姓的始祖。

孙姓的第三支来源于先秦时期妫姓齐国，齐国大臣田完后裔田书有战功，被齐王赐姓为“孙”，田书，亦名孙书，就是齐国孙姓的始祖。齐国孙姓是先秦三支孙姓中最著名的一支，军事家孙武就出自齐国乐安。

此外，孙姓在先秦时期还有一支来自商代王室比干的后裔，商纣王的少师（相当于丞相）被商纣王杀死后，其家族中的一支因避祸而改姓孙。到了汉代，汉宣帝刘询执政时，又有新的一支加入孙姓：战国时期的著名思想家荀子（姓荀，名况，又称荀卿）的后人，为了避“询”字之讳，荀姓子孙不得不改姓孙，而成为孙姓的重要一支，由此，荀姓也成为孙姓家族的一个源头。两汉以后，还有其他姓氏因多种原因加入孙姓行列之中。

历史发展

孙姓自春秋初年诞生后，各国王室都有孙姓支脉出现，其中以卫国孙氏、齐国孙氏最著名。两汉时期，孙姓族人广布大江南北，名人志士辈出。在齐国孙姓兴起之后，出现了一个万古流芳的人物，他就是中国古代卓越的军事家孙武。孙武的祖父田书因战功显赫而被赐予孙姓。孙武出生于齐地，但由于在故土齐国得不到施展才华的机会，于是南下吴国。公元前 534 年，在好友伍员（即伍子胥，时任吴国将军）的推荐下，他以兵法十三篇（即后世流传的《孙子兵法》）求用于吴王阖闾，被拜为将，立下显赫战功。《孙子兵法》也成为兵家宝典，给后人以无穷的智慧和启迪。

继孙武之后，在战国时期孙姓又出现了另一位伟大人物——著名军事家孙武的后代孙膑，他也给后人留下一部兵书——《孙膑兵法》，其与《孙子兵法》一道，被称为“中国古代兵法的双璧”。

在春秋时期的秦国，孙姓还有一个著名人物孙阳，是相马专家，人们以掌管天马的星宿“伯乐”来称呼他，并留下“伯乐相马”的著名典故。

孙武南下入吴，是孙姓在江南地区大规模出现的前奏，两汉时江、浙、皖都已出现孙氏族人，尤其是现在的江南地区，如富春（今浙江

富阳），是孙武后裔活动的主要区域。两汉时期，河南作为孙姓的另一个发源地，孙姓名人不少，其中以刚直不阿著称的孙宝最为突出。孙宝是西汉后期的名臣，官至京兆尹、大司农。两汉时期河北清河也是孙姓居住比较集中的地区，主要孙姓名人有京兆尹孙意、宦官孙程、“头悬梁”读书的孙敬等。到隋唐时期，这里已成为孙姓八大郡望之一。

东汉末年，齐地孙武的后人富春孙氏建立的东吴政权，是中国漫长的封建时代孙姓族人建立的唯一的一个王朝。孙吴政权在孙坚、孙策父子手中奠定基业，到孙权时达到顶峰，公元228年孙权在武昌称帝，建立东吴帝国。孙权死后东吴政权迅速衰落，最终被晋所灭。《三国演义》对这一段历史有精彩的描述。东吴被灭后，孙氏族人为避祸开始向江东各地迁徙，还有一支北迁至洛阳。

魏晋南北朝至隋唐时期，因战乱而导致的迁徙不断，孙姓的分布也因此不断扩大，形成乐安、东莞、太原、富春（富阳）、清河、河东、华原、洛阳八大郡望，基本上概括了孙姓这一时期在全国分布的概况。

“孙康映雪”是中国古代刻苦读书的又一个典故，出自东晋时期的太原孙氏，太原孙氏的堂号也因此称为“映雪堂”。唐代户部侍郎孙伏伽是孙姓族人在科举史上的骄傲，他在唐朝初年的科举考试中获“状元”称号，这是中国科举史上的第一名状元。华原（今陕西耀县）是隋唐时期孙姓的郡望之一，中国古代著名医学家“药王”孙思邈就出生于此。

唐宋之际，社会动荡不断，孙氏族人也随之迁移，由北而南，由东向西，逐渐遍布神州大地。宋代人编纂的《百家姓》，首八姓是“赵钱孙李，周吴郑王”，孙姓排位第三，从一个侧面说明孙姓在宋代及以后的社会地位。

明清时期孙姓发展的总体状态是江、浙、皖一带孙氏族人异常活跃，迁徙也较频繁，特别是晚清时期孙姓人口大批向东北迁移。

中国民主革命的先行者孙中山先生不仅是孙姓族人的骄傲，也是中华民族的骄傲，他领导的辛亥革命推翻了两千多年的封建专制制度，使民主共和思想深入人心。

经过两千多年的发展，孙姓已成为当代中国的大姓之一。根据国家统计局 1982 年人口随机抽样资料，大陆孙姓人口约占总人口的 1.54%，约 2 000 万人，在姓氏人口序列中排名第 12 位。到 2018 年的最新统计，孙姓在全国姓氏中，仍然排名第 12 位。

本家族发展史略

据家乡亲人提供的资料：我祖先孙祚水，原籍江西省吉安太和北门外，景德 58 都千秋乡拱背孙村，小地名济溪桥苦竹扁孙祠堂人氏。这个地名很长，据说是查了祖宗的碑文后得到的。这是一个非常重要的线索，它为孙氏后人提供了追寻祖宗历史的重要依据，应该感谢家乡亲人们的辛勤和努力。

但是，在我认真查了有关历史资料后，又感到这个地名资料记载不够准确完整，有必要进行订正和补充。

（1）祖公孙祚水离开江西入川时，确有吉安府泰和县（太和是原来的名字，明初改为泰和县至今）58 都千秋乡的地名。当时的泰和县下面设有 6 个乡，乡下面按照顺序全县共设 70 个都，58 都在千秋乡境内，大约相当于现在的一个村或居民点。但是“景德”二字没有找到依据。

（2）千秋乡在泰和县中部，赣江南岸，人口密度较大，境内设有 25 个都（37 至 61 都），其他 5 个乡总共只有 45 个都；从明朝至 1941 年都有千秋乡的地名，现在的地理位置在泰和县塘州镇内。

（3）泰和县内确有济溪桥存在，从图片看，那是一个很古老的风雨廊桥。但是现在的桥也许是后人重修的。

（4）江西泰和县是一个历史悠久、人杰地灵、文化底蕴深厚的地方，东汉末建县，至今已有 1 800 多年的历史，可以说，人才荟萃，名人辈出。春秋、战国先后属吴、越、楚，秦属九江郡，西汉为庐陵县境，东汉建安四年（公元 199 年）置西昌县，为庐陵郡治。唐曾置南平州，为州治。明朝恢复为泰和县，先后属吉州、吉安路、吉安府、

庐陵道等，现属吉安市。从这里先后产生举人 1 261 名、进士 396 名，其中状元 3 名、榜眼 4 名、探花 4 名。著名人物有：五朝元老、高居相位的杨士奇、陈循，《永乐大典》编纂代总裁梁潜。著名人物还有：理学名家罗钦顺、水利家周矩、农学家曾安止、画家郭诩、军事家郭子章等。还有中共早期杰出的革命者、江西“三杰”之一的袁玉冰，“三十都暴动”组织领导者康纯、翁德阶、肖拔群，长征战斗英雄郑士志，抗日民族英雄郭辉勉等。

（5）明朝初年，从泰和迁徙到湖南、湖北、广东、广西等地的人很多，也许与当时的战乱和生存环境有关。

（6）祖公孙祚水在明朝洪武八年（公元 1375 年）入川，于邛州依政县（邛崃永丰乡）落业。关于祖先孙祚水以前家族的发展渊源，仅根据有关资料做以下推定：据《中华姓氏史——孙姓》载，江西吉安孙姓乃唐朝孙利的后裔中的一支。孙利，其世系属富春孙氏，唐中和二年（公元 883 年）因才被提为武举，选为承先宣使，提后江右，功封东平侯，定居虔州虔化县（即今江西省宁都县），后发展成为江西等地的大姓。而孙利所属的富春孙氏，又来自东吴孙权之后；进一步追索，孙权又来源于齐国孙氏，即孙武、孙膑的后代。

以下是根据乡亲提供的资料整理的入川后孙氏家族史脉络。

我们以从江西入川的祖公孙祚水为孙氏一代祖，顺序排列如下：祖公孙祚水一脉三子，即二代祖必达，必通，必远。三代祖孙滋兄弟八人，朝考高中进士七人。四代祖孙继名。五代祖孙文益，父子进士，官任少卿、正卿（据查，明代光禄寺确实设有正卿、少卿官职。光禄寺是皇宫内负责御膳食材采买的机构，凡祭飨、宴劳、酒醴、膳羞之事，都由光禄寺“辨其名数，会其出入，量其丰约，以听于礼部。”一把手是卿，一人，从三品，光禄寺的长官；二把手是少卿，二人，从四品上，光禄寺的副长官，负责辅佐光禄寺卿）。

六代祖孙崇春（赵氏），由依政县迁水口与油榨交界处天池沟落业，脉生七代祖孙尚明、孙尚选。

七代祖孙尚选（杨氏）脉生八代祖孙伏万。八代祖孙伏万（陈氏，又称“长奶夫人”）脉生九代祖孙廷瑞。九代祖孙廷瑞（刘氏）脉生十代祖孙朝厚。本支现住水口孙沟、桑园等地。

七代祖孙尚明（王氏）脉生八代祖孙伏贵。八代祖孙伏贵（蔡氏）脉生九代祖孙廷洲、孙廷谏。九代祖孙廷谏（周氏），脉生十代祖孙朝刚。十代祖孙朝刚（王氏）脉生十一代祖孙贵生、孙孔生。本支分住平落孙坝、大碑，道佐孙山和名山朱场、孙沟等地。

九代祖孙廷洲（朱氏）脉生四子（朝柱、朝介、朝彦、朝忿），夫妇俩雇工王店郭沟，廷洲早亡，朱氏母子五人生活无靠，将朝彦借与姑父，身带三子（朝柱、朝介、朝忿）改嫁石嘴石家。朝彦（杨氏）住吴坝，朝柱留住石嘴。朝介、朝忿成人后返回夹关康山、郭沟居住。

我祖传至十一代时，由于地处山区，生活困窘，为了谋生，弟兄各奔他方落业。因交通阻隔，音讯闭塞，无法寻觅宗支，从此家谱混乱。

直至1985年（农历乙丑年），经名山朱场、孙沟，夹关康山，石头石嘴吴坝，平落孙坝、大碑等地家族代表，先后共同鉴定了水口孙沟、夹关康山，石头石嘴、吴坝，平落孙坝、大碑以及依政县（永丰乡）红光、战斗、固译、新安、宝灵等地的碑文，宗支考核无误，得以理清我孙氏家族的发展脉络。

以下是根据查到的资料续记的孙氏家谱：十代祖孙朝柱（陈氏），脉生十一代祖孙腾云。需要说明的是，这个十代祖孙朝柱的墓碑上有一个头衔为“皇清待封修职郎”，即后补正八品文官，相当于现在正科至副处级待遇，是个没有实权的虚职。十一代祖孙腾云（杨氏）脉生十二代祖孙德元；十二代祖孙德元（曹氏）脉生十三代祖孙光佑、孙光绪；十三代祖孙光佑（郑氏）脉生十四代祖孙学珉、孙学孟；十四代祖孙学珉（陈氏）脉生十五代祖孙之连、孙之杰、孙之安、孙之聪；十五代祖孙之连（殷氏）脉生十六代祖孙言钦、孙言典；十六代祖孙言钦（欧氏）脉生十七代祖孙效权。

十七代祖孙效权（袁、张氏），生有五子二女，即：孙仁钧（又名孙利人，妻王德先）、孙仁芬（夫周荣发）、孙仁荣（妻李氏）、孙仁全（夫周汉鼎、万启明）、孙仁林（又名孙于中，妻杨明英）、孙仁福（妻吴素秋）、孙仁松（妻杨玉群）。

孙氏第十八代弟兄五人虽然出生在农村，家庭生活困苦，读书不多，但都不满足现状，努力学习、奋斗，尤其新中国成立后，他们在各自不同的条件下取得一些成就，为孙家祖宗争了光。而今孙氏弟兄五人子孙兴旺发达，他们散居于四川成都（邛崃、蒲江）、绵阳、南充和北京等地，可称后继有人。第 18 代之后的子孙中已有博士 3 人，教授、副教授 4 人，高级工程师 3 人，硕士和大学毕业生、在校生多人；有的从事地方公务员工作，有的从事科研和教育工作，有的参加工农业生产劳动，都取得了一定的成就。

截至 2020 年孙氏第十八代孙仁松、杨玉群一家的家庭成员情况如下：

孙仁松，84 岁，中共党员，退休公务员（正处级），农艺师、高级政工师、高级农业经济师；

杨玉群（妻），85 岁，中共党员，退休公务员（副处级），高级政工师；

孙文锴（子），54 岁，中共党员，北京市公务员（正厅级），农学博士，副教授；

武　晋（儿媳），52 岁，博士，教授、博士生导师，中国农业大学人文发展学院副院长；

孙羽茜（孙女），23 岁，清华美院信息设计专业毕业，现就读英国伦敦大学金匠学院，攻读艺术设计硕士学位；

孙育红（女儿），50 岁，中共党员，硕士，北京九思成投资管理有限公司董事长；

谢　锋（女婿），55 岁，中共党员，建筑工程、经济管理双硕士，外企高管，高级工程师。

谢子鉴（外孙），18岁，北京市人大附中ICC毕业，已被美国罗格斯大学录取。

从以上对孙氏两千多年发展历史的概述中，不难看出孙氏是一个有着悠久历史和优良传统的姓氏。在孙姓发展的历史长河中，曾经涌现出许多优秀和杰出人物，有孙武、孙膑为代表的军事家，有建立了吴国的孙权，有伟大的政治家、革命家孙中山，还有名医孙思邈，以及苦读成才的孙康、孙敬等名人。他们的精神值得我们这些后代子孙继承和发扬。

回忆与追溯家族历史，重在传承。我们孙氏家族的优良传统，绵延数千年生生不息，是通过一个一个的家庭传承下来的。在继往开来的历史传承中，家风（家训、家规）发挥着极其重要的作用，不仅承载着列祖列宗们对后代的希望和鞭策，也是中华传统文化和道德力量的重要体现。但是，家风（家训、家规）的内容不是一成不变的，随着历史和社会的发展进步，以及各个家族、家庭的不同情况，会有所变化和侧重。根据孙氏家族的历史传统、社会发展和本家的实际情况，将我们的家风（家训、家规）做出新的概括，作为子孙后代们的行为准则，希望晚辈们身体力行，并在此基础上发扬光大！

尊老爱幼，家庭和睦；知恩图报，诚信友善；
勤耕苦读，遵纪守法；敬业爱国，拼搏奋斗。

为了个人、家庭、家族以及民族乃至国家的前途，在以上准则的指导下去拼搏，去奋斗，乃是此家风（家训、家规）的核心要义。

家庭是社会的细胞，如果每一个细胞即每一个家庭都能健康成长，我们的华夏民族、我们的国家必然会兴旺发达，繁荣昌盛，民族复兴的大业必将胜利实现。

（根据有关历史资料并参考家乡亲人提供的资料整理于2020年）

回忆我的父亲孙利人

孙晋忠

亲爱的父亲离开我们三十多年了。

父亲孙利人（原名孙仁钧），生于1924年3月14日，在五个兄弟中排行老大。虽自幼聪颖好学，但因兄弟姐妹多，家境贫寒，家里实在供不起父亲继续读书了，于是，在读到高小的最后一学期时，父亲辍学到离家30里的火井乡，在一位宗亲长辈所开的中药铺当学徒，以求自食其力，同时也给处于困境中的家庭减轻一点负担。这一年是1939年，父亲年近15周岁。那位开药铺的长辈是当地有名的老中医，虽然父亲在此学徒仅3年，但是由于师傅的悉心指导，加上自己的刻苦努力，父亲学到了较丰富的中医中药知识，为后来从事医药事业奠定了坚实的基础。

1942年秋，因抗日战争的需要，国民党政府决定在邛崃县桑园修建军用机场，在县内大量征用劳工，父亲时年约18岁，属于征用对象，由此父亲被迫停止了药铺的学徒生活，随火井乡的劳工队伍去了桑园机场工地。由于父亲自小就体弱多病，忍受不了工地异常繁重的体力劳动和非常恶劣的生活条件，不久便悄悄离开了。

离开机场工地后，父亲既不敢回火井药铺，也不敢回平落老家，因为他知道一旦被政府抓到，不但个人要受到严厉的处罚，而且父母和亲人也会受到牵连。为了活命，父亲不得不背井离乡流落到邻近的蒲江县甘溪乡，在一所乡村小学谋得一个高小代课老师的工作，有了安身之处。由于父亲当初高小未毕业就辍学了，其文化知识无法满足代课的需要，工作非常吃力。为保住饭碗，他在朋友的帮助下找到一位在邻近的大塘乡教私塾的万先生，请他辅导和帮助。这样，父亲几乎每天学校放学后要往返十多公里，去大塘乡把遇到的问题和将要讲课的内容，向万先生求教，风雨无阻，非常辛苦。在此期间，父亲结识了一位在大塘乡公所任职的李国平，经他介绍，父亲于1945年初夏到蒲江县谋得一个军粮管理员的差事。但是，新中国成立前的中国在国民党的黑暗统治下，社会复杂，腐败盛行，加之父亲初涉社会，处事经验不足，相关业务不熟，在接任时没有逐库核实库存，在年底盘库时才发现少了几万斤。结果害得父亲有口难辩，蒙冤下了大牢。父亲事后得知，所缺几万斤军粮是前任在交接前就做了手脚，后嫁祸于父亲的。父亲先是被拘押在蒲江县监狱，由于涉案数额较大，次年又转押成都监狱。

在蒲江和成都监狱中，父亲利用这难得的空闲时间，刻苦读书学习，特别是结合他在火井药铺学徒所得继续钻研有关中医的知识。他还利用自己所学，尽力帮助狱友，如诊治一些常见病，有时也帮助狱友书写诉状等，因此得到狱友和监管人员的善待。在成都监狱父亲还结识一位同监狱友，虽然不知道此人的姓名，但父亲从他与众不同的言谈举止判断他是一位地下共产党员。受他进步思想的影响，结合自身和家庭的不幸遭遇，对国民党政府的腐败、社会的黑暗、民众受苦受难的根源有了更深刻的认识，而对中国共产党救国救民于危难和水火之中以及正确的主张发自内心的拥护。在狱中，这位狱友还建议父亲出狱后能行医为好，既可谋生利己，又能治病利人。同时还建议父亲将自己的名字由孙仁钧改为孙利人，父亲当时欣然表示接受。令父亲十分痛惜的是，成都解放前夕，国民党将那位狱友残酷杀害于成都十二桥。

1949年底，成都解放前夕，监狱里的政治犯几乎全被国民党杀害了，余下的经济、刑事类犯人，则在成都解放的前一天，在监狱已无人管理的情况下逃出监狱，这一天是1949年12月30日。

父亲在狱中三年多，受监狱恶劣生活条件的摧残和折磨，身体已极度虚弱，而且患有严重的胃溃疡。逃出监狱后，父亲在成都举目无亲，且又身无分文，不得不手拄一根竹棍，强忍病痛艰难地赶往双流县黄水乡一私人纸坊，找到在纸坊当学徒的三叔，在那里住了一夜，三叔给他拿一些盘缠，然后就一步一步经过两天行程先回平落老家看

望父母，两天后便赶回蒲江。那时蒲江刚刚解放。*

父亲是共产党将他从死亡的边缘解放出来的幸运者。他经常感叹说，如果成都晚解放几天，他很可能冤死在监狱里，因为身体已经坏透了，熬不了几天了。所以，他时刻都念念不忘共产党对他的救命之恩。为此，他按照那位狱友的建议，决心一生以行医为业，治病救人，并且将名字由原来的孙仁钧改为孙利人，以不辜负那位不知名的狱友的期望。可以说，那位不知名的狱友是父亲的指路人，父亲一生都在践行他对成都狱友的承诺。

蒲江解放后，父亲先是自己开一家小诊所，养家糊口，解决自己的生活问题。1950 年下半年，父亲联络了几位医界同仁，在蒲江城内发起创立了蒲江县第一家医疗机构，名称为蒲江城关联合诊所。后逐年扩大，几年后改名为蒲江县城关医院。后经 40 余年的发展变化，现成为蒲江县红十字医院。在医院，父亲一直以感恩报恩的心情兢兢业业地工作，其医德医风医术一直被四乡民众所称道。1980 年，国家恢复职称评定工作，父亲被成都市评为首批中医师、地方名老中医。自新中国成立以来，父亲一直以民主人士的身份多次当选为县政协委员、县人大代表。1982 年父亲当选为蒲江县第十届人大常委会副主任。

虽然父亲很早就离开老家独自谋生，但他仍然尽其所能，孝敬父母，关心弟妹，给以可能的帮助，因此赢得大家的尊重。

1987 年 6 月 17 日，父亲因患癌症去世，享年 63 岁。县上破例在大剧院为他举行隆重的追悼会，数百人参加，摆放花圈几十个。会场上的挽联是：

回春有术治病救人秋山悲风挽此君，
德行无私利民勤政蒲水哀歌哭斯人。

---

* 孙仁松加注：记得利人大哥在蒲江入狱后，我曾经陪父亲步行 30 公里去蒲江监狱探望。1949 年末，大哥从成都出狱后先回到平落探望父母，在家住了两天，期间他教我学会了《义勇军进行曲》，即现在的国歌。说明大哥在成都监狱中，确实接受了共产党的进步思想。

可以说，这副挽联真实地概括评价了父亲几十年的工作和德行，也是30万蒲江人民对父亲一生的客观评价。

（2019年写于四川蒲江县）

永远的怀念
——父亲孙利人二三事

王　伦

时间过得真快，转眼间，父亲孙利人已离开我们三十二年了。随着时光的流逝，父亲的音容笑貌仍常常浮现在我眼前，鞭策我努力学习，勤奋工作。

孙利人、王德先夫妇和孩子们

父亲是一位知书达礼、胸怀宽广、品德高尚的人。我家有兄妹6人，三男三女。跟随父姓是中国的传统，但是我们三姐妹都随母亲姓王，仅从这一点，可看出父亲不一般的思想境界。

一直以来，父亲都是我心目中的偶像。记得1970年春季，我妈妈带着我去北街小学报名读一年级，负责招生的一位老师问我："你最爱哪个?"我立马回答："我最爱我爸爸。""爱爸爸"是幼小的我发自内心的声音。自我懂事以来，父亲已是我生命中不可缺少的部分，在我们兄妹几个成长的路上，他老人家付出了许多，许多……

家风是一个家庭在世代传承中形成的一种较为稳定的道德规范、传统习惯、为人之道、生活作风和生活方式的总和。"身教重于言教"，这是古今中外教育家公认的道理，而我的父亲，无论在学习上、工作上，还是待人接物等方面都给我们做出了表率，潜移默化地影响了我们的良好思想品德和行为。20世纪70年代初，我家住在东街大杂院内。有一天晚上，邻居家的小孩玩火，把厕所的柴火点燃了，火苗越来越旺，越冲越高，院内的小孩看着大火个个都吓得浑身发抖，哭声一片，只见各家各户的大人们都端着盆子，提着水桶及时扑救，气氛十分紧张（院内的房子绝大部分是木结构的）。看着来势凶猛的大火，我父亲说时迟，那时快，他瘦小的身躯迅速跳上房顶揭瓦扑救。在众人的努力下，大火终于被控制住，最后被扑灭了，但我父亲两膝盖已严重烧伤。我站在父亲旁边，看着他烧伤的膝盖，眼泪扑簌簌往下流。真没想到一位看似文质彬彬十分儒雅的行医者，遇事却沉着冷静，勇敢坚强，睿智超群，这种无私忘我，不辞艰险的精神令人敬佩。

父亲性格沉稳，生活简朴，对医学刻苦钻研，将病人视为亲人。父亲是蒲江县城关医院（现红十字医院）的创始人之一。在我的印象中，父亲的诊疗室里从早到晚，病人人满为患。他每次给病人把脉、处方，都深思熟虑，十分精心，很受百姓尊重。不管你啥病，他开的凭着多年积累的经验及精湛的医术的方子，虽只有区区八味，却往往能药到病除。那时，行走在街上偶遇他的老病号，对方立马会伸出大拇指为“孙八味”点赞。

60年代末，党中央提出“把医疗卫生工作的重点放到农村去”，作为医院骨干，我父亲首批被派到了光明乡去蹲点，在半山上建立了一个农村医疗站。他手把手地教赤足医生看病、打针、抓药，常常带领他们上山采药（如金钱草、夏枯草、马齿苋、一串钱等），为农村医疗做出了很大的贡献。

70年代，父亲已步入中年，踩着一路的艰辛走来，也将踏着一路的辛苦走远。在单位，父亲是业务骨干，只知奉献，不知索取，一辈子任劳任怨。医院工作期间，父亲从未休息过一个完整的星期天，下班回到家，只要有病人上门，疲惫的他会立马给患者把脉诊断、处方。父亲的处方笺随时揣在身上，不管白天，黑夜，哪里有病人需要他，哪里就是他的诊断室。遇到急诊病人，他总是风尘仆仆地上门救治，他所做的一切工作都是本着救死扶伤，实行革命的人道主义精神，从不向病人收取诊断费揣入自己的腰包。

父亲针灸的技术也是一流的，多次利用毫针处理一些急、难、重症病人，给了他们第二次生命。有不少瘫痪病人，父亲日复一日、年复一年上门义诊，通过针灸、中药结合治疗，减轻了病人的痛苦，有的还慢慢恢复了健康。父亲就是这样一位对事业充满热爱之情，勇于探索，兢兢业业，精益求精，具有传统美德的医生。不论是官员还是普通老百姓，他都一视同仁，设身处地为患者着想，牺牲自己无数的休息时间，及时为病人解除病痛，表现出一位医师的责任与情感。

“金杯银杯不如老百姓的口碑”。父亲的医德医风、敬业精神是大家公认的。70年代中期，父亲从城关医院调入卫生局，讲授蒲江卫校（设在大兴区医院内）临床医学课。他将学到的以及多年积累的医学知识和经验毫无保留地传承下去，这也是他的心愿，在这期间，城里还有十多个青年医生常来我家听父亲讲授（免费听课），听过他讲课的医生都说父亲讲得生动、形象、语言精练、层次清楚，受到大家一致好评。

80年代初，父亲当选为县人大常委会副主任，他兢兢业业做好分

管工作，同时还积极从事公益事业，担任蒲江县县志编辑委员会副主任，多次带领工作人员长途跋涉，收集文史资料。

父亲已经成了一头负重的黄牛，在清晨、在傍晚发出一阵阵疲惫的呻吟，却不知道在哪里憩息，62岁还战斗在工作岗位，既要做行政工作，又要为崇拜他的患者们服务。他身上随时都带着医院的处方笺，无论走到哪里，只要患者有需要，他都有求必应，认真给患者看病，但是却不收患者分文。因为处方签是在城关医院领的，用完又领，循环往复，患者只需拿处方签交款取药即可。父亲行医几十年，劳苦一辈子，仍安贫守道，虽没给子女们留下一针片瓦，但他的人格魅力却深深地影响了我们。在各自不同的岗位上，我们兄妹几个都勤奋工作，务实做人。

大哥孙蒲渊，蒲江四一铁厂工作，长期战斗在一线，带病坚持工作，劳累过度，于1976年牺牲在工作岗位上。

二哥孙晋忠（妻子陈新惠），蒲江县供电局副局长，成都市人大代表，县人大常委，现已退休。

三哥孙大同（妻子刘禾），蒲江县卫生局科长，蒲江县政协常委，现已退休。

王仆，药剂师，现已退休。

王伦（夫王永和），蒲江县北街小学教师（高级职称），现已退休。

王琼（夫杨冬松），川北医学院教授。

（2019年6月于四川蒲江）

我的父母亲人

孙信禄

自古水有源，树有根。我孙家源远流长，根深叶茂，人才济济，此乃天地载德，祖先庇佑，父母养育，加上自身努力的结果吧！

我父辈兄弟五人，各有所长，各有千秋。他们在人生的道路上，都经历了艰难曲折，新中国成立后，又在不同的岗位上努力奋斗，取得了一定的成功。

我家住在四川省邛崃市平落镇。父亲孙仁荣（1926—2012）在五个弟兄中排行老二，由于家境很困难，小时候读书到三年级就辍学了。为了减轻家庭的负担，十几岁时爷爷就送他到本地有名的风水师张国华先生处当学徒。此间，他勤奋学习，练得一手好毛笔字，川剧锣鼓也打得很好，而且样样乐器都玩得转，成为这方面的高手。跟随师傅外出工作时，会有少许收入贴补家用。新中国成立后家乡实行土地改革，我家划为贫农成分，分得了土地和房屋，生活得到改善。此后，父亲便一直在农村担任基层干部，有时也参加农业生产劳动。当过“农协会”文书，后来又任生产队出纳，食堂司务长、大队会计、生产队长、大队人保组长、街长等，曾被选为镇人大代表。后来，又参加过民间川剧团，担任乐队伴奏，到各地演出。晚年，自己手工制作和售卖花圈，一度成为家庭收入的重要来源。乡邻有红白喜事或社会活动，也会去帮忙打锣鼓。有一次，镇上领导要求父亲带一些年轻人，把自己打川剧锣鼓的技术传承下去，父亲也为此做了一定的努力。

孙仁荣（1926—2012）

父亲为人正直，忠厚老实，办事认真，兄弟姐妹关系和谐。孝敬父母是他最大的优点，也得到乡邻的认可，特别是在新中国成立后几位叔叔先后离开家到外地工作，无法照顾爷爷奶奶的情况下，是父亲挑起照顾老人的重担（几位叔叔只能有时在经济上帮助家庭），直到养老送终。在这方面得到了叔伯们的尊重和充分肯定，也是对叔伯们在外工作的最大支持。人总是有缺点的，如果讲到父亲的缺点，我认为他比较好面子，讲排场，家长作风较重，对妻儿的关爱少一点。父亲的晚年过得还算幸福愉快，享年 86 岁。

我母亲姓李，父母早亡，被寄养在她“二伯娘”家，没有读过书，过着困苦的生活。14 岁就当“童养媳”嫁到孙家，后来就跟我祖母外出打工，往返县城背运货物，起早贪黑，非常辛苦。土改后，家里分了土地，主要从事农业及家务劳动，养育子女等。可以说，母亲的一生是忍辱负重、辛勤劳作的一生，经历了无数的艰辛苦难。好在到了晚年才得到休息和些许尊严，过上一段衣食无忧的生活。

作为他们的儿子，我十分感激父母的养育之恩。同时我也尽了自己的职责和义务，伺候好老人的晚年生活，让他们有一个平安幸福的晚年。老人去世后我努力把后事办好，让他们入土为安。

我生在新社会，长在红旗下，从小接受的是新社会和家庭的传统教育。但是，在我出生后不久，就遇到国家三年困难时期“低标准”的考验，分两段才完成小学学业。我从小就为家庭分忧，参加各种各样的生产劳动，如拾柴、捡粪、放牛、割猪草，以及田间地头的各种农活，吃了很多苦，也得到全面的锻炼。1969 年我到解放军部队当兵，也是从事各种生产劳动，如晒盐、开铁矿等。1974 年复员回到农村后，就去参加大型水利工程“玉溪河”建设。1976 年我与徐桂芬结婚后，主要在家从事农业生产，后又与人合伙承包茶园、果园，还到一家私营酒厂从事烧酒近 10 年。通过我们夫妻的共同努力，家庭经济和生活状况逐步好转，在老房征地拆迁中我家得到两套补偿房屋，也买了社会保险，可以按月领到养老金，全家生活有了保障，可以衣食无忧了。

儿子孙晓华在成都一家房地产公司上班，孙子鹏飞是西南财经大学天府学院一年级学生。现在全家生活幸福，其乐融融。

我的妹妹孙信芳、妹夫周玉松都买了社保，外侄周扬波在成都一公司从事电脑安装维修工作，侄媳詹艳红，他们名下有两个儿子，基本生活都有保障。

（2019 年于邛崃市平落镇）

父母和家人

孙志豪

我的父亲孙于忠（孙仁林）生于 1929 年 11 月 22 日，2005 年 6 月病故。享年 76 岁。

父亲读书不多，十六七岁就外出当学徒，先是在邛崃县城外一家加工挂面的作坊当学徒，后又到成都附近双流县一个叫“黄水河”的地方，一家私人抄纸作坊当学徒。那时所谓的“学徒”，实际上就是只管吃住没有工资的雇工，学不到什么技术，但是老板家的什么脏活、累活、杂活都得干。还曾经被老板派去邛崃桑园修飞机场（政府摊派的无偿劳务）。由于过度劳累，加之营养不良，被搞得疾病缠身，面黄肌瘦。新中国成立后回平落镇的家参加一段农业劳动后，身体有所恢复。1956 年被招工到马尔康森工局国有林场当一名林业工人。先是搞伐木，虽然收入较高，但是劳动强度很大，而且风险也大。后来，领导照顾他的身体状况，决定让他搞“营林”，即抚育树苗的工作，直至退休。

父亲忠厚老实，为人正直。1980 年退休回邛崃平落老家后，由大哥孙永川接班。在我孩提年代，每年冬天，听说爸爸要请假回家过年，

我和妹妹是多么高兴啊！父亲每次都要带回花椒、木耳、野生苗子，还有很多好吃的东西。一家人能够在过年时团聚一起，那是一件很幸福的事。

孙仁林（1929—2005）

母亲杨明英，生于1938年10月9日，2012年7月去世，享年74岁。母亲的一生，是辛苦勤劳的一生。是她辛辛苦苦把我们兄妹三人带大（大哥、我和妹妹），真的很不容易。那个年代生产队凭工分领口粮，我母亲身体单薄，体力也弱，还要带我们三个孩子，工分挣得不多，每年挣的工分都不够分口粮，还得向生产队补钱。

父亲退休回家后，又干起了家里的农活。我家是农业户口，有水田1.5亩，山坡地1亩。那时责任田刚分到家不久，爸爸妈妈都起早贪黑地干，从不叫苦。我家还养了猪，每年都要杀猪过年。

1987年，家里又盖了新房。为修房子，父亲还向亲友借债。2005年父亲去世时，我和老婆还在广东打工，我没有能够见父亲最后一面。我赶到家时只见到他的骨灰盒，这是我一生最大的遗憾。

大哥孙永川已退休，他的两个女儿都已结婚成家。

我有一个儿子，名叫孙吉平，是个川菜师，儿媳卫丹丹是河南洛阳人，他们于2017年10月结婚，他俩在一个单位上班。

我现在在一家企业打工。妹妹孙莉茹在河北保定定兴县成家，妹夫在北京打工，他们的一个儿子也在北京打工。

（2019年于邛崃市平落镇）

我从苦难中走来

孙仁福

仁松和玉群结婚快60年了，即将迎来“钻石婚”这个大喜节日，我向他们致以衷心的祝贺！

我和仁松是一对在旧社会一起受苦受难的亲兄弟，新中国成立后我们在不同的岗位和地方工作奉献，现在又都成为耄耋老人，享受着幸福的晚年。他希望我写点文字，打算收入《红榜缘》一书。因为年岁大，记忆力差，有很长时间不拿笔了，这个任务对我来说有很大的难度。但是，仁松纪念钻石婚出书是大好事，作为兄长我必须大力支持，只好戴上花镜，从尘封的记忆中翻出一些旧事，草成此文。虽不成系统，但是从中可以大致显示出一个不忘初心的普通共产党员的一生，同时也好歹算是补齐了孙家第十八代一个支脉的概况，以此为孙氏家族的传承尽一点力吧！

至亲兄弟

我出生于1933年11月。新中国成立前，我和弟弟仁松一起上小学，我们都非常用功，每学期的成绩都是前一二名。但是，那时家境十分贫困，一日三餐都难以为继，就连课本文具都买不起，怎么上得起学？

孙仁福（2016年于绵阳）

1947年初，我14岁，仁松11岁，我们一起读书到小学五年级，同时辍学回家了。为了一家人的生计，身体病弱的父亲只能在家做点摆小摊的生意，年过半百身躯矮小的母亲每

天肩上背一个背篓，给镇上商家做搬运工。从我家居住的平落镇到邛崃县城，单程20公里，往返40公里，除了田间小路就是山路，每次要背五六十斤货物负重行走，弯腰弓背，每走一步都非常艰难。为减轻母亲的负重，辍学后我们兄弟二人每人背一个竹编小背篓，每天要去半道接母亲。可是，我们一般中午出发时，连午饭都没得吃，只带点炒玉米籽，肚子饿急了就吃几粒。行走到一多半路程，大约过了孙坡或孔明庙才接到母亲。她知道我们肚子饿，每次出城时都在路边小摊买两个玉米地瓜饼，一人一个分给我们兄弟俩充饥。吃完玉米饼子将母亲背的货物分散给我们兄弟后，便急忙赶路，一般到天快黑才到家，给商家交了货，拿到了工钱，才去买米回家煮饭吃。有时母亲在外打零工，晚上主人家供一餐饭，但是母亲都不舍得吃，而是用围腰布包上拿回家加点菜煮好大家吃。秋天，大田里的水稻收获完后，我们两兄弟也要忙一阵子“小秋收”，打着赤脚去收获后的稻田捡拾丢弃的零星稻穗，这样的苦日子真难熬呀！

我们家有弟兄五人，我排行老四。抗战后期至新中国成立前是我家最困难的岁月，弟兄们都过得很艰难。大哥仁钧（新中国成立后改名孙利人），遭遇冤枉官司，被关进成都监狱，无法脱身。二哥仁荣被拉壮丁关进乡公所，父亲被迫借高利贷筹款托人解救，最后人被放了，但是却背上了永远还不清的高利贷（直至新中国成立后才解脱）。三哥仁林在做学徒时被派去当民工修飞机场，历尽艰苦，疾病缠身。据说，修飞机场的民工累死饿死者无数，我经常亲眼看到，机场抬下来的死者从我家门前经过，有家属在后面伤心痛哭。

幸运的是，在我们的父母亲的艰难支撑下，一家人能够团结一致，共克时艰，度过了那一段地狱般的苦日子。可是大姐夫周荣发就没有这样幸运了。姐夫家本来在镇上开个卖油盐的小店，平时生活还勉强可以过得去，但是在去县城进货时两次在途中遭遇土匪抢劫，财产损失又受到惊吓，得了精神分裂症，不久便去世了，留下大姐一人带着孩子在偏僻的大山中苦熬岁月。

最惨的是1947年夏天家乡遭遇的那一场百年不遇的大洪水。7月中下旬川西平原连降暴雨，导致河水暴涨，镇上街道全被水淹。8月5日（农历六月十九日）我家房屋进水达两尺多深，全家人都躲进狭窄的小阁楼，没有食物，没有水喝，我们被困在阁楼上面一天多，等洪水消退后，才敢下地生活。但是连续多天，父母不能外出打工挣钱，家里又没有存款余粮，全家人的生活陷入绝境。大人们找出一些平时在家磨玉米和麦子剩下的变了质的麸皮，在锅里炒过再磨，然后做成饼子充饥，实在难以下咽啊！可是肚子饿得很，也要含泪往下咽。这次洪水过后，全家大小都生疮患病，几乎到了死亡的边缘。那是一种什么日子呀！我后来听人们说，那次成都平原的水灾，受灾的县市有几十个，仅成都市因灾死伤者达数百人。

现在，我们五个兄弟中，三位兄长都先后离世了，只有我和仁松还健在，而且都享受到晚年的幸福生活，应该感谢共产党，感谢毛主席！

纸店学徒

1948年8月，经三哥的师傅沈湘廷介绍，我到平落镇协成纸店当上一名学徒。那个年代的所谓学徒，是学不到什么真本事的，实际上是只管吃饭、不拿工资的勤杂工。这是一家由成都的老板开办的股份制店铺，其主要业务是负责联系和采购打包当地纸坊生产的纸类产品，然后用船运到成都，接待来往办货的股东等。当时店里有经理、会计、匠师等共6人，加上每天来往吃饭的有十余人，另根据需要雇用临时工（不管吃饭）20～30人。老板给我规定的任务是，负责挑水、烧开水、倒茶、做饭和打扫卫生。对于我这个仅十五岁的孩子来说，这是个非常繁重的任务。

我住在店里，与一位老师傅挤住一张床，共用一床被。每天天不亮就得起床，每天要完成的第一件工作是挑6～8挑水，基本上要把厨房里一个一米高的石砌大水缸装满。从厨房到水井的距离虽然只有不

足百米，但中间要经过几道大门槛，刚开始时，我的体力不足，只能挑半挑水，有 40 多斤，而且走起来摇摇晃晃，非常吃力。后来慢慢好些，逐渐能挑一担水了，但是确实很累很辛苦。做一日三餐，这是更辛苦的活，要买菜、摘菜、洗菜，还要准备烧柴，因为涉及大家的生活，不敢有丝毫怠慢，一天都没有空闲的时候。

有一天，我去纸店后面的魏经理家，叫他回店吃饭，被主人家的一条白狗咬伤了腿，流出了许多鲜血。那个狠心的经理既没有叫我休息，也没有给我医治，我也只能咬牙坚持干活。后来还是家里人找了草药给我敷上治好的。至今七十多年了，腿上的伤疤还清晰可见，看见这伤疤我就会想起旧社会遭遇的苦难。

1949 年 12 月，平落镇解放了，一批解放军（大约有二三十人）住进了纸店。当时市场处于混乱之中，店里没有了来往的客户，我的生活轻松了许多，但是每天仍然要做许多杂事。看到解放军对老百姓态度很好，与国民党军队相比有天壤之别，我也愿意为他们多做点事情，比如主动烧开水，给他们倒茶等，他们对我也非常好，有时看见我去挑水就说："这小鬼好能干，别累坏了！"有时他们也主动帮我挑水、打扫卫生，减轻了我的负担。有一位首长模样的军人，当兵的叫他"赵书记"，对我也很好，有时叫我上街给他们买吃的，还叫我与他们一起吃。有一次，他问我："小鬼！你想不想当解放军啊！"我说："我很想当兵。但是不知道家里同不同意呢！"

新中国成立后，我感觉好像变了一片天。减租减息，清匪反霸，土地改革，农民翻身……群众运动轰轰烈烈。共产党伟大，毛主席、解放军是救命恩人……我的思想也在经历着剧烈的变化。

1951 年 9 月，在蒲江县城当医生的大哥，叫我去他参加创办的蒲江县城关镇中西医联合诊所当"学徒"，我想这个学徒与以前完全不一样了，于是高兴地离开了父母和协成纸店，去蒲江当学徒。我虽然在那个纸店只干了大约三年时间，也没有学到什么技术，但是却长了身体，长了见识，接触了各种人，他们主要是身处社会底层的苦力，我从他们身上学到很多。

“革大”学员

我到蒲江县城关中西医联合诊所不久，领导就让我到门市学习抓药。在一位老中医的指导下，我先是把300多种中草药分别装入小抽屉，然后写上药名标签对号入座一一贴到小抽屉上。在认真做这些工作的同时，用心背诵药名和性状并记住它们所放的位置。做完了这些基础性的工作，我就开始站在门市柜台内接待顾客了。对患者或家属交款后送来的药方单子，我都仔细看准药名及数量，非常认真地逐一称重，最后核对无误才交到对方手里。在这里，我虽然是一名学徒工，但是看到在共产党的领导下，社会在发生急剧变化，每天都能学习到新的知识，接触到许多新事物，心情也特别高兴。

我在联合诊所当学徒半年多，1952年3月的一天，县委组织部的干部高河找我谈话（我估计他是在诊所门市上认识我的），他对我说：“成都有一所共产党办的西南革命大学，我们准备推荐你去参加学习，你愿意吗?”我立即表示愿意参加学习。他问我“为什么愿意学习?”我回答说：“我家是贫农，土改分了田分了房，是大翻身户，共产党救了我家，我要学习提高自己的思想文化，好好为人民服务。”高河说：“那好啊！你今晚就把你的自传写好，明天交给我。”没过几天，我就接到去成都西南革大学习的通知，收拾好简单的行装，与同时被推荐的蒲江县李宗俊、简朝忠一起，步行六十多公里到位于成都市顺城南街的西南革大报到。

成都西南革大的校址，是原国民党四川党部所在地。那是一个很开阔漂亮的院子。经过老师介绍和后来了解我才知道，这所大学的全称是“西南人民革命大学”，简称“西南革大”，1950年5月在重庆成立，除了重庆总校外，同时还设成都、川北、川南、西康、云南、贵州分校。老一辈革命家刘伯承元帅兼任校长。这所大学是为了适应西南地区解放后的和平建设，团结、教育、改造广大社会知识青年，培

养为国家建设服务的人才而建立的党校性质的学校。参加学习的学员，大部分都是由各地机关、团体推荐的有志为人民服务的旧公教人员、失业文教人员、进步青年以及具有高中以上文化程度的青年学生。革大的伙食很好，每月还给学员发10元零用钱，每期学习3个月。领导要求我们继承和发扬延安抗大的革命传统，学习的课程有社会发展史、毛主席著作、中国革命基本问题及时事政策等。对我来说，一切都是新鲜的知识，我虽然文化基础差，但是学得很认真，收获很大。

我后来知道，1953年，以西南人民革命大学为基础，与其他几所大学的法律院（系）合并成立西南政法学院，原东北抗日联军第二路军总指挥周保中将军出任首任院长。至此，西南革大先后毕业的学员近十万人。我能够到这里学习，真是十分幸运，那是一道重要的门槛，使我成为革命队伍的一员，对我的一生都产生了重要的影响。

在革大学习结束时，我的胸前戴上革大毕业纪念章，暗暗立下宏愿：一定要牢记党和毛主席的教导，跟着共产党建设新中国，多做实事，艰苦奋斗，勤奋工作，争取做一名共产党员。

中共普通党员

1952年6月，结束了在西南革大3个月紧张的学习，我们这一期学员中的一部分，有100多人，从成都东门外乘船到眉山，由眉山专区行署分配工作。包括我在内的原由蒲江推荐的3名学员加上成都的3人共6名学员分配到蒲江县供销合作社工作。从此，我正式走上了工作岗位。

当时，我有一个朴素的思想：共产党是我和我家的救命恩人，我一定要好好工作，不怕苦累，做出成绩，报答党恩。1955年加入中国共产党以后，思想觉悟逐步提高，懂得了做好工作，建设社会主义新中国，让更多的劳苦大众过上好日子的道理。做一名合格的共产党员成为我一生做人的奋斗目标。

当时蒲江县供销社有干部职工60多人，其中有解放军南下干部十余人，土改工作队留下的干部十多人，我们革大学习分配去的6人等。供销社主要负责全县农副土特产品的收购、调运和销售，承担商品流通、支援国家经济建设、满足群众生活需要的重要责任。那时我经常一个人骑自行车到各乡镇收购农副产品，如粮食、油料、杂粮、土特产品等。我干得非常认真，每一笔货款都清楚无误，不差分毫，虽然很辛苦，但是我很高兴，因为我知道这是在为人民服务。1953年我被评为县财贸系统的一等先进工作者，1954年被提为县供销社土产站副经理，1962年被评为蒲江县劳动模范。

1966年初，我被蒲江县政府任命为寿安镇镇长。当时这个镇有3个居民区、两所学校、6个集体小厂、20多个集体商店、一个蔬菜生产队，总人口3 000多人。到任不到半年，“文化大革命”就开始了，镇党委书记受冲击，被批斗，由我主持全面工作。由于我主持公道，正确对待两派群众纷争，这个镇形势平稳，两派于1968年春实现大联合，没有发生武斗，我被选为革委会主任，商店正常营业，学校照常上课，成为全县形势最好的乡镇，受到上级和群众的好评。

我和吴素秋于1957年结婚，她在绵阳工作，我们长期两地分居，三个儿子出生时，我都只有三五天假短暂看望，实在是很亏欠很内疚。1973年10月，组织为照顾我们的困难，调动我到绵阳农机供应公司工作，直至1993年退休。在这里，无论是搞农机的购销、调运和行政事务，我都一如既往，认真负责，任劳任怨，扎扎实实做好每一件工作，从未发生任何差错，受到领导和群众的一致认可。几乎每年被评为公司先进工作者，三次绵阳市先进工作者，一次绵阳地区优秀共产党员。

和谐家庭

我这一生能够在工作上取得一些成绩，无愧于共产党员的称号，是因为有一个好妻子。我与爱人吴素秋结婚后，两地分居长达16年。

我们两人在工作上都非常努力，但最辛苦的是她。我们生育了三个儿子，她除了要完成工作任务外，还要负责三个孩子的教育和生活

管理，处处精打细算，勤俭持家。从幼儿园、小学、中学到大学，她付出了极大的辛苦，费了许多的心血。作为双职工，我们能够把三个儿子培养成才，成家立业，她的贡献最大。退休后，我们一起享受了20多年的幸福晚年。为了改善我们老两口的居住条件，前不久，三儿子花了100多万元，在一个新小区给我们买了一套100多平方米的电梯房。遗憾的是，她却突然患病，永远地离开了我们，没有能够享受到温馨宽敞的新居，我为此深感遗憾和不安。

我们的三个儿子已经事业有成，都有自己幸福的小家庭。而且对老人都很孝顺，我为此感到欣慰。

长子正阳，54岁，大专毕业，从事模具设计，高级工程师。被评为工厂的拔尖人才、技术核心。孙女大学毕业，医生。有一个和睦、温馨的小家庭。

二儿革伟，51岁，本科毕业，从事技术设计工作，高级工程师，工厂的技术骨干、先进工作者。孙子很聪明，上小学五年级。有一个和谐、幸福的小家庭。

三儿立新，45岁，博士，广汉飞行学院副教授。他教学认真，业务熟练，曾被派往美国做访问学者。小孙女乖巧好学，正在上小学。小家庭和谐美满，生活幸福。

我今年86岁了。老伴离世后，孩子们为了更好地照顾我的生活，特意为我请了保姆，饮食起居也有人照顾了。

我是一个普通的中共党员，是共产党把我从苦难中解放出来，领上革命的道路。我的一生从事的都是最基层的普通工作，虽然很平凡，但是我对党一片忠心，在党分配给我的工作上，使出了自己的全部力量和智慧，还有一个和谐美满幸福的家，真正是无怨无悔了。当然，在为党的事业奋斗中，我学到许多知识，增长了才干，我真的很知足了。

（2019年5月于四川绵阳市）

我与四哥仁福

孙仁松

我兄弟姐妹七人，两个姐姐，四个哥哥，我最小，按四川家乡话说叫“老幺”。但是，我们七个兄弟姐妹中，按照亲情关系，又分为三种情况：大姐孙仁芬，是我的同母异父姐姐；大哥孙利人是我的同父异母兄长；其余二哥、二姐、三哥、四哥和我，都是同父同母所生。虽然，我们七个兄弟姐妹关系比较复杂，新中国成立前后几十年，我们之间，包括晚辈相处融洽，至今在家乡的晚辈们之间还常有来往。

从我小时候能够记事起，大哥已经离家，大姐早已出嫁。二哥十几岁就学徒，后结婚成家，二姐也在新中国成立前出嫁，三哥在十几岁时离开家去学徒。遗憾的是他们都已经先后离世，到另一个世界去了。真正与我共同在老家生活时间比较长，而且相互了解、感情很深的是今天仍然健在的四哥孙仁福。最令人难忘的是我们有一段同上学、同生活的经历。

四哥仁福比我年长三岁，但是小时候我们却有一段在小学同一个班读书的经历。本来他上小学的时间应该比我早两年，但是中间可能因病停学一段时间，大约在我读小学三年级时，我们兄弟俩竟然同在一个班级读书。当时，我家住在平落古镇与农村的交界处，离学校也比较近，我们每天一起上学，又一起放学回家，可以说形影不离。我俩学习都很用功，成绩都处于全班的前列，不相上下。记得在同班

孙仁福（左）与孙仁松

读书的几年，基本上每个学期成绩都是前一二名，有时我排第一，有时他排第一。但是总体上，四哥的学习比我认真，也比我细致，毛笔字也比我写得好。尤其当时有一项手工课，他曾经有一件作业得了100分，这是非常少见的，而我大概只有90分。而那项作业难度也非常大，是要求学生用竹片做材料，做成一件我们当时使用的按比例缩小的连体学生课桌椅。他在完成作业中，自己先做工具，再经过细致的打磨加工，最后完成的作品堪称完美，老师看后十分赞赏，居然打了100分，并收藏在学校展出。

我们学习成绩优秀，也曾遭到别人嫉妒。有一次，中午放学回家再返回校后，我们兄弟二人的书包找不见了。书包里虽然没有什么贵重物品，但是没有了书包便无法正常学习啊！我们很着急。好在第二天有人在学校院墙外发现了送到学校，才没有造成大的影响。

虽然我和四哥学习很用功，成绩也很好，但是由于当时家里很穷，连买课本和文具的钱也没有，有时候我们二人共用一套课本，有时学期已过半课本钱还交不上。而且，新中国成立前几年最困难时，一家人吃饭都成问题，有时中午放学回家竟吃不上饭，喝碗开水又去上学了。1947年我们兄弟俩还差一年小学毕业就同时辍学了。

辍学以后的一段时间，我和四哥与家人一起在缺衣少食的困顿生活中苦熬岁月。当时我父亲年逾花甲且体弱多病，无法承担体力劳动；母亲50多岁，身躯弱小，但为了全家生计，仍要每天起早贪黑，走崎岖山路往返步行40公里，为商家背运货物，其中的艰辛劳苦外人是无法体会的。为了减轻母亲的劳累和负担，我们兄弟俩每天下午大约一点钟，一人背一个小背篼，沿着通往县城的小路，走出去二十多里，去接母亲，如果一人帮母亲背10斤货，就可以大大减轻母亲的负担，这也是我和四哥为家庭生活开始做的一点贡献了。

到了秋天，大面积的水稻收割完后，我和四哥又会一人提个小竹筐，去收割后的稻田捡拾稻穗，那时一般的稻田里还有水，我们只能光脚下田，一穗一穗地捡，如果半天能捡1斤稻穗，那就很高兴了。

即使没有1斤稻穗，也总是会有些收获的。

我和四哥辍学后一起做的另一件有意义的事是写“袱子”。在我们四川老家，每年阴历七月十五日要为逝去的祖宗烧纸祭祀，民间叫作“鬼节”或“中元节”。这一天每个家庭都要给故去的先人烧“袱子”，意在寄钱给祖先亡灵，好让他们在阴间有钱用，更好地庇佑子孙，所以是非常郑重的一件事。

袱子是只有阴历七月十五中元节才可以烧给祖先，平时烧普通的纸钱就可以了。要将一叠叠打好的纸钱，整理得平平顺顺的，再用白纸封起来，就成了一个个长方形的袱子了。封好后，还要用毛笔写上敬奉的字样，中间写“故考（妣）某某某老大（孺）人收用”，左写“孝（孙）男（女）×××，天运某某年七月某日火化”，右写“今当中元胜节虔具冥钱共多少封奉”等。

在川西坝子的小镇上，每年有三次大的祭祖活动。第一次是农历新年前后，从腊月二十至次年正月十五，都属于敬神祭祖的时间。第二次是清明，“清明时节雨纷纷”，城里人到郊外踏青、旅游或去墓地扫墓，享受春光，怀念祖先，而小镇人此时也闲暇无事，正好与已故先人垒土，上坟、立碑。第三次祭祖活动就是七月半了，祭奠的主要形式就是烧袱子。

袱子一般烧三代，每个人头可烧二至若干封不等。不会写字的人都要请先生代写。有的找不到先生代写的，就只好边烧袱子边喊祖宗先人的名字来收取。

我和四哥辍学前，写“袱子”一般是父亲和二哥承担。辍学后写“袱子”的事就自然由我们兄弟俩承担了。通过写“袱子”不仅练了毛笔字，更重要的是知道了祖宗的名字，从老人口中大致知道了故去先人的情况，实际上是受一次“敬祖”的教育。还有，我们的街坊邻居家里没有人写字的，来找我们去帮忙，我们也乐于去做好事。

祭祀先人的伙食一般都很丰盛，虽不像过新年那样杀猪宰羊，但杀鸡割肉买鱼打酒等是家家必办的事。烧袱子当天，外出工作的家人

也要赶回来磕头上香、烧钱化纸，敬献酒饭……然后全家人聚在一起，享用供奉过祖宗的饭食。

从一起读书到辍学后一起劳动，我和四哥在一起的时间大概有三四年。我们弟兄俩同甘共苦，从来没有发生过争执，当然有事他总是让着我，帮助我。

新中国成立后，四哥 1952 年参加工作，虽然做的都是基层的普通工作，但是作为一名共产党员，他始终不忘初心，勤奋敬业，任劳任怨，恪尽职守，在平凡的工作中做出不平凡的业绩，多次受到党和政府的表彰奖励。特赋诗一首以赠：

中共普通一党员，一生敬业勇承担；
平凡岗位成模范，低调做人话语谦。
更喜后代宏图展，家庭和谐老伴贤；
儿孙孝顺绕膝转，福寿安康享晚年。

（2019 年于北京）

姐妹情深

杨玉群

我们杨家传到我这一代，母亲没有生下男孩，只生了我们姐妹三人：我为老大，大妹杨玉清、小妹杨玉娴，三姐妹的年龄各相差三岁。因为我们出生在那个特殊的年代，新中国成立初期社会环境发生急剧变化，我们的家庭也发生巨变，所以对我们个人的性格，以致学习、工作、生活和后来的婚姻家庭带来不同的影响。虽然，后来我奔赴北大荒与两个妹妹远隔数千里，但是作为大姐，我一直对她们怀有很深的感情，而且在关键时候尽我所能给她们以必要的帮助。而两个妹妹，也曾给予我应有的尊重和支持。曾经有人说我们是“三朵金花”，也许用“姐妹情深”来形容我们三姐妹的感情关系，更加深刻和恰如其分。最令我高兴的是，我们三姐妹都迈进了耄耋老人的门槛，各自享受着幸福安康的晚年。

一个深受封建思想毒害的家庭

我们三姐妹出生在一个深受重男轻女旧思想毒害的家庭。我爷爷去世得很早，据说是1911年辛亥革命前在四川保路运动中被害去世。是祖母一人承担起养家的责任，含辛茹苦把父亲养大，并送他到成都学徒，帮助他成家立业。然而，父亲成家后，没有实现祖母要父亲传宗接代的强烈愿望，先后生下我们姐妹三人，使祖母十分失望以致经常愤怒失控，打骂我父母亲的事时有发生。有一次，我曾亲眼看见祖母打骂父母亲的场面。年近七旬的祖母手拿一根长竹竿追打父亲，从家里追到门外，边追边骂，父亲情急之下跳进水田躲避，而祖母因为缠过脚而无法下田追赶，就站在田埂上继续大骂不止，骂过父亲她又转身去骂在田里干活的母亲，邻居们实在看不下去，走过来劝说半天才使她慢慢息怒。所以，在我们家里我从小感受到的是：一个很强悍能干的祖母和精神压抑忍气吞声而又含辛茹苦的父母，而这一切的根源竟是因为我们三姐妹。那时候我思想幼稚，以为要是我父母有一个男孩，就不会这样了。不懂得这是因为祖母受旧社会重男轻女旧思想的毒害造成的。

我家是自耕农，有田地10余亩，我从小就跟母亲学会了种田和干各种农活。家乡解放那年我十五岁，接受了“男女平等”“女人可顶半边天”的思想，因此产生了想通过努力学习工作改变自身的命运，也改变人们“重男轻女”的旧思想的想法，其中也包括改变年迈祖母的旧思想。

挑起家庭生产生活重担

新中国成立初期，父母年过半百，而且身体病弱，承担重体力劳

动比较困难。我家耕种 10 亩 8 分田地的主要任务就落到我这个十五岁女孩的肩上。特别是 1952 年我辍学后的春夏，全力帮助母亲安排打点田地里的农活。从赶着水牛拉着大犁杖翻耙冬水田开始，到培育秧苗、插秧、薅秧、挑粪、打谷等农活，样样都拼命干，几乎整天汗湿衣衫。干完一春天，祖母看我干活辛苦，居然发给我两个鸡蛋，算是对我的奖励。通过我的努力，逐渐改变了祖母的旧思想，亲眼看到男孩能做的事女孩也一样能做，她对父母亲的态度也慢慢变好了。

1952 年秋天，我被羊安乡小学推荐，进入邛崃师范学校师资训练班学习。这年冬天，我父亲不幸病逝。这个巨大的变化，对我家是个很大的打击。那以后的几年，照顾祖母和小妹玉娴并帮助母亲承担家庭农业劳动的重担就落到大妹玉清的肩上。大妹比我小三岁，身材比我瘦小，但她是个十分要强的女孩。她拼命学习，提高劳动技能，处处干在前面，后来成立合作社被选为生产队长。有一次夏天我放假回家，看到玉清妹妹面庞消瘦，头发竟然花白了，我心疼妹妹，赶快去问母亲，母亲告诉我说，可能是因为粮食不够吃，营养不足造成的。有时她干了半天农活，中午回家没饭吃，只好到自家地里掰根苞米秆嚼一嚼，下午又继续干活。艰苦的劳动也磨炼了大妹坚强不屈的性格，为她后来的人生道路奠定了坚实的基础。

在我离开农村去师范学校读书的几年，是玉清妹妹全力支撑着这个家，以她弱小的身躯，默默地承受着巨大的压力。不仅要忙生产队的工作，自己要带头干农活，还要照顾年迈的祖母、母亲和读小学的小妹，在生活最困难的时候，她都坚持下来了，真不愧是我的好妹妹，一朵绽放异彩的“金花”！

杨家三姐妹（1958）

让母亲安享晚年

1958 年初我们的祖母去世。其后玉清妹妹被成都一家军工企业招工，离开农村，进国营大工厂当了工人。小妹玉娴也考上县城的初级中学（住校），只把年近花甲的母亲一人留在农村。

1958 年，农村搞“大跃进”，生产队在没有征得母亲同意的情况下，竟把我家的 4 间大瓦房打通用来办集体大食堂，而把母亲迁出原来的家，住进一间邻居养牛的小房子。我听说后非常着急，担心母亲受委屈，身体受影响，利用星期天，请假步行 30 公里赶回老家看望母亲，帮助老人家安排好生活，还与生产队负责人联系，请求他们一定想法照顾好母亲。

1959 年 7 月，我结束了在邛崃师范学校长达 7 年的学习生活，在正式毕业前，李晋铭校长找我谈话，告诉我组织决定让我留校工作，最后校长问我“家里有什么困难?”我于是向校长汇报了我母亲当时的处境和困难，希望领导同意我把母亲接到学校与我同住。我的好同学陈瑞华也找机会帮我说话，说我母亲不仅干农活是把好手，还特别会养猪。当时正值国家经济困难时期，学校也搞起了副业生产，以补副食供应不足，但缺乏有经验的人。学校领导认真考察后，体谅我的实际困难，批准了我的请求。于是，我高兴地把母亲接到学校。领导就安排我母亲负责养猪、养鸡，还帮助厨房干一些力所能及的杂务，条件是在食堂免费吃饭，没有工资。这在当时的情况下，我认为算是领导的最大照顾了。安排好母亲的生活，我总算松了一口气，一方面尽了赡养老人的义务，另外也免除了我们姐妹的担忧，使两个妹妹能够集中精力搞好学习和工作。

母亲在老家常年从事生产和家务劳动，是个闲不住的人，而在邛崃师范学校的工作，对她来说算是比较轻松。特别是没有了祖母整天的唠叨、谩骂和家事的烦恼，是她一生中难得的几年平静安详的生活。由于她待人和蔼，又主动做了许多服务性的工作，受到学校职工的欢

迎和尊重，她本人心情也很愉快。

在我刚毕业工作的那段时间，我不仅要拼命努力工作，不辜负学校对我的培养，还要以每月29元（一年后为32元）的微薄工资，负担我和母亲、小妹三人的生活费，精力上和经济上都非常吃力。是一股不服输和要强的精神以及遇大事敢于担当的责任感，支撑我必须克服一切困难坚持下去。

帮助小妹迈出工作第一步

我从师范毕业留校工作的第二年，小妹玉娴在县城初中毕业，那时她已经18岁。在她面临升学选择的关键时刻，我劝妹妹报考我所在的师范学校，因为被录取的把握大，还可享受国家的助学金，也便于我对她的照顾。但是，她不接受我的意见，不愿意将来当教师，坚持要考县城的普通高中。她告诉我这样选择的原因是，看见我当教师工作“太辛苦”。我也不便强求，尊重她的意见，不幸的是最后没有考上。这就使我们面临一系列非常棘手的问题。

小妹是农村户口，按照当时的政策，农村的孩子如果升不了高中，就只能回农村去。可是，农村老家已经没有亲人了，土地已经归了集体，老房子也被生产队占用了，一个无房、无地、没有亲人，本身又没有劳动技能和生活经验的女孩子，回到农村其困难可想而知。然而，如果想要留在县城，困难也不小，至少要解决四个问题：一是要解决粮食关系，即由吃农村自产粮，变为吃国家供应粮；二是要解决户口问题，把农村户口转为城镇户口；三是要解决就业问题，找到一个适当的工作；四要解决住处问题。这些问题是由不同的机构负责管理，其中的任何一个，都不容易解决，因为涉及政策，管得很严，何况是四个！我很清楚这些问题靠母亲和妹妹肯定办不了，只能由我一人来承担。这对于我这个刚刚走上工作岗位一年，没有任何背景关系而又缺乏社会经验的女子，又是多么大的挑战和考验啊！

但是，不管怎样困难，我都必须千方百计面对，帮助小妹跨过这道进入社会的难关。在那些日子，工作的压力、小妹的问题几乎压得我喘不过气来。我身揣师范学校的介绍信和回农村办来的各种证明，一次又一次跑机关，跑单位，费尽了口舌，最后在热心朋友的帮助下，终于把所有的问题都搞定了，而且也没有花钱请客送礼。在最后需要决定选择什么工作的问题上，只能在两个集体企业中选择一个：一是餐馆服务员，二是缝纫社当学徒工。我果断地帮助她选择了后者。这样选择的好处是，可以学到一门技术，为后来的生活打下基础。

由于小妹后来有了企业工人的身份，结婚后跟随从部队复员的丈夫调入成都市一家国营大工厂，成为国企职工，使她退休后的生活得到保障。作为大姐，我觉得对得起小妹，也对得起辛苦劳累一生的父母，算是问心无愧了。

关键时刻敢担当

人生的道路是曲折的，难免会遇到各种困难。作为大姐，需要在关键时刻敢于担当，这一点我做到了。我感到最大的考验是在处理母亲病重和离世这件事上。

1962 年 9 月的一天，母亲突然说她“胸口疼”，我急忙请校医来看，校医诊断后认为病情严重，让我赶快送县医院。到医院后医生告诉我，母亲患的是风湿性心脏病，病情很重，需要“特级护理”。这个结果，让我心急如焚，但我在母亲面前还是装出笑脸，安慰母亲安心治病，相信医生能够治好。我在坚持工作的同时，每天利用下班时间一路小跑赶到医院，给母亲做饭吃，晚上与玉娴妹妹轮流在医院陪护。经过一个多月的治疗，病情有些稳定后，便办理出院回到师范学校住处，继续请一位姓叶的老中医诊治，每天煎中药进行治疗，有时玉娴妹也来帮助我照顾。母亲离世前的一段时间，脾气变得急躁了，还不时提出一些要求，比如想吃“童子鸡”，想吃鲜鱼等，上午提出，晚上就得让她吃到嘴里，否则就不高兴就会骂人。当时，我顶着巨大的精

神和经济上的压力，尽可能满足母亲的要求。因为我知道母亲为我们这个家，为我们三姐妹辛苦劳累了一辈子，太不容易了，现在有重病了而且可能将不久于人世，我怎能拒绝她呢？在母亲病重期间，小妹玉娴积极帮我照顾母亲，她虽然是学徒工基本没有收入，但是为帮助我减轻经济压力，主动加班加点做点零活，挣些微薄收入贴补家用，她还帮我把家里稍微值钱的东西，如陶瓷器皿拿到市场上卖掉，分担我经济上的困难。

母亲的病越来越重，叶老中医看后认为已经没有希望挽救了，拒绝再开处方。我在绝望中日夜守在母亲身旁，又坚持了二三天，她在1963年1月29日午离世。我强忍悲痛，请师范学校管后勤的老师帮我买一副棺材，在朋友们的帮助下，将母亲埋葬在城外的白鹤山下。

在母亲病重和离世期间，大妹玉清在成都待产，我怕对她和婴儿的身体带来不利影响，所以没有告诉她。但是，母亲在离世前对我说的最后一句话是问我："你妹生了吗？男孩女孩?"这句极简单的问话，不仅表明她对后辈的关心，而且内心希望女儿们不要步她的后尘……在母亲离世一个多月后，大妹的第一个孩子满月了，带孩子回邛崃卧龙乡老家后，来师范学校看望，我才把母亲病重和离世的事情告诉她。

三姐妹在一起（1990）

母亲的病重和离世，使我精神上受到巨大的打击，我甚至没有时间哭泣，也没有人可以倾诉（当时我与爱人两地分居），经济上的负债也只能由我一人承担。母亲离世一年多以后，我省吃俭用并在爱人的帮助下才慢慢地将她病重住院和离世期间所欠住院医疗费和朋友的债还清，迈过了我人生中遭遇的最大的难关。

为大妹分忧解难

姐妹之间有困难要互相帮助，这是我一直秉持的原则。大妹与妹夫长期分居两地，她在成都市一家军工企业上班（而妹夫在县城上班），那里管理严格，工作紧张。她一人带三个孩子，工作压力和家务负担都很重，确实很不容易，也非常困难。而当时我在佳木斯黑龙江省农垦总局子弟校任主管行政和后勤工作的副校长，爱人在总局机关上班，工作任务都很重，我们住在一套约60平方米的两居室单元房，儿子上初中，女儿读小学，不管是住房和经济上都不宽裕。虽然如此，我们的条件总比妹妹好。考虑到大妹的实际困难，1979年春节后，我请回川探亲的同事范洪文，把她正在上初三的大儿子龙勇带到佳木斯，由我帮助她照管。其实，妹妹能够在困难的时候把儿子送来交给我，也是对我的极大信任，不管我有多大的困难，也得尽力帮助啊！爱人也支持我的想法。

于是，我在生活上做出安排，让外甥与我儿子合住一间房，女儿就在厨房过道上安一张小床。学习方面让外甥继续读完初中三年级，然后再升高中，他原来基础差些，就请班级老师给予重点关照。但是，外甥到佳木斯不久，1979年5月我们夫妻二人的工作发生变化，爱人调到他原来所在的远离佳木斯的八一农大工作，而我则调到农垦总局机关任工会主席工作。这样，我一方面要面临新工作的巨大压力，另一方面爱人调走后，要由我一人负责照管三个孩子的生活和学习，不管是精力上还是经济上都面临巨大的挑战。外甥在佳木斯的三年多时间，除了工作外，我要劈柴、提煤、买菜，做三个孩子的饭，洗衣服和其他家务，几乎每天要忙到晚上12点，第二天早5点又要起床为孩子们准备早餐和午餐，巨大的压力和身体的透支几乎使我崩溃。

让我高兴的是，外甥在老师的帮助和自己的努力下，学习成绩稳步提高，各方面都取得很大的进步，我所付出的一切辛苦也算是得到

回报了。

1982 年 5 月，按照政策规定，外甥必须回原户籍所在地参加高考，我们请去成都出差的朋友把他带回成都，算是完成了这一段艰难的托管任务。如今，外甥已经成长为成都一家大企业的中层主管，事业发展顺利，他的儿子也已经研究生毕业工作，看到他的成长进步和发展，我深感欣慰。

1992 年 4 月，我和爱人被总局机关安排去太湖疗养院疗养一个月。考虑到大妹与爱人长期两地分居，没有机会一起外出旅游的实际情况，我们邀请他们夫妇二人先到北京，然后与我们一起去南方疗养，期间还一起去南京、无锡、杭州等地参观游览。不但使我们姐妹第一次有机会相处了较长一段时间，进行比较深入的交流，也让这一对长期分居两地的夫妻第一次离开四川，有一段愉快难忘的共同生活。因为在那次疗养后不久，妹夫就因病离世了。

其实，姐妹间的帮助是双向的。因为我长期远离家乡，每年春节或清明节，是大妹和她的儿女们主动去邛崃西门外，给我的母亲扫墓，帮助我照顾远去的母亲，免去了我的一块心病。

最愉快的相聚

2016 年 4 月，我和老伴一起回到成都探亲，有机会与两个妹妹坐在一起交流谈心，一起用餐，一起找老中医看病。5 月 3 日，侄女杨玉梅一家还邀请我们三姐妹一起去新津“花舞人间”景区游览，夜晚入住一家高档酒店，这是我们一生中三姐妹在一起玩得最开心的时候。

岁月的年轮已使我们满头飞雪，满脸的皱纹让我们不再年轻，但是同胞姐妹间的深情还在，回忆起过去的一切就好似有一股暖流默默地流进自己的心间，这就使我十分知足也深感欣慰了。

（2018 年于北京）

我们一家人

龙　勇*

难忘父母的艰辛

我的父母都是四川邛崃人，父亲家在邛崃卧龙镇，母亲的家在邛崃羊安镇，相距约40公里。父母从小都生活在农村，祖祖辈辈务农，是地道的农民出身。

龙志清夫妇和儿女们

父亲龙志清，1931年9月出生，在6个兄妹中排行老大，从小在老家务农，历尽艰辛。在下水田做活时，曾染上血吸虫病，身体较弱，经常受病痛的折磨。1949年冬邛崃解放，父亲积极投入共产党领导的农村改革和其他各项工作，先后担任村民组长、武装队员、农会主席；1951年土改，划为贫农成分，分得田地12.8亩，担任村长、乡青年委员；1952年初参加土改工作队，后调到第八区任青年干事；1954年7月调邛崃县团委负责农村青年工作；1956年5月加入中国共产党。

在6个兄妹中，只有父亲一人进城工作，其他5个都在家乡务农，祖母感到无比的骄傲和自豪，在村里乡亲面前腰杆挺直了，说话声音

---

* 龙勇，47岁，杨玉群的大妹杨玉清之子。

也变大了。父亲工作勤奋，任劳任怨，得到领导和群众好评，但在“文化大革命”中被打成右派，受到批斗，一只眼睛被打伤了，落下了残疾。“文化大革命”后期调任邛崃县国营饮食服务公司经理 。父亲是一位廉政亲民的好干部，记得小时候有人到家送礼，想拉近关系好办事，父亲很反感，为了不让那些送礼的人进家门，专门在院子里养了一条大狼狗，使送礼的人望而却步，这招真的很管用，家里一下就清静了许多。父亲虽然不收礼但照样为大家办实事、办好事，在我们儿女的心目中，父亲是一位好干部，是人民的好公仆。

母亲杨玉清，在杨家三姐妹中排行老二。外祖父在成都学徒、打工，身体病弱，新中国成立前夕回家后不久病逝。家中没有了男劳力，全靠外祖母和大姨（杨玉群）支撑全家的农业生产活动。1952 年大姨到县城师范学校读书后，母亲成为主要劳力，挑起了全家的生产和生活重担，所有的农活从下田插秧、收稻，到劈柴、做饭全落在了母亲一人身上，后来还担任生产队长。因常年承担繁重的体力劳动，加上营养不良，给身体健康留下了隐患。1958 年母亲通过招工进了成都国营前锋仪器厂，因从小养成爱劳动的习惯，在工作中特别能吃苦，在总厂的设计所当了一名统计管理人员。她常自豪地说，他们那批招工进厂约 100 名同事中，她是唯一从事管理岗位的工作者。母亲只有小学文化，在工作和生活中通过自己的辛勤付出，在成都逐渐站稳脚跟。我每每想起这些往事，对母亲的敬佩之情油然而生。

父母于 1958 年自由恋爱结婚，婚后第 5 年我出生了，两年以后，妹妹龙霞、龙敏也先后出生了。

父母长期两地分居，父亲在邛崃县城，母亲在成都工作，我们三兄妹都靠母亲一人抚养长大。两地距离虽然只有 90 公里，但给家庭生活，特别是给母亲带来很大的困难。当时，母亲工资收入低，生活拮据，很长一段时间，她的饮食主要是吃米饭和泡菜，却尽量把好的留给我们。她每天上班总是带一点吃的，边吃饭边一路小跑到工作单位。下班回家后，要管我们的生活，还要管我们的教育和学习。她还经常给我们开小会，告诉我们怎样发奋学习，怎样为人处事的道理，可以说她为我们兄妹的健康成长操碎了心。想想老人家含辛茹苦几十年，把我们兄妹三个拉扯大，实属不易！

父亲平时一人在邛崃县城工作，母亲每逢假期就会回去探亲，我们三兄妹因为上学，只有寒暑假和春节可以回邛崃，所以特别珍惜能够回去和父亲团聚享受天伦之乐的日子。我们回去后父亲也非常高兴，给我们买邛崃本地最有名的奶汤面、钵钵鸡吃，因此，盼望寒暑假回老家吃奶汤面、钵钵鸡成为我们兄妹每年最向往的一件事。1992 年春天，在佳木斯工作的姨父姨妈心疼我父母，觉得他们辛苦了半辈子，从来没有离开家乡去外地旅游过，所以精心安排与我父母一同去太湖疗养院疗养，期间还去了上海和江浙一带旅游。

遗憾的是，直至 1996 年 3 月父亲去世，他和母亲都没有能够实现团聚，仍然处于两地分居状态。父亲如果不是长期一个人生活，身边没有人陪伴和照顾，也不会走得那么早。他没有看到我们兄妹的事业发展，没有看到孙辈的健康成长，更没有享受到今天的幸福生活，这是我们晚辈们难以释怀的。

三兄妹的现状与责任

我是老大龙勇，1963 年出生。在读初三的时候，我姨妈杨玉群觉得母亲同时照顾三个孩子负担太重了，为了减轻我母亲的负担，把我从成都接到了黑龙江佳木斯市。从此成为姨妈家庭中的一员，在姨妈家得到无微不至的关怀和照顾。姨妈家有一对儿女，姨父姨妈把我当成亲生儿子看待，在那里没少给姨妈姨夫家添麻烦。那时生活条件艰苦，家里好吃的好玩的都是让我先享用，然后才是他们自己的儿女。姨父姨妈都是国家干部和高级知识分子，在他们的教育下，把我从一个原来调皮捣蛋成绩不佳的少年，培养成热爱学习懂礼貌的好学生。我在佳木斯市农垦总局子弟学校读到高三，因为不能异地参加高考，在高考前夕回到了成都，只几分之差高考落榜，没能考上心仪的大学。

原准备复读一年再次备战高考，后来改变计划志愿参军，在北京卫戍区成为一名解放军战士，三年后复员回到国营前锋仪器厂当了一名普通员工。在工作期间利用业余时间继续深造，取得了大专文凭。由于在佳木斯受到了姨父姨妈精心培养和良好的教育，养成了勤学好问的好习惯，不管在业务技能还是在沟通协调能力上均表现突出，在自己的岗位上脱颖而出，成为一名中层干部，现在担任公司的营销总监。我的儿子龙珂宇在江南大学读工业设计专业本科毕业，然后被保送至同济大学读环境艺术设计专业，研究生毕业。现在就职于外企 IBM，从入职到现在已经工作了三年有余。在校期间，设计的作品曾获几次大奖，现在他已被 IBM 核心部门重用。

杨玉清和孩子们在上海外滩（2018）

妹妹龙霞，一直在前锋股份有限公司工作，现已退休。她在本职岗位上勤勤恳恳、一丝不苟，大胆泼辣是她的工作作风，每年被评为优秀共产党员。她的儿子贾俊杰从四川农业大学园林设计本科毕业，进了成都一家最大的建筑公司从事建筑设计，现在也成了业内的佼佼者。

小妹龙敏，在成都银行从事管理工作，她热爱自己的事业，工作很投入，以创新的思维和管理模式带领自己的团队，在分管的业务条线中频频取得好成绩，得到同事和领导的广泛认可。她的儿子彭松[illegible]筠，在美国密歇根州的卡拉马祖文理学院读数学与经济双专业本科，毕业后在德州大学达拉斯分校继续读数据分析专业的研究生，目前已经回国，被华为录用。

如今，母亲已入耄耋之年。我们兄妹三人都把孝顺母亲、照顾好母亲的晚年生活，当作自己义不容辞的重要责任，千方百计要让这位为工作为儿女辛苦劳累一生的老人享受幸福的晚年。我们兄妹三人轮流带母亲出去旅游，感受祖国的大好河山和繁荣富强。母亲去过很多地方：北京、上海、杭州、苏州、香港、海南、昆明、西昌、桂林等。近几年，母亲每年的冬天就去海南过冬。由于母亲热情好客的性格，在那里认识了很多新朋友，上午踏青、锻炼身体，下午麻将娱乐，晚年生活过得有滋有味，我们做子女的看到母亲开心，身体健康，感到非常欣慰。每逢春节，为了不让母亲感到孤独、冷清，我们兄妹轮流去陪母亲欢度春节。每年开春从海南回到成都时，我们都迫不及待地在机场等待，等待她老人家再次回到我们的身边。一周里三兄妹每人轮流陪伴她两天，陪她吃饭、聊天，让她开心。几乎做到每天都有人陪伴她、照顾她，她的朋友们都很羡慕我母亲，夸她好福气，子女孝顺，晚年幸福。正是：

家有一老，如获至宝！有妈在，家就在！

（2020 年 1 月于成都）

父母的爱

孙文锴

我出生成长在一个十分幸福美满的家庭，幸福来自父母之间永恒真挚的爱情和对子女晚辈最无私的爱。

我于 1966 年 6 月出生在黑龙江省密山市。密山是父亲孙仁松和母亲杨玉群当时的工作单位黑龙江八一农垦大学所在地。我上小学时，

因父母工作调动全家已从密山搬到黑龙江生产建设兵团总部所在地的佳木斯市。那时候国家经济整体比较落后，生活物资匮乏，很多消费品都凭票供应，父母以较低的工资，要养育我和妹妹，经济上显得拮据。好在父母善于勤俭持家，他们宁可自己省吃俭用也要千方百计为我们兄妹俩创造良好的生活和学习条件，让我们健康快乐地成长。

当时供应的细粮较少，只占供应粮的三分之一，主食主要是玉米面、高粱米、小米等粗粮。尽管食品供应品种单一，但父母总是想方设法变着花样，给我们改善伙食，比如在节假日给我们包饺子、烙饼，或做臊子面和蛋炒饭等。另外母亲还会腌制四川泡菜和豆腐乳等，为我们调节口味，增加食欲。那时冬天吃菜只能靠自己挖菜窖贮藏，父母找来单位同事帮忙，仅用一天时间就把菜窖建造好了，及时把一冬需要的大白菜、土豆和萝卜等储藏妥当，而我就经常承担下菜窖取菜的任务，以减轻父母的负担。

我上学以后，父母始终对我严格要求并努力为我们创造良好的学习条件。我小学和初中都是在兵团（农垦）子弟校就读，母亲虽然担任学校副校长，但对我从来没有任何特殊照顾，要求我尊敬老师，团结同学，上课认真听讲。父母省吃俭用也要想法为我们兄妹俩买些参考书，有文学名著和课外辅导书等，引导我们从小养成认真读书和自主学习的习惯。此外，父母还注重培养我的兴趣爱好，支持我在课外学绘画、习乐器、练武术、参加无线电学习班和冰上速滑训练等，丰富了我的学习、生活和兴趣体验，这在当时条件下是十分难得的。上高中时，父母为使我有更好的学习条件，支持我到佳木斯一中就读。由于一中离家较远，父母给我买了辆二手自行车，方便我骑车上学。另外，每天早晨父母在做早饭的同时，专门为我带一份中午饭菜，用饭盒带到学校。高考前为了给我增加营养，每天午饭都加一个鸡蛋，那是当时全家最好的伙食待遇了。

高考报志愿时，根据我的高考分数，在父母支持下我第一志愿报的是北京农业大学，这个关键时刻的选择也和受到父母的影响有关。

我的父母都是农民出身，经历过旧社会艰苦劳动和生活磨炼。1958 年父亲响应党中央的号召，从海军部队转业到北大荒，后来母亲也从“天府之国”的四川老家北上与父亲团聚，他们在黑龙江农垦战线辛勤奉献，和一百多万农垦人一道把北大荒建设成了北大仓。我生长在北大荒的黑土地，属于北大荒的第二代，从小就受到军垦老兵、下乡知青和父辈潜移默化的影响，对发展现代农业似乎有一种与生俱来的向往和情感。尤其是父亲多年从事农垦经济政策研究，为农垦经济体制改革做出了积极贡献，我很崇拜父亲所从事的事业，所以报考农大选择的第一志愿专业是农业经济管理，所幸最终如愿以偿。

我上大学后，父母嘱咐我要珍惜党和国家提供的宝贵学习机会，继承和发扬“艰苦奋斗、勇于开拓、顾全大局、无私奉献”的北大荒精神，学习刻苦努力，思想要求进步，积极参加社会活动，全面提升锻炼自己。我从小父母就经常教育我要热爱党，热爱祖国。父母出生在旧中国，小时候历经苦难。我有幸出生在新中国，虽然出生时正赶上“文化大革命”，好在我上初中后不久，党的十一届三中全会胜利召开，国家开始全面实施改革开放，从那时起我就切身感受到在党的领导下国家日新月异的发展和变化，父母和学校老师对我的教育使我对共产党产生了发自内心的热爱。入大学后不久，我被选为学生班长，在抓好学业的同时，加强政治理论学习，不断提高思想水平，自觉接受党组织的培养和教育，严格要求自己，努力为同学搞好服务，积极组织文体等活动。1985 年 6 月，我光荣地成为一名中国共产党预备党员，从此我更加严格地要求自己，决心不辜负党组织的培养，永远跟党走，学成后报效祖国。大学期间我先后担任过学生会副主席、主席，后来上研究生我又担任过研究生会主席。在为同学们服务，参加学生会工作的同时，我的社会工作能力也得到了全面锻炼。

我研究生毕业后，不管是留校当老师、从事党团或行政工作，还是后来到北京市区县或部门从事党政工作，父母都经常叮嘱我要严格要求自己，勤奋敬业，清正廉洁，努力做好本职工作，不辜负党组织

的培养。父母这样要求我，是因为他们自己一辈子就是这样做的。父母出生在旧社会，历经坎坷和艰辛，新中国成立后，是党和政府为他们提供了上学深造的机会，并把他们培养成为共产党员和国家干部，他们对共产党有着发自内心的热爱，我从小父母就经常教育我，没有共产党就没有现在的好社会和好生活。他们在工作中都对自己要求严格，坚决服从组织安排，兢兢业业，努力工作，团结同事，同时对子女严格要求，言传身教，为子女树立了榜样。印象中我在佳木斯上学时，父亲经常出差不在家，他在兵团报社工作时经常下到兵团连队采访，在农垦总局政研室工作时经常到基层农场调查研究，常常是跟家里打个招呼拿起包就走了。父亲临近退休又到农业部农垦局“超期服役”了十年，潜心研究农垦经济体制改革，成果丰硕。母亲始终对工作保持很高的热情，一心扑在事业上，同时又要为我们做许多家务，经常起早贪黑为全家缝补洗涮，手工做鞋，千针万线，付出极大的辛苦。母亲到机关工会工作后，经常需要在晚上或节假日组织各种工会活动，早出晚归，亲力亲为，而毫无怨言。

我从一名学生党员成长为一名党员干部，主要得益于党组织的培养和学校的教育，使我树立起正确的理想信念，时刻不忘初心，砥砺前行。除此以外，父母的言传身教，也对我的生活和事业产生很大的影响，我发自内心深爱他们，感激他们。

我和武晋于 1992 年结婚，同年妹妹育红也大学毕业分配到北京工作，1994 年父母从佳木斯举家搬到北京与我们兄妹团聚。父母辛苦了一辈子，把我们兄妹俩培养上大学毕业工作后，他们已到了退休的年纪，终于可以在北京与我们团聚安度晚年了。本来父母可以轻松地享受晚年生活，1997 年我女儿茜茜出生后，父母为了支持我和武晋的工作，主动承担了许多帮助我们照顾女儿的任务。特别在我调到北京远郊延庆县工作的十年间，我一般是周一到周五都住在延庆，周末才回家，基本上照顾不了家里。父母为此搬到农大家属区居住，方便帮助我们照顾茜茜。茜茜从小学到初中基本上是放学后先到爷爷奶奶家做作业吃完饭再回家，茜茜得到了爷爷奶奶的关爱，也接受了爷爷奶奶的教育。爷爷奶奶为此付出了许多辛苦和心血。

父母一辈子忠厚善良，为我们精心营造了一个幸福和睦、积极向上的家庭环境，为全家树立了“尊老爱幼，家庭和睦；知恩图报，诚信友善；勤耕苦读，遵纪守法；敬业爱国，拼搏奋斗”的优良家风，并且身体力行，言传身教。作为晚辈我们要永远珍惜维护，传承下去并发扬光大。

我的父母由一张加入青年团的红榜结缘，从相识、相知，到相爱结婚，再到白头偕老，一辈子相濡以沫，恩爱如初，他们真挚的爱情奠定了全家幸福的根基，他们对子女和孙辈的大爱成就了子孙的健康成长和幸福人生。父母为事业也为下一辈操劳一生，如今都已是耄耋老人，作为长子我要继续努力尽好孝敬老人的义务，争取多陪伴老人，多关心他们的冷暖健康，使他们身心愉悦，安享晚年。

在父母即将携手六十年，幸福地迎来“钻石婚”之际，衷心祝愿亲爱的父亲母亲健康长寿，幸福快乐！

（2019 年 10 月于北京）

我的公公婆婆

武　晋

我和孙文锴结婚 28 年了，我们有一个和谐美满的家。公公婆婆为人善良，通情达理，待人热情，对包括我在内的家人都十分关爱。我和文锴对双方父母都很孝敬，我和公公婆婆的关系也很融洽，从来没有红过脸，一家人过着幸福快乐的生活。

我和文锴结婚特别是生了女儿茜茜后，公公婆婆积极主动帮助我们照顾茜茜，给我们提供了很多帮助，减轻了我们的负担，为我们事业和家庭的成功助力。

多年前我得了急性肝炎在家养病，我婆婆亲自上门在精神上安慰，生活上精心护理，给我做可口饭菜，使我很快恢复了健康。我怀孕后，需要经常去医院检查，为了减轻我的负担，婆婆多次起大早坐一个多小时公交车到医院排队挂号。1997 年 7 月女儿茜茜出生，为方便照顾我们母女俩，从妇产医院出院后我带着女儿直接住到公公婆婆家坐月子。当时公公婆婆家是位于左家庄的一处 50 多平方米的房子。婆婆从早到晚忙着做饭、洗涮等家务，对我和女儿精心护理，当时正值酷暑，看着婆婆忙前忙后，满脸汗水，我很是心疼和感动。

女儿茜茜从小得到爷爷奶奶的悉心关爱与照顾。茜茜小时候爷爷奶奶经常带她到北京的公园玩耍，北京的许多著名公园，像颐和园、圆明园、天坛、地坛、柳荫、朝阳、中山公园等，都是爷爷奶奶常带茜茜去的地方，开阔了孩子的眼界和见识。茜茜上小学后，因为文锴和我工作都比较忙，爷爷奶奶为了帮助我们照顾茜茜，特意从左家庄搬到农大家属区居住。茜茜放学后经常是先接到爷爷奶奶家做作业，吃晚饭。爷爷经常专门为茜茜做些她喜欢吃的饭菜，被茜茜誉为“高级厨师”。另外，爷爷在农业部上班时自学了电脑，经常用电脑处理文字和图片，茜茜也常常在一旁边学边玩，这样从小就对操作电脑产生了极大的兴趣。茜茜上大学自愿学了信息设计专业，可以说最早是从爷爷那受到了电脑操作的启蒙教育。女儿的健康成长，除了父母的养育和学校的教育，也离不开爷爷奶奶的精心呵护。

我的公公婆婆和我父母一样善良，他们热爱生活，关爱家人，对人热情，重亲情友情。逢年过节，公公婆婆还经常主动邀请我父母一起家庭聚会，一家人幸福快乐，其乐融融。

借公公婆婆即将迎来“钻石婚”之机，衷心祝愿两位老人健康长寿，永远快乐！

（2020 年 2 月于北京）

我的留学路*

孙羽茜

我是一个清华美院信息设计大四的学生。这个专业重用户体验，也有一些新媒体艺术的内容，但是不多。我曾经双修管理学第二学位，由于个人兴趣的原因学习一年后退出并辅修了智能硬件专业。从大二开始做过大大小小的互联网产品的设计师，大三暑假曾于美国麻省理工学院的创业孵化器中作为设计师实习，这是我本科期间作为交互设计师的最后一站。之后的一段时间，从互动装置到3D Motion动画到人工智能，什么都搞，再也不想给自己贴标签了。

我喜欢我学的专业，但是不知从何时开始，我感觉课堂和专业能够教给我的知识有限，很难满足我求知的欲望，于是渴求出国深造，试图去认识和开创新的天地。

孙羽茜（2019）

申报的结果

从大四的上学期开始，我开始申请国外的硕士研究生，申请的方向是交互艺术（数字媒体）。我总共先后向9家国外院校提交了申报材料，经过现场或网上面试，申请的结果，拿到录取通知的

* 这篇文章是孙女茜茜在清华美院本科四年学习即将结束时写的，主要内容是总结自己申报去国外读研的过程和体会。从文章中我们高兴地看到，她具有永不满足、不断探求新知的刻苦钻研的精神，这是非常可贵的。祝愿她不断取得成功！

院校有7家：普瑞特艺术学院（可提供60 000美元奖学金）、纽约大学、南加州大学电影学院、芝加哥艺术学院、英国皇家艺术学院、伦敦大学建筑学院、伦敦大学金史密斯学院（又称金匠学院）。被拒的有两家：罗德岛设计学院和加州大学洛杉矶分校。

在激烈的思想斗争之后，经过反复权衡利弊，我采纳了老师的建议，选择去伦敦大学金史密斯学院 Goldsmiths（以下简称金匠）的计算艺术专业（Computational Arts）。

我为什么想出国？为什么申报这个方向？

简单地说，因为我觉得大学本科我没有学够；

因为我想做好看又有趣的东西；

因为我想要看到、学到更多；

我是一个非常喜欢做视觉工作的人，换句话说，本科教育内容所强调的实用价值并不是我想追求的。说到底，这几年来，我做过很久的UI/UX设计师，设计过游戏UI，做过同人本，做过互动装置和动画……真的就只有做好看有趣的东西，才能让我感到发自内心的快乐和满足。

我喜欢新媒体艺术，因为这是一个不断扩张而又很新潮的领域（Open-field）。接触新技术并学习编程让我感觉到这是一个需要强迫自己站到前沿，让设计师和艺术家时刻都会感到危机感的领域，真的很酷。

我很懒，所以我要强迫自己走出舒适区。如今在国内，仅仅是做墙外的搬运工都能混得如鱼得水，环境安逸得令人无法忍受。因此我要出国，我要见更牛更有趣的人，学更困难但也让自己更强大的东西，让自己获得更多作为创作者的底气。希望有一天，我能不再受媒介所限，成为一个把灵感和创意作为生活主线的人，通过自由创作带来价值。

准备的过程

报考外国高校读研，我用了较长时间进行全面认真的准备。我的部分申报文书的文字，整理于之前在美龄教育做的微信讲座。

♦ 关于英语。第一次考托福（准备了三个月）考到了 107 分。后来因为也想申请到英国，就补考了雅思，6.5 的分数虽然不高，但是因为够了，就没再继续准备。

通常学习英语的经验无非就是多刷题，多做题。但是还有一个方法，就是用自己的喜好去驱动自己。有喜欢的英美剧就去背背台词，去掉字幕反复看；有喜欢的国外演员或明星，就到墙外去翻访谈……这可比单纯坐在桌子前刷题有趣多了。

因为喜欢而去学语言（不仅是英语，其他语言和技能都是同理），会让你觉得熟悉它是个非常自然的事情，而不是单纯为了一门考试而准备。

♦ 关于实习。实习是提高知识水平和动手能力的重要途径。为了多参加实践，我充分利用了每个寒暑假，进行多方面的专业实习，取得的成果和经验，对申报国外考研有重要意义。

大二寒假：小飞侠科技——未来超市产品设计。在实习中和两个同学一起完成了一套基于机器学习的超市结账台设计。第一次体会到什么叫边学边实践和对一个大学生的意义。

大二暑假：杭州网易人工智能部分 AR 小学期。组队完成了一个 AR Mapping 装置，我负责部分特效和 unity 中的编程，惊觉自己所学的专业似乎应该叫"现学艺术设计"。

大三秋季：微笑科技—— 游戏 UI 设计兼职实习。担任一部分手游 UI 设计工作，说实话我只是在搬砖，但是搬砖让我明白我真的不甘于只做一个"社畜"，所以之后也没有再考虑国内大厂的实习。

大三寒假：某集体（Moujiti）工作室实习。做互动媒体的工作室。我待的时间不长，出了若干互动装置的方案 PPT，上班期间经常摸鱼学 C4D，认识了很多央美的小伙伴，在清华以外的环境得到了很多思维的碰撞口。新的环境让我学到了多线程工作的重要性，是我做得最开心的一份实习！

大三春季：北京悉知教育设计总监。设计 AI 教师的虚拟形象以及

手机端 UI/UX，形象已获专利。其实接下这份工作是因为，想要在暑假去 TeamLab 日本总部工作，想要再准备一个完整的设计作品。大二时我就申请过，但对方说我经验不足，不能接受。这一年，虽然终于给了我邀请函，但是我没有去，因为选择了去 MIT。对不起哦 TeamLab……我真的很想去东京玩的……

大三暑假：麻省理工学院游戏实验室（Game Lab）创业孵化器 Play Lab 设计师。听说别的学院很多同学都在暑假出国研修，所以年初的时候我就想出去闯闯看！另外，清华美院有一个“闯世界计划”的项目，有机会获得校方的一些资助。于是我厚着脸皮给国外各大高校和教授不知道发了多少邮件，寒假期间一直在等机会，但是许久没得到回复，我以为没戏了，直到有一天 MIT 那边终于告诉我：有一个团队缺设计师，你过来吧！

具体工作是设计区块链视频网站的 UI/UX，以及宣传动画。交互设计什么的我已经做腻啦！由于 Game Lab 就在 MIT Media Lab 的楼里，获得了和诸多大佬交流的机会，也坚定了继续走 Arts & Technology方向的决心。

其实，每次实习学到的东西都各不相同，对我来说，最大的收获在于，通过实践逐渐熟悉了自己的调性，了解自己是个怎样的人，享受/抵触何种工作……这是对未来规划必不可少的准备。当然，实习只是诸多实践的一种，做什么都好，不要只思考人生而不行动就行。

♦ 关于作品集。我的思路是：去思考想要呈现一个什么样的自己，也就是你希望在面对心仪的学校时，对方能看到什么？对什么感兴趣就去表达什么，形式是其次，学校会乐于看到真实的你。我本科学的主要内容是关于用户体验，是非常实用，有“实际价值”的设计，这是老师们一直强调的事。但是，我不想呈现我不喜欢的作品，我想做互动装置，想做更好玩的东西，那就自己去学自己去做吧！

工具也好，形式也好，真的没有想象中那么高的门槛。优秀的设计师和艺术家一定是有极强的自学能力的。我还没有，但我知道这很重要。

很多优秀的艺术家，根本不会局限在自己的专业里——他们的创造力与执行力都来自自己的研究和学习，比如本科曾经是学自动化的SOMEI大大。

所以，虽然对自己的专业内容并不满意，但我会告诉自己：不要抱怨，不要指望老师来喂自己，只有自己去学才能得到想要的知识，因为这个世界不会给懒人开路。

♦ 如何利用时间。虽然我对自己的最终作品集并不完全满意，但我认为如果想要做好，就一定要学会利用时间，利用课内外的机会顺势去做。我们的课程都是一个月的，这种情况下，课程作业也许仅仅是构思就不够用，更别提整体完成度。不要抱怨，自己想办法延长做作品的时间。在开课甚至开学前了解课程内容是什么，有没有可能加入自己新学的技术，或实践酝酿已久的新创意，有没有可能把自己正在做的课外项目最终落地？这样，构思时间就从一周延到了一个月甚至更久，准备时间也更足。举几个例子：

有一个项目是我在课外学编程的时候，和小伙伴一起做的体感互动装置。在制作的第三个月中，与张烈老师商量后，作为结课作业收尾了。

关于现代人压力的互动装置Silent desk，于冼枫老师的课上完成。因为提前了解到这门课要做装置，所以就提前做了一些准备工作，结课后也在史论专业的小展上展出了，再次感叹装置搭建真是太难了……

编排设计选修课上，王红卫老师要求大家设计一款贺卡。于是我通过processing编程做了一套各不相同的新年贺卡。结果就是：这门课上我不仅顺势排完了作品集，还额外完成了这一个小作品（主要还是想刷一下交互专业的存在感……我脸皮真厚）。

总之，文书是展示自己的第一步，跟作品集配合起来，学校才能感受到你是怎样的一个人。这两者都不能缺。我的基本思路是：我希

望能让他人通过我的作品跳脱出现实，感受到信息时代的诗意。从小玩 Visual Novel 游戏时，我会想要直接和虚拟角色说话，因此打通虚拟和现实的分界一直是我的追求，这是我想要学习 digital media 的一大动力。在这个基础上，我会在给每个学校的文书中表达清楚：自己想要什么，为什么需要贵校这样的平台，为什么我向往这里，希望您能给我这样珍贵的学习机会。

最后的选择

当陆续收到各有关高校决定录取的信息后，我再重新思考，我到底为什么要留学？我在研究生阶段对自己的要求是什么？深思的结果，大概就是：

（1）严格加强理论基础，并增大阅读量，不局限于设计思维；

（2）动手能力要跟上，编程/硬件/视觉能力都不能缺，要有足够的能力完成想做的作品；

（3）一定静下心来学习。

相比其他学校，伦敦大学金匠学院的英语要求真的很高。本专业雅思写作需要达到 6.5，纯艺术专业更是达到了丧心病狂的 7 分，据说新东方老师都不一定能考出来。

金匠是出了名的大阅读量的学校，极其重视理论基础，每隔几个月还会有专门的 reading week 全周放假，让学生去读书。

我相信在新环境的帮助下，可以改变自己学设计学僵了的脑子。另外，计算艺术（Computational Arts）的课程配置简直让我流口水，从 Creative Coding 到 Machine learning，应有尽有；学生作品几乎是我看过的所有学校里最喜欢的，硬核而又充满诗意，每次开始做作业前都会去刷一遍官方 blog 观摩一下。

一位老师建议我，既然金匠的课程和作品这么契合你的调性，那就去吧！教学内容是你一定能抓住的东西，不要为不一定能获得的所谓“资源”患得患失，这在学习过程中已经足够难得了——在硕士的两年中，至少不用再付出太多的鉴别成本。

再加上金匠学院系主任 Theo 发来的热情的邮件，把我的作品挨个夸了一遍，真的让我受宠若惊。就这样，我做出了最后的决定。我从内心发出呼喊："金匠，我来了！"

衷心地感谢

我能够走到今天，要衷心地感谢我的父母和家人，感谢所有帮助过我的朋友和老师，感谢清华美院给我提供了一个非常好的学习与发展的平台！谢谢你们！

最后，我还要特别感谢我亲爱的爷爷奶奶，因为我的专业选择和对专业的执著与热爱，都与爷爷奶奶对我早期的教育、影响有关。

我在 3 岁时第一次接触到电脑，当时的系统还是 Windows 98。20 年前粗糙的系统界面和繁乱的网页设计，对我来说就是通向数字世界的窗口，有着巨大的神秘感与吸引力。童年时期与计算机的接触让我很早就对科技领域产生了兴趣。同龄人与电脑的接触大多数起始于小学计算机课，而我不是。爷爷奶奶在左家庄的院子，小院尘土的气味，略显拥挤的小房间，这些才是我关于虚拟世界记忆的开始。

印象中，在我小的时候，爷爷经常会教我一些在现在看来很初级的电脑知识：怎么换桌面颜色，怎么用 windows 画图，甚至怎么打字(虽然那个时候我还一个字都不认得)，这一早期经历，让我在小学计算机课上，成为每节课都能最先完成作业的那个人，进一步让我早早地学会了用 Photoshop 抠图和画画，更早地学会了用 Flash 做小动画……直到现在，我一步步走进清华美院，选择计算机相关的专业，这些变化与决定，很多都来源于小时候的这种环境。我经常跟周围的朋友说，我爷爷是我们家电子设备用得最好的人，视频剪得比我的不少同学还好，而这对于一位"古稀"老人来说实属不易，他的求知欲与智慧也深深地影响了我，让我把好奇心与思考当作了生活习惯。

相比于所谓"新潮"，更重要也更可贵的是爷爷奶奶都很热爱生

活。这对童年时期的我也有很大的影响。我记得在我上小学的时候，我还是个很马虎的小女孩，有一天爷爷问我：你知道你每天上楼梯，要走多少个台阶吗？我当时很不理解：这些生活中的琐事，我为什么要关心呢？但是随着我的成长，尤其随着我越来越深入了解绘画与艺术，我才逐渐发现，感受与灵感就来自于生活的这些方方面面，来自生活中我们经常会忽视的各种细节。艺术不会凭空出现，无论是绘画还是摄影，文学还是音乐，其根基都生长于我们自己的生活。爷爷常常身背有些沉重的单反相机一个人出去摄影，拍大自然中的花与鸟，花园、湖泊中的绿植，还拍身边的人物，拍奶奶抖空竹……奶奶对所有人都十分热情，并且在不断地用这种热情去感染他人。他们这种对生活的态度，对生活的热爱，是值得我们学习的。我希望等我们到他们的年纪，也仍然能做热爱生活的人。

工作与忙碌并不是生活的目的，生活本身才应该是目的。其中的意义需要我们自己去追寻。很幸运，我们家庭中的每一分子，都在这个社会上找到了适合自己的领域和位置，有所追求又有所希望地在生活着、进步着。不管将来在何时何地，我都会在忙碌的生活中，时不时地想起两位老人的身影：或是在运动，或是在写作和记录着什么，或是沉迷于自己的爱好中……我忽然感悟到，在我的心目中，他们才是生活的强者，是自己生命的艺术家，年轻时饱经雨雪冰霜和千锤百炼，把自己的青春年华献给了建设“中华大粮仓”的事业，退休后仍然热爱生活，并一刻不停地忙碌着，如今已是耄耋老人还停不下来，他们时时刻刻在发着一种光，照亮了我们的家庭，也照亮了我前进的方向。

我要衷心地感谢爷爷奶奶对我的关爱和照顾。希望他们这种对事业和生活的热爱，对亲人、朋友的关爱和奉献的精神，能在我们的家庭中发扬光大。

（2019 年 4 月于清华美院）

天地有乾坤　家有好父母

孙育红

孟子曰："女子生，而愿为之有家。"依稀记忆中每天和忙碌的父母亲生活在一起的地方就是我的家。我的慈父孙仁松、严母杨玉群撑起了我的家中天地。儿女跟父母有直接而密切的缘分，没有缘不会到这个家里来。爸爸妈妈六十多年前以一纸红榜结缘建立了家庭，之后我又从这个家庭里出生长大，成人，成家，到成为母亲，真是三生有幸。

1970 年 3 月我出生在黑龙江省密山市。我出生前后一段时间，中苏边境冲突不断，1969 年 3 月在黑龙江省的东北边境乌苏里江上爆发了震惊世界的珍宝岛自卫反击战，战场距离我的家只有 100 多公里。听妈妈说在怀我时，边境形势非常紧张，工作之余大搞备战，每家都挖了防空掩体。朋友们都劝我妈妈"做掉算了"。父母再三思忖，冒着风险做了留下我的决定，于是才有了我。

母女俩

人类身体里的基因是经过了成千上万年的传递、突变和重组，才变成今天的样子。DNA 复制的高保真使我继承了父母的优良基因，样貌端正，皮肤白皙，身体健康，五官模样更像我的爸爸。虽然我没有太多艺术天赋，小学三年级时妈妈鼓励我参加学校的体操队，为养成我爱好运动习惯和良好的身体素质打下基础。我还经常参加跳皮筋、滑冰、打排球、跑步等运动，一直到高中、大学都会在运动会时，代表班级参加 4×100 米或 4×400 米的接力赛，大学期间还担任过系学生会的体育部长、学生会主席。至今，我仍爱好运动，打羽毛球、徒步、长跑，相信这些兴趣会成为伴随我余生的美好。

更重要的是，父母帮助培育我形成正直、诚实、乐观、进取、坚毅、勤奋的品格，成为我的安身立命之本。记得我 5 岁的时候，无意中从爸爸衣兜里掏了几枚硬币出来玩儿。爸爸发现之后，就告诉我，如果是不小心为之即不为大过；切记不经过别人的允许，绝对不可以动别人的东西，更不能窃为己有；诚实是一个人最重要的品德，必须坚守。从此我铭刻在心。我上大学的时候，身边经常有些同学考试时打小抄儿，出行游玩偶尔逃个票，但这种事儿永远都不会发生在我的身上。后来我经营自己的企业，妈妈经常提醒我，一定要坚持合法经营，规范纳税，千万不能偷漏税。

我上小学的时候，妈妈是学校的副校长。有一天，我发现家里放着一条漂亮的羊毛围巾，出于好奇，就喜滋滋围在脖子上，到门外玩耍。妈妈看到了，命令我包装好赶紧放回原处，不许再动。事后我才知道，原来是学校里一位女教师送给妈妈的礼物。那位老师是知青，有事情求于妈妈。妈妈后来告诉我，那位老师请托的事情是符合政策的，理应解决。在妈妈的争取、奔走之下，最终得以圆满解决。妈妈说，礼物绝对不能收，帮助青年教师们解决遇到的问题，原本就是工作上应该做的，不应该收受任何报偿。但如果当时立马就退还人家，怕老师揪着心，影响工作。在顺利解决之后，再退还给她，既能获得她的理解，又不拂女老师的面子。

“言教不如身教”，妈妈就是这么细心、周到，工作尽职尽责，乐于助人，这种印象永远镌刻在我的心里，无时无刻不在潜移默化地影响着我。

我在小学一年级的时候，学有余力，在爸爸妈妈的鼓励下，通过严格测试后跳了一级，从一年级蹦到了三年级，可是在语文学习上，尤其是写作文比较吃力。妈妈在家庭收入不宽裕的情况下，给我订了《少年文学》《儿童时代》《故事会》等期刊，鼓励我坚持阅读，并且每天写一篇日记。刚开始，真是写不出来，觉得实在没什么可写，经常费了半天劲，才憋出来几十个字。妈妈经常会在做晚饭时跟我聊天，启发我的思路，如何细心观察周围的人和事物，体会生活，描写、刻画人物的心理活动。慢慢地，不知从何时起，我突然开启了灵感阀门，下笔有了轻松自如的感觉，作文经常被老师朗诵录在卡带上，作为范文在班级语文课、公开课上讲评，让我对写作不再发怵，甚至产生了兴趣。不单在高考时作文取得了高分，直到现在，不论是公司经营中需要的一些文案，以致担任社会工作的一些策划和工作总结，在完全可以交给助手起草的情况下，我仍会坚持自己来写。

这些生活中的点滴，父母的谆谆教导，已经如同身体的骨血一样成为我安身立世的品格基因。我深深地感恩他们。

家庭是社会的基本细胞，只有家庭和谐，细胞才能健康，人类社会才能健康和谐发展。爸爸妈妈早已确立了我们的家风，这就是：“尊老爱幼，家庭和睦；知恩图报，诚信友善；勤耕苦读，遵纪守法；敬业爱国，拼搏奋斗。”“好的家风，胜过万贯家财。”优良家风就是我们及后代家庭的核心价值观、道德行为准则和精神标尺。我等当用心秉持，并弘扬传承，才不枉生长在这个美好家庭里。我有责任把我们的优良家风继承并传给下一代，培养出有利于社会、造福于人类的子孙。因为父母已经给我们晚辈做出很好的榜样。

在父母的关心和帮助下，二十年前我结识了生命的另一半——谦和、稳重的谢锋。他个性内敛，和我长短互补。我们成立了自己的小

家庭以后，爸爸妈妈总是叮咛我，多收敛收敛自己的小脾气，不要在情绪不佳时出口伤人，“良言一句三冬暖，恶语伤人六月寒”。应该多体谅丈夫经常出差，工作异常辛苦，平时尽量多承担一些家务。在丈夫的包容和照顾下，即使生活中难免有一些叮当小插曲，我们总是能“一笑泯磕绊”。更加难能可贵的是，谢锋对我的父母像对自己的父母一样孝顺，每次到父母家总是亲切主动地喊“爸”、喊“妈”，经常帮助老人做事，解决生活中的困难。有一次父亲突发急病，我和哥都不在身边，他知道后放下手中的事，立即开车送到附近的解放军 309 医院，办理住院手续，把一切都安排妥当后才离开。我父母很感动，逢人就夸他是个“好女婿”。

父母经常对我们讲，他们能从四川的普通农民，到有机会参军，受到大学教育，当上干部，直至过上今天的美好生活，首先感恩祖国好，党的政策好，好的机遇加上个人的敬业、拼搏和努力，才成就了我们今天的这个幸福家庭。我正是在他们的言传身教下，从边陲佳木斯刻苦努力，考上大学、毕业进京、创业，才收获了今天自己的幸福小家庭。在他们把孙女带大到上学的同时，又不辞辛苦地帮助我把孩子一天天带大。我的儿子谢子鉴第一次走路、第一次学会骑小自行车、第一次登台表演，第一次参加围棋比赛获得奖杯……每一个成长的重要时刻、关键转折点，无不倾注着他们浓浓的关爱和辛苦的付出。他们经常嘱咐侄女孙羽茜、我的儿子谢子鉴，将来出国留学，一定牢记国家的培养教育，在境外不要受某些偏激言论的蛊惑，学成之后一定回国报效祖国。

我的父母道德高尚，勤勉努力，与人为善，不但在工作上取得了骄人的成就，生活上也广结善缘，待人真诚，达观宽容，好朋友遍天下。如今转眼已到耄耋之年，偶有身体不适，仍不肯告诉哥哥和我，怕影响我们的工作，自己悄悄乘公交或打出租车去医院，让我辈事后深深地不安、自责。“尽孝应乘双老在，感恩莫待白头催。”我要从现在起，再给他们更多些陪伴，照顾好他们的身体，多实现些他们的愿望，把自己的家庭经营好，把孩子教育、培养成才，了却他们的一桩桩心事，颐养天年。

我的爸爸妈妈生于战争动乱年代，成长在国家政治变迁、经济困顿的时期，见证了国家从苦难深重到共和国的诞生，参与了国家的经济发展和建设工作，在把北大荒变成“中华大粮仓”的宏伟事业中，奉献了青春、智慧与汗水，我为他们感到由衷的骄傲和自豪。

父母恩德深似海，无量无边，不孝之愆，卒难陈报。父母当尊敬孝养，乃世间无上福田。如果还有来生，我还要报恩而来，做他们的女儿。

祈愿父母身康体健、洪开寿域、愿满心怡欢度晚年。

（2020 年 3 月于北京）

家的温暖、责任与传承

谢　锋

1999 年 9 月 9 日，我与孙育红女士结缘，登记结婚。选这一天，寓意长长久久，恩爱一生。从此，告别了一个人的世界，懵懵懂懂走进了婚姻生活。

第一次见岳父母大人孙仁松和杨玉群，好像是 1999 年的春夏季，当时二位老人住在朝阳区左家庄一个居民小区的一层、两室一厅的老房子里面。客厅很小，刚刚能摆下一个餐桌。时间久远，当时的记忆确实模糊了，已经不记得吃的什么了，说的什么就更加不记得了，但仍记得两位性格迥异却非常慈善的老人家的鲜明特点：岳父大人慈祥可亲，岳母大人热情开朗。而真正的感受来自婚后家庭生活中的细微琐事，点点滴滴都铭刻于心。

记得婚后第三年，即2002年6月下旬，夫人临产入院，我当时在外地出差，急急忙忙赶回来陪护。2002年6月28日，小儿谢子鉴出生。在夫人入院期间，岳母不辞辛苦，几乎天天来看望陪护，做好一切迎接新生儿的准备工作。由于当时新闻报道有医院抱错孩子的事件，她更加百倍的关注和警惕，除了产房不能进，生育全程跟踪监控，以防止意外的发生。产后生活上的关照，更是付出许多辛苦，无微不至地照顾产妇和新生儿。小儿出生后患脐疝，她冒着夏季高温跑遍北京城的多家药房，寻求治疗方法和药物，拿到药后又亲自施治，使婴儿的病症得以很快减轻并治愈。

当时，年近七旬的岳母患有慢性气管炎和哮喘，本身也需要休养，但她时刻关心第三代的成长，利用一切时间和机会教育他们，带领他们进行各种生活实践和娱乐，并以积极的生活态度影响着家人和周围的朋友。

岳父孙仁松，带着部队作风，为人做事严谨有序。退休后被借调到农业部工作，为农业改革政策的制定和实施献策献力。他还上老年大学学习计算机和单反相机的使用，掌握先进的工具，不断丰富晚年

女儿一家（左起谢子鉴、谢锋、孙育红）

的生活，真正是活到老学到老，是老有所为的榜样。老人家还钻研厨艺，做得一手好菜，使我等晚辈经常有口福享受。

二位老人，为了子女们能够安心工作，主动承担照顾好第三代的日常生活和学习，做好后勤保障，极大地减轻了子女们的压力。最难能可贵的，二位老人天性乐观，心胸宽广，为我们创造轻松愉快的家庭生活氛围，能与子女及第三代顺畅地交流和沟通。他们还积极学习和了解新事物新观念，做到与时俱进，是年轻人学习的榜样。

二位老人为人真诚善良，热心助人。不仅仅体现在子女和下一代的身上，对同辈老人，特别是我父母的关心和照顾，更是令人感动。

二位老人都是“80后”的年龄，随着年龄的增长，为更健康的生活，他们决定到海南岛过冬。这样的候鸟生活让他们活力常在，身心愉悦。后来他们动员我父母也去体验了两年这样的“候鸟”生活。虽然他们只比我父母小两岁，但他们不辞辛苦，热情接待，并准备好一切生活用品。更有日常生活中的关爱和支持，令我父母生活得很愉快。

这些点点滴滴，都印证着二位老人的高尚品质，影响着子女和第三代的成长和做人做事。

和孙育红结为夫妇后的生活，也是我不断改变和成长的过程，这个过程也渗透着这个家庭的影响。孙育红身上，带有她成长环境的根本基因：诚实做人，认真做事，不怕困难，勇于进取。同时乐于助人，宽厚待人，善解人意。作为夫妻，她尽心关心和照顾我；作为母亲，不辞辛苦，照顾家庭，教育子女；作为女儿和儿媳，她对我们的父母努力尽孝。应该说，婚姻生活令我改变，让我成长，使我慢慢理解了什么是家庭责任，体验了子女的教育和培养，掌握了社会角色的扮演，了解了人生中的世态炎凉。伴随着时光的推进，我们一家人变得更加乐观和坚强。我认识到，要让这种积极的影响力贯穿于下一代的成长过程。这是一种力量，要让这种力量在家庭生活中传递和流淌。

两位老人相亲相爱，不分你我，共尝甘苦，融入彼此的生命中。从四川山沟里走出来，响应国家的号召，扎根北大荒，克服各种困难，

奉献青春，努力拼搏。从青春年华到耄耋老人，见证了共和国的发展和繁荣。

两位老人，对生活的乐观、对困难的无畏、对家庭的责任、对彼此的融合和承诺，是我们学习的榜样，是我们生活的楷模。

从小家到大家，再到国家，我们有共识、有责任把这种优良传统继续下去，发扬光大。

让我们共同经营好这个大家庭！使这个家庭的优秀基因和优良传统薪火相传，血脉相承！

衷心感谢岳父母两位老人，祝愿他们健康快乐，幸福永远！

（2019 年国庆节于北京）

我的姥爷姥姥

谢子鉴

自我记事起，姥爷姥姥就是我生活中极为重要的亲人。大概从我出生那时起，他们已然成为我生命之树的不朽根基。

对我来说，15 年前孩童时期的经历依稀记得，我从 5 岁左右的学前班时期开始讲述我与姥爷姥姥的亲情故事。

2007—2014 年，是我上学前班到小学毕业的时期，那是我认为最值得怀念的一段美好时光。从中国农大宿舍区的紫苑到工会的一条小路上，柳荫遮盖了近半边路面，一位银发老人骑着一部老式单车，经过几个拐角后停了下来。原来，那是姥爷在接我放学。记得刚上学前班那会儿，我的身体不好，总是隔三岔五地生病、闹肚子，姥爷也经常是骑车提早接我回家，和姥姥一起悉心照顾我。直到小学五年级前，一直是姥爷姥姥接我放学。由于父母工作忙碌，我放学后总是先回姥爷家写作业、吃饭，等父母结束工作后再带我离开姥爷家。所以姥爷姥姥基本上陪伴着我度过了童年的大半快乐时光。他们对我无微不至的关爱，尤其是在衣食住行这些方面表现得淋漓尽致，我如今依旧心存感激。

姥爷家的饭令我印象深刻。也许是姥爷年轻时当过海军舰艇上的轮值炊事员的缘故，姥爷家的饭菜在我心中是最可口、最无法被替代的。同样地，姥姥也经常变着法地给我做好吃的，总是能让我眼前一亮。每次放学回家，我都会先在厨房门口瞄一会儿，看看今天的食材，想象一下可能做成什么美食，才心满意足地去写作业。要是赶上寒暑假，姥姥还会教我做菜，手把手地指导我切菜、配料和烹调。潜移默化之间，他们在我心中种下了爱好厨艺的种子。

夏天，是好动的季节。姥爷姥姥常常会在假日带我去北京的各大公园游玩，除了观赏美丽风光，许多有趣的游戏项目也都让我体验了。更重要的是，姥姥还手把手教我学会了一项富有趣味的游戏——抖空竹。我之前从未见过空竹，就非常好奇为什么人们能让空竹持续不断地在一根细线上不停旋转，甚至做出优美的动作。后来，在姥姥的指导下我也认真学起来，丝毫不觉得枯燥乏味，即使常有失误，她也总是教导我不要放弃。渐渐地，我熟练地掌握了玩空竹的技巧，甚至脚下滑着滑板都可以抖得空竹上下翻飞，变化万千，还尝试着在朋友面前表演也毫不怯场。谁能想到，这样一项娱乐活动，一直陪伴着我的少年时期。可能是因为姥姥姥爷教我玩空竹的缘故，我在高二的时候，有幸在一次国际性的空竹文化活动中，给几位国外的体育专家担当英语翻译，得到他们的肯定和赞誉。

姥爷姥姥给予我人生成长的不仅仅是乐趣与陪伴，还有做人的道理。他们要求我刻苦学习知识将来报效祖国，教我做任何事都要富有创新精神，学空竹时不要轻易放弃，以及要牢固树立安全意识，包括走路、骑车、玩耍都要防范随时可能发生的风险等。他们带给我的影响永远深深印刻在我幼小的心灵中，永不消逝。我相信这些会始终伴

随着我的未来人生，这是一份独一无二的人生教科书。

记得姥爷姥姥举办“金婚”庆典时，全家人以及姥爷姥姥的老朋友们欢聚一堂，纪念这一历史性的美好时刻。我也通过这次活动对姥爷姥姥的人生有了一些了解。对于长辈们当时的讲述，那时还幼小的我并没有更深刻的理解与认识。现在，我能逐渐地理解了，姥爷姥姥年轻时经历过绝非常人所能忍受的苦难，不是我一个在现代优越条件滋润下的年轻人所能想象的。但我知道他们用刻苦、坚持和不懈奋斗的精神，走出了属于他们的一条道路，犹如开垦荒田一样，从无到有。我由衷地敬佩他们。

我认为，姥爷姥姥的人生充满着一种黄金精神——奉献。年轻时，他们将自己最宝贵的金色年华奉献给了祖国，奔赴北大荒，建设祖国的大粮仓，为新中国农垦事业的发展奉献出智慧和力量。中年后，又将自己的一切奉献给了子女，才使得他们能在社会上奋力打拼，成才立业。到了老年，又将自己的精力投入到我辈的身上，助我们积极、健康地向上成长。我认为，他们的一生可以称得上是传奇。没有他们的艰苦奋斗，当然也就没有子女后代如今的幸福。

在我心目中，姥爷一直是一位正直、有担当、多才多艺的长辈。他能娴熟地弹奏手风琴、熟练地掌握电脑以及他高超的摄影技术令我羡慕不已；并且，他对我也十分负责、关爱。我知道，对于任何一位七八十岁的老人，每天骑车接小孩放学、为一家人做一桌美味的菜肴都不是一件容易的事。但姥爷从未向子女们抱怨过，或许这就是我认为姥爷为他人奉献的黄金精神。

姥姥是我见过的最热心的人，帮助邻居、朋友已经成为日常。姥姥对我的关心尤其细致，每次放学回家，一定会有一杯提前晾好的梨水或酸梅汤放在餐桌，没有比这更让人喜爱的饮料了。每次她只要做了好吃的，一定少不了我。她还经常教给我一些有关烹饪和健康的小知识。

总之，我非常感激姥爷姥姥对我的关爱。在我的人生中，他们不仅是亲人，也是某种意义上的导师和引领者，照亮我的未来。

近年来，由于姥姥的身体原因，他们每年冬天都会到空气和环境很好的海南保亭生活。同时，临近成年的我也即将踏上远赴大洋彼岸留学的道路，与姥爷姥姥在一起的时间会有所减少，但我在异乡肯定会时常想念他们。我希望他们能够保持身体健康，生活幸福愉快，我也会珍惜同他们在一起的每时每刻。

（2020 年 3 月北京）

奶奶的好宝贝

——孙女茜茜童年生活的点滴回忆

杨玉群

孙女茜茜已满 22 周岁，今年在清华美院毕业了，已经赴英国伦敦大学金匠学院艺术设计专业攻读硕士研究生。眼看她一天天健康成长，奶奶我心里感到好甜蜜，好幸福。

这里写下我与孙女从出生到读小学期间生活中的一些片段，虽然点点滴滴不成体系，但那是孙女一步一步幸福成长的脚印，同时也凝聚了长辈们对她的辛勤哺育和无比关爱。

迎接宝宝顺利诞生

1997 年，对我们中国人来说，是一个具有特殊历史意义的年份。中华人民共和国政府决定于 1997 年 7 月 1 日对香港恢复行使主权，大不列颠及北爱尔兰联合王国政府于 1997 年 7 月 1 日将香港交还给中华人民共和国。我的小孙女茜茜，是香港回归的第二天来到这个世界的，可以说她是生长在一个具有特殊意义的新的时代。

在孙女来到这个世界之前的一段时间，全家人都怀着喜悦与期待的心情做着各种准备。那时，老伴还在农业部上班，儿子在单位忙工作，年过花甲的我打算尽量多做些贡献，一来为孩子分忧，二来也是表达我对第三代的期待心情。物资方面的准备，除了儿媳她们自己筹备外，我也早早就开始收集，如衣服、用品等，有的还自己缝纫加工。1997 年 6 月 29 日，儿媳临产前夕住进了海淀妇幼保健医院，我也怀着兴奋与期待的心情去医院照顾儿媳。1997 年 7 月 2 日，盼望已久的时刻终于来到了，在医护人员的努力和帮助下儿媳顺利生下了我的宝贝孙女，后取名孙羽茜（小名茜茜）。当我在产房门外看到护士将放在婴儿床上的宝贝推出时，赶快上前迎接过来，高兴地把刚刚出生的孙女，推到儿媳身边。我目不转睛地看着孙女秀丽的脸庞，心中乐开了花，往日的一切辛苦疲劳一下子都烟消云散了。

逛颐和园

从孙女很小的时候起，我就经常带她到北京的各大公园游玩。有一次，我和老伴一起带孙女去逛颐和园。开始我们用童车推着孙女在公园闲逛，一路欣赏皇家园林的美景，孙女一会儿看景，一会儿又被游人包围，玩得高兴，我们也高兴得忘记了劳累。在经过长廊时，孙女不想坐童车，要求自己下地走。她连跑带跳，不小心摔倒在地，奶奶我好心疼，但我故意没去扶她，而是鼓励她自己爬起来，当她自己起来扑到我怀里时，我眼含热泪连夸孙女“好勇敢!”我们走到知春亭附近岸边，孙女忽然看见一游客双肩骑着一个小男孩在行走，她拉住奶奶的手，指指那小男孩说“我也要那样!”爷爷见了，毫不犹豫地将孙女举起坐在肩上，双手把着孩子的两腿一步一摇高兴地走起来，孙女高兴地哈哈笑起来。

不管是我带孩子出去玩还是做别的事，我都要求自己必须做到任何时候都要保证孩子的安全，可以说这一根弦始终绷得很紧很紧。记得那时儿子儿媳他们住在农大一栋旧楼房里，一天我抱着不满一岁的孙女准备下楼到室外玩耍，刚一出门，快走到楼梯口时，一脚踩在邻居装修房子的垃圾上，我的身子猛烈地摇晃了几下，幸亏我年轻时当过运动员有基础，虽然60多岁，身板还比较硬朗，还有平衡能力，很快站稳了没有摔倒，没有造成事故，但也吓出一身冷汗。我想，如果摔倒很有可能顺着楼梯滚下去，后果不堪设想。这件事给我敲了警钟，告诉我以后带孩子必须时时刻刻绷紧“安全”这根弦。

有一次我带孙女去游泳馆学习游泳，验证后，工作人员只让茜茜一人进去，把我挡在门外。当时我就急了，抓住管理人员的手大声质问：你给我拿出不让大人陪同的规定来我看看，出了安全问题你能负责吗？问得管理人员无话可说，我也不顾一切地冲了进去，坚守在泳池旁边，看着孙女高兴地游啊游。事后仔细想想，人家规定不让家长陪小孩进去也许是对的，其实我跟进去也只是一种心理上的安慰，即使孩子不离视线也不一定能够保证孩子的安全，孩子在游泳馆内的安全是应该由他们负全部责任的。

在左家庄北里8号楼住的时候，为了带孙女出去玩，需要经常乘坐公交车。为了安全，一般上车时我拉着她的小手或抱着她上车，下车时总是背着孩子下车。但是孙女看我60多岁还要背她抱她，很心疼我，就大声对我说：“奶奶，不要累死你了！以后就让我自己来吧！”

孙女的这句话虽然直白，但充满了爱，是对老人真诚的爱。

学摄影

2000年正当春暖花开时节，一个晴朗的星期天，我带着两岁多的茜茜去地坛公园游玩。我拉着茜茜的小手走到西门外面，看到路边的花圃内，开满了黄、白、粉红等各色花朵，在微风中散发出阵阵清香。茜茜高兴地一边驻足细看，一边手舞足蹈地指指点点。虽然那时她还不具有清晰的语言表达能力，但我知道这是她来到这个世界后，第一次看到在室外生长的五彩缤纷的鲜花，看她高兴的样子，体现了孩子对大自然和艳丽色彩的强烈喜爱，也说明她对新鲜事物的高度敏感。

我若有所悟，赶快拿出傻瓜相机，告诉茜茜怎样拿稳相机对着花，再用右手食指按下快门拍照，先试拍几次后，我弯下腰摘下几支蒲公英小花，举在身前蹲下让茜茜拍，她很快照我的指导按下快门，于是就有了孙女生平拍到的第一张照片（见插图）。游园结束回家后，我把这一张有纪念意义的照片洗印出来，一直保存至今。每当我从保存的影集中翻看到这一张记载着孙女成长经历的颇具历史意义的照片时，茜茜幼年时那天真活泼、高兴地欣赏鲜花的样子又浮现在我的眼前。

孙女茜茜拍的第一张照片（2000）

学电脑绘画

孙女近三岁时，每逢双休日她爸妈会带她到我家（住左家庄）来看望我们，有时会在我家住一个夜晚。那时爷爷还在农业部上班，看见爷爷用电脑打字，茜茜也去学爷爷的样子点鼠标，按键盘。爷爷看她喜欢，就把着她的小手用鼠标在电脑上画出圆球形、方形和其他图形，或简单的头像、小鸟等等，然后像变魔术一样，涂上各不相同的颜色。这种用电脑绘画的游戏对茜茜有很强的吸引力，她一玩起来就不撒手，而且花样也越来越多，到后来不但自己会玩，而且还会有一些小创意。有时，她爸爸妈妈带茜茜来后，需要让茜茜留下自己出去办事，为了使他俩顺利脱身，爷爷便让茜茜上电脑画画，以此转移她的注意力，居然每次都获成功。

忘了是哪一年，茜茜还没有上小学。电视和广播中反复播放石家庄发生特大火灾，造成房屋倒塌、人员死伤惨重的消息。孙女听到后，很快就画出一幅画，画的是一栋楼房，她说："奶奶，长大后我要盖好多这样的房子，要让它‘不倒塌，不着火，不漏雨’。”简简单单的一幅画和九个字，凝聚了孙女大胆的创意和崇高的理想。听到后我感到好惊奇，好感动，不仅说明孙女从小具有绘画方面的天赋，而且有一种与生俱来的创新精神。只可惜，因为多次搬家，没有保留住那幅有特殊深意的画，只能表示遗憾了。

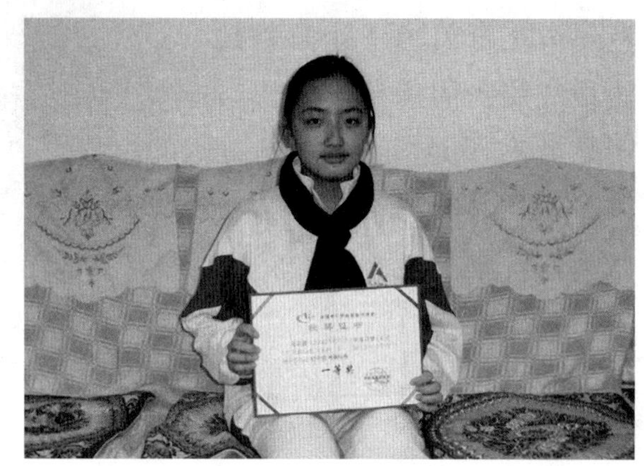
孙羽茜获全国中学生电脑绘画一等奖（2012）

茜茜上小学后，学校开有电脑课程，在老师和当时教大学计算机课的妈妈的指导下，电脑使用越来越熟练，她在班上创办了网上主页，自己担任版主，有时还配合老师准备电脑课。而且，用电脑绘画成为她的一大爱好，特别是升入中学后，电脑绘画更成为她的特长，在班级和全校享有盛名，先后两次获得全国电脑绘画一等奖。第一次是在 2012 年 7 月，作品《学海寻梦》获“中国移动校讯通杯”第十三届全国中小学电脑制作活动初中组电脑绘画一等奖；第二次是在 2014 年 8 月，作品《手机控》获“中国移动校讯通杯”第十五届全国中小学电脑制作活动[*]高中组电脑动画（二维）一等奖。

孙女升入高二后，她的父母在全面考虑孩子的兴趣爱好和学习成绩，咨询了有关专家的意见后，才决定支持孩子报考清华美院。虽然这个决策做出的时间稍晚，但是孩子知道后非常高兴，好像给她装了个发动机，学习动力剧增，学习成绩稳步提高。进入高三后，为提高美术专业成绩，需要离校专门学习艺术（同时利用周末补习文化课）半年，这期间她开足马力全力以赴，即使每天学习绘画至晚上 12 点

---

* 全国中小学电脑制作活动是教育部批准，全国中小学信息技术教育的最重要赛事之一，自 2000 年起每年举办一届。

后，也从不叫苦叫累。2015 年参加高考，艺考和文化统考都取得优异成绩，被清华美院高分录取。

我们为孙女取得的成绩由衷地高兴，成绩的取得主要是她对绘画的深深爱好和与生俱来的悟性，加上坚持不懈的努力。在这里，父母的支持和引导也有非常重要的作用。作为孩子的家长，如何及时发现、培养、支持孩子的兴趣爱好，把他们培养成才，是一个值得研究的问题。孩子的兴趣爱好，是一个孩子成长进步的动力，必须很好地保护、支持，并加以正确引导，才能结出硕果。反之，如果大人硬要孩子做他不喜欢的事，必然事倍功半，浪费孩子的宝贵时间。

坚决不吃“垃圾食品”

孙女很小的时候，就常被大人们带去吃“麦当劳”，她对那个麦当劳店门外的卡通人像和“M”标志印象深刻。我们住在左家庄时，出小区院门不远就有一家麦当劳餐厅，我们用婴儿车推着孙女上街，走到离那家餐厅几十米处，孙女就会用小手指着那个大大的“M”标志，不停地喊着：“劳！劳！”

就是在这家麦当劳餐厅，曾经发生过“抓小偷”的故事。那次我们一家子在麦当劳餐厅用餐，儿媳发现放在餐桌上的钱包突然不见了，儿子注意到刚刚一个小伙子从餐桌旁经过正在快速往外面走，认定此人就是小偷，于是像跑百米冲刺似地冲上去抓住小偷，那人见势不妙竟扔下钱包挣脱逃跑了。事后孙女谈起此事时骄傲地说：“爸爸好勇敢，像警察一样！”

后来，孙女三四岁时，有一次，我带孙女去劳动人民文化宫玩，我在与几个老太太闲聊中，有人说麦当劳的炸薯条是“垃圾食品”，说完后我也没在意。我后来才知道，孙女从那以后就再不吃炸薯条、“干脆面”一类食品了。

柳荫公园二三事

孙女三岁以前有很多时间是我带她到北京的公园玩，目的是让她有机会娱乐身心，同时接触各方面的事物，开发她的智力。去得比较多的是离我在左家庄住处比较近的柳荫公园。那里有山有水、环境幽静，而且还有很多儿童游乐设施。孙女玩得比较多的是一种用水枪赶鸭子进洞的游戏。如果能在规定的时间内赶进去一定数量的小鸭子（塑料制成，中空，浮在水面），就算胜利，而且还有小奖品鼓励。每次孙女玩这种游戏，都很认真。她注意力集中，用小手紧握水枪，很快把小鸭子赶进洞中。当她每次玩毕后，拿到小奖品，那种高兴的样子，让奶奶我也十分感动和高兴。通过玩这个游戏，锻炼了孩子的观察和动手能力。

奶奶和孙女

有一次，我带孙女到柳荫公园玩空中轨道车，那是在离地面 2 米多高处用铁架支撑的轨道，人坐在轨道车上用脚蹬前进，玩一次大约前进 200 多米。我们祖孙俩并排坐在车上，我用力慢慢地往前蹬，玩得正高兴，车走到一个拐弯处忽然走不动了。看看前后左右没有人，也无法求助，急得我一身汗。我虽然着急，但还是告诉孙女不要怕，会有办法过去的。我平静下来，定定神，让孙女喊“一二三，加油!”我脚下猛一使劲，车动了，很快冲过了弯道。以后再遇弯道我们就有了经验，可以说一切顺利了。还有一次，孙女看到游乐场里有小吉普车，就想试试。我询问管理员，玩这种车的方法和注意事项，管理员耐心解释后表示，她可以辅导我们上路，不会有安全问题。于是我们买票上车，我让孙女按照管理员告诉的方法，按下启动按钮，由我把住方向盘，吉普车顺利启动，向前开出几米后脚踩刹车停下，再次启动前进。这样多次反复，孙女玩得很开心，我们终于掌握了开这种玩具车的技术。

天安门广场放风筝

我曾经几次带孙女到天安门广场玩，那里空间开阔，可以让孩子放开手脚跑、跳、闹，有利于孩子个性的培养和发展。大约孙女 5 岁时，有一次我们带着事先准备好的风筝又来到天安门广场，想让孩子体验一下在这里放风筝的感受。我过去并没有放风筝的经验，以为只要有风就能起飞，其实没有那么简单。我笨手笨脚地试了几次都没有飞起来。幸好广场上一位有经验的老师傅主动来告诉我们放风筝的要领：先要观察好风向，知道向哪个方向放飞；还要调整好风筝背上那根线的长度和斜度，起飞时要一边放一边拉动手中的线绳，增加风筝的浮力等。我们按照老师傅传授的方法，果然很快就把风筝放飞起来了，而且越飞越高。我让孙女牵着绳子，慢慢地放、拉，我在一旁观察，不时帮她调整位置，她来回跑着高兴地咯咯大笑，我也累得直喘粗气。

跟奶奶学空竹

抖空竹是国家的一项非物质文化遗产，既健身又好玩，作为一个空竹爱好者，我玩空竹已有十余年历史。孙女上小学后，在放学后的空余时间，她也跟我学习抖空竹，越学越上劲。她不仅学会了十几套花样动作，如“左右望月”“黄瓜架”“抛高”“空中钓鱼”“魔术扣”等，而且还在原来动作的基础上，创新编排出新的高难度动作。在农大社区“消夏晚会”上演出时，她将空竹抛高后，又连续做出几个跳绳动作，然后转身 360°再准确接住空竹，获得观众热烈的掌声。她还经常把空竹带到学校去玩，在课间教别的同学玩。到美国旅游也带着空竹，不但在旅游团表演，离开时又把空竹送给房东老太太，使空竹不但发挥健身和娱乐的作用，而且成为国际文化交流的载体。

自我控制能力的养成

我们住在左家庄时，出院门就是大街，走不远就是燕丰商场、朝阳商场，还有“家乐福”大超市等，我们常常带孙女去商场和超市。商店里琳琅满目、五花八门的商品，难免对孩子产生诱惑。开始时她也会提出要买这样那样东西的要求，我们会在满足她一部分要求的同时告诉她：你不能想要什么就给你买什么，因为你想要的东西不一定真正需要它；另外，你如果觉得需要一种东西，还要看大人的钱够不够，如果那东西太贵了，大人手里没那么多的钱，也不能买。所以，你要学会控制自己，不能看见什么东西好就想要。经过这样的引导和教育，孙女后来再到商店时，变得比较理性，有时她会主动说：“我只看不买。”有时，真需要买什么东西，比如小画书，她也会注意到商品的价格，或者先征求大人的意见，看看能不能买，不再随便乱提要求了。

（2019 年 10 月于北京）

见证外孙谢子鉴的成长

杨玉群

外孙谢子鉴 18 岁了，今年高中毕业，已被美国罗格斯大学录取。我和老伴在他成长的过程中，做了很多后勤服务和生活保障工作，也积极配合他的父母对孩子进行多方面的智力开发。虽然付出许多辛苦，但看到他一天天成长进步，取得优异成绩，心里说不出有多高兴。当然，孩子在成长中的进步，因素是多方面的，学校和老师的教育，非常重要，所以首先要感谢学校和辛勤耕耘付出的老师们。更重要的是，孩子们点点滴滴的成长进步，是对我们老人的安慰，也是巨大的鼓舞，使我们看到未来的希望，增强了继续顽强生活和奋斗的勇气，这是花多少钱吃多少补药都买不来的。下面是一些点滴记忆。

迎接新生命

2002 年 6 月下旬的一天，女儿怀胎十月即将临产，我陪同她到北京中日友谊医院妇产科待产。这是受谢家几代人的重托，也关系到女儿一家未来的幸福，我深知责任重大，必须处处小心，不可马虎。

临产的那天，我和女婿谢锋跟在护士们身后，目送她们把女儿推进产房后就在关闭的产房门外耐心等候。当时产房门外人很多，都是住院产妇的家属，难免叽叽喳喳人声嘈杂。我站在距房门很近的地方，焦急地等待着，一会儿踮起脚竖起耳朵听产房内的动静，一会儿又细心观察进出产房医护人员的表情，想从中发现点什么。

等呀，盼呀，急呀，忽然产房门开了，一位怀抱婴儿的护士从产房走出来，高叫一声“孙育红家属!”我惊喜万分，答应了一声“在这儿”，立刻紧跟着抱婴儿的护士，来到一间小屋，眼见她为婴儿洗澡、擦身、穿衣、测量身高体重、打预防针，在护士忙碌中我趁机看了一眼，知道是个男孩，心里又增添几分喜悦。心想，谢家几代单传，现在又有接“户口本”的了。这一程序完成后，才把宝贝送到已回到病房的女儿身边。这时，我才有时间仔细端详新出生的婴儿，真像他爸爸呀！他爸爸在旁边笑眯眯地对着孩子说：“你是爸爸生命的延续啊!”躺在病床的女儿看看身旁的儿子也一脸幸福地笑了。

责任与细心

以我几十年带孩子的经验，深刻感受到，一个孩子从呱呱坠地到长大成人，要经历许多艰难困苦，作为担负抚养任务的家长，不但要有高度的责任心，还要有极大的耐心和体贴入微的细心。稍有不慎就可能铸成大错，甚至生命危险，给孩子和家庭带来终身遗憾。

子鉴半岁多时，由于是冬季气温多变，孩子患感冒发烧了。我和保姆一起带孩子去医院看病，医生开了输液药和退烧的口服液。女儿下班后也来到医院，保姆告诉她，医生开的口服液是一次服用的量，我感觉不对，为了慎重起见，我和女儿又去找医生咨询，结果医生告诉那是三次的用量。回家后，我们按照医生的指示服药，孩子的病情很快好转。通过这件事，使我深刻体会到，保证孩子的安全，涉及方方面面，千万不能有一点马虎啊！吃药的剂量真搞错了，可能会造成何种严重的后果，我真的不敢想。

启发孩子的思维

子鉴大约两岁的时候，就能够识别十几种在小区停放的汽车的标志，根据标志说出汽车的品牌，如东风、奥迪、奔驰、宝马、卡迪拉克、红旗、标致、奇瑞、夏利、雪铁龙、马自达等，多次验证居然准确无误，而且可识别的数量越来越多。这当然是他爸爸的功劳。从那时起我就认定他是个聪明的孩子，如果适当进行启发诱导，他就会不断爆发出灿烂的火花。为了配合家长，启发孩子的思维，我经常利用带他在小区院内溜达或带他上幼儿园的机会，做各种锻炼孩子思维的小游戏，例如出简单的口算题，加减法读数字、编词等，每次他都很认真地回答，答对了我就给以鼓励或其他小奖励。

发现孩子的闪光点

大概子鉴读小学二年级时，有一天放学后接回我家，我在客厅看电视，发现子鉴匆匆走到写字台前，抽出压在玻璃板下的一张纸片，用铅笔写下点什么就干别的事去了。我注意到这个细节，事后我找到了那张纸片，发现那上面有6个用铅笔写的字：“我要当科学家。”

“我要当科学家”，这也许是孩子的梦想，是一个重要的闪光点。这说明孩子已经开始有学习的目标了，虽然这个目标在孩子头脑中还是模糊不清的，未来也还会有变化，但是作为孩子的家长应该加以肯定，加以引导。我及时把这个情况告诉了女儿，让他们注意，对孩子任何一个有利于他成长进步的小事都不要忽视，都要进行积极引导。而且，凡是涉及孩子的教育问题，他们夫妻二人一定要及时沟通，尽量在重要问题上统一思想，这一点非常重要。

一次意外事故

子鉴上的小学是中关村第一小学天秀分部。学校离我家很近，出小区院门，过一条马路就到了。每天下午 3 点学校就放学了。虽然学校离我家很近，但是为了孩子的安全，我们一直坚持每天放学去校门口接孩子。寒来暑往，长达 6 年中，这个任务主要是由我老伴完成的。

子鉴每天放学后，从学校接到我家，直到晚上六七点钟，他父母再接他回家，此间三四个小时，是我们负责监管的时段，除了吃晚饭（多数情况子鉴的父母一起用餐，有时他们下班时间较晚也回家吃）、完成当天的作业外，大约还有一个多小时，我们都是让孩子在小区院内玩耍。这个小区虽然不大，只有三栋楼，但是院内经常有老人活动，还有自行车、送物车、小轿车进出小区，我们特别叮嘱孩子要时时刻刻注意安全，我们也经常暗中观察，确认有没有存在隐性风险。特别是子鉴上小学二三年级以后，喜欢在院内玩滑板车，后来是骑儿童自行车、开儿童小汽车，安全问题是我们最关注也是最担心的。我们经常叮嘱他速度不能太快，告诉他怎样规避行人和车辆，并在现场反复指导，尤其在拐弯处要慢速注意前面有无行人车辆等。尽管如此，意外事故还是发生了。

那是 2010 年 6 月，子鉴 8 岁上小学二年级。一天下午放学接回我家后，做完了作业，我们就让他下楼去玩耍。而我便开始为一家人准备晚餐。时间不长，突然子鉴跑回家说，骑自行车摔了，一边嘴里喊着“胳膊疼”，我和老伴赶快查看，果然左胳膊肿了，皮肤有擦伤和脏土，老伴说：“你在家做饭吧，我送他到医院看看。”说完，74 岁的老伴带子鉴去附近的解放军 309 医院。我一边在家做饭，一边打电话告诉孩子的爸爸妈妈，心里也有些焦急，不知道孩子摔得怎样了。两个多小时后，老伴带子鉴回家了。我这才知道，经医生 X 光透视检查，子鉴左胳膊骨折，医生做了夹板固定，还开了些内服药。医生说，是轻微骨折，注意不要有大的活动，两个月后可以恢复。这时，我才松了一口气，放下了一颗悬着的心。同时也感谢老伴的及时处理。虽然发生了事故，但我们感到高兴的是，在子鉴骑自行车摔伤和送医院治疗处理的整个过程中，子鉴的情绪平稳，不哭不闹，积极配合医生的治疗和处理，真有“男子汉”的样子了！此后，我们对子鉴的安全更加重视了，再没有发生类似的问题。

鼓励子鉴在玩空竹中创新

抖空竹是我晚年坚持习练的一个健身项目，我教孙女茜茜和外孙子鉴学习抖空竹，目的是让他们掌握一种传统的民间技艺，既有利于身体的协调发展，也有利于智力的开发。子鉴在上小学期间，我经常有意地教他一些抖空竹的基本动作，我看他玩得有兴趣，在他掌握基本动作后，就逐步教他一些空竹花样，如动静平衡、左右望月、顶天立地、大团结等，他都很快学会了。而且，他还自己创编一些新动作，自己给命名，说“这是飞机!”“这叫大炮!”，我立即加以肯定和表扬，还让他到农大空竹活动站去表演，得到大家的肯定。后来，子鉴又把抖空竹和玩滑板结合起来，在滑板运行中抖空竹，增加了难度和观赏性。我们对这种创新的表现给予高度赞扬，鼓励他继续努力，我老伴还把子鉴玩空竹的视频编辑成短片，在亲友中交流，对孩子也是很大的鼓励。

谢子鉴滑板空竹（2008）

做好一顿晚餐

提供一顿孩子们喜欢的可口晚餐，这是我们在孙女茜茜和子鉴从小学到中学十余年的重要后勤服务项目，也包括有时儿子儿媳、女儿

女婿来家一起共进晚餐。这项看似简单的服务，虽然花费了我们很多的精力与时间，但是我们认为这对于全家的和谐幸福是有重大意义的，是值得的。第一，可以保证孩子的营养供给，他们一般早点吃得简单，午餐在学校吃统一的供餐，难以满足孩子的口味和营养上的需求，所以做好这顿晚餐，对于孩子的身体健康特别重要；第二，儿女们的工作很忙，不能按时下班，我们帮助照顾好孩子，可以减轻他们的负担，以利于他们更好地集中精力做好本身的工作，也有助于孩子的健康成长；第三，利用孩子们来家吃晚饭的时间，有利于与儿女和第三代及时交流，可以增进几代人之间的感情，有时也可以用不同的方式表达我们对一些问题的观点。

为了准备好这顿晚餐，我们一般要事前做好计划安排，每天到超市采购新鲜蔬菜、水果、肉类，并尽量一周不重样。还要安排孩子的饮料，一般夏天煮绿豆汤或酸梅汤，冬天煮梨水。具体的操作，根据我和老伴的情况，适当分工合作，合力完成。但是烧菜的任务，一般由老伴来完成，因为他当海军时做过舰艇上的轮值炊事员，有一定的烹调经验，尤其像包饺子、做包子、混沌这一类面食效率高，质量好，受到大家的欢迎。他做的菜肴也可称色、香、味俱佳，得到孩子们的肯定。而我的长项是为大家包粽子，特别是“五香粽子”，受到儿孙和朋友们的欢迎。

下面这份食品清单是我们经常为孩子们准备的食谱。

主食主要有：大米饭、馒头、花卷、葱油饼、肉馅饼、饺子、锅贴、包子、汤包、玉米面发糕、拌凉面、八宝饭等。

蔬菜类：炒土豆丝、西蓝花炒木耳、炒圆白菜、西芹百合、烧油豆角、胡萝卜丝炒芹菜、香菇油菜、洋葱炒鸡蛋、西红柿炒鸡蛋、青椒炒蛋、茭白炒肉片、烧肉末豌豆、炒青毛豆、水煮毛豆、烧茄子、麻婆豆腐、魔芋烧鸭块、凉拌豇豆、拌五丝、肉皮冻等。

肉菜类有：红烧肉、东坡肉、红烧排骨、回锅肉、红烧狮子头、珍珠丸子、红烧牛肉、红烧鱼、清蒸鱼、干炸带鱼、熏鱼、红烧鸡翅、栗子鸡、烧鸡块、粉蒸肉、梅菜扣肉、炸牛排、鸡排等。

当然，以上菜品中，有些是从电视节目或书中或向朋友学习的。实际上是孩子们帮助我们在晚年提高了厨艺。也许是受到我们的影响，子鉴在上初中后，也逐渐对厨艺感兴趣，能够自己操作做一些简单的食品了，如加工金丝面、银丝面等，过年时与家人一起做年夜饭，而且还能够讲出如何加工食品，该加入什么调料等，这让我们感到吃惊：这孩子学习那么忙，他是怎么学会的啊？

开发孩子的智力

如何开发孩子的智力，这是许多家长都在努力探索的问题。在这方面子鉴的父母有全面的考虑和安排，采取了很多有效措施，做了很多工作，效果也很好。作为长辈我们也积极配合，不辞辛苦地做好保障和服务，使孩子的智力得到全面的锻炼和发展，我们为他取得的每一项成绩而高兴。

早在子鉴上幼儿园时，就开始接受专业老师的辅导，学习少儿围棋。我们感到这是一项培养孩子兴趣、开发智力的好项目，积极予以支持。五岁时上幼儿园大班，家长让他参加了北京市围棋培训中心幼儿围棋班学习，参加了围棋协会举办的第四届“弈星杯”少儿围棋比赛，赛了 5 场，四胜一负，获得第 5 名，拿回一个优胜奖杯。这说明他具有这方面的智能和兴趣，我们也觉得在孩子身上的付出是非常值得的。从那时开始直到子鉴上初一一直坚持围棋的学习。2014 年夏天他考上国家业余围棋“五段”，子鉴和他的父母都付出很多，而每走一步、每升一个段位，我们也在付出辛苦，同时也一起为他的进步高兴。这里我们主要是担任子鉴上辅导课每周一次的接送（路途较远，一般要打出租车），还有请专业老师到家里辅导，做好生活和安全方面的保证。特别是远途的辅导，需要我们一直陪伴在侧，每次往返几个小时，直到安全地回家，这对于七十多岁的老人来说，也是不小的负担，这中间的辛苦和困难是不难想象的。在“冲”五段前的一段时间，子鉴已经

停止了老师的专门培训，他主要是通过在网上“对弈”提高棋艺，锻炼自己的独立思考和应变能力。正式比赛那天，他在赛前先进行深呼吸调整好心态，结果连赢八盘，拿下“五段”。事后，他告诉妈妈：“我今天能够赢棋，主要是心态好，比赛时精力集中，完全不考虑输赢，只想下好每一步棋。”看来，孩子通过学习围棋，思想上确实进步了，也更成熟了，他的逻辑思维和准确判断事物的能力也有非常显著的提高。

在子鉴读小学时，学校有一个少年业余京剧团，每周两次活动，有专业老师辅导，他们每学期要排节目，参加校内外的演出和比赛。我们认为这是锻炼子鉴的好机会，家长给他报了名交了费，每周在规定时间放学后，留校参加学习活动。我们的任务还是按时接送，回家后帮助督促完成作业，管好晚饭，这些都是经常性的后勤保障，极其平凡，但是做起来又必须细心、耐心。如果孩子有问题，或者有不舒服，要及时发现和处理。在上小学的几年中，子鉴由于参加京剧的学习与表演活动，培养了他的表达能力、语言能力、应变能力和团队精神。为了演出他经常要背诵大段台词，他参加的一个集体节目获全国中小学生京剧比赛一等奖，个人单独表演的京剧“变脸”获二等奖。在表演京剧“变脸”节目时，按照计划，他应该变 8 张脸，在变第二张脸时，因为某个机关出了问题，没有变出来，但是他没有慌乱，仍然继续完成全部变脸演出。这种临危不乱的应变能力，对于一个小学生来说是难能可贵的。

在 2015 年时，他还是个初二的学生。有一次我们和家人谈论一个话题，我们老了身体也不好，每年冬天要去海南过“候鸟”生活，涉及住房问题，是租房好呢，还是买房好呢？大人在讨论，子鉴在旁边听也不插言。最后，他才冒出一句话：“我看呀，租房子住（经济上）合算，买房住踏实。”简短两个关键词（合算、踏实），把大人讨论的话题概括得非常精准、到位。

引导孩子热爱大自然

我从小在农村长大，干过多种农业劳动，熟悉农作物的种植技术，对大自然和各种农作物有着天然的感情。

为了培养孩子们热爱大自然，增加对动植物的知识，我和老伴有机会就带孩子们到郊区农村和市区公园，例如中山公园、香山植物园等，让他们亲近大自然，感受大自然的美景，增加感性知识。也利用阳台、护栏和小区房前屋后空地，种植一些花草、粮作、蔬菜，让孩子们观察认识。我经常叫他们观察植物怎样生长变化，如何一天天长大。当植物开出美丽的花，结出漂亮的西红柿、黄瓜、南瓜、青椒等瓜果时，我和孩子们不但感受到美，而且享受到劳动的成果。我感到，这对于如今生活在城市中的孩子，是很有意义的。

2012 年初，根据我的要求，四川绵阳的亲戚捎来一些魔芋块根。4 月间，当气温上升到 20℃左右时，我拿出两个块根叫子鉴与我一起到后院，先用铁锨挖两个坑，然后播种、复土、压实。过了 20 多天，我又带子鉴一起去观察，发现我播种的魔芋长出了绿油油的小苗，子鉴播的却没有动静。又过几天，我带子鉴再次去观察，我种的那颗小苗有半尺高了，子鉴种的那颗仍然没有动静。我让子鉴把他种魔芋那个坑覆盖魔芋的土挖开，找到了那颗魔芋块根，原来是他在下种时把块根上的芽眼朝下了，虽然长出了芽，但是因为复土较厚，出苗缓慢。于是，我们把魔芋移植到土质较好的地方，使之正常生长。通过这件事，我告诉子鉴植物的生长是有规律的，只有按照规律办事，才会有好的结果。

在总结了经验后，经过几年的努力，我们的魔芋栽培取得了成功，不但开出了美丽的花，还结出许多果实。最后，我们把魔芋无偿献给了北京植物园，子鉴在这个过程中也学习到了一些植物栽培的知识。

（2020 年 4 月于北京）

回乡散记

孙仁松

我和老伴杨玉群都八十多岁了。2019 年 4 月 6 日，我们从海南保亭休养地，转三亚乘飞机直飞四川绵阳，开始了为期 11 天的回乡祭祖和探亲访友之旅。时间虽然很短，但行程紧凑，收获多多，实现了原来的计划*。

祭祀祖宗

这次回乡之旅的首要任务，是通过祭扫祖坟来祭祀祖宗，以达慎思追远之目的。虽然清明节已过，但是我们还是将此作为首要任务，而且是每次回乡必须完成的任务。所不同的是，这一次女儿小红在她工作十分繁忙的情况下，专程从北京乘飞机到成都，陪同我们一起寻根祭祖，一起探访乡亲，这使我们这次的祭祖更具特殊的意义。因为“不忘本”是做人的基本原则，人要懂得饮水思源、知恩报恩，才能积累深厚的福德。祖宗是我们的根源，我们有祖宗的德荫，才能有今日的美好环境和幸福生活，因此要常常怀念祖宗的恩德，谨记祖宗的教诲。《孝经》上说：“夫孝，德之本也，教之所由生也。”先哲说：“百善孝为先。”“孝”是一切道德的根本，一切教育的源头，也是维系中华民族千万年道统承传的核心价值观之一。祭祖正是孝道的体现，所以祭祖就是提倡孝道，就是提倡百善的根本。

因此，我们事先在制订活动计划时，就把祭祖作为首要项目。女儿小红 4 月 12 日抵达成都入住宾馆，第二天一大早，就在成都几位亲人和晚辈（妻妹杨玉娴，杨玉清及其子龙勇、女儿龙霞、龙敏等）的陪同下，分乘两辆小车直奔邛崃市白鹤山，去祭扫岳母大人乔秀英墓。

---

* 期间探访原邛崃师范学校老师和校友聚会另文记之。

岳母的墓地背靠白鹤山，是一块风水宝地，之所以葬在此地是因为1963年她因心脏病去世时，与其女儿，即我的夫人杨玉群一起住在邛崃师范学校，那地方当时是师范学校师生开荒种地勤工俭学的地方，所以经当时学校领导同意埋葬于此。但是，非常遗憾，我岳父的墓却因为1958年“大跃进”平地迁坟，在混乱中遗失，连遗骸都找不到了。我们每次去祭扫，只有岳母的坟孤零零地立在那里，难免令人惋惜唏嘘。

4月14日，我们父（母）女三人，在蒲江四位晚辈开车陪同下，直奔平落镇石咀孙氏祖宗墓地，侄儿信禄和他的儿子小华在墓地等候。

我们分别向我的父母（孙效权、张氏）、祖父母（孙言钦、欧氏）、十代祖（孙朝柱、陈氏）以及父亲孙效权的结发妻子袁氏墓献上鲜花，默哀悼念。在祭奠时我注意到十代祖孙朝柱的墓碑正中一行刻的是“皇清待封修职郎孙公讳朝柱”字样。据查，此职务应为正八品文官中没有实权的闲职，“待封”的意思大概是等待上级的任命之意，其级别乃相当于现在的正科级待遇。这是约200年前清朝中期的事了，可见那时孙家祖宗的状况应该好于一般平民。

离开墓地后，我忽然心生感慨：我今年83岁了，回乡祭祖的事可能要画句号了，因为现在已经感到力不从心。我希望今后晚辈们能够把祖宗的事放在心上，永远不要忘本才好。

感受乡亲们的热情

从我们乘坐的川航3U8717班机落地绵阳开始，就感受到家乡亲人的热情和无微不至的关怀照顾。6日是周六，四哥家的侄儿立新一家三口开车到绵阳机场迎接我们。我的四哥孙仁福今年86岁了，有三个儿子，而且都很孝顺，对他照顾得很周到。我们专程去绵阳看望，他非常激动，抑制住刚刚失去老伴的悲痛，与我在刚搬入的新家——三儿立新为他买的一套高层公寓促膝长谈。我们谈得很多，从儿时在小学同班读书，谈到一起辍学，一起劳动；又从兄弟姐妹的特殊情谊，谈

到父母为儿女的付出和艰难苦熬。特别是谈起那些令人心酸的艰难岁月，对比今天弟兄晚年的幸福生活，真是感慨万千。说实话，我和四哥都非常珍惜这一次见面，因为我们都是八十多岁的耄耋老人了，我们的生命都已经进入倒计时，今后再见面的机会也许已经接近于零，只能通过电话或视频聊天了。我们在绵阳只安排两天活动，主要是陪四哥说话、交流，到已故嫂子吴素秋的墓地祭奠，孩子们则安排几次家宴。因为嫂子刚刚去世，我感觉大家还未完全从悲痛中走出来，气氛也略显沉闷。

4 月 9 日，我们从绵阳乘高铁到达成都，有老伴二妹的长子龙勇开车到车站迎接。在成都入住 80 岁的二妹杨玉清家，她平时一人住在一套百多平方米的高层电梯公寓。她有一子二女，都事业有成，三个孙辈有两个研究生毕业、一个大学本科毕业，都已参加工作，且对老人很孝顺。为照顾 82 岁的母亲，她的儿女们在海南白沙为老人买了房，供她冬天去居住养老；夏天回到成都时，又轮流到家陪伴母亲，如此对老人百般孝顺的年轻人已不是很多了，我们为玉清妹有一个幸福的晚年感到高兴。我们在成都短暂的停留中，两个妻妹的孩子龙勇、席蓉两家分别设宴款待。

在女儿小红和成都几位晚辈的陪伴下，在邛崃白鹤山扫墓和参加师范校友聚会后，龙勇开车送我们来到蒲江县。那里是我的大哥孙利人生前居住的地方。我的大哥孙利人是当地的一名老中医，党外人士，生前是蒲江县人大副主任。我每次回乡都要去探望。大哥 1987 年去世后，他的两个儿子（晋中、大同）和一个女儿（王伦）仍住在此地。我们在此地居住 3 天，受到晚辈们的热情接待和照顾。

4 月 14 日是周日，蒲江的晚辈晋中、永和分别开两台小车，侄媳陈新惠、侄女王能陪同我们去平落我的故乡探访。白沫江学校的熊益卿老师和一位年轻乡友到古镇牌楼处迎接、献花，带领我们一起来到古镇北的一处“乡土农庄”，那里早有平落古镇乡友会会长闫大树、我的母校白沫江学校校长吕树辉、邛崃市教育局一位领导、乡友熊有龄、周志第、陈家祺以及我的几个晚辈在此迎候。我们先是坐下来喝茶聊天，交流各自的情况，然后分三桌落座用餐。席间闫大树热情讲话欢迎我们回乡探访，我也起立表示感谢并介绍了离开故乡60多年的情况以及对故乡亲人和乡友的热情接待和浓浓深情表示感谢。餐后，闫大树、吕校长、陈家祺老师等陪同我们参观了白沫江学校校园。这是我当年毕业的母校（原来的校址在白沫江边，后来搬迁至此），看到漂亮的校园、教学楼，开阔的运动场，感受到了这里发生的沧桑巨变。走出白沫江学校，陈家祺老师等继续陪同我们在古镇参观，到江边喝茶，走过我熟悉的老街，近距离接触建于清同治元年，至今有147年历史的乐善桥，过台子坝，目睹江边那两颗有1 000多年树龄的古榕树，睹物思人，心生无限感慨。离开平落古镇后，我在微信中收到闫大树发来的一首诗，题为《仁松乡友回乡祭祖暨探亲访友有感》：

客回故里扫祖陵，
邀朋携友听乡音。
兴说儿时呀呀语，
感怀少年萌萌情。
山水依然老风景，
路桥却行新貌人，
子孝孙贤恩爱在，
齐家为国步蟾庭。

我亦赋《返乡抒怀》诗一首应和：

游子返乡祭祖陵，
携妻带女访宗亲；
乡土农庄会乡友，
白沫江畔品香茗。

千年古榕迎新客，
乐善桥上观风景；
古镇古风今犹在，
改革创新有后人。

探访老伴的家乡——羊安镇

羊安镇是老伴杨玉群的家乡，她已经多年没有回去了。4月12日上午，成都的侄女杨玉书开车接我们去羊安，先到一家漂亮的农家院餐厅，与女儿小红会合（侄女杨玉梅开车去双流机场接机），玉梅和玉书姐妹的父母也是老伴的堂兄杨期明夫妇以及玉梅的丈夫小韩也来了。多年未见的亲人见面，自然热闹话多，免不了有许多回忆和感慨。

共进午餐并稍事休息后，大家在院子里照相留念。然后玉梅开车，带我们老两口和女儿小红游览羊安镇和檀荫村。我们看到改革开放后，羊安镇已经成为一个现代化的小城镇，一切都已经今非昔比，旧貌换新颜，完全看不到过去旧羊安和檀荫村的痕迹。漂亮的街道、商店、公园，现代化的工厂，只能用“沧桑巨变”四个字来形容。玉梅把小车特意开到原来檀荫村的旧址，我们都下了车。她指着一条宽阔大道旁的工厂说，这就是原来檀荫村旁那条小河的位置，原来的村庄都已经建成了现代化的工厂，村民们都住进了新建的公寓式小楼，老年人按月发放劳保工资，年轻人就近进工厂务工，享受与城市居民一样的生活。

其后玉梅又把车开到她自己担任村党委书记的界牌村村委办公区。那是一个漂亮整洁的大院，办公楼内各项设施齐全，工作人员正在电脑桌前认真工作。办公场所很宽大，但是工作人员和来办事的人并不多，院子里一片静悄悄，就像是一个科研单位。其后我们来到现在的檀荫村办公楼，村委会主任刘洪热情地接待了我们，给我们介绍情况。这里虽然没有界牌村那么宽大漂亮，但是办公条件也算可以了，至少比我在北京所在的居委会条件好得多了。快离开檀荫村办公室时，我们还见到了玉群的堂弟杨秉华，姐弟一起照了相。他也接近八十岁了，他多年前到北京时，我们曾在住处接待过他和家人。

这次回到羊安镇参观访问，是侄女玉梅亲自安排的。玉梅的父亲期明哥早年曾经在羊安乡做财会工作，1961 年我们结婚时，他还专程到县城看望祝贺，一起照过相。过去我们每次回乡，都要到他家看望，我们在北京以及冬天在海南当“候鸟”时，玉梅一家还专程到家看望我们，所以在羊安老家的亲属中，我们两家是走得最近的。最让我们高兴的是，改革开放后，玉梅已经成长为一位优秀的共产党员、界牌村的党委书记，是成都市和邛崃市人大代表。她的先进事迹多次在报纸、电视和网络上报道，是一位受到群众拥护的好“村官”。

据介绍，羊安镇界牌村原是一个没资金、没产业的空壳村，集体欠债十多万元。2007 年杨玉梅担任党支部（党委）书记以来，将改善民生作为一件大事来抓，成立了商贸公司、修建节能保温材料厂、成立果蔬专业合作社，用“精智”党建引领产业转型。10 多年来，村集体资产发展到 700 余万元，年集体收入 30 余万元，农民人均年收入 19 000 余元，村民生活得到很大改善。

我们都为家乡羊安的发展变化高兴，也为杨家出了玉梅这样一位与时俱进的大“能人”而高兴。

参观建川博物馆

4 月 15 日，我们父（母）女三人在侄儿孙大同（开车）与侄媳刘禾陪同下，到大邑县安仁镇参观全国著名的民办博物馆——建川博物馆。

建川博物馆全称为成都市建川博物馆聚落，由民营企业家樊建川创建，占地 500 亩，建筑面积近 10 万平方米，拥有藏品 800 余万件，其中国家一级文物 425 件。博物馆以“为了和平，收藏战争；为了未

来，收藏教训；为了安宁，收藏灾难；为了传承，收藏民俗”为主题，建设抗战、民俗、红色年代、抗震救灾四大系列30余座分馆，已建成开放24座场馆，是目前国内民间资本投入最多、建设规模和展览面积最大、收藏内容最丰富的民间博物馆。

目前已对外开放的陈列馆有抗战文物陈列中流砥柱馆、正面战场馆、飞虎奇兵馆、不屈战俘馆、川军抗战馆及抗战老兵手印广场和中国抗日壮士群塑广场；红色年代系列瓷器陈列馆、生活用品陈列馆、章钟印陈列馆、镜面陈列馆、知青生活馆、邓公祠；民俗系列三寸金莲文物陈列馆、老公馆家具陈列馆、中医文物陈列馆；5·12抗震救灾纪念馆以及国防兵器馆、航空三线博物馆等。

博物馆聚落获得了国家文化产业示范基地、国家5A级旅游景区、全国光彩事业重点项目、全国爱国主义教育基地、全国先进社会组织、中国十大民间博物馆、四川省科普教育基地、国防教育基地、廉政文化教育基地、四川民营文化企业综合十强、四川省“十一五”期间旅游工作先进单位和建设成都杰出事件等荣誉称号。2018年9月，被确定为国家二级博物馆。

这个博物馆规模宏大，项目内容很多，在有限的时间里我们只能选择一部分感兴趣的内容参观，主要是与抗日战争有关的场馆和部分民俗内容的场馆。看过之后令人震撼和感慨。十分佩服该馆的创建者樊建川的气魄和胸怀，为中国人民记住历史做了一件大好事。我知道，现在喜欢收藏的人很多，但是绝大多数人是出于个人兴趣也为了藏品的增值、个人发家致富而为，而像樊建川这样把收藏与国家民族的未来紧密联系，为了教育民众，耗尽个人的资产和心血，大规模创建博物馆的人太少了。值得赞扬，更值得尊敬！如果评选“感动中国”的人物，我愿意投他一票。

（2019年5月于北京）

我们的好亲家

崔玉川* 常淑文

孙仁松、杨玉群二位不仅是同乡（四川邛崃）、同学，更是一对相濡以沫恩爱有加的伉俪。有幸的是，他俩还是我们大儿子的岳父母，是我们的好亲家也是我们的挚友。

记得十年前在他俩的“金婚”庆典会上，参会的农业部原常务副部长刘成果在讲话中说：“老孙和老杨都来自四川邛崃县，他们与我原来都在黑龙江农垦总局机关工作过，据我的了解，二位在工作上认真负责也很有成绩，在婚姻家庭和子女教育方面，可概括为两个字——成功，确实让人羡慕，更值得我们学习。”我们很幸运与孙杨二位成为儿女亲家，感谢他俩给我们培育了一位称心如意的儿媳妇。

崔玉川、常淑文伉俪

在这20多年中，虽然我们长住太原，他们久居北京，但每年都能相会十天半月，特别是2017到2018年我们与他俩在海南省保亭县当“候鸟”的旅居休闲生活中，同住在一个“幸福时光”小区四个多月，诸多生活细节，使我们更加感受到他们为人处事有着太多感人的优点和特点。他俩在保亭过“候鸟”生活已有四个冬天，有自己的住房，人熟地熟，而我们是第一次去而且去得较晚，需要租房子住。从出发前他们就

* 崔玉川，太原理工大学教授，博导。

处处给予我们无微不至的关照。不仅事先帮我们在同一小区租好合适的房子，雇请小时工打扫卫生，购置了新床具、挂钟、厨房用具用品甚至油盐酱醋，还为我们准备了大米白面等食品，真是无微不至。

另外，在我们到达海南时，82 岁的老孙还专门从保亭县城坐出租车经一个多小时行程到三亚凤凰机场接站。春节前后，请朋友开车并陪同我们到神玉岛、七仙岭、博鳌等风景区旅游观光；还多次邀请我们参加他们专门组织的新老朋友到近郊的秀丽山庄、金竹园等处聚会和联欢。他们除了平时经常在生活上关照我们注意天气变化及时增减衣服防止感冒外，因怕我们生活单调寂寞，还专门购置了麻将桌，送来麻将牌，并约请他们的老朋友与我们一起玩耍、消磨时间。一句话，由于他俩的细心安排和周到真诚的关照，才使我们在异地他乡这四个多月时间过得充实愉快，身体健康。

在密切交往中，我们深切体验到他们这一对年过八旬的老夫妻平时热爱学习、关心国家大事，乐于接受新事物，乐于助人，所以朋友很多。他们经常与我们交流学习心得，并把他们如何使用智能手机、使用微信、摄影、网购等方面的体会和经验同我们交流，使我们从中受益。

总之，在老孙老杨身上，处处散发出中华传统美德的光辉，是值得我们信赖的好人，是我们的好亲家，更是值得我们学习的榜样。在他们即将迎来“钻石”婚的时候，衷心祝贺他们相濡以沫 60 载，真诚祝愿他们相亲相爱走向 100 年！

（2019 年 3 月）

贺子鉴18岁生日

孙仁松　杨玉群

子鉴：

今天是你年满18岁的生日，这标志着你已经成为拥有《宪法》赋予选举权的成年人了。这对你的整个人生历程来说，是一件非常重要的大事。我们为你高兴，表示衷心的祝贺！

在你18岁生日的时候，而且即将升入大学，姥爷姥姥送你几句话，算是给你的生日礼物吧！

要立志。你应该开始考虑树立自己的理想，思考提出一个短期、中期、长期的奋斗目标。因为，有理想就有了方向，也才有前进的动力。

要奋斗。为了实现未来的理想，就必须去努力拼搏，不懈奋斗。要想将来能够立足社会，就必须刻苦努力，锻炼自己，学好本事，成为对国家和社会有用的人才。

要感恩。知恩图报是中华民族的传统美德，要用自己的实际行动，报答父母的养育之恩、国家社会和学校老师的培养之恩、亲人朋友的关怀帮助之恩，等等。

要爱国。任何时候，无论走到哪里，都不要忘记自己的国家，不要忘记自己是一个中国人。只有国家强大了，才会有个人和家庭的幸福。

你拥有花一般的年龄，梦一样的岁月，愿你好好地把握，好好地珍惜，给自己创造一个无悔的青春，给祖国添一份迷人的春色。

右面你这张5岁时的照片，对你很有历史意义，那是你人生第一次获奖，也是拼搏奋斗的起点。希望你沿着前辈为你开创的道路，奋勇前进吧！

（2020年6月28日于北京）

亲情诗选

希望

——写在茜茜、子鉴共庆 20 岁、15 岁生日时

孙仁松　杨玉群

今天是一个令人高兴的特殊日子，
全家相聚为两个宝贝庆生。
虽然你们生日不在同年同月同日，
但是却成长在同一时代同一个大家庭。
真羡慕你们啊，你们是多么幸运，
有幸生长在伟大中国的首都北京。
是改革开放迎来你们宝贵的生命，
和谐家庭为你们创造了宽松的环境，
优质的学校为你们提供最好的教育，
还有爷爷奶奶外公外婆无私地为你们充当后勤。
虽然具备了这些良好的外部条件，
如果没有自身的努力依然不行。
令人欣慰的是你们都有非凡的表现，
继承了老祖宗的优良传统，
勤奋好学与人为善且低调做人，
成为德智体美全面发展的优秀学生。
然而过往的成绩只能说明过去，
要看到自身的不足才能继续前行。
因为你们未来的任务还很繁重，
还有很多困难等待你们去战胜，
有很多高峰等待你们去攀登。

啊，亲爱的孩子们！
在这继往开来的时刻，
作为长辈不需要更多的物资馈赠，
有几句知心话送给你们：
祝你们生日快乐，
永远保持积极向上的阳光心情；
知恩图报是我们民族的传统美德，
时刻不忘感恩父母长辈老师社会
以及一切曾经关心帮助过你们的人。
要继续努力学习不断奋进，
永不满足现状向知识的高峰攀登；
要把体育锻炼作为永远的必修课，
只有身心健康才能保证未来任务的完成。
要慎重交友注意安全，
警惕平静水面下的恶鲨伤人。
要永远热爱自己的祖国，
时刻准备为国家建设贡献美丽青春！

（2017 年 7 月 2 日于北京）

忆亲人（诗7首）

孙仁松

1．父亲（孙效权）

生性勤劳事农商，
诚信厚道心善良；
难防后院一把火，
举家陷贫遭祸殃。

好学儒家尊孔孟，
忠孝仁义不离纲；
历尽艰辛育儿女，
家族传承更兴旺。

2．母亲（张芝英）

山路弯弯举步难，
竹篓负重背朝天；
茹苦含辛任劳怨，
常年汗水湿衣衫。

慈母教儿勤耕读，
待人宽厚少闲言；
未读经书明大义，
谆谆教诲记心间。

3．大姐（孙仁芬）

青山绿水引甘泉，
风雨潇潇翠竹掩；
虽然生计多劳苦，
粗衣淡食好耕田。

难忘探亲五七年，
越岭翻山过溪涧；
杀鸡屠羊好招待，
姐弟情深至无言。

4．大哥（孙利人）

涉世未深误入荒，
囹圄之灾苦尽尝；
潜心苦读尊扁鹊，
改名利人明志向。

悬壶济世有良方，
布衣草履走四乡；
治病救人非求报，
蒲城内外美名扬。

5．二哥（孙仁荣）

为人厚道重交情，
一生勤勉事农耕；
川剧锣鼓练绝艺，
千年古镇一名人。

热心公益积善行，
侍奉父母尽孝心；
养老送终担道义，
远方小弟最感恩。

6．二姐（孙仁全）

一生勤俭苦耕耘，
织衣刺绣手艺精；
田头地垴寻经济，
背筐拉磨为谋生。

待人宽厚重情义，
相夫教子不离经；
虽然平凡一农女，
未来希望有儿孙。

7．三哥（孙仁林）

少小离家且远行，
遁入深山务营林；
棵棵幼苗栽入土，
精心抚育成大檩。

以林为家归大业，
常念妻儿泪沾衾；
青山有意传后世，
绿水欢歌大地新。

（2018 年 7 月）

生日寄语

——茜茜 21 岁生日之际，恰逢她去麻省理工实习，特寄语以贺

孙仁松

牛逢盛世满归家，聪明伶俐好女娃；
勤奋好学尤爱画，得遂宏愿入清华。
酷爱专业寻突破，创新灵感放奇葩；
为求深造攀高处，越洋彼国觅新花。
科技探索无止境，务实求真难不怕；
团队合作堪重负，集体智慧永无涯。
平日交友须谨慎，低调做人你我他；
知恩图报不忘本，他日学成报国家。

（2018 年 7 月于北京）

叮　嘱

——写在文锴去职履新之际

孙仁松

男儿有志当自强，去职履新乃平常；
为民造福责任重，职务高低又何妨？
勤学多思献新策，求真务实敢担当；
谨言慎行多珍重，低调为人莫张扬；
廉洁奉公严律己，清白为官做榜样；
但求施展平生志，莫将名利放心上。
平时多想国家事，把握人生大方向；
专心致志为事业，不愧咱家好儿郎。

（2018 年 11 月）

赠　婿

孙仁松

天命过五仍繁忙，
胸怀壮志闯四方；
虽然商海多泥浊，
不忘初心正气扬。
五九结缘建家业，
苦心经营爱久长；
尊老扶幼担重任，
和谐之家乐安康。

（2019 年 10 月）

第三篇

友情篇

古往今来，歌颂友谊的诗篇和人物故事比比皆是，如：“人生所贵在知己，四海相逢骨肉亲”（唐·李贺）；“相知无远近，万里尚为邻”（唐·张九龄《送韦城李少府》）；“青山一道同云雨，明月何曾是两乡”（唐·王昌龄《送柴侍御》）；等等。这是因为人生活在世界上需要真诚的朋友，需要真诚的友谊。有了真诚的朋友和友谊，我们才不会感到孤单，有高兴的事会与朋友一道分享，有困难会得到朋友的帮助。朋友之间经常相聚、交流，人们称之为“话疗”，特别有助于老年人排解“孤独”，提高生活质量，进而延年益寿。

我们在几十年的生活工作中，坚持诚信为本、友善待人的原则，在不同的阶段交了许多好朋友。他们当中有战友、“荒友”、同学、同事、学生，也有领导干部，还有普通的工人、农民。有几十年的老朋友，也有近几年交的新朋友。在与他们相处或共事中，建立了深厚的友谊。朋友们曾经给予我们真诚的关心、支持和帮助，任何时候我们都不会忘记他们。

在我们把准备出书的想法告诉部分好友后，他们纷纷写出文稿、诗歌或书法作品，回忆友情表示祝贺，我们在这里予以编发。有些朋友则在合影图片中展示，或出现在文稿的叙述中。虽然还有更多没有在书中出现的朋友，但友情将永远存在我们的心里。

友谊是缘

——对一张合影的解读

孙仁松

下面这一张于 2020 年 1 月 12 日 13 时 30 分在海南省保亭县戴斯温泉酒店餐厅外拍摄的合影，对于我和老伴杨玉群来说，具有深刻的意义，那是人世间真挚友谊的见证，弥足珍贵。

我和老伴都是 80 多岁的耄耋老人了。从 2013 年开始，每逢冬季我们都要到海南岛休闲过冬。2014 年女儿育红为我们在三亚北的保亭县买了一套房子后，“候鸟”式养老已经成为我们的一种生活常态，每年的 10 月下旬到 11 月初，我会在网上提前订好机票，夫妻双双直飞海南

岛，次年“五一”节前又飞回北京。

2020年1月10日上午，在保亭的家中接到我的老领导刘成果同志的电话，说他和夫人王淑芝12日上午要从相距70多公里的三亚市到保亭看望我们。接到这个电话后我和老伴都很高兴，也很感动。因为，刘成果是我们最尊敬的好领导、好朋友，也是好兄弟。我们相识和交往有30多年了。1987年他从黑龙江省委领导岗位调到农垦总局任书记、局长，那时我是总局政研室主任，杨玉群是机关工会主席，刘成果是我们的直接领导。从多年的接触交往中我们感到，他是一位平易近人、质朴厚道、值得信赖的、水平很高的好领导。在黑龙江农垦总局任职三年，通过“抓改革、给政策、顺体制、调结构”等有力措施，使北大荒垦区发生了巨大变化，从动荡和困境中逐步走上改革发展的康庄大道，为后来进一步建成为“中华大粮仓”打下很好的基础。后来，他担任农业部常务副部长，国务院扶贫领导小组常务副组长，直至退休后担任全国奶协会长，都有非常突出的建树，在全国享有很高的威望。从相识至今，我们之间一直保持密切联系和互动，建立了深厚的兄弟般的友谊。如今，他已是八十岁的老人了，仅到海南当“候鸟”的几年，这已是第五次专程来看望我们了，怎能不让我们感动呢?

老领导、老朋友专程来看望，当然要好好招待一番。于是，我们向住在保亭的几位“候鸟”好友发出聚会邀请，小唐帮助联系餐厅，老伴连夜赶做川味“五香粽子”和准备其他礼物。一切准备就绪，只等客人上门。

12日上午，由我当年的同事周瑞君、丛明开车和陪同，刘成果和夫人王淑芝一行来到保亭我们的家，带来营养食品和老领导钓的鱼等礼物。我们一起喝茶、交谈后，就到事先联系好的戴斯温泉酒店餐厅用餐。

来到餐厅，邀请的朋友们都来了，大家分两桌落座。我先向大家分别介绍了刘成果一行和被邀嘉宾后，举起酒杯说：“在我们刚刚送别2019年又即将迎来农历新年的时候，刘部长伉俪一行专程来看望我们，确实很高兴也很感动，我要感谢老领导和各位朋友一直以来对我们的关心和帮助……祝大家新春快乐，健康、幸福!”

于是，在热烈的气氛中，大家一面用餐，一面小声交谈，频频举杯互动，还穿插议论一些时下的热门话题。

餐叙结束后，大家走到室外合影留念。于是，就有了本文开头的那张由宾馆摄影师拍的合照。

照片中：前排右起 3、4 是刘成果和夫人王淑芝；前排右 5、6 是我和夫人杨玉群；前排右 1、7 是“候鸟”好友、重庆大学江书元教授和夫人韩开萍；二排右 3、后排右 5 是“候鸟”好友、解放军信息工程大学米立根、曾令菊教授夫妇；二排右 4、后排右 6 是“候鸟”好友东北农业大学崔崇士教授、赵正夫妇；二排右 1、一排右 2 是荒友、北京电力医院原副院长张亚利、庞莲芝夫妇；后排右 2、二排右 6 是“候鸟”好友、保亭空竹队长侯蜀龙、唐青燕夫妇；后排右 3、二排右 6 是“候鸟”好友、黑龙江森工总局退休干部郝亚彬、殷琳夫妇；后排右 4、二排右 7 是“候鸟”好友、黑龙江森工总局退休干部刘忠民、王桂芬夫妇；前排右 8 是解放军某部退休（副师级）干部米俊敏；二排右 2 是原黑龙江农垦总局畜牧局长周瑞君；后排右 1 是原黑龙江农垦总局老干部处副处长丛明等。

这么多好朋友在一起聚会、合影，是真挚的、十分珍贵的友谊的体现，更是难得的缘分。其实，我们到海南当“候鸟”的几年，还有许多好朋友专程来保亭看望我们。作为普通的退休干部，受到朋友们如此的关爱，我们会永远记住这一份深深的情意，让它成为滋润我们的心田、鼓舞我们继续前行的动力。

我特意写下一首题为《友谊是缘》的诗，可以表达我对人生中真挚友谊的一些感悟：

在人生的旅途中，
有一种要素不可或缺，
可称为人间的无价之宝，
那就是真挚的友谊。

友谊是生命的营养剂，
没有它生命将黯淡无光；
友谊为我们增添前进的动力，
激励我们把一切困难战胜。
友谊是寂寞中的一声问候，
给孤寂的心灵送来温暖；
友谊是登高时伸过来的一只手，
帮助我奋力向上登攀。
友谊是风雨中的一把伞，
可以保护我免受雨淋风寒；
友谊是沙漠中的一泓清泉，
把干涸苦涩的心田浇灌。
友谊可以提高生命的质量，
但它与金钱和地位无关；
友谊是人生的一大财富，
却不能到市场去交换。
友谊不是刻意追求的产物，
无须从酒桌和无聊中去寻觅；
友谊喜欢心与心的碰撞，
最讨厌口是心非和假话连篇。
友谊是一种心灵的感应，
需要用纯净的雨露去滋润；
友谊是一种难得的缘分，
需要我们付出百倍的真诚！

※　※　※

补记：2020 年 1 月 15 日，我将以上短文，通过“微信”发给了成果部长和其他好友，次日即收到成果以下回复。

刘成果：敬读仁松兄《友谊是缘》有感

真实记录此瞬间，
朋友相聚皆是缘；
一帧合影定格后，
总把情谊铭心田。

我们的好友、原农业部农垦局局长魏克佳也从北京发来微信：

鹤发银丝春佛面，
岁月风雨情有缘；
人生难得存知己，
遥祝兄长乐康健。

原农业部农垦局退休好友孙克俭专为此次聚会发来微信：

昔在京华今海南，
耄耋聚会结情缘；
老骥伏枥初心守，
牢记使命种福田。

我们会牢记朋友们的点赞和祝福，走好未来的路。

（2020 年 1 月于海南保亭县）

红榜的力量

胡德新

孙仁松和杨玉群是我的好朋友，都是60年前我在邛崃师范学校师训班学习时的老同学。他们在回忆录《大荒缘》一书中曾经写到，两人的结合是缘于一张加入青年团的红榜。而我则是那张红榜的见证者，同时也是受益者。因为，新中国成立时我还是一个只有十三四岁的懵懂少女，不知道未来的路该怎么走，是那张红榜给我指明了方向，给了我前进的力量。

胡德新　2019

那是1952年11月一个周六的下午，我忽然发现师训班的许多同学，在教室外围观一张新贴出的鲜红的告示，我也挤了进去，看见原来是一张大红榜，内容大概是：经邛崃师范学校团支部大会讨论通过，批准孙仁松、杨玉群两位同学为中国新民主主义青年团团员。

红榜的贴出，一下子成为师训班传播最广、引起轰动的新闻，大家议论纷纷。我知道，孙仁松就是担任甲班学习委员的那个品学兼优的小伙子嘛，而杨玉群就是那个平时穿一身打了补丁的蓝布衣裳的农村姑娘，她可以说是我们师训班的骄傲，她的出色表现得到组织和群众的一致认可，被选为甲班班长。他们二人同时成为师训班的第一批青年团员，可以说是众望所归，值得祝贺！

看了红榜，我思绪万千，心情久久不能平静。接连几天，我都情不自禁地走到红榜前，站上一会儿，默默念着榜上的名字。想想杨玉群的进步表现，想想自己与她的差距，我暗下决心要向她学习，向她靠拢。我是一个出身不好的青年，应该如何选择自己前进的方向和道

路呢？这个曾经困扰我多时的问题，在红榜的启示下，经过反复思考终于找到了答案。我认识到，出身不由自己选择，关键在于自己的主观努力，只要在党的教导和指引下，认真改造世界观，同样可以锻炼成为一个对国家对社会有用的人。

红榜公布以后，同学们追求上进的热潮逐步涌起，许多同学纷纷写了入团申请书，或是找组织谈话要求入团。我也和他们一样，向团组织表达了自己要求进步争取加入团组织的愿望。后来，我周围的几个好同学，如孙永清等都相继加入了青年团，而我虽然交了申请书，直至三年后初师毕业，都未能如愿。后来，我慢慢想通了，在那个强调阶级成分的年代，我只能接受现实，丢掉家庭成分这个包袱，轻装前进。

榜样的力量是无穷的。我在师范学校学习期间，曾经与杨玉群朝夕相处，一起生活学习，一起参加体育运动。我喜欢杨玉群好学、热情、泼辣和充满活力的性格，她的优秀品质潜移默化地影响着我。参加工作多年后，我忽然发现，我的工作作风多么像当年的杨玉群！

1956 年，临近初师毕业时，组织上开始把我分配到条件优越的重庆钢铁厂，而我却要求到最艰苦的山区当一名小学教师，去改变山区贫穷孩子的命运。后来，我被分配在川西森工局卫生系统，最终小学教师没当成，却改行进入卫生系统成为一名医务人员。

我从邛崃师范毕业工作到退休，历时三十八年，无论在川西森工局、普威林业局或是在省林业厅招待所医务室等单位，我都努力钻研业务，勤奋工作，尽职尽责，出色地完成组织交给我的任务，多次获得局级先进工作者和学习毛主席著作标兵称号。业务上我考取了主管护师（中级职称），在普威林业局职工医院带领的护士班，被西昌地区卫生系统评为标杆护士班先进集体称号，被选为攀枝花市护理学会米易分会副会长。虽然受家庭出身的影响，我争取入团入党的愿望未能实现，但是我没有辜负党的培养和人民的信任，时刻不忘初心，成为一个对社会有用的人。我和丈夫都是工作狂，一心扑在业务上，始终忘我地工作，我们结婚后两地分居 23 年，直到大女儿满了 18 岁时夫妻才团聚在一起，过上了正常的家庭生活。

邛师毕业后，我和杨玉群失联多年，直到 21 世纪初参加师范校同学聚会，多年的好友才得以重逢。几十年光阴飞逝，感慨良多。见到杨玉群、孙仁松这一对恩爱夫妻时，不禁使我想起几十年前的那张红榜。那红榜像是一根爱的红绳，将两个年轻人拴在一起，成就了一桩幸福美满的婚姻。他们二位几十年相亲相爱，不离不弃，在事业、家庭和后代的培育上都取得成功，真是可喜可贺。

那是一张令人羡慕也令人奋进的红榜，深深烙印在我的心上，并成为激励我前进的巨大动力！

（2019 年 4 月 4 日于成都）

常忆同窗义，不忘桑梓情
——我与挚友张崇林七十载的友情

孙仁松

84 个春秋冬夏，一路走来，交友甚多，其中有一位朋友，已经相识和交往 70 多年了，且友谊真挚深厚，至今仍保持经常联系，他就是我的挚友——川剧艺术家张崇林先生。

我与张崇林是同乡、同学，又是同庚。他的老家和我一样都在四川邛崃平落镇的同一个村子，两家相距仅百米左右。我们是从小相识的好友，是同饮白沫江水长大的，小时候一起在平落中心小学读书，一起玩耍，雷兴寺旁那棵千年古榕树是我们童年友谊的见证。新中国成立后，由于家庭和社会环境各异，走上了不同的人生发展道路。1951 年他 15 岁即参加邛崃川剧团，步入梨园生涯，川剧艺术成为他一

生的事业；而我则于 1953 年参加海军离开老家，走上了另一条人生道路。

半个多世纪以来，我们虽然相距遥远，但是联系和互动从未中断。以前是写信，后来是通电话，现在是发微信，几乎每一次回老家都会与他见面相聚，尤其退休以后我和老伴杨玉群回乡的次数增加，我们见面的机会也比以前多了。因为是好友，所以相聚的形式也不拘一格，或一起喝杯家乡茶，或一起品尝家乡特色小吃，或观看一场川剧演出（他在台上演，我在台下看），或相约好友聚会小酌。有时实在安排不出时间单独相聚，就请他参加我们与师范校友的聚会，他也从不拒绝，每次都高兴地参加，还不忘带上老伴闵芳玉。其实朋友相聚不在形式，而在于有更多交流谈心的机会，共叙浓浓的友情、乡情。

在我与张崇林几十年的交往中，有几件事记忆颇深。

1957 年夏天，我参加海军 4 年后，第一次请假回邛崃探亲。那次探亲，除了要回平落老家探望父母亲人外，还有一个非常重要的任务，就是与我的初恋情人杨玉群见面和交谈。事前我们相约在我返回部队前，专程去羊安乡檀荫村玉群的家探望。一天上午，我走到邛崃县城，先到东门外的汽车站，想买一张去羊安的公交车票，但是售票员告诉我，他们不卖羊安乡的车票，但可以买次日去成都的车票提前在羊安乡下车。这让我为难了，我的假期即将结束，只能安排一天时间去羊安，如果不能乘公交车去，就只能靠两条腿步行，那样往返 60 公里加上探望活动至少需要两天，走路吃点苦是次要的，主要是我的时间不允许，作为军人必须遵守纪律，绝不能超假。怎么办？我找到在川剧院当演员的张崇林，说明我的难处，他问我说："到羊安有多远？"我告诉他大概 30 公里。他又问："你会骑自行车吗？"我说"会啊！"他说："那就好办啦！"说完拉着我走到剧院外面的车铺，以他的名义为我租借了一辆较新的自行车，打上气，一边嘱咐我"路上注意安全！"一边目送我骑车出城。这件事让我好感动，记了 60 多年，一直念念不忘。

2011 年 4 月，我和老伴杨玉群回乡探亲，那次我们的任务之一，是把我们的回忆录《大荒缘》作为礼物送给亲友们。到邛崃之前，我与崇林通了电话，告诉他我们的行程，他很快为我们安排好了住宿的宾馆，还按我的要求邀请了兰华荣、徐正学、周志弟等一众同学好友，在一处“农家乐”聚会。朋友们聚在一起，一边喝茶一边热烈交谈，我在简短发言和赠书之后，大家又摊开桌案，挥毫泼墨，分别在现场写下几幅珍贵的墨宝赠予我们，其中张崇林写的是：“常忆同窗义，不忘桑梓情。”想想我们几十年的交往和友谊，那浓浓的“情”和“义”，至今温暖着我的心。

张崇林书法赠挚友（2011）

2014 年夏天，我参加了一个去九寨沟的旅游团。旅游项目结束后，又去邛崃、蒲江、绵阳探亲访友。其间我准备到我的老家平落镇活动半天，会一会乡友。时间很短，为达成目的，我事前给崇林打电话，请他帮助安排。其后，崇林电话告诉我，已经安排好了，让我按预定时间直接到平落镇一家餐馆就好了。那天，我的侄儿孙大同开车从蒲江把我送到平落镇，刚到餐馆门口，我的老同学、好朋友熊有龄和他的爱人高瑛把我迎进餐馆。进入餐馆，我看到在一个开放式大厅上面挂了一条横幅，红底白字上写的是“欢迎孙仁松先生回乡探亲访友”，心中顿时涌起一股暖流。乡友们已经在此等候，我同他们一一握手寒暄。他们中有平落镇乡友会会长闫大树，好友张崇林、陈家琪、周联必、周志第、黄润尧，还有我的侄儿孙信禄等约 20 余人。大家互相交谈，沟通情况后，熊有龄主持致了开场白，乡友会长闫大树致欢迎词，张崇林等乡友们也发表热情洋溢的谈话，我简单谈了离开老家几十年

的情况和感受，并表达深深的谢意。然后大家围坐两桌开始餐叙。大家频频举杯互祝安康，气氛很热烈，令我非常感动。后来我知道，这次成功的聚会，是张崇林于头一天从邛崃市区赶到平落镇，与老同学熊有龄一起策划组织的，安排得很周到，超出了我的预期，又一次验证了我们几十年的深厚友情。

2014 年平落古镇乡友聚会合影

我与张崇林交往 70 余年，成为挚友，其中很重要的原因，正如伟大的音乐家贝多芬所说的“真正的友谊，只能基于相近性情的结合”。确实，我们两人在性格和精神层面有很多相似之处，这就是不断的学习、追求与奋斗，而人生旅途又都历经坎坷。参加工作前只有小学文化的张崇林，数十年如一日孜孜不倦的刻苦学习、实践和钻研，克服了无数艰难困苦，在川剧艺术上取得了卓越的成就。先后任邛崃川剧团副团长、攀枝花市川剧团团长、全国剧协四川分会理事，并被评为国家二级演员。创作、改编、导演和主演的剧目数十个，其代表剧目有《二堂审子》《三击掌》《杀惜》《红岩》《风华正茂》《春燕》等，而其主演的《柳荫记》《曲判记》《屠夫状元》《丹凤朝阳》《情孽缘》《情系花楸》等 6 部戏，演出非常成功，还在四川电视台、邛崃电视台播放；退休后他先后出版剧本诗文集《梨园寻踪》《临邛二女》等著作，在川剧界引起巨大反响。其中，2019 年出版的《临邛二女》包含两个被他称为“收官之作”的剧本，即《卓文君之恋》和《传奇女状元》，是根据史书记载的邛崃两个历史人物故事，把对川剧艺术、历史人物和家乡的爱相融而创编的 。最难能可贵的是，八十多岁的他，至今仍在社区积极从事川剧的辅导、推广和演出活动，培养了许多新秀。这种对川剧艺术的执著与创新精神令我十分敬佩。

2019 年 2 月的一天早晨，我和老伴在海南博鳌海边抛接 3 个柔力球，一个年轻人帮我拍下一段视频，我用微信传给崇林欣赏，他立即赋诗一首：

朝阳海边两顽童，互抛心中五彩球；
飞球传递老来俏，身康体健乐悠悠；
无忧无虑当长寿，祝效彭祖八百秋。

最近，崇林得知《红榜缘》一书即将付梓，又赋诗一首以贺：

《大荒缘》，《红榜缘》，历尽艰辛终团圆；
相恋七十非易事，情如钻，爱贵坚。
天荒地老情不老，当代“双星”一标杆；
子孙孝顺阖家泰，笑迎期颐乐天年。

我以为真正的友情，不需要太多的表白，彼此互相理解和欣赏并保持经常联系就够了。有时一通电话，一个微信，一首小诗，能让心田温暖良久。我与崇林能够保持 70 多年的友谊，应属世间少见，更弥足珍贵！

（2020 年 2 月于海南保亭）

比钻石还宝贵

贾宏图*

贾宏图于哈尔滨

8年的知青生活中，值得怀念的日子很多。在黑龙江兵团战士报工作的6年，更是难忘。难忘在何伦元、贺晋元、吕正衡总编帮助下，我的成长进步；难忘和同事们结下的深厚情谊。我是1970年7月，从兵团最北部的一师独立一营调到报社的。当时的编辑部还是以军人为主，何伦元总编、贺晋元副总编和老编辑张洪林是领导核心。后来原东北农垦总局的老宣传部副部长吕正衡主政，东北农垦报留下的赵安昌、夏雪云、周树年、张宝贤为业务骨干，黑龙江大学哲学系毕业的李惠东就算是编辑部的理论权威了。和我前后脚调入的知青有杨楠、李善宇、王咏江、吕永岩和曹焕荣等。还调来几位画家当美术编辑，有闫鸿蜀、杨学成、杨家斌。后来又充实了几位现役军人，有苏宗先、姚永成、王海等，还有复员军人熊道衡。

孙仁松大概是比我晚到报社几个月。他是从八一农大调来的，他曾任八一农大农学系教师、革委会宣传部门主管，因当时农大已经停办，安排到报社当编辑，也算是发挥了他的专长。

报社的人员来自五湖四海，犹如一个温暖的家庭，这在那个冰冷的“文革”时代，是特别不容易的。在这个集体中，我们这些知青受

* 贾宏图同志退休前曾任《黑龙江日报》社社长、省文化厅厅长、黑龙江省作家协会主席等职。

到的关怀最多，那些可敬的老同志，无论是上级派来的军人，还是农垦的老干部，都把我们当成自己的孩子，在工作上帮助，生活上关怀。这其中孙仁松和他的夫人杨玉群及他们的孩子与我们结下了深厚的情谊，至今难以忘怀。

按着北大荒三代人的辈分，仁松是高我一辈的。他是十万转业官兵的一员，1958 年 3 月从青岛海军转业来到北大荒，在 857 农场四分场三队（地名“老牛圈”）当农工，经历过人拉犁、喝雪水、住马架子的艰苦岁月。后来王震将军办八一农大，他是第一批考入的转业官兵，要立志成为农业专家。他的夫人杨玉群由组织调动从四川邛崃师范学校投奔他而来，要为北大荒的教育事业献身。

仁松、玉群夫妇是有理想有追求的人，他们积极向上，在工件岗位上尽职尽责无私奉献。仁松有很深的理论修养，他曾精心学习研究过国营农场的经营管理理论，熟悉北大荒几十年经济发展历史，亲自参加过多次农场改革的试点，后来成了农业部这方面的专家。当年，我们在兵团战士报共事时，原农场的经营体制已经被否定，而兵团的经营正处于“王小二过年，一年不如一年”的困难时期。仁松在他主持编辑的经济版面中回避对极“左”的政策的宣传，主动介绍当年农垦在经济体制和分配制度上的成功经验，对推动恢复农场的企业管理制度发挥了积极作用。当时，我搞农业方面报道，以“梁丰”的笔名发表过宣传“以粮为纲，坚持多种经营”方针的文章，得到仁松的真诚帮助。当时，我们办公室的赵安昌、夏雪云、孙仁松和我，常就兵团经济上的问题发生争议，老夏激烈，老赵平和，仁松总是有理有据逻辑清晰地说明问题，从不强加于人。作为旁听者，我受益匪浅。

我很怀念和这几位老同志一起工作的日子。仁松注重理论学习又善于探讨实践问题的好学风，对我们有很大的影响。另外，仁松的谦恭文雅和与人为善、处友久长的风格永远值得我学习。他说话的可亲语调，仿佛就在耳边。一想起他总挂在脸上的微笑，就让我温暖。

在兵团战士报的那些日子，我们几个知青是仁松家的常客。逢年

过节，他们两口子，总是把我们请去吃饭。那是吃肉凭票的年代。请几个大小伙子吃饭，玉群不知要付出多少心思。在他家我们第一次吃到四川风味，那种悠长的香辣，至今想起还流口水啊！那是四川老家捎来的年货，都让我们解馋了。孙家的小饭桌，头上淡黄的灯光，还有文锴和小红的笑声，长久地留在我们美好的记忆中。

孙家的孩子也是我们办公室的常客。那时文锴刚上小学，放学后常到我们办公室玩，看我们怎么看稿编稿，也看我们读什么书，听我们说什么话，经常问些感兴趣的问题。我们非常喜欢他家两个好学上进的孩子，每过一段时间，就让他们站在资料室的门框旁，我用刀刻一个他们身高的痕迹，以此纪念他们的成长。

当然，有时也逗他们玩。那时每年“两报一刊”发表的“元旦社论”。都事先发给全国各报，统一宣传口径。我们就把这份稿拿给文锴看，告诉他我们正为“两报一刊”起草“元旦社论”，他半信半疑。新年后，我们拿着发表在《人民日报》上的“元旦社论”和我们手里的稿一对，一个字也不差。这回文锴信了，《元旦社论》真是你们写的！从此对我们崇敬有加。大概 30 年之后，编造这个闹剧的上海知青曹焕荣当上了《人民日报》国内部主任，这时大概才有资格参与《人民日报》社论写作。

前几年我在北京请中宣部阅评组长曹焕荣和文锴聚餐时，才有机会正式为“元旦社论”一事解密。文锴说：“当年报社的几位知青是我最早的老师，是你们让我知道了外部世界，更增强了学习的愿望。”文锴高中毕业考入中国农大，毕业后先是留校任教后调北京郊区工作，从基层一步步走上领导岗位。他最初成长的痕迹乃由我刻在兵团战士报资料室的门框上。

仁松、玉群的女儿毕业于天津纺织工学院，现在北京一家投资管理公司当老总。他们的孙女羽茜今年从清华美院毕业，被英美的 7 所院校录取，她最后选择了去伦敦大学的金匠学院。

60 年相濡以沫，60 年风雨兼程；60 年的婚姻如钻石般璀璨，60

年的家庭如参天大树根深叶茂。

如果评选“最美家庭”，我愿意为孙仁松和杨玉群投下一票。他们事业有成，家庭幸福，子女成才。这也是个最富有的家庭，因为有比钻石更宝贵的家风——勤学传家久，美德继世长。

（2019 年于哈尔滨）

莫逆之交　笃实敦厚
——记与孙仁松杨玉群夫妇 40 余年的友谊

吕书奎*

吕书奎于北京

我与孙仁松、杨玉群夫妇的结识，始于 1976 年。当时，我们同在黑龙江生产建设兵团总部机关，老孙在政治部《兵团战士报》任编辑，而我则在司令部生产处当参谋。同年兵团撤销，改制为黑龙江省国营农场总局，报纸也跟着改了名（先是改为《屯垦戍边报》，后为《农垦报》）。我就在此时调到报社当编辑，与老孙同在一个编辑组。老孙是 1958 年的转业军人，曾在八一农大任教，而我是一名北京知青。从个人经历、知识、能力方面来说，他都是我们知青的老大哥。但老孙与我们平等相交，待人诚恳，说话和气。工作上认真负责，自不必

* 吕书奎同志原任中国土地资源报社副总编

说，闲暇之余，我们一起聊天儿、侃大山，与我们亲密无间，无距离之感。作为编辑部的小青年，我尊重老孙他们，他们同样尊重我们，爱护我们。

在脑海中寻觅当年交往的印记，竟然始自一次刷房子受伤的经历。1976 年初，老孙家在农垦大院分了一套新房子，需要自己粉刷。我和报社的编辑李惠东大哥，自告奋勇，去老孙家帮忙。开始工作前，老孙准备了工具，从商店买来刷房子用的白灰，并且一再强调要注意安全。我们都穿上工作服，戴上帽子、手套，然后开始干起来。我虽然没有刷房子的经验，但我想，一个二十多岁的小伙子，在农场各种农活都难不住我，刷房子这种技术含量不高的简单劳动，应该没有任何问题。果然，经过将近一天的劳动，顺利完成了任务，老孙表示非常满意，还一再表示感谢。可是，没有想到，回到宿舍打开扎有线绳的袖口一看，因被白灰水浸泡的时间过久，把我手腕下面的皮肤给烧伤了。烧伤治好以后，在我的手腕上留下了永远的疤痕。老孙夫妇对这件事儿，一直念念不忘，每逢说起，总流露出一种感谢和抱歉的心情。这是很多年前我帮老孙他们家做过的一件小事。后来，我回到北京，曾先后任职于《中国青年报》《中国土地报》等新闻单位直至退休，我们之间的交往一直不断，并建立起深厚的友谊。

北大荒的开发建设是一部取得辉煌成就的历史，这是大家公认的。但是，在很长一段时间，对其中生产建设兵团（1968—1976 年）那一段历史如何评价，却有不同的意见，可谓褒贬不一。2007 年初，受原黑龙江兵团机关部分现役老同志的委托，我办起了“黑龙江兵团网”，并准备出版一本能够准确反映那段历史的书，以此为北大荒做一点实事。

在这个最需要大家伸出援手的时候，老孙义不容辞，自告奋勇，担当了兵团网的编委，为我出谋划策。他亲自撰写了多篇文稿，在“兵团网”发表。2008 年，在《亲历兵团》一书准备正式出版前，他还帮助我联系上原黑龙江省农垦总局老领导刘成果（曾任黑龙江省委副书记，黑龙江省农垦总局党委书记、局长，农业部常务副部长，中国奶业协会理事长)，得到老领导的赞同与支持，并题写了书名，由老孙代笔为该书撰写了序言，为准确认识兵团那段历史定下基调。

在序言中，首次明确提出，兵团的八年，是黑龙江垦区发展历史中不可分割的重要组成部分；兵团的八年，其历史功绩应当给予充分的肯定和积极的评价。在那段特殊的历史时期，由现役军人与复转官兵、下乡知青、支边青年、知识分子和广大干部职工家属为主体的垦区人民，团结奋斗，克服各种困难，推进和发展了垦区的各项建设，传承了解放军的光荣传统和北大荒精神，在党和国家赋予兵团的历史任务中，创造了令人瞩目的业绩。

老孙就是这样，以自己亲自参与的实际行动，有力支持和推动了我们黑龙江兵团有史以来第一部全面记述兵团历史的《亲历兵团》一书的编辑出版工作。

2008 年 8 月，中国青年报会议室召开的《亲历兵团》发行会上，老孙以 1958 年转业官兵的代表、黑龙江兵团的亲历者、黑龙江省农垦总局政研室主任、黑龙江兵团网编委的四重身份发言，给予我们所从事的搜集编辑出版黑龙江兵团回忆录的工作以高度评价，认为是共和国农垦史、北大荒开垦史研究的一件非常有意义的大事，主编书奎功不可没（该书于 2008 年 8 月由中国青年出版社正式出版)。

老孙的一番发言，令我好感动。

老孙一生为文，笔耕不辍。退休前任黑龙江省农垦总局政研室主任，撰写和发表经济论文数十篇，退休后又被农业部聘用 10 年，成果丰硕。特别是他完全退出工作后的 2008 年，总结黑龙江垦区改革发展经验，写出《黑龙江垦区农业经营体制改革纪实》这一颇有分量的论文；2010 年，总结自己和老伴追求进步和一生的奋斗历程，出版了 37 万字的《大荒缘》一书。如今，历时 3 年，又要有一册载有家庭和个人的历史的传承之作即将问世，我们提前予以祝贺！

如果说，我们一家视老孙夫妇为兄嫂，那么，老孙夫妇则待我们为亲戚，为兄弟。

2004 年 10 月，我跟《消费日报》记者许晓东，有缘走到一起，结为伉俪。我们在远离北京的东边——我们的新家——河北燕郊，举办了一次婚礼。老孙和大嫂，不辞辛苦，乘公交车奔跑 60 多公里，到燕郊参加我们的婚礼，为我们送来了祝福。

如果说这是老孙出于老同事、老朋友、兄弟之情参加婚礼，是在情理之中的话，那么在时隔 5 年之后的 2009 年的 10 月，老孙夫妇又奔往燕郊，参加了我女儿吕玥的婚礼。

在这次婚礼上。老孙作为我女儿的证婚人，亲自宣读了他们的结婚证书。在这之前，在婚礼的筹备阶段，老孙的女儿孙育红，作为高级服装定制的工作室负责人，还赠送我女儿一套婚纱礼服，并在婚礼上发言，以示祝福。

婚礼上，老孙夫妇高兴之至，还当场向来宾们表演柔力球，给我女儿的婚礼助兴，将婚礼的气氛推向高潮。

友情愈久，情愈浓。记忆历久，更清晰。我们与老孙夫妇的交往连绵不断。

2010 年 10 月，老孙又参加了我们十八团（友谊）知青回忆录《磨砺是金》的出版发行；我还参加了老孙他们八一农大在京校友们的聚会……

那是在 2013 年年底，我跟晓东一起，在海南，到三亚市去看望正在那里度假的老孙夫妇。

他们住的地方名为“黑龙江农垦养老中心三亚老年公寓”。公寓有一个小院，但是住房的各种设施很简陋，更谈不上完善和舒适。我们觉得呢，在这里养老不太适宜。

会见后，我们提出这样一种观点，就是养老不是受苦，住得要像自己家里一样，甚至比家里更舒适才好。正是在我们的劝慰下，老孙夫妇后来接受了我们的意见，在离三亚不远的保亭那边，买了一处条件比这里要好得多的房子，还有农垦的老同志们做伴儿，冬季在那边养老度假，要好多了。后来这几年，老孙夫妇每年都要到那里去过几个月。

老孙和老杨夫妇二人，新中国成立初期是在老家四川邛崃师范学校同时由一张红榜公布加入青年团而相识、相知、相爱，并最后结为连理的。他们一生追求进步，都是跟着共产党走，做党的忠实的儿女。在单位是先进，退休后在社会上也做了很多公益活动，年逾八旬两人都被评为社区优秀共产党员。接触老孙夫妇，他们的言谈举止，会让你感觉到满满的正能量。这一点，作为家风传承，使子女晚辈也受到了很好的教育，两个孩子长大后都很有出息。这一点也值得我们学习，也让我们羡慕。

祝愿孙仁松、杨玉群夫妇一生幸福，健康长寿！

我所熟悉的老孙

范为常

我在黑龙江垦区生活和工作 20 个年头，前 10 年当知青，后 10 年在国营农场总局机关工作。20 年里结交了一些朋友，但称得上良师益友的只有几位，孙仁松同志就是其中的一位。

我记得最早与老孙认识并且工作上有接触是在 1984 年，那时我刚任总局办公室秘书科科长。1984 年中共中央发了一号文件，第一次明确提出国有农场的改革方向是“办好家庭农场”。但当时垦区对办家庭农场持怀疑态度的人很多，强调机械化水平高应以机组承包为主。同年 9 月，总局党委召开管理局党委书记、局长会议，党委书记赵清景同志有个报告交由材料组起草，我当时是主要起草人之一。关于家庭农场问题，是一个新事物，究竟怎么搞，我并不十分清楚，于是我去政研室讨教。那时政研室主任刘静已经退了，周济是副主任并抽调到整顿企业办公室，其余就只有孙仁松、周汝明、滕长利三位处级干部了。那天，只有周济、孙仁松二位在政研室，我说明来意后，二位就

向我详细介绍了中央的精神和全国农垦红兴隆会议的精神。特别是老孙对我提出的一些问题，比如关于农机作价转让问题、出现“花花田”问题、家庭农场如何上缴粮食产品和利费问题，都做了认真的解答。我当时就感到老孙同志是一位思想解放、思维清晰，对“上情”吃得透、对“下情”有了解的研究型的老同志。打那之后，我们俩就开始有了来往。我们的办公室离得很近，我就成了政研室的常客，有空就去那里坐坐。

范为常于北京

也许是缘分吧，1986 年总局党委调整机关机构，陈晏由财务处长改任政研室主任，组织任命老孙和我为政研室副主任，我和老孙成为工作上的搭档。当时的政研室是总局领导指导垦区经济体制改革的参谋部，除了负责农业改革，还负责工商运建服企业的改革，同时还承担政策研究。老孙是 1958 年从部队转业的，是八一农垦大学第一届学员，又在兵团报社当过编辑，有较高的研究和文字能力。在工作中，我向他学习了许多东西。他关于农业改革中如何发挥农机作用，把家庭经营与农业机械化更好地结合起来，曾有过深入调查，写出过很有分量的研究报告。

1985 年垦区遇到自然灾害，职工家庭农场大面积亏损，于是 1986 年初家庭农场数量比上年减少三分之一，改革出现回潮。在总局年度工作会议的分组讨论会中，他所在的那组恰好集中了总局机关一些农业、农机部门的同志，有人发言比较偏激，基本就是否定了兴办家庭农场。在那种场合下，老孙的发言摆事实、讲道理，客观和冷静地分析农业改革的形势，肯定了总局兴办家庭农场的改革方向。他的勇气给我留下了深刻的印象，他就是站在垦区改革前沿阵地的一名勇士。

老孙在报社工作过，对于下基层调研有丰富的经验。在调研中，老孙眼光敏锐，能够抓住基层创造性的事物。1986 年我们两人一起去八五三农场调研，发现该场为了解决产业结构调整中资金匮乏的问题，创造了职工自我投资、发展股份合作制的做法。老孙认为虽然作法还有许多不规范之处，但这对解决农垦产业结构调整的资金瓶颈有很好的借鉴作用。为此，他建议我们延长在农场调研的时间，多次去农场的大豆浸油厂等企业调研。回来后，我们写出了《一个股份制企业的雏形》《开发内资的两条重要途径》两篇调查报告。前者后被中共黑龙江省委政策研究室《调查研究》1987 年第一期刊出；后者被中国农垦经济研究所的《国营农场经济研究资料》刊出。在与他的接触中，我发现除了改革问题是关心的热点外，他也很关注垦区产业结构和所有制结构调整。在这方面，我们产生了许多共鸣，之后合作完成了《对黑龙江垦区产业结构的初步考察》（刊于《黑龙江八一农垦大学学报》1986 年第 2 期)、《国营农场所有制关系的新变化——宝泉岭农场所有制关系调查》（刊于《农场经济管理》1987 年第 6 期)。在这些合作中，我发现他是非常善于学习的人。他虽然不是学经济的科班出身，但通过自学，能写出很有专业水平的论文。

1987 年，政研室原主任陈晏同志任总局工会主席，老孙同志接任主任，这是组织对他工作成绩的充分认可，我们也都为他高兴。老孙任主任后，垦区农业改革形势逐步稳定，统分结合的双层经营体制的框架基本形成。工商运建服企业承包制开始兴起，政研室加强了对工业企业改革的研究。在老孙的领导下，政研室在推行厂长负责制、商贸流通体制改革等方面，为垦区做出了重要贡献。同时，政研室加强了与学术机构的联系，比如与中国社会科学院农村发展所合作完成了《国营农场的双层经营体制》课题论文（黑龙江省人民出版社出版)、与黑龙江省农村发展研究中心合作完成了国务院农村发展研究中心委托的“国营农场体制改革”课题的研究（获国家课题三等奖)。

1992 年我离开垦区，又经历过若干个工作单位，但在我心中最值

得留念的还是在政研室的六年，也是我与老孙共事的六年。老孙在我心目中，就是我的师长，也是我的朋友，可谓亦师亦友。有几次遇到我出差、正好我爱人也去哈尔滨学习，我们上小学的儿子吃住就在老孙家。老孙的老伴杨玉群是机关工会主席，原是总局子弟学校副校长，为人热情，而且教育子女非常成功，我们很放心。

日月如梭，这些事已经过去近 30 年了，但每每想起仍深深感激他们夫妇二人。

我诚挚地祝愿孙仁松、杨玉群夫妇，好人一生平安！

（2019 年 10 月于北京）

为北大荒做实事的人
——我所认识和了解的孙仁松同志

陈　平*

1988 年我被调到黑龙江省农垦总局政策研究室（体改办）工作时，孙仁松主任是我的直接领导。我们在一起共事 6 年。1994 年他被借调到农业部农垦局工作离开北大荒后，我们仍然保持经常联系，感情很深。多年的接触交往，我感觉他是一位诚信厚道，讲真话，办实事的人。他是我的领导，更是良师益友。

坚定改革方向不动摇

总局政研室（体改办）是总局党委和领导的参谋部门，经常为总局起草重要的政策法规、报告等文件，为总局领导提供决策咨询，并负责垦区经济改革的规划、指导、协调等工作，任务非常繁重。当时

* 陈平退休前曾任黑龙江省农垦总局政研室主任，黑龙江农垦科技职业学院党委书记

的黑龙江省农垦系统（统称为“北大荒”），正面临改革和经济发展的新形势，情况比较复杂也很严峻。由于垦区国有农场原来是借鉴苏联的经验，适应于计划经济体制的需要，实行高度集中统一的经营管理体制，导致农场吃国家的大锅饭，职工吃农场的大锅饭，没有积极性，以致许多农场长期亏损，经营困难，连工资都开不出来。党的十一届三中全会后，虽然进行了一些改革，有一定效果，但是仍没有从根本上解决问题。1985 年，垦区按照中央和国务院的指示，借鉴农村实行联产承包责任制的成功经验，开始全面兴办职工家庭农场，即把大部分耕地承包给职工，把大部分农机设备作价转让给职工个人，分配上实行定额上交、自负盈亏的“大包干”办法。改革的方向虽然完全正确，但是许多干部思想上一时转不过弯来，产生抵触情绪，新旧两种体制产生严重的碰撞。在具体落实改革措施时，许多基层单位工作粗糙，有的放弃或放松管理，出现了“花花田”等影响大机械发挥作用的情况。加上连续几年的自然灾害，农场亏损增加，职工挂账严重，上下对此反应强烈，进而对改革的方向产生怀疑。不少农场又退回到原来由生产队统一承包的模式，收回农业机械，改革出现大的反复，即人们所说“翻烧饼”。垦区农业生产不稳，干部职工的思想比较混乱，曾引起中央领导的关注。

陈平陪同孙仁松回访 850 农场（2016）

作为黑龙江垦区改革参谋部的总局政研室（体改办），当时面临的压力也非常大。一些人把批判的矛头对准了政研室。孙仁松作为部门的负责人，作风非常沉稳。他从自己在北大荒工作生活几十年的经验和学习

体会中，坚信中央和总局党委关于国有农场改革的方针政策是正确的，顶着压力带领政研室全体同志坚定改革信念，贯彻落实总局党委的决策，全力推进垦区改革。孙仁松同志经常告诉我们，不能因为改革中出现了一些问题就怀疑改革的方向，而要分析问题产生的原因，找准原因后，再用改革的方法去解决就是了。他还经常被邀请在垦区各部门举办的干部培训班上宣讲中央的改革政策和农垦的改革措施，还与政研室的同志一起撰写文章，在《农垦报》《农场经济管理》和其他报刊发表，力求占领舆论阵地，排除各种干扰和杂音，使坚持改革的声音成为舆论的主流，从而为农垦改革创造一个良好的环境。

坚持调查研究实事求是

孙仁松是一位求真务实的好领导，重视调查研究工作、坚持实事求是是他不变的工作作风。他经常带我们下农场、生产队进行调查研究，和基层干部职工促膝谈心，发现问题，总结经验。记得有一年下农场调研的时间达到 200 多天。有一次陪他到北安管理局调研，在垦区海拔最高、无霜期最短的龙门农场，一场大雨下了几天，交通中断，7 月末温度只有 20℃左右。在结束对生产队的调查后，在农场低矮潮湿的招待所里，孙仁松对农场干部系统地讲了垦区农业改革的必要性和兴办家庭农场的重大意义，分析了存在的问题和解决的办法，以及未来的发展前景。这次调研加上和孙主任的谈话，使我进一步提高了对垦区农业改革的认识，更加坚定了改革成功的信心。

当时垦区有 104 个农场，各农场的历史沿革、自然条件、经营规模、产业结构、人员构成、干部素质都不相同，经济改革的措施也要有针对性，不能搞一刀切。为了掌握垦区农场的实际情况，孙主任几乎跑遍了垦区 9 个管理局的大部分农场。当时条件艰苦，交通通信不便，下农场只能一站一站接力，一天一个农场，还要深入到生产队，广泛听取最基层同志的意见。现在想想，一整天坐车、赶路、开会、讨论、研究分析，对当时已年过半百的孙仁松主任来说，也是非常不容易的。

孙仁松在调研中常常听到与上面政策不同的意见或观点，他从不轻易否定，而是耐心地听取，让对方把话说完。即使是明显错误的观点，他也不会立即严厉地批评，让对方下不来台，而是摆事实讲道理，由浅入深，引导基层同志得出正确的认识。这种工作作风，得到基层同志的认可，对我个人也是深刻的教育。

努力把调研成果转化为领导决策

把调研成果及时转化为领导决策，是当时政研室领导们身体力行的重要工作方法。孙仁松要求大家围绕经济改革中的重点和难点问题，认真调查研究，总结基层成功的经验，剖析存在的问题，探索解决问题的对策。他还要求写出调研报告，先在室内交流，质量好的要上报领导或在《农场经济管理》刊物上发表。对一些重要的研究成果，他还积极向总局领导推荐，及时提供基层的全面准确的信息，包括负面的信息，使领导们看到听到更真实更全面的东西。

每年年末，农垦总局都要通过召开包括管理局、农场领导参加的全局工作会议，总结改革和发展经验，部署下一年的工作，提出实施方案。这是把调研成果转化为领导决策的重要时机。会议召开前，孙仁松、范为常等室领导带领政研室同志积极主动地为会议做好材料准备，给总局领导当好参谋。通过起草工作报告和有关实施方案文件，把调研成果和各部门提出的建议纳入其中，作为领导的决策。其中，有关改革部分，主要是由政研室提供，很多时候几乎不用修改直接采用。

经过在坚持改革中不断完善和充实提高，到1992年前后，垦区上下基本统一了思想，形成了垦区农业经营体制的总体框架，即：以家庭农场为基础，大农场套小农场统分结合的双层经营体制；实现了垦区现代化大农业与符合市场经济要求的联产承包责任制的有机统一，也消除了人们对垦区农业改革方向的怀疑。后来又经过多年不断地完善，终于形成了全国最大的国有农场的农业改革模式和具体办法，为

垦区实现粮食产量翻番，建成国家重要的商品粮基地奠定了体制基础，为全国的国有农场农业改革探索出一条行之有效的道路。垦区农业改革取得的成功，靠的是中央正确的方针政策和总局几届领导班子的明智决策，靠的是垦区 170 万人民勇于开拓和大胆实践。应该肯定，孙仁松同志领导的总局政研室在建立和形成新的国有农场农业经营体制方面也发挥了重要的奠基作用。

退休后继续为北大荒做贡献

孙仁松同志的务实精神和高尚的品质，还体现在他利用退休后被借调在农业部农垦局工作的机会，继续默默地为垦区做贡献。

1995 至 1996 年，黑龙江省的一位主要领导，在垦区和全省条件不具备的情况下，不顾主管部门农业部的反对，执意改变垦区现行管理体制，强行推进所谓“虎林试点”。一声令下，将虎林境内的 6 个大型国有农场，3 个农垦工业企业的经省人大授权享有的几十项社会行政管理职能全部划归虎林县管理，这些农场和企业几十年来形成的全部国有资产，也一并无偿划拨；同时，还要求企业在上交完各项税收的情况下，继续承担办社会事业的开支。垦区农场过去自己办社会事业是在特殊历史条件下形成的，虽然增加了企业负担，但对农场经济发展也发挥了积极作用，并得到中央的认可。而且因为垦区的全部资产，都是由国家直接投资建设和管理的，地方政府无权把资产划走，所以从总局党委到基层百姓，都坚决不同意虎林试点方案，从不同层面进行了抵制，为此总局多次给农业部上报材料，要求停止试点。我在总局政研室就参与了上报材料的起草工作。为此，1996 年国务院专门派调查组到黑龙江调研，国务院领导也要求黑龙江省要慎重对待。后来省委发文，以“条件不具备，时机不成熟”为由，停止了虎林试点，交还了农垦的社会行政管理职能、机构、人员、编制及其资产。国家在处理“虎林试点”的问题上，农业部作为农垦主管部门的态度非常重要。据事后了解，当时孙仁松同志在农业部农垦局帮助工作，参与了农业部向国务院报告的起草工作。因为他熟悉黑龙江农垦的历史和真实情况，对农业部形成给国务院的报告发挥了重要作用。

“虎林试点”的夭折，使北大荒避免了一次大折腾、大损失。当时，我在垦区亲历了那次惊心动魄的“试点”工作，庆幸没有继续搞下去，不然损失难以估计。孙仁松同志作为1958年开发北大荒十万转业官兵的一员，几乎把一生都献给了北大荒的事业，其“无私奉献”的精神值得敬佩！

我从老领导身上学到了什么

在孙仁松同志领导下工作，真的能学到本领，增长知识。这些本领和知识，对我后来担任政研室主任和农垦科技职业学院的领导工作中起到了重要的作用。我自己虽然曾经长期在基层工作，但缺乏全局视野，看问题有局限性。到政研室工作后，我虚心向老领导、老同志学习，学到了对宏观问题的认识和对具体问题的处理方法，掌握了科学地认识事物的规律。

在孙仁松退休离开垦区后，我在担任政研室领导中，时刻把调查研究作为工作的基本要求，把倾听管理局和农场同志情况介绍和意见建议，作为了解掌握垦区情况的重要渠道。我还特别注意听取不同的意见建议，不论时间再紧，困难再多，调查研究都必须坚持，不能改变。我充分利用总局领导给政研室配备了专车的条件，跑遍了垦区的全部农场，和很多基层的同志成为无话不说的好朋友，也听到了很多真话，看到了很多实情，形成了一些符合垦区实际的调研材料，为总局领导科学决策提供了依据。调查研究，掌握实情，认真分析，总结推广，这些在实践中学到的科学的工作方法，对我当时和后来的工作都有很大的帮助。

孙仁松同志今年83岁了，我也已经66岁。我们共同走过了30多年的历程，经历了很多难忘的事情。虽然我们的年龄、经历、家庭等各方面有很多不同之处，但我们最大的共同之处，就是在我们的骨子

里头，都永远刻上了北大荒人的印记，这将陪伴我们终生。

我祝愿孙仁松同志福寿安康！松鹤延年！我相信好人必有好报，好人一生平安！

（2019 年 8 月 28 日）

“五同”战友贺钻婚

张培勋

仁松战友、荒友、学友：

欣悉您和玉群即将迎来“钻婚”大节，而且将有第二本佳作《红榜缘》问世，特此致贺！

在我的客厅里挂有一个约 440 颗红白珠子编织的“寿”字。这是 2016 年 5 月 13 日，您和夫人杨玉群从成都返回北京时，专程乘飞机到咸阳看望我一家时的赠礼之一。当得知这份至为珍贵的礼物是由 80 高龄的杨玉群在灯光下亲手编成时，我和老伴都十分感动，这不是一般的工艺礼品，而是我们半个多世纪深厚的战友、荒友、学友情的象征。

那次重逢，您在离开时给我留下一首诗，至今记忆犹新：

当年并肩守海疆，
男儿解甲战大荒；
裴德峰下同耕读，
战友深情永不忘。
赤子报国各东西，
转眼已过半世纪；
今日咸阳喜重逢，
细语纷纷泪湿衣。

孙仁松、张培勋 2016 年于咸阳

每当我看到挂在墙上的“寿”字，就会想到您这首诗，进而回忆起 1958 年 3 月初，我们这些青岛海军的复转官兵，同乘一列火车向祖国的东北边陲北大荒进军，口号是“向地球开战”“向黑土地要粮”。我们两人同时加入一支百余名复转军人组成的队伍，开进一个叫作“老牛圈”的地方。在那片亘古荒地上，一起除积雪，搭马架，饮雪水；咱们用人拉犁翻开黑黝黝的处女地，再用人拉播种机撒下希望的种子，当年就有了喜悦的收获。同年八月，我俩又同时考进由王震将军兼任校长的黑龙江八一农垦大学，分在同一个国营农场管理系学习。我们俩人先后同在青岛海军服役、乘同一列车开赴北大荒、同时在“老牛圈”开荒建场、同时考上八一农大、同在一个系学习，这也许是巧合，更是缘分，故我称之为“五同战友”，这种友情至深可贵。

1962 年秋，结束了四年的大学生活，我被分配到八五七农场的生产队当机务队长，您留校工作。1965 年夏，我调到陕西省，遵循毛主席“一定要实现农业机械化”的指示，继续从事农机工作。这期间我和北大荒的战友们失去了联系，但我的心无时不在思念北大荒的战友，牵挂着北大荒的发展变化。特别是到了晚年这种思念之情越发浓烈。我曾写过一首题为《思念》的诗，表达这种情怀：

北国风光无限好，
千里冰封北大荒；
黑土地上流血汗，
思念战友想同窗；
昔日战友今亦老，
不知诸君在何方？
现代粮仓已建成，
遥祝战友乐安康！

当年一起进军北大荒的许多战友已经永远离开我们了，而我们两人今天仍然健在，而且还能保持联系，这是何等幸运！正如您此前写作出版的《大荒缘》和即将出版的《红榜缘》两本书都有一个“缘”字，这个“缘”字把我们两人的友情连接至半个多世纪，而且继续深化。记得2011年5月的一天，我在电脑上查看北大荒的情况时，偶然发现您写的《大荒缘》一书出版发行，我很激动，当即与您联系，很快便收到一本《大荒缘》。我如饥似渴地读了此书，仿佛又回到北大荒，回到那激情燃烧的岁月。从《大荒缘》一书中，不仅得知您个人和家庭的全面信息，而且得到过去所不知的有关开发北大荒和建立八一农大的历史背景和发展现状。从此，我们建立了微信和电话联系，您经常向我提供北大荒发展变化的重要信息，使我如亲临其境地感受现代北大荒和中华大粮仓的最新面貌。

我们是牵手北大荒的战友，为我们能成为建设“中华大粮仓”的开拓者而深感荣幸和骄傲！更值得欣慰的是，北大荒的辉煌成就以及在艰难的开拓建设中形成的“艰苦奋斗、勇于开拓、顾全大局、无私奉献”的北大荒精神，得到党中央、习总书记的高度肯定，我深信，未来的北大荒一定会更加美丽，更加繁荣兴旺！

恭祝全家幸福安康！

（2019年6月15日于咸阳）

霜叶红于二月花

——贺孙、杨二位的钻石婚

李永清

我与孙老初识于八一农大，受教于农垦改革，再会于海南。

1981年，我有幸参加了八一农大干部专修班的学习。当时，孙老虽未授课于我们，但经常从熟识的老师那里耳闻一些孙老的生活片段。那时，在我的印象中，孙老不仅是有过突出贡献的农垦老前辈，也是一位知识渊博的学者。

李永清于海南（2017）

后来，我到黑龙江农垦绥化农管局体改办工作，与孙老有了较多的接触，逐渐从相识到相知，并从中得到了孙老的许多帮助和教诲，至今受益。

80年代中期，农垦的改革刚刚起步。由于经验不足，加之遇到较为严重的自然灾害，相当一部分家庭农场又退回到原有的体制内。一时间，怀疑农垦改革的方向、否定办家庭农场的思潮四起。家庭农场要不要办下去？怎么办？这是垦区上下亟须回答的问题。为此，孙老和体改办的同事们做了大量的调查研究，在垦区内发现了许多成功兴办家庭农场的典型。如：八五八农场的王木存家庭农场，八五九农场的养貉专业户，绥滨农场的大农场套小农场的双层经营体制的经验，等等，既生动又现实，很有说服力。我清楚地记得在农场总局体改会议分组讨论时，孙老对我们这些来自基层的体改人员讲："国营农场长时间实行固定工资制。分配制度与经营成果脱钩，干好干坏一个样，这种铁饭碗、大锅饭的分配形式是导致农场缺乏活力和动力，形成

'一死二穷'的重要原因。建立社会主义的市场经济体制对于垦区来说，就是搞活微观实体。通过兴办家庭农场把千千万万职工的积极性和创造性发挥出来，最大限度地提高农业劳动生产率。而大农场要从具体的种管收中解脱出来，做好家庭农场的产前、产中、产后服务。那些有一技之长的农机驾驶员、兽医等要搞好专业化服务。"

此后，我所在的绥化农场管理局专门组织场长、体改办主任到东部的八五八、八五九、绥滨农场，西部的尖山农场学习取经。全局上下很快统一了思想，更坚定了办好家庭农场的信心和方向，改革也走上了健康发展之路。

现在回过头来看几十年前走过的道路，看到富裕起来的农垦职工，看到现代化的农垦集群，更能体会到当年克服各种困难坚持改革的历史意义。在亲身参与的改革中，我的理论水平和管理能力也得到了很大的提高，在孙老及总局体改办领导的推荐下调到黑龙江省国营农场经济研究所，并具体主持了经研所一段时间的工作。

多年后，我与二老在海南有幸再相逢。2013 年冬，当我得知二老在三亚北大荒老年公寓休养时，便专程从海口去探望。期间，我们谈起了北京冬天寒冷，雾霾严重，上年纪的人有些不适应，并表达了在海南买过冬房的意愿。为此，我陪同二老考察了部分市县，最后在保亭购买了一套房产。也非常凑巧，刚好和我住的小区是邻居，天赐良机，我们有了更多的交流机会。

二老退休前可以说是工作狂，在各自的岗位上都有突出的建树。没想到离开工作岗位后，他们把自己的生活安排得更加丰富多彩。他们给我留下最深印象的是以下几件事。

一是退休不退岗，笔耕不辍。他们亲自动手打字、编排出版了带有回忆性质的大作《大荒缘》。这不仅是个人的回忆，其中许多章节都详细记载了作者亲自参与的农垦发展过程中的重要事件，为农垦系统留下了非常珍贵的史料。

二是孙老的摄影成果让人惊叹。80 多岁的人，早出晚归，不辞辛苦，创作了许多摄影精品。如：《麻雀双飞》《幼鸟哺育》等作品，使人们赏心悦目，同时能从这些小精灵的活泼、亲情的动作中看到了人与自然的和谐，让人懂得更加珍惜生命，哪怕它那么弱小，也是自然界的一分子。特别值得一提的杰作——《化蛹成蝶》，是用二十几天的时间完整地记录了他家那株金橘上的小青虫从幼虫到作茧，再由茧蛹破洞而出成为翩翩起舞的彩蝶，这是很难得的科普教材。

三是杨老精湛的空竹艺术。杨老不仅是保亭地区的空竹引领者，而且广授技艺，成了春节联欢会的保留节目。我的小外孙深得杨老的密传，不仅自己喜欢，而且影响他的十几位同学也颇有兴趣地玩起了空竹。

四是二老幸福美满的老年生活。他们无私的奉献，豁达的心胸，急人所难，倾力相助的高尚修为，也为邻里做出了表率。仅春节期间，我给二老拜年的半天时间里，就有两拨邻居送来家乡的特色，请二老品尝，我也趁机大饱了口福。

在庆祝二老“钻石婚”的时候，我发自内心的祝愿二老再奔茶寿，到时再喜庆一番。正是：

官兵十万赴龙江，
亘古荒原谱新章。
金戈铁马如潮涌，
酷暑严寒历沧桑。
良田开垦千万垧，
麦浪滚滚稻菽香。
六十余载天地转，
大荒已变米粮仓。

我的良师益友
——我与孙、杨二位老同志的友谊

马淑琴*

茫茫人海中能与孙仁松、杨玉群两位老同志相识，确实是人生中的一种缘分。而从相识到建立深厚友谊的三十多年，我们从二位老同志身上学到很多，感悟也很多。

马淑琴于北京

我们的认识要从二老的儿子文锴上大学说起。1984 年文锴以优异成绩考入北京农业大学经济管理学院，被编入 714 班。原先是肖老师担任他们的班主任，但是不到半年她出国留学了，组织上委派我接任他们的班主任，由此与这个班结下了不解之缘，也由此结识了二位老同志。恰好二老在 20 世纪 90 年代从北大荒退休后到北京定居，后来住址又迁到中国农业大学家属区，于是我们有条件经常见面和交流，从认识到相处 30 多年，我家和二老结下了深厚的友谊。

两位老同志是长辈，更是良师益友。我爱人李福成曾经多次说到，今生能有幸结识这两位老人家，是我们前世修来的福分。因为从他们身上学到了很多东西。我们共同体会到，二位老人始终保持和发扬了诚信、朴实、善良的中华传统美德，对朋友言必信，行必果，遇事首先想着国家，想着别人；乐于助人，总是把别人所需所求之事当作自己的事情一样尽力帮助。相处之中二位老人还时常把自己的人生体会、处理问题的经验无私传授给我们。在拜读了二老的回忆录《大荒缘》

* 中国农业大学人发学院副教授。

后，从二老的个人成长史、奋斗史中深受教育。我们知道了老人家的家风、家教非常好，儿孙们都很孝顺也很有出息。二老时常会把对子女教育的体会与我们分享，使我们受益匪浅。

孙、杨二位老人虽已耄耋之年，但是不断追求和善于学习的精神，令我们这些晚辈感动不已，比如孙老的摄影、电脑操作、智能手机使用都相当熟练，运用自如。他们热爱生活，享受生活，坚持健身，比我们许多年轻人做得好。杨老的抖空竹已练到较高水平，还无私地向爱好的老人传授技艺，组织社区空竹队，参加北京市比赛拿到创新奖；他们既是社会活动的积极参加者也是组织者，总是把满满的正能量带给社会，更把自己的光和热传给周围的人。二位老人的高尚品德，一丝不苟并讲究方法的做事态度，始终不放松、永远不停息的精神，持之以恒锻炼身体的毅力都是我们学习的榜样。在他们即将迎来“钻石婚”这一人生大节的时候，特送上我们的祝福：

风雨同舟六十春，
历经沧桑非常人；
亲朋好友齐赞贺，
儿孙满堂敬星君。

（2020 年 3 月于北京）

兄长与益友
——记与孙仁松家的情谊

胡中禄

胡中禄于哈尔滨

我与孙仁松主任相识是在垦区举办的农场经济管理学会的年会上。1985 年我参加了垦区对加拿大的考察团，通过对加拿大的家庭农场一个月的详细考察，加上对垦区 1984 年试办家庭农场情况的调查，更加坚定了我对垦区大办家庭农场的信心。当时，在垦区大办家庭农场引起很大的争议，自然也成为农场经济管理年会的核心议题。会议期间，与会代表常在一起切磋问题。孙仁松是总局政研室主任，我是农垦管理干部学院经管系主任，我们对彼此的意见与看法都十分重视。巧的是，我们对垦区大办家庭农场的看法竟出奇的一致，因而谈话十分投机，有相见恨晚之感。倾心的交谈给彼此留下深刻的印象，一年一次的年会也积累和加深了我们的友谊。

1992 年 5 月，我被调到总局政研室工作，开始了与孙仁松主任朝夕相处。我在学院时任经济管理系主任，是处级干部。刚到政研室时还没有适当的职务安排，为此孙仁松主任十分操心，积极为我争取有一个较好的安排。

20 世纪 80 年代和 90 年代初，垦区与全国各地一样，调查研究与学术探讨的空气十分浓厚，各种学会纷纷成立。但是，有关社会科学学会的管理机构，如社会科学界联合会尚未建立。后来，孙主任听省里讲，总局可以成立社会科学界联合会（简称社科联），既可以推动垦

区社会科学的发展，又能增加机构和职位，可以安排人员，于是孙主任为此而上下奔忙。阻力主要来自内部，因为全省与地方，社科联都是由党委宣传部来领导和管理，但由于编制问题，总局不可能再增加社科联这一机构与人员，只能由现有机构与人员兼任。孙主任希望社科联设在政研室，常务工作由政研室人员来担任；总局宣传部却希望社科联设在宣传部，由他们的人来具体负责。经过一番交涉并请示总局党委，最终决定把总局社科联设在政研室内，并由政研室人员担任具体领导职务。做通了有关部门的工作后，农垦社科联正式落户政研室，我也就被推荐为农垦社科联的常务副主席，从而解决了我的任职问题。事后，部分宣传部人员还对孙主任有意见。其实，此事孙主任不管也没有任何责任，因为我是总局领导调来的，安排工作应由总局来管。但孙主任热心促成此事，也可见其对同志的热心与负责。社科联从筹备到成立，孙主任给予了极大的关心与支持，这是我至今也难以忘怀的。

我由学院教学工作转为政策研究，特别是要为总局领导当好参谋，角色的转换难度不小，孙主任都毫无保留传授他的经验，指导我的工作，使我较快地适应了新的工作岗位。

孙主任不仅关心我的工作，对我的家庭也无微不至地关照。我爱人与女儿的工作在他的催办和协调下较快地得到安排，房子等问题也较好地得到解决。

后来，我女儿因健康问题不能正常工作，孙主任和他爱人杨主席经常关心和询问，帮助物色与寻找适当的工作，并请有特长的人员来传授一技之长，以使其能自食其力。这件事持续了许多年，直到他们借调到北京后，依然记挂于心。每次通电话或回垦区时，都要关心问到我女儿的情况，每次捎来礼物，总少不了女儿的一份，为此，我和我的老伴都深深为有孙仁松夫妇这样的兄长和益友而万分欣慰和感谢。

数十年如一日，我们的友谊日久弥坚。至今，我们依然用微信和E-mail联系频频。孙主任的摄影新作，杨主席海南种花和绝妙的空竹

表演，他们的每一份欢乐，都让我们共享。衷心祝愿我们的大哥大嫂健康长寿，快乐永远！

（2018 年 11 月 25 日于哈尔滨）

难忘同窗情

毛茂林*

喜闻孙仁松、杨玉群即将迎来“钻石婚”这一人生的重大纪念日，作为他们二位的老同学，也是那张“红榜”的见证人，十分仰慕，特表示衷心的祝贺！

毛茂林于蒲江

杨玉群、孙仁松都是我在邛崃师范师训班的老同学，特别是孙仁松参加海军离开学校后，杨玉群与我又同在师范学校读完初师、中师，同窗共读 7 年，毕业工作后至今又 60 年了。时光荏苒，日月如梭，忆往昔年华，真是感慨万千。常言道：“百年修得同船渡，千年修得共枕眠，五世修得同窗读。”孙仁松、杨玉群二位同学的结合，今天成为享有“钻石”美誉的恩爱夫妻，这是他们的缘分，也是他们的福分。

1952 年，我和杨玉群、孙仁松以及其他同学能从茫茫人海中走出家门，不早不晚在同一时间、同一学校相聚在一起，同窗共读，这是巧合吗？不！这是我们大家的缘分，也是特殊的历史机缘。在新中国

* 邛师五九三班

成立初期那个百废待兴，人们的物质生活仍然匮乏的年代里，我们一起享受国家每月 15 元的助学金，除了堪称美味的一日三餐外，还统一制作冬衣，发给工具书和文具。我们在美丽的校园里潜心苦读、过着无忧无虑的愉快生活。大家率直任性，嬉笑怒骂，无话不谈，同学间没有任何情感隔阂和利益冲突，处处留下了我们青春的足迹，也结下了深深的同学情，其实也是兄弟姐妹情。回想当年的峥嵘岁月，我多么想穿越时空再回到原点，去享受那快乐无邪的青春岁月。

1959 年，我们完成学业，接受统一分配。同学们根据国家的需要，也为了实现自己美好的人生目标和灿烂前程奔向四面八方。此后的几十年，大家都忙于事业和家庭，也忙于培养后代，很少有见面的机会，而这期间我们每个人都经历着巨大的变化。孙仁松参加海军 5 年后，1958 年响应中央的号召随十万转业官兵参加北大荒建设去了，杨玉群与他结婚后 1965 年也调到北大荒工作了。很多同学在几十年中，都未曾有见面的机会。直到改革开放后，我们先后退休了，才有人不定期地组织同学的聚会，可这聚会竟成为人生难得的盛宴！

光阴似箭，岁月不饶人。现在我们都老了，一个个都成了白发苍苍的耄耋老人，享受着改革开放带来的成果和含饴弄孙的天伦之乐。可是，有些同学走完了自己的漫漫人生，告别人世驾鹤西去了。他们为了共和国的建设事业贡献了自己的美丽青春，我们要为他们祈福，祝愿他们一路走好！

我们仍然在世的老同学，一定要珍惜现在，快快乐乐过好每一天，要活得乐观，活得潇洒，活得健康。未来也许还有几年、十几年、二十年，不管时间长短，要像杨玉群、孙仁松二位那样，活出晚年生活的质量和风采！愿我们大家都坚强起来，共同走好幸福人生的最后一公里！

（2019 年于四川蒲江）

我与杨玉群大姐的友谊

王文华

我与杨玉群大姐，从相识、相知到成为忘年交好友，已经有 40 年了。我们的交往，可以分成三个阶段：从最初在黑龙江农垦总局机关里相识；后来在总局机关党委共事，进一步加深友谊；退休后你来我往，姐妹情深。

1979 年 3 月，我从农场调到农垦总局通信处工作，很快就发现机关里有一位老大姐（那年我 30 岁，后来知道杨姐比我大 14 岁），引起我的特别注意。她活跃在机关大楼内外，无论是走廊里，还是机关院里，各处室间，经常看见她匆匆走过的身影。最有特点的是，她走起路来都是一路小跑，用略带乡音的普通话不断地与人交谈，语气中肯、急切，却又干脆利落。通过那种快节奏的工作状态，展现出来的是她满腔热情、积极向上的进取精神。初识就给我留下深刻的印象，同时周围同志们也都向她投以赞许的目光，亲切的互相打着招呼，大家都称呼她杨校长。一打听才知道，杨大姐那时也是刚刚从农垦总局机关子弟校副校长的岗位上，调到机关党委负责机关工会的工作。

因为我在通信处政工科工作，间接或直接地接触到杨大姐，慢慢地与杨大姐也熟悉起来。都说工会工作不好干，可她凭着对党的一片赤诚之心，干一行爱一行，把机关工会工作，从无到有，从小到大，做得风生水起，赢得了领导的赞许和支持，更是得到职工群众满意的回声。我后来慢慢才知道，工会工作在十年动乱中已经停摆，总局

杨玉群与王文华（2016）

机关和直属单位的工会工作就是空白点，杨大姐是肩负着组建机关和机关直属单位工会的重任走马上任的。这也不难理解杨大姐为何风风火火，一路小跑地做着工作。她是用无声的行动诠释着什么是责任感和紧迫感。因此，我对杨大姐的敬意油然而生 。那时杨大姐边组建工会的同时边发挥工会的职能作用，陆续开展了多种多样的工作。作为普通职工，关心的是职工的切身利益、生活福利和文体活动 ，杨大姐那些年大到机关运动会、篮球赛，小到职工个人家事，处处都有她的足迹。机关工会仅有一个编制，开展工作离不开领导的信任和群众的支持，可怎么能做到这些呢，靠的就是对组织的高度负责精神，踏实努力、求真务实的作风，全方位的上下沟通协调能力，灵活多样的工作方法。一句话，靠的是杨大姐的人品、人格的魅力！这一切杨大姐做到了。那个时期机关工会所取得的成绩大家有目共睹，这就是最好的证明。也说明我们当时的总局领导慧眼识珠，选对了干部用对了人，杨大姐成功了！事实上凭着杨大姐的为人，应了老话：是金子放到哪里总是会发光的！

这么多年过去了，很多事淡忘了，可职工文化补习班的事依然印象深刻。党的十一届三中全会后，全国上下拨乱反正，求真务实的呼声高涨，当时我爱人正在通信处直属佳木斯通信站当站长。通信部门，下乡知青年轻小伙子特别多，“文革”中被剥夺了学习文化知识的机会，现在又都工作在技术部门，尤其是电源室、载波室、自动机械室等部门的职工，当下都有急需补习基础知识的愿望。杨大姐多方奔走，经过沟通协调，充分发挥领导和群众积极性，白手起家，解决了师资、场地、教材等等方方面面的具体问题，成功地创办了机关职工学校，并由她兼任校长。通信站因为需要补习的职工多 ，许多岗位 24 小时不能离岗，在杨大姐的精心安排和通信站的积极配合下，通信站的年轻职工分期分批全部得到了补习，夯实了基础知识，为进一步培训技术骨干力量和他们后来转干创造了条件 。这是工会对通信站工作的最大支持！之后机关工会和我们通信处建立了部门间良好的互信互动关系。

1986 年，我因工作需要调到机关党委做组宣干事，和杨大姐开始成为朝夕相处的同事。她是我的好领导，而且很快成为知心的好姐妹。在这里我得到了杨大姐多方面的关怀和帮助，从她身上学到了书本上很难学到的东西，尤其是她的那种积极向上、认真负责的工作态度，乐观豁达、果断坚毅的性格和任劳任怨、一丝不苟的精神一直感染着我。因为机关党委工会只有一人编制，工会有事委里同志能上则上，我经常在杨主席的领导下做事，杨主席也经常参与委里的党务活动，分工不分家。刚到委里工作那会儿，不明白的事杨大姐毫不保留地指点给我。这些虽看上去是小事，但工作的成败却蕴含在其中，这种对同志的培养帮助，踏实严谨的精神却让我受益终生。比如遇到有重要或大型活动和会议之前，她总是领着我们将需要的文件、材料、物品的准备情况一件件检查是否到位，所有的程序逐一确认，必要时还演练一遍，就连桌签的摆放都一一核实到位。工作中教方法，讲原则；不利于团结的话不说，不利于团结的事不做；对人要多鼓励多表扬，树立正面形象；等等，这些都是我接触杨大姐后学会的。我逐渐感到杨大姐既是一个认真负责、踏实肯干的老黄牛，又是一位聪明好学，有智慧讲方法的领导者。我十分感谢杨大姐的亲如手足的帮助和指导。毫不夸张地说，我在机关党委工作中，结识杨大姐这位良师益友，是最大的收获。

大约是 1987 年春节前夕，杨大姐准备代表机关工会，去机关医院慰问住院的职工。当她在办公室站到折叠椅上取橱柜顶上的慰问品时，不慎摔倒在水泥地上，她爬起来稍微休息后，又忍着脚痛带着慰问品走到机关医院，爬上三楼慰问完病号，然后才去外科做检查。结果发现腓骨骨折。我后来听说后，对杨大姐坚强的性格和对工作无比认真负责的精神，非常敬佩和感动。那段时间，杨大姐每天早晨组织职工习练健身气功，需要带音乐的语言引导习练，本来都是杨大姐清晨手提音响，第一个到习练场地，亲自准备好给大家放录音。我当时虽年轻也时不时地跟着学练。杨大姐脚摔伤后，我就主动承担起放录音的任务。按说这件举手之劳的事我是应该做的，杨大姐却经常提起，一再感谢。杨大姐那么帮助我，我也没表示感谢，反而受到她的感谢，我始终过意不去。

1988 年 10 月，应我和我爱人的要求和组织的照顾，我们夫妻二人回到了阔别 20 年的家乡哈尔滨，调离了机关党委的工作，告别了杨大姐和机关的同志们。回到家乡但仍旧在农场总局直属单位工作。虽有了新环境，各自忙碌着，但我和杨大姐依旧保持着联系。最让我感动的是，杨大姐听说我的工作安排不大称心后，始终挂念不已，并且介绍我到省政府机关工会去帮忙，意为先为借用，后争取调转，并且也已经实地去工作了很长一段时间，只是毕竟是省级机关，进人也绝非易事。此事虽未能达成心愿，但这人生大事对我来说非同小可，自然大恩不言谢，我却终生难忘!

杨大姐退休定居北京后，我趁休假或出差机会以及退休后经常到北京，每次都受到杨大姐和孙仁松老大哥的邀请，到他们家中做客。孙仁松老大哥是个学者型的老先生，在机关工作时，他在政研室工作，那是个宜静不宜动的部门，虽认识他但几乎未有交往。他知道我们要去家里拜访，要么亲自下厨房给我们煎炒烹炸，要么亲自订饭店招待我们，杨大姐还给我们包家乡的粽子吃。一次杨大姐在组织舞蹈演练，我去了就把她跳舞的服装拿出来叫我穿上，由孙大哥给我照相，几个人开心了好一阵子。孙大哥还是个摄影爱好者，又学摄影又学电脑编辑，我去了津津乐道给我展示讲解他的摄影作品和自编的影像视频专辑。杨大姐给我表演抖空竹，孙大哥展示柔力球，夫妻俩一唱一和，真是夫唱妇随，好和谐的一对！当之无愧的模范夫妻！杨大姐还鼓励我、教我习练空竹，送给我空竹和习练的光盘让我带回家乡练习。

杨大姐还发挥自己的特长，不但自己学，还走到哪都能把周围的姐妹们组织起来一起活动。看到古稀之年的老夫妻，爱好广泛，学啥像啥，我虽然小了好几岁，但真是自叹弗如。每次见了他们我都发自内心的感叹，这对夫妻真是值得我好好学习的榜样！每次去都令我感动不已。杨大姐是个非常聪明有智慧的强者，又是那样的和蔼可亲，

时时处处替别人着想，亲近你，潜移默化地感染着你，可谓润物无声！2011 年我爱人因心脏病想去北京住院，是杨大姐的女儿忙前忙后帮我们联系了安贞医院，及时住院并手术治疗。2015 年冬，杨大姐夫妇去海南保亭居住，邀请了很多总局的老领导在保亭聚会，同时也邀请我们一同参加，那次我们也有幸见到了原农垦总局局长刘成果及很多多年未见的老同志。

可敬可爱的杨大姐，此生得此良师益友足矣！杨大姐、孙大哥是值得学习，值得尊敬的长者，是我们学习的榜样！在你们即将步入钻石婚的美好时刻，祝你们健康长寿、幸福永远！

（2019 年 3 月于哈尔滨家中）

最尊敬的长者

刘玉华*

在我的心里，孙仁松、杨玉群是两个闪光而又亲切的名字。说闪光，是因为当年，夫妻比翼齐飞，在各自的工作岗位上，表现都很出色，有着骄人的业绩，令熟悉的人们赞叹；说亲切，是二老为人真诚，平易谦和，心地善良，乐于助人，让每一个接触过、交往过的人情不自禁地愿意走近。无论在哪里，无论做什么工作，他们都是让党放心，让群众满意的优秀工作者。他们是我一生中最尊敬的长者。

孙仁松是 1958 参加十万转业官兵开发北大荒的转业军官，王震将军创建并兼任校长的黑龙江八一农垦大学的首批学员，毕业后留校任教多年，后任《兵团战士报》《农垦报》编辑记者。在黑龙江省农垦总

* 刘玉华同志退休前任黑龙江农垦总局人事局副局长、北大荒电视台台长。

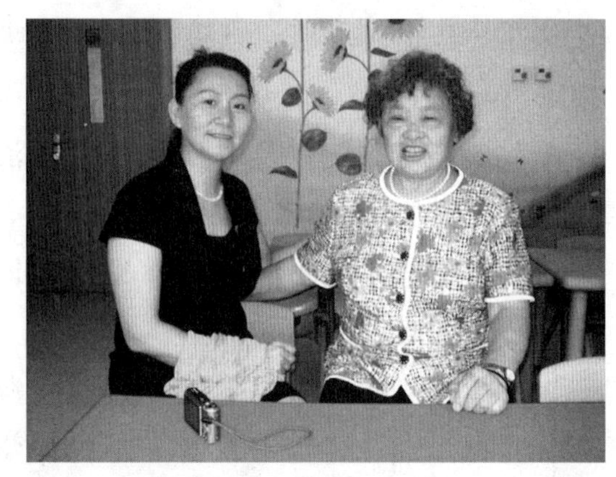
杨玉群与刘玉华在一起（2010）

局政策研究室主任位置上即将荣退时，被农业部农垦局借用长达10年之久，堪称中国农垦经济改革方面的专家。可以说，无论在哪个岗位上，他都兢兢业业，一心扑在工作上，留下了一串串闪光的足迹。

我认识杨玉群同志，是在1989年。当时，她从总局子弟学校副校长岗位调入黑龙江农垦总局机关，负责恢复筹建机关工会，后来担任了工会主席。大家都公认，杨玉群具有卓越的组织才能和热心为群众服务的精神。她就像一团火，用自己的热情、不知疲倦的行动感染和带动着身边的人们。我就是被她激情四溢的活力所征服，心甘情愿地追随她脚步的晚辈之一。当年，她每年都组织机关运动会，选我去当播报员，对她善于发动群众、组织群众的卓越能力深有体会。几千人参加的运动会，几十个比赛项目，她组织得井然有序，精彩纷呈。

1979年杨玉群刚调到机关工会，就按上级指示，创办了机关职工学校并兼任校长，给所属机关干部和所属单位数百名职工进行“双补”(补文化、补技术)，开办了初、高中文化补习班和外语班，我有幸参加学习并在一个班里担任学习委员。从选择落实教学场地、聘请教员，到制定教学计划、采购教材、组织定期考试，她都亲自操办。到1985年，400多名职工通过了双补学校考试，很多人后来担任了部门领导，或评为高级技术职称，我就是其中的受益者之一。

由于杨玉群同志突出的工作表现和事迹，1989年，她被黑龙江省政府机关工委授予“优秀工会工作者”称号，并在省直机关工委会议上介绍经验。省直机关工委在《简报》上介绍她的事迹，配发的编者

按中这样高度评价道："杨玉群同志担任总局机关工会主席后，做了大量的工作，出色地完成了各项任务，成绩显著，受到上级领导和职工群众的一致好评，曾多次获得垦区工会和省总工会的表彰。她的主要特点一是热爱工会工作，为直属机关工会的建设倾注了全部心血；二是热心为群众服务，办好事办实事，深受职工群众欢迎；三是注重发挥各方面的力量，坚持群众的事让群众自己办；四是主动争取领导的重视和各部门的支持；五是有旺盛的工作热情和认真负责的精神，十几年如一日，坚持不懈，勤勤恳恳，满腔热情地为广大职工群众服务。"可以说这些评价恰如其分，十分真实，得到机关群众的普遍认可。

他俩对待工作的严谨和负责态度，他俩的实心实意、兢兢业业，他俩对人对事的宽广胸怀，都对我产生了极为正面的和意想不到的影响。他们就像是一个巨大的存储能量的聚宝盆，又像是你生命旅途中的加油站，总是能够给你满满的正能量。

我喜欢和尊敬二老，不仅仅是他们工作出色，有责任有担当，成绩斐然；还因为他俩是模范夫妻，生活丰富多彩有情趣，家庭和美幸福，教子有方。在他们的言传身教、精心培养下，一双品学兼优的儿女，分别获得硕士、博士学位，事业有成。如今，孙女儿已经以优异的成绩毕业丁清华大学同吋考入英国名校；外孙也是·个健康、活泼、茁壮成长的优秀中学生。

退休之后，在悉心照顾下·代之余，他们还不忘学习和健身，与时俱进，活到老学到老快乐到老，这就是我认识的两位可亲可敬的老人。每次见到他们，都会让我感到惊奇。他们身上散发的活力，自强不息的精神，对人对事的豁达包容，都让我不敢相信他们已经是 80 多岁的老人，同时也让我看到自身太大的差距。

在孙杨二老即将迎来"钻婚"之际，衷心祝愿他们福寿百年、幸福安康！

我与邛师63级三班的师生情谊

杨玉群

2013年4月29日，正值春暖花开的一天，上午10时左右，我在北京家中的电话突然响起，拿起电话，话筒中传来亲切的乡音："杨老师，你好！"我听出来这是我的学生孙正华从四川邛崃市打来的。他告诉我，原邛崃师范学校63级三班的18名同学，正在举行毕业50年的聚会，大家要表达对我的问候和感谢，此时话筒里传来整齐洪亮的声音："杨老师好！""祝杨老师健康长寿，全家幸福！"我高兴地对着话筒说："谢谢同学们！祝大家幸福安康！"

放下电话，我的眼睛有些模糊了。一群年逾古稀的学生给远在数千里外的老师打电话问候，年近八旬的我实在难以抑制内心的感动。半个世纪前我在家乡邛崃师范学校任教时的一些往事，从记忆的天幕

邛师63三班毕业合影（杨玉群2排右3）（1963）

上隐隐呈现。

1959 年我在邛崃师范学校毕业后留校任教，担任校团委书记，兼任政治课和学生思想政治工作。同时，还兼任学生的班主任。

1961 年秋季是 63 级三班同学入校的第二年，校领导指派我去担任这个班的班主任。听说这是各方面表现较差，颇让领导们头疼的一个班，入学一年来，虽然做了很多工作，但是总体变化不大。校领导让我去带这个班，是对我的高度信任，也是对我的一次考验。

在与 63 级三班的学生见面前，我先向前任班主任老师了解情况，得知这个班有男女学生近 50 人，他（她）们大都来自农村，属邛崃、蒲江、大邑、新津、温江、崇庆、双流等县，好的方面是思想比较单纯也比较活跃，另一方面是纪律较差，生活散漫，难以管理。

1961 年秋，新学期开学后的一天，上课铃声响过后，我走进 63 三班教室，班长朱水泉喊声“起立!”然后大家齐诵“老师好!”我回道：“同学们好!”示意大家落座后，走上讲台，从容地拿起粉笔在黑板上写下：

“63 三班有志气，听党的话跟党走，团结奋斗向前进!”

写完后我先做自我介绍：“我叫杨玉群，现在是你们的班主任。今天，我是你们的老师，但是论年龄你们又是我的弟弟妹妹，因为你们都是十七八岁的青年了，我是团委书记，也算是你们的老大姐吧！今后我要同你们一起学习、生活，你们遇到什么困难，都可以来找我。”

写在黑板上的几句话和发自内心的见面词，表达了我对学生们的尊重和期待。因为我也来自农村，我知道这些学生本质都是好的，有一些缺点和不足是难免的，都是可以改好的。从后来我与学生们的接触中，他们告诉我，从第一天开始就从内心里把我当成老大姐了，师生之间没有了任何隔阂，有什么心里话都愿意跟我说。

放下“老师”的架子，对学生平等相待，这是我当好班主任的第一步。在后来的工作中，我主要是身体力行，做好4个方面的工作：一是以身作则，处处做出表率。凡是要求学生做到的，我一定首先做到。比如出早操，我们要求起床铃响后10分钟，全班必须到指定地点集合完毕。而我每天一定在规定时间之前到达集合地点；二是经常深入学生与他们打成一片，成为学生的好朋友。通过与学生谈心和课堂教学，帮助学生树立正确的人生观和世界观，树立献身教育事业当好人民教师的专业思想。比如学生高兴汉爱打乒乓球，为了接近和帮助他，我主动提出跟他学习打乒乓球，通过一起打球，了解了他的思想和学习情况，有针对性地给予帮助；三是抓纪律，树立良好的班风。主要是多表扬好人好事，使正气得到弘扬，也帮助学生树立起个人和集体的荣誉感；四是抓骨干，树立班干部的威信，帮助提高工作能力，充分发挥他们的骨干作用。如班干部朱水泉、孙正华、高思明、何俊明等同学都发挥了很好的骨干带动作用。通过我和学生们的共同努力，这个班的面貌很快得到转变，逐渐成为学习自觉、纪律严明、自信自尊、团结友爱的集体，成为全校的先进班级。

63三班的同学们在校学习的那几年，正值国家遭遇严重经济困难的“三年困难时期”，食品供应严重不足，学生营养缺乏。校党支部决定让我负责组织学生勤工俭学。我带领学生们到城外开荒种地，养鸡养鸭，干得热火朝天，很快生产出许多蔬菜、油菜（供榨油）、禽蛋等，改善了全校师生的生活，消除了师生中的营养不良现象。在这过程中，63三班的同学们做出了很大的贡献，因为他们大都来自农村，会干活，肯吃苦，通过勤工俭学也得到很好的锻炼。

1963年63三班的同学毕业后，大都分配到县乡小学、中学任教，也有部分进入行政机关和企事业单位。1965年我调到北大荒与爱人团聚后，与这些同学中断了联系。改革开放后，他们不定期举行同学聚会，我在回乡探亲时与部分同学取得联系，也曾参加过他们的聚会，了解到他们班的同学走上工作岗位后，总体表现很出色，有不少同学先后担任中小学领导和行政部门的骨干。其中，担任小学校长的有5

人，中学校长 4 人，县政府部门工作骨干多人等，在教育和其他战线都发挥了很好的作用。这些年，我与这个班的孙正华、高思明、高兴汉、何俊明等还保持联系，高思明还为我处理老家的房产问题提供过帮助；高兴汉知道我对魔芋的栽培有兴趣，曾经几次给我邮魔芋种子。让我对他们的帮助再次说声“谢谢!”2019 年 4 月，我和老伴回乡探亲，在邛崃、蒲江分别与师范校友聚会时，63 三班的孙正华、高思明、王安良、周玉芳、杨作清、张富琼等同学也参加了，我们进行了很好的交流。

我至今还保存着一张信纸，那是 2013 年 4 月 29 日参加本文开头所述聚会的 18 位学生写的。文如下：

> 祝杨老师、孙师伯健康长寿，全家幸福！
>
> 邛师 63 三班参加邛崃聚会的同学：　孙正华、魏永良、高思明、沈荣燕、彭先仪、任紫英、车月英、何俊明、彭宗良、张富琼、汪长清、罗仁惠、杨素华、高兴汉、王安良、朱水泉、李进春、张志蓉。

半个多世纪过去了，虽然与部分当年的学生失去联系，还有些学生已经离世，但我与 63 三班的师生情谊还在，而且浓浓的暖暖的，至今还温暖着我这耄耋老人的心。

（2019 年 11 月于海南省保亭县幸福时光小区）

我们的班主任
——回忆原邛崃师范杨玉群老师二三事

郑朝文[*]

我是原四川邛崃师范学校66届毕业生，今年73岁了，一生从事中小学教育。我永远不会忘记当年我们的班主任杨玉群老师。虽然半个多世纪过去了，但是杨老师的敬业精神、音容笑貌、对学生的关心和爱护，永远留在我的记忆中。我和我的同学们，谈起杨玉群老师，都赞誉有加，非常崇拜和敬仰。

郑朝文于成都

“我是班主任”

1963年，我在新津县初中毕业后，考入四川邛崃师范学校。炎夏8月的一个下午，我背着行李包，提着一个藤编小箱，乘车赶往学校报到。汽车一路颠簸，到达学校时，已经五点半钟了。在学校教务处报到注册后，被分配到六六级一班。随后，我找到了我班的男生宿舍。宿舍是一间教室，放置一排双层床铺。这时，宿舍里已经有近二十位同学入住了。宿舍里的光线暗淡，有同学在埋怨电灯不亮，气氛有些沉闷。我随便找了一个上铺位住了下来。

“同学们，辛苦啦！欢迎你们到邛崃师范读书！”

循声望去，门口站着一位穿着极为普通的老大姐，我想，这也许

---

* 郑朝文，1946年生，中共党员。汉语言文学本科毕业，中学高级教师，曾任中小学教导主任，学校党支部书记兼第一副校长等，曾获四川省优秀教师、内江市优秀教师、内江市优秀政工干部等荣誉。

是位老师吧？接着，她笑着说："我是你们的班主任，叫杨玉群。"啊！她是老师？同学们放亮的眼光掩饰不住内心的惊奇。

在大家面前的这位老师，中等身材，留着一头短发，彰显着她的活泼、干练。她肌肤白皙，脸上泛着笑容。她上身穿着普通蓝布衣服，下身是一条泛白了的长裤；脚上穿的是一双白底布鞋，由于裤脚短，白色的袜子也能看见。着装这般朴素的老师，在我曾经就读的新津三中，似乎未曾见过。她的手里还拿着几支蜡烛。她见大家笑着望着她，便说："啊，对不起！你们开学第一天，进学校就遇到停电，给大家送来几支蜡烛。"话毕，她将几支蜡烛，分别放在几张桌子上。"谢谢杨老师！"不知是谁说了句感谢的话，接着便是"谢谢杨老师"的声音响成一片。于是，杨老师便提高嗓门儿，高兴地回谢同学们。宿舍里的气氛顿时活跃起来。随后，杨老师面带微笑和同学们交谈起来。她问同学们的姓名，从哪个地方来的，等等。于是乎，师生之间的关系，在你来我往，你一言我一语中拉近了距离。

临别时，杨老师还说，和你们在一起学习，生活，是缘分。希望大家尽快地适应这里的学习、生活环境；有什么问题，随时去找她。随即，她扬起手来说："祝大家学习生活快乐！"

原本，我是怀揣着一颗郁闷的心，来读师范的。刚踏进邛师的校门，就遇上了这样一位亲切和蔼的老师，而且，还是我们今后学习生活上的领路人——班主任。瘦削的、年轻的我，此时此刻的小脸上，似乎有了些许的舒展。

责任与担当

师范校学生周六不上晚自习，可以自行安排活动。一个秋高气爽，气候宜人的星期六下午，放学后，同学们除少部分留在校内看书学习外，其余三三两两走出校门，或进电影院，看一场喜欢的电影；或进百货商店，购买所需的日用品；或进餐馆，品尝一碗邛州名小吃——

大肉面。这样自由自在地开开心心的活动，既可以放松一周来紧张学习的神经，又可以避免过早地窝在宿舍里遭蚊虫的围攻叮咬，一举两得，岂不美哉！

夜幕降临，时针已指向 9 点。同学们已陆续返校，回到宿舍。宿舍里，正三个一伙、五个一群地聚在一起，交谈着各自的收获。“同学们都回来了吗？”杨老师银铃般亲切的声音传进了宿舍。宿舍里，顿时鸦雀无声。同学们便不约而同地站了起来，目光齐刷刷地迎向宿舍的门口，异口同声地喊：“杨老师好！”杨老师一走进我们的宿舍，就走到赵同学的床前，“你的感冒好了吗？”“吃饭了吗？”……一连串的问候之后，她用手背去摸赵同学的额头，看退烧没有。赵同学有些腼腆地回答：“老师，好多了。明天上课是没问题的。”杨老师笑着点点头。随即，转过身来，关切地问大家：“晚上能睡好觉吗？秋蚊子多，给你们带来几盒驱蚊香……”话犹未尽，“杨老师辛苦！”“谢谢杨老师！”的欢呼声便爆发出来！“呦——嘘！你们的声音可别把房子震垮了！”杨老师的话刚说完，宿舍里，又是一阵哈哈大笑。继后，老师和同学们说笑着，摆谈着，询问大伙儿上街所收获的趣闻乐事。大约 10 点钟光景，杨老师带着欣慰的微笑，离开了我们的宿舍。这一夜，大家似乎都在做着香甜的梦！

星期一下午放学后，召开班委会。杨老师在会上简要介绍了一段时间以来同学们的思想状况。概括起来有两点：一是少数同学讲吃讲穿，精力没有集中在学习上，学习有些松懈；二是毕业后当人民教师的专业思想尚未树立。以上两个方面的问题，影响到了同学们思想的进步和学习成绩的提高，进而，动摇了同学们学好文化课，掌握过硬本领，做合格的人民教师的决心。基于上述情况，杨老师做出如下安排：一、利用班会课，由老师给大家讲解，争取思想进步，学好文化课；二、班委会的干部，包括团支部的干部，要积极主动地开展一对一，一帮一的活动，充分调动同学们的学习积极性；三、班委会要出

一期结合我班实际的黑板报专刊。接着，班干部们围绕班主任的讲话，展开了热烈的讨论。班委会接近尾声时，杨老师以手势暗示大家结束讨论。此时，杨老师用她那明亮的眼睛，环视一周后，宣布散会。杨老师环视一周的眼神，充满着对班干部们的信任和期待，饱含着对班干部们的厚望！

星期六下午的周会课，预备铃声刚响，杨老师已经站在教室门口了，同学们便迅速地安静下来。第二道铃声一响，她便大步登上讲台。值日生还来不及呼起立，她就暗示坐好。接着，班长陈文辉走向讲台，主持今天的周会课。班长宣布周会课的主题内容后，便请班主任讲话。

杨老师不慌不忙，以干净准确的语言，从当时国家急需建设人才，而农村教师比较缺乏的实际情况讲起，谈到做合格的新一代人民教师的重大意义；要求大家认清形势，刻苦努力，学好各门功课，将来毕业后，争做合格的有担当的人民教师，为培养国家的建设人才，传承中华文化而努力奋斗。讲完后，布置分组讨论。会后，要求各组向班委会交一至二份针对同学实际的稿件。由担任学习委员的我负责出黑板报，并指定张昭金同学协助办板报、画插图。

第二周的星期二下午，我班的黑板报专刊在校园里展出了。

六六级一班的黑板报专刊一展出，很快就吸引了全校师生的眼球。就连我们邛师的三八式老干部、李晋铭校长也驻足观看我班板报。随即，李校长便率领学校行政、政治教师以及学校团委、学生会干部等，参观我班的黑板报。大家认为：板报的形式新颖、活泼——有诗歌，有散文，有评论等；且文章短小精悍。特别是板报的内容和当前的形势合拍，还很好地结合同学的学习、生活及思想实际，富有启发和教育意义，值得推广。

作为学习委员，我从这次出黑板报前后的经历中，第一次感受到工作的乐趣和些许成就感，更重要的是从杨老师身上体会到什么是责任与担当，这对我毕业后从事教育工作产生了很大的影响。

榜样的力量

教师的言谈举止，对正在如饥似渴地求知寻道的学生，尤其是正当青春年少的中学生，具有重要的示范和导向作用。对这样一群正在探索世界的未知，寻求如何有价值地生存于社会的青少年来讲，榜样的示范作用尤为重要！杨老师的一言一行，在我人生的道路上，似浩瀚夜空的北斗，似大海航行的灯塔，似陆地行进的路标！在我教书育人的从始至终整个过程中，无不有她——可敬的杨老师的影子！

在我担任四川省内燃机厂子弟校青少年思想政治工作的岗位上，在我担任中学教导主任的岗位上，在我担任党支部书记的岗位上的漫漫仕途中，都以我的恩师——杨玉群为榜样，克勤克俭，身先士卒！常言道，榜样的力量是无穷的，然而，又何尝不是强大的呢?!

说起榜样，让人不自觉地回忆起杨老师在邛师工作中的那些挥之不去，赶之不离的事来……

杨老师当时是邛崃师范学校的团委书记，党支部委员，兼六六级一班的班主任。她在工作中勤勤恳恳，任劳任怨。用当今最时尚的新词来表达就是，她的担当，她的站位，给我留下了深刻的印象。

师范住校生的生活，有些军事化的味道。比如，出早操，天刚亮，有时天尚未亮，起床的铃声一响，就得翻身起床出早操。当我们睡眼惺忪地赶到操场时，一身运动装的杨老师，早已站在操场的台阶上了。无论阴天或晴天，也不论寒冷的冬天或炎热的夏天，她都和我们一同出早操。早操，原本是体育老师的事，学校没有规定班主任非得要出早操。我似乎未见有其他班的班主任出早操，从这件小事，就可见杨老师不一般的工作作风。

我们的校园宽阔，学生的劳动基地就在校园内。六六级一班劳动基地大约有一亩多地，主要是种些蔬菜，供食堂自用。劳动课时，杨老师一身旧装出现在基地。有同学竟不自觉地大声嚷起来，“咥——，

大家快来看，杨老师像不像农村大姐?”骤然，同学们便异口同声地吼叫着，“像——”像字故意地拉得长长的。于是乎，劳动基地里充满了欢乐！欢声笑语回荡在校园里！

在劳动中，一般情况都是男同学挑粪锄地，女同学拔草浇水，可是杨老师却经常和我们男同学抢重活干。记得有一次，杨老师挑着粪水，不小心，脚绊了一下，粪水溅湿弄脏了她的裤脚。同学们劝她不要再挑了，她淡淡地说：“没事儿。”她随便擦一下裤脚，便又继续和大家一起干起来。同学们在杨老师的带领下，不到一小时，地里的杂草便拔除干净了，种植的蔬菜也浇灌完了。劳动，虽让人出一身臭汗，但劳动的欢乐，却久久地停留在老师和同学们的脸上。

（2019 年 3 月于成都）

参加八一农垦大学农学 61 级同学北京聚会纪实

孙仁松

2018 年 5 月 12 日，我偕老伴杨玉群应邀参加了黑龙江八一农垦大学农学系 1961 年级同学在北京紫龙宾馆的聚会。这是一次比较特殊的同学聚会。说它特殊，是因为这些同学年龄都老了，他们考入八一农大是 1961 年，至今 57 年了，毕业于 1965 年，平均年龄约 77 岁，大的 80 岁，最小 75 岁。由于年龄较大加上多位同学身有疾患，有不少是由子女或亲属陪同来的，还有拄着手杖、推着轮椅来的。这次聚会的地点在北京，而参加聚会的同学则多来自东北三省，还有宁夏、广东、山西、天津、北京的，大都千里迢迢赶来聚会，充分说明他们参加聚会的高度热情。

我作为当年八一农大农学系的老师有幸获邀参会是有原因的。

我是建校后首批学员之一，1962 年毕业留校任教，在农学系植保教研室担任农业昆虫学助教。农学系 1961 年级在三年级始开农业昆虫学课程，由邓德霭老师主讲，我担任实验课老师，有机会经常接触这些同学。除了教学中的接触外，我还经常到他们的教室、宿舍与同学们交流、回答提问，也曾给他们开过专题讲座。1964 至 1965 年，按照当时的规定，他们去牡丹江市宁安县农村参加社会主义教育运动时，我是他们（农学 61 二班）的带队老师。进点前，为使他们在农村顺利工作、方便生活，学校指派我去他们蹲点的公社打前站，做好有关生活安排和准备。此后，在半年多的时间与同学们朝夕相处，建立了深厚的感情。1965 年他们大学毕业时拍毕业集体照，老师中有农学系主任武恕诚、教师蔡寄生和我参加。他们毕业后基本上分配到北大荒各个农场，后来有的调到其他省市。50 多年了，前几年二班部分同学在青岛、南戴河聚会时我有幸参加，其他同学毕业后大都没有见面。

作者与八一农大农学 61 级北京聚会（2018）

参加这次聚会的共有54人。其中，属于农学61级的29人，陪同家属23人（其中校友3人），老师2人。据了解，八一农大农学61级两个班原来共有60人，其中9人已经去世，还有多人身患重病，无法参会，因此这次的出席人数已经超乎预期了。如果今后再有聚会，也很难达到这个规模了。

聚会那天，早晨8点30分许，女儿小红从在北京的住处开车把我们老两口送到位于美术馆后街西扬威胡同里面的紫龙宾馆门口。下车后，我最先看到的是一班的于明哲同学，我一边喊着于明哲的名字，一边主动上前与他打招呼，然而他已经不认识我了。我报出“孙仁松”的名字，这位已76岁、退休前任友谊农场副场长的校友才“啊”的一声，似乎想起来了。我当然不会责怪他，毕竟50多年了，一般情况下都会忘记的。进入宾馆前院，我看到相隔30米正在走下台阶笑容满面的张振廷同志，他是原来我们一起在农垦总局机关工作、任发改委主任的老朋友，是农学61级二班孙淑琴的爱人，这次也陪老伴参加聚会来了，我和老伴快步上前与他握手寒暄。走进宾馆大堂，我们又先后遇到王淑琴、朱玉伦、许庆祥、徐雪露同学，还有由女儿姚静陪同来参加聚会的79岁的崔港珠同学，他们都主动与我握手问好。从电梯下到地下二层参加全体聚会时，又遇到邹立家、张桂莲、王成立、韩卫、周仁爱、李桂清、周学谦、刘宝仁、宋志学、朱万德、金丽珍、王东方、张桂荣、吴宗荣、王玉辰等许多认识或似曾相识的同学上来与我握手问好。还有一位从友谊农场来的一班的于淑贤同学，陪同她参加聚会的是她的爱人王定理，老王与我同龄又是我的四川老乡，和我一样是1958年到北大荒的复转军人，进入八一农大后先在农管系学习，是我的同学，后接受姜瑞元校长的建议转入农学系60级学习，成为我的学生。这是那个特殊年代才有的事情，转眼60年过去了，我们谈起当年的往事，仿佛就发生在昨天！

正式的聚会也就是参加聚会的全体大会，在宾馆地下二层的多功能厅举行。一班的许庆祥主持。他简短介绍了这次同学聚会的发起和组织情况后，大家开始自由发言。也许因为我是以老师身份参加，出于尊重他请我第一个发言。我在发言中主要谈我对这次聚会的感受。

我说，大家都是年逾古稀的老人了，从全国各地千里迢迢赶来参加这个聚会为了什么？我认为都源于一个“情”字。实际上这个情字又有四层含义：除了“同学情”这个中心以外，还有校友情、师生情、荒友情，因为同学们八一农大毕业后，都分配到各个农场为北大荒的建设事业辛勤奋斗几十年，做出了很大的贡献，这是很了不起的。正因为这个“情”字有这四层含义，所以就有两个特点，一个是“真”，一个是“深”，是真实而又深厚的一种感情，很值得我们珍惜。

我讲完以后，大家畅所欲言，交流各自的情况和感受。他们怀念50多年前的同窗共读生活，怀念那些发生在裴德峰下农大校园里的点滴小事，话语中充满了浓浓的情义。据说，这个年级在各地举行的不同规模的同学聚会已经是第十次了，可见同学情义之深。在大家进行热烈的交流中，穿插了集体合影和自由的不同组合的合照，希望把这难忘的瞬间定格，留下永久的纪念。在参加这次聚会前，我对这两个班的总体情况，做过一些粗线条的调研，感觉他们有几个突出的特点：一是他们的大学生活是在1961至1965年，当时是我们国家比较平稳发展的一段时间，因此他们在大学学到的知识比较扎实、全面，不像他们前面的几届参加生产劳动偏多，而他们后面的几届受“文革”的影响，学到的知识较少；二是这两个班的同学总体素质优秀，班干部能力较强，全班比较团结，从他们发在网上微信群“裴德峰”中的信息和多次举行聚会的情况可见一斑；三是这两个班同学毕业后，在工作中的表现和取得的成就也比较突出，大致算了一下，60位同学中，退休前曾担任农场的场长、书记、处长的有20多人，全部都评为高级农艺师、教授、研究员等高级职称，而且在工作中取得许多优秀成果，受到各级的奖励。

当天下午的活动是在同一场地举行联欢，由当年班上的文艺骨干、晚年仍保持活跃的孙淑琴主持。参演节目是此次聚会前就在网上志愿

报名，进行了比较充分的准备。居然有30多个节目，有合唱、独唱、舞蹈、乐器、样板戏、健身节目等，演了两个多小时，大家演得很认真，气氛很热烈，70多岁的老头老太，似乎又回到了年轻时那激情燃烧的岁月。联欢节目丰富多彩，效果很好，这与周仁爱、张桂莲、许庆祥等同学事前的大量组织、协调和具体准备工作分不开。为了助兴，我和老伴也演了个“柔力球与空竹”节目，受到大家的欢迎和好评。

我和老伴都为朋友们的精神所感动，虽然短短一天，但也感受良多，受益匪浅。最后让我发自内心地说一声：谢谢同学们！谢谢全体参会的朋友们！有机会我们争取再聚！

（2018年5月18日于北京中国农大）

风雨沧桑60年
——参加八一农垦大学校庆纪实

孙仁松

2018年9月，我和老伴杨玉群赶赴黑龙江省大庆市，参加了黑龙江八一农垦大学（以下简称“八一农大”）60周年校庆活动，了结了许久以来蕴藏于心的一件大事。

一、八一农大在我人生中的特殊位置

60年为一甲子，我与八一农大建立起关系整整60年了。但是，这不是一般的关系，它是一种扎根于心灵深处的以致影响自己一生和家庭幸福的一种特殊的关系。因为，八一农大不是一所普通的大学，她是1958年为适应大规模开发建设北大荒的需要，由时任农垦部部长的王震将军亲手创建的。从1958年3月我作为十万复转官兵的一员参加

北大荒的开发建设到 1994 年退休，我在北大荒工作生活了 36 年之久，可以说北大荒是我一生事业的主题和中心。而其中，考入八一农大并在那里学习工作的 16 年，又是中心的中心。为什么？这是因为：第一，考入八一农大改变了我的人生轨迹，开启了我人生的新篇章。由于有机会学习新知识，特别是在天津南开大学进修学习二年，提高了自己的科学文化水平，参加北大荒的开发建设有了新的起点和新的高度，也能够更好地发挥自己的聪明才智，发挥更大的作用；第二，1958 年初，我与杨玉群正处于热恋中，3 月我突然转业去了北大荒，事先没有给她打招呼（事发突然当时也来不及），这必然使我们的关系产生许多不确定因素。但是，仅仅四个月后我便考入八一农大，第二年便加入中国共产党，有了一个更加确定的前景。这对于我们进一步巩固恋爱关系，以致后来结婚成家都有一定的促进作用，也许是关键作用；第三，我在八一农大 1962 年毕业留校工作后，1965 年实现与爱人团聚，随后有了儿女，为我们家庭的发展奠定了基础，甚至与儿孙们后来的学习工作表现不无关系。总而言之，当年王震将军创建的八一农大，是我生命历程中的一个重要驿站，我怀念她，感谢她，当年的领导和战友都将永远铭记在我的心中。可以毫不夸张地说，是八一农大决定了我一生的命运和家庭与后代的幸福。在她 60 华诞之际，我怎能无动于衷？

二、一年前开始准备参加校庆

2017 年 7 月 20 日，由我和易靖汉、赵家玺（我们三人都是 1958 年参加开发北大荒的十万复转官兵，同时也是八一农大第一批学员、首届毕业生）3 人发起，在北京市北大荒宾馆举行一次八一农大校友的小型聚会活动。参加活动的共有 13 人，除了发起的 3 人外，还有牧医系教授宣长和，农机系教授狄超义和他的老伴罗赵，还有褚艾林、刘云生，八一农大老领导的后代姜岩、马元春、周景，以及易靖汉的老伴王希珍、我的老伴杨玉群。在聚会过程中，大家谈到一年后的 2018

年，将迎来八一农大建校 60 周年，这对八一农大的校友来说是一件大事。当即就有人表示愿意参加校庆，是否有人组织一下。赵家玺说，最近要去大庆市，可以先了解一下情况。如果大家有意愿，可以考虑组织集体活动，易靖汉、罗赵等同志也表示有此要求。我当时就说，不管谁来组织参加八一农大校庆的活动，我一定是积极参与者。

三、三个老兵的献礼

从 2018 年年初开始，我就特别关注有关八一农大 60 年校庆的动态，除了到网上查找信息外，还委托在北大荒的朋友及时提供信息。4 月下旬，终于得到正式的第一手消息，一位好友通过微信传来八一农大的一份正式文件，即 4 月 23 日发出的《黑龙江八一农垦大学 60 周年校庆活动筹备工作方案》，其中主要是有关筹备校庆工作的组织指导思想、原则、目标、组织机构与分工等内容，而我的主要关注点却是文件确定的举行校庆的日期——2018 年 9 月 8 日。我立即将这个信息转发给有关同志，并开始进行实质性的联系，但是得知原来有可能参加的罗赵、褚艾林、陈永承等同志因身体原因，确定不参加了。看来，确定能够参加校庆的只有易靖汉、赵家玺和我 3 人了。

6 月 10 日，我借参加好友吕书奎召开《兵团纪事》作者签约座谈会之机，与参会的赵家玺商量了参加校庆的事宜。当时我们商定要给母校的 60 华诞带去一件礼物：由我撰文，擅长书法且享有盛名的赵家玺书写装裱后，作为献给母校 60 华诞的礼物，专等易靖汉从哈尔滨回到北京后商量落实。于是，我集中精力静气凝神用 3 天时间写成 128 个字的贺词，后经我们三人研究一致同意，赵家玺连夜书写，装裱成一幅 8 米长卷。贺词的内容是：

八一农大建校 60 周年贺词

大荒学府，将军所创；裴德峰下，几栋平房；
复转军人，考入学堂；命名八一，传统弘扬。

披荆斩棘，种地开荒；艰苦奋斗，锻炼成长；
注重实践，理论跟上；学风严谨，桃李芬芳。
迁校盛举，转变思想；革新除弊，再谱华章；
启迪智慧，涵养希望；硕果累累，誉满龙江。
教书育人，师恩难忘；英才济济，为国争光；
六十华诞，风雨沧桑；莘莘学子，共铸辉煌！

同时，易靖汉也写了“中华满园桃李香”7个字的祝词，请原黑龙江省农垦总局党委副书记、书法家邓灿书写装裱作为献礼。

四、不一般的庆典，不一样的感情

2018年9月8日这一天，秋高气爽，阳光灿烂。坐落在大庆市高新开发区的黑龙江八一农垦大学一派节日景象，体育场内彩旗飘扬，八千多名师生员工、校友和来宾齐聚一堂，隆重举行黑龙江八一农垦大学建校60周年庆祝大会。当大会主持人宣布来自北京的易靖汉、孙仁松、赵家玺3位八十多岁的58级老校友，将献上给母校的重要礼物时，全场热烈鼓掌。我们三人健步登上主席台中央，与此同时几名大学生高举赵家玺书写的8米长卷走上舞台左侧。我拿着话筒高声说道：

献礼的三个老兵（左起赵家玺、孙仁松、易靖汉）

“大家好！现在，我代表1958年参加十万复转官兵开发建设北大荒、又有幸成为八一农大第一批学员和首届毕业生的3位老兵，宣读献给母校60华诞的贺词。”接着，我用充满激情的声音，高声朗诵由我撰

文、赵家玺书写的32句128字的贺词，全场再一次响起热烈的掌声。

主持人说：刚才82岁的孙仁松老先生代表八一农大第一届毕业生宣读的贺词，那是他们镌刻在心底的对八一农大的浓浓的爱，也证明了60甲子以来由于八一农大深厚的底蕴，为国家培养了众多优秀的人才。今天我们看到了3位老学长的风采，他们代表的是八一农大的精神！

孙仁松代表三个老兵宣读贺词

会后许多大学生纷纷要求与我们合影，我们欣然满足了他们的要求。校庆大会后，校党委书记董广芝发来微信说：“3位老校友对母校的真情感动了所有的人，让我再一次向你们3位老前辈致谢！”校庆办公室主任汤华成说：“3位老校友在大会上激情的贺词，给全校师生、校友和社会各界留下特别好的印象，是对学生的一次爱校和北大荒精神的教育，我们特别感谢！”我转发了农学61级校友许庆祥录制的那段献词视频后也收到许多点赞：58级老校友张培勋说：“我看了你们的献词，太激动人心了，为58级校友也为北大荒争光了。你们没有忘记母校的培养，没有忘记八一精神，谢谢你们！”校友刘红梅说：“太棒了，孙老师，我的学生说，你们的献礼，让晚辈们热泪盈眶。”好友胡中录说：“祝贺垦区之行圆满成功。尤其是农大的贺礼是校庆上的一大亮点，值得大大点赞！”校友李永清说：“祝贺老师饱含深情的贺词，满满的正能量！”远在成都的侄女杨玉梅发来的微信说：“看到视频和热情洋溢的贺词，非常感动，你们是我们的榜样！”好友穆迎华说：“感动、鼓舞，铭记心间；激励、奋进，勇往直前！”好友曾令菊说：“视频很棒，视频中的人物更棒，堪称十万大军、农垦系统、农大和长寿老人的楷模。向你们致敬！”86 岁的老农垦宋传诚说：“八一农大首届毕业的 3 位老兵，能够参加 60 年校庆真是难得。尤其你们的贺词，铿锵有力，可喜可贺！”诗友李树维说：“鹤发童颜，老当益壮！美哉！壮哉！活出新时代的精彩！我等的楷模与榜样！”

看到这些热情洋溢的褒奖和点赞，我很感动。应该说，我们这次给母校 60 华诞的献礼非常成功。但是我必须说，这绝不是我一个人的成功，这是我们 3 个老兵共同努力和各方面支持，包括我亲爱的老伴杨玉群的支持和陪伴的结果；更应该归功于母校和北大荒黑土地几十年的培养！

五、校友情深

这次回母校参加校庆，感悟良多。校方对我们几位 58 届老校友去参加校庆很重视，给予较高的礼遇和照顾，校党委书记董广芝、校长郑喜群到宾馆看望我们，董书记还专门陪我们用餐，与大家一起照相。我们 3 个老兵给母校的献礼，在庆祝大会上和事后的宣传报道中都摆在了突出的位置，并给予高度的好评。

更重要的是看到了许多老朋友，通过深入交谈、餐叙表达了相互深深的怀念之情，他们有：八一农大原校长助理杨怀玲，原工会主席崔凤文，原总务处长王玉方，58 级校友、海军转业的原宣传部部长章士奎，老校友孔伟恩的夫人、组织部退休干部赵素英，58 届老校友、原林源石化公安局局长申桂君，58 届老校友、原林源石化供销处长魏

光权，原农大58级校友、农学系微生物学教授汤树德，原农大牧医系主任、教授王恩明和他的夫人原子弟校老师韩颖秀，原农大气象学教授翟裕宗，原农机系老师王东兴和他的夫人王金娇，原农大工会部长纪来祥，原农学61级校友董雅茹、张桂莲、许庆祥、孙淑琴、朱玉伦、韩卫等。原农大张国薇老师之子、现理工学院副教授沈勇热情招待我们，我们离开时亲自开车到大庆东站一直把我们送进车厢。

朋友情，校友情，荒友情，师生情，几十年的友谊交织在一起，短短几天时间，怎么说得完呢？好在大家见面了，表达了，一起吃饭喝酒了，心领神会了，这就足够了。我们会把友谊、相互的情义铭记于心。

六、有感于母校的办学成果和发展变化

我们于9月3日回到八一农大，9月8日晚乘火车离开，只在母校停留短短6天时间，期间主要是会见老朋友，准备和参加校庆活动，参观新校园和校史展览馆等，离开后看了一些校方提供的和网上看到的资料，所见所闻，对60年来八一农大的办学成果和发展变化的感受，只能用两个字来表达——震撼！

1958年8月5日这一天，我们一批考上农大的转业军官，从密山农场（后改名为857农场），来到裴德峰下的新建农大（1959年5月正式定名为黑龙江八一农垦大学）。建校初期的八一农大只有几栋平房，20多名教师，还有接收原农校的5 000多册图书和少量教学设备。到1965年“文革”前，也只有近200名教师，学生700余人。经过60年的发展建设，特别是2003年学校整体搬迁到大庆市后，进入提速升级、跨越发展的新时期，现已成为一所具有鲜明现代化大农业特色，以农为主、多学科协调发展的农业大学，在教学、科研和人才培养方面硕果累累，成绩巨大。

学校现在总占地120.04万平方米，建筑面积38万平方米，教学科研仪器设备2.6亿元，图书200.4万册。现有教职工1 377人，其中专任教师851人，教授168人、副教授271人。教师中，具有博士学位的

315 人。学校具有三级学位授予权，现建有 11 个本科学院以及思政课教研部、军事体育部等教学机构，学科专业涉及农学、工学、管理学、理学、法学、文学、经济学 7 个学科门类，拥有 4 个博士学位授权一级学科，9 个硕士学位授权一级学科、49 个二级学科，5 个硕士专业学位授权类别；建有 47 个本科专业，其中国家级特色专业 3 个、省级重点专业 9 个。学校面向 23 个省（直辖市、自治区）招生，全日制在校本科生 14 600 余人，各类在校研究生 1 600 余人。建校以来，学校累计培养和输送毕业生 13 万人，培训各类人员 50 余万人次。

学校科研工作有 15 个省部级科研平台，以及 7 个省高校重点实验室、工程技术研发中心。学校建有 3 个博士后科研流动站及 1 个博士后科研工作站，与地方政府合作共建“牡丹江食品与生物技术创新研究院”“大庆设施农业研究院”。“十二五”期间，学校获批国家级、省部级等各类课题 300 余项，取得科研成果 1 400 余项，获得省部级以上奖励 142 项。以“大豆三垄栽培技术”“农作物种衣剂”为代表的一批重大科研成果在生产实践中得到有效转化，创造了巨大的经济效益和社会效益。学校先后 3 次获得“黑龙江省省长特别奖”，2 次获得“黑龙江省大专院校和科研单位振兴经济奖”。

学校坚持开放办学，与美国、英国、加拿大、俄罗斯、法国、波兰、韩国、日本、印度等国家的近 30 所高校和科研院所开展交流与合作。

在“十三五”时期，学校坚持“育人为本、质量立校、崇尚学术、特色发展”的核心办学理念，以立德树人为根本任务，以服务黑龙江全面振兴、服务国家农业现代化为办学使命，以产教融合发展为导向，着力提高学校内涵发展水平和办学综合实力，正在向建设具有行业特色的高水平教学研究型大学目标不断迈进！

看到这些发展成就和巨大变化，作为八一农大的学子，怎能不心潮澎湃、激动万分呢？我发自内心地深深地祝福她不断发展壮大，继续走向辉煌！

浓浓大荒情

——2018 回访北大荒纪实

孙仁松

2018 年 8 月至 9 月，我和老伴杨玉群再次回访了北大荒。这十几年来，我们已经多次回访北大荒，每一次回访都有不同的意义和收获。那么，这一次回访的意义是什么？又有什么收获呢？

为什么要再回北大荒？

我曾经多次说过，北大荒与我一生的事业和全家的幸福紧密联系在一起。今年，是我 1958 年参加十万复转官兵开发建设北大荒的 60 周年，我深深怀念那一片哺育我、陪伴我成长的黑土地，我曾经为她付出了几乎全部精力和智慧，也想念那里的朋友们，趁我和老伴还能够自主行动，必须回去看一看。目前，北大荒的上层组织体制正在经历一次前所未有的深刻变革，原来的以行政管理为主的组织架构，正在向集团公司的管理体制转变，运行了 42 年的“黑龙江省农垦总局”的牌子即将被取消，而代之以“北大荒集团”的体制机构。在这个改革的关键时刻回访，对我这个退休前专门从事农垦体制改革工作的人来说，就有不一般的意义了。

这次行动对我们两位进入耄耋之年的老人来说，绝不是一个随性的举动，而是经过较长时间的考虑，是做了充分准备的，可以说一年前就开始准备了。这种准备主要还是思想上的，也包括在家里造舆论，让儿女们给予理解和支持。

回访北大荒也还有一些个人的事务要处理，例如办理社保卡。我们夫妻二人，从 1998 年正式将户口转至北京后，随之享受“异地安置”待遇，在医疗上则享受“异地医保”待遇。这也有很多麻烦，主要是每次住院都要自己先垫付医疗费，然后将发票寄回单位报销，享受的标准也不一样。这确实很麻烦，也不及时，这次办了医保卡后，以后再住院就方便了。

最大的喜悦和安慰是，我们策划已久的回访北大荒的计划终于得以实现，并取得圆满的结果。

在哈尔滨感受北大荒正在发生的变革

8月19日早晨5点半，女儿开车把我们送到北京站，坐上动车一等座6点34分正式启动直奔哈尔滨。火车经过8个多小时快速奔驰，下午近三点钟到哈尔滨站。朋友小周到车站内迎接。下午顺利入住事先预定的北大荒国际饭店1119房间，正式开始了为期20多天的北大荒之旅。

第二天，8月20日上午，按照过去惯例，我们先去农垦总局机关走访我和老伴所属的部门——总局政策法规局和机关党委。在机关大门外一群中老年男女在集结，有一百多人，我没有与他们接触，不知道他们有什么诉求。但从门卫警戒情况看，像是一群上访者。从我过去多年从事政研体改工作的经验感到，改革必然会触动部分人的利益，有人上访并不奇怪，何况在农垦上层机关体制面临重大变化的关头更属于正常现象。

我们在机关门外还发现一个重要的变化，原来机关外一面水泥墙上“黑龙江省农垦总局”已经被“北大荒集团”几个大字所取代，验证了前一段农垦总局已经被摘牌子的传闻。但是，据我所知，总局的牌子虽然摘了，机关内部的机构仍然在原轨道上继续运转，只是人员减少，也不再任命新的领导职务。这种状况要过渡一年左右时间，才能完全步入集团公司的运行轨道。我们在哈尔滨的几天活动期间，接触到一些机关的在职和退休干部，言谈都比较谨慎，很少涉及这次重大改革，看来人们对这次改革大多持观望态度。而从农垦外部的反应来看，不理解甚至持否定的观点也不少，比较多的一种说法是农垦交给地方了，大有十分惋惜之意。

我在北京时就已经看到北大荒将要发生重大变革的信息，并且对此进行过认真研究和思考。我认为把过去以行政管理为主的北大荒垦区，变革为企业集团体制是历史的必然，没有别的道路可走。其实，这个问题早在22年前的1996年就正式提出了。当时，我还在农业部农垦局帮忙工作，在我参加起草的农业部给国务院的报告中，正式提出："有直属企业的垦区要走企业集团的路子。省级农垦主管部门逐步改组为集团公司。""所属管理局改为精干的派出机构，逐步转为经济实体。"垦区所属农场"成为集团成员，与集团公司的关系为母子公司关系。""在条件成熟时，取消行政机构牌子，按《公司法》规范运转。"我很高兴，22年前设想的改革方案终于可以落地了。

农场的发展变化令我震惊

60年过去了，我迫切希望看看今天北大荒的新面貌。在哈尔滨和佳木斯朋友们的帮助下，得以实现了我的愿望。由佳木斯农垦学校特派教师梁晓霞全程陪同，我们访问了七星和八五九两个农场，所见所闻，令我震惊。

七星农场地处三江平原腹地，1956年建场，现有耕地122万亩，其中水田105万亩，是全国优质粳稻面积最大的现代化农场之一。因为时间所限，我们在这里只参观了万亩水稻田、国家级农业科技园区、精准农业农机中心和管理局的养老服务中心。虽然是走马观花，但是印象深刻，尤其印象深刻的是这个农场的农业生产有"三高"：

一是农业机械化、现代化水平高。全场拥有各类农机具3.4万台（套），农机总动力38万千瓦，综合机械化程度达95%以上，处于全国领先地位，是"全国现代化农业示范区""垦区农业生产标准化标兵单位"。农场建有国家级农业科技园区，建成了"运行高效、功能完善、农户满意"的农技推广机构和网络，科技贡献率和科技成果转化率分别达到75%和85%。

二是农业生产的组织化、规模化程度高。农场在实现并完善"以家庭农场为基础、大农场套小农场”的双层经营体制的基础上，实施规模化经营，并借助物联网平台，建设和强化了包括大棚育秧信息自动采集控制、机车定位监测、灌溉机井自动控制等生产过程的智能管理系统，农业遥感、机车作业卫星导航系统和食品安全可追溯系统等先进管理手段，大大提高了生产管理的科学化水平和效率。

三是农业劳动生产率、商品率高。2017 年实现国内生产总值 26 亿元，粮食总产 13.6 亿斤，劳均耕地 135 亩，劳均生产粮食 16 万斤。粮食商品率达 98%，是黑龙江省“粮食生产先进单位”“全国粮食生产先进（标兵）单位。”

七星农场只是北大荒垦区 133 个农场的代表和缩影，我们在八五九农场看到的情况同样令人鼓舞。在北大荒 5 万多平方公里的大地上，现代化、规模化的高科技农业已经遍地开花，达到全国最高水平，每年可生产粮食 400 多亿斤，够全国 14 亿人一个月的口粮。我们在佳木斯还参观了垦区“通用航空公司”的一座飞机场（另一机场在肇东县）。据说公司现在拥有各型农用飞机 101 架，主要承担垦区农场和部分地方农民的航化作业任务，这在全国也是规模最大的。

在与农场领导们交谈中，他们一致认为，北大荒有今天的巨大变化，有多方面的原因，主要是中央的政策指导和加大了投入，以及垦区 160 万干部群众不懈努力的结果，但其中最重要的是坚决贯彻了中央关于农垦改革的方针政策，实行“以家庭农场为基础、统分结合的双层经营体制”，调动了各方面分积极性，搞活了经营机制，才改变了过去“一死二穷”的旧面貌。我为自己在 20 多年前担任垦区政研室（体改办）主任时，积极推动这一改革取得的成功，感到欣慰。

“荒友”情深

我们这一次回访北大荒之旅，所到之处自然免不了要见一些老同志，老朋友，这是事先就列入计划的。但是，由于我们年事已高，除

了个别情况外，不可能一一登门拜访，多采取打电话预约在宾馆见面，或接受宴请同时与多位朋友到指定的餐厅边吃边谈。遗憾的是，当年曾经一起工作、一起奋斗的同事、朋友中，有不少已经作古，永远不可能见面了。还有部分或因为年龄太大或身体欠佳或已去了外地，不能见面或参加聚会，也只能留下遗憾了。有许多朋友，虽然未能见面，但是“荒友”的情谊仍在，仍会久久地留在记忆中。

到达哈尔滨当天晚上，与八一农大的老朋友老同事、85 岁的周友元一家餐叙，他的老伴赵女士、女儿和女婿参加，在座的还有我在总局政研室的同事、好友胡中录。说起周友元，虽然他是八一农大的普通职工，也曾经是我的下级，但为人厚道，工作勤奋能干，还特别重感情，我们每次回北大荒，都得到他一家的热情招待和照顾。老胡已经 79 岁，50 年代毕业于中国人民大学工业经济系，原籍江西，农民出身，勤奋好学，是一位难得的好同志。最可贵的是在五十年代政治上蒙冤被发配兴凯湖农场劳教，但是他精神上没有被压垮，一直坚持进取，平反后当了中学教师和农垦管理干部学院系主任，后进入总局机关成为我的同事。他为人厚道，工作实干，有较高的理论研究水平，对垦区改革和经济发展做出了积极贡献。

到哈尔滨的第二天，我们去拜访了 98 岁的老朋友、老同事李淑君。她退休前是农垦总局子弟校的校长，是我老伴的同事和好朋友，与垦区著名作家郑加真是儿女亲家。虽然年近百岁，除腿脚稍有不便外，但思维清晰，耳不聋，眼不花，我们为她的健康长寿感到高兴。当晚，我们应邀在她家共进晚餐。虽然退休多年，我们远在北京，但我们一直与她保持经常的电话联系。

在哈尔滨和佳木斯期间，我们还与很多老同志、老朋友见面餐叙。他们是：总局机关党委书记扈海滨、总局原人事局副局长孙广平，黑龙江省原文化厅厅长贾宏图，总局原发改委主任张振廷，东北农业大学园艺园林学院教授、博导屈淑平，省林业厅殷琳，总局机关党委原纪检委原书记雷锋的战友梁友德，还有总局原局长刘文举和夫人刘佩芳，总局党委宣传部部长高跃辉，总局政法委原书记董世明，总局机关工会主席公丽，总局党校原校长曹景春，总局劳动人事局原局长沈秀芝，总局农机局原处长李景春，原总局通讯处工会主席马国民，农垦日报社原社长张佑臣，农垦日报总编胡玉森，黑龙江日报社原副总编李惠东，东北农业大学教授崔崇士，总局子弟校老师刘云彤、杨淑岩，以及几位八一农大的校友也是我的学生许庆祥、张桂莲、王德录、王笑琴、孙淑琴等。以上绝大多数同志已经退休，我们在交谈中，除了各自的生活情况外，就是对往事的回忆，对北大荒事业的感情和朋友间的真情。20多年过去了，我们从内心深处感谢这些朋友们没有忘记我们，我们所做的点点滴滴好事、小事，仍然留在他们的心中。老话说“人走茶凉”，而我们离开北大荒20多年了，友谊的温度仍然保持不减，这是令我们深深感动的。

作者与八五九农场转业老兵在一起

在将要离开七星农场时，我的八一农大老同学、曾经担任七星农场场长、建三江管理局副局长的苗泽波，曾经任管理局政研室（体改办）主任的曲先有、原管理局工会主席上海知青孙英来宾馆看望我们，并共进早餐。他们在陪同我们参观了管理局养老中心后，与我们互道珍重，依依惜别。

八五九农场是1956年由铁道兵农垦局组建的大型国有农场。十万复转官兵挺进北大荒的1958年，有2 000多名转业军人来到这里。我在八五九农场安排了一天的访问时间，请农场找几位1958年转业来场的老同志一起座谈和交流。9月29日下午，在农场宾馆二楼会议室，召开了一次与转业老兵的座谈会。到会的有5位转业老兵和一位老兵的后代。他们是：

黄锦成，82岁，曾经参加抗美援朝，1958年3月来到八五九农场，退休前为农场仓库主任。

蔡朝平，83岁，原籍浙江温岭，1951年参军，1958年5月来到八五九农场。

赵景金，87岁，1949年2月参军，原在东北防空司令部，参加过抗美援朝，1958年4月来到八五九农场。

郑云樵，84岁，原籍重庆，1950年参军，1958年5月来到八五九农场。

俞俊卿，87岁，1950年参军，原在沈阳空二军服役，1958年3月来到八五九农场。

葛百林，70岁，北大荒老转业军人的第二代，农垦改革和创办家庭农场开拓者。

与这些老兵们坐在一起，谈什么呢？我先简单介绍自己在垦区的经历和工作情况，然后请他们随便谈谈，不规定具体的题目，就是唠家常，主要说他们自己的晚年生活。从与老兵们的交谈中，我感觉他们对农场的发展是满意的，晚年的生活是幸福的。虽然我与他们一样，也是一名转业老兵，在垦区工作了几十年，但是，我在基层工作的时间很短，大部分时间是在学校和上层机关。而他们一直在这个边远的农场工作至退休，退休后还一直坚守在这里，正如王震将军所言“献了青春献终身，献了终身献子孙”，他们确实做到了。在农场安排我与老兵们共进晚餐时，我高举酒杯，为老兵们的幸福安康，也为他们对北大荒事业的忠诚表达我深深的敬意！

晚霞退去，我站在乌苏里江畔，遥望远方，回顾我在北大荒的历程，感慨万千！

离开八五九农场前，我请农场办公室的同志帮助我们挖一包黑土带回北京，我要让儿孙后代们，永远不忘北大荒，不忘黑土地的哺育之恩。

（2018 年 10 月于北京）

细语声声泪湿衣

——记与老战友、老荒友、老同学张培勋分别 56 年后的重逢

孙仁松

2016 年 5 月 13 日，我和老伴杨玉群结束了在四川老家的探亲访友活动，从绵阳机场乘坐河北航空公司 NS3284 航班，到达陕西咸阳国际机场。此行的主要目的是探访居住在咸阳的一位已分别 56 年的既熟悉又陌生的老战友、老荒友、老同学张培勋。下午 2 时 30 分，当我推着行李车走出接站口时，只见一位手举“孙杨”字牌的老者正在张望，我放下行李车大步向前，一边大声喊着“老张、老张!”然后与他紧紧地拥抱在一起。

要说这次与张培勋相隔半个多世纪的重逢，还得从《大荒缘》一书的出版说起。

2010 年 8 月，中国农业大学出版社出版了我和老伴杨玉群的回忆

录《大荒缘》，有关媒体做了报道。有一天，我在“人过50网”开的名为“大荒老人”的博客中，看到张培勋的一份留言帖子。他说，在网上看到《大荒缘》一书的内容介绍，感到非常亲切，因为自己作为十万复转官兵的一员也是1958年转业到北大荒的一名农垦老兵，所以迫切希望能得到一本《大荒缘》，并留下了地址和联系方式。

我很快将书邮出，并通过电话与张培勋取得联系。在电话中我进一步得知，他是原海军青岛基地（现北海舰队）司令部装备处的干部，不但与我同属一个部队，而且于1958年3月19日与我同乘一辆专列，经过四天四夜的旅程到达北大荒，同时分到857农场（原密山农场）位于地名“老牛圈”的生产队，在那里住帐篷、马架子开荒建点，经历了几个月的艰苦劳动，后来于同年8月同时考入王震将军兼任校长的北大荒新创办的大学——黑龙江八一农垦大学国营农场管理系学习。自1960年9月我被派到天津南开大学学习后，我们就分开了。虽然我们两人在同一时期、同一单位经历了不平凡的难忘岁月，但是当时我们之间彼此接触不多也缺乏相互了解，所以称为“既熟悉又陌生的老战友、老荒友、老同学”。

张培勋认真读了我寄给他的《大荒缘》后，对我个人和老伴杨玉群的经历和北大荒的历史有了全面了解，而我从后来的电话联系中，也基本了解了他的一些情况。重要的是我们都很重视和珍惜那一段难忘的战友情、荒友情、同学情，彼此有了许多牵挂，逢年过节会打个电话，互致问候和通报情况。因为在参加十万复转官兵开发建设北大荒的战友中，能够从同一个部队转业、乘同一列车到北大荒、在同一个农场生产队劳动、后来又上同一所大学同一个系学习的少而又少，好像就剩下我们两个人了，这样的缘分实在是弥足珍贵、值得珍惜！

作为一名农垦老兵，1958年22岁时我从海军转业直至退休一直在北大荒工作。虽然退休后与老伴一起定居北京，但是北大荒人的身份没有变，灵魂深处有一种难以割舍的北大荒情结。有趣的是，我和张培勋两人的微信昵称都有个“荒”字，他叫“垦荒者”，我叫“荒老”，这说明北大荒在我们生命中所占的分量，也说明两人在情感方面的高度相通。

近年来，我渐渐萌生出一个愿望，希望在有生之年，能够与张培勋见上一面，好好叙叙旧情。随着时间的推移，这种愿望也越来越强烈。去年 10 月，我陪患有老气管炎的老伴杨玉群到海南岛休养，几个月后她的身体状况有所好转且比较稳定。于是我们决定，今年 4 月下旬在返回北京前一起回老家四川探亲访友。在研究具体行程时，我提出结束在四川的行程后，专程去陕西咸阳看望老战友张培勋，这一提议得到老伴的理解和支持。我提前通过手机微信与张培勋联系，告诉他希望与他见面的想法，他非常高兴，立即回复并做出周到细致的安排和准备。他让小儿子张永凯定好宾馆房间后，还不放心又亲自去查看。于是，才有了本文开头出现在咸阳机场的那一幕。

走出咸阳机场后，由老张陪同、张永凯开车，送我们入住咸阳国贸宾馆。在咸阳停留的四天中，除了用两天时间由张永凯和他爱人韩彩英开车陪同参观游览兵马俑、华清宫、汉阳陵、大雁塔、钟楼鼓楼等名胜古迹外，我和老张从汽车开出机场开始，只要坐到一起就你一言、我一语滔滔不绝谈起在北大荒经历的往事和其他情况。从而，我对这位老战友、老荒友、老同学的过去经历和家庭情况有了更多的了解，加深了我们之间的友谊，也使我对他生出更多真诚的敬意。

这位年届 82 岁的老战友，原籍青岛。1949 年 5 月年仅 15 岁的张培勋毅然参加中国人民解放军，经历从江苏到福建的千里长途行军，参加解放福州、漳州、厦门的战役，后编入驻福建三沙口的原三野十兵团 28 军船管团一大队二中队任战士、文书。当时船管团的任务是利用从地方征集的船只（主要是机帆船），进行海上练兵和执行巡防任务，为解放金门、台湾做准备。但是，由于后来形势变化，1952 年 8 月他和一批战友一起转调海军，在位于青岛沙岭庄的南京海军联校四分校进行文化学习和军事训练。1953 年底分配到海军青岛基地司令部军械处某军械仓库任文书，直到转业前张培勋一直在青岛基地直属机

构从事文秘等机关工作。

我和张培勋交谈最多的还是我们1958年到北大荒以后，在“老牛圈”那一段住帐篷、马架子，开荒建点以及后来在八一农大半工半读的艰苦学习、生活和建校劳动，回忆一道修建青年水库，在东胜村开荒创建实习农场等等，交流各自的情况和感受。1962年夏，张培勋从八一农大农管系农机专业毕业，被分配回到857农场四分场任机务队长（他的爱人刘秀玉1961年已从青岛来到这个农场）。1965年张培勋调陕西富平县农机局，后调省农机研究所，任科研管理部门工程师。老张有两个儿子、一个女儿，有一个幸福美满的家庭，九十年代初离休后，在古城咸阳安享晚年。

在交谈中我们还提到一些彼此都熟悉的老战友、老领导，询问他们的现状。他谈到在青岛海军基地时就熟悉的王好同志，也同时到了“老牛圈”开荒点，而且后来张培勋从八一农大毕业回到857农场时还有过交往。我说，王好同志是我的四川老乡，他后来调到总局先后在宣传处和文化中心当领导，是个好同志，而且文笔很好，我和他也多有联系。还有857农场的老场长计海秋、老队长刘满屯，八一农大的老校长姜瑞元、农管系主任刘庆瑞等，以及在“老牛圈”当班长后在农场中学当教员的唐孔章、分队长张忠义等同志，我们都很挂念他们。只可惜他们多数已经作古，其他战友也不知下落联系不上了。

张培勋一直很关心北大荒后来的发展情况，我向他介绍了北大荒的巨大变化：如今的北大荒有160多万人口，130多个国有农场，4 000多万亩耕地，1 300多家工商运建服企业，已建成全国最重要的商品粮食基地、国家农业现代化示范区，农业现代化水平不但在全国领先，而且达到世界先进水平，每年可为国家生产优质商品粮430多亿斤（约2 200万吨），可供全国人民一个月的消费，还有其他大宗农牧林和工业产品供应市场，为国家粮食安全做出了巨大的贡献，得到了国家的高度重视和肯定。我们当年参加创建的北大荒自己的大学——八一农大，已经建成一座现代化的，具有培养学士、硕士、博士完整

作者与张培勋和家人合影（2016）

教育体系，11 个本科学院、47 个专业、在校本科生 15 000 人、研究生 1 800 人、科研成果丰硕的综合农业院校。他听后非常兴奋，满怀深情地说："50 多年过去了，我永远忘不了北大荒，忘不了开发北大荒的战友和在开荒建场中牺牲的同志。如果我身体允许，真想回北大荒看看！"

在我与张培勋交谈的过程中，他的老伴刘秀玉始终陪伴在侧。谈起老伴刘秀玉，张培勋不无遗憾和歉意地说："她本来是农村生产队妇女干部，后来在部队时跟我结婚。1961 年到北大荒，先是当农场职工，后来又被精简回家，然后又当临时工，来到陕西后又是几上几下，最后连个正式职工身份也没有，真对不起她啊！"我问刘秀玉："你不埋怨老张吗？"她淡淡一笑说："以前埋怨过，现在不了。"我对此心生感慨：是啊，今天北大荒取得的辉煌建设成就，是新老北大荒人艰苦奋斗、锐意开拓取得的，不仅有转业官兵、知识青年、知识分子，还有一大批像刘秀玉这样的劳动妇女，曾经为北大荒的开发建设做出奉献甚至牺牲。我们永远不应该忘记她们！

5 月 17 日我们从咸阳乘飞机回北京，张培勋和他的小儿子永凯送我们到咸阳机场，我和老张再次拥抱，依依不舍地含泪惜别，直到进了安检口，父子二人还在频频向我们招手致意。

坐在飞往北京的飞机上，激动的心情久久不能平静，又回想起 58 年前十万复转官兵响应党中央的号召，从全国各地奔赴北大荒的情景。是的，当时以致后来很长一段时间北大荒很艰苦、很困难，也历经曲折，付出了巨大的代价和牺牲，我们这些老兵都记忆犹新。可喜的是，

在中国共产党的领导下，我们战胜了困难，取得了令世人瞩目的辉煌成就。我和张培勋都深感幸运，因为我们有幸看到建设北大荒事业的成功，如果那些早逝的战友们在天有灵，听到北大荒建设成功的消息，也会高兴的。

（2016 年 5 月于北京）

校 友 情

——邛崃师范毕业 60 年与部分校友聚会纪实

杨玉群

四川省邛崃师范学校是我非常怀念的母校，她在我的一生中占有非常重要的位置。作为该校 59 级三班的学生，毕业整整 60 年了。近一年来我经常想，如果能够回老家看看校友和同学，也许可以了结一个历史的心愿。经过我和老伴的共同努力，加上邛师校友的支持和配合，今年 4 月上中旬，我们从海南休养地飞回四川，完成了 12 天的回乡之旅，采取聚会、探访等方式，共见到原邛崃师范的 60 多位同学、学生和老师。其间，女儿小红从北京飞到四川与我们会合，陪伴我们走完返乡的旅程，实现了埋藏在心底的愿望。

成都的两次聚会

我们此次回四川，日程安排很紧，会见邛师校友，尽量采取在指定地点聚会的办法。本来，我的学生司素珍提前知道我们要去成都的消息，就准备召集她在成都的几位同学也是我的学生与我们相聚，但同时我们在得知有几位邛师往届老同学也有聚会的意向，为了节省时间，我们就建议把两拨校友合并在一起相聚。但是后来老同学们决定单独与我们相聚，我们也只好尊重，所以就有了在成都的两次聚会。

4月10日，在成都市人民公园，我们参加了由邛师老同学孙靖帮发起组织的小型聚会，参加聚会的有孙靖帮的夫人孙永惠（校友）、董朝永、彭年征（夫人袁老师）、傅成炯、胡德新（丈夫蒲老师）等。除个别同学外，他们毕业以后我们之间彼此几十年没有见过面，而且他们已是八十多岁的老人，平时很少出门，听说我们远道回蓉，专门出来与我们聚会，体现了老同学的一片真情，令我们非常感动。这些老同学师范学校毕业后，大都从事中学或大学教育工作，也有的从政而且多有建树，成绩骄人。我们按约定时间在公园门口聚齐后，一起走进人民公园的大门，我们先在一处花坛前面合影留念，然后大家一边在公园漫步参观，一边交流彼此的情况。在参观中有一处纪念塔令我印象深刻，即建于1912年、列为全国重点文物保护单位的“辛亥秋保路死事纪念碑”，引起我对在辛亥革命前著名的保路运动中牺牲的爷爷的怀念和敬意。最后，我们来到公园内一家著名餐馆，老同学孙靖帮招待大家吃了一餐四川名小吃“钟水饺”。

4月11日，在成都市活水公园，我们又参加了由我的学生司素珍发起和组织的第二场聚会。参加聚会的有司素珍和老伴李先生，郑朝文、孙素芳、罗超群和同学雷成文等。活水公园的面积只有两万多平方米，是一个很小的公园，但是知名度很高，是世界上第一座城市综合性环境教育公园。它将取自府南河的水，依次流经厌氧池、流水雕塑、兼氧池、植物塘、植物床、养鱼塘等水净化系统，向人们演示了水与自然界由“浊”变“清”、由“死”变“活”的生命过程，成为一个具国际知名度的环境治理的成功案例。园中庞大的水处理工程，大大改善了府南河的水质，也因此让市民目睹水由污变清的自然进程并为之骄傲。每天有200立方水从河中抽出除去有机污染物、重金属后再回到河中。我们来到公园的餐厅外落座品茶，交谈中大家主要围绕从师范学校毕业后自己的工作生活情况以及师生间的感情与思念。其间几位学生都谈到在师范校读书时对我的印象，赞美我关心爱护学生，

作者与邛师老校友在成都人民公园（2019 年）

与大家打成一片，带领学生参加勤工俭学，使他们得到全面锻炼，并终身受益。

其实，同学校友的聚会只是一种形式，是同学情、校友情、师生情把大家的心连在一起，通过聚会使我们回想起往昔的峥嵘岁月和那相互不舍的情怀，因为我的同学一般都在 80 岁左右了，我在邛师任教时的学生一般也是古稀老人了，其中有部分人已经离开了人世，现在能够参加这样的聚会已经非常难得，确实应该珍惜啊！

充满真情的邛崃聚会

第三次聚会是 4 月 13 日在邛崃市西门外一个“农家乐”院内，是由邛师五九级同学李方元、张季波发起组织的。参加聚会的有邛师的同学李方元、周志琪、张季波、陈瑞华、周乃姝、刘文贤、干瑞华、葛仁坤、梁玉珍、胡素芬、杨作起、陈兆玉、杨顺康，我的学生孙正华、高思明，以及原师训班同学、老伴的海军战友薛育云，好友川剧艺术家张崇林等。看来这次聚会的组织者是做了充分准备的。当年邛师五九三班班长李方元和张季波老师先做了热情洋溢的发言，表达了对我和老伴回乡的热烈欢迎。干瑞华在发言中动情地说，得知杨玉群回乡，心情激动得几夜睡不着，想想几十年前同窗共读的情景，看看今天杨玉群风采依旧，真的好感动啊！葛仁坤站起来高声朗诵自己写的诗《向天再借三十年!》，表达了大家对现实生活的满足和对未来的向往：

人生沧桑三万天，
人世沉浮易变天；
可惜多友乘鹤去，
能说今逢不是缘?
喜看今朝歌盛世，
犹愿明朝又团圆；
但愿上苍有灵验，
向天再借三十年!

其间，我们夫妻二人向大家汇报了离开师范校后的经历和感悟，感谢校友们、朋友们的浓浓情意，并展示了我们的健身节目——太极柔力球和抖空竹，受到大家的欢迎。

最感人的是八十多岁的老同学周乃书，满怀深情地唱起了一首名为《老同学》的歌：

老同学是一段难忘的岁月，
老同学是一个难解的情结；
老同学是一坛陈年的酒，
老同学是一本共同的作业。
回味人生，冷暖重叠，

才明白同学的真情最纯洁；
留住那一段岁月，
留住老同学的感觉……

她的深情的歌声把这次聚会推向高潮。

4 月 16 日，我们在蒲江县参加了由五九三班的老同学毛茂林发起组织的聚会。参加聚会的有我在邛师的同学和学生喻敬轩、李桂芳、周玉芳、王安良、杨作清、张富琼等。大家围坐在一起喝茶聊天，谈起毕业后的经历和感受，谈起晚年的幸福生活。我的学生周玉芳说："分别几十年了，今天看到杨老师仍然健康，精神那样好，确实很高兴。感谢杨老师还记得我们，还给我们带来珍贵的礼物！"

我得知家住蒲江的一位学生高兴汉，病重不能参加聚会。我和老伴在聚会前还专门到他家看望，并送去礼品。家住蒲江的杨家培、雷素芳夫妇，是邛师的同学。他们没有参加聚会，但是专门到我们的住处看望我们，并与我们蒲江的亲人一起共进晚餐。

在四川期间，有些老师和同学无法见面，也不能参加聚会，我便主动打电话向他们表示问候，先后打电话问候的有辜永清老师，老同学喻桂芳、龚雪芬、林玉仙和我的学生方琼英、何俊明等。

专访两位德高望重的老师

师生关系是人世间一种最高尚而又无私的关系。古人云："经师易求，人师难得。"（《北周书·卢诞传》）"师者，所以传道授业解惑也。"（韩愈《师说》）教师，是一个受人尊敬的职业。当年，我的母校邛崃师范有一支优秀的教师队伍，从几任领导到教师都有很高的职业操守和业务水平。可惜，他们多已作古，在世的寥寥无几。回到四川后，我得知在我所尊敬的老师中，有两位仍然健在，他们是：教物理课的苏步高老师和教音乐的邓崎老师。虽然我们在四川活动的时间很有限，但我还是决定要去看望他们。

杨玉群、胡德新看望93岁苏步高老师（2019年）

4月11日晚，我们在老同学胡德新家拜访用餐后，我和老伴同胡德新一起在成都的侄儿龙勇、侄女龙敏开车陪同下，到位于金牛区沙湾的苏步高老师家看望。苏老师今年93岁了，身体还比较健朗，在电话上听说我们要去拜访后，他非常高兴，居然从一栋宿舍的三楼下来（无电梯的老楼房），走到小区大门口迎接我们。他领我们到他的宿舍落座后，提起在邛崃师范任教以及后来调到四川省教育厅和成都大学任教的经历，侃侃而谈。他说话声音洪亮，记忆准确，思维清晰，简直看不出是个九十多岁的老人。他说："我记得你杨玉群啊！那时候，你还是一个胖嘟嘟的女孩，是学生会干部，今天看到你大模样还没有变，还是胖胖的啊！"我的记忆中，苏老师当年给我们讲物理课，深入浅出，我们都很爱听，是一位受学生喜爱和尊敬的好老师。这次拜访时间短暂，临分别前，我们与苏老师合影，他要求我们留下联系方式，一定把照片邮给他。回到北京后，我们把印好的照片邮去，他收到后，又打来电话表示感谢，并欢迎我们以后再去。当然，这样的机会几乎不会有了。

4月13日，我们在邛崃市结束与邛师校友的聚会后，我的学生孙正华、高思明陪同，去看望我当学生时的班主任邓琦老师。这是我每次回乡到邛崃时必须完成的一课。邓老师今年92岁了，她是当年师范

学校的音乐课老师，在我读中师时担任我班的班主任。她曾经对我的关心和帮助令我终生难忘。1958 年“大跃进”时，师范校的学生们也在校园里搭起“小高炉”，炼起了钢铁。我那时已是党员又是学生干部，也一样头脑发热，与大家一起干得热火朝天，甚至几天几夜不睡觉。邓老师发现后，怕我熬坏了身体，当着同学们的面，大声对我说：“杨玉群，你不能这样干，身体是革命的本钱，你必须马上去休息。”说完，拉起我的手，大步向学生宿舍走去，看着我躺下睡着了，她才悄悄地离开。2017 年 4 月 1 日，适逢邓琦老师 90 寿诞，我以《贺邓琦老师九十大寿》为题赋小诗一首以示祝贺：

恩师寿诞九十秋，
莘莘学子遍神州；
感谢当年多教诲，
一身正气到白头。

在北京时我曾多次给邓老师打电话表示问候。但是近年来我在电话中从她家的保姆得知，邓老师的身体状况较差，生活上完全依靠保姆的照顾，认知能力也严重下降。当我们一行乘车赶到她居住的小区门口时，她坐在一辆三轮车上，我们主动上前打招呼，向邓老师问好并献上鲜花，她很快认出是我，激动地拉着我的手说不出话。我指着我旁边的老伴问她：这是我的老伴孙仁松，您还认识吗？她说：“认识，认识，你好帅啊！”我又向她介绍我的女儿，她高兴地说“你好漂亮啊！”

回到北京后，我老伴将此次拍摄的与同学的合影整理洗印，分别邮给老师和同学，使这次难忘的回乡之旅画上了圆满的句号。

（2019 年 5 月于北京）

竹友情

——从张北到邯郸

孙仁松

真挚的友谊弥足珍贵，特别是人到晚年更需要有好朋友，真友谊。这种友谊是生命的营养剂，可以帮助我们提高生命的质量，是花多少钱也买不来的。2019 年 8 月 9 日至 15 日，我们夫妻二人与竹友靳保庆夫妇、侯蜀龙一道应邀参加河北省张北县第二届空竹艺术节，然后又一道驱车到山西长治再到河北邯郸武安市，探访这几位老竹友的家并进行参观活动。从北到南，行程 1 000 多公里，一路走来，我们为竹友们的真情和真挚的友谊所深深感动，而且从参加空竹艺术节和参观活动中长了见识，受益匪浅。

参加张北空竹艺术节

8 月 9 日一大早，女儿小红开车把我们送到北京站，登上 Y535 次列车，直奔张家口市。10 点 30 分列车到达张家口南站，头一天到达张家口的靳保庆夫妇和侯蜀龙带一辆 7 座商务车到车站迎接我们，一起直奔张北县保亭老竹友王秉儒家，受到早已等候在家的王秉儒和他的夫人赵树桃女士的热情欢迎。王秉儒夫妇都是海南保亭空竹队的元老级成员，年近八旬的王秉儒又是空竹队的教练，又是张北县空竹协会会长，这次张北县空竹艺术节就是由他一手策划和组织实施的。我们这次能够以海南保亭空竹队的名义参加活动，也缘于这层特殊的关系。我们去张北前，王秉儒夫妇已经有所准备，特意安排在他家里设宴盛情招待我们。

8 月 11 日，天气晴朗，微风习习。张北县第二届空竹艺术节在张北第三中学广场隆重开幕。85 岁的杨玉群被邀请与其他领导和嘉宾一起登上主席台，德高望重的张北县政协原主席王秉儒宣布空竹艺术节开幕。广场上身穿红色民族服装的男女队员表演了气势恢宏的威风锣

鼓，颇具特色的秧歌舞，队列严整潇洒的时装秀以及太极拳也先后登场出演。在高昂的进行曲声中，入场式开始了。参加此次空竹艺术节的有 23 支空竹队、291 人，由导引员举牌列队逐一通过主席台，保亭空竹队在侯蜀龙队长的带领下排在北京、天津队后，是第三支通过主席台的队伍。入场式结束后，广场上出现了由各队部分队员参加的“百龙竞舞”的集体展示活动，场面极为盛大壮观，风格、大小和颜色各异的空竹彩龙、彩凤在广场上竞相展示风采，一派五彩斑斓、生动跳跃的壮丽景象，把开幕式的热烈气氛推向高潮。保亭空竹队的侯蜀龙、赵树桃、靳保庆、席拉弟也参与到百龙竞舞的洪流之中。

此次空竹艺术节的最主要环节是 23 支空竹队和特邀空竹高手、大师们的空竹技艺展示，这部分活动占去了空竹艺术节的大部分时间。各队和个人在广场上展示了不同类型空竹的多种技艺，可谓高手如云，精彩纷呈，让人目不暇接，大开眼界，享受到一次五彩缤纷的空竹盛宴。其中，保亭空竹队的靳保庆、席拉弟夫妻二人表演的双人空竹《春燕双飞》尤其精彩。他们的表演动作流畅，配合默契，技艺一流，受到观众的高度好评。在 12 日上午的大会闭幕式上，保亭空竹队和靳保庆夫妻的双人空竹《春燕双飞》获大会“金奖”证书，这也是此次参加张北空竹艺术节的一大收获。

走进中都博物馆

靳保庆夫妇、侯蜀龙和我们都是第一次到张北县。这次有机会因空竹而与王秉儒夫妇在此相聚，实在是难得的缘分。到张北后除参加空竹艺术节外，我们还驱车游览了坝上草原，参观了著名的中都博物馆，受到一次生动的华夏历史课教育。

张北是个历史悠久也非常有名的地方，地处河北省西北部内蒙古高原南缘的坝上地区，有着 4 000 余年的历史。全县总面积 4 185 平方公里，总人口 37.2 万人。1307 年，元武宗海山建中都于张北境内的旺兀察都（白城子），与大都（北京）、上都（开平，今正蓝旗）并称“三都”。明、清之际移民戍边，清顺治时，本县属官牧地及官荒地。

康熙十四年（1675 年），张北县大部分属察哈尔镶黄旗游牧地。1935 年 12 月底，日军入侵，翌年 1 月设察哈尔盟（治今张北）。1945 年抗战胜利后，中共建立张北县人民政府。2005 年 1 月 30 日河北省人民政府为加快县域经济发展，推进城市化进程，确定张北县为第一批扩大管理权限的县（市），隶属张家口市。

现存的元中都遗址位于张北县城西北 15 公里处，是迄今国内保存最完好、时代比较单一、后期破坏最少的元代都城遗址。2001 年，该遗址被列为国家级文物保护单位。为充分展示元中都的历史文化价值，张北县斥资 8 000 万元，采用国内先进的技术手段和设备，历时一年多建成了集文物保护、考古研究、陈列展示为一体的元中都博物馆。该馆作为传承中都历史、蒙元文化的基地，为展现张北历史文化底蕴增添了一张靓丽名片。过去，我们曾经去过北京的元大都遗址公园，这次参观了中都博物馆，又补上一堂难得的历史课。

热情洋溢的和谐家园

参加完张北县空竹艺术节活动后，12 日下午我们一行 6 人（包括司机李师傅）一路驱车南下，13 日上午到达长治市。之所以要到长治，是因为这里是保亭空竹队队长侯蜀龙的家，我们到这里是要看看他的家和他的夫人也是我们的好友唐青燕。本来小唐是应该与老侯一起去张北参加活动的，但是因为眼疾手术未能成行。我们到长治后老侯先带我们参观了有名的钟鼓楼，一起照了相。然后老侯和夫人在一家特色餐馆热情地招待我们，还请几位好友作陪。餐后我们又到老侯家探访，受到他们夫妇的热情招待。

当日下午我们离开长治，直奔邯郸武安市磁山镇西孔壁村的靳保庆家。今年 74 岁的靳保庆和他的夫人席拉弟是我们的好朋友。我们的相识和交往，一是缘于“候鸟”生活，我们都住在海南省保亭县“幸福时光”小区，每年冬天都有几个月的相处，6 年来感情越来越深；二是因为空竹。杨玉群是他们夫妇的空竹启蒙老师，由于他们对抖空竹非常热爱，而且悟性高，技艺提高很快，靳保庆担任了保亭空竹队的

教练，是保亭空竹队的元老和骨干。特别难得的是他们还把抖空竹带回了自己的家乡，不但在自己的家庭晚辈中传授推广，而且在当地学生中教授抖空竹，成效显著。今年老两口还到镇上庆祝“七一”的活动中表演，武安市电视台闻讯后，对他们进行了专访。老靳的儿女们说，是抖空竹改变了二位老人晚年的生活，提高了生活的质量，也带来全家的欢乐和健康。

作者与靳保庆夫妇在“和谐家园”(2019 年)

当晚靳保庆一家在他家自己开的“和谐家园”餐厅热情地招待我们。这间地处国道旁边的可容纳千人同时就餐的大餐厅，分上下两层，装修豪华，设备一流，在一楼的大餐厅有升降舞台。我们进门后看到舞台上方打出“欢迎孙老师杨老师莅临和谐家园”的电子横幅。在欢乐的迎宾曲声中，服务员面带微笑站立两旁欢迎我们。我们走上升降舞台，享受了一次贵宾走台的待遇。在有靳保庆夫妇和他们的亲家以及儿女参加的两次餐叙中，他们一家尽情表达了对我们的浓浓深情，热情邀请我们再次到他们家做客，我们从内心表示深深的感谢。

从我们几年来特别是这次与靳保庆一家的接触中，深深体会到这是一个家族兴旺，人才济济，事业成功的“和谐之家”，他们的奋斗精神和热心公益的种种善举，值得学习。

近距离接触“磁山文化”

8 月 14 日上午，靳保庆、席拉弟夫妇和他们的儿女陪同我们参观著名的磁山文化遗址博物馆。年轻的博物馆副馆长张海江陪同我们参观，他对这里的一切非常熟悉，一面带领我们参观文物，一面进行解说，对着一件件文物、图片，侃侃道来，如数家珍。看完博物馆的展出我们才知道，原来磁山是华夏文化的一个重要发源地，是中国发现的一个新石器时代早期文化遗址，约有 10 300 年的历史，比同为新石器时代的仰韶文化早 2 000 多年，因而具有典型的代表意义。大量的考古发掘实物资料证明，近一万年前，先人就在这里定居，过着农耕生活，种植粟子和小米，而且这里还是华夏最早的家鸡饲养和核桃的最早发现地，改写了世界粟作农业、家鸡驯养和核桃产地的历史，把我国黄河流域种植粟的记录提前至距今约一万年，填补了前仰韶文化的空白，也修正了目前世界农业史对种植粟年代的认识。据 1982 年 3 月《光明日报》报道，磁山还是我国四大发明之一的指南针的发源地。1988 年磁山文化遗址被国务院公布为全国重点文物保护单位。

随着参观的进行，我忽然感到，这个年轻的副馆长很不简单，他对磁山文化的内容和意义，对发掘的历史都非常熟悉，可以说已经具有较高的专业水准。回京后，我从网上查阅资料时，进一步了解到，他确实是一位土生土长自学成才的年轻人，说他是“磁山文化”的专家确不为过。他曾先后在地方和全国报刊发表研究论文数十篇，去年 10 月应中国农业大学资源环境学院邀请，为师生作了《磁山文化遗址——中国北方农耕文明探源》的学术报告。鉴于他在磁山文化研究领域做出的卓越贡献，文化部、中外文化交流中心授予他“中国文化艺术政府奖”，文华奖“最佳成就奖”；人物杂志社、中国文化学会等部门，还授予他百名“感动中国文化人物”最高荣誉称号。

磁山，真的是一个历史悠久、人才荟萃的了不起的地方啊！

感受“新农村”的巨大魅力

我们此行最后的一项活动也是最大的收获，是靳保庆和他的家人陪同我们参观当地新农村，从参观的两个村中切实感受到当地新农村建设的巨大成就和魅力。我和老伴都是农民出身，对农村和农民有一种天然的感情。当靳保庆提出是否要看看新农村建设时，我们都非常高兴并欣然接受。14 日下午，我们先是就近参观了二街村，然后又到全国有名的白沙村参观。

磁山镇二街村是一个有 500 多户、2 000 多人口的镇内村庄。多年来，他们始终把经济发展与村民生活居住环境的和谐统一，以及村民综合素质的提高当作建设新农村的重要工作内容来抓，突出特色，放眼长远，推动着新农村建设事业健康有序地发展。经过 20 多年的建设，现在 550 户村民全部住进楼房，入住率 100%。住房内设施齐全，功能完善，整个街道实行地下排水，主要街道全部硬化、净化、美化、亮化，环境整洁优美，改善了村民的居住条件。村里还建有可容纳千人的现代化的文化中心、文化休闲广场、幼儿园、敬老院、商业街等，为居民提供全面服务。这完全是一个崭新的、现代化的社会主义新农村。走在居民小区，有一种进入公园的感觉。给我们留下特别印象的是二街村的敬老院，那是一栋带电梯有 300 多张床位、设备齐全的高层楼房，老人全部都住在有卫生间的标准居室，餐厅宽敞明亮，连吃带住每月只收 200 元。75 岁的敬老院院长霍久忠告诉我们，老人们一周内饭菜不重样，对身体不方便的老人，服务员会把饭菜送到房间。看到老人们高兴地一边拍手一边唱歌，其乐融融的样子，真的好羡慕！

更让我们感到震撼并大开眼界的是参观白沙村。这个村位于武安市鼓山东麓，人口与二街村接近，有 580 户，2 300 口人，2 600 亩耕地。曾经是一个“吃水爬井坡，做饭烧柴禾，糠菜半年粮”的穷山村。而今白沙村已发展成为一个拥有 28 家集体企业、固定资产 2.3 亿元、工农业年总产值4.1亿元，村民人均年收入6 520元的富裕小康村。

走进白沙村，映入眼帘的是宽阔的街道，一幢幢白墙红顶、造型独特的村民住宅小区。村前朝阳湖碧波荡漾，怡心园花红叶翠；红色文化广场正中毛泽东塑像高高矗立。人民剧场、体育中心、生态园等现代设施和建筑都给我们留下深刻的印象，不愧为全国新农村建设的一面旗帜。白沙村自2000年开始推行党支部领导下的村民自治机制，“支部工作规范化，村民自治法制化，民主监督程序化”，使村民的知情权、决策权、管理权等民主权利得到充分保障。“一制三化”工作机制得到中央的肯定，并在全省、全国推广。在村书记侯二河和村“两委”带领下的白沙村，走出了一条“农业工业化，农村城镇化，农民市民化”的道路，成为“都市化”村庄，成为社会主义新农村建设的典范。先后被评为武安市红旗支部、河北省和全国的民主法制示范村、全国先进基层党组织、全国创建文明村镇工作先进单位等。党支部书记侯二河先后获邯郸市劳模、河北十佳杰出村官等荣誉称号。2008年被选为第十一届全国人大代表，并作为全国先进基层党组织代表到北京参加了60周年国庆盛典；2009年被授予“全国劳动模范”称号。

作者在白沙村毛主席塑像前（2019）

一周的活动，一切顺利且收获颇丰，这对于我们这一对耄耋夫妻来说实属不易。如果没有几位竹友的盛情相邀、周到的安排和一路精心照顾，就不会有这次成功的受益匪浅的出行。谢谢朋友们！

（2019年3月于北京）

贺杨玉群大姐八十寿诞

李国金[*]

1935 年 5 月的一天，
四川某地天空降下一团火：
这是一团善良之火，
一团智慧之火，
一团勤奋不息之火，
一团拼搏向上之火。
到哪都放光，放哪哪发热。
照亮单位，烘热氛围。
拼搏向前，绝不退缩。
从不懒惰，哪肯歇歇。
杨大姐呀杨大姐，
您光光灼灼，您红红火火，您亲亲热热。
有人说大姐是百里挑一，
那真是对大姐还不太了解。
杨大姐您是万里挑一，
这才有点奔向正确。
白居易说“试玉要烧三日满，
辨才须待七年期。”
有些愚钝、痴呆的我，
几乎用了近半个世纪的时间，
才算真正认识了杨大姐。
杨大姐呀，您——
总是积极、热情、主动，
有时灵光闪烁，区域里就燎起小小星火。
现在我认识到这是普通人在尽力为社会多做贡献，
这是普通人在为普通人多一点，再多一点，发光放热，
大姐您是普通人，
是普通人中如何做人的楷模，
是普通人中前进路上的领路者，
是普通人中涌现出来的豪杰，
是普通人中的女菩萨！
我虔诚的敬重的祝贺杨大姐八十寿诞！
祝您健康快乐，福寿绵绵。

* 李国金同志原任黑龙江生产建设兵团 618 学校校长，年 85 岁。

读孙、杨二老回忆录《大荒缘》有感

米立根*

悠悠岁月八十翁，
平凡伟大忆平生。
川西山村寒门子，
历尽艰辛方长成。
刻苦读书学文化，
投笔从戎当海军。
壮志未酬脱军装，
随军十万下关东。

艰苦奋斗北大荒，
战天斗地住窝棚。
岗位变换无怨言，
一切听从党调动。
紧跟时代不掉队，
开拓进取脚未停。
百年时光弹指间，
最是难忘大荒情。

（2016年8月　牡丹江）

七　　律
——读孙仁松回忆录有感

孙克俭

童颜鹤发古稀翁，
幼在邛崃老居京。
投笔从戎再屯垦，
南征北战立新功。

志存高远天可鉴，
大荒长留赤子情。
老骥伏枥心未老，
天下何田不可耕？

（2004年6月24日　北京农业部）

---

* 作者为解放军信息工程大学退休教授。

八一农垦大学老校友聚会有感

孙仁松

双友[*]情深两难忘，
夏日炎炎聚一堂；
屯垦戍边兴伟业，
壮志豪情赴大荒；
将军远谋定伟策，
完达山下办学堂；
斩棘披荆同耕读，
莘莘学子成栋梁；
喜看大荒天地变，
建成中华大粮仓；
悠悠往事成记忆，
唯留碎影叹沧桑。

（2017年7月20日）

赞杨玉群老师

米俊敏[**]

耄耋老人杨玉群，
家居天府事农耕。
转战大荒显才干，
亦工亦教育新人。
任劳任怨三十载，
光荣退休进京城。
伉俪情深惹人羡，
互敬互爱好温馨。
儿孙优秀多才俊，
精英学霸集一身。
为人宽厚讲情义，
模范之家美名真。
老有所为学不辍，
迎来人生第二春。
七旬始学抖空竹，
勤学苦练艺渐精。
广收学员传技艺，
热心授徒有耐心。

---

* “双友”指北大荒的“荒友”和八一农大“校友”。

** 米俊敏，解放军某部退休干部。

无私付出无怨言，
根深叶茂自成荫。
桃李满园遍南北，
非遗文化重传承。
漫漫人生频出彩，
金色夕阳耀黄昏。

（2019年9月于北京）

我的老师杨玉群

田素华*

粉笔生涯献青春，
诲人不倦语温馨；
潜移默化留身影，
品德崇高树典型。
满腔热血感天地，
三尺讲台传真经；
门前桃李三千树，
笑对春风迎晚晴。

（2019年3月于成都）

喜迎恩师龙江行

韩　卫**

金秋时节五谷丰，喜迎恩师龙江行。
师生情谊半世纪，多少往事记心中。
恩师品德人称赞，不愧大荒一老兵。
教书育人尽职责，呕心沥血为学生。
实验课上细细讲，课下辅导有耐心。
宁安江东搞社教，言传身带搞“三同”。
老师一身正能量，诲人不倦育精英。
毕业离校五十载，时时不忘师生情。
曾经相聚在青岛，共忆大荒写人生。

* 邛崃师范66届学生

** 韩卫，八一农大农学6102班毕业，78岁，哈尔滨师范大学退休干部。

再次相聚北戴河，合影再现裴德峰。
今春师生北京聚，八旬老人更年轻。
精神矍铄身康健，柔力球技展新功。
一部力作《大荒缘》，写尽“荒老”黑土情。
恩师倾洒一腔血，育得大荒桃李红。
此次恩师来哈埠，弟子尊师情更浓。
千言万语道不尽，叶对根的感谢情。
无奈弟子家事重，不能当面去相迎。
隔空举樽敬师长，祝愿恩师寿如松。
献上拙诗文字少，聊表柏兹一片情。
今日师生同欢聚，共祝母校六十庚。

（2018 年 8 月 23 日）

佳城三聚*

孙仁松

荒友聚佳城，
景宜一餐厅；
三次来相聚，
欢笑频举樽。

一聚忆往事，
峥嵘岁月新；
同创大荒业，
屯垦戍边行。

再聚感情深，
风雨伴泥泞；
奋斗共甘苦，
浓浓大荒情。

三聚难意尽，
相逢得知音；
何日再相聚？
往来成古今。

* 2018 年 8 月末 9 月初，我和老伴杨玉群回访北大荒期间，在佳木斯市停留数日，受到我们的老领导刘成果夫妇和多位老荒友（杨占山夫妇、李德仁、董作山、王桂臣、周瑞军和佳木斯农垦学校书记李德群、校长刘雨、梁晓霞老师以及总局驻佳办、干休所诸同志）的热情欢迎，三次设宴款待，吾深为感动，故有感而吟之，并以此感谢各位荒友。

巧遇战友*

孙仁松

丽星邮轮赴东洋，
巧遇战友共船舱。
六十年前奉军令，
解甲同赴北大荒。

饮雪卧冰不言苦，
十万大军垦三江。
喜看大荒天地变，
习总盛赞叹沧桑。

（2018 年 10 月 20 日）

* 2018 年 10 月 13 至 18 日，我们夫妻在参加《丽星——处女星号》邮轮赴日旅游中巧遇 1958 年同赴北大荒参加开发建设的老战友杨复伦夫妇，颇感惊喜，故赋诗一首。

晚晴篇

第四篇

“夕阳无限好”“人间重晚晴”这是唐代诗人李商隐诗作中的名句，前一句出自《乐游原》，后一句出自《晚晴》。两首诗我都很喜欢。把两首诗中的两句诗连在一起，更能真实反映当今老年人的状态。我感到人的一生总会经历曲折和坎坷，遭遇雨雪冰霜。少年时多吃点苦，会使你得到磨炼，增加战胜困难的勇气；成年后历经挫折，会使你变得成熟和坚强，有利于事业发展和家庭的成功。而退休后人生进入晚年，虽然身体和精力差了，但宜摒弃作者原诗中“黄昏”与可“怜”（注：李商隐的原诗是“夕阳无限好，只是近黄昏”和“天意怜幽草，人间重晚晴”）的消极心态，积极而愉快地安排好自己的晚年生活，绽放出新的光彩。

年轻时，我们都把青春和热血贡献给党的事业，贡献给北大荒，没有辜负共产党员的光荣称号。退休后，我们顺利实现了社会角色的转换，把“老有所学、老有所为、老有所乐”作为新目标，力求活出自我，活得精彩。我们在关心、培养第三代，尽力为他们提供服务的同时，积极参加电脑、厨艺、太极、空竹、园艺、编织、摄影、写作、音乐、舞蹈、旅游等方面的学习与实践活动，使晚年生活健康有序而又丰富多彩，可以说活出了精气神，焕发了人生的第二春。以下诗文，从不同的角度大致反映了我们晚年生活状态，也许可为老年朋友们提供参考。

坚持健身必有收获

孙仁松

我们夫妻二人在退休以前，几乎没有时间参加健身活动，至于养生更是无从谈起。因此，在退休以前我们的身体状况总体欠佳。我虽然没有大病，但体质较弱，腰腿有毛病。而老伴杨玉群的状况则令人担心，刚到北大荒不久就患上了气管炎，以后逐渐加重转为慢阻肺。尤其每年冬季，时常犯病，真是苦不堪言。退休以后特别是到北京定居以后，除了工作、家务劳动和照管第三代以外，有了参加健身活动的时间。这方面她的活动时间比较长，项目也比较多，而且她逐渐地把健身和社会活动结合起来，发挥她组织能力强善于做群众工作的特长，在组织社区群众健身活动方面得到很多收获，受到社区领导和群众的欢迎。

1995 年我们租房住在北京市东八里庄一栋楼房（我当时在农业部上班），她每天就到附近的红领巾公园参加健身活动，学练太极拳、剑、刀、扇，得到很多收获，交了一些朋友，身体状况得到改善，初步尝到了锻炼和健身的甜头。1996 年夏天，我们搬到朝阳区左家庄居住后，老伴就到香河园小公园参加健身活动，不久她参加了社区的一支由退休老人（全部为女性）组成的“香河园快乐腰鼓队”，向张敬尊老人学习打腰鼓，也参加练西藏舞、红色娘子军舞等，节日活动时还在社区表演。后来她被大家选为腰鼓队队长，在她的组织和领导下，争取到街道办事处的重视和大力支持，并通过定章程、抓管理、培养骨干、加强训练等措施，使这支腰鼓队很快由原来的 30 多人，发展到近百人，艺术水平不断提高。除了经常在社区和街道参加各种演出和宣传活动外，还经常参加朝阳区和北京市表演和比赛活动，如北京市第七届旅游文化节、北京市第九届职工运动会、海淀区首届健康节、

央视“夕阳红”万人登山活动、朝阳区迎接奥运倒计时 1 000 天活动等。2003—2005 年连续三年在朝阳区群众健身和体育比赛中获得一个一等奖、两个二等奖，2005 年北京市中老年健身项目表演赛获创新一等奖等多项荣誉。2008 年北京举办世界奥运会时，73 岁高龄的她带领三支腰鼓队到天安门广场表演，向世界展示了中国老人丰富多彩的健身活动和风采。

2000 年开始，她在继续组织腰鼓队活动的同时，又向中国杂技团退休演员周绍蓉学习抖空竹，很快学会和掌握了抖空竹的基本技艺。2004 年搬家到中国农大社区后，就把抖空竹作为主要活动内容，组织起一个主要由退休职工组成的空竹队和活动站，参加社区和北京市的比赛和演出，并多次获奖。从 2013 年冬天开始，我们实行“候鸟”养老方式，每年冬天都到海南省保亭县避寒休养。她又在新的社区带起一帮弟子，手把手教他们学练抖空竹，很快又成立一个保亭空竹队，开展了习练和演出活动，受到群众的欢迎。2018 年保亭空竹队正式加入海南空竹协会，成为海南空竹协会的分会，她被聘为海南空竹协会名誉会长。

我的健身活动，原来是练太极拳，后来又练太极剑。但是因为我到北京后一直在农业部上班，每天早出晚归，锻炼时间不能保证，因此坚持得不好，这引起老伴的注意和不安。2001 年的一个周日，老伴说，要陪我到一个公园玩，看看那里老人的健身活动。我们从左家庄乘公交到了东单公园，看到有些老人在玩柔力球，这是我第一次看到柔力球还有这样的玩法。当时他们主要是两人传球，单人单拍，有些简单的花样，但是我看得很入迷。当即决定一定要学会这个柔力球，就向公园里的于老师买了两支拍子、两个球。于是，从那时开始我就迷上了太极柔力球。我和老伴经常一起去天坛、北海、颐和园等公园和体育大学等处观摩学习，逐渐掌握了基本方法。为增加难度，我们又练习两人单拍传三个球，经过一段时间的反复习练，已达到熟练掌握。2005 年 10 月 11 日（重阳节），我们去黑龙江农垦联络处参加农垦老干部聚会前，在元大都遗址公园练习柔力球，进行三球传递，历时

30 多分钟，创下了一个最高纪录——2283 个（次）。那年，我们的年龄加起来为 140 岁，这应该是我们晚年健身活动的一个高峰，也是一个重要的指标。但是后来，老伴逐渐把精力都集中到空竹活动上，而我还是继续练柔力球，并且以练单人自选动作为主，坚持了十余年，从单拍单球，发展到双拍双球、三球，提高了玩柔力球的技艺，又达到健身的目的。

孙仁松练双拍双球（2020 年于海南保亭）

此后的十多年，虽然我们夫妻两人各自坚持自己的健身活动（她练空竹，我练柔力球），但是两人互传三个柔力球这一健身项目却一直坚持到现在。2019 年 2 月 13 日清晨，我们夫妻二人在海南省博鳌镇海边的沙滩上散步，当一轮红日从东方海上冉冉升起时，我们开始传抛三个柔力球，一位偶遇的年轻小伙子，为我们记录下这个特殊而且难得的画面。考虑到这个画面的特殊意义，最后我们一致决定将其选做《红榜缘》的封面背景图。

由于我们退休后坚持锻炼活动，身体状况得到显著改善，如今八十多岁了，不仅生活能够自理，还能做家务，买菜购物，上网写作，

保持较好的生活质量。我们的体会是：人到老年，选择自己喜欢的项目，坚持经常的健身活动，必有好处。当然，要根据自己的身体情况和兴趣，注意量力而行。

（2019 年 10 月）

空竹伴我远行

杨玉群

我没有想到，一个小小的空竹，在我退休定居北京后居然陪伴我近 20 年。可以毫不夸张地说，抖空竹是我退休后习练时间最长、花费精力最多而且收获最大的一项活动。它不但带给我快乐，促进我健康，

而且通过自己习练和组织爱好者习练抖空竹，使我晚年的生活更丰富多彩。我今年 85 岁了，仍然每天与空竹为伴，继续满怀激情地生活着。在与空竹为伴的过程中，我在北京、海南和各地结交了很多竹友，无论是当教练也好，切磋交流技艺也好，都向新老朋友学习到很多，也收获很多。

我的启蒙老师周绍蓉

童年的时候，在四川农村老家，看到有人在玩空竹（那时是竹子制的空竹，当地人叫“提簧”，玩起来“嗡嗡”作响），有很多小朋友在围观，我也凑上去看热闹，也很想玩一下。不料人家说：“女生离远点，这是男生的玩具!”言外之意是女生不能玩。这让我很不爽，只好在一旁生闷气。儿时的一幕早已忘到九霄云外去了，但是，几十年后，一个偶然的机会，认识了中国杂技团的退休演员周绍蓉老师，把我儿时想玩空竹的念头实现了，而且兴趣越来越浓，坚持 20 年没有中断。

2000 年夏季的一天，我们一帮退休老太太正在小区附近一个小公园练习打腰鼓，在中间休息时，我们忽然发现，在不远处有一位六十多岁的女士，在玩空竹。大家对这个新发现的玩具似乎都感兴趣，一下子围了上去，只见她动作娴熟、轻松地玩了一套空竹花样，抖、抛、转、接、旋、绕、飞，把一个塑胶制成的双轮空竹，用两根杆、一根绳玩得生龙活虎、上下翻飞，让人目不暇接，叹为观止。我也被她潇洒、优美的动作迷住了，待她停下来时，我主动上前与她打招呼，了解到她叫周绍蓉，是中国杂技团的退休演员。我忽然想起儿时的一幕，心里想今天遇到了老师，不能放过学习机会啊！于是虚心地请教周老师：练空竹难不难，好不好学，以及怎样开始练习等等。她见我问得认真，而且我的年纪比她大，就耐心地给我一一解答。她说：“抖空竹，又难又不难。要学会基本的动作，也许半小时最多半天就能学会。但要学深、学好，熟练掌握几十套或更多高级动作，就需要长期坚持、刻苦练习。”这一席话，是指导和鼓励我坚持习练空竹的巨大动力，也是所有想学抖空竹的老人们应该记住的。我又认真地说："我想学抖空竹，周老师能收我这个徒弟吗?"她高兴地说："可以啊!"于是我很快购买了器材，正式拜周绍蓉为师，在继续练腰鼓的同时，抽时间向周老师学习抖空竹，当时有几位鼓友也一起学习。

周老师从基础动作教起，一招一式，起步，提绳，敲鼓，加转……她教得认真，我学得起劲，而且慢慢找到感觉，经过反复练习，基本掌握了动作要领，走出了学抖空竹的第一步。然后，周老师接着教我们几个比较简单的花样动作：摆荷叶，摇辘轳，鼓线，抛高，左右望月，黄瓜架……经过我努力反复练习也基本学会了。重要的是，周老师不仅教一个个的具体动作和要领，还告诉我在舞台上表演时的精神状态、身段、眼神，以及对一套动作的总体把握。这些都成为我后来指导学员抖空竹时的重要内容。

作者与周绍蓉、张振炎老师在一起（2018）

我认识周绍蓉老师和她的老伴张振炎老师近 20 年了，他们教我抖空竹的技艺，是我的好老师，通过多年空竹的教学与交流我们成了好朋友，至今仍保持联系。有时她高兴了，会与我谈起 20 世纪 50 年代参

加中国杂技团的故事，当时她表演的主要节目就是抖空竹，曾经到中南海给毛主席、周总理等中央领导演出，还多次出国演出。谈起这些往事，她脸上充满了自豪。有时，我在抖空竹时遇到难题，每次登门求教，他们都非常热情耐心地给我讲解示范。前几年，周老师患病行动不便，我去请教时，她让老伴张老师用轮椅推她下楼到旁边小公园，给我讲解示范。2019 年 10 月，我和老伴在一位年轻竹友的陪伴下，专程去看望了周老师和她的老伴张振炎，并与周老师的几位学生交流抖空竹的感悟和体会。

考取高级教练证书

我学练空竹的兴趣逐渐浓厚，除了向周老师学习以外，后来我又到北京中山公园、劳动人民文化宫、北海公园、柳荫公园、紫竹院等处，凡是有抖空竹的地方，我都虚心向资深空竹高手学习，其中多次向北京市资深空竹高手韩铁钧、颜滨茹等老师请教。有些高难度动作，要求四肢、腰、眼、身密切配合，旋转腾挪，跟步翻身，这对年逾七旬的我有很大难度，但是我没有被困难吓倒，坚持习练，有时坐在公交车上也不停地用手比划，有乘客见了还以为我神经有问题呢。有时候我也让老伴给我当助手陪我练习。功夫不负有心人，我逐渐学会了许多双轮空竹花样动作，提高了技艺。

为了更系统全面地掌握抖空竹的基本理论和技艺，我先后参加北京市空竹协会在劳动人民文化宫举办的初、中、高级空竹教练员学习班，学会了一百多套双轮空竹动作，并开始习练“一线二”（在通常的一根线上抖两个空竹），先后拿到初、中级教练证书。2007 年我 72 岁，在北京市劳动人民文化宫进行空竹高级教练员现场考评，最后顺利通过，被授予高级教练证书。因为我是这次参加考评的空竹爱好者中年龄最大的一位，也是唯一获得通过的女性，在给我颁发高级教练证书时，评委韩铁钧老师对我说：“年纪大了要注意身体，保证安全，以后这些高难度动作，您可以不用练了。”我十分感谢老师对我的关心，但是在量力而行的前提下，十多年来我仍然没有停息，继续追求巩固提高空竹技艺。直到最近，在北京中国农业大学西校区和海南岛保亭社区，我几乎每天都要去固定的场地练习，在复习原来动作的同时学习新动作、新花样，还习练双轮空竹的“双人舞”，向一位河南的“候鸟”朋友刘海学习铁环空竹等。

在习练中加深对抖空竹的认识

在向老师们学习抖空竹的过程中，通过学习班听课和查阅有关资料，我对于抖空竹有了进一步深入的了解。

抖空竹是中国传统文化中一株灿烂的花朵，空竹古称“胡敲”，也叫“地铃”“空钟”“风葫芦”等。抖空竹亦称“抖嗡”“抖地铃”“扯铃”，是流行于中国民间的游艺活动，在北京、天津、河北、河南、山东、辽宁、吉林、黑龙江、四川等地尤为盛行，目前这一活动已经推广到全国。到了现代，特别是新中国成立后，尤其是改革开放后，随着人民生活水平的提高，抖空竹活动进一步普及。它集娱乐性、游戏性、健身性、竞技性和表演性于一身，技法多样，空竹的种类也越来越多，包括异形空竹、带电光的空竹等等，抖空竹的难度也越来越高。抖空竹多次登上“春晚”和其他大型晚会表演，受到广大群众的欢迎。

在坚持不断的实践中，我逐渐感受到抖空竹对我们老年人健身的好处。抖空竹的动作，看上去似乎是很简单的上肢运动，其实不然，它是一种全身的运动，是靠四肢和身体的巧妙配合完成的。当双手握杆抖动空竹做各种花样技巧时，上肢的肩关节、肘关节、腕关节，下肢的髋关节、膝关节、踝关节，加之颈椎、腰椎都在同时不同程度地运动着，同时需要脚步跟随，巧妙配合才能完成既定的花样动作，经过反复地练习，能够促进全身的血液循环，提高四肢的协调能力，促进大脑的发育，提高灵敏性。

抖空竹运动量可随意控制，可视自己的体能来确定运动量，不受场地限制，器具简单，男女老少都可参加。其抖法多种多样，有竞技空竹、表演空竹、健身空竹、单人抖、双人抖、多人抖，有正、反、花样抖等多种玩法，而且还不断在创新，在发展。抖空竹寓游戏于运动之中，只

要玩得开心，合理掌握运动量，不但能够达到健身的目的，还能享受到其中的乐趣，其锻炼效果可与慢跑、游泳、骑车、划船、越野和徒手体操相媲美。改革开放后，我国的空竹已经走出国门，成为国际文化交流的项目之一，得到许多外国友人的喜爱，并有所发展和提高。

我退休前一直在北大荒工作，六十年代刚到北大荒时由于气候寒冷，生活条件差，得了慢性气管炎，后来发展到慢阻肺。退休后到北京定居，由于我坚持参加各种健身活动，如太极拳、剑、扇、打腰鼓等，病情有所缓解，后来习练抖空竹后，老毛病进一步好转，现在虽然已到耄耋之年，仍然能够正常锻炼和生活。当然，各种因素是综合发挥作用的，不可能立竿见影，只要坚持锻炼，必有效果。

做推广传承抖空竹的志愿者

退休前我长期从事中小学教育和工会工作，出于一种职业惯性，我希望更多的中老年人参与到习练空竹的行列中来，从习练空竹中受益。因此，从 2004 年开始，我辞掉了原来香河园社区腰鼓队长的职务，在自己新搬家入住的中国农业大学（西校区）社区，发起组建一支由退休职工组成的空竹队，参加人数逐步发展到 20 余人。后被北京市空竹协会授旗，成为中国农大西校区空竹活动站，得到马连洼街道和农大社区居委会的大力支持，我还制定了活动《章程》和训练计划，帮助他们选出队长、教练，带领大家坚持习练，还先后多次邀请周绍蓉、张振炎、韩铁钧、刘长顺、余涛、李元征、田海珠等老师和其他空竹高手来队辅导，使队员的技艺不断提高。特别是 2006 年 5 月，国务院批准将抖空竹列入第一批国家级非物质文化遗产名录后，我对抖空竹的热情达到了新高度，除了自身坚持习练抖空竹外，又把更多精力放到组织教授、推广抖空竹技艺上。在组织队员学练韩铁钧创编的四套空竹操基础上，我请农大空竹队老队长马连元专门编了一套空竹操，作为基本动作，无论寒冬酷暑，我和几位骨干一起坚持带领队员们练习，技艺不断提高。我告诉大家，每个人的基础条件和爱好不同，除了统一规定的动作外，可以发挥各自的优势，各展所长，各显神通。

在这过程中也有少数队员，在我付出很多精力和辛苦辅导他们，初步有些收获时，因为怕困难怕吃苦，练了一阵子，不告而别了，这虽然让我有些寒心，却不能动摇我把推广传承抖空竹的事业坚持下去。

2008 年，我被选为北京市空竹协会委员。2010 年，在老伴的帮助下，我把农大社区空竹队的活动情况和每个队员的成套动作，录制成一套光盘，标题是《农大社区空竹队活动纪实》，为推广传承空竹技艺发挥了积极作用。为了锻炼队伍，开展宣传，活跃社区生活，我带领队员多次在街道和社区的大型文体活动中表演抖空竹，受到群众的欢迎。参加的重要活动和得奖情况主要有：2008 年北京奥运在天安门举行的大型群众体育活动展示，北京市第五届职工体育运动会开幕式展示，海淀区群众文体表演获一等奖，2012 年参加北京市第五届中老年优秀文体节目展获创新奖。这些荣誉的取得，应该归功于全体队员的努力，特别是马连元、朱金城、宋彬现、武秀荣、王秀玲、侯得云、冯允常、范分良、张桂衡、张春荣、马宏业、黄维健、武玉芹、穆润浦、尹振树、朱继才、赵成祥、傅宝坤、王大春、董乃迎、王凤霞、于佩连等竹友的积极参与发挥了很好的作用，也与街道和社区居委会的支持分不开。而我只是做了一些组织协调工作而已。

为了让更多的人学会抖空竹，我除了向有学习意愿的朋友、外国友人、小区的学生，还有我的孙女、外孙传授空竹技艺外，还把空竹器材、教学光盘赠送给包括外国友人在内的许多朋友，先后教授的学员有 200 余人，赠送的空竹和光盘有 100 多个（套）。

把抖空竹带到海南岛

从 2013 年的冬季起，考虑自己身体的实际情况，我和老伴一起与许多北方老人一样，选择“候鸟”养老方式，即夏天在北京生活，冬季到海南岛生活。从 2014 年冬季起，我们正式入驻距三亚 80 公里外的保亭黎苗自治县，一个叫“幸福时光”的新建小区。

这个小区有 12 栋高楼，每到冬季从大陆各地，主要是东北、华北等地大批退休老人来此过冬。我每天在小区内外活动都带着空竹，有机会

就练一阵。时间长了，就有人来询问，想要学练空竹，哪里能买到空竹？我会告诉他（她）们，想学空竹我可以免费教授，买空竹可以到网上去买（有时我让老伴帮助联系购买），但是，我都向他们强调一条：习练空竹对老人来说有一定难度，必须自己想好，如果能够坚持练，我可以教。如果没有坚持练的决心，就不要学了。居然先后有一批六七十岁的“候鸟”老人，要求习练抖空竹，我把他们组织起来，进行习练。到 2015 年冬，经常参加抖空竹的老人已经有侯蜀龙、吕静芝、靳保庆、席拉弟、曾令菊、周义银、邓术兰、管人杰、刘志鹏等十余人。2016 年春节前夕，在队员们基本掌握抖空竹技艺的情况下，为了宣传和扩大影响，增强他们的信心，更好地推广和传承空竹技艺，我在网上购买了统一的服装，组织队员在小区春节联欢会上演出，受到欢迎。接着我们又特邀王秉儒指导参加了保亭县“候鸟”文艺汇演，取得初步成功。

到 2016 年冬季，这支队伍继续扩大，其他小区也有主动来参加的。我们开始以“保亭候鸟空竹队”的名义组织活动，选出了队长、教练，

保亭空竹队与海口空竹队联欢后合影（2018）

在抖空竹的种类上，增加了转龙、转凤，单轮空竹、异形空竹等。2017年春节参加了保亭县第四届候鸟族文艺汇演，取得很大的成功。

2017至2018年冬春，保亭空竹队进一步发展壮大，增加了新队员，而且他们热情很高。空竹队组织进一步完善，组织队员联欢，参加小区春节联欢演出，与海南省空竹协会海口空竹队进行联欢、互访等多项活动。重要的是把保亭空竹队纳入海南省空竹协会系列，成为海南空竹协会保亭分会，建立了组织联系，扩大了视野和活动空间，为今后进一步开展活动奠定了基础。2018年在侯蜀龙队长的带领下，队员们还把空竹抖上西沙群岛，让"保亭空竹队"的队旗在我国南海的国土上飘扬。

2018年夏天，我回到北京后，仍然继续坚持习练空竹，除了巩固原来的动作外，还向农大空竹队的老队长、85岁的马连元学习新动作，并有新的收获。八九月间，我和老伴回访北大荒二十多天，先后在哈尔滨、佳木斯、抚远、同江、建三江、大庆等地活动，一直把空竹带在身边，走到哪里练到哪里，特别是在祖国最东北角的乌苏镇当年胡耀邦写下"英雄的东方第一哨"的地方、回归祖国后的黑瞎子岛上东极宝塔前也留下了我玩空竹的影像。十月中旬，我和老伴乘"处女星"号邮轮赴日本福冈、长崎旅游，也把空竹玩到了日本以及航行中的邮轮甲板上。

目前，保亭空竹队经常参加活动的"候鸟"队员有：侯蜀龙（队长）、刘海德（秘书长）、靳保庆（教练）、王秉儒（教练）、赵树桃、吴永春、尚文彬、李国成、刁玉福、段连森、王永信、周义银、程文征、吕静芝、殷琳、杨亚平、邱利炜、王秀玲、陈淑华、席拉弟、孟祥荣、米俊敏、李淑英、夏绍兰、于君、李国欣、朱国平、胡志军、张志国、陈云云、麻慧生、陈京生等30多人，通过经常的空竹活动，不仅愉悦了身心、增强了体质，而且交流、提高了技艺。队员们通过参加集体活动，相互之间增进了友谊，成为很好的朋友。令我高兴的是，许多队员已经把抖空竹作为自己晚年生活的重要内容，在掌握抖空竹的基本技能后，可以自学空竹的新花样，并且把抖空竹带到祖国

各地，成为新的传承者和教练。其中，74 岁的邯郸“候鸟”老人靳保庆、席拉弟夫妇，把抖空竹带回他们的老家武安市，不仅教会了他们的子孙亲友，还推广到当地的中小学校，参加地方节庆活动表演，上了当地电视，成为推广传承抖空竹技艺的骨干和活跃分子。

抖空竹需要不断创新，才能不断发展提高。当前，全国习练抖空竹的人越来越多，抖空竹技艺在推广、普及的同时，还不断出现高难度的新动作、新的玩法。近两年，我一直在尝试把抖空竹“一线二”与东北二人转手帕结合起来，使左右手做不同的动作，达到左右脑的均衡受益。这个创意，现在被我们空竹队 74 岁的靳保庆练成了，在 2019 年小区迎新春联欢会表演时，这个名为《双轮蝶舞》的节目受到观众的热烈欢迎。在同一个联欢会上，靳保庆夫妇二人合演的双轮空竹《春燕双飞》也是在我的指导下练成的，现正在空竹队员中推广。

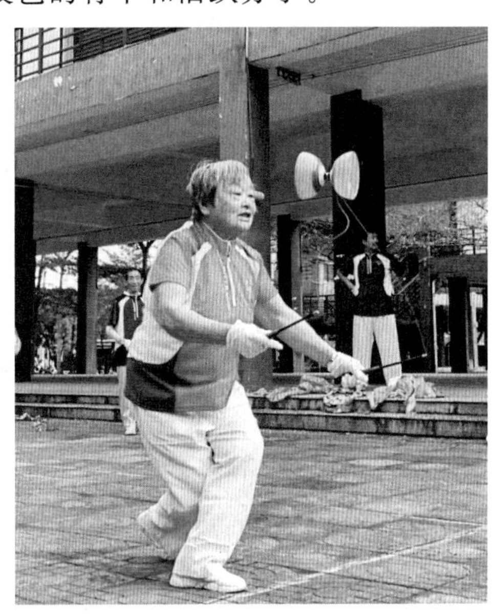

双轮空竹习练（2019）

总之，抖空竹已经成为我晚年生活的一项不可缺少的重要内容，只要身体允许，我还要继续练下去。在这里，我要再次感谢把我领进空竹大门的周绍蓉老师，还要感谢在技术上给我以指导帮助的韩铁钧、刘长顺、马连元等许多老师们。最后，还要感谢我的老伴孙仁松的支持，在北京他多次陪我到各处学习取经，耐心地帮我摄影、录像、编辑视频、录制光盘、整理文字资料，在网上选购器材等等，使我的空竹技艺不断提高，晚年生活更加丰富多彩。

（2020 年 2 月于保亭）

身轻如燕柔力球*

若　水

文章的引题写道：孙仁松老师的柔力球表演吸引着我们的视线，运动者享受着创造美的快乐，观赏者享受着观赏美的愉悦，以此锻炼身体，愉悦身心。

高级农业经济师、老一代“北大荒人”——孙仁松的柔力球演示给大家带来一种新的视觉盛宴，阵阵喝彩此起彼伏。

年逾七旬的孙老师跟着音乐节奏，舞动着手里的球拍，不管是前翻后仰，还是转身，拍子上的球像粘在球拍上，丝毫没有机会掉下来……我们随着他手中彩球那优美的弧线而转动，动作圆润流畅、潇洒、飘逸，让在场的所有人欣赏到智慧、技巧以及美在他手中的球上体现出来，使前辈专家的全面周详、含蓄、婉转、坚韧不拔、灵巧、细腻的人格特点得到完美诠释。

做完一整套柔力球操，孙老师气不喘、身不摇。当我好奇地问孙老师如此娴熟的球技是怎样练成时，身材并不高大的孙老师用他那特有的洪亮、中气十足的声音答道：退休时我的身体并不太好，自从我选择习练太极柔力球后，十几年来不但达到了强身健体的目的，让我神闲气足，更在精神上获得很大的满足，生活得更加愉快。

柔力球有完整连贯、圆润柔和、自然流畅、连绵不断的运动特点，迎、引、抛是柔力球运动的三大要素，所以技术要求比较高，讲究的是柔缓有序、刚柔相济、细腻悠长……柔力球圆弧轻划，看似软弱无力，轻松自在，然力度拿捏、方位掌握均颇费功力，一场球下来，轻

---

* 孙仁松注：2010 年 10 月的一天，我有幸应邀参加了北京二十多位专家和学者为我的好友、中国农科院资深专家、研究员蒋建平先生举行的八十寿诞活动。席间，我为大家演示了太极柔力球。事后，一位署名“若水”的朋友专门写了一篇题为“身轻如燕柔力球”的文章，发表在《中国保健营养》杂志 2011 年第一期。

则汗流浃背，重则腰酸腿软。所以，正如我们的事业，看似平常，然则需要十二分的努力，才能有所成。

在专家们的一片掌声中，北京大学第三医院营养生化研究室主任、常翠青博士从专业的角度点评了太极柔力球对老年人身体健康的益处。常翠青副研究员从2000年至今担任中国营养学会常务理事和副秘书长，在运动营养、食物中植物化学成分与人体健康的研究方面取得了突出成就。她对运动营养学有很深的造诣，对肥胖、高脂血症、高血压、冠心病、糖尿病和骨质疏松等慢性病的有关运动和防治很有研究。

她说，柔力球的健身效果是能带动筋骨锻炼，从而增强身体的协调性。柔力球运动融合了很多太极的招数，有太极拳的套路，也有太极剑的动作，讲究身体的协调性，所以全身筋骨都被带动了，使整个身体都得到了锻炼。

太极柔力球是一项适合于各个年龄段的运动，尤其对老年人特别适合。因为老年人的神经细胞会随着年龄的增长逐渐萎缩，而人体的活动受到中枢神经系统的控制，所以兴奋和抑制的转换，各种内分泌腺体的分泌都处在平衡状态，这种平衡一旦被破坏，就会产生疾病。柔力球是一种轻灵柔和的运动，练习时尽管肢体在运动，但同时又高度放松，又因为练习时球拍要随时控制球的位置，所以精神、意志要相对集中在控球上，使大脑皮层在部分区域处于保护性抑制状态，得到积极性休息，使不平衡的部分逐渐调整至平衡，慢性病也会逐渐痊愈。因此，有人称柔力球运动类似于大脑皮层的体操。练习柔力球几乎所有动作都是在转圈、走弧、旋转中完成，每一动作都要用力适度，意志集中，强调精神内守，心静体松，由眼神到肢体完整连贯，这样就减少了外界因素对大脑的干扰，使大脑得到良性休息，使老年人大脑皮质神经流动过程的强度、均衡性和灵活性得到提高，反应加快，可使老年朋友脾气更加温和、乐观开朗，精神、体力、食欲和睡眠都得到改善。

通过练习柔力球还可防止中枢神经系统早衰和老年痴呆症，有助于预防心血管病。在我们人体中，循环系统的功能，是通过心脏和血管持续不断地将血液输送至全身器官和组织，以保证其氧气和营养物质的供应和排除代谢过程中产生的废物，从而维持身体正常的功能。

柔力球运动是一项有氧运动。研究证明，人体从事30分钟以上的有氧代谢运动，可以动员身体中的脂肪参加能量供应，从而达到减肥的效果。常年参加这项运动，不仅能够强健身体，健美体形，还能预防多种疾病，尤其对呼吸系统疾病的防治有重要意义。老年人由于呼吸肌萎缩，肺泡扩大，壁变厚，弹性减小，胸扩活动受限，导致呼吸和代偿能力降低，造成肺泡内二氧化碳分压增高，动脉血氧饱和度下降，肌体缺氧，容易患肺炎、慢性支气管炎、哮喘等呼吸系统疾病。在练习柔力球时，动作轻松自然，而且连绵不断，呼吸匀细深长，使呼吸器官得到长时间温和平稳的锻炼，有利于防治呼吸系统疾病。

人在进入老年以后骨骼和肌肉都会发生一定程度的衰变，所以，不适宜进行大强度和爆发性的运动。而柔力球运动全部都是顺关节自然放松的圆弧运动，没有肌肉群的爆发性收缩，锻炼时全身均衡运动，不仅大肌群参加活动，而且全身各部分的小肌肉群也协同参加，这样就增加了肌肉力量和对关节的保护，也减缓了肌肉的萎缩和骨骼关节的退化。肩周炎是老年人的多发病和常见病，练柔力球时，由于注意力集中在控制球上，所以忘记了疼痛，而关节和肌肉又是在放松的状态下挥甩，无意中起到了散瘀通络、按摩牵引的治疗作用。

在一般的球类运动中，例如羽毛球、乒乓球等，都是单手在运动，练习者双手得不到均衡锻炼，特别是左手得不到应有的活动，而柔力球却可以左右手同时持拍，加强了左手的活动，在预防脑动脉硬化方面有积极作用。

常博士的点评，赢得了在场专家们的热烈鼓掌，也得到孙仁松老师的赞赏，使我们对运动与保健的关系有了更深一步的了解。

选择适合自己的运动是最重要的，除了柔力球，还有许多运动适合老年人，如太极拳、太极剑、慢跑、快走等。老年朋友可根据自己的身体情况选择自己喜欢的运动方式，如能征询专家的建议和指导更好。

编织五彩生活

杨玉群

在我晚年的生活中，大约从 70 岁开始，手工编织逐渐成为我的一大爱好。通过经常做手工编织，锻炼了我双手的灵活性、色彩的辨别欣赏能力和大脑的认知、反应能力，对于我的健康长寿很有帮助。同时我在学习各种编织作品中，增加了对美好事物和生活的热爱，有时几乎达到废寝忘食的程度。十多年来，我先后以各种颜色、不同规格的塑料珠子为材料，学习编织工艺品十余种，有多少件记不清了，大概有好几百件吧！而且我把这些亲手编织的工艺品，几乎全部作为小礼物送给国内外的朋友，不但传承了中华文化，体现了“老有所学”“老有所为”和勤劳朴实的精神，而且增进了朋友之间的友谊，密切了彼此的联系。

2006 年春，中国农业大学老年大学手工艺班招生，我当即报名参加学习。因为我从小在老家务农时，除学会干各种农活外，还学习纺线、做纸“银子”（祭祀亡灵用）、做简单的草编和竹器等，有一定的手工基础和较强的动手能力。但是那时做这些都是为了谋生，现在人老了，也有更多的闲余时间，学习手工是为了丰富晚年生活，有利于身心健康，两者的目的和意义大不一样。在老年大学手工班，老师主要教我们做折纸，做布贴画等，我学得很认真，兴趣也越来越浓，我的作品折纸《白天鹅》、布贴画《少

杨玉群与她编织的小猪（2019）

女荷花》还拿到老年大学展出，受到好评。唯一感到不足的，是觉得老师教的东西太少，不能完全满足我的要求。

杨玉群编的“寿”字挂件

2006年冬天，到我家附近的北京天秀市场采购时，我发现一位专门以塑料珠子为材料，用尼龙线编织工艺品的张女士，大概有50多岁。当时她在自己的摊位上，正在用不同颜色的塑料珠子，编织五彩“福娃”（2008年北京奥运的吉祥物）。我看她编织技巧非常熟练，编出的作品生动漂亮，一下子就喜欢上了这门手艺。我表示要向她学习编织技术，请她当我的老师，她见我很诚恳，就欣然同意了。于是，我就从学习编“福娃”开始，一点一点学习编织技术，从穿线、连接、加珠、固定、打结等基本技能学起，到选色、折返、成形、收尾，慢慢地按照老师提供的样本，在老师的指导下编织。遇到不懂的地方或难点就问，她也不厌其烦认真地教。因为是冬天，又是室外，我的手脚冻僵了，就站起身跺跺脚，接着再做。经过连续三天（每天只做两个小时）的学习，终于把五彩“福娃”编成了。看着那生动可爱的“福娃”形象，虽然技术上还有缺陷，但我已经很满足了。我当即买下一批材料（珠子和线），准备回家继续练习。

从那以后，我与张女士建立了经常联系。我利用部分休闲时间，学习编织不同的作品。先后学会编织的作品有“五彩福娃”“平安”“福”“寿”“双喜”“大红灯笼”“猴”“猪”“金龙”“鞋”“蜻蜓”等十余种。其中，编得最多的是“平安”“福”“寿”“猴”“金猪”等。比如，用红白相间的珠子编成的“平安”，配上红色的中国结，挂在轿车上或家中，是大家都喜欢的，礼轻仁义重嘛！而且这件工艺品，技术简单，花的时间较少，对我来说负担不重，容易完成。像“福”“寿”

等属于大件作品，要花费较多时间，只送给六七十岁以上的好朋友。我的编织作品，除大多数送给国内朋友外，还送给美国、加拿大、法国、澳大利亚等国外的朋友。2016 年 5 月中旬，我和老伴专程乘飞机到陕西咸阳，去探访居住在咸阳的一位与老伴已分别 56 年的老战友、老荒友、老同学张培勋，见面后我把自己编织的一个“寿”字挂件赠予老张。他后来写下一首诗，描述这次会面，其中就提到此件礼品，可见，这件礼品在老战友心中的分量了。

今年是农历“猪”年，也是我的本命年。想起 12 年前，同样是“猪”年，我编了一批“金猪”送给好友。现在还能够记得怎么编的吗？我决定试一试。经过回忆，在身边没有样品的情况下，我居然顺利地编成了，我真的好高兴。于是，我索性用身边保存的各色珠子，继续编起来，经过 30 余天工作，编成了大小各异的金猪、白猪、红猪、花猪等几十件。今年 4 月，我和老伴回乡参加邛崃师范毕业 60 年老同学聚会时，把几十件各色编猪作为小礼物分送给校友。还用快递给远在上海的好友孙英（北大荒知青，当年建三江管理局工会主席）两只金猪、一只小猴。她收到后发来微信说：“您真是心灵手巧，这三个小动物活灵活现招人喜爱。”“真正的朋友是一生的风景，我们各自忙碌又互相牵挂，不用刻意想起，因为从未忘记。”让收到礼物的朋友高兴，我的辛苦得到回报了。

我今年 84 岁了，视力已经不佳，也许今后不能再编织了。但是，想起我曾经的努力，想起收到礼物的朋友们喜欢的样子，我心里也充满愉悦，因为我曾为那色彩斑斓的五彩生活添加过一抹亮色。

（2019 年 5 月于北京）

试种魔芋的经历与感悟

杨玉群

我出生在川西邛崃一个普通农民家庭，从小经常参加多种农业生产劳动，喜欢植物栽培，虽年逾“古稀”而兴趣不减。我小时候就知道，魔芋可以加工成食品，而且营养丰富。改革开放后，在南方一些省区，魔芋已经发展成为一个重要的经济作物和产业，而且开发出魔芋在工农业、医药等多种用途，为丰富人们的生活和农民增收做出了重要贡献。后来，我还从有关资料得知，魔芋是多年生宿根性块茎草本植物，中国早在两千多年前就开始栽培魔芋，食用历史相当悠久，但大面积种植和真正的精粉加工是改革开放后才开始的。我从北大荒农垦总局退休后到北京与儿女团聚已十余年，还没有看到在北京种植魔芋成功的报道。它能不能在北京正常生长呢？怀着一颗好奇和探求真知的心，我决定亲自试一试。

2012 年初，通过在四川绵阳的亲戚托人，从四川省北川县山区农村找到若干魔芋块茎，3 月 18 日堂侄孙革伟借乘飞机出差之便，将 10 颗魔芋块茎捎到北京，但是检查发现有两颗已经坏了。当时北京的气温较低，我小心地将余下的 8 颗块茎包好，暂时存放在我家南阳台让它缓一缓。

我居住在北京中国农业大学西校区一栋家属房的二楼，没有可以方便种植魔芋的土地。经过一番策划，我决定借地种植，并分两组进行试验。

第一组：拿出 6 颗送农大西区一处试验地试种，种下后请一位有经验的老师帮助照管，我也经常去观察，并施了有机肥。当年，长出魔芋小苗，植株高 60 余厘米，一切生长正常。到了秋天，植株枯萎后盼它顺利过冬，来年继续生长。但是，没有想到这年冬天，由于施工使魔芋全遭破坏，一颗也没有留下，让我感到遗憾。这一组试验我抱的希望很大，但失望也大。

第二组：另外两颗块茎由我亲手试种。2012 年 3 月 27 日，我带领

外孙谢子鉴在女儿家的后院，挖坑栽种余下的两颗块茎。其中一颗由子鉴下种，但是由于方法不对，将种芽朝下（也怨我当时疏忽），导致未能顺利出苗，直到 5 月 17 日我扒开土检查时才发现问题所在，当时芽苗虽已长出但是长势微弱。另一颗由我亲自下种，顺利出了苗而且长势良好。为了方便照管，通过我的朋友联系，在家属区紫苑一位老师家的窗下为两颗魔芋苗找到了新的生长地。2012 年 5 月 20 日，我把两颗魔芋苗从农大南路的七彩华园移到农大 103 楼一楼孟老师家的窗下，两颗苗相距 2 米。

为了使魔芋正常生长，2012 年我先后施了两次有机肥。用买来的“麻渣子”（榨麻油的下脚料）与林地上收集的落叶松针叶相拌后，施到魔芋坑中并用土覆盖，使它成为可以缓慢吸收的养料。到了 2012 年秋，壮苗株高长至 76 厘米，直径 1.4 厘米；弱苗株高 42 厘米，直径 1 厘米。但是这年深秋，两颗魔芋植株已经干枯，一般人很难将它与杂草相区别，赶上工人修理下水管道，而把挖出的土压到已经干枯的魔芋苗上。我和孟老师发现后非常着急，但也毫无办法。等到下水管道修好后，工人用土把沟填平，我才到原地仔细寻找，是原来施肥埋下没有完全腐烂的松树叶给我提供线索，找到了较大的那颗魔芋（块茎直径 7～8 厘米），而较小的那颗却找不到了。这时，我的魔芋只剩下最后一颗，在北京试种魔芋能否成功，希望就寄托在它身上了。此时已经是 11 月中旬，天气越来越冷，为使魔芋顺利过冬，我在魔芋块茎上盖上 15 厘米厚的土层，上面再用厚纸板覆盖，纸板上面再压上一只大花盆。后来的事实证明，这些保护措施都发挥了很好的作用。

2013 年春，我期盼的唯一的一颗魔芋苗顺利出土生长，4 月中旬后，我几乎每天去观察动静。5 月 3 日中午，我发现上年魔芋植株生长的地方土层开裂，魔芋小苗拱出地面。我高兴地叫来孟老师，经过我们两人多日观察和仔细寻找，先后又在主植株周围发现 8 颗小苗，应该是其他小块茎长出的幼苗吧。出土后魔芋生长很快，特别是中间的主要植株很快胜出，超过周围的 8 颗小苗。

2013年6月18日，我和外孙谢子鉴一起给魔芋施肥，仍用“麻渣子”与半腐的松叶拌匀，挖坑施入并盖上土，施肥完后浇了水。此后，魔芋中的主要植株迅速生长，大大超出我的想象。在6月20日、7月2日、7月8日分别测量了植株高度、叶面覆盖宽度、茎秆直径的数据并予以记载，留下了植物生长资料。

2013年，围绕这一株魔芋，我加强观察并精心管理，注意生长过程中的点滴变化，根据出现的问题及时采取应对措施。虽然付出了许多辛苦，但也从中得到乐趣。7月23日，白天气温高达39.5℃，次日我发现有3片叶子被晒蔫了。我的实践验证了外地种植魔芋的经验：魔芋生长的温度不应超过35℃，并适宜与玉米等高秆作物实行间作，以利于挡住强烈的阳光。

为了避免因高温伤害到魔芋的正常生长，我采取两条保护措施：一是在叶面和地面浇水，以降低温度；二是凡35℃以上的高温日在植株上面搭一个临时的布篷，为魔芋挡住强烈的阳光（先后共有6次）。期间，我还发现有两片叶子长了黄褐色的斑块，而且斑块面积有扩大的趋势，我担心极了，立即向农大离休的植物病理学李庆基教授请教并寻求良策，得到了他的指导和帮助。

10月上旬，魔芋植株已经完全枯萎，从侧面小心挖开土层检查，发现新生的主块茎直径有10厘米左右，还有多个小的块茎。我们仍然小心用土盖好，让它安全过冬（整个冬天我离开北京到南方去了，是孟老师帮助照管的）。

2014年3月9日，我从南方回到北京。到地里观察发现，魔芋已经出土，长出紫色圆柱状植株，而且随着时间推移长得越来越高，到4月上旬已有1米多高，后来圆柱中间分出紫色苞叶。我们一面注意观察，适时浇水，同时产生出一个很大的问号：这魔芋怎么了？它没有往年的绿色叶片和分枝，难道真的如外孙谢子鉴所说，是魔芋产生“变异”了吗？4月15日我请来中国农业大学原园艺系的退休教授张夫曼，请她帮忙鉴定。张教授带着资料和图片到现场认真观察、对比后

杨玉群带领外孙观察魔芋生长情况

告诉我：这是魔芋开花了。张夫曼教授立即把这件事告诉了农大园艺系的领导，系领导和部分师生很快到现场观看、录影，并且说他们对魔芋的栽培很感兴趣，准备开展这方面的研究。

2014 年 5 月，在开花后的魔芋坑中又长出一颗主苗和多颗较小的魔芋苗，我们及时给它们浇水、施肥，加强观察和管理。它们生长得很茂盛，到 7 月主苗已经长到 1.6 米高，杆径 4.2 厘米，包括移栽的总共有 40 余颗，到 9 月中旬，已经结出许多块茎，大的直径约 12 厘米。许多朋友、老人和学生都闻讯前来观看，了解魔芋的植物形态和生长情况，实际上是做了很好的科普宣传。

在南方生长的魔芋在北京试种成功，并非我一人的功劳，这当中得到很多朋友的关心、支持、帮助，而且有些过去素不相识。我至今也不知道到北川山上去挖魔芋种的人是谁，还有堂侄孙革伟把魔芋种子从绵阳带到北京，他们都付出很大的辛苦；徐根凤教授一直关心并帮助联系种植地点，103 楼的孟凡杰老师已年过七旬，除了提供种植场地外，还经常浇水和管理维护，等等，我深深感谢他们。

2014 年冬季，我入住海南保亭县“幸福时光”小区后，四川省蒲江县的朋友又给我邮寄来一些魔芋块根，作为一种试验或游戏，我把它栽在小区大门外的绿地中，经过认真的管理照护，三个月后，居然开出美丽的紫红色柱状花。

通过三年来在北京试种魔芋的实践，我有以下的感悟和体会：

杨玉群与魔芋花（保亭 2015）

第一，多年来，我一直以为魔芋只适宜于南方温暖湿润的气候环境下生长，现在看来这个观念应该改变。至少通过我的实践可以证明，在没有采取特殊措施的情况下，魔芋在北京以及周边地区是可以正常生长的。作为一种有很高经济价值的作物，经过进一步试验研究，也许可以在北方大量种植。

第二，魔芋的栽培条件并不苛刻，只要注意选好土地，魔芋生长期适时浇水、施肥，及时防治病虫害，防晒防冻，就可以正常生长。当然，如果要在北方大面积种植，还需要进一步开展试验研究，如品种的选择与培育，各种栽培技术措施的选择与规范等。而我已年届八旬，不具备继续试验的条件，希望有人继续这方面的试验研究，推进此项事业的发展。

第三，改革开放后，随着魔芋种植加工事业的发展，越来越多的中国人对魔芋的食用价值有了一定认识。但是，我感到有关的知识远未普及，特别是北方地区许多人对它还比较生疏，更不知道魔芋长得什么模样。我认为，应该进一步加强对魔芋的宣传和知识普及，让更多的老百姓了解魔芋的食用价值，进而成为城乡居民餐桌上的必需品。如果我的试验在这方面能起到一些作用的话，我将为此感到欣慰。

（2015 年 4 月于北京）

我们的候鸟生活

孙仁松

从 2013 年始，我们过起了“候鸟”式养老生活，即夏天基本在北京，冬天到海南，时间上大约各占一半。这种养老模式，已经实行了七年，感觉效果良好。闲下来时反思，觉得我们认识有些晚了，如果早几年实行，也许更好。

开始的盲目性

从 1994 年进北京始，我们实际上已经进入晚年生活阶段。但是，对于怎样安排好晚年的生活我们却从来没有认真考虑过，可以说是有点盲目。这是因为：一是我当时是被农业部农垦局借调来京工作，满脑子里想的是如何完成新的工作任务，没有时间考虑养老生活问题；二是虽然老伴玉群已经退休 3 年，也只能算是刚刚进入晚年生活的门槛，而我则还在门外，思想上也来不及考虑；三是从年龄、心态、家庭环境等方面，我们都没有做好过晚年养老生活的准备。

我完全没有想到，我在农业部一干就是十年，直到 2004 年末我才结束在农业部的工作，回家养老。而在这期间，老伴杨玉群开头三年主要是照顾我的生活，管好家务。后来的很长一段时间（大约从 1997 年孙女茜茜出生，到外孙了鉴上中学），她把大部分精力都用在照顾第三代身上了。在这种情况下，我们的晚年生活不可能做到以自我为中心，达到完全自主安排。当然，在那段时间，我们还是有自己的收获，比如适当安排了一些旅游活动，坚持参加锻炼活动，出版了我们的回忆录《大荒缘》等等。

转变养老思路

2012 年，我 76 岁，老伴 77 岁。我们都已经在“古稀”的路上前行多时，比较明显地感觉到身体的老化，有“每况愈下”之感。这年夏天，我突患急性腰肌纤维组织炎，一天正吃早餐时突然整个腰部不能动弹了，只好打电话向儿女求助。女婿开车把我拉到附近的解放军309医院骨科中心入院治疗，在医护人员精心医治和调理下，十余天后基本康复出院。这年老伴的慢性气管炎也时有发作，身体处于脆弱状态。身体状态的这种明显变化，除了年龄增长的因素外，主要是过去几十年在北大荒寒冷气候条件下工作落下的毛病，现在集中发作了。我们感到急需进行调整，改变原来的生活状态。2013年春节刚过，一位朋友建议我们到三亚去调养一段时间，我们接受了他的建议。于是2013年2月，春节过后，我们乘飞机到三亚，住进一处宾馆，在那里休息了十余天，游览了大东海、鹿回头公园、天涯海角、南山等景区，享受到温暖的阳光、沙滩，呼吸了优质空气，心情特别好，身体也得到调养。但是由于时间很短，对玉群的慢性气管炎作用很有限。

这一次在三亚短暂的经历，使我们感到有必要彻底改变思路，借鉴许多老年朋友的经验，实行候鸟式养老模式。2013年夏天，我们得到一个信息：北大荒养老中心在三亚办了一个老年公寓。出于一种北大荒人的感情，我们喜出望外，很快通过在北大荒工作的朋友与该养老公寓的上级——在哈尔滨市的北大荒养老中心取得联系，预定了房间，预交了3个月的费用，并提前一个多月预定了11月9日飞三亚的机票，并做好了有关生活用品的准备，只等时间一到立刻启程。

就在我们即将启程赴三亚时，2013年11月5日晚，玉群的慢性气管炎和哮喘病突然发作，在儿女的帮助下当即住进了解放军309医院呼吸科。经过几天的治疗和调养，病情基本缓解，经医院主治医生同意，我们仍按计划于11月9日登上飞三亚的班机，并且准时于晚上7时左右到达三亚凤凰国际机场，北大荒三亚老年公寓派车把我们接到住处。

入住北大荒老年公寓

入住后，我简单地观察和了解到，这一所名为“北大荒老年公寓”

的地方，位于三亚市东红沙镇附近，基本上是郊区了，周围是农民的房子。这是一处私人小院，院内只有一栋四层小楼，一层是餐厅和一间活动室，活动室里有一台电脑、电视机、几张牌桌。楼上三层每层有几间客房，全部是双人标间，总共可以容纳 30 多人。每个房间大约有 20 多平方米，有卫生间和一间卧室，有电视机等简单设备，还有一个阳台。条件很一般，但还可以接受。公寓有主任一人，工作人员（包括炊事员）3 人，保洁工作由临时雇工担任。

我们入住北大荒老年公寓的当晚，便遭遇超强台风“海燕”的来访和袭扰，这是我们一生中第一次遭遇强台风，所以印象非常深刻。由于旅途的劳顿，我们于晚八点入住，用餐休息洗漱后，大约晚十点就寝。睡到半夜，忽然窗外风雨大作，雨点打得窗户啪啪响，院子里的椰子树在暴风雨中猛烈摇曳，大有树倒屋塌之势。可能是因为疲劳的原因，我们的睡眠虽然受到影响，但还是得到基本的休息，身体未有大碍。第二天早晨 6 时许，起床后，我看到公寓一楼的部分窗户破损，碎玻璃掉落满地，走廊里进了许多水。院子里树木花草东倒西歪，椰树的大叶子也刮断了许多，可以说满园狼藉，一片凋零。早饭后，我怀着好奇心，走出小院，从村里的小路来到红沙镇街上，所见状况比老年公寓院内要严重得多，有不少街边大树被风刮倒横躺在马路上，交通严重受阻。这种狼狈景象，大约十天后才逐渐清理完毕，恢复正常。后来，我才知道，我所经历和看到的，只是受“海燕”台风影响的边沿地带的情况，这次台风的实际影响和破坏比我看到的要严重得多。有幸我们离台风中心还有一定距离，否则后果难以预料。

我们在三亚北大荒老年公寓生活了整整三个月。这是一次候鸟生活的初步体验。可以说，这是我和老伴有生以来时间最长的一段休闲生活，不用自己买菜做饭，没有家务事，可以完全自主地休息。而在此之前，虽然我们早已经退休，但是总有琐事缠身，不能真正得到完全放松身心。我们每天的任务就是休息，有时去外面游玩，看看风景，有几次我专门乘坐公交去三亚河拍白鹭，有时也去大东海或三亚湾海边玩耍。当然，更多的时候是在公寓休息，与同伴聊天。老伴经常自己搞她的编织珠子，如编“平安”，编小猪、小猴等小动物，然后当作小礼物送给朋友。而我，除外出摄影外，则经常到活动室上网，看信息，了解国内外大事。

此间，我们遇到了在黑龙江兵团机关工作时的老领导田棻和他的老伴。田老是兵团时期一位受人尊敬的老领导，曾任兵团政治部副主任，后任黑龙江省财政厅副厅长、审计厅厅长。电话联系后，我们登门拜访，后来他们请我们在餐馆餐叙，交谈中得知他和老伴王老师实行候鸟式养老已有十余年，我们从他们的经验中得到启示，坚定了我们的选择和信心。

在北大荒老年公寓的三个月，还认识了一些新朋友，其中有一位哈尔滨东北农业大学的退休教授、园艺专家崔崇士，还有成都的老干部郑国声先生。在交往中成为好朋友，并保持联系。

但是，我们在这里也感到有些不足之处，主要是生活不方便，饮食不可口，卫生方面达不到要求。还有环境不太安静，周围是农民的住宅，难免在晚上休息时受到“鸡鸣狗咬”声的干扰。还有出门乘车、就医等也不方便。

在我们住了一个多月时，原来在北大荒的好友、后来到海南海口市企业发展的李永清同志，从海口开车到三亚老年公寓看望我们。他带我们第一次到保亭县游玩，住在他在保亭豪都小区的一套住房，一段时间以后我们对保亭产生了很好的印象，于是决定在保亭幸福时光小区买一套住宅，作为我们“候鸟”生活的居住之所。于是，从 2014 年末收房开始，我们有了在海南做候鸟的“窝”，有规律的候鸟生活才算正式起步。

为何选择保亭

我们已经在保亭生活了 6 个冬天，对这里的情况比较熟悉了，也可以说深深爱上这个新地方了。为什么？那是因为保亭有许多其他地

方不具备的优点和特色。

保亭黎族苗族自治县位于海南省南部内陆五指山南麓，南接三亚市（76 公里），北连五指山市（39 公里）。保亭县名来源于明代“宝停司”，清代改成“宝停营”，“民国”二十四年（1935 年）正式设立行政县，1950 年 5 月解放，1987 年成立保亭黎族苗族自治县。

全县境内辖 6 镇、3 乡、2 个县管农场和 5 个农场居民区，土地总面积 1 153.2 平方公里，占海南省陆地面积的 3.42%，属省“大三亚”旅游经济圈。县城建成区面积 5.45 平方公里，2016 年末户籍人口 16.79 万人（常住人口 15.08 万人），黎族、苗族为世居民族，其中，黎族占全县总人口的 62%，汉族占 30.8%，苗族占 4.4%，其他民族占 2.8%。

保亭地处北纬 18°以南，属热带季风气候区，长夏无冬，年均气温 20.7～24.5℃，年降雨量达 1 800～2 300 毫米。全县自然资源丰富，森林覆盖率高达 85.2%，拥有益智、砂仁、沉香、降香等 148 种南药品种，是我国重要的南药种植资源地。境内有温度高达 93℃、日出水量 3 800 吨的自喷天然温泉，长达 23 公里的溶洞——仙龙溶洞，面积 600 亩的热带喀斯特地貌——仙安石林。近年来，保亭县先后荣获“国家卫生县城”“国家园林县城”“全国文明县城”等 10 多项荣誉称号，是全省第一个国家级卫生县城。

保亭文化积淀深厚，“钻木取火”“黎族织锦艺术”“树皮布制作技艺”“黎族传统竹木器乐”等被列入国家和世界非物质文化遗产保护名录，2008 年被国家文化部命名为“中国民间文化艺术之乡”，2011 年被国台办授予“海峡两岸交流基地”，2016 年被国家文化部授予“国家公共文化服务体系示范区”称号。一年一度的海南七仙温泉嬉水节，跻身中国十大著名节庆品牌。

境内主要的旅游景区有呀诺达热带雨林文化旅游区（5A 级）、甘什岭槟榔谷原生态黎苗文化旅游区（5A 级）、七仙岭温泉国家森林公园（4A 级）和什进村布隆赛乡村文化旅游区，神玉岛文化园旅游区、常青雨林茶溪谷景区和绿水八村画廊美丽乡村等景区正在开发建设中，是全省乃至全国唯一一个拥有两个5A级景区的少数民族县。

现在，从全国各地到保亭过“候鸟”生活的老人越来越多，除了具备以上特色和特点外，还有一个非常重要的条件，那就是保亭清新的空气。由于这里的森林覆盖率高达85%，而且基本没有工业，人少、车少，空气质量常年保持优等级别，空气中的负氧离子含量高达8 000个/平方厘米，比大陆的大城市高10倍以上，是全国空气最好的200个县之一，这对于患有慢性气管炎和哮喘病的老伴来说，是个非常好的条件。再者，这里的民风淳朴，社会治安很好，经过多年的建设和发展，城区的基础设施建设良好，生活很方便，具备基本的医疗条件，很适合老人养生和居住。修建中的五指山至三亚海棠湾的高速公路预计2020年末完工后，这里的交通条件将得以改善，生活会更加方便。

我们已经在保亭度过了6个冬天，回顾这一段愉快的候鸟生活，我们感到有以下收获：

第一，养好了身体。经过6个冬天的调养，我们的身体似乎越来越好，特别是杨玉群的身体状况有很大的改善。原来比较严重的气管炎得到基本控制，咳喘现象没有了，腿疼也得到缓解，精神状态全面改变。不但生活完全自理，而且可以正常参加健身活动，尤其在抖空竹方面有一定进步。

第二，陶冶了精神。我们无忧无虑地生活在一个风景美丽、空气清新、生活方便、社会和谐安定的环境中，享受晚年的清闲和淡定，远离城市的喧嚣，精神上完全放松下来。平时可以在家上网，听音乐，喝茶，聊天，与友人谈心，走出去散步。回到家做一餐可口的饭菜，高兴时，约几个好友餐叙或到附近的景点参观。这真是神仙的生活啊！

第三，广交了朋友。通过平常参加健身和各种活动，逐渐认识和交了许多来自各地养老的“候鸟”朋友，也包括部分“荒友”。他们中有：崔崇士教授夫妇、米立根教授夫妇、江书元教授夫妇、靳保庆夫妇、侯蜀龙夫妇、王秉儒夫妇、刘忠民夫妇、郝亚彬夫妇、“荒友”张

亚利夫妇，四川老乡周义银夫妇，还有畅好农场的场长黄芳等等，形成了一个很好的朋友圈，经常进行交流和互动，建立了深厚的友谊。有朋友就有了依靠，有了信心，有时遇到困难，能够得到朋友们的关心和帮助，使我们的“候鸟”生活充实、愉快。

（2020 年于保亭）

化蛹成蝶记

孙仁松

年轻时，我在农业大学学习过有关昆虫学的知识，知道有一类全变态昆虫，例如蝴蝶，它们的一个完整生命周期划分为四个不同的发育阶段，即卵、幼虫、蛹、成虫。四种虫态，依次演变，不仅外部形态差异极大，而且其生理、生态、生存时间、习性等都有很大的区别。这是大自然的造化，很神奇，也很有趣。遗憾的是，对于它们具体的变化是如何发生的，我却从来没有亲眼见识过。想不到在我年届 80 岁时，有了一次见证化蛹成蝶的机会。

2016 年春节前几天，我们住在海南保亭。为了增加节日气氛，老伴特意从市场上买了一盆挂满果实的金橘，放在家中，供大家观赏。后来，果子渐渐掉光了，失去了观赏价值，又把它搬到室外，放在小区绿化带里，继续生长。同年秋天，老伴又找人把这盆金橘搬到我家阳台上，继续精心培育，希望它能够开花结果。

一天，老伴在给金橘剪枝浇水时，偶然发现枝叶上有一条约五六厘米长的大青虫，在啃食金橘的嫩叶，地上还掉了不少绿豆大小的虫粪颗粒，看来食量还不小。老伴有些心疼刚长出的嫩叶子，让我快把虫子扔出去。我看这虫子长得有些可爱，全身呈青绿色，胖胖的，身上无毛刺，头上有两条褐色横纹，身子后部两侧各有一条同色斜纹，初看倒像是两道伤疤。我判断这虫子已进入幼虫的成熟期了，也就是说很快要化蛹了。于是对老伴说："咱先别扔出去，留着观察一下，看看有什么变化。再说，它可能快化蛹了，也吃不下多少叶子了。"看我说得有理，老伴也就同意收留了这条大青虫，把它当宠物养起来。

此后十余天，我们的生活中增加了一项重要内容：仔细呵护着小虫子，观察它的变化，并用相机拍下不同时间的形态画面。开始几天，虫子在小金橘树上的活动和取食相当活跃，不时变换位置，专找嫩叶子吃。第一天晚上我记住了虫子的所在位置，到第二天早上发现虫子已经爬到距离较远的另一个枝头，而且掉到地上的虫粪也比较多，这样的情况继续了三天。到了第四天一大早，我发现一个重要的变化：虫子在一处小枝上停住不动也不取食了，而且虫体收缩变短，腹部出现黄色条纹。我知道这是从幼虫向蛹转化的开始，于是继续认真观察，并拍下一些画面。我立即把这个情况告诉老伴，她很有兴趣地看了又看，我们一起分享着见证奇迹的乐趣。老伴告诉我说，她小时候在老家四川农村养过桑蚕，这次的情况有些相似但又不完全一样，重要的是养桑蚕是一种传承几千年的农业生产活动，一切都在人为的可控条件下进行，其每一步结果都是预知的。而这次是养一种野生的虫子，它的成虫会是什么模样，我们完全不知道，当然它叫什么名字更无从知晓，所以我们都充满好奇和期待。

树枝上可爱的幼虫

虫子停食后的次日，天刚刚放亮我就起床，顾不上洗脸刷牙，赶快去看我那宝贝虫子。我惊奇地发现，原来活跃的小青虫，现在已经完全变成蛹了，其长度只有原来幼虫的二分之一，颜色为翠绿色，几

乎与金橘树叶的颜色一样，这似乎也不奇怪，是食物的颜色使然。然而，更令我惊奇的是，这个虫蛹的安置方式太有趣了：它用自身分泌的胶把蛹的尾部牢牢固定在金橘树枝上，另外又用一根比较粗的丝把身体固定住，但又不绑得太紧，使蛹体与树枝成45°角。这显然是事先经过精心设计安排的，因为这样的安置方式，既不会使蛹体掉落到地上，带来生命的危险，又非常方便将来完成生命周期的最后一跳——化蛹成蝶。但是，这一切是怎样实现的呢？我不能不惊叹大自然的神奇，一个小小的昆虫居然有这样的能力！

奇妙的虫蛹

幼虫变蛹后，我和老伴经历了一个比较漫长而又焦急的观察、等待期，目的是要见证青虫的化蛹成蝶，这期间大约有十天之久。但是，因为事先不知道蛹期有多长，只能不断地加强观察，特别是成蛹四五天后，观察的频度更大了，每天都在家看着不敢离开，很担心一不留神虫蛹变成蝴蝶飞走了。为防止意外情况发生，每到夜晚，我会用一个透明塑料袋把蛹和小树枝一起套住，而且在塑料袋上打了若干小孔，使之空气流通以利于它正常呼吸。第二天一早，我起床后的第一件事就是取下塑料袋查看虫蛹有没有变化。而且，我还把数码相机准备好，调好参数，保证随时处于备用状态，以防错过那个关键的时刻。在那些日子，可以说我们老两口的生活基本围绕着虫子转，在我有时一心做事或上网时，老伴便提醒我，快看看虫蛹怎么样了，千万别让它飞走了，好像那虫子是我家的孩子似的。

在这十来天时间里，我们为虫子着急、担心，但仔细想来，站在虫子的角度，它可能比我们更着急，因为它要完成生命历程的最后一跳，变化成为能够自由飞翔而且可以繁育后代的成虫，不经过一系列身体外部形态和内部结构以及生理生化等的演变怎么可能呢？而要完成这些变化不仅需要时间，而且需要聚集足够的能量，甚至可能是一个相当艰难和痛苦的过程呢。

两个星期之后的一天早晨，盼望已久的最激动人心的时刻终于到来了。当我取下塑料袋，发现虫蛹的颜色显著变深，变暗，而且头部裂开一道小缝隙。我大声招呼老伴，赶快端个小凳子坐在金橘树旁，目不转睛地观察它的变化。我拿起相机，用微距拍下那些精彩的画面。眼看那道缝隙越来越宽，蝴蝶先把头挤出蛹壳，然后六条腿一起使劲，慢慢地从蛹壳中挤出来了，爬到邻近的小树枝上休息。从出现裂缝到蝴蝶完全爬出蛹壳，其实只有短短四五分钟的时间，但我感觉那时间似乎很长，我强烈感受到一种凝聚于生物体内的巨大能量在暴发，它所向披靡，势不可挡！

刚刚爬出蛹壳的美丽蝴蝶

看完了这惊心动魄的一幕，我才稍稍喘一口气，喝一口水，定一定神，继续进行观察和拍摄，并且注意欣赏这蝴蝶漂亮的身姿。蝴蝶为中等身形，全身如天鹅绒般的黑色，翅上有白色间橙黄色花斑，呈现出一种典雅而又庄重的美。随着它在枝叶间缓慢移动，时而将双翅平放，时而将翅膀合拢，看来它需要休息，养精蓄锐，为最后的展翅高飞做准备，我也利用这个时间从不同角度抓紧拍摄美丽的画面。差不多两个小时后，那蝴蝶轻抖双翅，先飞到阳台的粉墙上歇歇片刻，然后轻轻地如滑翔机似地向楼下的花丛飞去，去寻觅它的伴侣，完成它最后的交配和生育任务去了。我目送它远去的身影，如释重负地出了一口长气，我深为它终于成功完成化蛹成蝶任务而高兴，多日来的辛苦顿时被一种轻松愉快的心情所取代。有诗为证：

小小青虫二寸长，
阳台金橘从天降；
历经半月生奇变，
化蛹成蝶任飞翔。

为了搞清这位蝴蝶朋友的身份，事后我特意在网上查了一下，初步确定它应该属于昆虫纲鳞翅目凤蝶科黑凤蝶中的一种，至于更准确的鉴定，还需再请教有关的昆虫分类学家了。

我的最后一项工作，就是用电脑整理图片，然后将部分主要画面编了一个音乐相册，用微信传给国内外的亲友与他们一起分享我们的快乐。另外，我还把一组“化蛹成蝶”图片，拿去参加小区摄影比赛，得了个三等奖。

通过这次有趣的实践，我得到一个启示：我们老年人在晚年生活中除了娱乐、健身、旅游等以外，其实还有许多事情可做。只要你有一颗未泯的童心，又有自己的兴趣和爱好，就可以发现和做一些有趣的事，既充实了生活又可以学习到新的知识，而且还能从中得到快乐。当然，前提是本身要有良好的身体，至少生活要能够自理才行。

（2017 年 2 月于海南省保亭县）

拍　　鸟

孙仁松

摄影，是我退休后一个重要的爱好，更准确地说，是 70 岁以后的爱好。其实，我在 60 岁前就开始玩照相机了，从上海的“海鸥”120，到后来的“傻瓜”相机。外出旅游，看到好的风景，拿起相机“咔嚓”就是一张，回到家就去照相馆洗印出相片，还特有成就感，不知道浪费了多少胶卷，存放在书柜里的一大摞影集就是那时的“成绩”。

我后来才知道，那不叫摄影，只能叫照相，即只要把人像照上就好了。真正的摄影，那是一门光和影的艺术，里面有一大堆讲究，什么光圈、快门、对焦、感光度、曝光、白平衡、构图、用光、景深等等，要拍出一张好的摄影作品不是一件容易的事，摄影家们为了拍到一张拿奖的作品，也许要花费几个月甚至几年。

2005 年后，我先后参加了中国农业大学摄影学会举办的摄影学习班和多次讲座，开始学习使用数码单反相机。我买了摄影知识的书，儿女们给我买了相机等设备，一边学习，一边实践，时间长了还真得到不少收获。

学习摄影需要懂得一些基本理论，更重要的是要多实践。开始一段时间，我主要拍一些静态的风光。北京的许多名胜古迹我都去拍过，比如八达岭长城，我曾经在不同季节多次去拍；还拍过各种花卉，以及北京老年人的多样活动和生活状态等，也很有收获。

但是，后来我发现，有一类拍摄更具有挑战性，那就是拍鸟。与拍摄其他相对静止的目标相比，鸟的流动性（飞翔）大，所以拍摄的难度也大。从 2010 年开始，我连续 3 年到圆明园跟踪拍摄黑天鹅的活动，观察它们的生活习性和变化，从黑天鹅孵化出小天鹅开始，一直到它们能够展翅飞翔，每周至少去一两次。为了拍到天鹅飞翔的画面，夏天我经常顶着烈日，坚持数小时等候拍摄时机，即使这样，也不能保证每次都有收获。三年中，拍了数百张

天鹅展翅（2012）

黑天鹅图片，制作了两集以《黑天鹅的故事》为题的幻灯片，在网上进行交流，得到朋友的点赞。从此，我对拍鸟产生了比较浓厚的兴趣。

2012 年夏天，正值荷花盛开的季节，有一次我陪老伴去紫竹院公园与空竹练友做技艺交流。在老伴与练友交流中间，我背着相机在湖边转悠，来到荷花渡莲桥附近，看见岸边有一群多半为老年的男女，或坐或站，里外三四层，架起“长枪短炮”，对着荷塘拍摄。我好奇怪，心想：“公园里的荷花到处都是，这里为什么这么热闹?”走近仔细观察后才搞明白，原来他们是在拍荷花上面的麻雀。

荷花和麻雀都极其普通，为什么人们集中到这里拍摄?后来了解到，经过一帮摄影“发烧友”多年的经营，这里已经形成了一个专拍荷塘麻雀的平台，并吸引了北京和外地的爱好者来此拍摄，甚至还有外国摄友。再进一步观察，这里的拍摄真让我开眼界了，其中的关键环节是“喂鸟”，在拍摄队伍的中间靠前的位置，有一位摄友，每隔几分钟至十来分钟会用一根可伸缩的前端绑有塑料小筐的钓鱼竿，将筐中的面包虫放到荷花（或莲蓬）上，就会立即吸引麻雀来取食。那是经过多年培养产生的一群喜欢这种取食方式的麻雀，有时会有多只麻雀同时到来，甚至会有互相争抢掐架的情况。每到此时就会响起一片相机高速连拍的“咔咔咔”声，麻雀们多彩多姿的画面就会进入照相机屏幕，我对发明这种拍摄方式的摄友佩服得五体投地。

鸟儿对话（2013）

于是，我也来了兴趣，找了个空隙也端起相机拍了起来。此后，我又专门乘车去拍摄几次。有时为了得到一个好的拍摄位置，我 5 点起床，带上相机、三脚架、折叠凳、早点和矿泉水，五点半出门打车赶在公园开门时就进入。因为麻雀的飞行速度比天鹅快得多，开始我用拍天鹅的方法，不是画面模糊，就是曝光不足，经过几次实践才得到比较满意的效果。先后拍摄荷花麻雀数千张，精选100余张，制作《荷塘雀影》幻灯片3集，在摄友中交流。有部分画面在刊物和网上发表或参加展出，受到好评，其中有一张被农大摄影学会评为一等奖，有一张被选为挂历图片。

这几年，我先后在北京、三亚、兴凯湖、黄山等地拍过天鹅、麻雀、白鹭、苇鹰、夜鹭、鸥鸟、八音鸟和蜜蜂、蝴蝶等小动物，既锻炼了身体，增长了知识，还交了许多朋友。在后期处理图片中，又提高了自己的电脑使用和制作水平。虽然很辛苦，但是每当拍到好的画面，会高兴好几天，家人和朋友也和我分享到无穷的乐趣。正是：

吱秋闻鸟鸣，
展翅欲飞行；
端机宜求稳，
拍鸟最怡情。

（2016年12月20日于海南省保亭县）

我与蒲公英
——记一次有趣的拍摄实践

孙仁松

蒲公英属菊科多年生草本植物，有较高的药用和营养价值。每到春天，它较早发绿，开出黄色的小花。但是花期很短，只三五天黄色花瓣凋谢而长出白色的“头状花序”，即蒲公英的种子，一根根茎杆上顶起白色的绒球，其上一粒粒带有小翅膀的种子渐渐离开绒球，随风

飘扬。它们落到湿润的土地上，即可生根、发芽、开花。我喜欢蒲公英这种悄无声息、顽强生长的性格。

2013 年 5 月初的一天，小区绿地里的蒲公英正处于盛花期，黄色的小花铺满了绿地，在阳光下金灿灿的好看极了。我被这美丽情景所吸引，回家拿出数码单反相机，在拍了几张全景照片之后，打算用微距再拍一些画面。透过镜头仔细看去，在蒲公英的花丛间有许多小蜜蜂飞来飞去，采集花粉，不少蜜蜂的后腿“花粉筐”上已经装满花粉，犹如带着两只黄色的棒槌，十分有趣。目睹那小精灵般忙碌的身姿，进一步激起我拍摄的兴趣，但是蒲公英长得矮小几乎贴近地面，即使蹲着拍摄，镜头角度也嫌过高，无法捕捉到理想的画面。于是我又回家找来一个包装纸箱拆开成为一个半米宽一米多长的大纸板，铺在草地上。我索性爬在纸板上，调好光圈、焦距，手托相机，两肘支地，将镜头对准蒲公英和在花间飞翔采蜜的小蜜蜂，用高速连拍抓拍下了小蜜蜂们采集花粉的许多精彩画面。就这样全身心投入，连续工作一个多小时，居然拍下 300 多张画面。

回到家，我迫不及待地将拍得的画面复制到电脑上。先是大刀阔斧地将那些不理想的画面删去了三分之二，再用 Photoshop 软件对留下的画面进行后期处理，调整图片的色彩、对比度、亮度等，最后进行剪裁，直到基本满意。

晚饭后，我又坐到电脑前，开始编辑幻灯片（PPT）的工作，先从留下的 100 多张画面中挑选了 36 张，从制作封面、安排顺序、编辑文字，确定背景、切换效果，到选配背景音乐、压缩保存，又将文件格式从 PPT 转换为 PPS，整个制作过程才算结束。我将这部时长约 4 分钟的幻灯片命名为《蜂花恋》。制作完幻灯片，我请老伴与我一起欣赏，她表示基本

忙碌采蜜的小蜜蜂（2013）

认可并提出几条制作上的修改意见，我欣然采纳并做了修改，总算大功告成。我自认为这是一部比较满意的作品，便以电子邮件的方式传给全国各地的几十位朋友，进行交流。

其实，我年轻时就喜欢摄影，但那时买不起相机，也没有时间玩。改革开放后，我拥有的第一部相机就是上海产的“海鸥”牌 120 相机，退休后又玩过“傻瓜”相机，但是摄影技术却长期停留在“菜鸟”级水平。70 岁，我参加了老年大学摄影班、电脑提高班，又参加了中国农大摄影协会，比较系统地学习了摄影、相机的操作以及电脑的图片后期处理技术，儿女们为我配备了比较高级的数码单反相机和相关设备，经过几年的学习和实践，摄影技术水平有了显著提高，兴趣也日渐浓厚。近几年，我经常带着相机出外旅游和摄影，拍摄了近万张图片，其中有些在社区、摄影协会展出和网上交流，有些在刊物发表。我还按照不同的专题制作成 40 多部幻灯片和视频专集，如“金婚之路”“漫步颐和园”“九寨沟风光”“三亚风光”“贵州印象”“台湾游记”“苦难与辉煌”“荷塘雀影”“黑天鹅的故事”等等，与友人交流后受到大家的欢迎和好评。有时外出会遇到素不相识的游人，要求我给他们拍照，我都欣然答应。如果对方没有带相机，我就用自己的相机拍照，然后记下对方的电子邮箱，回家后从网上传去；如果对方是个老人也没有电子邮箱，我就记下地址，到照相馆洗印后邮寄给对方，而且分文不取。因为我觉得能够帮别人做一点事情，别人会高兴，我也得到快乐，这叫作“送人玫瑰，手有余香”吧！

由于每个人的经历不同条件各异，所以对幸福会有不同的理解和追求。我虽然是一个年近八旬的退休老人，但我可以做自己喜欢做的事情，用自己的言行向社会传递“正能量”。通过摄影可以更多地接触新鲜事物，交更多的朋友，感受社会的进步和生活的美好，从摄影和交流中得到快乐，这就是我所追求的幸福。这种幸福虽然和蒲公英与小蜜蜂一样平凡，却很实在，也是平常人都容易得到的。

（本文曾发表在黑龙江《红叶》杂志 2013 年第 9 期）

笔耕之乐

孙仁松

进入晚年生活二十多年来，写作始终是我的一项重要的生活内容。其原因有三：一是多年来的习惯。我在退休前曾经担任大学教师、报社编辑记者、政研体改、宣传等工作，都离不开写作。写文件，写诗，写散文，写讲话稿，写经济论文，还写人物通讯，等等，而且大都发表于报刊或网络，写作已经成为我的一种生活方式，即使退休了也停不下来。二是写字工具的变革为坚持写作提供了可能性。过去是用钢笔写字，效率低，也不便于修改、保存。大约在 2001 年 65 岁时，我在农业部机关工作时学会了用电脑打字，对我的写作生活有很大的帮助，大大提高了写作效率，修改、存储、打印都非常方便。再者，进入晚年后，我执笔不稳，用钢笔写字比较困难，是电脑帮我解决了写字的难题，否则我不会坚持下来。三是因为写作是我精神生活的需要。随着国家的形势越来越好，个人和家庭生活稳定，我写作的思路开阔了，而且身体条件还允许，感觉需要写的东西很多，有些事情如果不写下来，可能是永远的遗憾。

孙仁松在农业部办公室（2003）

要写作就需要不断地看书学习，不断地充实完善自己。因为如果思路不清晰，观点不正确，也不可能写出好的作品。这些年我通过自己读书、上老年大学，不断学习新知识，也就不断有新的收获。

退休后，在写作上一个大的成果就是大概用了十年时间，与老伴合作写作和出版了约37万字的回忆录《大荒缘》。这本书于2010年8月由中国农业大学出版社正式出版。该书已被北大荒博物馆收藏，有较高的史料价值，获得多方好评。晚年写作的另一成果是采访和写作了多篇人物通讯，并在报刊和网络发表，意在宣传好人好事，其中《80岁的舞蹈教练》《见证“天下第一农场的创建”》《古稀退休老人十年苦练成根雕艺术家》《我们的电脑教授》《北大荒科技事业的开拓者》《北大荒的“儿科奶奶”》《教授义务修理工》分别报道和记录了张敬尊、蒋建平、彭咏娥、施森宝、刘兴昌、倪尔宜和金敬恩的先进事迹。其余都属于零星的即兴写作，多为散文、诗歌等作品。2007年我71岁时，在“人过50网”开了自己的博客，其后的几年我的写作进入高产期，但是三年后我发现该网站在办网指导思想方面有不良倾向，便果断离开了。下面这篇《开“博”一年记》是那个时段的真实反映。

开“博”一年记

2007年11月16日，我在“人过50网”开了自己的“博客”。一年来共发出稿件83篇，图片100多幅，点击量24 000多次，虽不能说“好评如潮”，但正面的评论和鼓励也不少。部分文章被博客圈推荐为“精华文章”或进入“网站首页博文精选”。其中有几篇博文已在其他网站、刊物发表。

简单分析一下发稿情况：在已发83篇博文中，原创稿69篇，占85.2%，所有发稿中90%以上进入网站主页。在69篇原创稿中，往事回忆6篇，占总发稿量的6%；时评17篇，占21%；杂文13篇，占16%；旅游5篇，占6 %；情感8篇，占10%；人物5篇，占6%；摄影报道11篇，占14%；

其他6篇，占7%。能够取得这些成绩，首先要感谢“人过50网”给我提供了一个好的平台，同时也要感谢网友和亲友们对我的支持和鼓励。

其实，我开“博客”有一点偶然性。去年夏天，我和老伴一起去亦庄开发区看望一位老朋友——抗日离休干部张敬尊女士。我为她不顾耄耋高龄仍积极辅导群众开展文体活动的精神和事迹所感动，回家后写了一篇人物专访，标题是“八十岁的舞蹈教练”。文章写好后，按照我过去的习惯做法，将稿件打印邮给本人核对事实并征求意见打算公开发表（对方没有电子邮箱）。可是，几个月过去了，却没有联系到一家可以发表该文的报刊，心里产生一种欠了账的感觉。后来我在网上偶然发现“人过50网”这个网站，抱着“试试看”的心情将稿件传了过去，没想到第二天（2007年11月16日）就出现在了“人过50网”的首页，而且我拍的张敬尊女士的照片还刊在左上角新闻图片框内。高兴过后，我赶紧对“人过50网”进行一番检视，感觉这个网站特色鲜明，格调高雅，很适合我的口味，于是当即注册开了自己的博客。

开“博”一年，我的生活发生了几点明显变化：

学习新知识更自觉。过去我认为自己现在退休了学习不学习无所谓。开“博”后，无形中有了一点动力。为了写好博文，就需要经常翻阅书报，从中获得信息和灵感；有时为了搞清楚某件事的历史渊源，需要随时上网查阅资料，为了把一件事、一个道理说清楚，也需要看书学习；而为了更熟练操作电脑和上网，还要进一步学习电脑知识，2008年我就参加了两期老年大学办的电脑提高班。

对周围的事物更关心。写“博文”要找素材，而要找到有意义的值得写“博文”的素材，就要随时关心周围的人和事，更要关心国家大事。现在，我外出总不忘两件事，一件是带数码相机，一件是带小本子和笔，以便随时拍摄、记录下有价值的画面和素材。

生活内容更充实。写“博”、读“博”成为我生活中的一项重要内容，每天似乎有做不完的事，改变了过去一段时间那种“无所事事”的感觉，生活内容更加充实，处事心态也更积极了。而且，通过写博文，在网上进行交流，可以对繁荣博坛文化、构建和谐社会做出一份贡献，同时自己也可以从交流中受到启迪，得到快乐和美的享受。

然而，我深知自己毕竟年逾古稀，精力与水平有限，所写博文也难免存在疏漏，有赖网友们的帮助。不过，只要身体条件允许，我还会继续写下去。

我的开心小菜园

杨玉群

由于我从小就参加各种农业生产劳动，养成了热爱劳动尤其喜欢种植农作物的习惯，到了晚年仍然积习难改、乐此不疲。在北京定居后我家办起了开心小菜园，既满足了我爱劳动的癖好，也给晚年的生活增添了许多乐趣。

20 世纪五十年代末至六十年代初，是国家三年困难时期，粮食和副食供应极度困难，那时我在四川邛崃师范学校任教，曾组织和带领学生开垦荒地，种油菜和各种蔬菜、养鸡养鸭，解决了学校粮油副食供应不足的问题，改善了师生的生活（本书所载郑朝文的文章《我们的班主任》反映了当时的情况）。1967 年是我到北大荒后的第三年，我充分利用房后二十多平方米的一块地，办起了小菜园，种植玉米，还有茄子、辣椒、西红柿、黄瓜、豆角等蔬菜，丰富了生活供应，解决

了一家夏季的吃菜问题，从中也得到劳动和种植的乐趣。每天，到地里转一圈，都有收获。有时自己吃不完，还与邻居们分享。后来搬到佳木斯市，房前房后无地可种，我曾经到还未改造的杏林河边种植大豆，也小有收获。

定居北京以后，我家住在左家庄北里小区时，虽然住在一楼但房前房后没有空地供我种植，我就在窗户外面水泥地面的边沿放一些花盆装上肥土，种下丝瓜，及时浇水施肥，等瓜苗出土后把瓜秧引上窗户护栏。有时，我在厨房一边做饭，一边观察瓜苗在阳光下伸着脖子往上爬，它伸出的小“手”转着圈寻找抓手的样子，我惊奇于生物的神奇和智慧，心里好高兴。当丝瓜长到一尺多长时，我摘下一些分送给邻居尝鲜。还有部分丝瓜，我没有采摘，而是等到秋冬，等它完全长大，变黄、变干了，我才摘下，留下成熟大个的瓜子待来年再种，取出已经干了成海绵状的瓜瓤，剪成小段，作为洗碗的绿色工具分送给邻居使用。

后来，我家搬到中国农大社区，住的是二楼，四处寻觅也没有找到可供我种植的土地，我便打起了自己住房南侧阳台和护栏的主意。先是找来木箱和部分陶瓷花盆，多数摆放阳台边上，少数放在护栏里，到郊区挖些好土，开始了我的种植活动。开头几年，我主要种些黄瓜、冬瓜、瓠瓜，还有辣椒、西红柿。看着小苗一天天长高、长大，护栏和阳台上布满了绿叶，结出鲜嫩的果，心情好爽！虽然，收获有限，不可能满足需要，只能尝尝鲜，但是我已经很满足了。

护栏里的西红柿

有一年，我在护栏里种的冬瓜苗长得很壮，后来开了花。朋友告诉我，我种的植株太少，应该进行人工授粉，否则不能正常结瓜。为了找到公花粉，我跑遍了小区有种瓜的地方，都没有找到。无奈，我用找到的黄瓜和瓠瓜花蕊先后进行两次异花授粉，最后居然结出了既像冬瓜又像瓠瓜的瓜。遗憾的是，没有留下新的种子。通过这件事让我学习到一些种植知识，也算是有收获吧！

待我孙女和外孙慢慢长大，先后上了小学、中学，为了让孩子们学点植物知识，我不断调整或增加种植品种，先后有豆角、茄子、豌豆苗、苦瓜、花生、大豆、地瓜、穿心莲、芦荟、小麦等十几个品种。夏天，我的阳台和护栏里郁郁葱葱，一片生机，各种植物有序生长。每天浇浇水，有时施点肥，除除草，给我带来无限乐趣。孩子们放学后到我家做作业的空隙，我会告诉他（她）们那些植物叫什么名字，又有什么特点，使孩子们对植物的栽培有了感性认识，也算是做了科普工作。孙女读小学时，有一次老师在讲生物课时说，现在人们都不愿意种庄稼了。孙女立即举手，然后站起来回答老师说："我爷爷奶奶家就种了很多植物，阳台上、护栏里都是绿色，不信你们可以去看看。"2008 年北京奥运前，我摘下许多阳台上种植的小黄西红柿，孩子们用它摆出"迎奥运"三个字，成为我家的一道风景。

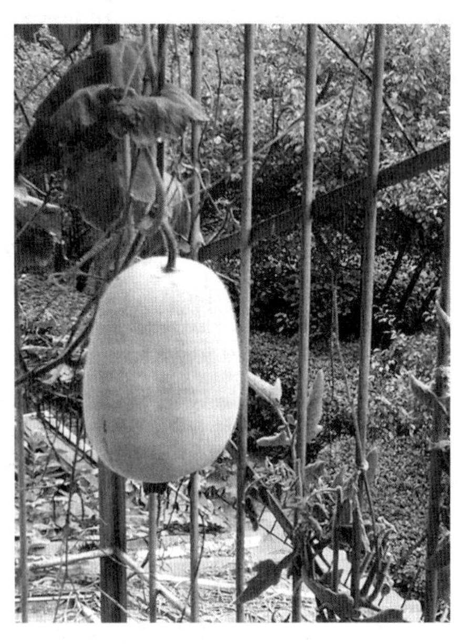
护栏里的冬瓜

在开心菜园活动过程中，我还让老伴不时给我的菜园拍照，留下宝贵的资料。为了支持我的种植活动，远在哈尔滨的好友、东北农大的园艺专家崔崇士教授，还给我提供优质的南瓜、西红柿种子。农大植物病理学教授张夫曼教给我植物防病害知识，我对他们的帮助表示深深的感谢！

我今年 85 岁了，老伴劝我停止家

庭菜园的工作，我有些不舍。但是他说的也有道理：人的一生中，不能只想要得到什么，还要学会该放弃的时候就要勇敢地放弃，我准备接受他的意见。

学会放弃，这也是人生的一种智慧吧！

（2019 年 8 月于北京）

东南亚旅游掠影

孙仁松

2003 年 3 月，我和老伴进行了一次非常愉快的出国（境）旅游，先后到泰国、新加坡、马来西亚三国和我国香港、澳门游览。夫妻结伴出国（境）旅游，这在一生中是第一次，也许今后这样的机会也不多，但是我们希望如有机会，要去祖国的宝岛台湾看看。

这次出国（境）游是由我一手策划和实施的，目的是要实现我的一个夙愿：让操劳了大半生的老伴出一次国，去领略一下异国风情。我们这个冠名为“康福假期”的旅游团共有游客 16 人（另加全程陪同导游 1 人），成员除北京 4 人外，还有来自天津、大连、沈阳、石家庄、承德等城市的 12 位同伴；有 7 对夫妻（其中 5 对已经退休），两个单身女士，年龄都在 50 岁以上，我和老伴是其中年龄最大的一对。

3 月 12 日，我们先乘新加坡航空公司的飞机经 5 个多小时飞行到新加坡，然后转机 2 个多小时飞抵泰国首都曼谷，当天晚上入住曼谷一家大酒店，第二天开始正式游览。在曼谷，我们第一天就参观游览了大皇宫、玉佛寺、五世皇宫、马车博物馆等名胜古迹。那皇宫豪华的珠宝、象牙雕刻，玉佛寺金碧辉煌的大殿、灵塔，都给我们留下深刻的印象，深感泰国是一个有深厚文化底蕴的国家。第二天，我们在曼谷郊外参观了一个鳄鱼养殖场，那是一个风景优美、长满了热带植物的地方，其规模之大是我们没有想到的，据说这里养了 20 多万条鳄鱼。除了大大小小的鳄鱼养殖池塘外，还有繁殖、产品加工、旅游商品、人与鳄鱼相斗的表演等项目，令我们大开眼界。这种将一项养殖发展为产业，进行系列化经营的做法，值得国人借鉴和学习。

在泰国旅游的另一个重点城市是芭堤雅，我们入住在一个规模很大的酒店，据说其规模亚洲第一。芭堤雅是一个海滨旅游城市，乃 20 世纪 60 年代越战时期，入侵越南的美国大兵从战场下来休息玩乐的地方，第三产业发展很快，特别是在色情行业带动下，逐步兴起了一座现代城市。即使是现在，色情也是该旅游城市的主要特色。到了晚上，大街两侧的色情场所几乎一家挨一家，酒吧里站满了打扮入时的“小姐”。在这里最具特色的项目是“人妖”表演。观看表演前，当地导游向我们介绍了泰国的“人妖”，发展历史也只有几十年，大概这在全世界也是独一无二的。所谓“人妖”，其实都是一些年轻、漂亮的男人通过注射激素类药物加上特殊训练，从形体、服装、语言、动作等方面都变成为“女人”，他们形成了一个特殊的职业群体，可以获得很高的收入。所谓“人妖表演”，就是由这些“人妖”们在舞台上表演歌舞一类文艺节目。应该说，“人妖”们表演的节目，艺术水平还是可以的，也没有黄色的东西。如果事先不告诉你，你绝对不会想到舞台上那些妖艳动人的美女是由男人变的。导游还告诉我们，“人妖”们一般寿命不长，最多能活到四五十岁，因为他们为了保持女性的外表特征，只能用药物来维持。

看完表演后，有一个问题在我心中久久挥之不去：为什么有人不惜牺牲生命和幸福去改变自身本性？表面上看，是为了金钱。但是，深层的原因还是社会，因为社会容忍这种不正常现象存在，而且还有那么多的人花钱去看他们表演。像我们这样的众多游客，实际上也是在支持“人妖”事业的发展，虽然我们完全是被动的，在预支的旅游费用中，已经把观看表演的门票费包括在内了。

按照旅游日程安排，我们从芭堤雅乘快艇去金沙岛游玩，那里的海水清澈透亮，通过船底的观测窗能看见水下的游鱼和珊瑚，风光很漂亮。我们团里一位60多岁的朝鲜族老太太居然玩了一次快艇拉降落伞的空中游戏，我对她的勇敢精神深表敬佩。

在导游的动员下，我们还自费去了泰缅边界的桂河大桥，看了“小金三角”市场，参观了反映第二次世界大战时期盟军与日军战斗事迹的一个博物馆，对泰、缅人民受日军蹂躏但不屈的斗争精神留下了深刻印象。晚上我们全团人员乘一艘游艇在桂河中游览，并在艇上用餐，喝了啤酒、饮料，吃了螃蟹、鱼等水产品，我们一行一边欣赏岸上风光，一边跳起了交谊舞。这是出国后过得最快乐的一天。为什么在交了团费以后还要安排自费节目，问题主要出在泰国旅游市场的恶性竞争，许多旅游公司为了拉客源故意把团费压得很低，甚至出现“负团费”现象。在这种情况下导游的收入就靠增加“自费项目”来解决。作为游客，在导游“苦口婆心”的劝说下，一般也只好勉强接受。

泰国是一个70%的居民信奉佛教的国家，我们所到之处，到处能见到佛教寺院，穿黄色袈裟的僧侣。听说，一般居民年轻时都要出家当几年和尚。泰国虽法律上规定一夫一妻，但实际上，一个男人娶多少妻子不受限制，最多有娶30多个老婆的。陪我们团的当地导游“屁周”自己讲，他娶了4个老婆。这种落后的婚姻制度，反映了男女不平等的现象，在有些国家仍然存在。

3月18日我们从泰国首都曼谷乘飞机到达旅游的第二个大站——新加坡。我们在新加坡逗留的时间虽然比较短，但是对这个国家留下很深的印象。新加坡国土面积很小，方圆几十平方公里，几百万人口。但是它的经济很发达，人民生活水平和福利待遇很高。其经济支柱，一个是旅游，另一个是航空和海运，还有金融业也很发达。我们在新加坡主要游览了花芭山、圣淘沙、鱼尾狮公园等处。当晚，在公园观看了很有特色的“水幕电影”，实际上是将一组喷泉作为银幕的立体电影，其内容都是娱乐性的。

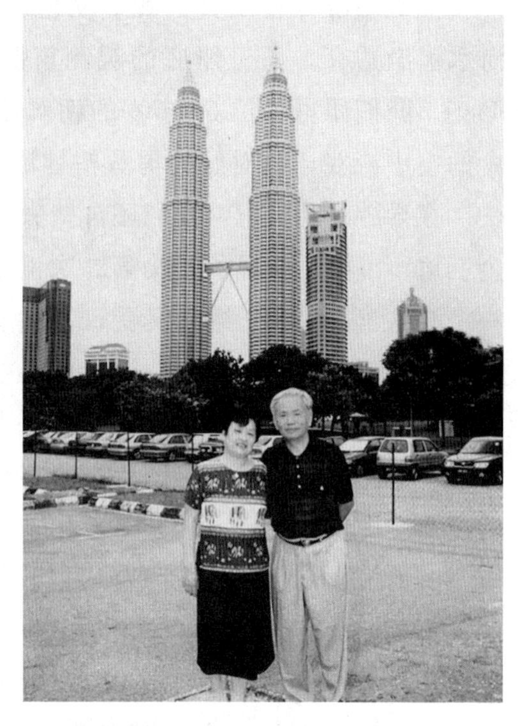
孙仁松、杨玉群在吉隆坡（2003）

新加坡、马来西亚之间有陆地相邻，原来本是一个国家。3 月 19 日我们乘大巴经几个小时先到马来西亚首都吉隆坡，在这里参观游览了独立广场、国家皇宫、大清真寺等处。马来西亚的国王是著名的政治家“马哈蒂尔医生”，国家皇宫是现任国王居住的地方，这里的建筑和陈设总的来说比较朴素。听说这位国王当政后，把这个国家治理得很好，其经济发展和人民生活水平都有很大的提高，他本人在国际上有很高的威望。在首都，有一座世界最高的双塔形建筑，也许是一个标志。我们旅游团在这个建筑前合影留念。

我们在马来西亚旅游的重点节目是到世界第二的赌城——“云顶”参观。这座赌城建在远离城市的一座大山顶上，20 日下午我们登上空中缆车经过约半个小时才到达山顶。在导游小叶的引导下，坐了好几次电梯、穿过很多通道，真像是进入了一座迷宫，才进入酒店房间。这座赌城很像一座规模宏大的城堡，同时也是一组巨大的山顶建筑群，那里住宿、餐饮、娱乐、商店、金融等设施一应俱全，工作人员就有几千人，可同时接待数万名游客。那天晚上用餐后，导游安排我们去参观赌场，并发给每人 100 新加坡元的赌资，让我们随便玩玩。我和老伴都是第一次到这种场所，也是平生第一次参赌，只当是一次游戏吧，也许是我们几十年受的教育的关系，心情多少有些紧张。来到赌场后，看到那里有多间很大的赌厅，开设了多种赌博方式，已经有很多人在赌，旁边也有不少像我们一样看热闹的游客。我对于赌博活动一向持

反对态度，也毫无兴趣，就把 100 新元赌资给了老伴，让她去玩一下。在新加坡，我们还参观了一家锡器加工厂，看到了那些精美的锡器用具和工艺品的加工过程。最后还到著名的马六甲海峡一游。

3 月 22 日到香港后，我们先后入住两家大酒店。主要参观了 1997 年庆祝回归的大厦和广场，参观了全国各地赠送给香港的大型精美工艺品陈列馆。到海洋公园游览时，老伴还在现场表演了她的“空竹”艺术，受到众多游客的欢迎。按照旅游日程安排，3 月 24 日全天，大家在香港自由活动。考虑到在香港已经报道了“非典”，我们没有再到其他公共场所活动，只到酒店附近的“九龙公园”打“柔力球”，老伴同时还练她的“空竹”。

3 月 25 日我们从香港乘坐气垫船到达旅游的最后一站——澳门。按照日程安排，我们在澳门活动的时间只有一天，先后参观了著名的“大三芭”牌坊、主教山、妈祖庙、赌场等处。晚上还到有名的澳门跑马场参观，也对赌马这种境外盛行的活动做了小小的尝试。在澳门的时间很短，但是对那里的一切仍然留下良好的印象。听到当地导游介绍，当地居民都享有免费上学、医疗等福利待遇，特别是澳门回归祖国后地方经济和社会秩序都大有改进，人民很满意，这一点似乎比香港的情况要好得多。

3 月 26 日我们从深圳乘飞机回到北京，结束了这次难忘的旅行。回到北京后不久，一场突如其来的“非典”疫情开始笼罩北京上空。我们庆幸这次出国游没有受到“非典”疫情的影响。

湘南历史文化之旅

孙仁松

2010年6月13日至20日，我随中国农业大学书画院和摄影学会组织的一个平均年龄60多岁的参访团，在书画院院长张文绪教授的带领下，参访了湘南和广西的一些著名景点，不但感受了当地厚重的历史和文化积淀，而且欣赏了壮丽的自然风光，团员之间也有交流和互动，实际上是进行一次历史文化与自然之旅，收获颇丰。遗憾的是，老伴这次未能同行，因为当时她需要留下来照顾两个小宝贝的生活。

“谷源陶祖”玉蟾岩

我们这一次组团参访不同于一般的旅游，这是因为带队的张文绪教授本身是湖南土家族人，是研究作物栽培特别是水稻的专家，对湘南这一带的情况非常熟悉，在当地也有很多朋友和学生，所以我们这次参访活动不采取跟团方式，除了联系当地解决交通工具外，在选择景点和其他方面都自主决定。我们这次参访活动的景点选择是以古称道州的湖南道县为中心向周边展开。参访的第一站就是张教授当年在道县曾经参加的一个考古发掘地点。

在当地干部的带领下我们来到湖南省道县西北20公里寿雁镇外一个叫作玉蟾岩的地方，那里没有大路可走，我们是从田间小路艰难步行到达的。虽然人迹罕至，甚至有些荒凉的感觉，这里却是一个被称为“谷源陶祖”的人类新石器早期遗址。2001年国务院批准为全国重点文物保护单位，现场的碑文称为“玉蟾岩新石器时代早期遗址”。这个遗址经1993年和1995年两次发掘，被评为1995年全国十大考古新发现之一。出土的文物主要为打制石器和骨、角、牙、蚌制品及大量的动物遗骸，呈现出由旧石器文化向新石器文化过渡的面貌，时代约在1万年前。特别在两次发掘中均发现有稻谷遗存，经专家鉴定为栽

培种，尚保留野生稻、籼稻及粳稻的综合特征，这是目前世界上发现的最早的人工栽培稻标本，刷新了人类最早栽培水稻的历史纪录。这也是探索稻作农业起源的时间、地点及水稻演化历史难得的实物资料。

玉蟾岩遗址的发现和发掘，曾被评为中国 20 世纪最重要的一百项考古发现之一，引起世界轰动。而当年参加中美联合发掘的就有中国农大的张文绪教授，还有美国哈佛大学人类学系终身教授巴耶瑟夫等 4 位外籍专家，以及来自北大、香港中文大学等高校和科研单位的专家近 30 人。在参访现场张文绪教授给我们介绍了当年遗址的发掘情况，以及这个遗址发现的重大意义，他的讲解给我们上了一堂生动的历史课。张教授是 4 粒古稻谷的发现者之一，而且亲自进行鉴定，发现这些稻谷具有野生稻与当今几种稻谷类型的所有属性，看来是“四不像”。他说：我们的考古发现充分说明，人类文明是一个递进的过程，而水稻的栽培是人类文明的质的飞跃，意义非凡。

目睹这个已被铁栏杆保护起来的俗名蛤蟆洞的小山洞，让人心生遐想。如果没有大批专家学者的辛勤劳动，谁能知道，这座毫不起眼的湘南岩洞，竟是大自然留给我们的一个求解人类稻作文明起源的密钥。直到有一天，在这里，发现了距今 12 000—14 000 年世界最早的栽培水稻！

离开“玉蟾岩遗址”时，走在高低不平荒草丛生的小路上，我心生感慨：除了从心底感谢包括张文绪教授在内的专家学者们的辛勤劳动，使我们有可能发现和认识人类历史的一些真相外，我还希望当地负有责任的有关政府部门的领导，千万不要到此止步，不要把这个伟大的发现和遗址封闭起来，淹没在荆棘丛生的荒野之中，最好能再做些遗址开发利用的工作，比如加强道路等基础设施建设，改善环境，逐步向游人开放，目的是让普通老百姓能够到这里看看，接受历史的教育，这对于发展地方经济也是有好处的吧！

九嶷山访祖

我们探访的第二个景点是位于湖南永州市宁远县九嶷山区的“舜

帝陵”，也是我们这次参访的重要景点之一。舜帝是华夏始祖“五帝”之一，名重华，号有虞，史称虞帝。舜帝陵是舜帝的藏精和历代朝廷和后人缅怀祭祀舜帝之所，也是国家级文物保护单位。舜帝的陵庙，是我国始祖陵中最高最大的陵，被称为“华夏第一陵”。

记得前读小学时就知道尧舜禅让的故事，所以心中对这两位华夏始祖充满敬意。没有想到我这个古稀老者如今有机会来此参拜。来到景区时，天空忽然下起雷阵雨，我们都拿出事先备好的雨伞，这或许是先祖用这种方式欢迎远道而来的客人吧！

听导游介绍和事后查阅资料，我对始祖舜帝有了更多的了解。从古到今的历史资料都认为，舜是开创中华民族人类文明的五帝之一，是道德文化的创始人，也是司马迁《史记·五帝本纪》中浓墨重彩、重点记述的杰出始祖。他的道德品质和人格魅力影响了中华民族一代又一代人。古人称尧舜时期的社会为“舜日尧天”，孟子说“人皆可以为舜尧”，自大禹南巡至衡山，筑紫金台恭祀舜帝起，4 000 多年来，人们对这位杰出的人文始祖祭祀不断，绵延至今。

我们一行 21 人怀着崇敬的心情缓慢进入景区。看到舜帝雕像矗立于广场正中，在帝陵前的一侧，巍然挺立的九根龙柱，象征帝王的无上权力。从外向里先后经过玉带桥、仪门、神道、山门、干门、拜殿、正殿、寝殿等建筑，这些建筑气势恢宏，结构严谨。在进入帝陵的神道两旁，文臣武将石像肃然排列，然后是顺序排列的各种巨兽、怪兽……我们来到气势宏伟、庄严肃穆的陵庙正殿，只见殿内正中有舜帝铜像一尊，正襟危坐，右手持剑，气宇轩昂。铜像背后为万山朝舜图画。我肃然站立于铜像前，恭恭敬敬行礼三鞠躬，以表达心中的敬意。

参观完舜帝陵往回走时，我才注意到广场的另一侧有毛泽东的诗碑一座，上面刻有 1961 年毛主席《七律·答友人》一首，头两句是“九嶷山上白云飞，帝子乘风下翠微。”联想起 1958 年毛主席《送瘟神》中有“春风杨柳万千条，六亿神州尽舜尧”的诗句，都说明毛主席对舜帝的历史肯定。

惊叹千年灵渠

恕我孤陋寡闻，对于中国古代著名的水利工程，此前我只知有四川的都江堰，却不知还有一个同样古老的也非常著名的“灵渠”，这次终于亲眼见到了。

灵渠位于广西桂林兴安县境内，是古代中国劳动人民创造的一项伟大工程，于公元前 214 年凿成通航，至今已有两千多年的历史。据有关资料介绍，秦始皇统一北方六国之后，又于公元前 211 年对浙江、福建、广东、广西地区的百越发动了大规模的军事征服活动。秦军在战场上节节胜利，唯独在两广地区苦战三年，毫无建树，原来是因为广西的地形地貌导致运输补给严重受阻。秦始皇运筹帷幄，命令史禄劈山凿渠。史禄通过精确计算终于在兴安开凿了灵渠，奇迹般地把长江水系和珠江水系连接了起来，使援兵和补给源源不断地运往前线，推动了战事的发展，最终把岭南的广大地区正式地划入了中原王朝的版图，为秦始皇统一中国起了重要的作用。灵渠全长 37 公里，由铧嘴、大小天平、南渠、北渠泄水天平和陡门组成，设计科学，建造精巧。铧嘴将湘江水三七分流，其中三分水向南流入漓江，七分水向北汇入湘江，沟通了长江、珠江两大水系。构成了遍布华东华南的水运网。自秦以来，经历代修整，对巩固国家的统一，加强南北政治、经济、文化的交流，密切各族人民的往来，都起到了积极作用。灵渠是世界上现存最完整的古代水利工程，与四川都江堰、陕西郑国渠齐名，并称为“秦朝三大水利工程”。新中国成立后，对灵渠多次进行全面整修，基本保留了传统工程面貌，使其成为灌溉、城市供水和风景游览综合利用的水利工程，但是航运的功能却消失了。

我们参观了灵渠的分水坝、水闸，还有水街，在全景大沙盘听了解说，对灵渠有了一个概括的了解。最令我惊叹的是，两千多年前在没有机械化施工工具的情况下，而且在有土著抵抗骚扰的战争环境中，仅用短短三四年时间，从设计到施工就完成了可以通航的 37 公里的渠道，实际上就是挖了一条运河。这是一件多么了不起的事情，我为先人的智慧和勤劳点赞！

经历两千多年历朝历代的修缮，如今的灵渠，不仅是广西一大著名的旅游景点，更是一颗“世界古代水利建筑工程的明珠”！

雨中游上甘棠村

位于湖南省江永县西南约25公里属下层铺镇的上甘棠村，是湖南省发现的年代最为久远的千年古村落之一。我们一行来到这个著名古村时，天下起了雨。我们撑起雨伞，冒雨走在古村的古街上别有一番情趣。

上甘棠村山水如画，昂山脚下的谢沐河从村边流过，古色古香的建筑，朴素的村民，走进上甘棠村宛如步入了另一个世界。事后从资料中了解到从汉元鼎六年（公元前111年）起至隋开皇九年（公元589年）止在此建谢沐县治，长达700年。谢沫县以谢沐二水汇合为谢沐河而得名。这两条河实则为雌雄二水：雄水发源于都宠岭雄川源，源于高山雨水；沐水为雌水，源于石灰岩地下水。雄雌二水汇合处，山环水抱，确实是一方风水宝地。周氏先祖唐朝天宝年间在此定居立宅，取名甘棠，至今已达1240年。现在该村有居民450多户，1800多人，除7户人家是新中国成立后迁入该村的异姓外，其他都是周氏族人。贯穿全村的一条古老的石板路，路两边都建有店铺。明、清时期，这里是当地农村集市贸易中心，至今还有浓厚的商贾气息，昔日酒肆商铺店迹犹存，游人到此自然会联想到杜牧的“水村山廓酒旗风”的诗句。

我们来到上甘棠村时，正值中午，刚刚放学的小学生三五成群走在小街路上，休闲的老人和小孩在家门口观望，有农家妇女在做午餐，一派祥和景象。但是，也许由于这里还未开发旅游产业，经济比较落后，街上没有看到一家营业的商铺，居民房屋也略显凋零和破败，道路也有些高低不平，有一种与世隔绝之感。希望这种情况能够尽快改变。

离开上甘棠村时，雨已停息，农大摄影协会的徐玉华等几位朋友，站在谢沐河上一座建于 1126 年的已经残破的步瀛桥上向我招手，我立即端起相机按下快门，把她们的形象定格在那个古老村落边的古桥上。

感受历史与文化精华

湖南省是一个历史文化底蕴很深厚的地方，其中道州一带尤其著名，可以说历史悠长，名人辈出。所以对历史和文化名人故里的参访是我们这次参访活动重要内容。其中，有几项重要的活动，给我们留下深刻的印象，使这次参访达到高潮。

第一是探访周敦颐故里。周敦颐（1017—1073），字茂叔，号濂溪先生，谥号元公，宋营道楼田堡（今湖南道县清塘镇楼田村）人，是我国宋明理学的开山鼻祖，他的理学思想在中国哲学史上起到了承前启后的作用。但是他生前官位不高，学术地位也不显赫，在他死后，弟子程颢、程颐成名，他的才识才被认可，经过后来朱熹的推崇，学术地位最终确定，被人称为程朱理学的开山祖师。中国哲学史上的宋代“濂（湖南周敦颐）、洛（洛阳张载）、关（关中程颢、程颐）、闽（福建朱熹）四大学派”，就是以周敦颐为首的。

周敦颐是道县的历史名人，已成为道县一张显赫的名片。我们在县城参观了潇水岸边周敦颐广场，周敦颐的巨型塑像矗立于广场中央，背对潇水与西周公园的文昌阁隔水相望，是人们休闲和开展各种重要活动的好地方。此间还有展示他生平和著述的一批巨型碑刻，有历代帝王和名家对周敦颐的评价诗文。然后我们在县文化部门干部的陪同下，到清塘镇楼田村参观周敦颐故里，后建的“濂溪祠”门两侧的对联是“心传承孔”“道学启程”，可见后人对他的高度评价。室内有周敦颐塑像一尊。旧屋旁边正在施工，看来要进一步扩建。我们在村边还看到有一处流动的清泉，据说已有数百年历史，旁边的石壁上刻有“圣脉”“濂溪”字样，可看出年代已久，但时间不详。至今这股清泉仍然流淌不息，默默地为村民服务。

离开周敦颐故里时，我忽然想起在其千古名篇《爱莲说》中“出淤泥而不染，濯清涟而不妖”的名句，心中充满敬佩之情。

第二是神访书法名人何绍基。道县是清代著名诗人、书法家何绍基的故里。也许是受历史和传统的影响，这个县的书法艺术活动非常活跃，其代表人物就是县书法协会会长、86 岁高龄的何家壬老先生。我们的领队张文绪教授是中国农大书画院院长，自然不会放弃与他们开展交流的机会。那天，地方的同志安排我们与县书法协会进行交流活动，门上的牌匾写的是“何绍基书法院工作室”，县里一位分管文化工作的女副县长也来了。何老先介绍了他们县开展书法活动的情况，并且当场挥毫泼墨，写下一幅墨宝（可惜文字长，我没有记下内容），然后张文绪教授挥毫写下“潇水长流”四个大字，彭根元教授和农大一位女老师也写下墨宝和画作，双方在现场互赠作品。事后何家壬老先生，不顾年事已高，坚持陪同我们下乡，去参观何绍基故里。

何绍基（1799—1873），字子贞，号东洲、晚号猿叟（一作蝯叟），湖南道州（今道县）人。晚清诗人、画家、书法家。道光十六年（1836 年）进士，官至翰林院编修、国史馆总纂，历任广东乡试考官、提督，视学浙江，擢四川学政，后被罢官。晚年主山东泺源、长沙城南、苏州扬州诸书院，提携后辈颇多，博涉群书，于六经子史，皆有论述。看到何家壬老先生一边带我们参观，一边解说，那种对先人的熟悉与崇敬之情溢于言表，让我们为之感动。

第三是访浯溪碑林。这个碑林位于湖南省永州市祁阳县城（浯溪镇）西南部湘江大桥南端的浯溪公园内。此处苍崖石壁，为全国重点文物保护单位，省级风景名胜区、省级爱国主义教育基地、湖南省十大文化遗产、湖南新“潇湘八景”之一。

从当地导游的介绍中，我们了解到浯溪碑林的成因，缘于唐代著名文学家元结在公元 761 年撰写了《大唐中兴颂》，后来大书法家颜真卿将此文书写下来镌刻于湘江边的崖石上，因其文奇、字奇、石奇，

被后人誉为浯溪“三绝”。此后，历代共有250多名文人学士到此游览，题诗作赋，铭刻石上，成为国内最大碑林，是研究碑石文化的一个宝库。其中，除《大唐中兴颂》外，还有宋代著名书法家米芾的《浯溪诗》和著名碑林学家黄庭坚的长诗《书摩崖碑石》及清人何绍基、吴大澂等名家题名刻石的浯溪新三铭等。1996年后，无产阶级革命家陶铸的《东风》和《踏莎行》词碑相继在景区树立，又增建了陶铸铜像和陶铸革命事迹陈列馆，使此千年胜迹更添新景。

看完掩映于湘水之滨的浯溪碑林，让人遐想连连：如果古代文人学士们能够穿越时空，看看今天的神州大地，又会生发出怎样的灿烂华章呢。

2010年6月16日是我国的传统节日——端午节。在道县从宋代以来就有端午节“赛龙舟”的传统习俗。按照日程安排同时也受当地政府部门邀请，我们这一天的活动内容就是在潇水之滨观看龙舟竞渡。

在历史的传承和演变中，道县的“龙舟赛”有一个与众不同的特色，每一艘龙舟都有不同的名称，船头除了有龙首之外，还有虎、凤、鹰、猫等不同的动物标志。现在，这项民俗活动已被道州纳为打造道州龙舟文化产业的重要活动之一，并列为湖南省的非物质文化遗产。端午节那天，天气晴朗，上午八时许我们进入现场时，潇水两岸已是人山人海，全县各乡镇参赛的龙船和选手已经在江边待命。比赛开始后，我们分别在自己选择的地点，一面观看，一面拍摄，与当地群众一起度过一个热闹非凡的传统节日。

走进神秘里耶*

2011年3月17日，我随张文绪教授带领的另一个中国农大参访团，来到他的家乡——湘西龙山县的里耶古镇参观访问。这里过去交通闭塞，经济落后，作为一个偏僻小镇，并不为外界所知。但是在

* 笔者注：下面的文字为事后补记，而且与上文所记的时间晚了将近一年。之所以要加在此文之后，是因为事件发生的地址相近，当事人相通，事件本身也有内在联系，放置此处，是适宜的。

2002年之后，由于一个重大的考古发现而声名鹊起。

我们一行20人乘中巴到达里耶镇，入住“小南京宾馆”。第二天，由镇上的干部陪同，张文绪教授带领我们参观了里耶古城遗址发掘现场和“秦简博物馆”。从考古发现的实物以及简牍中，了解那次极不寻常的发现。

我们站在发掘现场的一号井前，工作人员介绍说，2002年夏，里耶镇水利施工，在即将被大坝覆盖的河滩上，发现了这口正方形的古井。井深17米多，井的四壁用木板加固，为战国末期所修建。在这口大井中，发现了36 000多枚秦代简牍。这些简牍详细记载了这座古城的历史，是此前全国各地发现秦代简牍总和的十倍，资料之详实实属罕见。这批埋藏了2 200多年的秦代简牍，纪年从秦王政二十五年至秦二世元年，记事详细到月、日，历经十几年连续不断。而在此之前，中国古代正史中关于秦朝的记录不足千字。考古专家认为，里耶秦简是极为重要的百科全书般的日志式实录，它是继兵马俑以后秦代考古的又一惊世发现，蕴涵着巨大的学术价值。

参访团在里耶秦简博物馆（2011）

我们在秦简博物馆中还看到，在井中发现的我国最早、最完整的乘法口诀表复件。里耶秦简“乘法九九口诀表”的出现，见证了过去文献记载的“春秋战国时乘法口诀已被普遍运用”的历史事实，是目前世界上最早、最完整的乘法口诀表实物，因而它的出现改变了世界数学发展史。

张文绪教授原本爱好书法，功底深厚。里耶秦简发现后，他怀着一种热爱家乡、弘扬中华文化的理念，转而专攻秦简书法，开办讲座，发起成立里耶秦简书法研究会，而且成绩卓著。近年来，他多次在北京、湖南等地举行秦简书法展，受到广大书法爱好者的关注和好评。

（2011 年 5 月于北京）

告别自行车

孙仁松

从 2017 年 8 月 3 日起，我和我心爱的自行车永远告别了。早晨起床洗漱后，我给自行车打好气，擦拭干净，推进小区专门停放自行车的车棚，锁好，回家把钥匙交给老伴，对个人来说算是完成了一件历史性的大事。后来，我们把这辆六七成新的自行车送给一位年轻的朋友，以达物尽其用。

从今往后不再骑自行车了，这件事是在家人特别是老伴的一再劝说下，也经过我反复思考，才做出的一个决定。说心里话真有点不舍或者说一下子不习惯。这是因为我与自行车有 60 多年的交情，它给我提供了许多方便，当然，中间也经历过一些风险。

1957 年，我在连云港海军巡防区司令部工作时学会了骑自行车。第一次骑车实战演练是在同年 7 月，我回老家邛崃探亲，期间在县城

朋友帮助我借了一辆自行车，骑行30余公里去羊安乡檀荫村看女朋友（即现在的老伴），是那辆借来的自行车为我的幸福婚姻立下了第一功。1958年我从海军青岛部队转业去了北大荒，直至1994年借调到北京农业部工作（同年退休），几十年中几乎很少骑自行车，主要是上班工作的地点离住处很近，不需要骑车。到北京以后情况有很大的变化，住处距上班地点至少有四五公里，在那十年中，随着上班地点和住处的变化，我曾经选择坐公交、坐单位班车、走路、骑自行车等几种方式，都各有利弊，但我感觉骑自行车是最常用最好的方式，优点是时间由自己掌握，很自由，唯一的缺点是有安全风险。

2004年年末我退出农业部农垦局的工作后，居住地点搬到中国农业大学家属区，与儿女的住处相邻，从此进入完全的退休生活状态。稍远处的出行，主要是乘公交、地铁，偶尔也乘坐出租车。而近处出行，则是骑自行车或步行。如上超市购物、去银行办事、去附近的公园等等，骑自行车的情况也比较多，这种情况持续了十余年。5年前，我原来的自行车丢了，女儿专门陪我去车行给我买了一辆新车，经过几年的使用，我们之间已经有了感情。前年夏天，我曾骑着它围着颐和园外围走了一大圈，年近八旬的我感觉好爽。

本来，我曾打算把骑自行车的生活方式，继续坚持下去，争取骑到90岁，因为这比较方便、快捷，也锻炼了身体。但是，近年来老伴出于对我安全的关切，多次建议我放弃自行车，改步行或乘公交、出租车等，我都没有接受，主要是感觉习惯了，也舍不得放弃自行车。前几天，全家人在一起吃饭，老伴又提起让我不要再骑自行车的事，居然得到儿女们的一致同意，他们都说80多岁的老人了，骑自行车太不安全，体力精力特别是对周围事变的反应能力都不如年轻时了，你不会去撞别人但是不能保证别人不会撞到你。我感觉他们都说得有道理，特别是女婿的一句话更让我无言以对，他说：“对爸爸来说，不出事还好，一出事就是大事啊！”

老伴和儿女们苦口婆心的相劝是对我的极大关心，确实，如果发

生安全事故，不仅会对自己的身体造成伤害，更重要的是会使家人为我难过，给他们添麻烦，甚至付出代价。这样的事例，我已经看到听到不少。于是，我下定决心，彻底地、永远地告别自行车。

事后，我认真回忆一下，我从学骑自行车到告别自行车，历经 60 年余，自行车带给我的好处很多，不细说了，而带来的风险也给我留下很深的印象。先后经历 6 次安全风险（摔倒 6 次），其中有 4 次发生在北京，即 60 岁以后。

第一次，1961 年 2 月，我回老家邛崃县与我爱人正式结婚。结婚后我与爱人一起分别骑两辆自行车，从邛崃县城去蒲江县看望我大哥，这段路所经都是丘陵地带，共有约 30 公里，属于乡村砂石公路，高低不平而且坡坡坎坎弯道多。在我们骑车快要到达蒲江时，我发现车闸失灵，走到一个大缓坡，车越跑越快，我想坏了，要出事故，便采取紧急措施，将车向靠山的一侧倒去，人也倒地，还好只是头脸和臂部蹭破点皮，算是有惊无险。

第二次，1966 年 6 月，爱人在北大荒八一农大生第一个孩子后，当时住在裴德医院，我下班后晚上从农大的家骑自行车去医院送食品，虽然只有约 2 公里，但是路窄又不平，加上晚上看不清，突然摔倒，好在没有受伤，只是裤子被蹭破了，也是有惊无险。

第三次，1997 年夏天，一天早晨正在下雨，我穿好雨衣骑车从左家庄北里去农业部上班。出小区门后应该向左转，我看马路上没有车就直接向马路对面骑过去，自行车刚过马路中间，忽听一声巨响，我连人带车被推倒在地。过了一二分钟等我在地上反应过来，才知道是被汽车撞了。这时汽车早已停下，司机下了车，问我“老先生，怎么样？有事吗？”我定一定神，意识到这事我有责任，因为雨衣挡住视线过马路时没有看清路上车辆情况就横穿马路，加上对方车也开得比较快。我慢慢站起身，摸一摸全身上下感觉没事，就说“没事了，你走吧！”就这样我回家换了衣服，改乘公交上班去了。虽然后来发现手部受点小伤，但还算万幸，躲过一场灾难。

后来，又发生过三次骑自行车摔倒，都发生在小区附近，而且都在 70 岁后，都没有伤及皮肉和骨骼，实乃不幸中之万幸了。

总结我骑自行车 60 年的经历，主要是三条：一是任何时候都必须十分注意安全，不能侥幸，不能麻痹；二是严格遵守交规，不闯红灯、不逆行，不在没有行车标志的地方横穿马路等；三是年纪大了，根据身体变化，到一定时间该放弃时就要果断放弃骑自行车，绝不留恋。实际上，不骑车后可以迫使你多走路，这对老年人身体更有好处。

（2017 年 8 月于北京）

北大荒军垦老兵代表

孙仁松

2017 年 11 月 14 日，由中国社科院、黑龙江省社科院和社会科学文献出版社联合举办的“深化屯垦历史研究，建设农业领域航母”研讨会暨黑龙江屯垦史系列成果出版发布会在中国社会科学院档案楼会议室举行，我有幸作为北大荒军垦老兵唯一的特邀代表参加了这次会议。

黑龙江屯垦史系列研究，是 2014 年 1 月由中国社科院边疆研究所、黑龙江省委宣传部、黑龙江省社科院共同策划提出，列为中国社会科学院“创新工程”的国家重大社科研究项目。经黑龙江省社会科学院和中国边疆研究所组织 60 余名学者通

北大荒复转官兵代表　孙仁松

力合作，历时三年，最终形成系列成果，完成500多万字的鸿篇巨作，由社会科学文献出版社正式出版系列丛书。丛书共有16册，分别是：《黑龙江屯垦史》（4卷本）、《黑龙江屯垦史·军垦口述史》（上下册）、《黑龙江屯垦史·知青口述史》（上下册）、《黑龙江屯垦文献史料汇编》（4册）以及《当代黑龙江与新疆屯垦比较研究》《"一带一路"与中国农业"走出去"——以中国黑龙江垦区在俄罗斯东部地区农业开发研究为例》《黑龙江屯垦文学史》和《中国屯垦研究史》。

中国社会科学院院长、党组书记王伟光向会议发来书面讲话。黑龙江省委副秘书长、省社会科学院党委书记武凤呈，黑龙江省委宣传部副部长刘光慧等以及北京、黑龙江两地相关单位代表和学者出席。会议由中国社会科学院科研局局长马援、中国社会科学院边疆研究所所长邢广程主持。

系列成果首次全面展现了黑龙江省自古至今的农业垦殖开发史，全方位展现了黑龙江地区自古至今的农业垦殖史，特别是对当代北大荒人探索创造的屯垦开发奇迹进行全景描述，多维度展示了黑龙江特色的屯垦之路，以及"北大荒"变成"北大仓"的辉煌历程，成为黑龙江省农垦事业开创70周年的献礼文化成果。

丛书探讨总结了黑龙江屯垦的历史经验和教训、屯垦与边疆稳定发展的关系等重大问题，站在服务国家和黑龙江经济社会发展现实的高度系统阐释屯垦历史，对黑龙江省贯彻落实习近平总书记重要讲话精神，深化国有农垦体制改革，建设现代农业大基地、大企业、大产业，努力形成农业领域的航母，争当现代化农业建设排头兵，具有重要的借鉴意义。

下面是我作为会议特邀的军垦老兵代表的发言。

各位领导、专家和媒体的朋友们，上午好！

很高兴能够参加这次会议，与各位领导和专家一道见证黑龙江屯垦史系列成果的出版发布。在此，我作为参加北大荒开发建设的一名老兵代表，祝贺黑龙江屯垦史研究取得成功！向承担项目并付出辛勤劳动的各位领导、专家和全体工作人员，致以深深的敬意！

我是1958年3月响应党中央号召，从海军青岛部队转业参加北大荒开发建设的，至今已近60年了。在农场，我当过农工，住过马架子、修水库抬土筐，开荒种地，经历了艰苦的创业劳动，后来考入王震将军兼任校长的北大荒第一所大学——黑龙江八一农垦大学，毕业后留校任教，后又担任黑龙江兵团战士报编辑、八一农大党委宣传部副部长，后任黑龙江农垦总局政策研究室（体改办）主任，退休后被借调到农业部农垦局工作10年，最后定居在北京。我现在的身份仍然是黑龙江省农垦总局的一名异地安置的退休干部。

两年前，我在北京接受了黑龙江社科院项目组派出的刘洪峰、张芳二位同志的采访，初次接触到黑龙江屯垦史这个重要的社科研究项目。最近，我与老伴在海南岛休养，恰好在我81岁生日那天，接到黑龙江社科院历史所赵儒军所长参加这次会议的电话邀请，并发来电子邮件，知道农垦史研究项目取得了全面成果，而那次对我的采访，将以《北大荒农垦事业发展与改革的亲历者》为题，收录在《黑龙江屯垦史·军垦口述史》中。考虑到这次会议的重要意义，我决定接受邀请，从三千公里外的三亚乘飞机回北京来参加会议。

我看到在《军垦口述史》的“前言”中，有这样两段话：“开发建设北大荒是党中央、国务院、中央军委的一项重大战略决策，是社会主义现代化建设的一项宏伟事业，是在中国共产党领导下的人民群众建设边疆保卫边疆的伟大壮举。在这场翻天覆地的历史巨变中，中国人民解放军广大复转官兵起着十分重要的作用，始终是北大荒开发建设的中坚力量。”

“开发北大荒的历史，是一部用汗水、泪水和血水写下的历史。军垦人始终坚守着人民军队的优良传统和作风，无怨

无悔地为北大荒开发默默奉献。他们的拼搏与艰辛，汇聚成北大荒的硕果，凝聚成北大荒的精神。”

我读着这些对复转官兵开发北大荒历史功绩的高度评价，浏览农垦老兵们的回忆，仿佛又回到那激情燃烧的岁月，心情非常激动，以致夜不能寐。是的，一部北大荒开发史，在某种意义上就是一部军垦史，而这部历史是在中国共产党的领导下由以 14 万名复转官兵为中坚力量的包括大批知识分子、知识青年、地方干部和家属以及他们的后代的三代北大荒人前赴后继、百折不挠，甚至流血牺牲写下的，希望我们的后代永远不要忘记。同时也希望我们的新闻媒体和影视作品，多从正面宣传，把北大荒开发建设的成果告诉全国人民，把“艰苦奋斗、勇于开拓、顾全大局、无私奉献”的北大荒精神继承和发扬下去。

但是，作为开发北大荒“中坚力量”的 14 万复转军人，如今又在哪里呢？这虽然是一个很难准确回答的问题，但我可以肯定地说，这些人都老了，而且他们中的多数已不在世了。这次实施的黑龙江屯垦史项目，在垦区内外走访了包括本人在内的 144 位老农垦，年龄最大的 96 岁，最小的 72 岁，平均年龄 84 岁，然而就在接受访谈后的两年多时间里，据说已有 10 多位老兵永远地离开我们了。现在还在世的老兵，一般都在 80 岁以上甚至 90 多岁，而且他们中很多人身患多种疾病，生活自理困难；我刚到北大荒时，还是一个风华正茂的 22 岁的小青年，可以说是十万复转官兵中最年轻的一个，现在也是耄耋老人了。可以想象，要寻访到这些老农垦，完成采访任务难度是非常大的，任务非常艰巨；而且，这次专题立项进行屯垦史研究，其中军垦和知青两部分分别采用“口述”方式，来记载那段历史，是在与时间赛跑，抢救鲜活的历史资料，是做了一件功德无量的大好事，也是留给后代子孙的一份宝贵的历史遗产和精神财富。因此，黑龙江屯垦史所取得的系列成果更具有特殊的现实意义。

作为一名在北大荒奋斗了36年的军垦老兵，今天能够在这里发言，我感到非常幸运。因为我不仅经历了北大荒开创时期的艰苦奋斗，也亲历了改革开放和经济社会的快速发展，看到了北大荒改革和发展的辉煌成果。1997年在北大荒垦区开发50周年的时候，黑龙江农垦总局给我颁发了一枚“北大荒功勋奖章”，20年后的今天，我第一次把它挂在胸前，见证了北大荒屯垦史研究成果的发布，确实非常高兴。特别是我看到了中国的和平崛起，以及十九大的召开和民族复兴的辉煌前景，确实很振奋。我相信在以习近平同志为核心的党中央领导下，北大荒一定会取得更加辉煌的成就！

北大荒是我的第二故乡，是一个让我魂牵梦萦的地方，因此我时刻关心北大荒的发展和变化，有机会就想回去看看。2016年8月，我和老伴杨玉群一起回访了北大荒，又回到1958年我转业到北大荒时的第一站——八五七农场，回到当年开荒建点、住马架子的四分场三队。我看到如今北大荒农场和垦区发生的巨大变化，感慨万千。离开时，我写了一首诗，在这里与大家分享，就作为这次发言的结束吧！

官兵十万战荒原，
王震将军冲在前；
披荆斩棘住马架，
拉起犁杖好耕田。

放眼今日北大荒，
地覆天翻看巨变；
建成中华大粮仓，
八十老兵喜开颜。

回访佳木斯散记

孙仁松

地处三江平原腹地的佳木斯，是我和我的家人长期生活过的地方。1971 年 4 月，我奉命从刚刚撤销的八一农大调到总部设在佳木斯市的黑龙江生产建设兵团，直到 1994 年 8 月被农业部农垦局借调到北京工作，即开始定居北京，在此工作生活长达 23 年。我们的一双儿女，都在佳木斯市从幼儿园、小学、中学，到考入大学，佳木斯是孩子们成长的摇篮和人生旅途的出发点。所以佳木斯对我和我的全家都非常重要，我和老伴都对佳木斯怀有很深的感情。我和老伴在规划 2018 年回访北大荒计划的时候，就把佳木斯作为重要的一站。因为那里曾经留下我们深深的脚印，也留下难忘的记忆。

回访佳木斯农垦学校

佳木斯农垦学校，坐落在佳木斯市光复路中段。她的前身是黑龙江生产建设兵团 618 学校，后改为黑龙江农垦总局子弟学校。杨玉群是 1972 年秋调到这个学校的，先后任教师、政工干事、副校长等职，1979 年调机关工会工作。她在该校工作 7 年，为学校的建设发展付出了极大的努力，留下了极好的口碑。还要补充一点，我们的两个孩子从小学到中学都是在这个学校读书的，当然另有一番特殊的感情在里面。1978 年杨玉群被评为黑龙江省的“三八红旗手”，也是在这所学校。

9 月 1 日是星期六，上午，我们来到佳木斯农垦学校，受到刘雨校长和李德群书记的热情接待。他们先带领我们参观了校园、运动场，参观了校史陈列室。两栋高楼矗立在运动场北面，南面是 7 000 多平方米的塑胶铺设的运动场，站在其间可以感受到学校的发展变化。我们来到三楼的办公室，两位领导向我们介绍了学校的现状：2005 年，原总局子弟校和农垦实验学校合并，成为现在的黑龙江农垦佳木斯学校，

杨玉群与刘雨校长（左 1）和李德群书记（右 1）在一起

分南、北两个教学区，是事业单位财务独立核算机构。现有在校生 3 400 多人，教职工 300 多人，是一所集小学、初中、高中为一体的 12 年一贯制的全日制学校。先后荣获全国教育科研先进单位、全国艺术教育特色单位、垦区先进文化单位、垦区教育先进单位、关心下一代工作先进集体等荣誉。黑龙江农垦佳木斯学校以“团结、勤奋、文明、创新”八字校训为精神动力，走出了一条科学规范的发展之路。看到这些变化和取得的成绩，我们都很高兴。离开佳木斯农垦学校前，杨玉群特意要求在校门口与两位新领导合影留念，并且很认真地向两位学校领导建议：这所学校的创始人李淑君校长 98 岁了，她住在哈尔滨市，我们几天前曾去看望拜访，老人现在身体硬朗，思维清晰。在她 100 岁的时候，希望你们去看望和慰问。两位领导高兴地接受了这个建议。

我们在佳木斯期间，我的老领导农业部退休的老部长刘成果和夫人王淑芝，还有我原在总局政研室的同事后任总局畜牧局局长的周瑞君也在那里休息度夏，以及总局驻佳木斯办事处、总局佳木斯干休所，

分别安排与我们餐叙，并且有机会与总局教育局原局长董作山、总局广播电视局原局长李德仁、总局种子公司原经理杨占山、总局交通局原书记王桂臣愉快地相聚。老伴的学生、佳木斯市第二中学高级教师宋文东等也安排宴请我们。我们这两位耄耋老人与一帮年轻人在一起，似乎也变得年轻了许多。

感受佳木斯市区的变化

我们曾经在佳木斯市工作生活 20 多年，对这个城市比较熟悉，也很有感情。但是，这次回访时间很短，在市区只安排两天多的活动，只能从有限的活动中找一些感觉，不可能了解全貌。

到达佳木斯市的当天下午，市里的朋友陪同我们去参观了郊区大来达勒花海。那里群山环抱，鲜花盛开，水中游鱼跳跃，有世外桃源的感觉。置身于花的海洋和青山绿水之间，尽情呼吸大自然的清新空气，旅途劳顿一扫而光。这个始建于两年前的景点，是佳木斯市发展乡村旅游的重要环节，总面积 13 万平方米，分为福禄考区、荷兰菊区、一年生草花区和多年生草花区等 13 个种植区，有美国石竹、矮生波斯菊、鸢尾草、萱草、芍药、菊花、百合、玉簪、景天等 125 个花卉品种，可观赏花期长达 5 个月，是黑龙江省东部最大的花海景观。虽然建设时间只有两年，但已经初具规模，有较好的观赏价值。

在佳木斯期间佳木斯农垦学校老师梁晓霞陪我们在松花江边漫步，我们看到沿江十余公里已被打造成为休闲旅游的好去处，与 20 年前相比发生了很大的变化，休闲广场、知青广场、木板步道，雕塑、绿植、江岸的栏杆等，面貌焕然一新。行走其间，沐浴着温暖的阳光，凉爽的秋风拂面，确实是一种享受。到了晚上这里更加热闹，纪念塔下、知青广场等处响起节奏感强烈的音乐，数百名身着统一运动服装的男女，跳起热烈欢快的佳木斯集体舞，老伴受到环境气氛的感染，也情不自禁地跟着跳起来，我拿起手机走近舞者的队伍，录下一组难得的画面。据说这个佳木斯舞已经风靡全国，我们每年冬天在海南保亭过冬，小区老人们也在跳佳木斯舞。

总体感觉，我们离开此地20多年，佳木斯市区变化很大，高楼多了，环境改善了，社会秩序好了，百姓安居乐业，一派繁荣景象。但是，从我所熟悉的农垦来说，又是另一种状况。当年，佳木斯市是黑龙江农垦总局机关所在地，从1963年成立东北农垦总局，1968年成立黑龙江生产建设兵团，到1976年改制为黑龙江省国营农场总局（后改为黑龙江省农垦总局），在长达37年的时间里这里一直是黑龙江省农垦（北大荒垦区）的最高指挥中心。除了机关本身之外，在佳木斯市区建设和发展了一批直属企业事业单位，例如佳木斯肉联厂、三江食品公司、农垦大厦、农垦科学院、农垦勘测设计院、农垦经济学校、农垦通讯站、农垦印刷厂、机关职工医院等，组成一个实力雄厚的群体，曾经一度辉煌。但是，自从2000年将总局机关整体搬迁至哈尔滨市后，现在除了保留一所农垦学校、一个干休所、一个办事处外，大的事业单位搬走了（如农垦科学院、设计院、经济学校），而企业则多改为私有或撤销。我们到原来的农垦总局机关，所看到的已是面目全非了。从老感情来说有一种无名的失落，但是我知道机关搬迁的决策是正确的，因为北大荒的整体事业飞速发展了，局部有些损失看来是难免的。

在东极宝塔上观景

踏上"黑瞎子岛"

2018年8月30日一早，我们乘车赴黑瞎子岛。提起黑瞎子岛，就想起我在北大荒工作几十年，曾经多次来到抚远地区，也从黑瞎子岛旁边经

过，知道它本属于中国领土后来被苏联占领，而详细情况却不甚了了。这次登岛后，我查了历史资料，才了解了那段不堪回首的历史。黑瞎子岛是位于黑龙江和乌苏里江交汇处的一个岛系。该岛现由银龙岛、黑瞎子岛、明月岛等 3 个岛系的岛屿和沙洲组成，面积约 335 平方公里。该岛居乌苏里江口，控制黑龙江、乌苏里江主航道，是黑、乌两江的咽喉要道，战略地位十分重要。其东岸即是俄罗斯远东地区政治、经济、文化中心和俄罗斯远东军区所在地哈巴罗夫斯克（伯力）市。

1929 年，中国东北当局将中东铁路电报电话权收回，将苏联职员遣送回国，就此引发了中苏争夺中东铁路所有权的大规模武装冲突，最后中国战败。当年 12 月 20 日，张学良派代表与苏方签订《伯力协定》。中国领土黑瞎子岛就是在该次武装冲突期间被苏联红军占领的。黑瞎子岛位于黑龙江、乌苏里江汇合处，在主航道中国一侧，也是我国东北部极角，因此有“中国东极”之称。2008 年 10 月 14 日，中俄两国政府在黑瞎子岛举行界碑揭幕仪式，黑瞎子岛西侧一半约 171 平方公里陆地及其所属水域正式归还中国，这是中俄两国最后勘定的边界。2012 年 3 月 30 日，黑龙江省公安边防总队黑瞎子岛公安边防正式对黑瞎子岛中方区域实行常态化治安、边境管理。从这段历史，我深深感悟到，一个国家如果没有强大的经济、军事力量支撑的强大的综合国力，就只能任人宰割，从而陷入国土沦陷、民不聊生的境地。相信黑瞎子岛的失去与回归（实际只收回一半），会使国人受到教育。

我们乘车通过新建的乌苏大桥上岛后，参观了湿地公园、熊园、东极宝塔和东极广场。其中广场和宝塔建筑规模宏伟，值得一游。但也许是人们嫌 270 元的套票太贵，所以游人稀少。

作为国土最东边的标志性建筑的东极宝塔，坐落在中国版图的最东方回归的土地上，是我国最早见到太阳的地方。宝塔通高 81 米，汉唐风格，九层八角形楼阁式塔身。基座四周有反映中华民族历史的浮雕。塔周广场两个极点分别布设龟和麒麟；设 60 根青石盘龙浮雕柱，周边的 56 根代表中华 56 个民族，另有 4 根擎天精雕龙柱设置在塔基四角。宝塔设太极图案圆形广场，广场直径171米，代表黑瞎子岛回归的171平方公里领土。我们乘车来到宝塔时，正下着小雨，坐上电梯登上塔顶，在塔顶向四周望去，除了茫茫湿地，几乎看不到什么风景。如果是晴天，则可以尽览黑瞎子岛的风光、俄罗斯哈巴罗夫斯克全貌以及乌苏大桥等景观。

距东极宝塔不远处的东极广场是我国陆地领土最东端的地标性景观。广场背倚祖国、面向东方，三角形的河口沙洲形状如同锋利的军舰舰艏，劈波斩浪，将乌苏里江分为主航道和抚远水道两块，以“起航”为总体景观意象，以高39.5米的东极极标雕塑为桅杆，以昂然挑起的河口观景广场为舰艏，象征着中国这艘巨轮正起航驶向东方。站在广场中央，极目远眺，一种作为中国人的自豪感油然而生。

在东极景区，我录下了老伴杨玉群以宝塔和极标为背景的两段抖空竹视频，满足了她的一个心愿。

来到“东方第一哨”

离开东极宝塔和东极广场，我们驱车来到著名的乌苏镇，感受历史与现实间的风雨沧桑。乌苏镇位于黑龙江与乌苏里江汇合处，东临大江，西依小河，是中国最东端的乡镇，号称“东方第一镇”。提起乌苏镇，我想起1984年时任中共中央总书记的胡耀邦同志视察黑龙江时，到达乌苏镇，为那里的边防哨所写下“英雄的东方第一哨”的题字。1987年夏，我曾经与时任农垦总局党委书记的赵清景同志一起陪同著名经济学家于光远和中央农村政策

在“英雄的东方第一哨”纪念碑前

研究室副主任吴象等一行前往乌苏镇参观，并进入边防哨所，登上塔楼瞭望。时隔30年我再次到访，发现这里已经发生巨大的变化。那次来此地时中苏关系虽比70年代有所缓和，但还处于一定程度的敌对状态，这里仍然是边防禁地，一般人不可能接近。而现在这里已经成为抚远市重要的旅游景点了。我们在离哨所不远处下车，步行200多米，就到了乌苏里江边的边防哨所，看见有一艘江防炮艇停泊在江边。进入哨所院内，居然没有看见一个军人，也没有哨兵站岗，完全是一派和平景象。

其实，所谓的“乌苏镇”只是一个历史符号。据说，曾经很长一段时间这里只有一户居民，到现在居民也没有了，只留下一个哨所，驻有一个排的兵力。但是在清末到民国初年，乌苏镇是乌苏里江的三大重镇之一，镇上有富源茂、仁中利等九大商号，杂货铺10余户，有烟馆、妓院多处，邮局一所，并设有警察分所和税务分局，以与对岸俄罗斯人进行易货贸易为主，建筑多为俄式。纷至沓来的朝鲜人和俄国人，曾使这座商业小镇热闹非凡、声名远扬。1920年以后，连年的兵灾匪祸，迫使镇上居民远走他乡。各大商号曾经的辉煌，也如落花流水，烟消云散。

为纪念胡耀邦对边疆军民的赞美和激励，1986年，建成了“英雄的东方第一哨”纪念碑。碑向正东，正面书写着胡耀邦总书记题词“英雄的东方第一哨”，碑后面刻有陈雷省长的题词“振国卫东疆，神州日月长，乌苏壮甲士，故垒若金汤”。我们在纪念碑以及江边的炮艇前拍照留影，同时也留下杨玉群在此抖空竹的身影。

感受赫哲族人的热情

9月1日下午，我们离开乌苏镇，来到同江市境内。参观了习总书记2016年曾经视察的赫哲族八岔乡八岔村，村党支部书记尤明国热情地接待我们，向我们介绍这个村的发展情况，特别是2013年遭受严重水灾后在国家支持下恢复重建的情况。我们参观了图片和实物展览，其中的鱼皮衣服特别令人感到新奇。我老伴问，那一件展出的鱼皮衣服价值多少？当得到回答是 1 万多元时，老伴有些吃惊，“怎么那么贵?”主人解释说，现在制作的鱼皮衣服不是用来穿的，一般都是供展出用，工艺复杂要求很严，而且很少有人会做了。我们来到一间宽敞的活动室，村民们正在排练节目。见村支书带来客人，村民们热情地唱起了欢迎和赞美的歌曲，我们也随着节拍一起拍手附和。

从村支书的介绍和展览的资料中，我们得知，八岔赫哲族乡位于黑龙江、松花江汇流后的黑龙江段右岸，地处三江冲积沉降沼泽化平原同抚三角洲，同江市东部低平原区。八岔一名源于赫哲语“八陈”，意为“夹芯子”。全乡境内地势平缓，绿野如茵，江河如网，泡沼似星。江河中不仅盛产“三花五罗”及鲟、鳇等名贵鱼种，还有“大马哈”等洄游鱼类。八岔境内土质肥沃，水草丰美，适合种植水稻、大豆和养殖黄牛，是同江市重要的产粮基地和黄牛养殖基地。

新中国成立以后，特别是改革开放以来，在各级政府的关怀支持和全乡各族人民的共同努力下，八岔赫哲族乡已由昔日的一个不足百人的贫困小渔村发展成为民族经济繁荣、人民生活富裕、各项基础设施完备的新型乡镇，成为三江平原上一颗熠熠生辉的明珠。八岔赫哲族渔业村的村民不仅住上了宽敞的楼房，而且还看上了有线电视、喝上了自来水、用上了程控电话。目前全乡实现了村村通车、通电、通话。群众的生产生活水平实现了质的飞跃。

我们随后参观的一处赫哲民族文化村和赫哲族鱼皮画展览馆，使我们对赫哲族的文化传统有了新的认识。

在民族文化村，主要是了解赫哲族人的生活传统和风土人情，而鱼皮画是赫哲族特有的艺术品。赫哲人通过对鱼皮的粘贴和镂刻，以独特的形式，从不同角度表现了赫哲族人民的聪明才智和群体审美意识。经过当代艺术工作者的加工，已经具有了全新的艺术形式和更加丰富的文化内涵。站在那一幅幅精美绝伦的鱼皮画作品前，我们对赫哲人千百年来在以捕鱼为业的艰难生活中，就地取材，创造出如此生动、高超、精美的艺术，实在令人惊叹！

我们这次回访佳木斯用了七天时间，可以说一切都很顺利，收获很大，我们深深感谢关心和帮助我们的同志们、朋友们，对我们的活动进行了周到的安排和精心照顾，还要感谢佳木斯农垦学校的盛情接待，他们专门派梁晓霞老师，全程陪同我们，给我们以精心照顾，得以顺利实现了回访佳木斯的心愿。

（2018 年 9 月于北京）

我怎样练成了健康老人

杨玉群

我今年 85 岁了。每天除了与老伴一起分担家务劳动，如做饭、洗衣、打扫卫生等外，还参加抖空竹、柔力球等健身活动，闲暇时做点手工编织，种点花草，而且小有成就。我的精神状态很好，各项生理生化指标基本正常，生活充实愉悦，人们都说我是个“健康老人”。

健康长寿是人们普遍追求的目标。有一个健康的身体，是花多少钱都买不来的。但是，人的身体是一部非常复杂的机器，它在运转的过程中，特别是受外部环境的影响，或是自身不良生活习惯的作用，很可能发生各种疾病。因此，健康与疾病，是人生的两种常态，有病并不可怕，关键是正确对待，还要有正确的措施。我们能够做的，是预防和控制疾病的发生，尽可能把疾病消灭在萌芽状态，防止其发展和恶化，尽量保持一种相对健康的状态，也可以长期带病生存。回顾几十年的经验，我之所以能够基本健康地活到八十多岁，不是偶然的，是因为我在不断学习有关的保健知识和与疾病的抗争中，做到了以下几点。

保持积极乐观心态

有一个好心态，是保持健康的第一要素。所谓积极乐观，实际上就是要自信。对未来的生活要自信，坚信共产党的领导，我们的国家会越来越好；对子女和后代要自信，坚信他（她）们会自立自强，一定会有很好的前途；对自己更要自信，相信自己能够克服困难，战胜疾病。当然，自信不是盲目的，是建立在科学知识和实践的基础上的。新中国成立前我读书不多，大部分时间是在家务农，从事各种农业劳动。新中国成立后才有机会继续读书，读完中等师范学校和函授专科，受到全面系统的基本教育，在学生时加入中国共产党。婚姻家庭幸福美满。通过自己耳闻目睹和亲身经历，对国家的前途和自身以及家庭的未来有理性的比较清醒的认识，能够客观淡定地看待事物，不为一时和局部的负面现象所迷惑，也不会被一时的困难和挫折所动摇，所以在任何时候都保持积极乐观的心态。有了自信，有了好的心态，生活就会感到轻松愉快，任何时候都有积极向上的动力，遇到困难也很容易克服掉。

注重卫生预防疾病

我小时候在农村劳动时，不懂得讲卫生，曾经喝农田里的脏水，得了伤寒病，差点丢了性命。后来学习了卫生知识，我才懂得讲究卫生的重要。

所以，我逐渐养成了讲究卫生、预防疾病的良好习惯。30多年前在佳木斯工作时，到农垦总医院做妇科检查，医生看了我的乳头，发现外部结构有些异样，问我平时怎么保养的，我回答说，每天用热水清洗、酒精消毒。她说：“你做得很好！要不是你坚持卫生消毒，你或许早就不在这里了。”这位医生的话，使我更加坚信讲卫生的重要。除了自身讲卫生外，对于平时的饮食起居都特别注意，还要求老伴和孩子们也要做到。因此，几十年来我和家人从来没有受到传染病的侵害。不但为国家节省了医药费，更重要的是能够长期保持工作、学习的良好状态。为了预防疾病的发生，我和老伴坚持每年至少一次全面体检，及时发现异常，按照医嘱及时采取治疗措施。2007年、2011年和2017年我三次住院，先后做了胆囊、肾囊肿摘除和双眼白内障手术，效果都非常好，对正常生活没有产生不良影响。

及时就医配合治疗

一旦有了疾病怎么办？我的对策是及时就医，积极配合医护进行治疗，以免延误病情。1965 年，我调到北大荒工作不久，由于气候严寒，环境恶劣，加上缺医少药，患上慢性气管炎，后来发展成为哮喘病、慢阻肺。这是我一生中，持续时间最长，对我的生活和健康影响最大的疾病。退休前，我主要实行中西医结合治疗，病情得到控制。退休以后，特别是 1994 年到北京定居后，由于没有了工作压力，加上环境改善，结合健身活动，在较长时间病情没有发展，身体处于良好状态。但是，75 岁以后，也许是年龄大了，抵抗力差了，也许是受北京雾霾天气的影响，病情有所反复。2013 年初我在北京西苑中医院住院，确定为慢阻肺、高血压。当年秋天又因哮喘病复发住院，经治疗病情缓解后出院，出院前医生向我提出两条意见：第一，以后如果再犯病，立即来医院治疗；第二，回家后要坚持每天吸氧 6 至 8 小时。我没有被这个情况吓到，而是接受朋友的建议，果断地决定采取“候鸟”式养老办法，与老伴一起冬天到海南岛居住，夏天再回北京，经考察后在环境和空气俱优的保亭县落脚，同时采取综合养生和治疗措施，连续 6 年了，病情完全得以控制，没有再犯病，也不需要在家吸氧了。

热爱劳动坚持健身

我是农民的女儿，从小在老家参加劳动，养成了热爱劳动的习惯，几十年了丝毫没有改变。当然现在住在城市，没有地可种，我就在阳台上和护栏里种上黄瓜、辣椒、西红柿等蔬菜，把江南的魔芋引种到北京，也种到海南，重要的不在收获果实，而是享受劳动的过程，从劳动中得到乐趣。此外，日常的家务劳动，也难不住我，别看我八十多岁了，洗衣、做饭、拖地样样能干。谈到健身，我是几十年从未中断过。当学生时我就是学校篮球队骨干队员，国家三级篮球运动员（业余）。退休后，练过太极拳、太极剑、太极功夫扇、健身腰鼓、柔力球，70 岁以后学练抖空竹至今，坚持不辍，而且还积极推广这项运动，广收学员，发起成立小区空竹队，让更多的老年人受益。

家庭环境也很重要

我能够成为“健康老人”，还与拥有一个良好的家庭环境分不开。我有一个温馨、和谐、幸福美满的家。我的老伴一直积极支持和配合我进行健身活动，在我有病时陪我上医院，生活上给予多方面的照顾和帮助，使病情很快好转。我的孩子们和第三代都很孝顺，而且奋发向上，事业有成。我每天生活在这样的家庭中，随时都能感受到老伴和家人的关爱，心理上没有任何的负担。

人到老年，发生各种疾病是很正常的现象。因为，人的身体是一部非常复杂的机器，使用时间久了或者使用不当都会出毛病。所以，我们在坚持锻炼健身的同时，正确对待疾病，这是一个问题的两个方面，不可片面对待。总结过去的经验主要是：（1）端正对疾病的态度，把疾病看作朋友，与之友好相处，心情要平静。不惧怕，不厌恶，采取“既来之，则安之”的超然态度；（2）注意学习防病和保健知识，主要从书本上学习，从电视节目中学习，还有从患病的朋友切身体会中学习；（3）定期体检，每年至少做一次全面检查，及时发现存在的问题；（4）实行健康的生活方式，生活起居有规律，饮食有度讲营养，不抽烟，不酗酒，不熬夜；（5）有病及时治疗，与医生积极配合，不拖延病情。我们正是由于采取了以上正确的对策，八十多岁了，仍然保持较好的健康状态，最大的好处是保持和达到较高的晚年生活质量，少给儿女们添麻烦，还为国家节省了不少医疗费用。

高高兴兴过好每一天，这是我现在的心情，我对我现在的状态非常满意。我不能够预测我的寿命有多长，但是我要过好有质量的晚年生活，争取看到我们的国家更加强大，人民更加富裕幸福，争取看到祖国的完全统一，成为世界的伟大强国。

（2020 年于北京）

值得珍惜的荣誉

孙仁松

2017年“七一”前夕，我突然收到一份由中共北京市海淀区委马连洼街道工作委员会颁发的“2017年度马连洼街道优秀共产党员”荣誉证书。

真的很感意外，一是因为之前毫无信息，没有任何人告诉我评选“优秀党员”的事；二是我今年81岁了，早已退休不上班工作了，仍是共产党员没有错，但是要说“优秀”就不敢当了。起初，我并未把这件事放在心上，以为这不过是社区和街道党组织完成的一项例行任务罢了。后来，仔细想想，错了，对待这一项荣誉可不能漫不经心一带而过，应该十分珍惜这来之不易的新的荣誉，还要感谢农大社区和街道党组织对我的关怀和厚爱。

“优秀共产党员”这实际上是对我入党58年坚持不改初心的肯定。我是在1958年响应党中央的号召，作为十万转业官兵的一员参加开发建设北大荒事业的，一年后的1959年6月28日，光荣加入中国共产党，而且因为我在北大荒艰苦创业中的优秀表现，同年被评为“建设北大荒先进分子”。几十年来，无论是在生产队当农业工人，还是后来上大学留校任大学教师，以及在机关当干部，都保持和发扬北大荒精神，积极完成了各项任务，不负共产党员的光荣称号。

“优秀共产党员”这也是对我坚持“退而不休”、继续革命的肯定。1994年，我从黑龙江农垦总局机关退休后，又被借调到农业部农垦局继续工作10年，出色完成了各项任务，2005年我69岁才开始真正享受自由的退休生活。然而，我仍然没有闲下来，先是在老年大学电脑初、中、高级班学习电脑，与老伴一起创作出版了近40万字、意在传承北大荒精神的回忆录《大荒缘》；采访“老有所为”的代表人物，写成多篇人物专访在报刊和网络发表；关心国家大事，创作诗歌、散文作品，学习摄影和图片制作技术，积极传播正能量，做到了与时俱进、退而不休，体现了一个共产党员应有的精神风貌。

回顾此生，我能够在不同的岗位上完成各项任务，如今又在首都北京与儿女团聚，享受和谐幸福的晚年，完全是共产党培养教育和领导的结果。我虽然八十多岁了，但是只要还有一口气，就要继续跟着共产党，为实现两个“一百年”奋斗目标和中华民族的伟大复兴努力。今年“七一”我写的一首题为《感恩》的诗就是我的心声：

本是穷乡一少年，
历经磨难见晴天；
不忘初心跟党走，
耄耋老翁心坦然。

（2017 年 7 月于北京）

我的幸福观

孙仁松

追求幸福可以说是人们生活的共同目标，是人的共性。但什么是幸福？按照我的理解，幸福是人们对本身所处状态以及满意程度的感觉，但由于人们所处外部环境和自身所受教育和思想观念等的差异，即使所处的环境条件完全相同，却会有不同的感觉，即不同的幸福指数。而且随着时间的推移、社会的发展变化，同一个人又会有不同的幸福指数。比如五十年代初，有人把“楼上楼下，电灯电话”说成是共产主义的生活目标；后来苏联的赫鲁晓夫又有“土豆烧牛肉”的共

产主义一说。如果这些标准能够成立，那么今天我们不是早已过上共产主义生活了吗？二十世纪六十年代我能有一间13平方米的住房就很满足了，尽管那房子没有下水道，也没有暖气，因为那时我们的大学校长——一个抗日老干部也只住30平方米啊！

人们对幸福的不同理解和追求形成了不同的幸福观，从而演绎出不同的人生。我的幸福观是什么？大致可以做如下表述：我不追求职位有多高，只求有一个能够发挥我才干的普通工作，为人民为社会做一些力所能及的事；我不追求高标准的物质享受和拥有多少财富，只求衣食无忧，一日三餐粗茶淡饭可以满足生活的基本需要；不追求豪华的高档住宅，只求有一所供我和老伴安享晚年的普通住所，闲暇时可以不受干扰地读书、听音乐、看电视、上网；不追求长命百岁，只求健康地活到生命终止的某一天，不管是七十还是八十岁、九十岁；在婚姻爱情上我只求有一位为我所爱、而她也爱我的人手拉手、肩并肩共同奋斗、共享晚年。

但是，幸福不可能从天而降，要靠自己和全家人的努力和长期奋斗，没有艰苦生活的磨炼和巨大的付出，就不可能取得今天的一切，即使具有与之相同的物质生活条件，也不会有丝毫的幸福可言。因为，没有经过自己的艰苦努力和辛勤付出，只依靠父辈和他人获得的享受，无论有多豪华、多高档，那种“幸福”的质量是不会太高，也是难以持续的。

今天，我和老伴退休后定居北京，与儿女团聚，过着安定、闲适、衣食无忧的退休生活，这就是最大的幸福。当然，如果没有千百万革命先烈前赴后继、流血牺牲建立起来的人民共和国，为我们创造了一个和平安定的社会环境，自然谈不到像我们这样普通老百姓的幸福生活。所以，在享有这一切时，要永远不忘共产党，不忘国家，不忘为建立和保卫新中国而牺牲和做出贡献的人们。

（2015年）

坦然面对　顺其自然
——我们对未来生活的基本态度与具体安排

孙仁松　杨玉群

近年来，一个新的话题成为我们老两口经常讨论的内容：我们都是八十多岁的耄耋老人了，两人的年龄之和已达 170 岁，早已享受政府的高龄补贴。虽然目前生活还能自理，也可以参加一些活动，但是随着年龄的逐渐增大，免疫力会逐步弱化，原有的某些疾病会发展加重，新的疾病也可能产生，意外和风险随时存在，发生紧急情况的可能性会增加，进一步衰老直至人生的终点是必然的。这就要求我们必须时刻有思想准备，有预防措施，对身后事有所考虑和安排。

我们的生死观

生老病死是每个人都无法抗拒的自然规律，我们只能在顺应自然规律的前提下，尽可能地延长寿命，享受有质量、有尊严的晚年生活。对于未来可能会发生的一切变故甚至死亡，我们的态度是坦然面对，一切顺其自然。回顾此生，我们最大的安慰就是“没有白活一回”，虽然出身贫寒，但都珍爱自己，积极融入社会，可以说一生都在奋斗，在努力奉献，实现了自己的人生价值，即使明天就“驾鹤西归”，也可以说无怨无悔了。

永远保持乐观的心态

我们现在的心态是非常乐观的，我们追求的是高高兴兴地过好每一天，这种乐观的心态一定要永远保持下去。我们能够保持乐观心态是有着深刻原因的：第一，我们的婚姻美满，夫妻感情很好；第二，儿孙们事业、学业都很好，也很孝顺，有一个和谐幸福的家庭；第三，

我们所处的大小环境都很好，晚年生活充实，衣食无忧；第四，我们现在的年龄已经大大超过了全国的平均寿命（77 岁），也超过了位居全国前列的北京市民的平均寿命（81 岁），算得上“高寿”了；第五，作为普通中共党员，我们已经为社会主义建设，为北大荒的事业奋斗了一生，无论对事业对家庭我们已经尽了最大的努力。现在，我们对儿女、孙辈的前途不用操心，对民族国家的前途更充满信心，我们的晚年生活也过得非常开心，无愧“幸福老人”的称号。

实行以静养为主、动静结合的养生方式

我们进入退休生活状态已有 20 余年，过去大部分时间处于比较忙碌的状态，总体上“动”多于“静”，这种状态在当时是正确的选择，但是如今，我们已经年过八旬，以“动”为主的生活状态必须改为“静养为主、动静结合”的养生方式，一切活动都要适度，量力而行，这是自然规律的客观要求。例如，家务劳动要尽量减少不能过劳，体育锻炼活动要适度，要多散步、晒太阳、少旅游或不旅游等，这样可以避免发生意外。在此总的原则下，对未来生活和身后事要做出合理安排，要点如下。

（1）尽量采取“居家养老”的方式。根据需要可请小时工每周打扫卫生，必要时才考虑请保姆帮助。只有在两人生活都不能自理时，可以考虑住进费用适当、医养结合的养老机构。

（2）不生气。不管遇到什么情况都不生气。因为生气不仅伤害自己，也会对家人带来压力。

（3）夫妻不分离。出门要相伴而行，晚上也不分室而居。

（4）坚决处理多余的物品，尽量过简约生活。

（5）做好应急准备。出门带好应急药品和手机，尽量避免单独出门，有紧急情况就打 120，有病及时就医。

（6）今后如果一方因病住院，尽量请护工帮助，不要求对方在病

房陪护。重大事项由老伴和儿女商量决定。

（7）尽量少参加或不参加在外面聚餐和其他集体活动，包括演出、探亲访友等活动。但社区党的组织生活可适当参加。

（8）如果罹患不治之症，要保证患者的人格尊严，不人为延续生命，不做明知无效的抢救。遗体捐赠给科研单位做研究用，不留骨灰，不要墓地，不再耗费社会资源。

（9）身后事一切从简，尽量不给国家和儿女们添麻烦。但要及时通知我们的所属单位——北大荒农垦集团公司。

（2020 年 4 月 25 日）

孙仁松诗选

孙仁松

诗歌，是中华文化的瑰宝，它传承着古老的文明，彰显着传统文化的独特魅力。许多古诗词早已融入我们的文化性格，对于启发我们的心智、丰富我们的精神、陶冶我们的情操，发挥着非常重要的作用，并已成为我们日常生活的重要组成部分。

我从小喜欢读诗，从 20 世纪五十年代就开始学习写诗。1957 年我以自己当水兵时在海上生活体验中得到的灵感，写下《海上日出》这首诗，居然有幸在《诗刊》发表（见本书第一篇“无悔的青春”），这是对我的极大鼓励。但是，后来的许多年一直到退休，因为我把几乎全部精力都用在了当时所从事的工作业务上，没有精力去照顾读诗写诗的爱好，只是偶尔写一点应景的诗，作品也很少。直到完全退出工作后，才有时间重新拿起写诗的笔。

下面选录的诗作，都是退休后特别是近年写的，其选题主要是旅游观景和生活中的感悟，意在抒发情感，弘扬正气，也算是一种自娱自乐。但是，就诗歌创作而言，实属水平不高，难登大雅之堂，仅供读者一阅吧！

登泰山

久闻圣名往登攀，
五岳之尊帝封禅；
齐鲁仰视幽奇险，
号称天下第一山。

步入天门望云端，
峰高谷深飞瀑泉；
历代名人留碑刻，
玉皇顶上看奇观。

（2015 年）

故乡行（诗8首）

我的故乡在四川邛崃市（原邛崃县）平落镇，这是一个有一千多年历史的古镇，其历史可追溯至秦汉，为南方丝绸之路所经之地。本人16岁离开家乡，从军5年，然后参加北大荒开发建设，退休后定居北京。我们曾多次回乡探访，感触良多。对故乡的一草一木，乡亲、乡友都怀有深深的感情。

1. 古镇平落

滔滔江面白沫翻，
流放竹排伴炊烟；
如今纸坊成旧业，
碧浪清波泛游船。
小桥流水吊楼边，
浣衣少女歌声喧；
游客凭栏观景致，
平落古镇换新颜。

2. 乐善桥①

垒石为桥本顺天，
擅改车行为那般？
如今又睹古桥貌，
往来行人露笑颜。
南来北往各西东，
古榕相伴更不同；
乐善桥迎新过客，
白沫江上飞彩虹。

3. 古戏台②

戏台虽小亦无边，
川戏锣鼓声震天；
生旦净丑轮番唱，
阅尽人间悲与欢。
往事悠悠天地转，
千年古镇掀波澜；
莫道舞台空间小，
尽情挥洒谱新篇。

4. 卢沟竹海

翠竹掩映水车转，
小溪清流石上旋；
纸坊缸槽今犹在，

① 位于平落镇中部白沫江上的七孔石桥，建于清同治年间，至今有130多年历史。
② 平落镇中部的一座古戏台，现代重修后予以保留。

断崖深处有天官①。
细雨丝丝透凉意，
幽谷画廊聚佛缘②；
鱼崖红军饮马处，
元帅井③旁忆苦寒。

5．文君井④

能诗善画女中仙，
闲居深闺郁寡欢；
听君一曲羡才艺，
赢得芳心奔夜阑。
文君当垆闹市边，
相如涤酒在后园；
亘古爱情天可鉴，
唯留一井逾千年。

6．古火井⑤

汉代古井百丈深，
竹导气燃蓝莹莹；
卤水成盐陶锅煮，
乾隆欣喜发吟咏⑥。
火井近旁铜鼓山，
崇嘏塔前忆状元⑦；
临邛文物聚宝地，
传承历史逾千年。

7．扫　墓⑧

家居天府邛崃山，
少小离乡把军参；
屯垦戍边辟疆业，
满头飞雪回故园。
纸钱红烛冒青烟，
心存愧疚站墓前；
父母音容今犹在，
含泪一跪谢恩还。

---

① 沿溪而上，巨岩整齐中裂，分水而立，相传为明代天官杨伸试剑之处。

② 入沟4公里，一天然石佛像掩映于竹海之中，双目微闭，慈祥亲切，佛身即百米山峰。

③ 鱼崖脚下“元帅井”，当年徐向前元帅率红二方面军与国民党军队鏖战七天七夜，即在此井取水做炊和饮马。

④ 卓文君，西汉邛崃才女，因久仰司马相如文采，奁夜私奔结为夫妻。但因其父亲富商卓王孙反对，遂回邛崃开酒肆为生。文君井即传说中卓文君与司马相如当垆卖酒之处。

⑤ 位于邛崃火井镇的汉代古火井，是被专家考证确定的“世界第一井”，是世界上最早发现并使用天然气煮盐的地方，比英国早1 600多年。由于当时蜀汉丞相诸葛亮曾亲临此处视察盐业生产，又称为“诸葛井”。

⑥ 清乾隆皇帝曾写有《咏火井》，其中写道“凿井如置产，但引供烹饲；亦可用煮盐，盐井则别异。”

⑦ 火井附近有崇嘏塔和状元桥碑，崇嘏塔为纪念五代前蜀国著名女诗人而建，均为邛崃市文物保护单位。

⑧ 本人1953年在邛崃读书时参军，后参加北大荒开发建设，父母于1958和1973年去世时，都未能回乡奔丧，故深感愧疚。

8. 乡友情（藏头诗）[①]

平落游子现居京，
落花时节访乡亲；
乡音不改容颜老，
友爱亲朋情义深。
盛世改开生巨变，
情理难辨旧事明；
聚少离多增思念，
会与友朋共远行。

游黄果树大瀑布

惊雷震天响云霄，
飞沫反涌雾缭绕；
跌水空悬高千尺，
轻抛万幅雪鲛绡。
峭壁悬崖水帘洞，
气势恢宏横穿腰；
芳草繁花彩虹耀，
布衣少女更妖娆。

① 2012年9月12日我回到故乡平落镇，平落乡友会为我举行座谈会，并共进午餐。

登八达岭长城有感

岭上红叶撒满山，
峰峦叠嶂鹰盘旋；
越过居庸关沟险，
金戈铁马战峁川。

屏障逶迤八道弯，
恢宏史剧越千年；
敢问苍天谁为主？
华夏创生新纪元。

烽火台上渺无烟，
长城内外变乐园；
跃上昆仑观天下，
中华崛起史无前。

宝岛台湾行（7首）

2009年3月，我和老伴杨玉群参加中国青年旅行社组团，赴祖国宝岛台湾8日环岛旅游。同行的有好友孙锡庚、马世昌夫妇等。有感而咏之。

1. 访士林官邸①

景色清幽花木香，
深院丹青慰愁肠；
池畔观鱼平添老，
雨过莺啼忧国殇。
孤岛生涯堪寂寞，
花枝零落难自芳；
试问蒋公今何在？
人去楼空两茫茫。

2. 参观台北故宫

绿瓦白墙称故宫，
典藏瑰宝价无穷；
甲骨陶瓷青铜鼎，
战国西尊现真容；

① 台北士林官邸自1950年建成后，直至1975年为蒋介石住处，长达26年。现为开放的生态公园。

富春三居图更美，
翠玉白菜栖斯虫；
今日有幸来观赏，
传统文化记心中。

3. 游日月潭

宝岛“天池”日月潭，
碧水青山荧光闪；
高山曹族发祥地，
游艇翻波耀祖先。
夕阳西下落山峰，
湖上烟波微泛红；
珠仔岛引鹿归去，
玄光寺里鸣晚钟。

4. 登阿里山

春风又度阿里山，
樱花芬芳开满园；
姐妹潭前相思泪，
钢轨①负重苦登攀。
仰望神木②惊破天，
傲然挺立三千年；
灵塔③若还灵性在，
国恨家仇世代传。

5. 过高雄西子湾

碧波细浪漫银滩，
情侣双双乐忘返；
更有夕阳添景色，
闪烁灯火耀渔船。
打狗旧馆④建鼓山，
往事悠悠百余年；
且留文物陈新馆，
史迹滔滔述纪元。

6. 叹鹅銮鼻⑤

天涯旖旎好风光，
蓝天碧海暗礁藏；
幸有巨灯指航向，
“东亚之光”美名扬。
鹅銮灯塔历沧桑，
枪炮弹痕仍在墙；

---

① 1914 年建成的阿里山登山铁路，这段铁路围绕着山头，呈螺旋形，火车循着铁轨，时进时退，盘旋而上，非常惊险。

② 阿里山神木群品种为桧树，原来有 30 余万株，日本人占领台湾后几乎被砍伐殆尽，现存最老的树龄达 3 000 多年。

③ 当年日本人大肆砍伐树木时，担心被圣灵惩罚，在林中建树灵塔，祈求保佑。

④ 1860 年《北京条约》开放了台湾包括打狗（现称高雄）、安平、淡水、鸡笼四个港口，英国率先在台设立领事馆，1864 年英领事馆自淡水迁至打狗。1987 年台湾公告打狗领事馆为二级古迹之后辟为高雄史迹文物陈列馆。

⑤ “鹅銮鼻”位于台湾岛的最南端，南部海上轮船来往必经这里，其重要性犹如非洲的好望角。鹅銮鼻灯塔是清政府为避免外国人在台湾南部航海时触礁引发事端，于 1882 年（清光绪八年）始建的。后来在甲午战争后，1895 年清军在离台前，奉命秘密摧毁。1898 年日据时代灯塔整修完成，二次大战时灯塔遭盟军空袭受损。1962 年重建后，塔高 24. 1 米，光力为 180 万烛光，每十秒一闪，照射距离达 27. 2 海里，是目前台湾光力最强的灯塔，被称为“东亚之光”。

国破家亡分两岸，
唯盼统一国富强。

7. 行走太鲁阁大峡谷①

怪石高悬陡峭峰，
银带瀑下飞彩虹；
悬崖万仞留石堡，
中横大道贯西东。
九曲洞开汗与血，
长春祠内祭游魂；
慈母盼儿风催泪，
立雾溪聚族人归。

游珍宝岛有感

2012年7月25日，我们借回访北大荒的机会，在友人陪同下，去著名的珍宝岛游览参观。之所以有此安排，是因为当年（1969年3月）发生珍宝岛自卫反击战时，我们还在离珍宝岛100余公里的八一农大工作，此次战斗曾对我们的生活产生很大的影响，至今记忆犹新。事过40多年，国内外形势已经发生巨变，当年因小岛归属而致两国兵戎相见的珍宝岛也发生很大的变化。

鸟瞰珍宝岛

① 太鲁阁大峡谷又称“太鲁幽峡”，是台湾著名的旅游胜地，台湾的第4座“国家公园”。位于台湾东部花莲县西北，地跨花莲县、台中县、南投县三个行政区。太鲁阁是从泰雅语“鲁阁”来的，“鲁阁”是桶的意思。这里地势险要，曾多次作为战场，随处可见石头碉堡，易守难攻。园内有台湾第一条横贯东西公路通过，称为中横公路系统。据称当年蒋介石建中横公路时动员了军队且伤亡甚大，故建长春祠以祭亡灵。

神圣国土有界疆，
弹丸小岛不寻常；
当年一战惊世界，
沉冰钢甲馆中藏。

碧水滔滔看乌江，
英雄树下好乘凉；
当年战友今何在？
一朝生死两茫茫。

访古崖居

古崖居坐落在北京市延庆区张山营镇西北部山区一条幽静的峡谷中，地处东门营村北，距延庆城区约20公里，原为不见史志记载的古代先民在陡峭的岩壁上开凿的岩居洞穴，计有147个。2013年5月，被国务院列为第七批全国重点文物保护单位。当我登上山头，远望蜂巢般的洞窟时，深为古人坚韧不屈的精神和极高的生存智慧所感动。

幽谷深处有仙山，
洞窟如巢布满岩；
远古何人安身处？
千古之谜未能圆。

开山凿石为哪般？
先民避祸建家园；
石室毗邻高低处，
门窗炕灶一应全。

赞蒲公英

朴实无华黄花郎，
貌凡内秀生力强；
治病疗疾功效好，
食疗佳蔬保健康。

田野路旁坡下地，
除冬四季皆生长；
落地生根成野菜，
花罢成絮任飞翔。

登黄山（诗10首）

2014年5月，我和老伴在好友李福成、马淑琴夫妇的陪同下，登临我国获世界自然、文化双遗产的著名风景胜地安徽黄山，还参观了位于黄山市的国家重点文物保护单位、世界文化遗产、国家5A级旅游景区宏村和九华山景区。这是我们一生中具有特殊意义的一次旅行，记忆深刻，感受良多。在此，深深感谢二位老师和当地朋友的深情陪伴与帮助。

1．圆梦

久慕盛名欲登攀，
怎奈年高豪气短；
幸得友朋来相助，
夫妻双双把梦圆。

2．奇松

云淡天高步从容，
百态千姿黄山松；
世人感叹真奇美，
只缘扎根石缝中。

3．怪石

嶙峋怪石峻峭峰，
一柱冲天意无穷；
轩辕苦炼仙丹处，
太白醉酒排云亭。

4．云海

涛涛云海似烽烟，
蓬莱仙境在眼前；
五老荡舟奔彼岸，
巨龟巡游更斑斓。

5．日出

漆黑风高巡夜空，
晨曦微露一点红；
石猴静观朝霞美，
群峰拱日已腾空。

6．刻石

摩崖刻石叹奇观，
佳词锦句映自然；
名人雅士留墨韵，
“洗杯泉”下住诗仙。

7．杜鹃

黄山杜鹃白粉红，
陡壁峭崖密林中；
引来无数摄画客，
高山玫瑰伴青松。

8. 北海

群峰荟萃北海间，
白云峡谷下深渊；
峰石松云汇幻景，
悬崖千丈伟奇险。

9. 挑夫

一根扁担两头尖，
徐徐攀入白云间；
“黄山脊梁”建伟绩，
道谢一声“肩运员”。

10. 感叹

饱览奇景游黄山，
迤逦风光入画坛；
一步一景看不够，
唯愿梦中再游玩。

游天津梨木台

——中国农大西区摄影协会组织会员赴天津蓟州区梨木台采风，乃有感而发

1

摄友采风梨木台，
驱车远行笑颜开；
沿途山花添雅兴，
车道弯弯险象来。

2

津北蓟州有船舱，
群峰险峻五道梁；
更有飞瀑从天降，
登天缝里现红装。

3

手持相机取景忙，
惊叹自然好风光；
豹子潭前留倩影，
骆驼峰下好阴凉。

4

农大影协热心肠，
新老会员意气昂；
技艺交流终不断，
百花争艳送芬芳。

西　安　行（诗6首）

2016年5月中旬，我和老伴结束了在四川老家的探亲访友活动，专程到西安咸阳探访分别56年的老战友、老荒友、老同学张培勋。在此期间，张培勋的儿子张永凯和儿媳陪我们游览了著名的秦始皇兵马俑等名胜古迹，感受良多。

1．兵马俑

千古一帝建奇功，
统一六国称英雄；
身后暗藏兵马俑，
两千年后现真容。
军吏武士车马铜，
千姿百态好威风；
第八奇迹惊天下，
世界遗产又一宗。

2．华清宫

骊山烽火灭西周①，
温泉美景建离宫②；
梨园歌舞遗长恨③，
历代帝王陨奢风。
慈禧西逃驻跸地④，
张杨兵谏五间厅⑤；
旖旎风光谁为主？
华清宫内游兴浓。

---

① 华清宫所在骊山有一烽火台，是周幽王“烽火戏诸侯，一笑失天下”所在地。

② 由于华清宫所在地风景优美，又有优质温泉，故周、秦、汉、隋、唐等历代帝王在此建有离宫别苑。

③ 唐玄宗在华清宫开创了我国历史上第一所皇家音乐艺术学校——梨园，他和杨贵妃在华清宫内演绎了千年传诵的爱情故事，唐朝著名诗人白居易为此创作长诗《长恨歌》。

④ 五间厅建于清朝末年，1900年八国联军进攻北京，慈禧西逃曾驻跸于此。

⑤ 五间厅也是1936年12月12日张学良、杨虎城将军向蒋介石发动兵谏，迫使蒋接受实行结束内战、联共抗日政策的地方。

3．西安古城墙[①]

壮哉西安古城墙，
千古兴废历沧桑；
宁远乐定门犹在[②]，
改革开放更辉煌。
历来兵家重御防，
城垣坚固若金汤；
二虎守城[③]功可鉴，
城保申遗应无恙。

4．汉景帝阳陵

景帝[④]承继兴汉邦，
强军平叛削藩王；
慎罚轻刑为公道，
轻徭薄赋重农桑。
为政至明倡文化，
黄老儒学百花芳[⑤]；
历史功过谁评说？
天下贤君可敢当？

---

① 西安古城墙是中国现存规模最大、保存最完整的古代城垣，是第一批全国重点文物保护单位，国家 AAAA 级旅游景区。

② 西安城墙主城门有四座：长乐门（东门），永宁门（南门），安定门（西门），安远门（北门），这四座城门也是古城墙的原有城门。从民国开始为方便出入古城区，先后新辟了多座城门，至今西安城墙已有城门 18 座。

③ 1926 年春，北洋军阀吴佩孚所部“镇嵩军”12 万人围攻由陕西国民党军队控制的西安城。城内督办李虎臣和二师师长杨虎城的部队总数不足 3 万人，全城 40 万人被围困长达八个月之久。直到同年 10 月广州国民政府命冯玉祥部队援陕，西安之围遂解。此为有名的“二虎守西安”。

④ 汉景帝刘启（公元前 188 年—公元前 141 年）在西汉历史上占有重要地位，他继承和发展其父汉文帝的事业，与父亲一起开创" 文景之治"；并为其子刘彻的" 汉武盛世" 奠定基础，完成从文帝到武帝的过渡。

⑤ 在思想文化方面，景帝在提倡黄老学派的同时也让包括儒家学说在内的其他各派存在、发展，形成百花齐放的局面。

5．大雁佛塔

高僧玄奘佛缘深①，
艰苦卓绝取真经②；
为护佛法违皇命③，
译著经书集大成④。
长安建寺有慈恩⑤，
大雁佛塔藏经文；
世人只读《西游记》，
未必真懂取经人。

6．钟鼓楼⑥

“文武胜地”落西安，
钟鼓声“声闻于天”⑦；
昂首登临钟鼓楼，
一览无余望秦川。
沙漏烛表报时间，
日晷圭表⑧恒久远；
晨钟暮鼓⑨虽有时，
怎比电子质优先？

---

① 唐代高僧玄奘出生于公元602年，自幼跟父亲学《孝经》等儒家典籍，“备通经典”“爱古尚贤”，养成了良好的品德。11岁便破格于东都洛阳净土寺出家，苦学佛家经卷。

② 唐太宗贞观二年（公元628年），26岁的玄奘，在事先请示皇帝但未获批准的情况下，开始西行取经，往返经18年，行五万余里，途径50多国，经无数艰难困苦，于公元645年回到长安，带回佛典526箧、657部等珍贵文物。

③ 玄奘取经回国后受到唐太宗的高度重视和信任，多次劝他还俗当官，都被玄奘婉言谢绝。

④ 在玄奘回国后的20年中，他把全部的心血和智慧奉献给了译经事业，他在助手们的帮助下，共译出佛教经论74部，1 335卷，每卷万字左右，合计1 335万字，占去整个唐代译经总数的一半以上，相当于中国历史上另外三大翻译家译经总数的一倍多，而且在质量上大大超越前人，成为翻译史上的杰出典范。

⑤ 大慈恩寺始建于隋代，初名无漏寺，唐贞观二十一年（647年）更名为大慈恩寺，公元652年为保护存放玄奘取回的经书、舍利等，经宋高宗批准建大雁塔。

⑥ 西安钟鼓楼是西安钟楼和西安鼓楼的合称，位于西安市中心，是西安的标志性建筑物。两座明代建筑遥相呼应，蔚为壮观。

⑦ 鼓楼南北屋檐下曾分别悬挂着两块匾额，南为“文武盛地”，北为“声闻于天”，匾长8米，宽3.6米，为蓝底金字木匾。两组八字均为帖金凸体，字字精练，为千古绝笔。

⑧ 圭表、日晷、沙漏、烛表均为中国古代的计时工具。

⑨ 古时击钟报晨，击鼓报暮，因此有“晨钟暮鼓”之称。

八十感悟

老夫年届八十，对人生诸事有所感悟，特赋此诗供晚辈和亲友赏阅。

1. 节日

今天，是我人生历程的一个重要节日，
跨越匆匆岁月迎来我的八十寿诞。
八十个秋冬春夏是多么漫长啊，
算起来竟有两万九千二百天。
可是在历史长河中其实又非常短暂，
就好像夜空中转瞬即逝的一道闪电。
八十岁，不是每个人都能享有这份殊荣，
它与个人的身份、地位和财富的多少无关。
然而人生的价值并不取决于生命的长短，
关键是通过不懈努力去争取价值的实现。

2. 人生

我深知自己只是一个微小的生命，
能够来到这个世界纯属偶然；
成为中华民族的一员是极大的荣幸，
更幸运的是赶上了改革开放的今天。
因此我们应该倍加珍爱生命，
不仅爱自己，爱他人，更爱大自然。
珍爱生命就该努力向前奋进，
不要在无意义的事情上浪费时间。
我把大把时光交给了知识的学习和探索，
在探索中找寻关于人生的点滴答案。

3．事业

很久以前我曾经有一个梦想，
希望看到中国人永远不愁吃穿，
因为童年时我曾经饱受饥寒的折磨，
穿一双草鞋就熬过一个冬天。
58 年前我有幸参加了开发北大荒的事业，
为实现梦想我勤奋工作勇往直前。
经过几代北大荒人的艰苦开拓，
昔日的荒原发生了地覆天翻的巨变。
成功的事业是人生的支柱和骄傲，
有梦想就要努力不懈去争取实现。

4．困难

在我的生命历程中有一个亲密“伙伴”，
那就是始终伴随左右的艰苦困难。
不要说新中国成立前缺衣少食的生活，
也不提当年在海上穿越风浪的艰险，
就是在北大荒生活工作的几十年，
哪一段都有困难随时相伴。
艰难困苦是人生的一笔重要财富，
条件太优越倒容易使人犯懒。
年轻人更应该在艰苦环境中磨炼，
克服了困难会使我们的意志更坚。

5．尊重

数十年处事的经验告诉我：
尊重，是一种与人相处的美德。
不仅要对自己尊重，对别人更要尊重。
有礼貌是尊重，讲诚信也是尊重；
尊老爱幼是尊重，善待弱者也是尊重；
谦虚谨慎是尊重，低调做人也是尊重。
只有学会了尊重别人，
才能得到别人对你的尊重。
学会尊重可以提高自己做人的品位，
懂得尊重会使你的事业走向更大的成功。

6. 感恩

我深知人不可能没有缺陷，
应该在加强自身修养中不断完善。
在修养中有一种美德叫感恩，
懂得感恩会使我们的心胸更宽。
要感恩天地、感恩祖宗和父母，
永远不要忘记树木有根而水有源；
要感恩共产党和革命先辈，
没有他们的奋斗牺牲就没有我们的今天；
要感恩亲人、同事和朋友，
他们的关心帮助永远是自己力量的源泉。

7. 宽容

在我的人生经验中有一个词汇叫作宽容，
宽容是一种修养、一种品格，
宽容是一种博大宽广的胸怀，
宽容是一种崇高的精神境界。
宽容可以抚平一颗受伤的心，
宽容可以挽救一个自责的人，
宽容可以化干戈为玉帛，
使我们获得心灵的释放和自由。
如果我们懂得并且学会了宽容，
就会使我们的家庭、社会更加和谐美满。

8. 爱情

爱情是人生的一门必修课，
没有爱情的人生不算圆满。
爱情关乎婚姻、家庭和后代的幸福，
也关乎事业的成功和发展。
爱情需要认真经营和细心呵护，
更需要认真处理分歧和不同意见。
真正的爱情需要真诚的付出，
只求索取、不愿付出的爱情不会久远。
高尚的爱情犹如高山上的一股清泉，
它的甘甜使人陶醉而又长流不断。

9. 幸福

人们都有一个共同的心愿：
希望自己的生活幸福美满。
我用自己几乎毕生的努力，
才找到属于自己的答案。
我有一个幸福美满的家庭，
还有一位勤劳贤惠的老伴。
儿女们都热爱自己的事业，
孙辈们健康成长在大中校园。
我们现在的任务只有一件：
那就是争取健康长寿安享晚年。

10．遗言

我们已经迈进了耄耋老人的门槛，
准备给晚辈们留下一些遗产。
但这笔遗产不是房子也不是金钱，
而是我们奋斗一生总结的几句良言：
你们永远要刻苦学习、勤奋工作、与人为善，
会尊重、会感恩、会宽容，不惧任何困难。
爱家爱国还要保证身体的康健，
无论何时都要注意自身的安全。
幸福生活要靠自己的努力奋斗，
用双手去创造更加美好的明天！

（2016 年 10 月于北京）

赞"一带一路"高峰论坛在京举行

北京盛装迎嘉宾，
"一带一路"峰会行。
习总架起通天路，
世界经济领航程。
宏图震撼地球村，
互联互通广惠民。
丝路精神传天下，
中华崛起看振兴。

（2017 年 5 月 14 日于北京）

党　庆（外二首）

——建党96周年暨本人入党58周年有感[①]

1．党庆

欣逢党庆九六秋，
笑语欢歌遍神州。
前仆后继创伟业，
中华崛起震全球。

2．国魂

一从大地炸惊雷，
南湖画舫铸国魂。
领航百年长征路，
万里江山日日新。

3．睡狮

曾经东亚有睡狮，
鼠辈倭邻也敢欺；
如今狮醒一声吼，
地动山摇振国威。

八一抒怀

按：今天是八一建军节，是我十分重视的一个节日。同时今天又是我当年曾经学习工作的八一农大建校60周年纪念日。乃有感而发。

1.

当年有幸着军装，
乘风破浪守海疆；
练得志坚筋骨壮，
急奉军令赴大荒。

2.

八一农大将军创，
裴德峰下辟战场；
披荆斩棘平荒土，
莘莘学子建校忙。

3.

风雨沧桑六十秋，
大荒学府起高楼；
当年校友今安在？
砥柱何须立中流？

（2018年8月1日）

---

① 按：今年6月28日，正值本人入党58周年，有感而咏之。

保亭日出

群峰雾朦胧，
飞鸟出树丛；
赤脸展微笑，
仙岭露真容。

游　博　鳌

受友人之邀，吾数度到博鳌游览，有机会较全面了解了这个20年前只有一条小街的渔村小镇的发展变化情况，故有感而发之。

南海边隅一小镇，
盛世芳华日月新；
亚洲论坛誉天下，
大国外交搭彩门。
万泉河外迎三岛①，
三岭②三江③巧呼应；
玉带滩前游人沸，
著名渔港去潭门。
海纳百川广交友，
独占鳌头会精英；
风水宝地难寻觅，
慧眼识珠谢高人④。

2018年11月20日

① 三岛为沙坡岛、东屿岛、鸳鸯岛。

② 三岭为金牛岭、龙潭岭、田涌岭。

③ 三江为万泉河、九曲江、龙滚河。

④ 博鳌有今天的繁荣，要感谢开发商蒋晓松先生，是他首先发现博鳌的特殊地理价值并着手开发，还请来日本和澳大利亚两位前政要策划，向国家领导提出成立亚洲论坛的建议，才有今天的博鳌。

游世界园艺博览会

2019年6月15日（周六），天气晴朗。文锴先在网上购票后，开车并陪我们老夫妻赴延庆参观世界园艺博览会，乃有感而发之。

云淡风轻六月天，
偕老驱车赴世园；
妫水南岸添新绿，
恍入仙境路漫漫。
锦绣如意镶金顶，
永宁阁下百果园；
植物馆内流飞瀑，
万国齐聚顶花伞。

千翠流云歌盛世，
花开蝶舞乐蹁跹；
壮美北疆飞鹤至，
湖山诗叙云屏晚；
巴山蜀水藏国宝，
南国红林护海岸；
星光璀璨助游兴，
愿做园丁夜无眠。

端午感怀

又逢端午闻粽香，
龙舟竞渡点雄黄；
莫道“非遗”① 兹事小，
立法公休岂平常？

龙腾“百越”② 临水家，
汨罗江畔吟《怀沙》③；
屈原忧国抱石去，
化作霓虹耀中华。

（2018年6月18日）

---

① 2006年5月，国务院将端午节列入首批国家级非物质文化遗产名录；2009年9月，联合国教科文组织正式审议并批准中国端午节列入世界非物质文化遗产，成为中国首个入选世界非遗的节日。

② “百越”乃古代南方崇拜龙图腾的众多民族的区域，端午节乃百越各族祭祀龙的节日。

③ 相传屈原于阴历五月初五那天，在汨罗江畔悲愤地咏吟着他的诗作《怀沙》，抱石投江，故历代又将端午节作为纪念屈原的节日。

湖畔小聚

秀丽山庄新湖旁，
诚邀友朋聚一堂；
荒老寻踪携远客，
诗颂候鸟话沧桑。

人生暮年看夕阳，
宜振精神慨而康；
好花还需常浇灌，
举杯共贺北大荒。

（2017 年 3 月 19 日于保亭）

采桑葚

艳阳高照五月天，
伴妻远赴“圣果”园；
手持小筐抬头望，
果满枝头绿紫妍。

帝王御品落民间，
补肝益肾助养颜；
乌发明目延衰老，
本草力推最保健。

（2016 年 6 月于北京）

保亭“三月三”

喜看保亭三月三，
黎苗歌舞乐翻天；
传承遗产多精艺，
取火编织树衣衫。

你唱我和把手牵，
两情相悦结佳缘；
千歌万曲唱不够，
神州处处有歌仙。

华夏始祖祭轩辕，
曲水流殇[①]风雅传；
盛世不忘祖宗事，
伟大复兴定实现。

（2017 年 3 月 30 日于保亭）

网　购

耄耋老翁行动缓，
购物何须进商店；
与时俱进学网购，
操作起来很方便。
先要备好银行卡，
存入若干零用钱；
再到网上备个案，
加为网商一会员。
要买商品先上网，
进入平台任意选，
细读商品说明书，
了解详情再下单。
提供收货姓与名，
地址电话要写全，
每个环节须仔细，
核对无误再付款。
如今科技大发展，
跟上形势是关键；
只要用心多学习，
今后购物不再难。

---

① “曲水流觞”典故出处。永和九年（353 年）三月初三上巳日，晋代贵族、会稽内史王羲之偕亲朋谢安、孙绰等 42 位全国军政高官，在兰亭修禊后，举行饮酒赋诗的“曲水流觞”活动，引为千古佳话。这一儒风雅俗，一直留传至今。当时，王羲之等在举行修禊祭祀仪式后，在兰亭清溪两旁席地而坐，将盛了酒的觞放在溪中，由上游浮水徐徐而下，经过弯弯曲曲的溪流，觞在谁的面前打转或停下，谁就得即兴赋诗并饮酒。据史载，在这次游戏中，有十一人各成诗两篇，十五人各成诗一篇，十六人作不出诗，各罚酒三觥。王羲之将大家的诗集起来，用蚕茧纸，鼠须笔挥毫作序，乘兴而书，写下了举世闻名的《兰亭集序》，被后人誉为“天下第一行书”，王羲之也因之被人尊为“书圣”。而《兰亭集序》也被称为“禊帖”。

椰树赞

她是一位长发披肩的少妇，
身姿挺拔简直世间少有；
只有仰视才能看清她的真容，
因为她时常昂起高傲的头。

海风呼啸她仍岿然不动，
热浪滚滚她也不改姿容；
她把儿孙派往海外各地，
任它们在风浪中搏击漂流。

她虽不富裕但也并非一无所有，
她始终慷慨的付出已经足够；
她用甘甜的乳汁把人们滋养，
不分男女老幼也不论冬夏春秋。

她是海岛上一道靓丽的风景，
迷倒过多少游人和摄友；
我愿永远陪伴在她的身旁，
因为我仰慕她已经很久、很久。

（2017 年 4 月）

空竹老人

空竹老人杨玉群，习练空竹为健身；
七旬初学受培训，甘当年少小学生；
炎炎夏日挥汗雨，冬练三九破寒冰；
不怕年老差悟性，坚持习练必有成；
学得真传名师教，遍访京城艺高人；
外出旅游坚持练，空竹器材不离身；
“望月三摆”显身段，“空中钓鱼”练眼神；
“平沙落雁”登高处，“鹞子翻身”更迷人；
天安门练双空竹，中山公园受奖评；
全身运动协调好，晚年康健自舒心；
苦学技艺终长进，高级教练有职称；
组建社区空竹队，活跃生活惠居民；
参加京城大奖赛，创新获奖第一名。
辅导老外学空竹，培养孙辈求艺精；
赠送器材为推广，所到之处教不停；
年近八旬当候鸟，落脚海南到保亭；
广收学员传技艺，手把手教有耐心；
发起组建空竹队，搭建平台招新兵；
文艺汇演登舞台，精神面貌日日新；
发挥余热不停息，非遗文化永传承。

丁西双节[①]

丁酉中秋月更明，
双节团聚在京城；
老少平安享康健，
盛世欢歌喜盈盈。

改革开放促巨变，
神州生气更无前；
莫道彼岸风光好，
中华崛起创纪元。

（2017 年 10 月于北京）

永享幸福时光

南岛有保亭，黎苗自治县。
北纬十八度，背靠五指山。
东去到陵水，西临乐东县。
城北七仙岭，南望三亚湾。
空气最清新，四季很温暖，
雨林跨热带，地下有温泉。
环境风光美，全国卫生县；
民风最淳朴，出门很安全。
保城有小区，地处城东南，
紧临七仙河，保陵大道边。
河西大广场，北靠县医院。
门前大超市，生活用品全；
班车免费坐，商品价格廉。
出门车站到，交通很方便；

若想去旅游，随时电话联。
进入小区内，心情特舒展；
眼前一片绿，如进植物园。
芭蕉与香蕉，果实一串串；
挺拔椰子树，直冲上云天；
芒果诚珍贵，荔枝和龙眼；
好大菠萝蜜，果肉特别甜；
最奇鸡蛋花，红黄两色间；
槟榔和杨桃，草坪绿一片；
还有木棉树，花开红艳艳；
满园闻花香，四季开不断；
蝴蝶花间舞，小鸟叫得欢；
高楼十余栋，布局在周边；
楼间有广场，座椅好休闲。

① 双节指“中秋”与“国庆”。

器材健身好，坚持常锻炼；
环形有步道，闲时走几圈。
室外有泳池，躺椅遮阳伞；
水中竞自由，男女搏浪翻。
忽闻嬉笑声，儿童游乐园；
滑梯攀曲径，老少荡秋千。
小区有会所，设施较齐全；
台球讲高雅，乒乓易出汗；
麻将与棋牌，老人最喜玩；
平时有活动，舞队合唱团；
空竹柔力球，技艺不一般；
摄影勤交流，诗社风雅传。
业主皆候鸟，相逢乃是缘；
有幸结新朋，重续夕阳恋；
相处无芥蒂，养生须心宽；
有事互帮助，平日多交谈；
日久情更浓，相互更依恋。
家庭重和睦，老少都欢颜；
儿孙多孝顺，家风久远传。
感恩共产党，生活比蜜甜；
幸福好时光，安康享永年。

（2017 年 4 月 6 日于保亭）

后　　记

读者面前的这本《红榜缘》，从策划到正式出书，用了三年多时间。其实，又何止三年？因为三年前就有初步想法，部分文稿已经存在，只是那时思路还未清晰，还没有出书的计划而已。

全书写作的过程，是一个回忆和学习的过程，也是对我们的爱情婚姻进行总结和深化认识的过程。在此过程中，有发现，有感悟，有欣慰，有反思，也有煎熬，好像我们又重新谈了一场恋爱，又经历了一次漫长的爱情婚姻之旅。在写作的过程中，我们经常在一起回忆、交流、讨论，一起翻阅那些发黄的老照片。有时也会谈起一些亲人、朋友、同学、同事和与之发生的故事，可是有许多亲友只留下了平面的影像和回忆，而真实的人已经永远离开我们了，我们只能表示深深的怀念。

在讨论书稿时，我们都很认真地核对事实，梳理观点，反复修改完善，仅仅序言就修改了十几稿，如果发现某个问题意见不一致，就会做出调整。例如，在“爱情篇”中“爱的旅途与感悟”第十七题“夫妻相处之道”中，原来我写了10条原则或经验，其中第10条是“性福”，因为我认为这一条是夫妻和谐美满的重要因素之一。但是在交流时她不同意写这一条，于是我尊重她的意见将其删除。

写作本书的过程也是我们夫妻配合默契、完美合作的过程。杨玉群负责提供相关初稿和素材，或提出一些思路，而我除写作部分文稿外，还负责全书的文字整理及图片的选编，然后两人一起逐一讨论定稿，最后才交付出版。

在写作和整理书稿的过程中，我利用自己能够熟练操作电脑的优势，认真打磨，反复修改，几乎把全部精力都用在这上面了，因为我有一种紧迫感，担心哪一天身体出现意外而无法完成任务，所以必须集中精力心无旁骛地努力工作。有时晚上睡觉也在思考书稿的写作，

一旦想起有关的一件往事或一个观点，就赶快起床找笔记下来，否则很可能忘记了。

书稿完成后，不禁掩卷沉思：我们能够拥有如此美好的爱情和婚姻，确实太幸运、太幸福了，我甚至有时会被书中的故事和生动的情节所感动。但是，我们的爱情和婚姻能够存在的根本原因是什么？过去从未多想。在这次撰写书稿的过程中，才有可能冷静地对这个问题做深一步思考。

我认为从根本上来说，我们的爱情婚姻之所以发生，应该是我国婚姻制度大变革的产物，而且我们只是新中国成立后千千万万拥有幸福爱情婚姻的男女中的一对而已。中国几千年的封建社会，形成了一套以男尊女卑、一夫多妻（妾）、男女婚事完全由父母决定，即所谓“父母之命，媒妁之言”等为特点的婚姻制度。在这种封建婚姻制度下，男女在爱情上受到严重束缚，真正通过自由恋爱结婚的很少，许多夫妻都是结婚那天才彼此认识，“先结婚，后恋爱”的现象相当普遍，许多爱情悲剧由此而生。民间广为传诵的中国经典的爱情故事，如梁山伯与祝英台、牛郎与织女、许仙与白娘子、七仙女与董永等，结局都是悲剧。悲剧产生的缘由是封建婚姻制度，个人是很难抗拒的。

婚姻状况如何，不仅关系到个人和家庭的幸福，更是关乎国家和社会的发展和稳定的大事。所以，新中国成立后颁布的第一部法律就是《中华人民共和国婚姻法》，这部于1950年5月1日正式实施的法律彻底废除了几千年的封建婚姻制度，确立了男女平等、婚姻自由、一夫一妻等重要政策。在这个大背景下，我们才有可能自由而又自主地恋爱结婚，这是我们的爱情婚姻能够实现的最根本的原因。而这个突破历史的婚姻制度的变革，是在中国共产党的领导下实现的，没有共产党就没有新中国，没有新中国也就没有我们幸福的爱情婚姻。我的兄长、姐姐和其他亲属中就有因旧社会父母包办而导致婚姻不幸的实例。所以我们都发自内心地十分珍惜这来之不易的幸福。

婚姻制度的变革只是实现美好爱情婚姻的外部条件，并不是全部因素。这里还有两个不能忽视的重要因素：第一个是本人和家庭的思想观念的转变，可以说有什么样的思想观念就可能衍生出什么样的爱情和婚姻。新中国成立不久，通过在学校学习和社会的宣传教育，我们不但完全接受和拥护婚姻制度的变革，树立起了以男女平等为核心的新思想、新观念，同时我们的父辈思想观念也在转变，他们支持我们自由恋爱和自主决定自己的婚姻大事，并没有进行任何干预，也没有按照传统习惯提出要彩礼等要求，这一点是很难得的，可能因为他们都是旧的婚姻制度的受害者而有所感悟吧。第二个是男女双方争取幸福爱情婚姻的作为，即拥有追求爱情和经营婚姻家庭以及培育后代的能力，这一点也很重要。即使在外部条件完全相同的情况下，如果两人能力不同或努力的程度各异，也会产生质量不一样的爱情和婚姻。而这种能力的培育就体现在婚前的学习准备和婚后的继续学习提高上。

所以，我认为在国家既定的婚姻制度下，幸福美好的爱情和婚姻的实现，主要靠男女双方共同的努力，你完全可以在国家为你搭建的平台上，去演绎五彩缤纷而又鲜活生动的爱情、婚姻故事。

通过写这本书，我还有一个感悟：人生要有目标、有追求才有意义。人到老年也必须有目标，不要无所事事、混日子等着上西天。要下决心做点想做的有意义的事，什么时候都不算晚。2017 年初，我们这对八十多岁的老人打算写一本以我们夫妻二人的爱情婚姻为主题的书，是在我陪老伴在海南岛五指山市住院时，两人一起商量后决定的。那次是老伴慢阻肺犯病了，但是医生说问题不大，再经过几天调养就可以出院了。此前，我们在 2010 年合作出版了《大荒缘》（中国农业大学出版社出版），那本书的写作前后将近用了 10 年，是我在农业部帮助工作时，一边学习电脑一边写作的，其中的艰辛我自己深有体会。第一本书出版后又过去了七年，写书出书的困难程度大大增加。尽管如此，我们仍然大胆地做出决定，而且把出版的时间也确定了。最后，我们还把这个决定告诉亲朋好友，意在给自己增加一点压力，不留一点退路，防止遇到困难时打退堂鼓。因为人这一生非常短暂，如果你想做一件事，一旦做出决定，就必须抓紧去做，不要犹豫停息。三年

来，我们时时刻刻不忘自己确定的目标，把实现目标当作必须完成的大事，经常检查写作的进展情况，检讨写作方法是否正确，实时做出修正，最后终于得以圆满实现。

此书能够顺利出版，要感谢亲友们的大力支持和帮助。我们向亲友提出供稿的要求后，他们基本上都按时完成了，有的还是主动供稿。其中提供书法贺词绘画作品的有刘成果、邓灿、杨复伦、赵家玺、易靖汉、江书元、熊有龄等同志，江书元同志还帮助进行了封面设计；供稿的亲属有我的 86 岁的四哥孙仁福，85 岁的亲家崔玉川、常淑文，晚辈孙晋忠、王伦、孙信禄、孙志豪、龙勇以及儿女孙辈们；供稿的朋友有胡德新、毛茂林、贾宏图、吕书奎、范为常、陈平、胡中禄、李永清、马淑琴、张培勋、刘玉华、王文华、李国金、米立根、孙克俭、郑朝文、田素华、韩卫、米俊敏等。以上亲友们提供的诗文稿和书法绘画作品对丰富本书的内容，起到了非常重要的作用，在此表示真诚的感谢！

还要感谢中国农业大学出版社的同志们，责任编辑梁爱荣、刘彦龙，美编郑川，总编汪春林在本书出版中给予的大力支持和帮助。

还有许多亲友虽然没有写出文章，但也在精神和行动上给予支持，我们对此一并感谢。

进入 2020 年，在本书即将完稿付梓时，一场突如其来的“新冠肺炎”疫情肆虐中华大地，打乱了人们的正常生活，给人民的生命财产带来巨大的损失。在前所未有的巨大灾难面前，党中央和各级政府采取非常措施，带领全国人民以举国之力共克时艰，在短时间内迅速控制了疫情，恢复了正常的生产生活，而且对世界许多国家的“抗疫”提供了力所能及的帮助，中国人民又继续在民族复兴的大道上奋勇前进！使我更深刻地体会到中国共产党的伟大和我国社会制度的优越性，也更加热爱我们的党、我们的国家！

孙仁松

2020 年 7 月于北京

小酌（2016 博鳌镇）

体验（ 2016 哈尔滨）

延庆观景（2011）

好大的菠萝蜜（2017）

全家福（2015）

全家福（2017中秋节）

送茜茜上清华（2015）

重阳节与儿女亲家聚会（2015）

孙女茜茜清华毕业（2019）

送外孙子鉴上大学（2020）

看望绵阳市四哥仁福一家（2019）

孙育红母子

与蒲江晚辈们在一起（2019）

与老家平落古镇亲人在一起（2016）

杨家三姐妹（玉群、玉清、玉娴）在新津“花舞人间”（2016）

与堂兄杨期明家人在北京（2018）

杨玉群与侄女玉梅在一起

与杨玉清及儿女晚辈在成都（2016）

杨家三姐妹和家人在成都（2019）

杨玉群与堂妹玉云、秀华在北京

老领导刘成果赴保亭探望作者并邀部分“候鸟”朋友聚会（2020

老领导刘成果、晁锡弟、李斌等友人贺作者80寿诞合影（2015北京）

作者参加八一农垦大学60华诞与董广芝书记（前左三）等新老校友在一起（2018）

与老战友、老同学易靖汉伉俪、赵家玺参加八一农垦大学60华诞（2018）

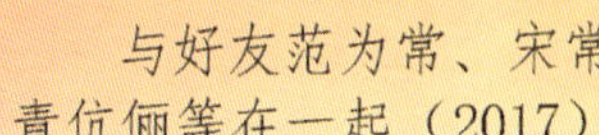
与好友范为常、宋常青伉俪等在一起（2017）

与八一农垦大学老校友龚一丹、李云江、邹景辉、周友元等在一起（2010）

好友李福成、马淑琴、陈爱
等陪同作者登上黄山（2014）

孙仁松与八一农垦大学同班
同学陈永承（中）、赵家玺（右）

孙仁松与原农业部老领导刘成果在一起

与荒友钱景林、张持坚、颜鸿蜀、
方月华伉俪等在上海（2008）

孙仁松与原农业部好友孙锡庚（右）、孙克俭（左）在北京（2009）

孙仁松与好友、川剧艺术家张崇林在邛崃（2014）

与平落乡友会长闫大树、白沫江学校校长吕树辉等乡亲在一起（2019）

参加邛崃师范五九级业 60 年及其他朋友邛崃会（2019）

与黑龙江农垦总局原子弟校李淑君老校长及家人、李维英、崔慧芝老师在北京（2008）

与原农业部老领导刘成果、魏克佳及母松华等荒友在三亚（2017）

孙仁松与食品营养专家蒋建平、任发政、南庆贤、程保琼、王怀宝、王运亨等在北京（2011）

与好友陈铎伉俪在北京

与原兵团报社老友在哈尔滨。后排从左至右：王志贤、张佑臣、李惠东、贾宏图、胡玉森（2018）

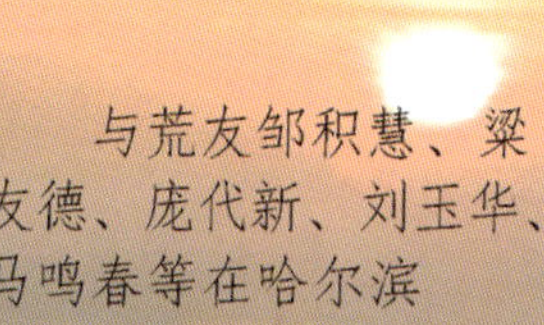

与荒友邹积慧、梁友德、庞代新、刘玉华、马鸣春等在哈尔滨

与八一农垦大学宣长和、狄超义教授等老校友在北京（2017）

杨玉群参加原黑龙江兵团618学校校友北京聚会（2012）

孙仁松与八一农垦大学翟裕宗教授（前左三）及农学61级二班部分校友在青岛（2012）

杨玉群与保亭竹友王
儒、靳保庆、侯蜀龙等参
张北空竹艺术节（2019）

孙仁松与北大荒老朋友聚会在海南东方市（2015）

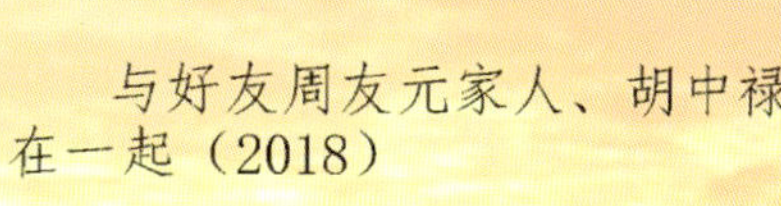

与好友周友元家人、胡中禄在一起（2018）

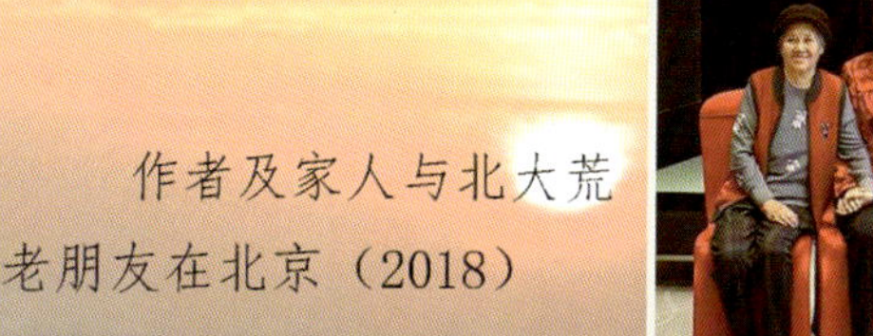

作者及家人与北大荒老朋友在北京（2018）

与黑龙江农垦总局老领导刘文举伉俪、好友孙广平等在哈尔滨（2018）

在雅安探访四川农大老战友、荒友曾令军等（2016）

与邛崃平落镇乡友陈家琪、熊益卿等在白沫江边

与邛崃师范校友在蒲江聚会

杨玉群与海南省保亭空竹队（2018）

杨玉群率队参加保亭"候鸟"文艺汇演（2017）

杨玉群与农大社区（西区）空竹队部分队员在一起（2012）

与好友、中国农大张文绪教授在清华园（2016）

杨玉群与刘雨校长、李德群书记、梁晓霞老师在佳木斯农垦学校（2018）

孙仁松与中国农大摄影协会好友张国才、徐玉华等参观世界花卉大观园（2011）

与八一农大好友张经纬、侯秀媛伉俪在天津（2011）

与好友李福成、马淑琴伉俪游九华山（2014）

杨玉群与中国农大好友马仁懿（右）、王维君（左）在一起（2015）

北京植物园技师（左一）现场指导魔芋授粉技术（2014）

杨玉群应邀参加邛师学生毕业 50 年聚会（2013）

与荒友苗泽波、孙英、曲先有等在建三江（2018）

与原兵团子弟校徐升林老师在一起

孙仁松摄影作品选

守护

天安门之光

祖国万岁

人民英雄纪念碑

天坛美姿

国家大剧院

红叶映长城

颐和园文昌阁

泛舟昆明湖

谐趣园雪韵

保亭之晨

安徽宏村一景

瓜廊漫步

昆明湖晚霞

椰梦长廊（三亚）

南天一柱

黄山风光

黄山日出

黄浦江之夜

荷塘雀舞之一

荷塘雀舞之二

荷塘雀舞之三

黑天鹅之恋

展翅飞翔

化蛹成蝶

阳台园艺

孙仁松电脑制图作品选

婚纱照（PS）

杨玉群艺术照之一（PS）

杨玉群艺术照之二（PS）

杨玉群艺术照之三（PS）

杨玉群艺术照之四（PS）

杨玉群艺术照之五（PS）

杨玉群艺术照之六（PS）

杨玉群艺术照之七（PS）